漢語詞法句法續集

湯 廷 池 著

臺灣 學 生 書 局 印行

獻給志真、志理、志永：

我眞有福氣當了你們三個孩子的爸爸

湯 廷 池 教 授

著者簡介

湯廷池，臺灣省苗栗縣人。國立臺灣大學法學士。美國德州大學（奧斯汀）語言學博士。歷任德州大學在職英語教員訓練計劃語言學顧問、美國各大學合辦中文研習所語言學顧問、國立師範大學英語系與英語研究所、私立輔仁大學語言研究所教授、「英語教學季刊」總編輯等。現任國立清華大學外語系及語言研究所教授，並任「現代語言學論叢」、「語文教學叢書」總編纂。著有「如何教英語」、「英語教學新論：基本句型與變換」、「高級英文文法」、「實用高級英語語法」、「最新實用高級英語語法」、「英文翻譯與作文」、「日語動詞變換語法」、「國語格變語法試論」、「國語格變語法動詞分類的研究」、「國語變形語法研究第一集：移位變形」、「英語教學論集」、「國語語法研究論集」、「語言學與語文教學」、「英語語言分析入門：英語語法教學問答」、「英語語法修辭十二講」、「漢語詞法句法論集」、「英語認知語法：結構、意義與功用」、「漢語詞法句法續集」、「國中英語教學指引」等。

「現代語言學論叢」緣起

語言與文字是人類歷史上最偉大的發明。有了語言，人類才能超越一切禽獸成爲萬物之靈。有了文字，祖先的文化遺產才能綿延不絕，相傳到現在。尤有進者，人的思維或推理都以語言爲媒介，因此如能揭開語言之謎，對於人心之探求至少就可以獲得一半的解答。

中國對於語文的研究有一段悠久而輝煌的歷史，成爲漢學中最受人重視的一環。爲了繼承這光榮的傳統並且繼續予以發揚光大起見，我們準備刊行「現代語言學論叢」。在這論叢裏，我們有系統地介紹並討論現代語言學的理論與方法，同時運用這些理論與方法，從事國語語音、語法、語意各方面的分析與研究。論叢將分爲兩大類：甲類用國文撰寫，乙類用英文撰寫。我們希望將來還能開闢第三類，以容納國內研究所學生的論文。

在人文科學普遍遭受歧視的今天，「現代語言學論叢」的出版可以說是一個相當勇敢的嘗試。我們除了感謝臺北學生書局提供這難得的機會以外，還虔誠地呼籲國內外從事漢語語言學研究的學者不斷給予支持與鼓勵。

湯　廷　池

民國六十五年九月二十九日於臺北

語文教學叢書緣起

現代語言學是行爲科學的一環，當行爲科學在我國逐漸受到重視的時候，現代語言學卻還停留在拓荒的階段。

爲了在中國推展這門嶄新的學科，我們幾年前成立了「現代語言學論叢編輯委員會」，計畫有系統地介紹現代語言學的理論與方法，並利用這些理論與方法從事國語與其他語言有關語音、語法、語意、語用等各方面的分析與研究。經過這幾年來的努力耕耘，總算出版了幾本尙足稱道的書，逐漸受到中外學者與一般讀者的重視。

今天是羣策羣力、和衷共濟的時代，少數幾個人究竟難成「氣候」。爲了開展語言學的領域，我們決定在「現代語言學論叢」之外，編印「語文教學叢書」，專門出版討論中外語文教學理論與實際應用的著作。我們竭誠歡迎對現代語言學與語文教學懷有熱忱的朋友共同來開拓這塊「新生地」。

語文教學叢書編輯委員會　謹誌

自 序

漢語詞法句法續集收錄了近兩年來所發表有關漢語詞法與句法的論文共十一篇。其中，「為漢語動詞試定界說」、「漢語詞法與兒童語言習得：㈠漢語動詞」、「新詞創造與漢語詞法」、「詞法與句法的相關性：漢、英、日三種語言複合動詞的對比分析」等四篇是有關漢語動詞（特別是複合動詞）的文章，不過為了討論普遍語法也牽涉到了英語複合動詞與日語複合動詞的對比分析。「普遍語法與漢英對比分析」以及「普遍語法與英漢對比分析：X標槓理論與詞組結構」兩篇則根據當代語法理論提出漢語句法與英語句法的對比分析：前一篇文章從普遍語法「原則」與「參數」的觀點概括的分析漢語與英語的句法結構，而後一篇文章則依照「X標槓理論」詳細比較英語與漢語的詞組結構。另外有五篇附錄，包括「關於漢語的類型特徵」、「國語語法研究：過去、現在與未來」、「漢語語法研究的回顧與前瞻」、「從現代語言教學的觀點談小學國語教學與外籍學生華語教學」與「從語文分析談華語文的教學教材」，分別討論漢語的語言類型、漢語語法研究的歷史背景與當前課題、漢語語言學對於國內國語教學以及海外華語教學的應用等問題。

近幾年來海外語法理論與分析的進展異常迅速，林林總總、源源而來的論文與專書眞令人有目不暇給的感覺。國內漢語語法的研究也應該順應潮流，急起勇追。最近由於語音辨認、語音合成、人工智慧、機器翻譯、中文資料電腦處理等應用上的需要，國內興起了一股研究漢語語音、詞彙、句法、語意、語用、言談、篇章的熱潮。語言學研究所，也繼師大與輔大之後，在清大、政大、高師等各處紛紛設立。我常想：一個人在五十歲以前要"人盡其才"，而在五十歲以後則要"物盡其用"。「漢語詞法句法續集」可以說是在這種心情與感受下繳出來的心得報告。如果這一份心得報告能夠爲有志研究漢語語法的人做一塊小小的踏脚石，那麼我就心滿意足了。

今天是愛兒志理的六週年忌日，而這篇自序是父子分手以來我寫的第六篇自序。當年在心中默默的期許自己，爲了紀念酷愛語言與語言分析的志理，希望每年都能出一本新書。或許是這個緣故，每逢夜闌人靜自個兒寫文章或校對原稿的時候，總覺得他在身傍對著我微笑。失去了孩子以後纔深切的體會子女的乖巧與孝順是多麼的可貴。託許多良師益友之福，長女志眞正在美國趕寫博士論文，次男志永也順利的獲得了碩士學位。今年預定要出版兩本新書，其中一本獻給我所有的老師與學生，這一本就獻給三個子女，藉以感謝他們的善體人意，爲我們夫妻帶來無限歡樂。

湯廷池

一九八九年七月二日

漢語詞法句法續集

目　錄

詞法篇

句法篇

綜合篇

詞 法 篇

為漢語動詞試定界說

一、前 言

我們從事語言的研究或語法結構的分析，其終極的目標在於建立有關「普遍語法」(universal grammar) 的理論與闡明有關「語言習得」(language acquisition) 的眞相。普遍語法理論的建立，探求怎麼樣的語言纔是可能存在的自然語言 ('What is possible language?')；而語言習得眞相的闡明，則詮釋人類孩童究竟怎麼樣學會語言 ('How children acquire their languages?')。本文擬以漢語動詞爲例，探求漢語的動詞在語音形態、詞彙結構、句法結構、句法功能、次類畫分等各方面具有那些特徵與限制，藉以了解漢語「詞法」(word syntax) 在普遍語法中的地位以及孩童如何習得這種詞法。

二、漢語動詞的語音形態

漢語動詞，依其所包含音節之多寡，可以分為「單音(節)動詞」(monosyllabic verb)、「雙音(節)動詞」(disyllabic verb)與「多音(節)動詞」(polysyllabic verb) 等三種。單音動詞，如“笑、哭、走、跑、站、坐”等，通常只包含一個語素❶。雙音動詞，如“搖動、動搖、產生、生產、提高、擴大、推廣、流失、主持、回顧、美化、綠化”等，通常都由兩個語素合成，但是在極少數的「聯綿詞」(如“徘徊”)、「象聲詞」(如“嘀咕、嗚咽”)與「譯音外來詞」(如“休克＜shock”、“派司／派斯＜pass”、“凱司／開司＜kiss”) 等❷裡卻只含有一個語素。根據普通話三千常用詞表(初稿)的統計，在所收九百四十一個動詞中，雙音動詞

---

❶ 但是也有“玩兒”〔war〕“火兒”〔huɔr〕等單音節而包含兩個語素的特殊例外。

❷ 單音動詞裡也有“當＜down”這個譯音外來詞。漢語裡，無論是聯綿詞或譯音外來詞，都很少發現動詞。例如“拷貝＜copy、全錄＜Xerox、巴士＜bus”等外來詞在英語裡可以兼做名詞與動詞用，而在漢語裡卻多做名詞用。就是“休克、派司、開司”等動詞意味較強的詞彙也常做名詞用(如“起休克、打派司、打開司”)。我們似乎可以說：漢語動詞是僅次於代詞、介詞、連詞等虛詞而不容易接受外來詞或新造詞 (neologism) 的實詞。

有五百七十三個（共佔百分之六十一）。❸我們也可以舉下列事實來指出漢語動詞有「雙音化」的傾向。❹

㈠「同義並列」：漢語裡有許多雙音動詞都以同義並列的方式來形成，例如"動搖、產生、製造、建築、敍述、詢問、驅逐、遺漏、贈送、委託、購買、挑選、尋覓、捨棄、鍛鍊、豐富"等。由兩個同義語素並列而成的複合詞，所表達的仍然是個別語素的意義，其目的似乎不在於語義的加強，而在於音節的雙音化。

㈡「添字補音」：漢語裡另有許多雙音動詞，雖然在形式上是兩個語素，但在實質上是以其中一個語素為主體，而以另外一個語素做陪襯。例如：在"打算、打掃、打扮、打攪、打撈、打賭、打探、打獵、打發"這些複合動詞裡，主要的意義都由後一個語素來表達，而前一個語素來陪襯。"打"是語義內涵頗為空洞的「廣泛動詞」(general verb)❺，其主要的功用似乎也在於促進漢語動詞的雙音化。同樣的，"發抖、發呆、發覺"等複合動詞都以後一個語素為主體，前一個語素為陪襯；而"佔有、據有、擁有、具有"與"縫製、印製、調製"等複合動詞則以前一個語素為主體，以後一個語素"有、製"等為陪襯，似亦具有雙音化的作用。

❸ 但是單音動詞大都是最常用的基本動詞。因此，如果不照詞表而照出現次數來計算，那麼單音動詞的百分比就會大量增加。可是如呂(1984, p. 444)所指出，如果把計算的範圍擴大到三千字以外，那麼單音動詞的比重就會縮小，而雙音動詞的比重則會擴大。

❹ 參呂(1984, pp. 418-423)與李(1986, pp. 37-38)。

❺ 參"打派司、打開司、打歌、打牌、打魚、打盹、打瞌睡、打噴嚏、打官腔、打馬虎眼"等裡"打"的「廣泛動詞」用法。

㈢「詞組縮簡」:漢語裡另有些雙音動詞似乎由多音詞組縮減與凝結而成,例如"適合心意>合意、如琢如磨>琢磨、掃除文盲>掃盲"等。

㈣漢語裡有些表示「動貌」(aspect)與「及物」(transitivity)的雙音動詞(如"進行、加以、予以、給予、受到"等)❻以及表示情狀的雙音副詞(如"互相、共同、各自、分別、一律、日益、逐漸"等)通常都與雙音或多音動詞連用,而很少與單音動詞連用。❼

現代漢語裡雙音詞的增加可以從語音、節奏、語意、體裁多方面來說明其理由。❽在語音上,雙音詞的增加是爲了避免同音混淆,以方便詞義在聲音上的辨析。在節奏上,雙音詞的產生是爲了符合漢語兩個音步四個音節的節奏傾向。在語意上,雙音詞(如"檢查、調查、勘查")的意義比單音詞(如"查")的意義更加明確。而在體裁上,雙音詞(如"訂製、製造、建造")的書面語色彩比單音詞(如"做、造、蓋")濃厚。

多音動詞包含三個或三個以上的音節,但是漢語動詞如果不包含動貌標誌(如"了、過、著、起來、下去"等)、可能式(即

---

❻ 但是"繼續、開始、停止"等表示動貌的雙音動詞則沒有這種限制。朱(1984, p. 60)把"進行、加以、給以、予以、受到、有、作"等只能帶某些雙音動詞爲賓語的動詞叫做「準謂賓動詞」。

❼ 另一方面,漢語裡許多雙音動詞(如"研究、分析、調查、了解、發生、生產、製造"等)則常要求後面的賓語名詞至少是雙音節,而單音節賓語則多半限於代詞。呂(1984, p. 424)認爲這些是漢語節奏「四音化」傾向的表現。

❽ 參李(1986, pp. 39-42)。

「中綴」(infix) 的“得／不”)、重叠或副詞等，那麼最多只能有三個音節。❾漢語的三音動詞，爲數不多。根據普通話三千常用詞表(初稿)的統計，三音動詞在總數九百四十一個的動詞中只佔兩個。在譯音外來詞中也只有“馬殺鷄＜massage”可以當動詞用(如“先生，我來給你馬殺鷄，好不好？”)，其他如“馬拉松＜marathon、高爾夫＜golf”等都只能當名詞而很少當動詞用。漢語三音動詞的主要來源是以雙音名詞(如“工業、商業、電氣、機械、條理”等)或形容詞(如“自動、民主、理想、具體、抽象”等)爲「詞根」(root) 或「詞幹」(stem) 而以表動詞的“化”爲「後綴」(suffix) 的派生動詞，例如“工業化、商業化、電氣化、機械化、條理化、自動化、民主化、理想化、具體化、抽象化”等。我們有理由相信，在漢語裡單音動詞與雙音動詞是一般常見的「無標」(unmarked) 的動詞，而三音動詞是特殊例外的「有標」(marked) 的動詞。這一點可以從下面的語法事實中看出來。

㈠單音動詞與雙音動詞都可以帶上“了、過、著、起來、下

---

❾ “感受到、意識到、意料到、體會到、覺悟到”等裡所出現的“到”做「準動貌標誌」(quasi-aspect marker) 處理，並請注意這些動詞很少與其他動貌標誌連用。又“弄清楚”、“調查清楚”等多音節的「述補結構」，在本文裡做爲「詞組」來分析。另外，在書面語或口語裡，「四字成語」也常充當句子的謂語用，例如“暴君下令把忠臣五馬分屍”、“據說張先生在臺北金屋藏嬌”。但是在這些例句裡眞正的動詞成分仍然是雙音節的“分屍”與“藏嬌”，而“五馬”與“金屋”分別是表示手段與處所的狀語。

去"等動貌標誌，而三音動詞則比較不容易帶上這些動貌標誌。❿

㈡單音動詞與雙音動詞都可以重疊而表示「嘗試貌」（attemptive aspect）或「短暫貌」（tentative aspect），而三音動詞卻無法如此重疊。試比較："我來試試（看）"、"我們大家一起來研究研究（看）"、"??我來給你馬殺鷄馬殺鷄（看）"、"*我們大家來把這個問題條理化條理化（看）"。

㈢單音動詞與雙音動詞都可以出現於賓語名詞的前面，而三音動詞則不能出現於賓語名詞的前面，只能出現於賓語名詞的後面。試比較："??我來馬殺鷄你／我來給你馬殺鷄"、"??她常理想化周圍的一切／她常把周圍的一切（加以）理想化"、"??我不知道應該如何條理化這個問題／這個問題，我不知道應該如何條理化"。

三、漢語動詞的詞彙結構

漢語動詞，依其所包含語素之多寡以及這些語素組合情形之不同，可以分爲「單純動詞」（simple verb）、「派生動詞」（derivative verb）與「複合動詞」（compound verb）等三種。單純動詞只含有一個語素，並以這一個語素爲「詞根」（root），形成動詞。這一個詞根可能是單音語素（如"笑、哭、跳、跑"），也可能是雙音語素（如"徘徊、休克、拷貝"）或三音語素（如"馬殺鷄"）。派生動詞由兩個語素合成，以其中一個語素爲詞根

❿ 譯音外來詞的"馬殺鷄"似乎比"工業化"等派生動詞容易帶上動貌標誌，因此有些人會接受"這樣天天馬殺鷄下去，還得了"這樣的例句。

或「詞幹」(stem)，而以另外一個語素爲「詞綴」(affix)。在漢語動詞裡，這種表示詞性的詞綴只有"兒"與"化"兩種⓫，都不能獨立出現(卽「粘着(的)」(bound))，而且只能出現於詞根後面(卽「定位(的)」(fixed))的「後綴」(suffix)。其中"兒"是漢語固有的後綴，只能附加於"玩、火、嗤、顚、葛"等少數單音詞，其中"火兒、顚兒、葛兒"常與動貌標誌"了"連用。⓬另一方面"化"是在漢語歐化的影響下孳生的後綴⓭，本來也出現於"變化、進化、退化、腐化"等複合動詞裡，現在則更附加於單音名詞(如"火化、風化、氧化、鈣化、洋化、內化")、單音形容詞(如"美化、綠化、醜化、軟化、硬化、僵化、老化、同化、異化、惡化")、雙音名詞(如"工業化、商業化、電氣化、機械化、條理化、貴族化、平民化、科學化、美國化")、雙音形容詞(如"特殊化、合理化、普遍化、自動化、民主化、理想化、具體化、抽

⓫ 這是就「構詞詞綴」(derivational affix)而言。漢語動詞的詞綴，除了"兒"與"化"這兩個表示詞性的「構詞詞綴」以外，還有"了、過、着"等表示動貌的「構形詞綴」(inflectional affix)。由動詞詞根與構形詞綴合成的詞(如"看了、休克過、馬殺鷄着")，在分類上可以歸於廣義的派生詞。又漢語動詞的派生，在詞根後面加上構詞詞綴以後，還可以在這個派生動詞後面再加上構形詞綴(如"僵>僵化>僵化了")。但是在詞根後面加上構形詞綴以後，就不能在後面再附加構詞詞綴(如"僵>僵着>*僵着化")。

⓬ "嗤兒"表示"罵、責備"，而"火兒了、顚兒了、葛兒了"則分別表示"生氣了、走了、死了"。參朱(1984, p. 31)與陸(1975, p. 127)。

⓭ 呂(1984, p. 517)認爲表示動詞的後綴"化"與表示名詞的後綴"員、家、人、度、法、學、力、氣、性"等一樣，差不多可以算是後綴，然而還是差一點，因而稱爲「類後綴」(quasi-suffix)。

象化、現代化、國際化、明朗化”)。可見，在漢語派生動詞裡後綴“兒”的「孳生力」(productivity)本來就不強；但是類後綴“化”的孳生力卻非常旺盛，雖然其孳生力多半限囿於書面語裡。又漢語的派生動詞所包含的語素個數在單音與雙音派生動詞（如“玩兒、氧化、綠化”）裏限於兩個⑭，而在三音派生動詞（如“工業化、科學化、美國化、特殊化、合理化、明朗化”）裡則限於三個。因爲漢語的前綴如“初、第、老、阿、小”等不能附加於動詞的前面，而類前綴中“可”（如“可愛、可笑、可靠、可能、可惜、可憐”）與“好／難”（如“好〔難〕看、好〔難〕聞、好〔難〕聽、好〔難〕受、好〔難〕吃”）等附加於動詞的前面而形成的形容詞則不能再附加動詞後綴“化”。⑮另外，把類前綴“半、非、反”等附加於帶有後綴“化”的派生動詞後所形成的大都是形容詞（如“半現代化、非現代化、反現代化”）。

根據 Lieber (1983: 252) 的看法，所有的語素（不分詞根、詞幹或詞綴）都在詞彙中具有「詞項記載」(lexical entry)，並在詞項記載裏備有「詞性」(category)、「次類畫分」(subcate-

---

⑭ 但是在「詞根＋構詞後綴＋構形後綴」的情形中則可以含有三個語素（如“玩兒了、美化過、僵化着”）。

⑮ 有些人認爲在例句“他們正在如火如荼的進行反官僚化”裡出現的“反官僚化”是動詞的用法。但是在這個例句裡動詞“進行”屬於只能帶謂詞性賓語的「準謂賓動詞」，而“反官僚化”是做「名動詞」用（參朱(1984, p. 59)）。這種「名動詞」或「謂詞性賓語」通常限於某些雙音動詞，而且只能以體詞或形容詞爲修飾語，不能以副詞爲修飾語。試比較：“*進行查、進行調查、*進行立刻調查、?? 進行詳細調查、進行詳細的調查、進行農村(的)調查”。

gorization)、「語意表顯」(semantic representation)、「論元結論」(argument structure)、「分辨標識」(diacritic specification) 等有關的訊息。以動詞後綴“化”為例，這個後綴必須附加於單音或雙音名詞(如“火化、洋化、工業化、官僚化”⑯)以及單音或雙音形容詞 (如“美化、綠化、特殊化、合理化”) 之後而形成「使動性」(causative) 及物動詞。⑰ 我們還可以利用 Lieber (1983, pp. 252-254) 所提出的「屬性滲透公約」(Feature Percolation Conventions)⑱，並以樹狀圖解的方式來表示“科學化”與“美國

⑯ 有些人認為漢語裡可以有“大企業化”、“精密工業化”等說法。但是這些四音或五音派生動詞聽起來不太自然，而且其用法似乎也限於“中小企業的大企業化”，“現階段臺灣的精密工業化”等「名動」用法。

⑰ 附加於動詞後面的“化”(如“變化、進化、退化、腐化、分化、消化、感化、催化”等) 似乎屬於並列或偏正複合詞，而不是派生詞。請注意，只有少數單音動詞“變、進、退、腐、分”等可以與“化”並列而成複合詞，雙音動詞 (如“*進步化、*分裂化”) 則不能如此並列或派生。

⑱ Lieber (1983) 係針對英語的複合詞提出如下的「屬性滲透公約」:

「公約一」: 詞幹語素的所有屬性，包括詞性屬性在內，滲透到支配這個語素的第一個未分枝節點 (the first nonbranching node)。

「公約二」: 詞綴語素的所有屬性，包括詞性屬性在內，滲透到支配這個語素的第一個分枝節點 (the first branching node)。

「公約三」: 如果分枝節點未能依「公約二」而獲得詞性屬性，那麼下面一個節點的詞性屬性就自動的滲透到這個節點來。

「公約四」: 如果兩個詞幹互成姊妹節 (即這兩個詞幹形成複合詞)，那麼右端詞幹的詞性屬性就滲透到支配這兩個詞幹的分枝節點來。

我們在這裏先只採用「公約一、二與三」，至於「公約四」則到了漢語複合動詞的討論時再詳論。

化”這兩個三音派生動詞的詞彙結構。⑲

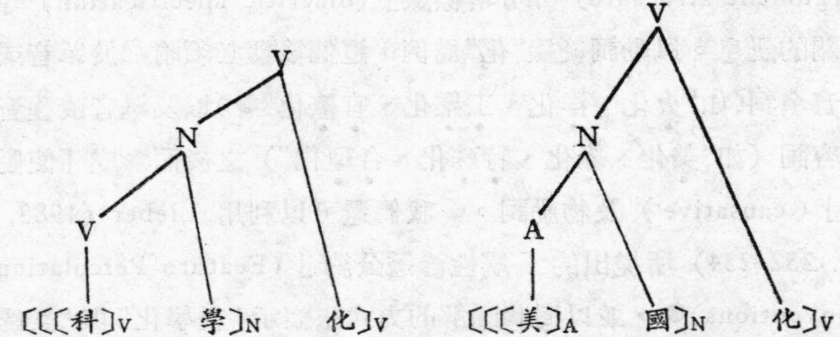

至於四音名動詞“反官僚化”的樹狀圖解則可以表示如下：

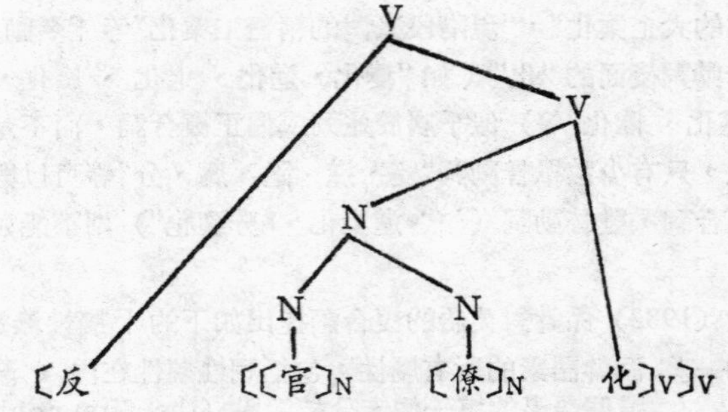

可見漢語的派生詞，其詞性不能依詞根來決定，而必須以後綴來決定，因而形成「中心語在右端」(rightheaded) 的詞彙結構。

複合動詞係由兩個或兩個以上的詞根組合而成。漢語複合詞

⑲ 我們在這裡把詞幹“科”與“美”的詞性權宜的推定為動詞與形容詞。“科”可以做動詞“科斷”解，但“美”在“美國”裡是譯音，應該是沒有詞性。但是依照「公約三」，語素“科”與“美”沒有詞性時“科學”與“美國”仍能獲得名詞的詞性。

組合成分之間的結構關係，基本上與句法結構關係一致⑳，大致可以分爲㈠「主謂式」(subject-predicate compound)、㈡「述賓式」(predicator-object compound)、㈢「偏正式」(modifier-head compound)、㈣「並列式」(coordinate compound)、㈤「述補式」(predicator-complement compound)。㉑我們在這裡不做「自由語素」(free morpheme) 與「粘着語素」(bound morpheme) 的區別。因爲漢語語素的自由與否，無論用語音（如輕音與兒化）、語法（如替代法、擴展法、移位法）或語意（如語素的語義在複合詞中是否改變）做檢驗的標準，都無法獲得一律通用且前後一致的結果。有些語素在文言詞彙是自由語素，而在白話詞彙卻是粘着語素。也有些語素在某一個漢語方言中是自由語素，而在另外一個漢語方言中卻是粘着語素。更有一些語素在複合詞中的詞性極不容易辨別或確定，而語素的詞性與語素的自由與否之間常有相當密切的關係。因此，漢語派生詞與複合詞的界限，不以語素的自由與否爲檢驗的標準，而以「詞根與詞綴」的組合及「詞根與詞根」的組合爲決定的依據。詞根是「不定位語

---

⑳ 參 Chao (1968: 194)。

㉑ 「述賓式」與「述補式」亦有人稱爲「動賓式」與「動補式」。我們爲了避免「語法範疇」(grammatical categories，如動詞、名詞、形容詞、介詞) 與「語法關係」(grammatical relations，如賓語、述語、謂語、補語、主語、修飾語、中心語) 的混合使用，一律以組合成分所具有的語法關係來稱呼。又「偏正式」亦有人稱爲「主從式」，我們這裡用「偏正式」，因爲這個名稱與其他名稱「主謂式、述賓式、述補式」一樣，名符其實的反映了修飾語素與中心語素在複合詞裡排列的前後次序。

素」，在複合詞裡出現的位置原則上不受限制。詞綴是「定位語素」，在派生詞裡只能前置（即「前綴」）或後置（即「後綴」）。「不定位語素」的「詞根」與「詞根」組合而成爲「複合詞」。關於漢語複合動詞的句法結構，我們在下一節裡做更進一步的討論。

四、漢語動詞的句法結構

我們在前面已經提到：漢語複合詞的組合成分之間的結構關係基本上與句法上的結構關係一致。我們甚至可以假定凡是有關漢語句法結構的條件或限制都可以一律適用於漢語的詞彙結構。以「主謂式」爲例，「主謂式」這個詞彙結構相當於「句子」這個句法結構。因此，主語名詞必須出現於謂語動詞或形容詞的前面（如"地震、兵變、頭疼、眼紅"）、及物動詞必須出現於賓語名詞的前面（如"肺結核、腹積水、腦充血、佛跳牆、螞蟻上樹"）、不及物動詞不能帶上賓語名詞（如"氣喘、耳鳴、霜降"）、狀語出現於動詞的前面（如"胃下垂、金不換"）。以下就漢語動詞的主謂式、述賓式、偏正式、並列式、述補式等逐項加以討論。

㈠主謂式複合動詞：主謂式複合詞的組合成分之間，具有句法上的主語與謂語的關係。漢語主謂式複合詞的句法功能多半是名詞（如"秋分、夏至、霜降、地震、兵變、輪廻、(落）花生、金不換、佛跳牆、氣喘、氣結、便秘、頭痛、耳鳴、耳漏、胃下垂、肺結核、腦充血、心肌梗塞"）與形容詞（如"面熟、心煩、心疼、心善、心淨、手硬、肉麻、膽怯、膽小、耳背、嘴硬、臉嫩、氣粗、性急、命薄、言重、理短、年輕、耳根軟、肝火旺”），能專用爲動詞的爲數甚少。只有在“好久沒有地震過了”、“他常頭痛／便秘／氣喘／耳鳴”、“您心疼／言重了”這些例句裡的主謂式複合詞的用法具有動詞的性質，似可以視爲名詞與形容詞的「轉類」(conversion)。另外，“例如、譬如、類如、貌似、理當”等在句法結構上是主謂式，其句法功能也類似動詞。漢語的主謂式複合詞可以用“〔N‖V〕$_N$”、“〔N‖VN〕$_N$”、“〔N‖A〕$_A$”的符號來表示，都是「無中心語的」(headless)「異心結構」(exocentric construction)；在現代漢語裡除了用來稱呼疾病或食物的名稱以外，其孳生力並不強。

(二)述賓式複合動詞：述賓式複合詞基本上由述語動詞與賓語名詞組合而成（〔V|N〕$_V$），其中可以用爲動詞的如“打氣、奔波、抱怨、埋怨、咳嗽、提議、留神、列席、効勞、進口、起草、得手、逗笑、出力、講理、發愁、見笑、洗澡、鞠躬、抬槓、造謠、下鄉、示威、動員、打賭、出版”等。在述賓式複合動詞裡中心語動詞出現於賓語名詞的前面，因而形成「中心語在左端」(leftheaded) 的詞彙結構。

嚴格說來，述賓式複合動詞的述語成分不一定限於動詞，也包括從形容詞（如“小心、寒心、鬆勁、善後、滿意”）甚至於從名詞（如“灰心、鐵心”）轉類而來的動詞性成分。這些由形容詞或名詞轉類而來的動詞都具有「使動」(causative) 的「及物」(transitive) 用法，因而“鬆勁”是“使勁放鬆”，而“鐵心”是“使心如鐵一般的硬”的意思。述賓式複合動詞的賓語成分也不限於名詞，而包括從形容詞（如“動粗、着涼、虧空、爲難、隔熱、舉重”）甚至從動詞（如“告別、赴任、失守、接生、接吻、放學、退押、還押、講和、退燒”）轉類而來的名詞性成分[22]。另外，述語成分與賓語成分之間的「論旨關係」(thematic relation)或「語意關係」(semantic relation) 也相當複雜。[23]例如，有些動詞在本質上是不及物動詞，卻也可以出現於述賓式複合動詞（如“走路、落後、跑步”）；另有些動詞的語意內涵較爲空洞，其主要用意在於引導賓語來形成謂語（如“做夢、打賭”）；更有些動詞的賓語名詞，除了這個動詞以外幾無選擇其他動詞的餘地，因而述語與賓語之間的語意關係幾乎是「自明」而「多餘」的（如“說話、講話、睡覺、吃飯、跳舞、嘆氣、訴苦、種地”）。這些述語動詞的賓語類似英語的「同源賓語」(cognate object)。[24]這裏我們把述語動詞與賓語名詞的語意關係扼要整理如下：

(1)賓語名詞表示動作的「處所」(Location)：如“走路、落後、住校”等。

(2)賓語名詞表示動作的「起點」(Source)：如“下台、跳樓、出家”等。

(3)賓語名詞表示動作的「終點」(Goal)：如“上台、跳水、進洞”等。

(4)賓語名詞表示動作的「工具」(Instrument)：如“開刀、

[22] 這一種形容詞與動詞的「名物用法」常見於句法結構中，例如“愛美是人的本能”、“罵是愛，打是疼”、“見面容易，別離難”。

[23] 參 Chi (1985, pp. 53-57)。

[24] 陸 (1975, p. 83) 稱這類賓語爲不代表動作目的物或直接受事的「自身受詞」。

跳傘、拚命"等。

⑸賓語名詞表示動作的「受事」(Patient)："下飯、退票、接骨"等。

⑹賓語名詞表示動作的「結果」(Result)：如"煮飯、點火、做夢"等。

⑺賓語名詞表示動作的「原因」(Cause)：如"逃難、失火"等。

⑻賓語名詞表示動作的「目的」(Objective)：如"逃命"等。

⑼賓語名詞表示動作的「主事」(Agent)：如"鬪鷄、賽馬、走人"等㉕。

⑽其他：如"開竅、跪香、跳神"等。

述賓式複合動詞常能擴展；也就是說，述語動詞與賓語名詞之間常能插入動貌標誌、數量詞或其他修飾語。例如，"走路"可以擴展為"走了路、走了一段路、走了一段很長的路"，"跳舞"也可以擴展為"跳過舞、跳過三次舞、跳過什麼舞"。陸（1975）把未擴展的述賓式複合動詞視為「詞」(word)，但把擴展後的述賓結構視為「詞組」(phrase) 而稱為「離合詞」(discontinuous word)。漢語述賓式複合動詞之能否擴展，並不完全視組合語素之是否自由而定。例如，"鞠躬"由兩個粘着語素"鞠"與"躬"組合而成，卻也能擴展為"鞠了躬、鞠一個躬"。另一方面，"關心"則由兩個自由語素"關"與"心"組合而成，卻不能擴展為"＊關了心

㉕ 在這些例句裡動詞是「使動」(causative) 用法，因此"鬪鷄"做"使鷄鬪"解。

、關一個心”。㉖在一般口語裏，述賓式複合動詞的擴展遠比書面語自由，陸（1975，p.82）也舉出了“坦過一回白、貪過一點汚、體了一堂操、後了一陣子悔”等用例。在這些用例中，“體操”與“後悔”本來是偏正式複合動詞，卻也比照述賓式複合動詞而加以擴展。我們的兒童也在未有人指點之下，常把偏正式複合名詞“大便”與“小便”當做述賓式複合動詞使用並加以擴展（如“小便小好了，大便還沒有大完”）。

主謂式複合動詞在內部結構上具有句子的形態，在語意上表示「事態」(state)、「事件」(event)或「行動」(action)，因而在外部功能上可以當名詞、形容詞或由此轉類的不及物動詞用，但不能做爲及物動詞用。另一方面，述賓式複合動詞雖然具有述語動詞與賓語名詞的內部結構，但在外部功能上卻可能是不及物動詞，也可能是及物動詞。有些述賓式複合動詞，因爲本身已經含有「詞法上的賓語」(morphological object)，所以不能再帶上「句法上的賓語」(syntactic object)，例如：“鞠躬＞*鞠躬你”、“生氣＞*生氣你”、“開刀＞*開刀你”、“加油＞*加油你”、“免職＞*免職你”、“講話＞*講話你”等。這些動詞如果要另外帶上句法上的賓語通常可以用下面兩種辦法。一種辦法是利用適當的介詞（如“向、爲、替、把、對、跟”等）來引導句法上的賓語，並把這個介詞組放在整個複合動詞的前面（如“向你鞠躬、對你生氣、給你開刀、爲〔替〕你加油、把你免職、對〔跟〕你講

㉖ 但是有些人接受“你應該對兒子多關點心”這樣的說法，陸（1975, p. 82）也接受“小點兒心”的說法。

話）。另一種辦法是利用修飾語標誌"的"把句法上的賓語改爲名詞的修飾語，並放在複合動詞裏面述語與賓語的中間（如"生你的氣、免你的職、開你的刀"）。㉗另一方面，有些述賓式複合動詞的賓語名詞則經過「名詞併入」(noun incorporation) 而成爲複合動詞的一部分，而整個複合動詞也經過「再分析」(reanalysis) 而成爲及物動詞，所以可以直接帶上句法上的賓語（如"關心你、爲難我、取笑他"）。

從以上的分析與討論，漢語的述賓式複合動詞必須以及物動詞（包括從形容詞或名詞轉類而來的動詞性成分）爲述語，而必須以名詞（包括從形容詞或動詞轉類而來的名詞性成分）爲賓語，以滿足其內部的「論元結構」(argument structure)，即及物動詞必須以賓語名詞爲其「域內論元」(internal argument)。因此，在外部的句法功能上，述賓式複合動詞通常是不及物動詞，不能再帶上賓語，只能由介詞或以修飾名詞的方式來引導語意上的賓語。但是有一些述賓式複合動詞則容許把內部的賓語名詞語素「併入」後「再分析」爲及物動詞，因而可以再帶上賓語名詞組。依照上面的討論，漢語的述賓式複合動詞，根據其外部功能，可以分爲下列四類：

㉗ 根據「格位理論」(Case theory)，這些述賓式複合動詞之所以不能再帶上賓語是由於"〔V|N〕v NP"裡的動詞V只能分配「格位」(Case) 給名詞N，卻不能分派格位給名詞組 NP，所以不合語法。但是在"P NP〔V|N〕v"裡由介詞 P 引導的名詞組 NP 則可由這個介詞分派格位，而在"〔V|NP 的N〕v"裡的名詞組 NP 也可以獲得「領位」(genitive Case)，所以合語法。

(1) 因為動詞本身已含有詞法上的賓語，因而不能再帶上句法上的賓語者（+〔____卄〕)：如"升旗、放學、下鄉、曠職、隔熱、分紅、舉重、列席、發愁、回暖、咳嗽、落後、虧本、開竅、走路、種地、進步、退步"。

(2) 雖然動詞本身已含有詞法上的賓語，但這個賓語名詞因「併入」與「再分析」而具有及物動詞的功能，因而可以直接帶上句法上的賓語者（+〔____NP〕)：如"關心、當心、小心、擔心、注意、得罪、為難、抱怨、埋怨、取笑、挖苦、起草、失守、登陸"。這一類複合動詞的組成成分凝結力較強，述語語素與賓語語素之間常不能插入動貌標誌。

(3) 動詞本身不能帶上句法上的賓語，但可以用修飾名詞的方式引導語意上的賓語者（+〔____NP（的）____〕)：如"幫忙、操心、造謠、逗笑、丟臉、叨光、託福、中意、合意、如意"。

(4) 動詞本身不能帶上句法上的賓語，但可以用介詞引導語意上的賓語者（+〔P NP____〕)：如"滿意、鞠躬、告別、動粗、提議、効勞、加油、出力、示威、打賭、抬槓、結仇、講話、講理、講和、免職、撤職、接生、洗澡、掛失"。有些述賓式複合動詞可能兼居兩類，如"注意你／對你注意"、"幫你的忙／幫忙

㉘ 這些觀察表示漢語的「把字句」不一定可以從含有及物動詞與直接賓語的句式經移位變形而產生，而只能由基底結構直接衍生。試比較下列四類動詞與「把字句」的關係。

(1)"免職、撤職"：+〔____NP的____〕；+〔把 NP____〕

(2)"關心、注意"：+〔____NP〕；+〔對 NP____〕

(3)"得罪、逗笑"：+〔____NP〕；+〔把 NP____〕

(4)"為難"：+〔____NP〕；+〔跟 NP____〕

你"、"免你的職／把你免職"。㉘又述賓式複合詞的述語必須是單音動詞，而賓語必須是單音名詞。含有雙音或多音動詞（如"說破嘴、盡到心、繃着臉、披散着頭髮"）以及雙音或多音名詞（如"費唇舌、打圓場、打退堂鼓、喝西北風、睡婆婆覺"）的述賓結構，由於動詞或名詞本身是複合詞，所以可以做爲詞組來分析。漢語述賓式複合動詞的孳生力相當強，根據 Huang (1987) 的調查統計，在國語日報辭典所蒐錄的雙音複合動詞八千三百五十個中，屬於述賓式複合動詞的約佔百分之三十五。

(三)偏正式複合動詞：偏正式複合動詞基本上以及物或不及物動詞爲中心語，而以形容詞、名詞、動詞、副詞、數詞等爲修飾語。因爲在漢語的句法結構中，動詞的修飾語經常出現於動詞的前面，所以在偏正式複合動詞中各種修飾語素也出現於動詞中心語素的前面。

(1) 以形容詞㉙語素爲修飾語的偏正式複合動詞（〔A/V〕v）：如"輕視、重視、重賞、熱愛、冷笑、傻笑、軟禁、普及、蔑視、榮任、統轄、馴養、忠告、豐收、猛襲、旁聽、旁觀、複寫、複印、複製、複選、公布、公告、公開、公推、公舉、公祭、公認、多謝、少候、假冒、假充、緩徵、滿載"。

(2) 以名詞語素爲修飾語的偏正式複合詞(〔N/V〕v)：如"火葬、風行、空襲、意料、規定、利用、聲請、路祭、根據"。如果把"上、下、前、後、內、外、中、左、右"等表達時地的方位

㉙ 這裡的形容詞語素也可以分析爲由形容詞轉類爲副詞後修飾動詞語素。這類偏正式複合動詞大都是文言氣息甚爲濃厚的詞彙。參陸 (1975, p. 63)。

語素也視爲廣義的名詞，那麼"上訴、下拜、下達、前進、後悔、後起、內應、內服、外加、外帶、外放、外欠、中立、左轉、左傾、右傾"等也屬於這一類偏正式複合詞。

(3) 以副詞語素爲修飾語的偏正式複合動詞（〔Ad/V〕v）：如"自稱、自修、自備、自命、相信、互選、預備、預防、切記、頓悟、過獎、過慮、並列、姑息、生怕、生疼、再婚、再議、再生、恰如、休想、休怪"。

(4) 以動詞語素爲修飾語的偏正式複合動詞（〔V/V〕v）：如"主持、袒護、抗議、申辯、克服、檢舉、參拜、查勘、監視、回顧、回憶、回想、回答、回報、回敬、回請、訂製、監製、印製、縫製、調製、誤打、誤殺、誤傷、補救、分辯、連任、對照、合奏、代理、改組、輪值、借問、交換"。

(5) 以數詞語素爲修飾語的偏正式複合動詞（〔N_u/V〕v）：如"兩立、三分、四散"。

除了上面以動詞語素爲中心語的偏正式複合動詞以外，漢語詞彙中還有少數以形容詞語素爲中心語的偏正式複合動詞：例如①以動詞語素爲修飾語（〔V/A〕v），如"端祥、讚美、夾雜"；②以形容詞語素爲修飾語（〔A/A〕v），如"偏重"；③以名詞語素爲修飾語（〔N/A〕v），如"中飽"。也有少數以名詞語素爲中心語的偏正式複合動詞：例如①以動詞語素爲修飾語(〔V/N〕v)，如"疑心"；②以形容詞語素爲修飾語(〔A/N〕v)，如"美言、直言"㉚；

㉚ "美言、直言"裡的"言"在文言詞彙中做動詞解，所以，"美言、直言"在文言詞彙中應該屬於「形容詞（或副詞）修飾動詞」的偏正式複合動詞，在現代漢語中則常有"在總經理面前替我美言幾句"等說法。

③以名詞語素爲修飾語素（〔N/N〕v），如"物色"㉛。這些都是起源於文言，而且已經「凍結」（frozen）的詞彙，國人中很少有人知道"端詳、物色"等複合詞的起源是怎麼來的。

偏正式複合動詞主要以動詞爲中心語，而這個動詞可能是及物動詞，也可能是不及物動詞。如果中心語是不及物動詞，那麼這個偏正式複合動詞的外部句法功能原則上是不及物動詞（如"傻笑、少候、倒臥、前進、風行"）；如果中心語是及物動詞，那麼這個偏正式複合動詞的外部句法功能原則上是及物動詞（如"熱愛、重視、輕視、主持、袒護、擁護、檢舉、代理、後悔、冒充、捐助"）。但是有許多以及物動詞爲中心語的偏正式複合動詞都可以有不及物用法（如"連任、改組、申辯、回答、旁聽、旁觀、遷就"）㉜，更有一些及物動詞爲中心語的偏正式複合動詞則只有不及物用法（如"火葬、筆談"）㉝。偏正式複合動詞大都屬於已經凍結的文言詞彙，在現代白話詞彙裏其孳生力已不強。

(四)並列式複合動詞：並列式複合動詞原則上由兩個詞性相同的語素並列而成，形成「無中心語」（headless）的詞彙結構。

(1) 動詞語素與動詞語素的並列（〔V∩V〕v）：如"搖動、生產、產生、扣除、收留、賒欠、欠缺、缺乏、失敗、失誤、裁減、裁撤、愛護、擁護、倚靠、依賴、鼓勵、鼓吹、搪塞、阻塞、

㉛ "物色"也可能分析爲並列式複合動詞。

㉜ 在這些用例中單音動詞"辯、答、聽"等可以兼用及物與不及物，而單音動詞"任、組、就"等則僅做及物用。

㉝ "火葬"與"筆談"這兩個偏正式複合動詞可能是由同形態的偏正式複合名詞轉類而來的。

阻碍、妨碍、反抗、反叛、調查、缺少、排斥、重叠”。

(2) 形容詞語素與形容詞語素的並列（〔A∩A〕v）：如“短少、滿足、痲醉、尊重、豐富、偏重”㉞。

(3) 名詞語素與名詞語素的並列（〔N∩N〕v）：如“犧牲、物色㉟、意味(着)”。

從以上的例詞中，可以發現並列式複合動詞中動詞語素的並列最爲常見，形容詞語素的並列次之，名詞語素的並列最少。㊱這一種詞彙結構上同詞性語素的並列，與句法結構上同詞性詞語或詞組的並列一樣，中間不需要任何連詞，可見漢語的詞彙結構與句法結構基本上受同樣的限制。又動詞語素的並列，不但其詞性要一致，而且有關這些動詞語素的次類畫分屬性也要相同。因此，及物動詞語素必須與及物動詞語素並列，不及物動詞語素也必須與不及物動詞語素並列。如果並列式複合動詞的組成語素只能當及物動詞使用，那麼這個複合動詞也只能當及物動詞使用(如“依賴、調查、妨碍”)；如果並列複合動詞的組成語素可以兼

㉞ “偏重”與“物色”亦可分析爲偏正式，在有些複合詞(尤其是文言詞彙)中偏正式與並列式的分辨比較困難。

㉟ “物色”兩個語素的詞性並不十分清楚。禮記中“察物色”與後漢書中“乃令以物色訪之”等用例似乎是名詞並列的名詞用法；但宋史中“則人皆物色之矣”的用例是動詞用法，可能是由名詞到動詞的轉用，但亦有人（如(陸 1975, p. 67)）做爲偏正式複合動詞分析的。

㊱ 換言之，並列複合動詞以動詞的並列爲「無標」的結構。形容詞並列的複合動詞（如“短少、滿足、痲醉”）與名詞並列的複合動詞（如“犧牲、物色”）大都是由形容詞或名詞轉類爲動詞的「使動、及物」用法。

做及物與不及物動詞使用，那麼這個複合動詞也可以兼做及物與不及物動詞使用（如“搖動、反抗、重疊”）。因此，在並列複合動詞“嘲笑、譏笑”裏“嘲、譏、笑”都當及物動詞用，都可以帶上句法上的賓語，如“他在嘲笑／譏笑／笑我”。但在偏正式複合動詞“冷笑、傻笑、微笑、大笑、狂笑、奸笑、獰笑”裏的“笑”則當不及物動詞，所以我們只能說“他在（對你）冷笑／傻笑／微笑／笑”，卻不能說“＊冷笑／傻笑／微笑你”。這是由於及物動詞的“笑”表示貶義的“嗤”，而不及物動詞的“笑”則不表示此種貶義的緣故。

不過在少數例詞中，我們也發現動詞語素與形容詞語素的並列（如“充滿、充實、怠慢、調整、敬重、愁悶”），形容詞語素與動詞語素的並列（如“殘害、安慰、荒廢、妥洽”），動詞語素與名詞語素的並列（如“救藥”），以及名詞語素與動詞或形容詞語素的並列（如“影響、器重”）。不過這些例詞多屬文言詞彙，而在文言中一詞多類的情形屢見不鮮（如“重”與“安”可以兼做形容詞與動詞用）；而且有些例詞可能是屬於偏正式，而不是屬於並列式。又並列式複合動詞原則上限於同義語素的並列，由異義語素並列而成的複合詞大都屬於名詞（如“大小、高低、長短、輕重”）或副詞（如“早晚、反正、橫豎”），只有“忘記、呼吸、進退、出入”等少數例詞或可視爲由異義語素組成的並列式複合動詞。根據 Huang（1987）有關國語日報辭典中雙音複合動詞的調查統計，並列式複合動詞的孳生力最強，佔所有複合動詞的百分之四十四。

（五）述補式複合動詞：述補式複合動詞由述語動詞與其補語

動詞或形容詞組合而成。漢語在句法結構上補語出現於動詞的後面；在詞彙結構上補語動詞或形容詞也出現於述語動詞的後面，形成「中心語在左端」的詞彙結構。述補式前面的動詞語素表示動作，而後面的動詞或形容詞語素則表示這個動作所導致的結果或趨向，述補式複合詞依其能否以表示「可能」或「不可能」的“得、不”擴展而分爲下列幾類。

(1) 不能以“得、不”擴展者：

(a) 以動詞語素爲補語（〔V＼V〕v）：如“推翻、扭轉、拒絕、隔斷、說開、喊啞、哭濕”。

(b) 以形容詞語素爲補語（〔V＼A〕v）：如“改良、改善、革新、證明、擴大、縮小、推廣、提高㊲、降低、增強、削弱、鞏固、發明、說僵”。

(2) 可以以“得、不”擴展者：

(a) 以動詞語素爲補語（〔V＼V〕v）：如“看懂、聽懂、看到、聽到、看見、聽見、叫醒、學會、打倒、走開、跑開、散開、推開、拉開、看開、搖動、推動、拉動、吹動、記得、認得、捨得、懂得、吃得”㊳。

(b) 以形容詞語素爲補語（〔V＼A〕v）：如“看破、喝乾”。其他以“了（“忘了、死了”）、着（“用着、睡着”）、到（“拿到、

㊲ 如果把“提”依照字面上的意義做“用手拿”解，就可以說“提得高、提不高”。

㊳ “認得、記得、捨得、懂得、吃得”等述補式複合動詞在中間挿入“得”字後就變成“認得”（“認得得＞認得”）等，這是漢語「疊音刪簡」(haplology) 的現象之一。

買到")、住("拿住、抓住")、掉("賣掉、送掉")、完("看完、用完")、慣("看慣、住慣")、成("讀成、說成")、起("拿起、提起")、出("賣出、說出")、過("跳過、賽過")、進("走進、放進")、上("用上、派上")、下("容下、吃下")"等語素爲補語的述補式複合動詞也常能以"得、不"擴展。

(3) 必須以"得、不"擴展者:如"來得〔不〕及、說得〔不〕來、管得〔不〕着、住得〔不〕起、付得〔不〕起、丟得〔不〕起、看得〔不〕起、對得〔不〕起、吃得〔不〕開、吃得〔不〕消、受得〔不〕了"㊴。

(4) 必須以"不"擴展者:如"由不得、怪不得、怨不得"。

述補式複合動詞的述語語素一般都是及物動詞,整個複合動詞也做及物動詞用。但是也有以不及物動詞爲述語語素而做爲不及物動詞用的(如"睡着、死了")。更有以不及物動詞爲述語語素(如"喊啞、哭濕、笑破"),但因爲其補語語素的動詞或形容詞帶上「使動」用法而可以做及物動詞用的(如"喊啞了喉嚨、哭濕了手帕、笑破了肚皮")。另外,在極少數的例詞裏有以形容詞語素爲述語語素的(如"穩住、乾裂、急壞")㊵。這些例詞裏的述語形容詞或許也可以解釋爲轉類爲動詞。我們把漢語的述補式複合動詞分析爲由單音述語與單音補語組合而成。由雙音述語或

㊴ 其中"對得〔不〕起、吃得〔不〕開、吃得〔不〕消、受得〔不〕了"等可以當形容詞用,如"我覺得很對不起(你)"。

㊵ 在這些例詞裡,有些形容詞有「使動、及物」用法(如"他終於把情況穩住了"),另一些形容詞則做不及物動詞(如"因爲空氣乾燥使得他的嘴唇乾裂了")。

雙音補語組合而成的述補式結構（如“說得〔不〕明白、決定得〔不〕了、調查得〔不〕清楚”），因爲其中含有複合動詞或形容詞，所以視爲詞組。陸（1975, p. 78）把含有“得、不”的述補式複合動詞（如“打得倒／打不倒”）視爲詞組並稱之爲「離合詞」。

我們在漢語複合動詞句法結構的討論中並沒有把「重疊」(reduplication) 包括在內。一般說來，重疊在漢語動詞中不具有造詞的作用㊶，而只有表示語法意義的功能。一般動詞的重疊㊷，單音動詞以“X(一)X”的方式重疊，雙音動詞以“XYXY”的方式重疊，而多音動詞則不能重疊。動詞的重疊常表示動詞的「嘗試貌」(tentative aspect) 或「短暫貌」(delimitative aspect)。因重疊而表示「嘗試貌」的動詞，不能再與“了、過、着”等其他動貌標誌連用。㊸至於“蹦蹦跳跳、拖拖拉拉、進進出出、出出入入、吵吵鬧鬧、來來去去、來來往往”等說法則以「重疊」與「並列」並用的方式來表示動作的反複發生，仍然具有動貌——「反複貌」(frequentative aspect; repetitive aspect) 的作用。

五、漢語複合動詞的論元結構與論旨關係

總結以上的討論，我們可以把漢語複合動詞的內部句法結構

㊶ 重疊在漢語名詞（如“寶寶、乖乖、星星、猩猩、餑餑”）與副詞（如“萬萬、通通、偏偏、常常、每每”）具有造詞的作用。

㊷ 原則上只有「動態動詞」(actional verbs; dynamic verbs) 可以重疊，「靜態動詞」(stative verbs) 不能重疊。

㊸ 漢語形容詞的重疊有加強程度，以及「兒化」或附加助詞“的”字後轉類爲副詞的功能。

與外部句法功能分別條理化如下：[44]

(1) 主謂式：〔N||V$_{i}$〕$_{N>V}$；〔N||A〕$_{A>V}$

(2) 述賓式：〔V|N〕$_{V}$；〔A(>V)|N〕$_{V}$；〔N(>V)|N〕$_{V}$；
〔V|A(>N)〕$_{V}$；〔V|V(>N)〕$_{V}$

(3) 偏正式：〔A(>Ad)/V〕$_{V}$；〔N(>Ad)/V〕$_{V}$；
〔V(>Ad)/V〕$_{V}$；〔Ad/V〕$_{V}$；〔Nu(>Ad)/V〕$_{V}$

(4) 並列式：〔V∩V〕$_{V}$；〔A∩A〕$_{A>V}$；〔N∩N〕$_{N>V}$

(5) 述補式：〔V＼V〕$_{V}$；〔V＼A〕$_{V}$；〔A(>V)＼V〕$_{V}$；
〔A(>V)＼A〕$_{V}$

在這五種複合動詞中，主謂式是「無中心語」(headless) 的「異心結構」(exocentric construction)，以名詞語素為詞彙結構上的主語，而以不及物動詞或形容詞為述語，不能帶上狀語、賓語或其他補語，整個複合動詞也只能做不及物動詞用。主謂式複合動詞在漢語詞彙中幾已失去孳生力。除了主謂式以外，述賓式、偏正式與述補式三種複合動詞都可以說是以動詞為中心語的「同心結構」(endocentric construction)。詞彙結構上的賓語（名詞）與補語（動詞或形容詞），與句法結構上的賓語與補語一樣，出現於述語動詞的後面，所以述賓式與述補式複合動詞的「中心語在左端」(leftheaded)。詞彙結構上的副詞或狀語，也與句法結構上的副詞或狀語一樣，出現於中心語動詞的前面，所以偏正式複合動詞的「中心語在右端」(rightheaded)。漢語複合

---

[44] 句法結構公式中的"$\alpha>\beta$"（如"A>V"、"N>V"）表示，由詞類"α"轉類為詞類"β"。

動詞的詞彙結構與句法結構之間唯一不同的限制在於：在複合動詞中述語動詞不能同時帶上主語、賓語、補語或狀語，而只能帶上其中一種。其中述語動詞或形容詞是「必用成分」(obligatory constituent)，而主語、賓語、補語與狀語則可以說是「可用成分」(optional constituent)，可以從中任意選用一種來形成複合動詞。並列式複合動詞由兩個詞類（包括次類畫分）相同的成分語素並列而成，中間不需要也不可以帶上連詞，而整個複合動詞的詞類也與並列語素的詞類相同。因此，可以說是「中心語在兩端」(double headed) 的詞彙結構。這就表示，除了具有句子(S) 的主謂式複合動詞以外，其他四種複合動詞都是含有中心語的同心結構，至於其中心語在左端、在右端抑或在兩端，端視其句法結構上的限制（卽副詞、狀語出現於述語動詞之前，賓語與補語出現於述語動詞之後）而定。

再就複合動詞組合成分的語法範疇而言，主要是「主要詞彙範疇」(major lexical category) 中的「實詞」(content word)：卽動詞 (V)、名詞 (N，包括數詞 (Nu)) 與形容詞 (A，包括情狀副詞 (Ad))。「虛詞」(function word) 如「語助詞」(如「句尾語助詞」(final particle)"嗎、呢、吔、啦"等與「感嘆詞」(emotive particle)"喂、唉、喲"等)、連詞（如"和、及、但(是)、或(者)、雖(然)、如(果)"）、介詞（如"被、連、把"）[45]、量詞（如"個、張、條"）、限定詞（如"這、那、某"）、疑問詞（如"誰、什(麼)、怎(樣)、何"）、稱代詞（如"你、我、他"）

---

[45] 漢語的單音介詞大都從動詞演變而來，因此有許多漢語介詞可以兼當動詞而出現於複合動詞中，如"連絡、把握、跟從"等。

等，很少出現於漢語的複合動詞。我們可以把複合動詞前後兩個成分語素的詞類與其組合的情形歸納如下：

$$(1)\quad \left\{\begin{matrix}N\\V\\A(d)\end{matrix}\right\}\left\{\begin{matrix}N\\V\\A\end{matrix}\right\}\longrightarrow\left(\left\{\begin{matrix}N\\A\end{matrix}\right\}>\right)V$$

其中能夠直接衍生動詞的是：

$$(2)\quad \left\{\begin{matrix}NV\\VN\\VV\\ \\VA\\AV\\AA\\AN\end{matrix}\right\}\longrightarrow V\quad \begin{array}{l}\text{(主謂式；偏正式 }(N>Ad))\\\text{(述賓式)}\\\text{(並列式；述補式；偏正式 }(V_1>Ad)\text{；}\\\text{述賓式 }(V_2>N))\\\text{(述補式；述賓式 }(A>N))\\\text{(偏正式 }(A>Ad)\text{；述補式 }(A>V))\\\text{(述補式 }(A_1>V))\\\text{(述賓式 }(A>V))\end{array}$$

先衍生名詞或形容詞再轉類為動詞的是：

$$(3)\quad NN\longrightarrow N>V\qquad \text{(並列式)}$$

$$(4)\quad \left\{\begin{matrix}N\\A\end{matrix}\right\}A\longrightarrow A>V\qquad \begin{array}{l}\text{(主謂式)}\\\text{(並列式)}\end{array}$$

能夠充當中心語的是動詞（V），包括由名詞（N>V）與形容詞（A>V）轉類而來的動詞。這個中心語在同心結構的述賓式與述補式中出現於複合動詞的左端，在偏正式中出現於複合動詞的右端；在並列結構的並列式中出現於複合動詞的兩端。因此，Lieber（1983）的「屬性滲透公約四」（卽，如果複合詞的兩個詞幹互成姊妹節，那麼右端詞幹的詞類詞性就滲透到支配這兩個詞幹的分枝節點來）並不適用於漢語的複合動詞。這是由於英語的複合詞，與漢語複合詞不同，並不完全受句法詞組規律的規約，因而其中心語出現的位置也與漢語複合詞中心語出現的位置不同。Lieber (1983, p. 258) 更為複合詞提出「論元連繫原則」(Argument-linking Principle) 而主張：(a)在“〔 〕$_{\{V, P\}}$〔 〕$_{\alpha}$”或“〔 〕$_{\alpha}$〔 〕$_{\{V, P\}}$”的結構佈局中（“α”包括所有的詞類）動詞“V”與（動）介詞“P”必須能夠連繫所有的「域內論元」(internal argument)；(b) 如果詞幹“〔 〕$_{\alpha}$”在含有動詞“V”與介詞“P”的複合詞中「自由」(free) 的話，那麼這個“α”必須分析為表「處所」(Locative)、「情狀」(Manner)、「主事(者)」(Agentive)、「工具」(Instrumental)、「受惠者」(Benefactive) 等的「語意論元」(semantic argument)。如前所述，漢語的介詞在複合詞中似不出現，但是 Lieber 的「論元連繫原則」一般說來可以適用於漢語複合詞。在述賓式複合詞中，中心語是及物動詞，因而必須帶上「域內論元」，亦即直接賓語或同源賓語。以雙賓動詞“送”為例，在“送殯、送葬、送命、送親、送神”等複合動詞裏出現的名詞語素固然是直接賓語，就是在“送報、送禮、送話、送錢、送信、送秋波、送人情”等複合動詞或詞組裏出現的名詞也是直接賓語，常可以在後面帶上“給……”與“到……”等「終點」(Goal) 或間接賓語。但在主謂式複合動詞中，中心語必須是不及物動詞或形容詞；所以不能帶上「域內論元」的賓語名詞，但必須帶上「域外論元」的主語名詞。[46] 但是在主謂式複合名詞中，有“腦充血、肺結核、佛跳牆、螞蟻上樹”等兼有主語與賓語的複合詞。

---

[46] 英語的複合詞中似乎沒有主謂式複合詞的存在，Lieber的「論元連繫原則」也沒有提到「域外論元」。

"腦充血"與"充血"都是漢語裏合乎詞法的複合詞，但是"腦充"卻是不合詞法的複合詞。可見漢語的複合詞，必須先滿足「域內論元」，然後纔能滿足「域外論元」。但是如果中心語動詞是不能帶上「域內論元」的不及物動詞，或者中心語動詞是及物動詞而在詞彙外部的句法結構中帶上賓語名詞而滿足「域內論元」，那麼出現於中心語動詞前面的組成成分必須是「語意論元」，也就是狀語。

在前面有關述賓式複合動詞的討論中，我們曾經談到「域內論元」的「語意角色」(semantic role) 或「論旨角色」(thematic role) 可能是動作的「處所」(Location)，如"走路、退後、住校"；可能是動作的「起點」(Source) 如"下馬、跳樓、退伍、離家、起床"；可能是動作的「終點」(Goal)，如"下水、跳河、登陸、上床"；可能是動作的「工具」(Instrument)，如"開刀、跳傘、拚命"；可能是動作的「受事」(Patient, Theme, Affected)，如"開門、下飯、退票、接骨"；可能是動作的「結果」(Result)，如"煮飯、跳舞、做夢、點火"；可能是動作的「原因」(Cause，如"逃難、失火") 或「目的」(Purpose，如"逃命")。在使動動詞中，賓語名詞還可能表示動作的「主事」(Agent)，如"鬭鷄、賽馬、走人"。在主謂式與偏正式複合動詞的動詞或形容詞語素與其「域外論元」主語語素或「語意論元」狀語語素之間，也存在着各種不同的「論旨關係」(thematic relation)。例如，在主謂式複合動詞"地震"與"頭痛"中，名詞語素"地"與"頭"分別代表動作"震"或事態"痛"的「受事」(Patient) 或「客體」(Theme)。在偏正式複合動詞中，"路祭"裏的"路"表示動作"祭"

的「處所」，"空襲"裏的"空"表示動作"襲"的「起點」，"火葬"裏的"火"表示動作"葬"的「手段」，"規定"裏的"規"表示動作"定"的「工具」，"利用"裏的"利"表示動作"用"的「目的」等。這種動詞語素與名詞語素之間的論旨關係，對於了解漢語複合動詞的語意內涵非常重要。例如，同樣是以動詞語素"下"爲述語的述賓式複合動詞，在"下車、下台、下馬、下課、下學、下班、下工、下第"等裏賓語名詞表示動作的「起點」，在"下水、下海、下店、下榻、下地、下鄉、下野、下場、下獄"等裏賓語名詞表示動作的「終點」，在"下棋、下子、下米、下麵、下筆、下箸、下鬥、下髮、下帖、下書、下詔、下話、下禮、下手、下腰、下飯、下酒、下匾、下店、下半旗"裏賓語名詞表示動作的「客體」或「受事」，而在"下蛋、下決心、下功夫"裏賓語名詞則表示動作的「結果」。有時候，同一個複合動詞卻可以有兩種以上的解釋。例如"下堂"的"堂"可以解爲「起點」而做"課畢出教室"解，但也可以解爲「終點」而做"降階而至堂下"解。這種詞彙上的歧義，不僅見於"下堂"等書面語詞彙，而且也見於日常口語詞彙。例如，"下山"一詞的賓語語素在"時候不早了，我們該下山了"做「起點」解，而在"太陽快要下山了"卻做「終點」解。

六、漢語動詞的句法功能與次類畫分

一般說來，漢語的動詞都具有下列各種句法功能。

① 可以單獨充當問話的答語，例如：

"他來了沒有？""來了。"

"你見過他沒有？""見過了。"

但是"姓、具有、含有、成爲、變成、企圖、加以"等動詞則例外的不能單獨充當答語。

② 可以用"不"或"沒(有)"否定，例如：

"他來。""他不來。"

"你見過他。""你沒(有)見過他。"

③ 可以出現於肯定式與否定式連用的「正反問句」(V-not-V question)，例如：

他來不來？

你見過他沒有？

④ 可以出現於「情態助動詞」(modal auxiliary) 的後面，例如：

他一定會來。

你可能見過他。

⑤ (「動態動詞」(actional verb; dynamic verb)) 可以出現於祈使句，試比較：

{ 快點拿錢吧！ / ＊快點有錢吧！ } { 好好學哥哥呀！ / ＊好好像哥哥呀！ }

⑥ (動態動詞) 可以用重叠來表示"時量短"(「短暫貌」)或"動量小"(「嘗試貌」)，試比較：

{ 你為什麼不學(一)學哥哥呢？ / ＊你為什麼不像(一)像哥哥呢？ }

{ 我們大家來研究研究這個問題。 / ＊我們大家來喜歡喜歡這個小孩。 }

⑦ （動態動詞）可以與「回數補語」（如“一次、兩遍”等）或「期間補語」（如“一會兒、兩天”等）連用，例如：

我見過他一次。

他坐了一會(兒)就走了。

⑧ （動態動詞）可以附加“了、着、過、起來、下去”等動貌標誌，例如：

如果你見了他，請替我問好。

你就在這裏坐着等他好了。

⑨ （動態動詞）可以用「主語取向」(subject-oriented) 的情狀副詞修飾，例如：

你為什麼要這樣偷偷摸摸的見他？

我心甘情願的坐在這裏等他。

⑩ 可以用時間副詞、處所副詞、範圍副詞等修飾，例如：

我明天在辦公室單獨見你。

⑪ 可以在後面帶上表示情狀或程度的補語，例如：

他的日子過得很幸福。

她罵他罵得他哭了起來。

⑫ 可以充當名詞的修飾語，例如：

坐在客廳的那一位先生是誰？

我想借你昨天買的書去看。

⑬ 可以「名物化」(nominalize; nominalization) 後充當動詞的主語、賓語或補語，例如：

罵是愛，打是疼。

見面容易，分別難。

我喜歡打籃球，但不喜歡跳舞。

至於漢語動詞的「次類畫分」(subcategorization)，則主要可以分為下列幾類。為了節省篇幅，只列「次類畫分框」(subcategorization frame)與主要例詞，不一一舉例句。

① 不及物動詞(+〔＿＿〕)：不能帶直接賓語，只能帶「處所補語」(“坐在家裏、睡在床上”)、「期間補語」(“風行十年、等候三小時”)、「回數補語」(“走一趟、睡一覺、笑一笑”)、「程度補語」(“玩個痛快、笑個不停”)等「語意論元」。

② 「存現」不及物動詞：「存在動詞」(+〔＿＿Location〕；+〔Location＿＿着 NP〕)，如“坐、站、躺、住”等；「出現、消失動詞」(+〔(Source)＿＿〕/〔＿＿(Goal)〕；+〔{Source / Goal}＿＿(了) NP〕)，如“來、到、走、跑、飛進來、長出來”等。

③ 「氣象」不及物動詞(+〔＿＿〕；+〔＿＿{了 / 着}NP〕)：如“下(雨、雪、霜)、起(霧、風)、刮(風)、打(雷)、出(太陽)”等。

④ 「假及物」動詞(+〔＿＿〕；+〔＿＿了 NP〕)：如“(腿)斷、(手)麻、(眼睛)瞎、(耳朵)聾、(臉)紅、(人)死、(東西)丢”等。

⑤ 「判斷、分類」不及物動詞：必須帶表示屬性的補語名詞(+〔＿＿NP〕)，如“是、姓、叫、像、當、成為”等。

⑥ 「體賓」及物動詞(+〔＿＿NP〕)：只能帶「體詞性」

賓語，如"騎（車）、買（書）、吃（飯）、喝（酒）"等。

⑦ 「謂賓」及物動詞（+〔____S〕；+〔____VP〕）：能帶「謂詞性」賓語，包括：

(a) 「眞謂賓」及物動詞：「謂詞性賓語」不受限制，能以子句（S）或動詞組（VP）爲賓語，如"同意、覺得、希望、贊成、承認、以爲、認爲、感到、打算"等（亦可以分析爲以 PRO 爲補語子句主語）。

(b) 情態助動詞：只能以動詞組（VP）爲賓語，如"能（夠）、會、可以、要、敢、想、應(該)、應當、願意、樂意、肯"等。

(c) 「準謂賓」及物動詞：只能以「名動詞」做賓語，如"進行、加以、予以、給以、受到"等。

⑧ 「存在」及物動詞（+〔把 NP____Location〕；+〔(Location)____着 NP〕）：如"掛、貼、放、擺、堆、插、戴、佩、穿"等。

⑨ 「移送」及物動詞（+〔____NP Goal〕；+〔把 NP____Goal〕）：如"寄、送、移、搬、遷、抬、推、擠、派"等。

⑩ 「雙賓」及物動詞：

(a) (+〔____NP 給 NP〕；+〔____給 NP NP〕)：如"寄、傳、交、許"等。

(b) (+〔____NP 給 NP〕；+〔____（給）NP NP〕)：如"送、賞、託(付)、運、付、輸"等。

(c) (+〔____NP NP〕)：如"吃、喝、抽、收、用、贏、

搶、佔、罰、討、花、欠”等。

(d)（+〔____NP NP〕；+〔____NP S〕）：如“問、教、告訴、請教、麻煩”等。

⑪ 「兼語」及物動詞（+〔____NP VP〕）：如“叫、教、請、勸、要、使、催、逼、說服、拜託、命令、吩咐、強迫、鼓勵、督促、慫恿；選、推（舉）、推薦、提名、任命、（選）派、認、稱、當”等（亦可以分析爲以 PRO 爲補語子句主語）。

又 Grimshaw（1979）主張「補語選擇」（complement selection）應與「次類畫分」分開。「次類畫分」表示述語與其補語「句法範疇」（syntactic category）之間的關係，是屬於句法層次的問題，由個別的述語來決定，因而應該在「詞項記載」（lexical entry）中規定。「補語選擇」表示述語與其補語「語意類型」（semantic type）之間的關係，是有關「語意選擇」（semantic selection）的問題，因而應該在「語意表顯」（semantic representation）的層次上檢查。Grimshaw 認爲述語並不選擇特定的「句法形式」（syntactic form）爲補語，而是選擇特定的「語意類型」爲補語。因此，合語法的「述語與補語關係」（predicate-complement combination）必須滿足兩個條件：(1) 補語必須屬於述語的次類畫分所規定的「句法範疇」；(2)補語必須屬於述語所選擇的「語意類型」。以漢語動詞“知道”爲例，在「次類畫分」上必須選擇「名詞組」（+〔____NP〕）或「子句」（+〔____S〕）爲補語，而在「語意選擇」上必須選擇「命題」（〔____P〕）、「疑問」（〔____Q〕）或「感嘆」（〔____E〕）爲補語。因此，“我知道事實的眞相”、“我知道問題的答案”、“我知道他會來”、“我知道誰會來”、“我知道自己多笨”都符合次類畫分有關句法形式的要求，因此都是合語法的句子；並且根據補語的語意類型，獲得適當的「語意解釋」(semantic interpretation)。㊼

七、結　語

以上就漢語動詞的語音形態、詞彙結構、句法結構、論旨關係、句法功能、次類畫分等提出了相當詳細的討論。有關語音型態的討論告訴我們：漢語動詞有單音、雙音與三音三種，其中以雙音動詞爲數最多並且日益增加，而三音動詞則是「有標」的動詞。有關詞彙結構與句法結構的討論則告訴我們：漢語動詞有單純、派生與複合之分，其中以複合動詞最爲常見。漢語的派生動詞孳生力很低，只有動詞詞尾“化”可以應用，與形容詞或名詞詞根形成中心語在右端的派生動詞。至於複合動詞，則有主謂式、述賓式、偏正式、並列式與述補式五種，其中以並列與述賓兩式的孳生力最強、述補式與偏正式次之，主謂式的孳生力最低。有關漢語複合動詞的討論更告訴我們：

① 漢語複合動詞以「主要詞彙範疇」N、V、A 爲組合成分。

② 漢語複合動詞由兩個詞根組合而成。

③ 漢語複合動詞必須「滿足內部論元結構」(satisfaction

㊼ 關於漢語動詞「次類畫分」與「補語選擇」更進一步的討論，參筆者在撰述中的“漢語動詞與補語結構”。

of internal argument structure)：如述賓式複合動詞必須由中心語及物動詞與其賓語（「域內論元」）合成；主謂式複合動詞必須由中心語不及物動詞或形容詞與其主語（「域外論元」）合成；偏正式複合動詞必須由中心語及物或不及物動詞與其修飾語或「語意論元」合成；述補式複合動詞必須由中心語及物或不及物動詞與其補語合成。

④ 並列式複合動詞由詞性與次類畫分相同的兩個詞根並列（或連接）而成。

⑤ 述賓式與述補式複合動詞的中心語在左端；偏正式複合動詞的中心語在右端；主謂式複合動詞無中心語；而並列式複合動詞則可以視為中心語在左右兩端。

⑥ 以上有關漢語複合動詞 (1)、(4)、(5) 的特性與限制，可以從漢語句法的詞組規律來規範。也就是說，規範漢語複合動詞詞彙結構的「詞法規律」與規範漢語句子句法結構的「詞組規律」基本上相同。

⑦ 如果漢語句子的「詞組規律」可以用「X標槓公約」($\bar{X}$ Convention) 來規範，那麼漢語複合動詞的「詞法規律」也可以用同樣的公約來規範。換句話說，我們可以把「X標槓公約」"$X^n \longrightarrow \cdots X^{n-1} \cdots$"與「連接母式」(conjoining schema) "$X^n \longrightarrow (X^n)^*$" 做為漢語複合動詞的「合法度條件」(well-formedness condition)。

(a) $S = IP = I'' = [NP\ [_{I}\ [_{VP}\ V \cdots]]]$：主謂式

(b) VP＝V″＝〔V NP〕：述賓式

(c) VP＝V″＝〔……V〕：偏正式

(d) VP＝V″＝〔V……〕：述補式

(e) VP＝V″＝〔V V〕：並列式

漢語複合動詞這些句法特徵顯示，漢語複合詞的「詞法規律」與漢語句子的「句法規律」在組成成分的「線性次序」(linear order)、「階層組織」(hierarchical structure)，以及「詞類分佈」(categorial distribution) 上同受「X標槓公約」的限制，連決定主要語出現位置的「主要語參數」(the head parameter) 都相同。這個事實，連同漢語語素「自由性」(或「粘着性」) 的不易確定，說明爲什麼漢語「(複合)詞」與「詞組」的界限有時候不容易畫清。例如，在前面所提到的例句"太陽下山"裏，"下"與"山"都可以分析爲自由語素或詞，因而"下山"也可以分析爲詞組。但是"下山"這一句話在一般用例裏不容易擴展爲"下這一座山"或"下那一座高山"，所以也可以分析爲複合詞。這個事實也顯示，漢語的「詞法規律」(word-formation rules) 是漢語「句法規律」(sentence-formation rules)，例如「詞組結構規律」(Phrase Structure Rules) 的一部分或「眞子集」(proper subset)。因此，漢語詞法規律所能衍生的詞彙結構也是漢語句法規律所能衍生的句法結構的一部分或眞子集。㊽就這一點意義而言，漢語的詞

㊽ 參 Chao (1968): "As for the formation of compounds…the relations involved are mostly analogous to these in syntactic construction…" (194頁) 與 "In Chinese most compounds are syntactic…" (366頁)。

彙結構只選擇「無標」的句法結構而排斥「有標」的句法結構。例如，漢語的雙賓動詞"送"可以有直接賓語在前而間接賓語在後的「無標」結構（如"送東西給人"）與間接賓語在前而直接賓語在後的「有標」結構（如"送(給)人東西"）。依據「論元連繫原則」，述語動詞必須連繫其域內論元，但在漢語述賓式複合詞裏述語動詞所連繫的是直接賓語名詞，而不是間接賓語名詞。因此，在複合動詞"送貨"裏無生名詞語素"貨"固然是直接賓語（如"送貨到某家"）；就是在複合動詞"送客"裏屬人名詞語素"客"也只能解釋爲直接賓語（如"送客到門口"），不能解釋爲間接賓語（如"送客一件禮物"）。又如漢語不及物動詞"死、瞎、聾"等都可以有不及物用法（如"人死了、眼睛瞎了、耳朵聾了"）與「假及物」用法（如"死了人、瞎了眼睛 、聾了耳朵"），而我們有理由（包括語言事實、歷史演變與孩童的語言習得）相信不及物用法是無標的結構，而假及物用法是有標的結構 。因此，複合詞"死人、瞎眼、聾耳"通常都只能解釋爲偏正式複合名詞 ，而不解釋爲述賓式複合動詞。㊾這也表示中國的孩童可能同時習得句法規律與詞法規律，但是詞法規律的完成在前，而句法規律的完成則在後。詞法結構比較單純，因而所牽涉的詞法規律也比較單純；句法結構比較複雜，因而所牽涉的句法規律也比較複雜。就「管轄約束理論」(Government-Binding Theory) 而言，在這個「模組理論」(modular theory) 的原則系統中「X標槓理論」($\bar{X}$ theory)、「論旨理論」(θ-theory) 與「管轄理論」(Government

㊾ "這裏是不是死了人了？"是可能的句法結構，但是很少人把這一句話用複合動詞"死人"而說成"這裏是不是死人了？"。

theory）似乎適用於漢語的一般詞彙結構，而「格位理論」（Case theory）與「有標理論」（Markedness theory）也似乎至少適用於漢語的述賓式複合詞。至於其他原則，如「限界理論」（Bounding theory）、「約束理論」（Binding theory）與「控制理論」（Control theory）等，則由於漢語詞法規律不發生「移位」（movement）亦不衍生「空號詞」（empty categories）的現象而似乎與詞彙結構無關。因此，如何把漢語詞法在「普遍語法」（Universal Grammar）中定位，以及如何從兒童語言習得的過程中檢驗這種定位的妥當與否，該是今後漢語語言學研究主要課題之一。㊿

＊原刊載於清華學報（1988）新十八卷第一期43-69頁。

㊿ 漢語詞彙的「合法度」（well-formedness）一方面要遵守句法結構上的限制（syntactic constraint），另一方面亦應符合「語意選擇」（semantic selection）上的條件。以述補式複合動詞爲例，只要不違背句法限制與語意選擇就可以相當自由的衍生：例如從"（人）笑；（肚皮）破"、"（人）喊；（喉嚨）啞"、"（人）哭；（手帕）濕"可以衍生"笑破（肚皮）、喊啞（喉嚨）、哭濕（手帕）"等。因此，"漂白"與"漂黑"都符合漢語述補式動詞的句法限制，但"漂黑"卻與現實世界的經驗事實不符而沒有成爲漢語詞彙。同時，某些詞彙的存在與否難免仍受「約定俗成」的影響。例如"推開"與"推關"這兩個動作都沒有違背現實世界的經驗事實，但是只有"推開"成爲漢語詞彙。

漢語詞法與兒童語言習得：㈠漢語動詞

一、前　言

在"爲漢語動詞試定界說"這一篇文章裏，作者從語音形態、詞彙結構、句法結構、句法功能、次類畫分等各方面對於漢語動詞的特徵與限制做了一番相當詳細的探討。這些特徵與限制應該可以明確的加以條理化（explicit generalization），並且應該具有「觀察上的妥當性」(observational adequacy) 與「描述上的妥當性」(descriptive adequacy)，因而可以做爲「可能的漢語動詞」(possible verbs of Chinese) 的定義。在下面的文章裏我們把「可能的漢語動詞」就其語音形態、詞彙結構、句法結構、句法功能、次類畫分等明確的加以條理化，並且以此做爲「成人的漢語詞法」(adults' word-grammar of Chinese) 或以漢語爲母語的「成人的語言能力」(adults' linguistic competence) 的一部分。

我們的目的是把這些條理化的結論與紀錄兒童在實際生活中的談話所獲得的語料加以比較對照，並且仔細觀察兒童在漢語詞法習得過程中的語料與成人已建立好的漢語詞法之間有那些地方彼此吻合，而有那些地方則互有差異。兒童語料與成人語法的吻合可能顯示：這一部分語法已由兒童習得並且成爲兒童語言能力的一部分。因此，我們特別重視在兒童語料中所出現的由兒童自己所創造出來的詞彙。因爲在這些由兒童杜撰的詞彙中最容易檢驗漢語詞法在語言習得過程中的約束力。另一方面，兒童語料與成人語法的差異則可能顯示：這一部分語法尚未由兒童習得或仍在習得的過程中因而未趨穩定。

我們以漢語詞法爲調查研究的對象，是由於漢語詞法的範圍比漢語句法的範圍更爲確定，因而比較容易做爲調查研究的對象。而且我們有理由相信：漢語的詞法規律是漢語句法規律「最核心」(core) 而「無標」(unmarked) 的一部分，而由漢語詞法規律所衍生的詞彙結構也是漢語句法規律所能衍生的句法結構中最核心而無標的結構，因而漢語詞法的探討必然有助於漢語句法的了解。又我們以漢語詞法中之動詞爲主要的研究對象，是由於動詞在句子結構中居於中心 (central) 而顯要 (prominent) 的地位；漢語複合動詞的詞彙結構與漢語句子的句法結構在「述語」

(predicate)與「論元」(argument)的語法關係上尤爲相似，因而比其他的「語法範疇」(grammatical category)更能反映漢語詞法與漢語句法之間的相關性。

在下面的討論裏，我們首先把“爲漢語動詞試定界說”(以下簡稱湯(1988b))一文中對於「可能的漢語動詞」所做的分析與結論扼要加以介紹，並把這些結論儘可能明確的加以條理化，以便做爲檢驗兒童語料的標準。然後我們用這些條理化的標準來檢查我們所蒐集的兒童語料來查驗兒童語料與成人詞法之間的吻合與差異的情形。除了漢語動詞以外，我們還準備對其他漢語主要語彙(即名詞、形容詞、介詞)做同樣的分析與研究。因此，本文可以說是我們整個有關漢語詞法與兒童語言習得研究計畫中的一部分。

二、漢語動詞的語音形態

關於漢語動詞的語音形態，湯(1988b)做了如下的觀察與結論。

(一)漢語動詞分爲單音節、雙音節，至多只能有三音節。

(二)現代漢語動詞有「雙音化」而增加雙音動詞的傾向，這種傾向見於「同義並列」、「添字補音」、「詞組簡縮」等現象。

(三)單音動詞大都是最常用的基本動詞，其出現次數遠大於雙音動詞。

(四)雙音動詞大都是複合動詞，具有一定的詞彙結構。

(五)單音動詞與雙音動詞常與各種動貌標誌連用。動貌標誌屬於構形成分，不改變詞類，亦不涉及詞彙結構。三音動詞是「有標」(marked) 的動詞，不僅其數目較少，而且不能帶上動貌標誌、不能以重疊表示「嘗試貌」或「短暫貌」、也不常出現於賓語名詞的前面。

根據這些觀察，我們擬定下列幾則檢驗兒童漢語動詞詞法的標準：

① 兒童的動詞詞彙限於單音動詞與雙音動詞，三音動詞幾乎不可能出現。

② 兒童的動詞習得以單音動詞開始，然後逐漸增加雙音動詞與「雙音化」，包括動詞的重疊與動貌標誌的連用。

③ 兒童的單音動詞大都是常用動詞，其出現頻率大於雙音動詞。

④ 兒童單音動詞的「雙音化」不會採用「同義並列」、「添字補音」、「詞組簡縮」等成人的造詞方式，只會利用添加動貌標誌、增加複合動詞等較爲簡易的方法。

⑤ 兒童使用漢語動詞，開始時不會使用各種動貌標誌，日後逐漸增加動貌標誌使用的次數與種類。

另 兒童在習得漢語動詞的過程中，動詞的重疊與動貌標誌的習用應該早於複合詞與派生詞的習用。

三、漢語動詞的彙詞結構與句法結構

關於漢語動詞的詞彙結構與句法結構，湯（1988b）做了如下的觀察與結構。

㈠漢語複音動詞分爲派生動詞與複合動詞。

㈡漢語的派生動詞只能以'化'爲後綴，並只能以名詞或形容詞爲詞幹，而且都屬於具有「使動意義」（causative）的及物動詞❶。

㈢漢語的複合動詞分爲「主謂式」、「述賓式」、「偏正式」、「述補式」、「並列式」等五種。

㈣主謂式複合動詞是「無中心語」（headless）的「異心結構」（exocentric construction），其孳生力最低。漢語主謂式複合詞的句法功能多半都是名詞或形容詞，能專用爲動詞的幾乎沒有，'地震、頭痛、便秘、氣喘、耳鳴、心疼、言重'等動詞用法似可視爲名詞與形容詞的「轉類」（conversion）。

㈤述賓式複合動詞是「中心語在左端」（lefthheaded）的「同心結構」（endocentric construction），其孳生力在複合動詞中可能最強。❷在「無標」的述賓式複合動詞中，都以及物動詞爲述語成分，而以名詞爲賓語成分；但在「有標」的述賓式複合動詞中，則可能以形容詞（如'寒心、滿意'）或名詞（如'灰心、鐵心'）爲述語成分，而以形容詞（如'動粗、着涼'）或動詞（如'告別、接生'）爲賓語成分。在這些「有標」的述賓式複合動詞中，充任述語成分的形容詞與名詞都表現「使動」與及物用法，而擔任賓語成分的形容詞與動詞都可以視爲轉成名詞性成分。

---

❶ 因此，'變化、進化、退化、腐化、分化'等以動詞爲詞幹而不具有使動意義或及物用法的漢語動詞都屬於複合動詞。

❷ 根據黃（1987）的調查統計，佔國語日報辭典所蒐錄的雙音複合動詞之百分之三十五。

㈥偏正式複合動詞是「中心語在右端」(rightheaded)的同心結構，大都屬於已經凍結的文言詞彙，在現代白話詞彙裏其孳生力已不強。偏正式複合動詞中主要以動詞爲中心語成分，而以形容詞、名詞、副詞、動詞、數詞等爲修飾語成分。

㈦並列式複合動詞原則上由兩個詞性相同的語素並列而成，形成「無中心語」或「中心語在兩端」(double-headed)的詞彙結構。其孳生力雖略遜於並列式複合名詞或形容詞，仍然相當強❸。「無標」的並列式複合動詞由次類畫分屬性相同的動詞(如不及物動詞與不及物動詞'失敗、缺乏'，或及物動詞與及物動詞'失誤、動搖、嘲笑')並列而成。但在「有標」的並列式複合動詞中則可能由形容詞(如'短少、豐富')或名詞(如'犧牲、物色')並列而成，然後由形容詞或名詞轉類爲動詞。

㈧述補式複合動詞是「中心語在左端」的同心結構，其孳生力可能僅次於述賓式複合動詞。❹「無標」的述補式以及物動詞爲述語成分，而以不及物動詞(如'搖動、叫醒、哭濕')、及物

❸ 根據前述黃(1987)的調查統計，並列式複合詞之孳生力最強，佔所有複合詞的百分之四十四。但是就複合動詞而言，並列式複合動詞的孳生力似不如賓式或述補式複合動詞之強。

❹ 黃(1987)的調查中似乎沒有提出有關此類複合動詞的統計。又學者間對於詞法上的「述補式複合動詞」與句法上的「述補結構」之間的界限素有異論。例如陸(1975)認爲雙音節述補式無論能否以'得、不'擴展都屬於複合動詞，但實際上擴展時卽視爲述補結構。而朱(1984:125)則認爲只有不能擴展的述補式(如'縮小、推翻')纔是詞法上的複合動詞，能擴展的述補式(如'看見、飛到')無論實際上擴展與否都屬於句法上的述補結構。

動詞（如‘推翻、學會、看見’）或形容詞（如‘提高、縮小、降低’）爲補語成分。

(九)述賓式複合動詞雖然具有述語動詞與賓語名詞的內部結構，但在外部功能上卻可能是不及物動詞，也可能是及物動詞。有些述賓式複合動詞（如‘升旗、開口、費力’），因爲本身已經含有「詞法上的賓語」（morphological object），所以不能再帶上「句法上的賓語」（syntactic object），在次類畫分上屬於不及物動詞。有些述賓式複合動詞（如‘關心、爲難、取笑’），其詞法上的賓語經過「名詞併入」（noun incorporation）與「再分析」（reanalysis）而成爲複合動詞的一部分，因而可以再帶上句法上的賓語，在次類畫分上屬於及物動詞。另有些述賓式複合動詞（如‘生氣、吃醋、免職’），雖然不能直接帶上句法上的賓語，卻可以利用修飾語標誌‘的’把句法上的賓語改爲詞彙賓語的修飾語（如‘生你的氣、吃他的醋、免張三的職’）。更有些述賓式複合動詞（事實上是大多數的述賓式複合動詞）可以利用適當的介詞（如‘向你鞠躬、對你關心、把他免職、爲你加油’）來引導句法上或語意上的賓語。

(十)偏正式複合動詞主要以及物或不及物動詞爲中心語。如果中心語是不及物動詞（如‘傻笑、前進、風行’），那麼這個偏正式複合動詞的外部功能原則上屬於不及物動詞。如果中心語是及物動詞（如‘熱愛、重視、後悔’），那麼這個偏正式複合動詞的外部功能原則上屬於及物動詞。但也有些偏正式複合動詞的中心語原爲及物動詞，而複合動詞則兼有不及物用法的（如‘連任、改組、遷就’）。至於有些偏正式複合動詞的中心語原爲及物動詞，而複合動詞則只有不及物用法的（如'火葬、筆談'），似乎是由偏正式複合名詞轉類爲動詞。

(十一)並列式複合動詞大都屬於「同義」或「近義」語素的並列，「異義」或「對義」語素的並列大都限於並列式複合名詞（如'大小、高低、長短'）或複合副詞（如'早晚、反正、橫豎'），只有少數例詞（如'呼吸、忘記、出入'）或可視爲由異義或對義語素合成的並列式複合動詞。

(十二)述補式複合動詞中無法擴展的（如'革新、改良、證明、擴大、降低、推翻、削弱、扭轉'）都屬於書面語詞彙，而能擴展的（如'看見、聽懂、說完、搖動、推開、學會、殺死、打破、寫成、弄丟、拿走、踢倒'）都屬於日常口語詞彙。能夠充任述補式補語的動詞爲數不多，常見的有：'見、到、懂、完、住、了、著、成、掉、慣、起、出、過、進、上、下、走、跑、動、倒、翻、病、瘋、死、通、穿、透'等。❺

(十三)述補式複合動詞的中心語一般都是及物動詞，整個複合動詞也做及物動詞用。但也有以不及物動詞爲中心語，而以表示「準動貌」(quasi-aspect）的動詞（如'完、好、了、著'）爲補語，因而做爲不及物動詞用的（如'睡着、死了'）。更有以不及物動詞爲述語（如'喊啞、哭濕、笑破'），但因其補語動詞或形容詞帶上「使動」用法而可以做及物動詞用的（如'喊啞了喉嚨、哭濕了手帕、笑破了肚皮'）。又述補式複合動詞中亦有少數兼當形容詞用的（如'很吃得開、很對不起、很吃不消'）。

---

❺ 參朱（1984:126）。

㈥總結以上的分析與討論，我們可以把漢語複合動詞的內部句法結構與外部句法功能分別條理化如下：

(1) 主謂式：〔N||V_i〕$_{N>V}$; 〔N||A〕$_{A>V}$ ❻

(2) 述賓式：〔V|N〕v; 〔A(＞V)|N〕v; 〔N(＞V)|N〕v
〔V|A(＞N)〕v; 〔V|V(＞N)〕v

(3) 偏正式：〔A(d)/V〕v; 〔N(＞Ad)/V〕v; 〔V(＞Ad)/V〕v;
〔Ad/V〕v; 〔N_U(＞Ad)/V〕v

(4) 並列式：〔V∩V〕v; 〔A∩A〕$_{A>V}$; 〔N∩N〕$_{N>V}$

(5) 述補式：〔V＼V〕v; 〔V＼A〕v; 〔A(＞V)＼V〕v;
〔A(＞V)＼A〕v

其中主謂式是「無中心語的異心結構」，述賓式與述補式是「中心語在左端的同心結構」，偏正式是「中心語在右端的同心結構」，而並列式則可以視為「中心語在兩端的同心結構」。這些漢語的詞彙結構與漢語的句法結構完全相同，而且都以「主要詞彙」(major lexical category) 的「實詞」(content word)，即動詞、名詞、形容詞為其組合成分。

根據這些觀察與分析，我們擬定下列幾則檢驗兒童漢語動詞詞彙結構與句法結構的標準：

⑦ 漢語派生動詞只能以'化'為後綴，而這一種派生動詞都屬於正式的書面語詞彙，所以不在兒童的詞彙中出現。也就是說，兒童的漢語詞法中沒有衍生派生詞的規律

---

❻ 句法結構公式中的'$\alpha > \beta$'（如'N＞V'或'A＞V'）表示：由詞類'α'轉化為詞類'β'。

❼。

⑧ 漢語複合動詞只有主謂式、述賓式、述補式、偏正式、並列式五種，而沒有謂主式、賓述式、補述式、正偏式。因此，由兒童自己杜撰的複合動詞也應該反映這種詞彙結構上的限制。

⑨ 主謂式、述賓式、述補式、偏正式、並列式等詞彙結構中有關組合成分之間詞類與詞序上的限制與「無標」的句法結構（即主謂結構、述賓結構、述補結構、偏正結構、並列結構）中有關句子成分之間詞類與詞序上的限制完全相同。因此，在兒童語料中漢語句法結構與詞彙結構的習得應該有相當的對應關係。例如，述賓式複合動詞之習得，應該與述賓結構之習得同時進行，或稍早或稍晚於述賓結構的習得發生。

⑩ 在漢語五類複合動詞中，「無中心語異心結構」的主謂式的孳生力最低，「中心語在右端同心結構」的偏正式多屬於文言或書面語詞彙，因而在兒童的語言習得上幾乎不會出現，或很晚纔會出現。

⑪ 並列式複合動詞，除了「並列」這個句法條件以外，還牽涉「同義」或「近義」這個語意條件，因而在兒童漢語習得中（特別是在杜撰的複合動詞中）其孳生力應該低於述賓式與述補式。

---

❼ 這些檢驗標準的數序（以'ⓝ'表示）與前面有關漢語動詞語音形態檢驗標準的數序相接。

⑫ 「中心語在左端同心結構」的述賓式與述補式，不但是「同心結構」而且是「中心語在左端」，因而與句法上的述賓結構與述補結構的相關性最大，其孳生力（特別是在杜撰的複合動詞中）也應該最大。

⑬ 述賓式中述語成分與賓語成分的語法關係最直接而密切（賓語名詞是述語動詞的「域內論元」(internal argument)），因而在習得的前後次序上可能早於述補式，其孳生力也可能大於述補式。

⑭ 在述賓式複合動詞的習得中，「無標」的'〔V|N〕v'應該早於「有標」的'〔A(>V)|N〕v'或'〔N(>V)|N〕v'。

⑮ 在述補式複合動詞的習得中，「無標」的'〔V＼V〕v'與'〔V＼A〕v'應該早於「有標」的'〔A(>V)＼V〕v'與'〔A(>V)＼A〕v'。

⑯ 在並列式複合動詞的習得中，「同義」與「近義」並列應該早於「異義」或「對義」並列。

⑰ 五類複合動詞中，習得先後與孳生力大小的次序可能是：述賓式＞述補式＞並列式＞偏正式＞主謂式。

⑱ 述賓式、述補式與偏正式等同心結構的複合動詞裏，複合動詞的詞類或次類畫分原則上以中心語動詞成分的詞類與次類畫分爲依據。因此，名詞、形容詞、動詞之間的「轉類」，以及及物動詞與不及物動詞之間的「轉次類」，都屬於比較「有標」的詞法現象，在兒童語言習得的過程中皆較少或較晚發生。

⑲ 並列式複合動詞的兩個語素，不但在語意上要同義或近

義，而且詞類與次類畫分上也要相同。這一種並列式複合詞兩個組合語素之間的「對稱性」(parallelism)，不但在兒童的複合動詞中可以發現，而且還可以在複合名詞與形容詞中發現。

⑳ 並列式複合動詞的詞類與次類畫分，原則上應與其並列語素詞類與次類畫分相同。「轉類」與「轉次類」都是「有標」的詞法現象，在兒童語言習得的過程中較少或較晚發生。

四、漢語複合動詞的論元結構與論旨關係

關於漢語動詞的「論元結構」(argument structure) 與「論旨關係」(thematic relation)，湯 (1988b) 做了如下的觀察與結論。

㈠形成漢語複合動詞的詞法規律，與形成漢語句子的句法規律基本上相同。無論是詞法上的主謂式、述賓式、述補式、偏正式、並列式，都與句法上的主謂結構、述賓結構、述補結構、偏正結構、並列結構極為相似。唯一不同的限制在於：複合動詞中述語動詞不能同時帶上主語、賓語、補語或狀語，只能帶上其中一種。這是在複合動詞至多只能有雙音節限制下的當然結果。

㈡在複合動詞中，述語動詞或形容詞是「必用成分」(obligatory constituent)，而主語、賓語、補語與狀語則可以說是「可用成分」(optional constituent)，可以從中任意選用一種來形成複合動詞。結果形成主謂(S-P)式（或「主述(S-V)式」)、述

賓(V-O)式、述補(V-C)式、偏正(M-H)式（或「狀述（Ad-V）式」）、並列（V-V）式等五類複合動詞，包括了所有「可能呈顯的」(possible)、「無標」(unmarked) 的句法結構。

㈢漢語的複合動詞，必須先滿足述語成分的「域內論元」(internal argument；如'充血')，然後纔能滿足其「域外論元」(external argument；比較'腦充血'與'*腦充')。漢語主謂式複合動詞的中心語必須是不及物動詞或形容詞，所以不能帶上域內論元的賓語名詞，只能帶上域外論元的主語名詞(如'地震、頭痛')。

㈣以及物動詞爲述語成分的複合動詞，必須以直接賓語爲域內論元（如'送神、送親、送報、送禮'），不能以間接賓語爲域內論元。

㈤以不及物動詞爲述語成分的複合動詞，在內部詞彙結構中無法以賓語名詞爲其域內論元。以及物動詞爲述語成分而在外部句法結構中帶上賓語名詞的複合動詞，原則上也無法在內部詞彙結構中以賓語名詞爲其域內論元。在這種情形下，這些述語成分只能帶上域外論元而形成主謂式，或帶上「語意論元」(semantic argument) 而形成偏正式（如'火葬、路祭、空襲'）。

㈥述賓式複合動詞，既然在內部詞彙結構中含有域內論元，就不需要在外部句法結構中另覓賓語名詞，因而原則上屬於不及物動詞。述賓式複合動詞中因內部賓語的併入而在外部功能上成爲及物動詞的（如'關心、注意、得罪'），應該屬於「有標」的情形。以賓語名詞修飾語的方式接受外部賓語的述賓式複合動詞（如'生你的氣、免他的職、掃我們的興'），也應該屬於「有標」的情形。

(七)述賓式複合動詞與偏正式複合名詞都可能呈顯'〔V|N〕'與'〔A(>V)/N〕'的「結構佈局」(structural configuration)。因此,兒童很可能在「比照類推」(analogy)之下把'〔V/N〕N'或'〔A/N〕N'的偏正式複合名詞轉類爲'〔V|N〕V'或'〔A(>V)|N〕V'的述賓式複合動詞。例如,在許多兒童的談話中偏正式複合名詞'小便'與'大便'都轉化爲'小便小好了,大便還沒有大好'的述賓式複合動詞。

(八)述賓式複合動詞的賓語名詞在論旨關係上可能擔任「處所」(Location,如'走路、住校、落後')、「起點」(Source,如'下臺、跳樓、出家')、「終點」(Goal,如'上臺、跳水、進洞')、「工具」(Instrument,如'開刀、跳傘、拚命')、「受事」(Patient,如'下飯、退票、接骨')、「結果」(Result,如'煮飯、畫畫、做夢')、「原因」(Cause,如'逃難、失火')、「目的」(Objective,如'逃命')、述語動作的「主事」(Agent,如'鬪鷄、賽馬、走人')等各種不同的「論旨角色」(θ-role)。在這些述賓式複合動詞中,充擔賓語的名詞成分都在指涉上屬於「未指」或「虛指」(non-referential),因而與述賓結構中賓語名詞組之在指涉上大都屬於「實指」(referential)的情形不同。

(九)偏正式複合動詞的修飾語名詞在論旨關係上可能擔任「處所」(如'路祭')、「起點」(如'空襲')、「手段」(如'火葬')、「工具」(如'規定')、「目的」(如'利用')等各種不同的論旨角色。偏正式複合動詞中修飾語名詞不但在指涉上屬於「虛指」,而且在「語法功能」(grammatical function)上由「體語」(substantive)轉爲「狀語」(adverbial),因而其「虛化」的程度似乎超過述賓式複合動詞的賓語名詞。

(十)主謂式複合動詞的主語名詞在論旨關係上只擔任「受事」或「客體」(theme)(如'地震、頭痛、便秘')這個論旨角色❽，而且大都是表示身體器官或部位(如'頭痛、嘴硬、心軟、膽怯、耳鳴、耳軟、手硬、腰酸、背痛')的名詞。

根據這些觀察與分析，我們對於兒童動詞詞彙的論元結構與論旨關係，做如下的預斷：

㉑ 在漢語動詞雙音節的限制下，漢語複合動詞不應該有「主述賓(S-V-O)式」、「主述補(S-V-C)式」、「狀述賓(M-V-O)式」、「狀述補(M-V-C)式」等三音節論元結構的出現。

㉒ 在「論元連繫原則」(Argument-linking Principle)、「X標槓結構限制」(X-bar Structure Constraint)與「格位指派方向」(Case-assignment directionality)等的要求下，漢語的複合動詞只可能出現具有「主謂(S-P)式」、「述賓(V-O)式」、「述補(V-C)式」、「偏正(M-V)式」、「並列(V-V)式」等論元結構佈局，而不可能出現「謂主(P-S)式」、「賓述(O-V)式」、「補述(C-V)式」、「正偏(V-M)式」等結構佈局❾。這是因爲在這些句法結構裏述語動詞是「中心語」或「主要語」(head)，賓

---

❽ 但在主謂式複合名詞中則可擔任「主事」(如'佛跳牆')。

❾ ㉒的檢驗標準與⑧的檢驗標準在內容上相同。但是⑧的結論是從「實際語料」(attested data)的整理與統計中得來的，而㉒的結論是從普遍語法的理論與漢語語法的限制中推斷出來的。

語與補語是「補述語」(complement)，而主語與狀語則是「指示語」(specifier)的緣故。

㉓ 以「雙賓動詞」(ditransitive verb)（如'送、寄、傳'）為述語動詞的述賓式複合動詞中，其賓語名詞應該分析為「域內論元」（即「直接賓語」），而其論旨角色也應該分析為「受事」或「客體」（而非「起點」或「終點」）。例如，'送客'只能解釋為'送走客人'而不能解釋為'送(某物)給客人'。

㉔ 根據我們有關「無標」與「有標」的看法，兒童習得漢語述賓式複合動詞的過程很可能是：(i)不及物述賓式複合動詞（即述賓式複合動詞後面不帶上賓語名詞組）<(ii)及物述賓式複合動詞（即述賓式複合動詞後面帶上賓語名詞組）<(iii)述賓式複合動詞以賓語名詞修飾語的方式接受賓語名詞。

㉕ 從句法關係與語意內涵的「透明度」(transparency)而言，在述賓式複合動詞的賓語名詞所扮演的「語意角色」(semantic role)中最容易理解的似乎是：(i)「受事」(或「客體」)與「結果」，其次是(ii)「處所」，然後依次是(iii)「終點」與「起點」、(iv)「目的」與「主事」。這一種語意角色的理解透明度可能反映在兒童語言習得的前後次序與使用頻率上面。

㉖ 偏正式複合動詞不僅大都屬於文言或書面語詞彙，而且其修飾語名詞與述語動詞的句法關係也不如述賓式複合動詞中賓語名詞與述語動詞之間句法關係之密切，修飾

語名詞的語意角色也不如賓語名詞語意角色的透明。因此，在兒童習得漢語詞彙的過程中，偏正式的習得應該晚於述賓式的習得，前者出現的頻率也應該較後者爲低。

㉗ 述賓式複合動詞在漢語複合動詞的孳生力最強。因此，在兒童語言習得的過程中，可能發現：在「比照類推」的影響下把偏正式複合名詞（如‘〔V/N〕N’與‘〔A/N〕N’）轉化爲述賓式複合動詞（即‘〔V|N〕V’）的用例。

五、漢語動詞的句法功能與次類畫分

關於漢語動詞的句法功能與次類畫分，湯（1988b）做了如下扼要的觀察與分析。

㈠漢語的動詞具有下列幾種句法功能：

(1) 可以單獨充當問話的答語。

(2) 可以用‘不、沒(有)’來否定。

(3) 可以出現於肯定式與否定式連用的「正反問句」。

(4) 可以出現於「情態助動詞」的後面。

(5) (動態動詞)可以出現於祈使句。

(6) (動態動詞)可以用重叠來表示‘時量短’（「短暫貌」）或‘動量小’（「嘗試貌」）。

(7) (動態動詞)可以與「回數補語」或「期間補語」連用。

(8) (動態動詞)可以附加各種「動貌標誌」。

(9) (動態動詞)可以用「主語取向」(subject-oriented) 的情

狀副詞修飾。

(10)可以在前面帶上「時間副詞」、「處所副詞」、「範圍副詞」等狀語。

(11)可以在後面帶上「情狀補語」或「程度補語」。

(12)可以「名物化」後充當動詞的主語、賓語或補語。

(二)漢語的動詞可以分爲下列幾種「次類」(subcategories)：

(1) 不及物動詞(＋〔＿＿〕)：不能帶直接賓語，只能帶「處所補語」、「期間補語」、「程度補語」等「語意論元」。

(2) 「存現」不及物動詞：包括「存在動詞」(＋〔＿＿Location〕, ＋〔Location＿＿著 NP〕)，如'坐、站、躺、住'；與「出現、消失動詞」(＋〔(Source)＿＿〕/〔＿＿(Goal)〕, ＋〔{Source, Goal}＿＿(了) NP〕)，如'來、到、走、跑'。

(3) 「氣象」不及物動詞 (＋〔＿＿〕, ＋〔＿＿{了，著} NP〕：如'下(雨)、刮(風)、打(雷)、出(太陽)'。

(4) 「假及物」動詞 (＋〔＿＿〕, ＋〔＿＿了NP〕)：如'(腿)斷、(手)麻、(人)死、(東西)丢'。

(5) 「判斷、分類」不及物動詞：必須帶表示屬性的補語名詞 (＋〔＿＿NP〕)，如'是、姓、叫、像、當、成爲'等。

(6) 「體賓」及物動詞 (＋〔＿＿NP〕)：只能帶「體詞性」賓語，如'騎(車)、買(書)、吃(飯)、喝(酒)'。

(7) 「謂賓」及物動詞 (＋〔＿＿S〕，＋〔＿＿VP〕)：能帶「謂詞性」賓語，包括：

(a) 「眞謂賓」及物動詞：能以子句 (S) 或動詞組 (VP) 爲賓語，如'同意、覺得、希望、贊成'。

(b) 情態助動詞：只能以動詞組爲賓語，如‘能(夠)、會、可以、要’。

(c)「準謂賓」及物動詞：只能以「名動詞」爲賓語，如‘進行、加以、予以、給以、受到’。

(8)「存在」及物動詞(+〔把 NP ____ Location〕,+〔(Location)____著 NP〕)：如‘掛、貼、放、佩、穿’等。

(9)「移送」及物動詞(+〔____NP Goal〕, +〔把NP____ Goal〕)：如‘寄、送、移、搬、遷、抬、推、擠、派’等。

(10)「雙賓」及物動詞：包括‘寄、傳、交、許’(+〔____ NP 給 NP〕,+〔____給 NP NP〕)、‘送、賞、運、輸’(+〔____ NP 給 NP〕,+〔____(給)NP NP〕)、‘吃、喝、贏、搶’(+〔____ NP NP〕)與‘問、教、告訴、請教’(+〔____NP NP〕，+〔____NP S〕)。

(11)「兼語」及物動詞(+〔____NP VP〕)：如‘叫、請、勸、催、逼、選、認、稱、當’。

這些句法功能與次類畫分的探討超出了漢語詞法的範圍而涉及了句法的領域，⑩但是我們仍然爲漢語動詞與兒童的語言習得提出下列三點假設與研究課題：

㉘ 兒童不可能把漢語動詞的句法功能一下子統統學會。換句話說，動詞句法功能的習得應該有一定的前後次序，某一種句法功能之習得可能以另一種句法功能之習得爲前提。以上面所列舉的十二項句法功能爲例，其習得的

---

⑩ 因此，湯(1988b)有關這方面的分析與討論較爲簡略，擬在‘漢語動詞與補語結構’一文中做更詳盡的討論。

前後次序究竟如何？這種前後次序應該如何加以詮釋？

㉙ 「動態動詞」(actional 或 dynamic verb) 與「靜態動詞」(stative verb) 的區別在上面的討論中與五項動詞句法功能有關。可見「動態」與「靜態」這個語意屬性與動詞的句法功能之間的關係甚爲密切。但兒童究竟如何學會「動態」與「靜態」的區別的？是經過嘗試與錯誤纔逐漸習得的？還是天生就能體會這種區別，因而在語言習得的過程中從來不犯這類錯誤？

㉚ 漢語的動詞可以依其可能出現的論元結構分爲「一元述語」(one-place predicate)、「二元述語」(two-place predicate) 與「三元述語」(three-place predicate) 等幾種，而其賓語、補語的句法範疇亦可以分爲名詞組、介詞組、動詞組、子句、名動詞等數種。兒童習得漢語動詞不可能把所有動詞的次類一下子統統學會，而應該有一定的前後次序，某一類動詞的習得可能以另一類動詞的習得爲前提。以上面所列舉的十一類動詞爲例，其習得的前後次序究竟如何？這種前後次序應該如何加以詮釋？

六、兒童語言習得語料中的漢語詞法

以上總共提出了三十則檢驗兒童習得漢語動詞的檢驗標準（以①到㉚的題號標示），現在就以這些標準來檢驗我們所蒐集的漢語兒童習得語言的語料。我們的受試者是居住於新竹市建功路眷村區的張姓兒童，而蒐集語料之期間是自他四歲四個月大到四歲十一個月大的八個月時間。父親祖籍山東（三十三歲）、母親祖籍臺灣（二十六歲），但是生後父母即離異。家人除了父親以外還有爺爺（六十歲）與奶奶（六十一歲）等總共四人。由於家住眷村，而且因為年幼而很少跑出眷村以外的地方，鄰居的小孩都不會講閩南或客家方言，所以接觸這些方言的機會很少。我們在前後八個月的期間裏總共錄下了九卷九個小時的語料。⓫

① 兒童的動詞詞彙限於單音動詞與雙音動詞，三音動詞幾乎不可能出現。

在總共九卷的語料中，單音動詞的出現照詞表來計算共一百五十五個，照出現次數來計算則共兩千零六十五次；雙音動詞的出現照詞表來計算共二百十三個，照出現次數來計算則有五百六十六次；但無三音動詞的出現。依據這個數據，單音動詞與雙音動詞在詞表上各佔全部動詞的百分之四十二·一與百分之五十七·九，而在出現次數上則各佔全部動詞百分之七十八·五與百分之二十一·五。這個統計結果與我們的預測吻合：單音動詞的習得在先，使用頻率也最高；雙音動詞次之；三音動詞是「有標」的動詞。

② 兒童的動詞習得以單音動詞開始，然後逐漸增加雙音動詞與「雙音化」，包括動詞的重疊與動貌標誌的連用。

兒童所使用的詞句比成人所使用的詞句簡短，所表達的意念

⓫ 我們另外有由師大英語研究所與政大西語研究所的學生五人協助錄下的語料約 111 卷 111 小時，目前正以同樣的方法分析中。

也較為簡潔。單音動詞在詞彙結構上屬於「單純詞」，既無「論元結構」又無「論旨關係」可言，在習得上比具有「論元結構」與「論旨關係」的雙音複合動詞較為容易。語料中的單音動詞在數目上為雙音動詞的百分之七十二・五，但在出現次數上則為雙音動詞的三・六五倍，正反映這種「單音動詞優先」的情形。由於這次調查是「斷面性的」(cross-sectional)，因此無法檢驗雙音動詞逐年增多的預測。如果將來做「長期性的」(longitudinal)的觀察調查，應可證實雙音動詞的數目與使用頻率會隨着兒童年齡的增加而逐漸增高。

我們所蒐集的語料也顯示，四歲四個月的受試兒童已能運用自如的重疊動詞或連用動貌標誌，從未發生錯誤。不過動詞與動貌標誌的連用（共一百八十五次）遠比動詞的重疊（共四十五次）為頻繁，因而兒童習得的次序可能是：(1) 單音動詞、(2) 單音動詞與動貌標誌的連用、(3) 動詞的重疊。常見的動貌標誌有'了、著、過、完'，出現於動詞前面表「未完成貌」(imperfective aspect)的'在'也在語料中出現。其出現頻率依次是'了'(127 次)>'著'(22次)>'在'(12次)>'過'(8次)>'完'(8次)。至於動詞的重疊，出現頻率最高的是'看看'(16次)，其他動詞的重疊也多在重疊動詞後面加上表示「嘗試」的'看'，如'想想看(4次)、試試看(2次)、放放看(2次)、摸摸看(1次)、聞聞看(1次)、做做看(1次)'，另外也出現'看一看(1次)、摸一摸(1次)、洗一洗(1次)'的形式。至於雙音動詞的重疊在語料中未能發現。可見雙音動詞的重疊在習得上晚於單音動詞的重疊，可能要經過一段相當長的時間纔會出現雙音動詞的重疊。另一方面，形容詞則不但出現單音形容詞的重疊（如‘軟軟的’(3 次)、‘長長的’（1 次）、‘紅紅的’（1 次）、‘髒髒的’(1 次)），而且還出現雙音形容詞的重疊（如‘爛爛破破的’(3 次)、‘晶晶亮亮’（3次）⑫‘好爛好爛’（2 次）、‘好多好多’（1 次），似乎表示形容詞的重疊早於動詞的重疊。

③ **兒童的單音動詞大都是常用動詞，其出現頻率大於雙音動詞。**

兒童所使用的單音動詞幾乎都是常用動詞，如‘看（218次）、走（137 次）、去（124 次）、講（37次）、來（36次）、跑（20次）、喝（20次）、跳（9 次）、叫（9 次）、聽（8 次）、哭（4 次）、笑（2 次）’等，而且單音動詞的出現頻率（百分之七十八·五）遠高於雙音動詞的出現頻率（百分之二十一·五）。

④ **兒童單音動詞的「雙音化」不會採用「同義並列」、「添字補音」、「詞組簡縮」等成人的造詞方式，而會利用添加動貌標誌、增加複合動詞等較爲簡易的方法。**

在語料中找不到「添字補音」或「詞組簡縮」等成人書面語的造詞方式，而屬於並列式的複合動詞則僅有‘告訴、書寫、游泳、認識’，等少數幾個。至於語料中的述賓式複合動詞、述補式複合動詞則相當的多，而動詞與動貌標誌的連用也非常的頻繁。可見兒童動詞的「雙音化」似乎是由常用動詞與動貌標誌的連用開始，然後逐漸臻入單音動詞的重疊與複合動詞的使用；而複

---

⑫ 由於語料的限制，我們尚無法了解爲什麼受試者重疊這兩個形容詞的方式與一般人不同。

合動詞的使用則以述賓式與述補式開始，然後逐漸擴及其他形式的複合動詞。

⑤ **兒童使用漢語動詞，開始時不會使用各種動貌標誌，而日後逐漸增加動貌標誌使用的次數與種類。**

語料顯示，四歲四個月的兒童已能對於'了、著、過、完'等動貌標誌與準動貌標誌運用自如。尤其是表示「完成貌」(perfective) 的'了'在語料中的使用次數最高，總共達一百二十七次；其次爲表示「進行貌」的'著'(二十二次) 與「未完成貌」的'在'(十二次)；而表示「經驗貌」的'過'與「準動貌標誌」的'完'則各佔八次。可見在兒童的動貌概念中「完成」與「未完成」的區別最爲重要，先習得'了'來表示「完成」，再習得'著'與'在'來表示「進行」或「未完成」，然後再習得'過'等動貌標誌來表示「過去的經驗」等較爲複雜的動貌概念。至於兒童於何時開始習得動貌標誌，則必須把調查年齡往前提早，利用「長期性的」調查研究始能獲得全貌。

⑥ **兒童在習得漢語動詞的過程中動詞的重疊與動貌標誌的習用應該早於複合詞與派生詞的習用。**

根據語料，四歲四個月的兒童雖已開始使用複合動詞，卻沒有使用'玩兒、火兒'或'美化、綠化'等派生動詞。另一方面，動貌標誌的使用早於動詞的重疊，而單音動詞的重疊又早於雙音動詞的重疊。在這個時期的兒童語料中尚未發現雙音動詞的重疊式。

⑦ **漢語派生動詞只能以'化'爲後綴，而這一種派生動詞都屬於正式的書面語詞彙，所以不在兒童的詞彙中出現。**

也就是說，兒童的漢語詞法中沒有衍生派生詞的規律。

這一點已經在上面⑥的觀察中加以討論。派生詞不但在動詞裏沒有出現，就是在派生詞較爲豐富的名詞裏也只出現'印(＜影)子'（2次）與'手印子'（1次）。述賓式、述補式複合動詞是以動詞詞幹爲中心語的同心結構，是漢語固有詞彙的造詞法；而派生動詞則以名詞或形容詞爲詞幹，以動詞後綴'化'來決定其詞類，是在外國語影響下新生的造詞法。派生詞在詞彙結構上與偏正式複合詞較爲相似，而且都屬於書面語詞彙，在兒童詞法裏的孳生力很低。這也就說明了派生詞、偏正式複合詞與主謂式複合詞等的何以未能出現於四歲兒童的語料。

⑧ **漢語複合動詞只有主謂式、述賓式、述補式、偏正式、並列式五種，而沒有謂主式、賓述式、補述式、正偏式。因此，由兒童自己杜撰的複合動詞也應該反映這種詞彙結構上的限制。**

在語料中由兒童杜撰的複合動詞只發現「述賓式」複合動詞七個，('〔漏v沙N〕v（3次)、〔吹v水N〕v(2次)、〔彈v水N〕v(1次)、〔印v手N〕v(一次)、〔印v腳N〕v（1次)、〔修v火N〕v（＝削木使生火）（1次)、〔拉v臭A>N〕v（1次)）與「述補式」複合動詞四個（〔切v死v〕v（1次)、〔用v倒v〕v(＝弄倒)（1次)、〔涼A>v死v〕v（＝凍死）、〔臭A>v死v〕v），「並列式」一個（'砰炸'），而沒有「偏正式」與「主謂式」這兩個論元結構與論旨關係較爲複雜的複合動詞，更沒有「賓述式」、「補述式」、「正偏式」、「謂主式」等違背詞彙與句法結構限制的複合動詞。另外在杜撰的述賓式與述補式複合動詞中所出現的動詞語素與名詞語素都屬於「自由語」(free morph)而非「黏著語」(bound morph),因而這些複合動詞也可能分析為述賓結構與述補結構,從此亦可窺見漢語詞法與句法的相關性。

⑨ **主謂式、述賓式、述補式、偏正式、並列式等詞彙結構中有關組合成分之間詞類與詞序上的限制與「無標」的句法結構**(即主謂結構、述賓結構、述補結構、偏正結構、並列結構)**中有關句子成分之間詞類與詞序上的限制完全相同。因此,在兒童語料中漢語句法結構與詞彙結構的習得應該有相當的對應關係。例如,述賓式複合動詞之習得,應該與述賓結構之習得同時進行,或稍早或稍晚於述賓結構的習得發生。**

在語料中出現的句法結構,計有下列七種。

(i)「主語名詞組(狀語)不及物動詞」,例如:'你來!'、'你看!'、'你看一看!'、'你到我們家玩!'、'我要坐啊!'、'我們也去!'、'我的腳很痛吔!'等。與此句法相對應的主謂式複合動詞只有'腳痛'一個。

(ii)「主語名詞組(狀語)及物動詞+賓語名詞組」,例如:'我要脫拖鞋'、'我抓我的皮'、'我打你'等。與此句法相對應的述賓式複合動詞有'吃飯、釣魚、吹水、彈水、印手、印腳、漏沙'等。

(iii)「主語名詞組(狀語)不及物動詞+補語」,例如:'你打得這麼高'、'我寫得不好'、'你跑好慢'、'我爸爸搢得亂七八糟'等。與此句法結構相對應的述補式複合動詞有'搖動、切死、涼死、跑快、打開、死掉、吃掉、聽完'等。

(iv)「主語名詞(狀語)動詞組+動詞組」,例如:'爺爺以前帶我去這邊'、'pro 跑步回去'、'我們要進去滑樓梯'、'pro 幫我撿起來'等。與此句法結構相對應的並列式複合動詞有'告訴、游泳、認識、書寫、喜歡、忘記'等。

(v)「狀語+動詞」,例如:'慢慢走'、'快回去'等。與此句法結構相對應的偏正式複合動詞有'漏接、睡醒、預備、參觀'等。可見兒童語料中漢語句法結構與詞法結構的習得似乎有相當的對應關係。

⑩ **在漢語五類複合動詞中,「無中心語異心結構」的主謂式的孳生力最低,「中心語在右端同心結構」的偏正式多屬於文言或書面語詞彙,因而在兒童的語言習得上幾乎不會出現,或很晚才會出現。**

根據語料,在兒童所習得的二百十三個雙音複合動詞中,勉強符合主謂式的複合動詞只有一個('腳痛'),而符合偏正式的複合動詞也只有四個('漏接、預備、參觀、睡醒'),與述賓式及述補式複合動詞比較之下僅佔很低的比率。而在偏正式複合動詞中'漏接、睡醒'屬於口語詞彙,而'預備、參觀'則屬於書面語詞彙,可見主謂式與偏正式複合動詞的習得確實晚於其他形式的複合動詞。

⑪ **並列式複合動詞,除了「並列」這個句法條件以外,還牽涉「同義」或「近義」這個語意條件,因而在兒童漢語習得中**(特別是在杜撰的複合動詞中)**其孳生力應該低於述賓式與述補式。**

根據語料,在二百十三個雙音複合動詞中符合並列式的複合動詞只有八個（'書寫、喜歡、告訴、砰(<爆)炸、認識、開始、游泳、忘記'），其孳生力雖僅略高於偏正式，卻遠低於述賓式與述補式。

⑫ **「中心語在左端同心結構」的述賓式與述補式，不但是「同心結構」而且是「中心語在左端」，因而與句法上的述賓結構與述補結構的相關性最大，其孳生力（特別是在杜撰的複合動詞中）也應該最大。**

在兩百十三個雙音複合動詞中，除了一個主謂式、四個偏正式與八個並列式以外，其餘兩百個複合動詞均屬述賓式（八十八個）與述補式（一百十二個），佔複合動詞總數的百分之九十三·八，可見其孳生力最大。至於述補式複合動詞之比述賓式複合動詞多（分別佔雙音複合動詞的百分之五十二·六與四十一·三），我們還沒有想到適當的解釋。

⑬ **述賓式中述語成分與賓語成分的語法關係最直接而密切（賓語名詞是述語動詞的「域內論元」(internal argument)），因而在習得的前後次序上可能早於述補式，其孳生力也可能大於述補式。**

根據語料，述賓式複合動詞共八十八個，而述補式複合動詞則佔一百十二個，分別佔雙音複合動詞的百分之五十二·六與四十一·三。述補式複合動詞的數目約爲述賓式複合動詞的一·二七倍，這一點與我們的預測相反。另一方面，在前面⑧的討論中，述補式與述賓式複合動詞在兒童杜撰的詞彙中分別佔百分之二十三·三與五十八·三，述賓式複合動詞的數目反而約爲述補式複合動詞的一·七五倍。我們不知道爲什麼這兩種統計的數據會互有出入。

⑭ **在述賓式複合動詞的習得中，「無標」的‘〔V|N〕v’應該早於「有標」的‘〔A(>V)|N〕v’或‘〔N(>V)|N〕v’。**

在八十八個述賓式複合動詞中，具有「無標」的結構‘〔V|N〕v”者共八十六個(共佔百分之九十七·七)，只有兩個（‘探險、拉臭’）是屬於較爲「有標」的結構“〔V|A>N〕v”。其中‘探險’是漢語現成的詞彙，而‘拉臭’是兒童杜撰的詞彙。兒童杜撰的其他述賓式複合動詞（‘漏沙、吹水、彈水、印手、印腳、修火’）都屬於無標的結構‘〔V|N〕v’。這不僅表示在兒童語言習得的過程中「無標」的結構先於「有標」的結構，而且還似乎表示：兒童對於複合動詞語素成分的「語法範疇」(grammatical category)與「語法關係」(grammatical relation) 已經有相當穩固的掌握，並且逐漸開始嘗試語素的「轉類」(conversion)。

⑮ **在述補式複合動詞的習得中，「無標」的‘〔V＼V〕v’與‘〔V＼A〕v’應該早於「有標」的‘〔A(>V)＼V〕v’與‘〔A>(V)＼A〕v’。**

在一百十二個述補式複合動詞中屬於「無標」的結構‘〔V＼V〕v’與‘〔V＼A〕v’者共一百一十個(共佔百分之九十八·二)，而屬於「有標」的結構‘〔A>V＼V〕v’者僅有兩個（‘涼死、臭死’），而且都屬於兒童杜撰的詞彙。其他兩個由兒童杜撰的述補式複合動詞（‘切死、用倒’）則屬於「無標」的結構，而且所有「轉類」都是從形容詞轉到動詞，都屬於形容詞的使動及物用法。因此，上面⑭有關述賓式複合動詞「無標」與「有標」的結論也同樣適用於述補式複合動詞。

⑯ 在並列式複合動詞的習得中，「同義」與「近義」並列應該早於「異義」或「對義」並列。

在語料中所出現的八個並列式複合動詞中，‘書寫、喜歡、告訴、砰(<爆)炸、認識、開始、游泳’七個都屬於「同義」或「近義」並列式，而只有‘忘記’一個屬於「異義」或「對義」並列式。這些並列複合動詞中，除了‘砰炸’可能由兒童杜撰⓭以外，其他都是漢語現成的詞彙。在漢語現成詞彙及兒童杜撰詞彙中「異義」與「對義」並列式複合動詞的匱乏，似乎支持在漢語並列式複合動詞中「同義」與「近義」並列是「無標」的結構，而「異義」與「對義」是「有標」的結構。

⑰ 五類複合動詞中，習得先後與孳生力大小的次序可能是：述賓式＞述補式＞並列式＞偏正式＞主謂式。

在兒童的語料中所出現的五類複合動詞，以所有詞表來計算的話，其多寡依次是：(i) 述補式（112 個）＞(ii) 述賓式（88 個）＞(iii) 並列式（8 個）＞(iv) 偏正式（4 個）＞(v) 主謂式。但是僅就兒童杜撰的詞彙來計算其孳生力的話，依次是：(i) 述賓式（7 個）＞(ii) 述補式（4 個）＞(iii) 並列式（1 個）＞(iv) 偏正式＞(v) 主謂式。

⑱ 述賓式、述補式與偏正式等同心結構的複合動詞裏，複合動詞的詞類或次類畫分原則上都以中心語動詞成分的詞類與次類畫分爲其依據。因此，名詞、形容詞、動詞之間的「轉類」，以及及物動詞與不及物動詞之間的「轉

⓭ 關於這個複合動詞的分析，見下面⑳的討論。

次類」，都屬於比較「有標」的詞法現象，都在兒童語言習得的過程中較少或較晚發生。

在語料中所出現的述賓式（88個）、述補式（112 個）與偏正式（8 個）複合動詞都屬於同心結構，而且除了少數的例外以外其詞類與次類畫分都與中心語動詞成分的詞類與次類畫分相同：即如果中心語動詞是不及物動詞，那麼複合動詞也是不及物動詞；如果中心語動詞是及物動詞，那麼複合動詞也是及物動詞。可見屬於同心結構的複合動詞在「無標」的情形下其複合動詞的詞類與次類畫分都以其中心語動詞的詞類與次類畫分為依歸。複合動詞與中心語動詞的詞類或次類畫分不相同的例外，只有在述補式中發現兩個（‘涼死、臭死’）。其中心語（‘涼、臭’）本來是不及物形容詞，但複合動詞卻當及物動詞用（如‘把它涼死’、‘給他臭死’）。其中‘涼’早在單音動詞（如‘菜已經涼了’）中已可以轉為不及物動詞用，但在‘涼死我了’或‘把它涼死’中卻轉為使動及物動詞。同樣的，在‘臭死我了’或‘給它臭死’中，不及物形容詞‘臭’也轉為使動及物動詞。在語料中並沒有發現從名詞轉成動詞或從動詞轉成形容詞或名詞的例詞。⑭可見漢語詞彙的轉類仍然有一定的規律與孳生力，而從不及物形容詞到使動及物動詞的轉類是漢語中最常用亦即孳生力最強的轉類之一。另外，在述賓式複合動詞‘探險、拉臭’中，形容詞‘險、臭’充當中心語動詞‘探、拉’的賓語而具有名詞的功能。從形容詞到動詞與名詞的

---

⑭ 語料中出現‘〔尿$_N$＞$_V$尿$_N$〕$_V$’的用例，而在這個述賓式複合動詞裏中心語名詞‘尿’轉為動詞。但這個複合動詞並非由兒童杜撰，而似乎是由成人在「嬰兒語」(baby talk) 中教給兒童的。

轉類似乎支持「X標槓理論」中有關形容詞（〔＋V, ＋N〕）、動詞（〔＋V, －N〕）、名詞（〔－V, ＋N〕）的屬性分析。

⑲ **並列式複合動詞的兩個語素，不但在語意上要同義或近義，而且詞類與次類畫分上也要相同。這一種並列式複合詞兩個組合語素之間的「對稱性」(parallelism)，不但在兒童的複合動詞中可以發現，而且還可以在複合名詞與形容詞中發現。**

如前所述，在八個並列複合動詞中，「同義」或「近義」並列佔七個，而「反義」或「對義」並列則僅佔一個（'忘記'）。在所蒐集的語料中我們另外發現並列式複合名詞九個（'眼睛、聲音、鬍鬚、音樂、衣服、房屋、牆壁、遊戲、顏色'）⓯與形容詞一個（'漂亮'），其數目不多，而且都是現成的漢語詞彙。但是在這些並列式複合詞裏並列語素的詞類都相同，在語意上也都屬於「同義」或「近義」並列。

⑳ **並列式複合動詞的詞類與次類畫分原則上應與其並列語素與次類畫分相同。「轉類」與「轉次類」都是「有標」的詞法現象，在兒童語言習得的過程中較少或較晚發生。**

在語料中所出現的八個並列式複合動詞中，'書寫、告訴、認識、游泳、忘記、開始、喜歡'七個都屬於漢語現成的詞彙。其中，'書寫、告訴、認識、忘記、喜歡'當及物動詞用，'游泳'

⓯ 語料中的'蜻蜓、蟑螂、蝴蝶、垃圾、鞦韆'做單純詞分析，而不做複合詞分析。

當不及物動詞用，'開始'兼當及物與不及物動詞用。因而複合動詞的詞類或次類畫分都大致與並列動詞語素的詞類或次類畫分相同。⑯杜撰詞'砰炸'的分析較爲困難，'砰炸'的'砰'在語料中讀'ㄆㄥ\'，可能由動詞'碰'而來，也可能是擬聲詞（如'砰然一聲'的'砰'字讀爲四聲）。如果是前者（'碰炸'），那麼在句法結構上可以視爲並列式；如果是後者（'砰炸'），那麼可能是比照並列式複合動詞'轟炸'而得來的造詞。⑰因而似乎也可以視爲並列式。可見，除了少數有問題的例詞以外，並列式複合動詞的詞類與次類都與其並列語素相同，而轉類與轉次類都是例外而「有標」的現象。

㉑ **在漢語動詞雙音節的限制下，漢語複合動詞不應該有「主述賓(S-V-O)式」、「主述補(S-V-C)式」、「狀述賓(M-V-O)式」、「狀述補(M-V-C)式」等三音節論元結構的出現。**

根據語料，兩百十三個複合動詞全都屬於雙音複合動詞，而無一個三音複合動詞出現，因而也不可能有「主述賓」、「主述補」、「狀述賓」、「狀述補」等三音節論元結構的出現。

㉒ **在「論元連繫原則」(Argument-linking Principle)、「X標槓結構限制」(X-bar Structure Constraint)與「格位指派方向」(Case-assignment directional-**

⑯ '喜歡'的'歡'在現代口語中已不當動詞用，但在'歡天喜地'的成語中則似當及物動詞用；又'開始'的'開'可當及物與不及物動詞用，而'始'則似只當不及物動詞用。

⑰ '轟'原亦屬表聲字，後來轉爲動詞。

ity）等的要求下，漢語的複合動詞只可能出現具有「主謂（S-P）式」、「述賓（V-O）式」、「述補（V-C）式」、「偏正(M-V)式」、「並列(V-V)式」等論元結構佈局，而不可能出現「謂主(P-S)式」、「賓述(O-V)式」、「補述(C-V)式」、「正偏(V-M)式」等結構佈局。這是因爲在這些句法結構裏述語動詞是「中心語」或「主要語」(head)，賓語與補語是「補述語」(complement)而，主語與狀語則是「指示語」(specifier)。

在兩百十三個複合詞中只有「述賓式」、「述補式」、「並列式」、「偏正式」與「主謂式」，而沒有「賓述式」、「補述式」、「正偏式」與「謂主式」。這個事實表示：有關「X 標槓結構限制」、「格位指派方向」等原則不僅適用於句子的句法結構，而且也適用於複合詞的句法結構；Lieber (1983) 的「論元連繫原則」也不僅適用於複合詞的句法結構，而且也適用於句子的句法結構。⓲

㉓ **以「雙賓動詞」(ditransitive verb)**（如'送，寄、傳'）**爲中心語的述賓式複合動詞中，賓語名詞應該分析爲「域內論元」**（即「直接賓語」）**，而其論旨角色也應該分析爲「受事」或「客體」**（而非「起點」或「終點」）**。例如，'送客'只能解釋爲'送走客人'，而不能解釋爲'送（某物）給客人'。**

關於這一點，語料中尚未出現以雙賓動詞爲中心語的偏正式複合動詞，所以無法直接檢驗我們的預測。不過語料中已出現雙

⓲ 關於漢語詞法規律與句法規律的相關性，參湯 (1988d) "詞法規律與句法規律的相關性：漢、英、日三種語言複合動詞的對比分析"。

賓動詞‘送’，而且直接賓語在前而間接賓語在後的句式（如‘我送一個很香的花給你’）與間接賓語在前而直接賓語在後的句式（如‘我送給你一個大鞋鞋’）都出現。又在語料中所出現的次數，不及物動詞共一百六十一個（一千五百零六次），及物動詞共一百十個（九百六十九次）⑲，而雙賓動詞卻只有三個（十七次）（共‘送、問、告訴’三個動詞）。可以出現於雙賓結構的動詞（如‘借、傳、教、吃、喝、贏、搶’等）雖然也在語料中出現，但都是僅帶直接賓語而不帶間接賓語（動詞‘傳’僅出現於介詞組之前）。可見雙賓動詞在及物動詞中是屬於「有標」的動詞，而兼帶直接與間接賓語的雙賓動詞更是屬於「有標」的雙賓動詞；因而在兒童語言習得的過程中出現的時期較慢，出現的頻率也較低。

㉔ **根據我們有關「無標」與「有標」的看法，兒童習得漢語述賓式複合動詞過程很可能是：(i) 不及物述賓式複合動詞（即述賓式複合動詞後面不帶上賓語名詞組）＞(ii) 及物述賓式複合動詞**（即述賓式複合動詞後面帶上賓語名詞組）**＞(iii) 述賓式複合動詞以賓語名詞修飾語的方式接受賓語名詞。**

根據我們的調查，語料中所出現的八十八個述賓式複合動詞（如‘結婚、上學、上班、下班、撞車、錄音、煞車、吃飯、流血、流汗、網魚、跑步、走路、上樓、拉尿、釣魚、印手、印腳、彈水、吹水、說話’等）全部都當不及物動詞使用，即後面不再帶上賓語名詞組。這個事實不僅表示在述賓式複合動詞中因內

⑲ 包括情態助動詞共五個（四百七十三次）。

部賓語的併入而變成及物動詞的，以及以賓語名詞修飾語的方式接受外部賓語的，都是屬於「有標」的情形；而且還表示這一種「有標」的述賓式複合動詞在四歲多的兒童語料中尚未出現，因而有可能屬於成人的詞法。

㉕ 從句法關係與語意內涵的「透明度」（transparency）而言，在述賓式複合動詞的賓語名詞所扮演的「語意角色」(semantic role) 中最容易理解的似乎是：(i)「受事」(或「客體」）與「結果」，其次是（ii)「處所」，然後依次是（iii)「終點」與「起點」、(iv)「目的」與「主事」。這一種語意角色的理解透明度可能反映在兒童語言習得的前後次序與使用頻率上面。

根據我們的分析，在八十八個述賓式複合動詞中，有八十二個複合動詞的內部賓語名詞在語意角色上屬於「受事」（七十一個）與「結果」(十一個)，有三個動詞的內部賓語名詞在語意角色上屬於「處所」(‘走路、爬山、爬樹’)，有兩個複合動詞的內部賓語名詞表示「終點」(‘上樓、回家’)，有一個動詞的內部賓語名詞表示「起點」(‘起床’)，而沒有一個複合動詞的內部賓語名詞表示「目的」或「主事」。這個統計結果似乎表示：語意角色的理解透明度與兒童語言習得的前後次序以及使用頻率之間有相當密切的關係。表示「受事」或「客體」的語意角色最容易理解，可以說是述賓式複合動詞內部賓語名詞「無標」的語意角色；因而習得的時間較早，出現的頻率也較高。表示「結果」的語意角色似乎比「處所」、「終點」、「起點」等語意角色容易了解，所以習得的前後次序與出現頻率僅次於「受事」。我們的語料中含有「處所」、「終點」、「起點」這幾種語意角色的複合動詞數目太少，因而無法就這三種語意角色在習得的前後次序與使用的頻率高低上做十分肯定的結論。我們希望將來能擴大語料對這一個問題做更進一步的研究。

㉖ **偏正式複合動詞不僅大都屬於文言或書面語詞彙，而且其修飾語名詞與述語動詞的句法關係也不如述賓式複合動詞中賓語名詞與述語動詞之間句法關係之密切，修飾語名詞的語意角色也不如賓語名詞語意角色的透明。因此，在兒童習得漢語詞彙的過程中，偏正式的習得應該晚於述賓式的習得，前者出現的頻率也應該較後者爲低。**

在語料中所出現的偏正式複合動詞僅有四個（‘漏接、睡醒、預備、參觀’），其中有兩個（‘預備、參觀’）屬於書面語詞彙、兩個（‘漏接、睡醒’）屬於口語詞彙，而沒有一個是由兒童杜撰的詞彙，可見其孳生力遠低於述賓式複合動詞（八十八個）與述補式複合動詞（一百十二個）。而且在四個偏正式複合動詞中，有三個（‘漏接、睡醒、參觀’）是以動詞爲修飾語，有一個（‘預備’）是以副詞爲修飾語，而沒有一個是以名詞爲修飾語。這可能是在偏正式複合動詞的內部結構中修飾語名詞的語意角色不如在述賓式複合動詞的內部結構中賓語名詞的語意角色那樣透明的緣故。

㉗ **述賓式複合動詞在漢語複合動詞的孳生力最強。因此，在兒童語言習得的過程中，可能發現在「比照類推」的影響下把偏正式複合名詞**（如‘〔V/N〕N’與‘〔A/N〕N’）

轉化爲述賓式複合動詞（卽'〔V|N〕v'）。

關於這一點，我們在語料中未能找到有關的用例。但是語料中出現'尿尿'這個述賓式複合動詞，而在這個複合動詞裏，名詞'尿'卻轉成動詞，並以名詞'尿'爲其「同源賓語」(cognate object)。不過這個複合動詞可能不是兒童在語言習得中根據「比照類推」而得來的用法，而是受了父母在「嬰兒語」(baby talk)中率先使用的影響。如果我們能擴大語料加以調查，或許會發現眞正「比照類推」的用例。

㉘ **兒童不可能把漢語動詞的句法功能一下子統統學會。換句話說，動詞句法功能的習得應該有一定的前後次序；某一種句法功能之習得可能以另一種句法功能之習得爲前提。以上面所列舉的十二項句法功能爲例，其習得的前後次序究竟如何？這種前後次序應該如何加以詮釋？**

在總共十二種有關動詞的句法功能中，各種句法功能與語料的關係如下。

(i) 動詞可以單獨充當問話的答句：在語料中單獨以動詞充當問話答句的用例，共一百二十三次。其中'(不)知道'出現的次數最多(88次)，其次爲'(沒)有'(26次)，再依次爲'(不)要'(23次)、'(不)會'(9次)、'(不)是'(7次)等。可見受試者不僅已能單獨以動詞充當問話的答句，而且已能區別與使用一般動詞、情態助動詞與判斷動詞等。

(ii) 動詞可以用'不、沒(有)'來否定：語料中使用否定動詞的用例共五百零一次，其中沒有一個錯誤的用例。例如，受試者說'沒有看到'而不說'*不看到'；說'不要走、不是、不會'，而不說'*沒有要走、沒有是、沒有會'。這些結果顯示：兒童的語言習得決非由大人刻意教導，而由自己從原初語料中建立語法。

(iii) 動詞可以出現於「正反問句」：在語料中出現的正反問句共八十五例，其中以'要不要'出現的次數最多（25次），其次爲'有沒有'(17次)，再依次爲'可以不可以'(11次)、'喜不喜歡'(10次)、'是不是'(7次) 等，而沒有一個錯誤的用例。不但已能分辨單音節動詞的重複（如'要不要'、'是不是'）與雙音節動詞的重複（如'可以不可以'、'喜不喜歡'），而且在雙音節動詞的重複中已能使用「AB不AB型」與「A不A B型」。

(iv) 動詞可以出現於情態助動詞的後面：在語料中動詞出現於情態助動詞後面的用例共三百四十六次，其中以出現於'(不)要'後面的次數最多（229次），其次爲'(不)會'(69次)，再依次爲'(不)可以'(36次)、'(不)敢'(11次)、'(不)能'(1次)。這些情態助動詞出現的頻率固然與兒童所表示的情態內容有關，而且似乎也與情態助動詞「口語化」的程度有關。

(v) 動態動詞可以出現於祈使句：在語料中出現的祈使句共三百六十七例，其中動詞'看'出現的次數最多（98次），其次爲'走'(63次)，再依次爲'來'(16次)，'去'(6次) 等。所有出現於祈使句的動詞都屬於「動態動詞」(action verb; dynamic verb)，沒有一個使用「靜態動詞」(stative verb) 的用例。

(vi) 動態動詞可以用重疊來表示「短暫貌」或「嘗試貌」：在語料中出現的動詞重疊共四十五例，其中'看看'出現的次數最多（13次)、其次爲'看一看'(13次)、再依次爲'想想看'(4次)

、'試試看'(2次)、'放放看'(2次)、'聞聞看'(一次)、'用用看'(1次)、'說一說'(1次)、'摸一摸'(1次)等；可能受閩南語影響的'想看看'、'試看看'等則沒有出現。所有重疊都屬於「動態動詞」，沒有發現任何錯誤的用例。

(vii) 動態動詞可以與「回數補語」或「期間補語」連用：在語料中出現的動詞與回數或期間補語的連用共四十七例，其中「瞬間動詞」(momentary verb; punctual verb) 與回數補語'一次'或'一下'的連用共四例(如'親一下')，「持續動詞」(durative verb) 與期間補語'一下(=一會兒)'的連用共四十三例(如'坐一下，等一下')，沒有發現錯誤的用例。漢語的回數與期間補語，其種類與數目(如'一腳、一回、一場、一會兒、兩次、三個小時'等) 本來不少，而語料中卻只出現'一下'與'一次'。這固然是由於兒童對於數目以及表示時間的度量衡單位尚未能熟悉的緣故，但似乎也表示回數補語與期間補語等非必用成分(或「語意論元」) 在語言習得的前後次序上比賓語、主語等必用成分(或「域內與域外論元」) 晚，而且在使用頻率上也較低。

(viii)(動態)動詞可以附加各種動貌標誌：在語料中出現的動詞與動貌標誌的連用共一百八十五例，其中完成貌標誌'了'出現的次數最多(127次)，其次爲經驗貌標誌'著'(22次) 與未完成貌'在'(12次)，再依次爲經驗貌標誌'過'(8次) 與準動貌標誌'完'(8次)、'好'(8次)等，沒有發現任何錯誤的用例。

(ix) 動態動詞可以用「主語取向」的情狀副詞修飾：在整個語料中以「主語取向」的情狀副詞修飾動詞的例句只發現兩個，即'偸偸買啊'與'偸偸拿'。與下面 (x) 裏所討論的時間與處所副詞比較起來，情狀副詞的習得次序較晚，使用頻率也較低。

(x) 動詞可以在前面帶上時間副詞、處所副詞、範圍副詞等狀語：在語料中所發現的時間副詞共四十四例，其中'以前'出現的次數最多（11次），其次爲'現在'（10次），再依次爲'剛剛'（8次）、'從前'（7次）等。這些時間副詞包括指「言談時間」(speech time; utterance time) 的'現在'與言談時間以前（即「過去時間」的'以前、從前、剛剛'），卻還沒有出現指言談時間以後（即「未來時間」）的'以後、將來'等。同時，這些時間副詞都指比較抽象籠統的時間，而'昨天、前天、上個星期'等比較具體明確的時間副詞則尙未出現⑳。在語料中所發現的處所副詞共八十二例，都是由表示「處所」（'在'）、「起點」（'從'）、「終點」（'到'）等介詞所引介的介詞組。處所副詞出現的頻率幾乎是時間副詞的兩倍，而且已經可以指出具體明確的處所（如'在牀上、在桌上'等）。在語料中所發現的範圍副詞共十四例，其中'都'出現的次數最多（6次），其次爲'統統'（5次）、'一起'（3次）等。

(xi) 可以在後面帶上情狀補語或程度補語：在語料中所出現的情狀與程度補語共三十三例，包括用助詞'得'引介的（如'我寫得不好、他打得這麼高、我爸爸摺得亂七八糟'）與不用助詞'得'引介的（如'你跑好慢'），而且在補語裏所出現的述語都屬於

---

⑳ 表示「未完成貌」的'在'也可以分析爲表示「事件時間」(event time) 的副詞。但是其他表示「事件時間」的副詞，如'已經、早（就）、快（要）'等，則尙未出現。

形容詞（'快'（8 次），'遠、高、亂七八糟'（5 次），'小、多'（2 次），'慢'（1 次））。可見這類補語的使用頻率低於處所與時間副詞，也低於回數與期間補語，卻高於情狀副詞。

(xii) 動詞可以「名物化」後充當主語、賓語、補語等：在語料中動詞的名物化總共出現十四次，其中充當賓語的用例最多（如'玩吹水'、'用走／滑／飛／側／爬的'、'只用走路'）、充當主語（'探險纔不好看'）與補語（'我不是跑啦'）各只有一個用例。

以上（i）到（xii）十二種有關動詞的句法功能，在語料中出現的用例依次是:(ii) 501次＞(v) 367次＞(iv) 346次＞(viii) 185次＞(x) 140次＞(i) 123次＞(iii) 85次＞(vii) 47次＞(vi) 45次＞(xi) 33次 (xii) 14次＞(ix)2次。可見就四歲多的受試者而言，除了情狀副詞的使用與動詞的名物化尚未普遍以外，對於其他句法功能都相當有把握。尤其是動詞的否定、重疊，與情態助動詞及動貌標誌的運用以及祈使句與正反問句的形成等已能運用自如，從未出現錯誤的用例。

㉙ **「動態動詞」(actional 或 dynamic verb) 與「靜態動詞」(stative verb) 的區別在上面的討論中與五項動詞句法功能有關。可見「動態」與「靜態」這個語意屬性與動詞的句法功能之間的關係甚為密切。但兒童是如何學會「動態」與「靜態」的區別的？是經過嘗試與錯誤纔逐漸習得的？還是天生就能體會這種區別，因而在語言習得的過程中從來不犯這類錯誤？**

在上面㉘裏所討論的十二種有關動詞的句法功能中，(v) 到

(ix) 的五種句法功能與「動態動詞」及「靜態動詞」的區別有關。我們的語料顯示，四歲多的兒童已能充分掌握這個區別，從未發現錯誤的用例。這個事實似乎表示：「動態」與「靜態」這個語意屬性上的差異以及這個語意差異與動詞句法功能之間的關係，並非由大人刻意教導，亦非由兒童從嘗試與錯誤中學習，而是兒童天生就能體會。

㉚ 漢語的動詞可以依其可能出現的論元結構分為「一元述語」(one-place predicate)、「二元述語」(two-place predicate) 與「三元述語」(three-place predicate) 等幾種，而其賓語、補語的句法範疇亦可以分為名詞組、介詞組、動詞組、子句、名動詞等數種。兒童習得漢語動詞不可能把所有動詞的次類一下子統統學會，而應該有一定的前後次序，某一類動詞的習得可能以另一類動詞的習得為前提。以上面所列舉的十一類動詞為例，其習得的前後次序究竟如何？這種前後次序應該如何加以詮釋？

在語料中所顯示的漢語動詞次類畫分的情形如下。

(i) 不及物動詞：僅以動詞為述語而後面不帶賓語或補語的用例在語料中共出現一千四百二十三次（其中單音動詞1025次，雙音動詞398次）。其中純粹屬於不及物動詞的，如'走'(137次)、'去'(62次)、'下去'(17次)、'回去'(15次)、'過去'(14次)、'死掉'(10次)、'出去'(1次)等；可以不及物與及物兩用而帶上賓語或補語的，如'看'(147次)、'玩'(44次)、'看到'(10次)等。同時，語料也顯示：不及物動詞以單獨出現為原則，後面帶有「處所」、「期間」、「程度」等補語的情形僅居少數。

(ii)「存現」不及物動詞：在語料中出現的「存在動詞」計有'來'(11次)、'出來'(2 次)、'走'(1 次)、'跑'(1 次)。其中絕大多數都是「存現」不及物動詞單獨出現(共四十二例，佔全部「存現」動詞的百分之五十八·三三)；以處所介詞組爲補語者共二十五例(包括'坐'(13次)、'住'(6 次)、'蹲'(3次)、'站'(2 次)、'睡'(1 次)，佔全部「存現」動詞的百分之三十四·七二)；經過倒序後以名詞組爲補語者僅五例(包括'住'(3次)'這一間有住人，那裏面有住人，世界上哪有巫婆')、'來'(1 次)'剛剛又來一個那個')、'出來'(1 次)'又出來一個豬')。可見「存現」不及物動詞仍然以單獨出現或以處所介詞組做補語爲原則，主語名詞組與述語動詞倒序的「引介句」(presentative sentence)乃屬於「有標」的結構。

(iii)「氣象」不及物動詞：在語料中僅只出現'打雷'(1次)這個用例，可能是受了語料或語言情境的限制，但也可能與這個句式的「有標性」有關。

(iv)「假及物」動詞：在語料中雖然出現'死'(5次)、'丟'(4 次)、'斷'(1 次)等動詞，但是僅有一般不及物用法，而沒有「假及物」用法。可見「假及物」用法乃「有標」用法，四歲多的兒童尚未習得這一種用法。

(v)「判斷、分類」不及物動詞：在語料中出現的「判斷、分類」不及物動詞共一百五十例，其中'是'(135 次)出現得最多，其他則依次爲'像'(7 次)、'變成'(4 次)、'叫'(3 次)與'當'(1 次)。可見其出現的頻率遠比「假及物」動詞爲高。

(vi)「體賓」及物動詞：在語料中所出現的體賓及物動詞共四百零三例（如'看'(41次)、'玩'(30次)、'用'(26次)、'畫'(19次))，沒有任何錯誤的用例。「體賓」及物動詞以「體詞性」的名詞組爲賓語，可以說是最典型的及物動詞。但是其使用頻率僅爲(典型)不及物動詞的百分之二十八・三二，而且其中'看'與'玩'等兩用動詞的及物用法在使用頻率上反而低於不及物用法。這似乎顯示：不及物動詞的習得早於及物動詞；而及物與不及物兩用的動詞中不及物用法的習得也早於及物用法。

(vii)「謂賓」及物動詞：在語料中所出現的「謂賓」動詞中，以子句爲賓語者共有四例（'知道'(2次)、'想'(2次))，以動詞組爲賓語者五百十一例（'要'(316次)、'會'(98次)、'可以'(43次)、'想'(23次)、'敢'(15次)、'喜歡'(15次)、'能'(1次))，而「準謂賓」動詞的用例則沒有出現。可見屬於情態助動詞的用例遠比其他「謂賓」及物動詞的用例爲高。又'看、喜歡、知道'這些及物動詞以名詞組爲賓語的用例也遠高於以子句或動詞組爲賓語的用例。可見在及物動詞中，「謂賓」動詞是屬於比較「有標」的及物動詞，僅在書面語裏使用；「準謂賓」動詞是比「謂賓」動詞更「有標」的及物動詞。

(vii)「存在」及物動詞：在語料中僅出現'放、掛、黏'這三個「存在」及物動詞。但是'放'僅用於「名詞組＋'放'＋處所介詞組」(6次)、「把名詞組＋'放'＋上去」('把被子放上去'(1次))與「名詞組＋'放'着＋名詞組」('我們放着這個'(1次))這幾種句式，而'掛'與'黏'則僅用於「名詞組＋'掛'上／'黏'上去」這個句式，都沒有出現於「名詞組＋動詞＋'把'名詞組＋處所介詞組」

或「處所(介)詞組＋動詞'著'＋名詞組」這類較爲複雜的句式。可見「把字句」雖然開始出現㉑卻仍未普遍，而同時使用'把'賓語與處所介詞組的用例也尙未出現。這似乎表示：受試者雖已學會把「主事」、「客體」與「處所」中的任何兩個論旨角色加以連用，卻仍然無法同時使用這三個論旨角色。

(ix)「移送」及物動詞：在語料中只出現'丢'一個移送及物動詞與方位補語連用的用例（共3次，如'丢到水裏'、'把你丢到獅子的嘴巴裏'）。這似乎表示：在兒童的語言習得中，「二元述語」比「一元述語」難，而「三元述語」又比「二元述語」難。

(x)「雙賓」及物動詞：在語料中所出現的兼帶直接與間接兩種賓語的雙賓動詞僅有十二例，其中出現於「動詞＋直接賓語＋'給'間接賓語」的句式者八例㉒，出現於「動詞＋'給'間接賓語＋直接賓語」的句式者四例，而出現於「動詞＋間接賓語＋直接賓語」的句式者則無一例。另外，出現於「動詞＋名詞組＋子句」的句式者有五例（'問'(4 次)、'告訴'（1 次））。我們的語料顯示：受試者自動說出的「雙賓句」很少，因爲幾乎有一半的雙賓句是我們藉送禮物的遊戲誘導受試者說出來的。在遊戲與誘導的過程中我們發現：「直接賓語＋'給'間接賓語」的句式最容易誘導出來，「'給'間接賓語＋直接賓語」的句式次之，「間接賓語＋直接賓語」的句式則始終無法誘導出來。這個事實似乎表示：含有直接與間接兩種賓語的雙賓結構比僅含有直接賓語的單

㉑ 與其他動詞出現的「把字句」有'把你切掉'等。

㉒ 包括'我送一個黏土給你玩'的用例。

賓結構「有標」；雙賓結構中以介詞‘給’引導的間接賓語出現於直接賓語的前面的結構是「更有標」的結構；而不以介詞‘給’引導的間接賓語出現於直接賓語的結構是「最有標」的結構。

(xi)「兼語」及物動詞：在語料中出現的「兼語」動詞僅有一個‘叫’，而出現的次數是五次（如‘你叫我聽、你有叫我下去、誰叫你還不快一點’）。㉓「兼語」動詞的數目之少與使用次數之低，似乎表示受試者此刻尙在習用這一個句式的初步階段，所以也可以說是在語言習得上屬於「有標」的句法結構。

七、結　語

根據以上的分析與討論，我們從兒童語言習得的語料中所獲得有關漢語動詞詞法的結論如下。

(1) 兒童的動詞詞彙限於「單音動詞」與「雙音動詞」，「三音動詞」係屬於成人詞彙。

(2) 兒童的動詞以單音動詞開始，然後逐漸增加雙音動詞與動詞的「雙音化」。

(3) 兒童的單音動詞大都屬於常用動詞，其出現頻率爲雙音動詞的三倍以上。

(4) 兒童單音動詞的「雙音化」主要發現於：(i) 動詞與動貌標誌的連用，(ii) 動詞的重疊，與 (iii) 複合動詞的出現。

㉓ 另外也出現‘借我看’的用例。又動詞‘選’雖然也在語料中出現，卻當單純的及物動詞用。

(5) 兒童的語言習得中動詞與動貌標誌的連用似乎早於動詞的重疊。

(6) 在兒童語言習得的資料中複合詞內部的句法結構與句子的句法結構呈現相當密切的對應關係。

(7) 兒童複合動詞的內部句法結構，按照出現個數的多寡，依次是：(i)「述補式」＞(ii)「述賓式」＞(iii)「並列式」＞(iv)「偏正式」＞(v)「主謂式」。㉔其中，前四種是「同心結構」，而最後一種是「異心結構」。

(8) 兒童的語料中並未出現「補述式」、「賓述式」、「正偏式」、「謂主式」等複合動詞，而在句子中這些句式也都屬於「不合法」(如「補述式」與「正偏式」)或「有標」(如「賓述式」與「謂主式」)的句法結構。

(9) 兒童杜撰的複合動詞多出現於「述補式」與「述賓式」等「孳生力」較強的句式，很少出現於其他句式。

(10) 兒童語料中所出現的「述賓式」與「述補式」複合動詞，絕大多數都屬於以動詞爲述語、以名詞爲賓語，而以動詞或形容詞爲補語的「無標」的結構。只有極少數的例外牽涉到「形容詞」到「動詞」，或「形容詞」到「名詞」的「轉類」現象。

(11) 兒童語料中所出現的「並列」複合動詞，其並列動詞語素的詞類與次類畫分屬性都相同，而且動詞語素與整個複合動詞的詞類與次類畫分屬性也相同。

㉔ 一位三至四歲組的沈姓男童的語料也支持這個優先次序。但是湯(1988d)的研究顯示，在代表成人詞法的漢語新造詞中「述賓式」是最常見的複合動詞。

(12) 兒童語料中所出現的「並列」複合動詞，絕大多數都屬於「同義」或「近義」動詞的並列，而「異義」或「對義」動詞的並列則僅有'忘記'這一個動詞[25]。兒童語料中所出現的「並列」複合名詞與複合形容詞，也都屬於「同義」或「近義」並列。

(13) 兒童語料中所出現的「述賓式」複合動詞全屬於不及物用法。可見述賓式複合動詞的及物用法（包括「賓語名詞的併入」與「賓語名詞的領位化」）等都可能屬於成人的詞法。

(14) 兒童語料中所出現的「述賓式」複合動詞，其賓語名詞所充當的「論旨角色」或「語意角色」絕大多數是「受事」與「結果」，其次是「處所」、「終點」與「起點」，其他「工具」、「目的」、「主事」等則較少出現。這個事實似乎與這些論旨或語意角色的理解透明度有關。

(15) 兒童語料中所出現的「偏正式」複合動詞，遠較「述補式」與「述賓式」複合動詞為少，而且大都屬於書面語詞彙。又「偏正式」複合動詞大都以動詞或副詞等為修飾語，而沒有出現以名詞為修飾語的例詞。這個事實可能反映「偏正式」複合動詞中修飾語名詞的語意角色不如「述賓式」複合動詞中賓語名詞的語意角色那麼透明而易於了解。

(16) 語料顯示，四歲兒童已能掌握漢語動詞的基本用法（包括：(i) 以動詞單獨充當問話的答句，(ii) 以'不／沒（有）'否定動詞，(iii) 以動詞的肯定式與否定式形成「正反問句」，(iv) 在動詞前面使用情態助動詞，(v) 在動詞後面使用「回數補語」

[25] 也有人認為'忘記'是述賓式複合動詞。

與「期間補語」，(vi) 在動詞前面使用「時間副詞」、「處所副詞」、「範圍副詞」等，(vii) 把動詞「名物化」而充當句子的主語、賓語、補語等。)，但對於「情狀副詞」、「情狀補語」、「結果補語」等用法則似乎仍在學習階段。

(17)語料顯示：四歲兒童已能充分掌握「動態動詞」與「靜態動詞」的區別，以及這個區別與「重疊」、「動貌標誌」、「祈使句」、「回數補語」、「期間補語」等的連用關係，幾未發現錯誤的用例。這個事實似乎表示：這些語言能力並非由大人刻意教導，亦非由兒童從嘗試與錯誤中學習，而是兒童天生就能體會。

(18) 語料顯示，「一元述語」的詞數與頻率都比「二元述語」高，而「二元述語」的詞數與頻率又比「三元述語」的詞數與頻率高。這似乎表示：兒童學習動詞的步驟依次是：(i) 一元述語＞(ii)二元述語＞(iii) 三元述語。

(19)「把字句」、「被字句」、「賓語提前」、「主語移尾」等句法結構都屬於有標的句式，在複合動詞的句法結構中並未出現，在兒童語言習得的過程中也較晚或較少發生。

(20) 名詞、動詞、形容詞等屬於實詞的「主要詞彙範疇」在複合動詞與句子中較常與較早出現，而副詞、數詞、量詞、介詞、連詞、代詞等屬於「虛詞」的「非主要詞彙範疇」則在複合動詞與句子中較少與較晚出現。

* 原刊載於李方桂先生紀念論文集 (1989) 。

新詞創造與漢語詞法

一、前　言

由於文明的進步與社會的變遷，新的事物、風潮與觀念不斷的產生，也就不斷的促成新詞的誕生來表達這些新的事物、風潮與觀念。但漢語的新詞究竟是如何誕生或創造的？漢語裏新詞的創造所依據的原則或規律是什麼？更具體的說，漢語裏有那些造詞規律？這些規律的內容與孳生力又如何？

漢語的新詞常常是由所謂的「創詞人」（word maker）刻意的創造出來的。這些「創詞人」包括從事大衆傳播的新聞記者、電視廣播節目主持人、廣告撰稿人、歌詞的作者以及從事翻譯的文人。許多新詞經過這些人的創造或介紹之後，經過新聞、電視、廣播、出版物等的傳播而逐漸由社會大衆使用。最後成為漢語的一般詞彙。但也有許多新詞，是在不知道誰是「始作俑者」的情形下，在一羣青年學生、職業團體或時裝界、娛樂界等特定的生活圈子裏流行起來的。這些在特定圈子裏誕生的新詞，有的經過一陣子流行之後便「曇花一現」似的消失，變成所謂的「臨時詞」或「偶發詞」(nonce word)。但也有的新詞卻能夠獲得圈子外一般大衆的認同而成為漢語的一般詞彙。

無論是由大衆傳播的「創詞人」刻意創造的新詞，或是由無名的「升斗小民」無意間創造的新詞，一經社會大衆採用之後就在漢語的詞彙中獲得了一席之地，不但有其特定的內部「詞彙結構」(lexical structure) 與外部「句法功能」(syntactic function)，而且其「語意內涵」(semantic content) 也在「外延」(denotation) 與「內涵」(connotation) 上更加明確。而且有些新詞更有旺盛的「孳生力」(productivity)，本身能夠孳生許多「派生詞」與「複合詞」來。例如，由英語的'talk show'產生的譯音詞'脫口秀'，經過「內部分析」(internal analysis) 而成為由修飾語'脫口'與主要語'秀'合成的偏正式複合詞，不但主要語'秀'獲得名詞語素的地位而產生複合動詞'做秀'，而且還能繼續衍生'工地秀'、'透明秀'、'牛肉秀'等複合名詞來。因此，如果有人杜撰'婚禮秀'或'葬禮秀'等新詞來指稱在部分民間盛行的婚禮或葬禮上的表演節目，那麼一般大衆也都能毫無困難的會意這些新詞。又如，盛行一時的'大家樂'裏的'樂'，本來是形容詞或動詞語素。但是'大家樂'這個新詞一經流行之後，'樂'就立刻獲得名詞語素的地位而衍生'樂迷'、'洞洞樂'等其他複合名詞來。這些新詞，以及由這些新詞再衍生的新詞，並沒有收錄於國語辭典，所以不熟悉這些新詞的國人無法從辭典中去查閱。這些新詞也沒有出現於國語的教科書，所以小學老師也不會向小學生說明這些新詞的含義。但是一般國人與小學生在報章雜誌的文章裏看到這些新詞的時候大多能了解基本的含義，並不會由於這些新詞而引起嚴重的「溝通中斷」（communication disruption）。這固然是由於我們有共同的社會文化背景來了解這些新詞產生的由來與可能的含義，但更重要的是這些新詞都依照一定的漢語詞法來產生，並且依照漢語詞法的內部規律與外部功能來孳生或成長。

本文的主題就是透過漢語新詞的分類與分析來驗證漢語詞法的存在。漢語詞法的內容與存在，可以在兒童習得漢語的過程中獲得驗證❶。如果說在兒童習得語言的過程中所查證的漢語詞法是代表兒童的漢語詞法，那麼在新詞創造的過程中所查證的漢語詞法可以說是反映成人的漢語詞法。從這兩種漢語詞法的比較分析中，我們或可發現兒童詞法與成人詞法之間成熟程度上的差異。為了討論的方便，本文裏所謂的「新詞」（neologism）分為「外來詞」與「自造詞」兩類。「外來詞」(loan word) 指在外來文物與外國語詞彙的影響下創造的漢語新詞；而「自造詞」(native innovation) 則指不受外來文物或外國語詞彙的影響，而

❶ 作者在湯（1988a）“漢語詞法與兒童語言習得：（一）漢語動詞”一文中初步探討這個問題。

在漢語本身的內在需要下產生的漢語新詞。如下所述，這兩類新詞還可以細分為幾種小類。

二、外來詞

「外來詞」(loan word) 可以依其內容的不同分為「轉借詞」、「譯音詞」、「譯義詞」、「音義兼用詞」與「形聲詞」五種。

㈠「**轉借詞**」(borrowed word)，或稱「輸入詞」(imported word) 或「借形詞」，是指把外國語的詞彙直接的輸入漢語，不在音義上做任何改變。這一種直接輸入外語詞彙的情形，只有文字系統相同的兩種語言（如漢語與日語）之間纔有可能。漢語裏有不少書面語詞彙是由日語詞彙直接輸入而來的。例如，'立場、場所、取消、便所、化粧、身分、見習、道具'等都是由日語詞彙直接借用的。由於在字形上與漢字完全一樣，而且在詞彙結構上又完全遵守漢語詞法的規律，所以一般國人很少注意到這些詞彙是來自日語的借用詞。漢語'MTV'與'IBM'等「拼音詞彙」也可以視為直接來自英語的借用詞。

㈡「**譯音詞**」(transliteration)，又稱「借音詞」，是利用本國語的音去譯外國語的音而得來的新詞。漢語裏許多有關佛教的詞彙，如'佛陀（<Buddha)、菩薩（<bodhi-sattva)、袈裟（<kaśāya)、涅槃（<nirvāna)、般若（<prajñā)、波羅蜜（<pāramitā)、達摩（<dharma)、檀那（<dāna)'等，都是直接譯梵文（Sanskrit）的音而得來的。民國初年出現的'德謨克拉西'（<democracy)、'賽因斯'（<science)、'烟士披里純'（<in-

spiration）等也是純粹譯音的例子。漢語裏這種純粹譯音的外來詞並不多❷，大部分的譯音詞都會兼顧意義。例如，'幽默'（<humor)、'摩登'(<modern)、'雷達'(<radar)、'雷射'(<laser)、'維他命'（<vitamin）、'三溫暖'（<sauna）、'意底牢結'(<ideology)等譯音詞都設法兼顧詞音與詞義。這是由於漢字是「標義文字」(ideograph)，不僅表示字音而且表示字義，在依音而不依義的譯音詞中仍然保留原來的字義。同時，漢語裏的「同音字」（homophone）相當普遍，在「一音多字」的情況下可供選擇的同音字不少，自然而然也就會顧慮到字義上的配合。就是民初的純粹譯音詞如'伯里璽天德'（<president）等也多少顧及了字義。漢語中大多數的外國國名（如'菲律賓、馬來西亞、新加坡、紐西蘭、阿富汗、尼加拉瓜'）、地名（如'倫敦、巴黎、紐約、莫斯科、羅馬、柏林'）與人名（如'羅斯福、邱吉爾、艾森豪、愛因斯坦、畢加索、諾貝爾'）都採用譯音詞。

㈢「**譯義詞**」(loan translation; calque)，又稱「借義詞」，是利用本國語的義去譯外國語的義，不理會外國語的音。例如，'邏輯'（<logic）是譯音詞，而'理則學'是譯義詞；'巴士'（<bus)是譯音詞，而'公車'是譯義詞；'坦克'(<tank)是譯音詞，而'戰車'則是譯義詞；'引擎'（<engine)是譯音詞，而'發動機'是譯義詞；'哀的美敦書'（<ultimatum)是譯音詞，而'最後

---

❷ 佛經的翻譯或註釋中亦有人譯義而不譯音的。例如'袈裟'有人譯爲'壞色'、'迦陵頻伽'(<kalavinka)有人譯爲'妙音鳥'或'好聲鳥'、'忉利天'（<Trāyastrimsa)有人譯爲'三十三天'。參新村出(1983)編廣辭苑(第三版)，岩波書店出版。

通牒'是譯義詞。當前漢語外來詞的趨勢似乎是依義而不依音，捨譯音詞而就譯義詞。這可能是由於漢語與外國語在「音節結構」(syllable structure)與「語音組合」(phonotactics)上的出入常相當大，漢語的譯音不一定很傳眞，音義兼顧更是可望而不可及的目標。因此，除了在一定的條件下例外的採用譯音詞以外，漢語的外來詞愈來愈倚重譯義詞。黃文範先生甚至主張，除了「無可取代」(irreplaceable)的名詞(如電學中的'伏特'(<volt)、'安培'(<ampere)、'歐姆'(<ohm)等)以外盡量採用譯義詞。因此，他提議以'英元'、'法元'、'瑞元'來分別代替'英鎊'、'法國法郎'、'瑞士法郎'；而以'步槍'、'騎槍'、'長管砲'、'指揮車'、'電測機'來分別代替'來福槍'、'卡賓槍'、'加農砲'、'吉普車'、'雷達'❸。關於這一種觀點，我們容後討論。

㈣「**音義兼用詞**」(hybrid loan-word)，又稱「混合詞」，是以部分依音而部分依義的方式去翻譯外國語詞彙。例如，'來福槍'以'來福'(<rifle)譯音而以'槍'補義，'卡賓槍'以'卡賓'(<carbine)譯音而以'槍'補義，'吉普車'以'吉普'譯音而以'車'補義，'卡片'以'卡'譯音而以'片'補義，'英鎊'是以'鎊'(<pound)譯音而以'英'補義，而'迷你裙'、'龐克頭'與'蘋果派'則是部分譯音(卽'迷你'(<mini)、'龐克'(<punk)與'派'(<pie))與部分譯義(卽'裙'(<skirt)、'頭'(<hair-style)與'蘋果'(<apple))的方式產生的混合詞。由於「語言簡便」(language economy)的需要，原來採用譯音詞的外國地

❸ 黃文範(1983)"名詞的翻譯"，中央日報九月十七日第十二版。

名也有逐漸簡化爲混合詞的趨勢，例如從前音節衆多的譯音詞如'德克薩斯'、'加利福尼亞'、'費列得爾非亞'等如今都簡化成'德州'、'加州'、'費城'等混合詞。

㈤「**形聲詞**」(phonetic compound)，又稱「新形聲字」，是利用漢文傳統形聲字的創字法，以「形符」(signifier)與「聲符」(phonetic)或「部首」與「偏旁」組合的方式去翻譯外國語的詞彙。這種「新形聲詞」多見於化學元素的名稱如'氧、氫、氯、鋁、鎂、鐳、鈷'等與'熵'(entropy)。有些數學、物理、化學、科技上的名詞則用類似「轉注」的方式來創造新詞，例如以'能'來譯'energy'，而以'功'來譯'work'等；這些漢字都被借用來表達與原義並無多大關聯的新概念。「新形聲詞」不但創造新詞而且還創造新字，而「新轉注詞」則與原來漢字在含義上常有相當大的出入，因而形成語意上的晦澀。而且，這兩種新詞都屬於「單音詞」(monosyllabic word)，與漢語詞彙「雙音化」與「多音化」的趨勢不合❹。因此，這兩種新詞的出現都限囿於少數特定的專門學科，在一般詞彙的孳生力很低。

三、來自英語的外來詞

漢語的外來詞，來自世界各地。就譯音詞而言，除了佛經上的許多外來詞都來自梵文以外，古漢語中的'葡萄'(<希臘語 bortus)、'獅(<師)'(<波斯語sir)、'阿芙容'(<阿拉伯語

---

❹ 參湯(1988b)"爲漢語動詞試定界說"。

afyun)、'(驛)站'(<蒙古語jam)、'(胡笳十八拍的)拍'(<匈奴語)、'琵琶(<枇杷)'、'玻璃'、'犀比'等都是來自其他地方的譯音外來詞。現代漢語的譯音詞的來源則包括英語(如前面已經出現的'幽默、摩登、脫口秀'等)、日語(如'榻榻米/他他米'(<たたみ)、'歐巴桑'(<おばさん)、'壽司'(<すし)、'麻薯'(<もち)、'甜不辣'(<てんぷら))、德語(如'海洛英'(<heroin)、'山道年'(<santonin)、'阿斯匹林'(<Aspirin)、'蓋世太保'(<gestapo)、'納粹'(<Nazi<Na(tionalso)zi-(alist))、俄語(如'蘇維埃'(<Soviet)、'布爾什維克'(<Bolisheviki)、'伏特加'(<vótkə))、法語(如'香檳'(<Champagne)、'卡路里'(<calorie)、'布爾喬亞'(<bourgeois)、'古迭達/苦迭打'(coup d'ētat)、'低盪'(<dētente))、西班牙語(如'探戈'(<tango)、'金雞納霜/規那/奎寧'(<quina))、印度語(如'卡其'(<khāki<波斯語 khāk)、'苦力'(<qulī))、拉丁語(如'彌撒'(<missa)、'大理花'(<dahlia))、葡萄牙語(如'芒果'(<manga)與閩南語的'雪文'(<sabão))、阿拉伯語(如'蘇丹'(<sulṫān))、馬來語(如'檳榔'(<pinang))、菲律賓語(如'柳安(木)'(<lauan))等。其中來自英語的譯音詞,爲數最多。據統計,在國語日報外來語詞典中所收錄的一千八百二十個譯音詞中,來自英語的外來詞便有一千三百一十三個之多,佔了全部譯音詞的百分之七十七點四。現在就以來自英語的譯音外來詞爲我們分析討論的對象。

㈠**轉借詞**:由於漢語與英語在文字系統上的差別,來自英語的轉借詞絕無僅有,只發現'MTV'與商標名'IBM'以及轉借與譯音混用的'T恤(衫)'(<T-shirt) 等少數例外❺。

㈡**譯音詞**:根據武占坤與王勤 (1981: 371) ❻,從鴉片戰爭到五四運動之間來自英語的譯音詞有'巴力門'(<parliament)、'賽恩斯'(<science)、'德律風'(<telephone)、'安琪兒'(<angel)、'白蘭地'(<brandy)、'沙發'(<sofa)、'烏托邦'(<utopia)、'引擎'(<engine)、'可加因'(<cocain(e))、'威士忌'(<whisk(e)y)、'可可'(<cocoa)、'撲克'(<poker)、'阿摩尼亞'(<ammonia)、'氷淇淋'(<ice cream) 等。除了'氷淇淋'是音義兼譯的混合詞以外,其他都是直接音譯英語詞彙的譯音詞。其中,'巴力門'、'賽恩斯'、'德律風'、'阿摩尼亞'在現代漢語詞彙中已分別由'議會'、'科學'、'電話'、'氨水'取代。又根據武與王(1981:374),從五四運動到抗戰結束之間來自英語的譯音詞有'吉普'(<jeep)、'尼龍'(<nylon)、'麥克風'(<microphone)、'曼陀鈴/曼多林'(<mandolin(e))、'開司米'(<cashmere<印度語kashmir)、'水門汀/士敏土'(<cement)、'巧克力/朱古律'(<chocolate)、'配尼西林/盤尼西林'(<penicilin) 等,而混合詞則有'卡賓槍'、'加農砲'、'霓虹燈'(<neon lamp)、'爵士(音)樂'(<jazz music) 等。其中譯音詞'水門汀'已由譯義詞'水泥'取代,譯音詞'麥克風'與譯義詞'擴音器'並用,譯音詞'盤尼西林'也與譯義詞'青黴素'並用,而譯音詞'吉普'則轉爲混合詞'吉普車'。

---

❺ 與'T恤(衫)(<T-shirt)形成有趣的對比是譯義的'丁字尺'(T square)。

❻ 武占坤與王勤 (1981) 現代漢語詞彙概要。

黃 (1974:193-194)❼也列出：'奧林匹克 (<Olympic)、馬達 (<motor)、梵啞鈴 (<violin)、披頭 (<Beatles)、開麥拉 (<camera)、蒙太奇 (<montage)、拷貝 (<copy)、摩登 (<modern)、模特兒 (<model)、維他命 (<vitamin)、荷爾蒙／賀爾蒙(<hormone)、鴉片 (<opium)、凡士林(<Vaseline)、瓦斯 (<gas)、乒乓 (<ping-pong)、高爾夫 (球) (<golf)、保齡球 (<bowling)、吉打 (<guitar)、土司 (<toast)、達林／達玲 (<darling)、沙拉 (<salad)、迷你 (<mini)、迷地 (<midi)、意底牢結 (<ideology)、托辣斯 (<trust)'等；而我們也可以補上'雷達、雷射、卡(片) (<card)、羅曼蒂克(<romantic)、嬉痞 (<hippy/hippie)、雅痞 (<yuppy/yuppie)、幽浮 (<UFO)、馬拉松 (<marathon<希臘語 Marāthon)、巴士 (<bus)、僕歐 (<boy)、拍檔 (<partner)、全錄 (<Xerox)、聖代 (<sundae<Sunday (ice cream))、三明治 (<sandwich)、馬殺鷄 (<massage)、休克 (<shock)、秀 (<show)、卡通 (<cartoon)、杯葛 (<boycott)、馬賽克(<mosaic)、繃帶 (<bandage)、布丁 (<pudding)、芒果 (<mango<葡萄牙語 manga)、坦克 (車)(<tank)、托福(考試) (<TOEFL)、檸檬(<lemon)、樂普 (<loop)、邏輯 (<logic)、咖啡 (<coffee<荷蘭語 koffie)、加哩 (<curry<印度語kari)、恤(衫) (<shirt)、雪茄 (<cigar<西班牙語 cigarr)、時髦 (<smart)、漢堡

❼ 黃宣範 (1974) "讀中國語文中的外來語"，收錄於語言學研究論叢 (191-200頁)，黎明文化公司。

(<hamburger)、沙士(<sas<sarsaparilla)、聲納(<sonar)、蘇打(<soda)、撒旦(<Satan)、派對(<party)、賽璐珞(<celluloid)、速克達(<scooter)、以脫(<ether)、壓克力(<acrylic)、引得(<index)、巴仙(<percent)、巴拉松(<parathion)、滴滴涕(<DDT)、可口可樂(<coca-cola)'等。觀察這些譯音詞，我們可以獲得下列幾點結論：

(i) 如前所述，譯音詞多屬於「專名」(proper name)，包括人名、國名、地名等。這些專名大都無詞義可言，所以無法採用譯義的方法。另外有許多「著名商標」(brand name)也常採用譯音，例如'福特(<Ford)、朋馳(<Benz)、雪佛蘭(<Chevrolet)、柯達(<Kodak)、固特異(<Goodyear)、麥當勞(<MacDonald)、全錄(<Xerox)、派克(<Parker)、波音(<Boeing)、黛安芬(<Triumph)、克寧(<KLIM<MILK 牛奶的倒寫)'等。這些商標名，或者本身無詞義而無法譯義，或者雖有詞義(如'黛安芬'本指'凱旋'，'固特異'本指'豐年')但現已轉爲專名，所以用譯音的方式，來暗示這是舶來品❽。其他如外來的食物飲料(如'檸檬、芒果、布丁、三明治、咖啡、沙士')、醫藥化粧品(如'奎寧、巴拉松、凡士林')等也常採用譯音詞。

(ii) 外國貨幣與度量衡的單位，以及物理、電學上的計算單

❽ '司麥脫'(<Smart)、'否司脫'(<First)、'美好挺'(<Manhattan) 等是國內自造的商標名，其如此命名的目的似乎也有意與舶來品媲美。另外，化粧品的商標'奇士美'(<kiss-me)是日人創造的商標名，所以不屬於來自英語的譯音詞。

位也常用譯音詞，例如'鎊（<pound）、先令（<shilling）、打（<dozen）、碼（<yard）、噸（<ton）、克（蘭姆）（<gram）、米（突）（<meter）、安培（<ampere）、歐姆（<ohm）、達（因）（<dyne）、伏特（<volt）、法拉（<farad）、庫侖（<coulomb）'等。這些表示單位的外來詞，也與專名一樣無詞義可言，'安培、歐姆、法拉、庫侖'等單位名詞本來就由人名而來，所以常採用譯音的方式。不過有些度量衡的單位也採用音義混合詞（如'英鎊、公噸、公尺'）與譯義詞（如'英畝、英噸'）的。

（iii）由數個詞的頭一個或頭幾個字母合併而成的「頭字詞」（acronym）也常成爲漢語的譯音詞，例如'雷達'（<radar<ra(dio) d(etecting) a(nd) r(anging)）、'雷射'（laser<l(ight) a(mplification by) s(timulated) e(mission of) r(adiation)）、'幽浮'（UFO<U(nidentified) F(lying) O(bject)）、'吉普'（<jeep<G(eneral) P(urpose)）、'聲納'（<sonar<so(und) na(vigation) r(ange)）、'滴滴涕'（<DDT<D(ichloro-)D(iphenyl-)T(richloroethane)）等。這些「頭字詞」之產生本來是由於原名過於冗長，所以轉入漢語時也就沿例譯音而不譯義。至於'MTV<M(usic in) T(ele)V(ision)'則乾脆不譯音而以原文標寫，以求新奇與刺激的廣告效果，另一方面也反映了英文字母的開始滲透漢字社會。黃文範先生曾提議以'指揮車'與'不明飛行物體'來分別代替'吉普(車)'與'幽浮'。'指揮車'這個譯義詞在軍中或可適用，但與英語的原義以及社會大衆使用這種車輛的用途都不符，恐難成爲一般詞彙。另一方面，'不明飛行物體'這個譯義詞則過於冗長，恐怕也不

容易取代音義兼顧的雙音詞'幽浮'。如果一定要把這些「頭字詞」譯義，那麼至多不能超過四個字，纔有可能爲一般大衆所接受❾。不過譯音詞的缺陷在於含義不明，所以譯音詞'吉普'、'雷射'都分別與音義混合詞'吉普車'、'雷射光'並用或取代。另外'聖代、嬉痞、雅痞'等原詞的語意內涵含糊不清，因此譯音而不譯義。

(iv) 幾乎所有的譯音詞，其原詞大都屬於「單純詞」(simple word) 或「單語素詞」(monomorphemic word)，無法分析爲由「詞幹」(stem) 與「詞綴」(affix) 組成的「派生詞」(derivative word) 或由「詞幹」與「詞幹」合成的「複合詞」(compound word)。只有極少數的原詞(如'partner, index, coca-cola'等)屬於派生詞或複合詞。一般說來，如果原詞是派生詞或複合詞，就可以翻成譯義詞(如'電視機'(<television)、'洗衣機'(<washing machine)或音義混合詞(如'迷你裙'(<miniskirt)、'脫口秀'(<talk show))。

(v) 在上面所列舉的譯音詞總共七十二個，其中單音詞共二個(佔百分之2.78)、雙音詞共四十九個(佔百分之68.06)、三音詞共十八個(佔百分之25)、四音詞共三個(佔百分之4.17)。因此，譯音詞中音節的多寡符合漢語詞彙的「多音化」特別是「雙音化」的趨勢。又在這些譯音詞中名詞共六十個(佔百分之83.33)、形容詞共六個(佔百分之8.33)、動詞共六個(佔百分

❾ 黃文範先生所提議的'電測機'(<radar)與海峽對岸所使用的'激光'(<laser)則可以符合這個要求。

之 8.33)，而沒有介詞、連詞、副詞、代詞等。可見譯音詞多限於在漢語詞彙上屬於「開集合」(open class) 的「實詞」(content word)，特別是名詞。

(vi) 上面所列舉的譯音詞沒有包括特殊地區（如香港）裏所使用的方言譯音詞，因此大多數的譯音詞都從國語或北平音的音值譯成漢字。北平音聲母沒有清濁之分，所以英語發音上/p/與/b/、/t/與/d/、/k/與/g/以及/tʃ/與/dʒ/的區別，常在漢語譯音詞上消失。雖然有些譯音詞利用送氣聲母與不送氣聲母的區別來對應英語清輔音與濁輔音的區別，但是這一種對應並不嚴格而常互相混淆（如英語的/pa/與/ba/都以漢字的'巴'來譯音）。其他如英語的/v/爲漢語所缺少，就以發音的部位與方式較相似的'ㄈ'或'ㄨ'來代替。可見以漢字譯音有其先天上的缺陷[10]。

(vii) 譯音詞除了語音不傳眞以外，還有語義不明確的缺陷。因此，許多譯音詞都隨後被音義混合詞（如'高爾夫＞高爾夫球'、'坦克＞坦克車'、'撲克＞撲克牌'、'沙發＞沙發椅'、'霓虹＞霓虹燈'）或譯義詞（如'開麥拉＞照相機'、'引得＞索引'、'以脫＞（乙）醚／醇精'、'梵娥鈴＞小提琴'、'撒旦＞魔鬼'）所取代。可見譯音是在無法譯義或不容易譯義時所採用的權宜性造詞法。只有在少數例外的情形下，把本來可以譯義的原詞加以譯音而達成廣告（如'黛安芬'）或新奇滑稽（'秀、拍檔'）的效果。

[10] 關於英語原詞的發音與現代漢語外來詞譯音之間的對應關係，高名凱與劉正埮 (1958) 現代漢語外來詞的研究，文字改革出版社 (149-154 頁) 有詳盡的討論，這裏不再贅述。

㈢**譯義詞**：現代漢語詞彙的空前膨脹，最主要的原因是大量外來詞的吸收。王力先生於一九七九年曾說："拿現代書報上的文章用語和鴉片戰爭以前的用語相比較，外來的詞語恐怕佔一半以上；和'五四'時代的文章用語相比較，恐怕也佔四分之一以上"[11]。而在外來詞中佔絕大多數的就是譯義詞。由於譯義而不譯音，而且詞語的內部句法結構以及內部句法結構與外部句法功能的關係都完全符合漢語詞法的規律，所以一般國人使用這些譯義外來詞的時候很少有人會想到這些詞語是淵源於外語詞彙的新詞。漢語來自英語的譯義外來詞大致可以分為「直譯」與「意譯」兩種。

(1) 直譯英語的複合詞、派生詞或詞組，而譯義詞構詞成分的詞類與詞序與英語的原詞完全相同，例如：'馬力'（<horsepower)、'足球'（<football)[12]、'瓶頸'（<bottleneck)、'超人'（<superman)、'超級市場'（<supermarket)、'介面'（<interface)、'眼影'（<eye shadow)、'熱狗'（<hot dog)、'睡袋'（<sleeping bag)、'代溝'（<generation gap)、'空氣污染'（<air pollution)、'消費者'（<consumer)、'晚禮服'（<evening dress)、'太空梭'（<space shuttle)、'廣播'（<

[11] 王力（1979）"白話文運動的意義"，中國語文1979年第3期。

[12] '籃球'(<basketball) 也屬於這一類，但是'棒球'（<baseball)、'壘球'(<softball)、'排球'(<volleyball) 等則前半部屬於意譯，而'橄欖球'(<rugby football)、'網球'(<tennis)、'羽(毛)球'(<badminton)、'板球'(<cricket)、'曲棍球'(<hockey) 等則不折不扣的意譯。

broadcast)、'數位化'(<digitalize)、'軟水'(<soft water)、'黃禍'(<yellow peril)、'鐵幕'(<iron curtain)、'腦死'(<brain death)、'核能'(<nuclear energy)、'黑盒子'(<black box)、'微波爐'(<microwave oven)、'超音波'(<supersonic wave)、'國家公園'(< national park)、'人工智慧'(<artificial intelligence)、'肢體語言'(<body language)、'積體電路'(< integrated circuit)、'鄉村音樂'(<country music)、'越野賽跑'(<crosscountry race)、'高峯會議'(<summit conference)、'高(度)傳眞(的)'(< high fidelity)、'地對空飛彈'(<surface-to-air missile)[13]。

(2) 直譯英語的複合詞、派生詞或詞組，但譯義詞構詞成分的詞類與詞序與英語的原詞並不相同：其中(a)改變詞序者，如'賽馬'(< horse race)、'回饋'(<feedback)、'洗腦'(<brainwash)、'免稅(的)'(<duty-free)、'破紀錄者'(<record-breaker)、'納稅人'(tax-payer)、'劃時代的'(<epoch-making)、'收銀機'(<cash register)；(b)改變詞類者，如'連線(的)'(<on-line)、'潛意識(的)'(<subconscious(ness))、'望遠鏡'(<telescope)、'顯微鏡'(<microscope)、'潛望鏡'(<periscope)、'阻街女郎'(<street girl)、'汽車旅館'(<motel>motorists' hotel)。

(3) 意譯英語的單純詞、派生詞、複合詞或詞組，因而譯義

[13] 這些例詞以及下面大部分來自英語的外來詞都由清華大學語言學研究所的學生提供。

詞構詞成分的含義與英語原詞的含義不一定相符合的；例如‘掃描’(<scan)、‘慢跑’(<jog)、‘媒體’(<media)[14]、‘徵候羣’(<syndrome)、‘電話’(<telephone)、‘電腦’(<computer)[15]、‘電梯’(<elevator)、‘電視’(< television)、‘電冰箱’(<refrigerator)、‘(眞空)吸塵器’(<vacuum cleaner)、‘資訊’(<information)、‘衝浪’(<surf(ing))、‘自閉症’(<autism)、‘白血病／血癌’(<leukemia)、‘默劇／啞劇’(<pantomime)、‘攝／有氧運動’(< aerobics)、‘降落傘’(parachute)、‘電動打字機’(<telex<tel(eprinter) exchange)、‘無線電傳眞／傳眞電報’(<fax<facsimile/phototelegraph)、‘雲霄飛車’(<roller coaster)、‘高射砲’(<anti-aircraft gun)、‘空浮’(<air-borne radioactive particle)、‘手提式無線電話機／步話機’(<walkie-talkie)。觀察以上的譯義詞，我們可以獲得下列幾點結論：

(i) 就譯義詞的音節多寡而言，仍然以雙音節詞居大多數，三音節詞與四音節詞次之，單音節詞很少見。五音節(如‘地對空飛彈’、‘無線電傳眞’、‘電動打字機’)幾乎是漢語外來詞所能容納的最大音節數目，超過這個數目則常以「簡稱」(abbreviation)或其他方式來加以簡化。例如，‘眞空吸塵器’常說成‘吸塵器’，而‘現金收入記錄機’則改稱‘收銀機’。

(ii) 譯義詞絕大多數都屬於「同心結構」(endocentric con-

[14] ‘媒體’是譯義詞，但是似乎兼有譯音的作用。

[15] ‘計算機’是採直譯的譯義詞。

struction），而且很少有「轉類」（conversion）的情形發生。少數的例外往往是由於「簡稱」的結果。例如，‘空浮’（<air-borne radiocative particle）本來應該譯成‘浮在空中的放射性粒子’，但未免過於冗長，因而簡稱爲‘空浮’。又譯義詞中雖然也出現‘腦死’（<brain death）這種貌似「主謂式」的複合詞，但實際上這是由英語「偏正式」複合詞直譯成漢語（偏正式）複合詞的結果，而並非眞正的「主謂式」複合詞。

(iii) 就譯義詞外部的句法功能而言，以名詞佔絕大多數，形容詞（如‘連線(的)、免稅(的)、潛意識(的)、高傳眞的’等）與動詞（如‘廣播、回饋、衝浪、數位化’等）可以說是屬於少數。而且大多數譯義形容詞都屬於「非謂形容詞」⑯，而非純粹或無標的形容詞。至於譯義動詞則以‘化’爲動詞後綴加上名詞或形容詞詞幹的派生動詞（如‘鈣化、綠化、商業化、工業化、自動化’等）居多數。

(iv) 就譯義詞內部的句法結構而言，以偏正式複合詞佔極大多數。由於英語與漢語的複合名詞都以「名前修飾語素」（prenominal modifier）修飾「中心語名詞」（head noun）的「同心結構」（endocentric construction）爲無標的結構，所以英語原詞與漢語譯義詞構成成分的詞類與詞序都常相一致。

⑯ 參呂叔湘（1984）漢語語法論集，“試論非謂形容詞”（349–358 頁）。這類形容詞的特點是：(i) 可以直接修飾名詞；(ii) 也可以加‘的’修飾名詞；(iii) 不能以程度副詞‘很’等來修飾；(iv) 否定常不用‘不’，而用‘非’；(v) 不能直接充當謂語，而只能以‘是…的’句式充當謂語。

(v) 由詞幹加上後綴而衍生的英語派生詞譯成漢語後大都成爲偏正式複合詞。這是由於漢語裏「自由語素」(free morph)與「黏著語素」(bound morph)的界限並不十分明確，因此'詞幹+後綴'的派生詞與'詞幹 + 詞幹'的複合詞的界限也就不很清楚。例如，英語的派生名詞'projector'與複合名詞'washing machine'在漢語的譯義詞裏都成爲偏正式複合名詞'放映／投影機'與'洗衣機'，英語'tax-payer'('納稅人')的'-er'與'superman'(超人)的'man'也都譯成漢語的'人'。

(vi) 漢語譯義詞與英語原詞在構成成分詞序上的出入主要出現於由英語「賓述式」複合詞⑰譯成漢語「述賓式」複合詞的時候。英語裏以動詞或形容詞爲中心語的複合詞(以及由這些複合詞衍生出來的派生詞)，其「域內論元」(internal argument)或「語意論元」(semantic argument)都出現於中心語動詞或形容詞的前面而形成「賓述式」與「狀述式」複合詞。另一方面，在漢語裏以動詞或形容詞爲中心語的複合詞，其「域內論元」常出現於中心語動詞或形容詞後面而形成「述賓式」複合詞，而其「語意論元」則出現於中心語動詞或形容詞的前面而形成「偏正式」複合詞。例如，英語裏含有「域內論元」(卽賓語)的「賓述式」複合詞'brainwashing'、'horse racing'、'oath-taking'、'tax-payer'、'duty-free'譯成漢語都成爲「述賓式」複合詞'洗

⑰ 亦卽 Elizabeth O. Selkirk (1982) *The Syntax of Words* 所謂的"verbal compound"。

腦'、'賽馬'、'宣誓'、'納稅人'、'免稅'⓲；而英語裏含有「語意論元」(即狀語)的「狀述式」複合詞（如'daydream(ing)'、'sleepwalk'、'sun-bathing'、'homework'、'moon walk'）譯成漢語則成為「偏正式」複合詞（如'(做)白日夢'、'夢遊'、'日光浴'、'家庭作業'、'月球漫涉'）。又漢語裏只可能有「偏正式」複合詞，而不可以有「正偏式」複合詞。因此，英語的'broadcast'可以譯成詞序相同的漢語'廣播'，但英語的'feed back'則非譯成詞序相反的漢語'回饋'不可。

(vii) 漢語譯義詞與英語原詞在構成成分詞類上的改變通常發生於模仿古代希臘文與拉丁文而新造的「新古典詞」(neo-classic word)，如'subconscious(ness), telescope, microscope, periscope'等⓳。在這些詞語裏前綴'sub-, tele-, micro-, peri-'等本來分別表示'在下，遠、小、四周'，而詞幹'consciousness'與'scope'則分別表示'意識'與'觀看>觀察事物的器具>…鏡'。但在漢語譯義詞裏前綴部分則譯成'潛、望(遠)、顯(微)、潛望'等動詞，反而與希臘文或拉丁文的原義相近。至於'電話'(<telephone)、'電視'(<television)、'電梯'(<elevator)、

⓲ 但也有英語「賓述式」複合詞，(如'book-reviewer'、'air-conditioning'、'computer-designer') 譯成漢語「偏正式」複合詞（如'書評(家)'、'空氣調節'、'電腦設計師'）的例子。

⓳ 這種詞類上的改變當然也可能發生於英語「固有詞」(native word)的譯義詞上。例如漢語的「偏正式」複合詞不能以介詞為修飾語語素，所以英語'on-line'的介詞'on'就譯成漢語的動詞'連(線)'。又如英語'street girl (阻街女郎)'的直譯應該是'街頭女郎'，卻與'應召女郎'(<call girl)的'應召'一樣翻成「述賓式」複合動詞'阻街'。

'電傳打字機'（<telex<tel(eprinter) ex(change)）等，則採取相當自由的意譯，因而與原詞的含義有相當的出入。

(viii) 由兩個詞混合而成的英語「混成詞」(portmanteau word; blend) 中'motel (<motorists' hotel)'與'smog (<smoke +fog)'分別成為漢語的譯義詞'汽車旅館'與'煙霧'⑳。另外一個英語混成詞'brunch'（<breakfast+lunch）之未能成為漢語譯義詞，除了國人並不習慣把早餐與午餐合併吃為一餐這個理由以外，這個混成詞之不容易譯成漢語複合詞（一般英漢辭典都譯成'晚吃的早餐'這樣的名詞組）可能也是主要的理由。

(ix) 在譯義詞中很少出現「述補式」、「並列式」、「主謂式」等複合詞。這很可能是由於英語的複合詞與漢語的複合詞不同，只有「偏正式」與「賓述式」，而沒有「述補式」、「並列式」、「主謂式」等句法結構的緣故㉑。

(x) 就譯義詞的語義範疇而言，主要還是與政治、經濟、軍事、文化、社會、學術、機器、發明、飲食、服飾等各方面有關的新概念或新事物，因而可以視為「強勢文化」或「強勢語言」對於「弱勢文化」或「弱勢語言」的影響之一。

(四)**音義兼用詞**：除了譯音詞與譯義詞以外，來自英語的音義兼用詞也不少，例如：'愛克斯光'（<X-ray）、'倫／欒琴射線'（Roentgen rays）、'約翰牛'（<John Bull）、'蓋洛普民意

⑳ 由'smog'與'haze'混合而成的'smaze'，雖然有人譯成'煙靄'，卻似乎未能普遍。

㉑ 關於英語複合詞與漢語複合詞在句法結構上的差異，請參湯 (1988d) "詞法與句法的相關性：漢、英、日三種語言複合動詞的對比分析"。

測驗'(＜Gallup poll)、'波義耳定律'(＜Boyle's law)、'沙克苗'(＜Salk vaccine)、'沙皇'(＜czar＜俄語 tzar)、'奧斯卡獎'(＜Oscar (award))、'艾美獎'(＜Emmy award)、'臺維斯杯'(＜Davis cup)、'甘地主義'(＜Gandhiism)、'法西斯主義'(＜Fascism)、'錫安主義'(＜Zionism)、'崇她社'(＜Zonta)、'劍橋'(＜Cambridge)、'新英格蘭'(＜New England)、'唐寧街'(＜Downing Street)、'海德公園'(＜Hyde Park)、'印第安人'(＜Indians)、'吉普賽(人)'(＜Gipsy)、'伊斯蘭教'(＜Islam)、'猶太教'(＜Judaism)、'羅馬式'(＜Romanesque)、'公噸'(＜metric ton＝1000kg)、'公克'(＜gram(me))、'分貝'(＜decibel)、'長打'(＜long dozen)、'華爾滋(舞)'(＜waltz)、'探戈(舞)'(＜tango)、'倫巴(舞)'(＜rumba)㉒、'阿哥哥(舞)'(＜a-go-go)、'恰恰(舞)'(＜cha-cha-cha)、'吉爾巴(舞)'(＜jitterbug)、'爵士(樂)'(＜jazz)、'搖滾樂'(＜rock'n' roll)、'蘭酒'(＜rum)、'琴酒'(＜gin)、'威士忌(酒)'(＜whisk(e)y)、'啤酒'(＜beer)、'蘋果派'(＜apple pie)、'高爾夫(球)'(＜golf)、'保齡球'(＜bowling)、'加農(砲)'(＜canon)、'米格(機)'(＜MI(koyan) G(urevich)、'坦克(車)'(＜tank)、'吉普(車)'(＜jeep)、'摩托車'(＜motor car)、'卡車'(＜car)、'卡片'(＜card)、'綠卡'(＜green card)、'信用卡'(＜credit card)、'卡帶'(＜cas-

---

㉒ 嚴格說來,'探戈'與'倫巴'都是美洲西班牙語經過英語而來的外來詞。

sette type)、'卡式錄音機'(<cassette type recorder)、'白搭(油)'(<butter)、'沙拉油'(<salad oil)、'太妃糖'(<toffy)、'奶雪'(<milk shake)、'冰淇淋'(<ice cream)、'奇異果'(<kiwi)、'登革熱'(<dengue fever)、'淋巴腺'(<lymphatic glands)、'愛滋/死病'(<A(cquired) I(mmune) D(eficiency) S(yndrome))、'加馬線'(<gamma ray)、'沙丁魚'(<sardine)、'來(克)亨雞'(<Leghorn Livorno)、'魔術'(<magic)、'酒吧'(<bar)、'吧女(郎)'(<bar girl)、'嘉年華會'(<carnival)、'迷你裙'(<miniskirt)、'頂克族'(<d(ouble) i(ncome) n(o) k(ids)) 等。觀察這些音義兼用詞，我們可以獲得下列幾點結論：

(i) 音義兼用詞與音譯詞相似，常含有人名、國名、地名等專名。以地名為例，'劍橋'(<Cambridge)、'牛津'(<Oxford)、'新英格蘭'(<New England)、'新海文'(<New Haven)、'新罕布夏'(<New Hampshire) 等採用把原名的前一半或後一半譯義，而另一半譯音的方式；'洛城'(<Los Angeles)、'費城'(<Philadelphia)、'德州'(<Texas)、'加州'(<California) 等則採用把原名的譯音部分加以簡縮而僅保留第一個字[23]，再補以表示地區的漢字'城、州'的方式；而'唐寧街'(<Downing Street)、'海德公園'(<Hyde Park)、'格林威治村'(<Greenwich Village) 等則採用前半部專有名詞譯音，而後半部普通名

㉓ 但也有'新罕州'(<New Hampshire)、'南卡州'(<South Carolina)、'北卡州'(<North Carolina) 等保留譯義與譯音的第一個字的。

詞譯義的方式。

(ii) 音義兼用詞似乎清一色的屬於名詞。除了含有人名與地名的英語原詞以外，音義兼用詞還包括度量衡單位，以及飲料、食物、動物、植物、車輛、工具、舞蹈、音樂、球賽等的名稱。在這些音義兼用詞裏的譯義部分（如'公、分、長、酒、雞、魚、果、車、機、樂、舞、球'等）都表示類名，兼有辨義、補義與加長音節的功能。例如，'卡片'表示'card'，'卡帶'表示'cassette tape'，而'卡車'則表示'car'㉔。因此，音義兼用詞都是雙音詞或多音詞。雙音節的音義兼用詞，其譯義部分常不能省略（如'蘭酒、琴酒、啤酒、卡車、酒吧'），而三音節以上的音義兼用詞，其譯義部分則常可省略（如'威斯忌（酒）、白蘭地（酒）、坦克(車)、吉普(車)、探戈(舞)、華爾滋（舞）、爵士（樂）、高爾夫(球)、（酒）吧女（郎）'）。因此，有些音義兼用詞的產生似乎與漢語詞彙的「雙音化」有關。

(iii) 音義兼用詞不但幾乎是清一色的名詞，而且幾乎是清一色的偏正式複合名詞。我們甚至可以說：「多音」的「偏正式」「複合」「名詞」是外來詞「無標」（unmarked）的或典型的詞彙結構。

(iv) 如前所述，漢語的外來詞以譯義爲原則，譯音可以說是屬於例外。音義兼用詞之所以存在，或許是由於這些外來詞含有無法譯義的專名（如人名、地名等）或外來詞本身是「表聲詞」（如'cha-cha-cha, a-go-go'）或「單純詞」（如'rum, gin, golf,

㉔ 現在專指'貨車'(truck)。

waltz, tango, rumba, kiwi'）而無法譯義。其中還有所謂的「頭字詞」，（如'頂克族＜dink＜double income no kids'與'愛滋病＜AIDS＜acquired immune deficiency syndrome'），或者不容易譯義，或者譯義之後字數太多（如'後天性免疫不全症候羣'），而採用音義兼用詞㉕。

（v）漢語的「形聲詞」多見於代表化學元素的名詞裏。這些「形聲詞」以其部首'气'、'金'、'石'、'（肉）月'等分別表示氣體、金屬等物質範疇，而以其偏旁表示發音。偏旁中有純粹表音的（如'鈷、鐳、胺、碘'），有兼表義的（如'氧、氫、氯、氰'），都已變成漢語詞彙的一部分，因而可以與其他漢語自由的結合成為複合詞或詞組（如'氧氣、氫彈、氰胺、氰酸塩、氰化物、碘酒、碘劑、碘化物、鈷六十'等）。

四、來自日語的外來詞

由於地緣與歷史背景的關係，漢語詞彙與日語詞彙的關係相當密切。日本於明治維新以後即快速西化，不但積極的接受歐美的文物制度，而且也大量的翻譯歐美的學術著作與文學作品。由於日語在書寫的文字上兼採漢字，而且其詞彙中又不乏沿用漢字音義的「字音詞」，所以西化較遲的中國就從現代日語詞彙中吸

㉕ '羅曼斯'（＜romance）是純粹的譯音詞，但是'羅曼史'與'浪漫史'則帶有音義兼用詞的意味。又'馬克杯'意指上面印有產品商標或各種圖樣的杯子，似乎與英語的'(trade) marked'有關，可能是國人自撰的音義兼用詞。

收了不少漢語詞彙。以下我們就轉借詞、譯音詞、譯義詞、音義兼用詞、形聲詞各方面來討論來自日語的外來詞。

㈠**轉借詞**：根據高名凱與劉正埮合著而由文字改革出版社於1958年出版的現代漢語外來詞研究，漢語中來自日語的轉借詞可以分爲下列三類：

（甲）由日語創造而非由外語詞彙翻譯得來的「純粹日語」轉借詞，共九十一個[26]，包括：〔場$_{N?}$合$_{V}$〕$_{N}$、〔場$_{N\cap}$面$_{N}$〕$_{N}$、〔場$_{N\cap}$所$_{N}$〕$_{N}$、〔便$_{A/}$所$_{N}$〕$_{N}$、〔備$_{V/}$品$_{N}$〕$_{N}$、〔〔武$_{A/}$士$_{N}$〕$_{N/}$道$_{N}$〕$_{N}$、〔舞$_{V/}$台$_{N}$〕$_{N}$、〔貯$_{V\cap}$蓄$_{V}$〕$_{V>N}$、〔調$_{V\cap}$制$_{V}$〕$_{V}$、〔〔〔大$_{A/}$本$_{N}$〕$_{N/}$營$_{N}$〕〕$_{N}$、〔道$_{N|}$具$_{N}$〕$_{N}$、〔不$_{A}$〔景$_{N}$′氣$_{N}$〕$_{N}$〕$_{N>A}$、〔服$_{V\cap}$從$_{V}$〕$_{V}$、〔服$_{V|}$務$_{V}$〕$_{V>N}$、〔複$_{A/}$寫$_{V}$〕$_{V}$、〔副$_{A/}$食$_{N}$〕$_{N}$、〔復$_{A/}$習$_{V}$〕$_{V>N}$、〔吉$_{A/}$地$_{N}$〕$_{N}$、〔破$_{V|}$門$_{N}$〕$_{V}$、〔〔派$_{V/}$出$_{V}$〕$_{V/}$所$_{N}$〕$_{N}$、〔必$_{A\cap}$要$_{A}$〕$_{A>N}$、〔保$_{V|}$健$_{N}$〕$_{V}$、〔方$_{N/}$針$_{N}$〕$_{N}$、〔表$_{N/}$現$_{V}$〕$_{V>N}$、〔〔一$_{AD/}$覽$_{V}$〕$_{V}$′表$_{N}$〕、$_{N}$〔〔人$_{N/}$力$_{N}$〕$_{N/}$車$_{N}$〕$_{N}$、〔解$_{V/}$決$_{V}$〕$_{V}$、〔經$_{V\cap}$驗$_{V}$〕$_{V>N}$、〔權$_{N\cap}$威$_{N}$〕$_{N}$、〔〔化$_{V\cap}$粧$_{V}$〕$_{V/}$品$_{N}$〕$_{N}$、〔希$_{V|}$望$_{V}$〕$_{V>N}$、〔勤$_{A\cap}$勞$_{A}$〕$_{A}$、〔記$_{V\cap}$錄$_{V}$〕$_{V>N}$、〔個$_{N/}$別$_{A}$〕$_{A(d)}$、〔交$_{V/}$換$_{V}$〕$_{V>N}$、〔克$_{V\cap}$服$_{V}$〕$_{V}$、〔故$_{N/}$障$_{N}$〕$_{N}$、〔交$_{V/}$通$_{V}$〕$_{N}$、〔共$_{Ad\cap}$同$_{Ad}$〕$_{Ad}$、〔距$_{V\cap}$離$_{V}$〕$_{V>N}$、〔命$_{V\cap}$令$_{V}$〕$_{V>N}$、〔身$_{N/}$分$_{N}$〕$_{N}$、〔見$_{V/}$習$_{V}$〕$_{V}$、〔〔美濃〕$_{N/}$紙$_{N}$〕$_{N}$、〔目$_{N/}$標$_{N}$〕$_{N}$、〔內$_{A/}$服$_{V}$〕$_{V}$、〔內$_{A/}$用$_{V}$〕$_{V}$、〔內$_{A/}$容$_{V>N}$〕$_{N}$、〔認$_{V/}$可$_{V}$〕$_{V}$、〔玩$_{V/}$具$_{N}$〕$_{N}$、〔例$_{N/}$

[26] 在下面來自日語的外來詞裏，我們用‘N, A, V, Ad, P, C’的符號分別表示‘名詞、形容詞、動詞、副詞、介詞、連詞’等詞類，並以‘‖, |, ／, ＼, ∩’的符號分別表示‘主謂式、述賓式、偏正式、述補式、並列式’等內部句法結構。對於內部句法結構的分析沒有把握的時候，我們就以‘？’的符號表示。

外$_{A}$〕$_{A}$、〔聯$_{V/}$想$_{V}$〕$_{V>N}$、〔浪$_{N/}$人$_{N}$〕$_{N}$、〔作$_{V/}$物$_{N}$〕$_{N}$、〔作$_{V|}$戰$_{N}$〕$_{V>N}$、〔〔三$_{A/}$輪$_{N}$〕$_{N/}$車$_{N}$〕$_{N}$、〔請$_{V/}$求$_{V}$〕$_{V>N}$、〔接$_{V\cap}$近$_{V}$〕$_{V}$、〔說$_{V/}$教$_{V}$〕$_{V>N}$、〔節$_{V\cap}$約$_{V}$〕$_{V>N}$、〔支$_{A/}$部$_{N}$〕$_{N}$、〔支$_{V\cap}$配$_{V}$〕$_{V>N}$、〔市$_{N/}$場$_{N}$〕$_{N}$、〔執$_{V/}$行$_{V}$〕$_{V}$、〔侵$_{V\cap}$害$_{V}$〕$_{V>N}$、〔申$_{V/}$請$_{V}$〕$_{V>N}$、〔支$_{A/}$店$_{N}$〕$_{N}$、〔初$_{A/}$步$_{N}$〕$_{N}$、〔症$_{N/}$狀$_{N}$〕$_{N}$、〔〔處$_{V/}$女$_{N}$〕$_{N/}$作$_{V>N}$〕$_{N}$、〔處$_{V|}$刑$_{N}$〕$_{V>N}$、〔集$_{V/}$團$_{N}$〕$_{N}$、〔宗$_{N/}$教$_{V>N}$〕$_{N}$、〔出$_{V|}$席$_{N}$〕$_{V}$、〔總$_{A/}$計$_{V}$〕$_{V}$、〔倉$_{N\cap}$庫$_{N}$〕$_{N}$、〔想$_{V|}$像$_{N}$〕$_{V>N}$、〔體$_{N/}$驗$_{V}$〕$_{V>N}$、〔退$_{V\cap}$卻$_{V}$〕$_{V}$、〔但$_{C/}$書$_{V>N}$〕$_{N}$、〔停$_{V|}$戰$_{N}$〕$_{V}$、〔停$_{V\cap}$止$_{V}$〕$_{V>N}$、〔展$_{V\cap}$開$_{V}$〕$_{V}$、〔手$_{N/}$續$_{V}$〕$_{N}$、〔特$_{A/}$別$_{A}$〕$_{A(d)}$、〔特$_{A\cap}$殊$_{A}$〕$_{A(d)}$、〔打$_{V/}$消$_{V}$〕$_{V}$、〔話$_{N/}$題$_{N}$〕$_{N}$、〔要$_{A/}$素$_{N}$〕$_{N}$、〔要$_{A/}$點$_{N}$〕$_{N}$。其中'備品、調制、吉地、破門、美濃紙、內用'等現在已不常用[27]，似可不做考察的對象。觀察其餘八十五個「純粹日語轉借詞」，我們可以了解下列幾點：

㈠就語音形態而言，除了'武士道、大本營、不景氣、派出所、一覽表、人力車、三輪車'七個「三音複合詞」（佔百分之八·二四）以外，其餘七十八個借用詞都屬於「雙音複合詞」（佔百分之九十一·七六）。在七個「三音複合詞」中，'武士道、大本營、派出所'等與日本文物制度有密切的關係，其他'一覽表、人力車、三輪車'等現在似已不常用。

㈡就詞彙結構而言，全部八十五個純粹日語的轉借詞都屬於「複合詞」，沒有一個「單純詞」或「派生詞」。

---

[27] 根據望月（1974：212），'調制、吉地、破門、美濃紙、內用'等詞彙已不見於中國文字改革委員會詞彙小組編的漢語拼音詞彙中。

㈢就複合詞內部的句法結構而言，屬於「並列式」的共十九個，佔百分之二十二・三五；屬於「偏正式」的共五十個，佔百分之五十八・八二；屬於「述賓式」的共六個，佔百分之七・零六㉘。其中沒有一個轉借詞屬於「主謂式」、「述補式」或「重疊式」的。

㈣就複合詞外部的句法功能而言，屬於名詞的共六十一個，佔百分之六十七・七八；屬於動詞的共三十七個，佔百分之四十一・一一㉙；屬於形容詞的共七個，佔百分之七・七八㉚；屬於副詞的共四個，佔百分之四・四四㉛；其中沒有一個屬於介詞、連詞或代詞等虛詞。又在三十八個名詞中，具體名詞共十八個，佔百分之四十七・三六；而抽象名詞則共二十個，佔百分之五十二・六四。如果再加上兼屬動詞（二十二個）與形容詞（一個）的抽象名詞（共四十三個），那麼抽象名詞在名詞中的比例就會提高爲百分之七十・四九。

㈤在十九個「並列式」複合詞中，屬於「同心結構」的共有十八個，例外的只有'〔場$_{N?}$合$_V$〕$_N$'一個㉜。在五十個「偏正式」複合詞中，屬於「同心結構」的共有四十八個，例外的只有'〔手

㉘ 其中'例外，但書'的內部句法結構比較不容易決定。

㉙ 其中可以兼屬名詞的共二十二個，佔百分之二十五・二六。

㉚ 其中可以兼屬名詞的共一個，佔百分之一・一〇。

㉛ 其中共屬形容詞與副詞的共三個，佔百分之三・三三。

㉜ '場合'的讀音'ばあい'（訓讀）顯示這個詞本來是日語固有詞彙而借用漢字來標寫的。

N/續V〕N㉝與〔交V/通V〕N'兩個。六個「述賓式」全都屬於「同心結構」。

㈥就複合詞的語義範疇而言，屬於政治、法律、軍事方面的共十八個，佔百分之十九・七八；屬於學術、文學、藝術方面的共十四個，佔百分之十五・三八；屬於經濟、金融、工商方面的共二十個，佔百分之二十一・九八；屬於其他方面的共三十八個，佔百分之四十一・七六。

（乙）原來存在於古漢語的詞彙中，而後來由日語採用來翻譯西語新概念的「承襲漢語的轉借詞」，包括：〔文N/學N〕N、〔文N/化V〕V>N、〔文N||明A〕A>N、〔文N/法N〕N、〔分V∩析V〕V>N、〔物N/理N〕N(學)、〔鉛N/筆N〕N、〔演V∩說V〕V>N、〔諷V∩刺V〕V>N、〔學V/士N〕N、〔藝N/術N〕N、〔議V/決V〕V、〔具V|體N〕A、〔博A/士N〕N、〔保V|險N〕V>N>A、〔封V∩建V〕V>A、〔方N∩面N〕N、〔法N∩律N〕N、〔法N∩式N〕N、〔保V∩障V〕V>N、〔表V/情N〕N、〔表V/象N〕N、〔意N∩味N〕N、〔自A/由V〕A>N、〔住V/所N〕N、〔會V/計V〕V>N、〔階N∩級N〕N、〔改V/造V〕V、〔革V|命N〕V>N、〔環V/境N〕N、〔課V/程N〕N、〔計V∩畫V〕V>N、〔經V∩理V〕V>N、〔經V∩濟V〕V>N、〔權N∩利N〕N、〔檢V/討V〕V,N、〔機N∩械N〕N、〔機N|| 會V〕N、〔機N∩關N〕N、〔規N∩則N〕N、〔抗V/議V〕V,N、〔講V|義N〕N、〔故N/意N〕Ad、〔交V/際N〕

㉝ '手續'的讀音'てつづき'（訓讀）表示這個詞也本來是日語固有詞彙卻用漢字來標寫。另外'但書'的讀音'ただしがき'也是訓讀，可見也是日語固有詞彙。在漢語裏，'但'做連詞用，而'書'則可當動詞或名詞用，以連詞來修飾動詞或名詞是漢語裏不可能有的詞彙結構。因此我們在這裏把'但書'依據日語原來的詞彙結構分析爲「偏正式」。

$_{V,N}$、〔交$_{V/}$涉$_{V}$〕$_{V,N}$、〔構$_{V\cap}$造$_{V}$〕$_{V>N}$、〔教$_{V\cap}$育$_{V}$〕$_{V,N}$、〔教$_{V\cap}$授$_{V}$〕$_{V>N}$、〔共$_{Ad/}$和$_{A}$〕$_{A}$、〔勞$_{A/}$動$_{V}$〕$_{V}$、〔領$_{V\cap}$會$_{V}$〕$_{V}$、〔流$_{V/}$行$_{V}$〕$_{V,A}$、〔政$_{V/}$治$_{V}$〕$_{N}$、〔社$_{N\|}$會$_{V}$〕$_{N}$、〔進$_{V|}$步$_{N}$〕$_{V,A,N}$、〔信$_{V/}$用$_{V}$〕$_{V,A}$、〔支$_{V\cap}$持$_{V}$〕$_{V,A}$、〔思$_{V\cap}$想$_{V}$〕$_{V,N}$、〔自$_{A/}$然$_{Ad}$〕$_{A(d)>N}$、〔手$_{N\cap}$段$_{N}$〕$_{N}$、〔主$_{A/}$席$_{N}$〕$_{N}$、〔主$_{A/}$食$_{N}$〕$_{N}$、〔投$_{V|}$機$_{N}$〕$_{N}$、〔運$_{V/}$動$_{V}$〕$_{V}$、〔預$_{A/}$算$_{V}$〕$_{V,A}$、〔遊$_{V/}$擊$_{V}$〕$_{V}$、〔唯$_{Ad/}$一$_{A}$〕$_{Ad}$等六十七個[34]。對於這些「承襲漢語的借用詞」，我們也可以做如下幾點觀察與分析。

㈠就語音形態而言，除了'物理學'以外，其餘的都屬於「雙音複合詞」。連三音複合名詞'物理學'都常簡縮爲雙音複合名詞'物理'，可見來自日語的轉借詞大多數是雙音詞。

㈡就詞彙結構而言，全部六十七個「承襲漢語」的轉借詞都屬於「複合詞」，沒有一個是「單純詞」或「派生詞」。

㈢就複合詞內部的句法結構而言，屬於「並列式」的共二十四個，佔百分之三十五·八二；屬於「偏正式」的共三十三個，佔百分之四十九·二五；屬於「述賓式」的共七個，佔百分之十·四四；屬於「主謂式」的共三個，佔百分之四·四七；其中沒有一個轉借詞是屬於「述補式」或「重疊式」的[35]。

㈣就複合詞外部的句法功能而言，屬於名詞（包括轉類在內）的共五十九個，佔百分之七十四·六二；屬於動詞的共三十

㉞ 高與劉（1958：83-88）對於這些轉借詞的古漢語典故一一加以註解。

㉟ 有關複合詞內部句法結構的分析，我們一方面參考古漢語典故，一方面參考在日語中的意義與用法。

一個，佔百分之四十六・二七㊱；屬於形容詞的共四個，佔百分之五・九七㊲；屬於副詞的共三個，佔百分之四・四八㊳；其中沒有一個屬於介詞、連詞或代詞等虛詞。又在二十七個名詞（不包括轉類在內）中具體名詞共七個，佔百分之二十五・九三；而抽象名詞則共二十個，佔百分之七十四・〇七。如果再加上兼屬動詞（二十個）與形容詞（三個）的抽象名詞（共四十三個），那麼抽象名詞在名詞中的比例就會提高爲百分之八十六。

㈤在二十四個「並列式」複合詞中，屬於「同心結構」的共有二十四個；在三十三個「偏正式」複合詞中，屬於「同心結構」的共有二十九個，例外的只有'自由、故意、政治、唯一'四個；在七個「述賓式」複合詞中，屬於「同心結構」的共有三個，例外的有'具體、講義、主席、投機'四個。

㈥就複合詞的語義範疇而言，屬於政治、法律、軍事方面的共十七個，佔百分之二十五・三七；屬於學術、文學、藝術方面的共十二個，佔百分之十七・九一；屬於經濟、金融、商業方面的共十個，佔百分之十四・九三；屬於其他方面的共二十八個，佔百分之四十一・七九。

㈧　另外高與劉（1958:88-98）也列了三百個日語意譯來自英語的外來詞。這些日語譯意外來詞，也就以轉借的方式移入漢語，成爲現代漢語的外來詞㊴，例如：'〔〔辯V∩證V〕V/法N〕N(

㊱ 其中可以兼屬名詞的共二十個，佔百分之二十九・八五。

㊲ 其中可以兼屬名詞的共一個，佔百分之二・九八。

㊳ 其中共屬形容詞與副詞的共一個，佔百分之一・四九。

㊴ 這些轉借詞似可以稱爲「轉借譯義字」。

>dialectic)、〔美$_{A}$/術$_{N}$〕$_{N}$(>aesthetics)、〔美$_{A}$/化$_{V}$〕$_{V}$(<beautify)、〔傍$_{A}$/證$_{V>N}$〕$_{N}$(<collaboration)、〔物$_{N}$/質$_{N}$〕$_{N}$(<matter; substance)、〔〔治$_{V}$/外$_{A}$〕$_{A}$/〔法$_{N}$/權$_{N}$〕$_{N}$〕$_{N}$(<extraterritoriality)、〔〔蓄$_{V|}$電$_{N}$〕$_{V}$/池$_{N}$〕$_{N}$(<storage battery)、〔直$_{A}$/覺$_{V>N}$〕$_{N}$(<intuition)、〔調$_{V\cap}$整$_{V}$〕$_{V>N}$(<adjust)、〔〔超$_{A}$/短$_{A}$〕$_{A}$/波$_{N}$〕$_{N}$(<ultra-short waves)、〔抽$_{V|}$象$_{N}$〕$_{V>A}$(<abstract)、〔代$_{V}$/表$_{V}$〕$_{V>N}$(<represent(ation))、〔電$_{N}$/力$_{N}$〕$_{N}$(<electric power)、〔傳$_{V\cap}$播$_{V}$〕$_{V>N}$(<propagate)、〔電$_{N}$/報$_{V>N}$〕$_{N}$(<telegram)、〔電$_{N}$/流$_{V>N}$〕$_{N}$(<electric current)、〔〔傳$_{V}$/染$_{V}$〕$_{V}$/病$_{N}$〕$_{A}$(<epidemic)、〔〔導$_{V|}$電$_{N}$〕$_{V}$/體$_{N}$〕$_{N}$(<electric conductor)、〔動$_{V|}$議$_{N}$〕$_{V}$(<motion)、〔動$_{V|}$員$_{N}$〕$_{V>N}$(<mobilize)、〔動$_{V}$/向$_{V>N}$〕$_{N}$(<trend, tendency)、〔獨$_{A}$/裁$_{V}$〕$_{V>N>A}$(<dictatorship)、〔獨$_{A}$/占$_{V}$〕$_{V}$(<monopolize)、〔〔動$_{V}$/脈$_{N}$〕$_{N||}$〔硬$_{A}$/化$_{V}$〕$_{V}$〕$_{N}$㊵、〔動$_{V}$/產$_{N}$〕$_{N}$(<movable estate)、〔演$_{V}$/繹$_{V}$〕$_{V}$(<deduct(ion))、〔復$_{V|}$員$_{N}$〕$_{V>N}$(<demobilize)、〔概$_{A}$/念$_{N}$〕$_{N}$(<concept)、〔概$_{A}$/算$_{V>N}$〕$_{N}$(<rough estimate)、〔學$_{N}$/位$_{N}$〕$_{N}$(<degree)、〔劇$_{N}$/場$_{N}$〕$_{N}$(<theater)、〔現$_{V}$/象$_{N}$〕$_{N}$(<phenomenon)、〔〔下$_{A}$/水$_{N}$〕$_{N}$/道$_{N}$〕$_{N}$(<sewerage, drainage)、〔議$_{V}$/員$_{N}$〕$_{N}$(<a member of Parliament)、〔技$_{N}$/師$_{N}$〕$_{N}$(<engineer; technician)、〔互$_{Ad}$/惠$_{A}$〕$_{A}$(<reciprocal)、〔〔軍$_{N}$/國$_{N}$〕$_{N}$/〔主$_{A}$/義$_{N}$〕$_{N}$〕$_{N}$(<militarism)、〔背$_{N}$/景$_{N}$〕$_{N}$(<background)、〔配$_{V}$/給$_{V}$〕$_{V>N}$(<distribute; rationing)、〔迫$_{V}$/害$_{V}$〕$_{V>N}$(<persecute)、〔〔迫$_{V}$/擊$_{V}$〕$_{V}$/砲$_{N}$〕$_{N}$(<

㊵ '動脈硬化'可以解爲主謂式，亦可解爲偏正式。

trench mortar)、〔〔博$_A$/覽$_V$〕$_V$/會$_N$〕$_N$ (<exhibition)。雖然日語是「賓動語言」(OV language)，但是在這些譯意外來詞上卻採用「動賓語言」(VO language) 漢語的構詞法，所以只有「述賓式」複合詞㊶，而沒有「賓述式」複合詞，因而可以直接輸入而成爲漢語外來詞。另外日語的修飾語，無論中心語是名詞或動詞，都出現於中心語的前面，所以日語的偏正式譯義詞也可以直接輸入而成爲漢語外來詞。從上面的例詞也可以看出這些轉借的日語譯義詞，絕大多數都是「雙音節」、「偏正式」、「同心結構」、「複合名詞」。而「雙音節」、「偏正式」、「同心結構」、「複合詞」正是漢語「無標」的詞彙結構。

除了以上三類轉借詞以外，還有一種來自日語固有詞彙的轉借詞，其來源與漢語完全無關。例如'壽司'(すし) 與'味噌'(みそ)。這些轉借詞，雖然使用漢字來標記，而其讀音也與漢音幾分相似，卻是絲毫不受漢語影響的純粹日語固有詞彙；只因爲日語本身沒有文字，而藉漢字來標記而已，所以只有標音作用而沒有表意功能㊷。二次大戰以後的日語，一方面減少漢字與漢語詞彙的使用而提倡日語固有詞彙的使用，一方面以「片假名」直接輸入外來詞，而漢語本身也停止日語詞彙的轉借而大量豐富本身的詞彙。因此，來自日語的轉借詞已不如當年的旺盛或重要。

㈡**譯音詞**　高與劉 (1958:114-138) 所蒐集的來自英、日、

㊶ 事實上，述賓式複合詞在日語只能當「動作名詞」(activity noun) 用而不能直接當「動詞」用。動作名詞充當述語時必須與動詞'する'連用。

㊷ '相撲' (<すもう) 也可能屬於這一類，但具有相當的表意功能。

德、法、俄、意、西班牙等外來詞（包括譯音詞與譯義詞）共一千二百四十二個中，來自日語的外來詞共四百九十八個，約佔百分之四十·〇一，但全部都是譯義字。其實，'瓦斯'（<gas）與'俱樂部'(club)這兩個譯音詞，是先由日語音譯英語詞彙，然後再轉入漢語。直接來自日語的譯音詞並不多，常見的僅有'榻榻／他他米'（<たたみ）、'歐／阿巴桑'（<おばさん）、'甜不辣'（<てんぷら）、'撒西米'（<さしみ）、'麻薯／糲糬'（<もち）、'莎喲娜拉'（<さよなら）、'呷哺呷哺'（<ちゃぶちゃぶ）、'卡拉 OK'（<カラオケ(ストラ)）等八個。其中四個（'甜不辣、撒西米、麻薯、呷哺呷哺'）是食物的名稱，其他三個分別是身分（'歐／阿巴桑'）、器物（'榻榻／他他米、卡拉OK'）的名稱與招呼語（'莎喲娜拉'）。這些譯音詞，除了'莎喲娜拉'以外，都屬於日人特有的飲食物或日人創造的器物名稱，在漢語裏並沒有與此相近的名詞存在，所以採用譯音。又同樣是日人特有的食物，'壽司'與'味噌'採用轉借而'甜不辣'與'撒西米'則採用譯音，這是由於前者在日語裏本用漢字標記，而後者則不用漢字而用「平假名」標記的緣故㊸。最有趣的是'卡拉OK'（<カラオケ）。這個外來詞的前半部'カラ'在日語表示'空的'，而後半部'オケ'是來自英語外來詞'オケストラ'（<orchestra，即'管絃樂隊'）的「切除詞」(clipping)。原義是'只有管絃演奏而沒有歌唱'的歌曲伴奏錄音，後來又指播放這種錄音帶的伴唱機以及以此設備招攬客人飲酒唱歌的娛樂場所。但是傳到我國以後'カラオケ'這

㊸ '麻薯'本來在日語裏用漢字用'餅'標記，但是這個字在漢語裏已經表示漢人固有的食物與日人的'麻薯'並不相同，因而採用譯音。

個外來詞則前半部以漢字譯音，而後半部則以英文字母譯音，其目的無非是求新奇與刺激以達到廣告的效果㊹。

㈢**譯義詞**　來自日語的譯義詞也不多，比較常見的僅有'鑰匙兒(童)'（<鍵(かぎ)っ子）而已。這主要是由於戰後的日本文物制度已不如戰前那般的對我國具有影響力，而且日本的文物制度本身則受英美文化的影響。而且日語本身的新事物或新觀念都常用漢字來命名或標記，仍然以轉借的方式輸入漢語詞彙。只有少數含有日語固有詞彙或其漢字標記法過於陳舊（如日語的'鍵'(かぎ)在現代漢語都說成'鑰匙'）的流行詞彙纔會以譯義的方式移入漢語。又有些來自日語的轉借詞，如'貸方'（<かしかた)與'借方'（<かりかた)，雖然用漢字標記但其讀音爲「訓讀」，可見本來是日語的固有詞彙。這兩個詞彙又分別是英語'creditor'與'debtor'的譯義詞，由於用漢字標記而且具有漢語的詞彙結構與表意作用，也就成爲漢語的「轉借譯義詞」。

㈣**音義兼用詞**　來自日語的音義兼用詞，與來自日語的譯音詞與譯義詞一樣，其數目非常少；除了'烏龍麵'（<うどん）以外幾乎找不到例詞。因爲凡是用漢字標誌的日語詞彙，無論其來源是譯音（如'瓦斯、俱樂部'）、譯義（如'地下鐵、催淚彈'）、固有（如'壽司、相撲、雪祭'）、承漢（如'料理、機會'）或自

㊹ 另外一個不爲大家所注意的日語外來詞是閩南語的'氣毛'。這個在閩南語中表示'心情、情緒'的俗語是把日語'氣持'（きもち）的最後一個音節加以切除而得來的。

造（'便當、看板、漫畫'）都可以以轉借的方式移入漢語。日語與漢語這兩種語言在語族與類型上都屬於截然不同的語言，卻由於日語兼採漢字爲文字，並且模仿漢語詞彙造詞的結果，大量的漢字詞彙都可以通用。根據日人宮島達夫（1959）的調查統計㊺，在由時枝誠記編著的例解國語辭典中日語詞彙總共 14,798 個（佔辭典總詞數的百分之三十六・六），而漢語詞彙則共 21,656 個（佔辭典總詞數的百分之五十三・六）。另外根據調查，在1949年6月間日本朝日新聞的社論中所出現的詞彙總數爲14,419個，其中 8,125 個（百分之五十六）屬於漢語詞彙㊻。日本國立國語研究所根據在日本出版的九十種雜誌刊物所做的調查統計也發現，在大約三萬的詞彙總數中，漢語詞彙佔百分之四十七・五，而日語詞彙則佔百分之三十六・七。可見漢語詞彙在日語詞彙中所佔的重要性，以及這些日語漢字詞彙轉入爲現代漢語詞彙的可能性，都非常之大。

㈤**形聲詞**　日語不但模仿漢語詞彙造詞，還模仿漢字造「國字」，例如'働、躾、畑、峠'等。這些由日人依照漢字形聲字的原則所杜撰的「國字」，通常都只有「訓讀」（如'躾'（しつけ）、'畑'（はた(け)）、'峠'（とうげ）而沒有「音讀」㊼，而且很少轉入漢語裏面來。僅有的例外是'鱈'字

㊺ 言語生活1959年4月號。

㊻ 言語生活1961年2月號。

㊼ 但'働'則兼有「訓讀」（はたら(く)）與「音讀」（どう）。

㊽，可見國人對於來自日語的漢語外來詞相當自由開明的接受，而對於來自日語的漢字卻相當保守與固執㊾。

五、漢語的新造詞

漢語除了以轉借、譯音、譯義、音義兼用等各種方式從外國語大量吸收外來詞彙以外，還自己創造許多本國詞彙——「新造詞」(native neologism)。新的自造詞彙固然多半是由於新造的事物或新起的概念所促成，但也可能爲了使漢語的表達能力更加豐富而更多變化。漢語的自造詞有派生、複合、轉類、反造、擬聲、簡稱、切除、混成、倒序以及借用方言詞彙等幾種方式，以下分項逐一討論㊿。

㈠**派生詞**　由「詞幹」(stem) 與「詞綴」(affix) 合成而得的詞，叫做「派生詞」(derivative word)。漢語裏「自由語」(

㊽ 此魚係於寒冷的北海中捕獲，故名。本來只有「訓讀」(たら)，但是有些詞典後來也加上了「音讀」(せつ)。日人所杜撰而用以稱呼魚類的「國字」相當的多（如'魞、鮎（＝鮎）、鮖、鮗、鮱、鮲、鯏（＝蜊)、鯎、鯑、鯒、鯐、鯱、鯲、鯰、鰯、鰰、鱚、鱫、鱩、鱈'等，但僅有'鱈'字轉入漢語而以偏正式複合詞'鱈魚'的形式出現。

㊾ 另外，在國內日本料理店的菜單上常看見的'丼'(ㄊㄢˊ) 字，在現代漢語裏已不常用（國語日報辭典'、'部亦未收錄此字）。原來表示物體落入井中所發出的聲音，但是在日語裏卻由表音字轉指盛飯的陶製器具，而且讀音也改爲「訓讀」的'どんぶり'，與漢字的原義完全無關。

㊿ 在下面的討論中我們盡量舉最近新造的漢語詞彙爲例詞。

free morph）與「黏着語」（bound morph）的界限並不十分明確，但是有些語法或詞法學家把下面的語素視爲「詞綴」或「準詞綴」。

（甲）後綴：漢語的「後綴」（suffix）都是單音語素，而且只有「名詞後綴」（noun suffix）與「動詞後綴」（verb suffix），而沒有「形容詞後綴」（adjective suffix）與「副詞後綴」（adverb suffix）[51]。

(i) 名詞後綴：'子'（'凱子、馬子、條子'）、'師'（'復健師、美容師、設計師'）、'家'（'專家、作家、理論家、小說家'）、'者'（'消費者、打擊者、勝利者'）、'員'（'演員、黨員、技術員'）、'手'（'槍手、歌手、一壘手'）、'人'（'影評人、經紀人、製作人、電影人、電視人、中介人'）、'派'（'印象派、死硬派、激進派、演技派、性感派'）、'族'（'上班族、紅唇族、龐克族、眼鏡族'）、'力'（'公權力、公信力、殺傷力、親和力'）、'度'（'知名度、可信度、（高）難度'）、'性'（'知性、感性、黨性、可行性、可塑性、實用性、一貫性、前瞻性、爆炸性'）、'感'（'性感、自卑感、挫折感、無力感'）、'裝'（'布袋裝、乞丐裝、露背裝、洞洞裝'）、'界'（'金融界、廣告界、影劇界'）、'業'（'金融業、建築業、營造業'）、'圈'（'演藝圈、婦女圈、玻璃圈'）、'系'（'有光度系、太陽眼鏡系'）、'熱'（'探親熱、大陸熱、東歐熱'）、'型'（'袖珍型、掌上型'）等。

---

[51] 漢語的固有詞彙裏雖然有表示副詞的後綴'然'（如'偶然、忽然、突然、猛然、居然、井然'），但是顯然已經失去其孳生力。

(ii) 動詞後綴：'化'('僵化、綠化、醜化、矮化、本土化、自由化、多元化、一胎化、空洞化、資訊化、國際化、民主化、系統化、(經濟)軟體化')。嚴格說來，這些後綴都不能說是嚴格的黏着語，而且都有相當顯著的詞彙意義。另一方面，這些語素的孳生力相當強，能相當自由的與其他語素結合。尤其是動詞後綴的'化'，幾乎不具有詞彙意義，在詞彙功能上很像英語的動詞後綴'-ize'，常可以加上名詞與形容詞詞幹而形成使動及物動詞。因此，由於觀點的不同，可以分析爲派生詞，也可以分析爲偏正式複合詞。

(乙) 前綴：漢語的「前綴」(prefix) 除了固有漢語詞彙裏表示名詞的前綴'阿'(如'阿爸、阿伯、阿姨')與'老'(如'老師、老鄉、老百姓')，表示形容詞的前綴'可'('可愛、可笑、可能')、'好'(如'好看、好笑、好欺負')與'難'(如'難看、難吃、難受')，表示動詞的前綴'打'(如'打量、打攪、打扮')等以外，'非'、'反'、'超'、'前'、'後'、'次'等也似可視爲現代漢語的前綴[52]。

(i) 形容詞前綴：'可'(如'可塑性、可行性、可信度')、'非'('非法、非正式、非本質')[53]、'反'(如'反體制、反公害、反汚染')、'超'(如'超音速、超音波、超自然')、'前'(如'前總統、前總統府資政、前蔣經國時代')、'後'(如'後現代、

[52] 這些前綴是在英語前綴'non-, anti-, super-, ex-, pre-, post-, sub-'的影響下產生的，因而也可以分析爲譯義詞或譯義前綴。

[53] '非金屬、非晶體、非團員、非廣告'等可以充當名詞。

後印象主義、後蔣經國時代'、'次'('次文化')、'高'(如'高傳眞、高難度、高科技')等。

(ii) 動詞前綴：只有一個'打'，而且其孳生力很低，僅在'打歌、打屁、打知名度'等少數例詞中出現。漢語的前綴與後綴一樣，含有相當顯着的詞彙意義，而且其結合力也相當自由。因此，這些含有前綴成分的派生詞，也都可以分析爲偏正式複合詞。

㈡**複合詞**　漢語的複合詞由兩個詞幹組合而成，並依其內部句法結構分爲「偏正式」、「述賓式」、「述補式」、「並列式」、「重疊式」、「主謂式」等六種。

(甲) 偏正式複合詞：這是新造詞中孳生力最爲旺盛的複合詞，由前面的修飾語素修飾後面的中心語素而成，形成最主要的新造名詞的來源，例如：'〔影$_{N}$/印$_{V}$〕$_{V}$、〔期$_{V}$/貨$_{N}$〕$_{N}$、〔水$_{N}$/貨$_{N}$〕$_{N}$、〔老$_{A}$/賊$_{N}$〕$_{N}$、〔搬$_{V}$/風$_{N}$〕$_{N}$、〔乾$_{A}$/洗$_{V}$〕$_{V}$、〔熱$_{A}$/線$_{N}$〕$_{N}$、〔貨$_{N}$/櫃$_{N}$〕$_{N}$、〔竹$_{N}$/雕$_{V>N}$〕$_{N}$、〔明$_{A}$/牌$_{N}$〕$_{N}$、〔面$_{N}$/紙$_{N}$〕$_{N}$、〔公$_{A}$/害$_{N}$〕$_{N}$、〔個$_{A}$/案$_{N}$〕$_{N}$、〔問$_{V}$/卷$_{N}$〕$_{N}$、〔歪$_{A}$/妹$_{N}$〕$_{N}$、〔帥$_{A}$/哥$_{N}$〕$_{N}$、〔〔皮$_{N}$/條$_{N}$〕$_{N}$/客$_{N}$〕$_{N}$、〔〔手$_{N}$/扒$_{V}$〕$_{V}$/雞$_{N}$〕$_{N}$、安樂死、金光黨、牛肉場、原住民、植物人、聽證會、中國結、排行榜、棉花棒、廣角鏡、梅花餐、洋芋片、礦泉水、爆米花、併發症、後遺症、自閉症、隨身包、隨身聽、二手菸、女強人、修正液、半導體、啤酒屋、旅行支票、環保運動、政治感冒、政治短路、仲介公司、經濟暴力、路況義工、水耕蔬菜、電腦警察、烏賊公車、幽靈人口、新聞審判、小吃廣場、傷痕文學、新銳導演、彈性外交、護膚系列、隱形眼鏡、卡式電話、電腦擇友、自力救濟、越洋電話、試管嬰兒、人工授精、單身貴族、單親家庭、午夜牛郎、花心蘿蔔、雙棲演員、天然食物、外滙存底、證券市場、地下舞廳、速食餐廳、智慧財產、空降部隊、生活品質、溝通管道、免洗餐具、捷運系統、校園民主、槍擊要犯、利益團體、文化痛風、海埔新生地、長春俱樂部、物理治療、物理減肥、大陸探親')等不勝枚舉。另外許多新造的動詞與形容詞也都採用偏正式(如'影印、翻拷、內銷、外銷、傾銷、易開(罐)、高竿、死當、活當[54]、快遞'),可見偏正式複合詞在新造詞中的孳生力很強。

(乙)述賓式複合詞:由動詞述語語素與名詞賓語語素合成,在新造詞中其孳生力僅次於偏正式複合詞,形成最主要的新造動詞的來源,但也可以經過名物化或轉類而變成名詞,例如'招標、流標、標會、做會、跳槽、挖角、飆車、打歌、打屁(=聊天)、泡妞、拉皮、拉風、打工、K(=啃)書、來電、充電、當機、當線、崩盤、表態、耍寶、蹺課、蹺班、穿幫、吸膠、趕場、換心、洗腎、扣關、闖關、漲停(板)、跌停(板)、套滙、押滙、掛鈎、墜機、吃癟、護航'等。新造述賓式複合詞的賓語以名詞爲原則,但也偶有以名物化的形容詞(如'減肥、掃黑、掃黃')與動詞(如'愛現')爲賓語的。又新造述賓式複合詞以充當動詞爲原則,但也偶有充當形容詞(如'拉風')的詞[55]。

---

[54] '當'字是英語'down'的譯音,做'不及格'解,除了當形容詞以外還可以當動詞用(如'當掉')。

[55] '髮禁、報禁、器官移植、市場調查、自我實現'等用例乍看之下有點像「賓述式」複合詞。但是'髮禁'與'報禁'並不表示'禁止頭髮'或'禁止報紙'而表示'有關頭髮或報紙的禁令','器官移植、市場調查、自我實現'等亦可說成'器官的移植、市場的調查、自我的實現'等,因此似應解釋爲「偏正式」複合詞。

（丙）述補式複合詞：由動詞述語語素與動詞或形容詞補語語素合成，在新造詞中孳生力並不強。在最近的流行詞彙中我們只找到'落實'這個述補式複合動詞[56]。

（丁）並列式複合詞：由詞性相同而詞義相近的兩個並列語素合成，在新造詞中其孳生力也不強，較近流行的'音響'、'形象'、'評估'、'旅遊'等或可做爲並列式複合詞的例詞。

（戊）重疊式複合詞：由名詞、形容詞、副詞語素等重疊而成。這種複合詞在漢語新造詞中的孳生力不強，僅在'棒棒糖、洞洞裝、甜甜圈'等偏正式複合詞的修飾語素中發現少數名詞與形容詞語素的重疊而已。

（己）主謂式複合詞：由名詞主語語素與動詞或形容詞述語語素合成，是漢語複合詞中唯一的異心結構，在新造詞中一般都當名詞用，例如：〔腦$_N$死$_V$〕$_N$、〔胎$_N$動$_V$〕$_N$、〔〔教授〕$_N$治$_V$校$_N$〕$_N$、〔〔精神〕$_N$〔分裂〕$_V$〕$_N$、〔〔經濟〕$_N$〔起飛〕$_V$〕$_N$、〔〔大家〕$_N$樂$_A$〕$_N$、〔〔媽媽〕$_N$樂$_A$〕$_N$。這些例詞中'精神分裂'與'經濟起飛'亦可分析爲偏正式複合詞（卽動詞'分裂'與'起飛'已經名物化）。如此大部分的派生詞與主謂式複合詞都可以分析爲偏正式複合詞，可見偏正式複合詞在漢語新造詞中居首要地位。

從以上的例詞，我們可以發現：遇有新奇的事物、概念、事態或現象而需要加以描述或強調時，漢語常以偏正式複合詞（偶

---

[56] '落實'這個複合動詞似乎從大陸流入。另外'走紅'、'走俏'、'走疲'等也具有述補式的形態，但只能當不及物動詞用。

爾也以主謂式複合詞）來新造名詞；遇有新奇的動作或行爲要表達或強調時漢語就常以述賓式複合詞來創造動詞。漢語的新造詞似乎以偏正式複合名詞與述賓式複合動詞佔絕大多數；以主謂式、述補式、並列式、重叠式等句法結構造新詞的機會較少；造形容詞與副詞的機會也遠比造名詞與動詞的機會爲少。漢語複合詞的新造與其內部句法結構及外部功能之間的孳生力可以簡要的表示如下：

(i) 名詞（偏正式＞主謂式）＞(ii)動詞（述賓式＞偏正式）＞(iii) 形容詞（偏正式）

又漢語的新造詞無論其來源是派生詞、複合詞、譯音詞、譯義詞或音義兼用詞都可以享有生生不息的孳生力，因而常有從新造詞再衍生新造詞的情形發生。例如，從表示'女子'的派生詞名詞'馬子'與表示'警察'的派生名詞'條子'共同衍生表示'女警'的偏正式複合名詞'馬條'；從主謂式複合名詞'大家樂'衍生偏正式複合名詞'樂迷'與譯音詞'樂透'（＜lotto）；從譯音詞'秀'與'卡'分別衍生偏正式複合名詞'脫衣秀、透明秀、牛肉秀'與'卡帶、綠卡、卡式錄音機'等。

㈢**轉類**　所謂「轉類」(conversion) 是指從一個詞類用法轉到另外一個詞類用法。例如，並列式複合詞'寶貝'本來是名詞，但是後來也可以兼當動詞（如'你不要太寶貝孩子'）或形容詞（如'他這個人很寶貝'）用；偏正式複合詞'黃牛'本來是名詞，但是後來亦有人當動詞（如'他又黃牛了'）或形容詞（'他爲人黃牛'）；連譯音詞'幽默'都在名詞用法（如'他不懂幽默'）與形容詞用法（如'他的談吐很幽默'）之外開始有動詞用法（如'幽他一默'）。漢語詞彙缺乏形態標誌或派生詞綴來表示詞類[57]。因此，詞類的轉變都屬於所謂的「零構形」（zero-formation），即不在形態上有任何變化。一般說來，不及物的「分等形容詞」（gradient adjective），都可以有「起始」（inchoative）不及物動詞的用法（如'大起來、瘦下去、漂亮一下、讓他高興高興'）或「使動」(causative) 及物動詞的用法（如'大著膽子、瘦了農民，肥了誰、堅定目標、豐富你的人生、端莊你的外表、壯大我們的陣容'）；在述補式複合動詞裏出現的形容詞補語也常有「及物使動」用法（如'提高待遇、縮小範圍、推廣工作、充實國會、鐵青著臉'）。名詞轉爲動詞的情形較爲罕見，在漢語固有詞彙裏雖有'鐵著心、灰心'等例詞，但是其孳生力並不強。一般說來，抽象名詞前面帶上動詞'有'以後可以用程度副詞來修飾(如'很有頭腦／才氣／精神／影響力')，但是只有極少數的名詞可以省去前面的動詞'有'而成爲形容詞（如'很(有)禮貌、很(有)體面、很(有)誠意'）。但是在口語或俗語中表「情意」(emotive) 且「動態」(actional) 的名詞（如'寶貝、黃牛、紳士、淑女'）卻常充當形容詞（如'穿得很紳士／淑女'）然後再從形容詞變成「起始」或「使動」動詞（如'怎麼忽然紳士／淑女起來'）。另一方面，動詞與形容詞卻很容易「名物化」(nominalize) 而充當名詞用（如'乾洗比水洗好'、'愛好自由與民主'）。漢語詞彙中許多「異心結構」產生的原因，似乎都是由於複合詞中心語素的轉類或整個複合詞的轉類而來。

---

[57] 動詞後綴'化'、形容詞前綴'可、好、難'等是少數的例外。

㈣**反造**　在英語詞彙裏一般都先有動詞，再從動詞派生出名詞來。但是也有從名詞派生動詞的例外情形。例如英語動詞'edit, baby-sit, sleep-walk, spring-clean'等都是由名詞'editor, baby-sitter, sleep-walking, spring-cleaning'等派生的。這種情形就叫做「反造」(back-formation)。漢語既缺乏表示詞類的形態標誌，又以「零構形」的方式轉類，照理不應該有「反造」的情形。唯一類似「反造」的用例是俗語動詞'蓋'(＝吹牛)，如'少蓋、臭蓋'。這個動詞來自閩南語的偏正式複合名詞'假仙'，'假'本來是形容詞語素。因爲閩南語的'假'字的讀音較像國語的'蓋'，'假仙'就變成'蓋仙'，然後再從'蓋仙'經過「反造」而產生動詞'蓋'。這個「反造」顯然是受了'蓋'字可以在國語裏當動詞的影響，不過其含義與原來國語動詞'蓋'的含義完全不同了[58]。

㈤**擬聲**　漢語裏有些詞彙是因「擬聲」(onomatopoeia)而產生的，如'叮噹、撲通、噗哧、嘀嗒、嗡嗡、哈哈、嘿嘿、嘰嘰喳喳、噼噼啪啪'等。這種擬聲詞的數目並不多，但仍然是漢語構詞方式的一種。新近產生的漢語擬聲有兩個：一個是模擬賣冰淇淋喇叭聲的'巴不巴不'，而另一個是在年輕的學生間流行的感嘆詞'哇噻'。

㈥**簡稱**　漢語裏遇到常用而冗長的名稱時常把這些「全稱」(full name)簡縮成「簡稱」(abbreviation)或「簡縮詞」(acronym)。漢語裏簡稱的方式有下列幾種。

---

[58] 另外，有些人也把'催化'當動詞使用。這個動詞可能也是名詞'催化劑'經過反造而得來的。

(i) 取全稱中每一個複合成分的第一個字：如'清大'(<清華大學)、'交大'(交通大學)、'臺澎金馬'(<臺灣澎湖金門馬祖)、'立委'(<立法委員)、'國代'(<國大代表)、'臺電'(<臺灣電力)、'中廣'(<中國廣播)、'企管'(<企業管理)、'品管'(<品質管理)、'留美'(<留學美國)、'家電'(<家用電器)、'化肥'(<化學肥料)、'化纖'(<化學纖維)、'環保'(<環境保護)、'勞保'(<勞工保險)、'語概'(<語言學概論)、'孫案'(<孫立人案件)、'中研院'(<中央研究院)、'民進黨'(<民主進步黨)。

(ii) 取全稱中第一個複合成分的第一個字，第二個複合成分的第二個或最後一個字：如'師院'(師範學院)、'戰犯'(<戰爭罪犯)、'中油'(<中國石油)、'臺視'(<臺灣電視)、'中視'(中國電視)、'臺泥'(<臺灣水泥)、'英史'(<英國文學史)、'外長'(<外交部長)、'中影'(<中國電影公司)、'彩視'(<彩色電視)、'空姐'(<空中小姐)、'解嚴'(<解除戒嚴)等。

(iii) 取全稱中每一個複合成分的第一個字，再把具有類別性質的詞(通常是最後一個複合成分的最後一個字)加上去：如'青輔會'(<青年輔導委員會)、'國科會'(<國家科學委員會)、'經建會'(<經濟建設委員會)、'資策會'(<資訊策進會)、'民航局'(<民用航空局)、'勞委會'(<勞工委員會)等。

(iv) 取全稱中的第一個成分：如'清華'(<清華大學)、'交通'(<交通大學)等。

(v) 取全稱中每一個複合成分的第二個字；如'央行'(<中央銀行)、'華視'(<中華電視)、'髮姐'(<理髮小姐)。

（vi）取全稱中第一個複合成分的第二個字，第二個複合成分的第一個字；如'華航'（＜中華航空）、'星媽'（＜明星的媽媽）。

可見最常見的簡稱是第一種到第三種方式，第四種到第六種方式則比較少見。也就是說，統計上傾向於保留全稱中第一個複合成分的第一個字與第二個複合成分的第一個字或第二個字㊾。不過除了機械性的線性次序以外，還要考慮到全稱組合成分在詞義表達上的重要性、簡稱詞可能表達的含義、以及出現「同形詞」(homonym) 的可能。例如，如果把'外交部'、'臺灣水泥'與'空中小姐'依第一種方式加以簡縮就會分別成為'外部'、'臺水'與'空小'，結果很容易誤解或不容易會意。又如果把'臺灣電視'依第一種方式簡縮，就會變成'臺電'而與已經存在的簡稱'臺(灣)電(力)'同形；如果把'中華電視'依第二種方式簡縮，也會變成'中視'而與已經存在的簡稱'中(國)(電)視'同形。

㈦**切除、混成、倒序、音變**　為了避免冗長的詞語，許多語言除了簡稱以外還採用「切除」(clipping) 的方式而把冗長的詞語加以縮短。例如英語的 'phone'、'photo' 與 'flu' 就是分別把 'telephone'、'photograph' 與 'influenza' 的前半部、後半部與前後半部加以切除後得來的。又如 '卡拉OK' 的日語原詞 'カラオケ' 也是由 'カラオケストラ' 切除後三個音節而得來的。在漢語裏這種情形並不多，而且許多「切除」的例詞都可以分析為「簡稱」。不過把'周董事長'與'許總經理'分別稱為'周董'與'許總'

㊾ 同樣是'彩色電視'海峽此岸用'彩視'，而海峽彼岸則用'彩電'。

的說法似乎可以視爲「切除」的例子。另外，在俗語詞彙中常把‘好恐怖’說成‘好恐’，似乎也可以視爲「切除」⑩。

漢語的「字」(character) 與「語」(morph) 基本上是對應的，除了少數的例外以外大多數的「字」都是能代表語義的「語」。同時，漢語複合詞的孳生力非常旺盛，在別的語言上屬於「混成詞」(blend; portmanteau word; telescopic word) 的詞彙在漢語裏都可能屬於複合詞。例如，英語的混成詞‘smog’與‘motel’在漢語裏都分別譯成偏正式複合名詞‘煙霧’與‘汽車旅館’。不過我們在俗語詞彙中發現‘(很)可怖’的說法，似乎是由‘可怕’與‘恐怖’混合而成的⑪。另外在俗語詞彙中我們也找到把‘馬殺鷄’加以倒序而得來的‘鷄殺馬’。‘馬殺鷄’是英語‘massage’(＝按摩) 的譯音詞，但在字形上具有主謂式複合詞的形態。在某種特殊行業中‘馬殺鷄’專指女人給男人按摩，而‘鷄殺馬’則專指男人給女人按摩。這種從譯音詞中以倒序的方式產生新詞的造詞方式乃是由於漢字同時具有表音與表意作用，而且漢語的詞彙結構與句法結構基本上相同纔發生的有趣現象。

又‘弟弟’與‘妹妹’在臺灣除了原來的讀音(‘ˋ˙，或 ˋˋ’)以外，還增加了‘ˇˊ’的讀音，而用來稱呼別人的小孩子。而且影響所及，連‘爸爸’、‘媽媽’、‘叔叔’、‘伯伯’在兒語中的讀音

---

⑩ 這種‘恐’的形容詞用法與年輕人俗語中‘妙、棒、帥、爛、神、妖、菜’等強調性形容詞的用法是一脈相通的。

⑪ ‘可’字雖然可以形成‘可觀、可信、可笑、可恥、可恨、可悲、可愛、可取’等形容詞，但必須與動詞語素連用。‘怖’字不屬於動詞語素，因此‘可怖’應該不是派生詞或複合詞，而是混成詞。

也都變成'ㄓˇㄓˊ'。

(八)**方言詞彙**　目前臺灣的人口，以祖籍閩南與客家的居民佔大多數。這些人的母語都是閩南話與客家話，因此必然會有一些方言詞彙流入國語。另外，廣東話也從香港透過電影、錄影帶與影視人員的訪臺等傳入臺灣。在報章雜誌中常看到或在日常生活中常聽到的方言詞彙如下。

(i) 閩南語：如'牽手、細姨、頭家、 頭家娘、囡仔、 查某、假〔蓋〕仙、金牛、黑手、出外人、落翅仔、軟腳蝦、(找／吃)頭路 (＝工作)、(一)條(歌)、(一)台(車)、碗公、手路 (＝手藝)、土角厝、貢丸、肉丸、魷魚焿、紅龜粿、滷肉飯、焢肉飯、蚵仔煎、打拚、開講、講古、(好)爽、愛睏、做頭、損龜、呷醋、怨嘆、搓圓仔湯、黑白講、古錐 (＝可愛)、QQ ㊷ 、古早、鶏婆、三八'等。

(ii) 客家話：如'板條'等。

(iii) 廣東話：如'老公、靚女、買單、拍拖、拍檔'等。

從以上的觀察，我們可以知道：漢語的新造詞以派生詞與複合詞爲其主要的原動力，轉類與簡稱僅在原有詞彙的基礎上改變詞類或簡縮詞語，而反造、擬聲、切除、混成、倒序、音變等則幾乎沒有創造新詞的功能。此外，方言詞彙的互相滲透也使得漢語的詞彙更爲豐富，更加多采多姿。

㊷ 'QQ' 與'卡拉OK'一樣，用羅馬字母來代表漢語的音。另外羅馬字母甚至英語詞彙也在'N年，N次，K書，X光，T恤，3F (＝三樓)，Mr. Brown 咖啡，小 case, bye-bye, OK, W.C., D.J., MTV, disco'中直接輸入漢語中來。

六、結　語

以上就漢語的新詞，包括「外來詞」與「新造詞」，所依據的詞法規律做了相當詳盡的分析與討論。外來詞可以分為「轉借詞」、「譯音詞」、「譯義詞」、「音義兼用詞」與「形聲詞」。轉借詞是直接的把外來語加以輸入，而主要的來源是日語的漢字詞彙，在民國初創時期曾為漢語引介了大量的新詞。「譯音詞」是以漢語的音去譯外來語的音。除了外國的人名、地名、商標名、貨幣與度量衡單位等常需要譯音以外，譯音詞的主要來源是有關科技、醫療、娛樂、飲食等各方面的外語詞彙。這些譯音的外來詞彙大都屬於「單純詞」或「頭字詞」，由於不容易譯義，只得採用譯音的方式翻成漢語詞彙。譯音詞的缺點在於語音的不傳眞與語義的不明確，因此許多譯音詞都隨後被音義兼用詞或譯義詞取代。「譯義詞」是利用漢語的義去譯外國語的義，而不理會外國語的音。譯義詞包括「直譯」與「意譯」兩種，在外來詞中佔絕大多數；在詞類上多屬於名詞，在句法結構上多屬於偏正式複合詞。「音義兼用詞」是以部分依音而部分依義的方式去翻譯外語詞彙，多用於含有人名與地名等專名以及指稱度量衡單位、飲食、動植物、舞蹈與音樂等名詞。音義兼用詞幾乎是淸一色的偏正式複合名詞，由譯義部分充當主要語而表示類名，並有辨義、補義與加長音節的功能。「形聲詞」是利用漢語傳統形聲字的創字法，以「形符」或「聲符」（即「部首」與「偏旁」）組合的方式去翻譯外語詞彙，多見於化學元素的名稱。形聲詞不但創造新詞而且還創造新字，同時造出來的是違背漢語詞彙「多音化」趨勢的「單音詞」，可以說是特殊例外的造詞法」。綜觀漢語的外來詞彙可以看出下列幾點特徵或趨勢：

(i) 外來詞以譯義詞居大多數；譯音詞與音義兼用詞都居少數，並且譯音的對象多限於單純詞與頭字詞。

(ii) 外來詞以雙音節詞居大多數，三音節詞與四音節詞次之，單音節詞很少見。動詞以三音節爲最大極限，名詞也幾乎以五音節爲最大極限。

(iii) 外來詞以偏正式複合詞佔極大多數，述賓式與述補式複合詞次之，並列式、主謂式與重疊式複合詞較少。

(iv) 外來詞以名詞佔絕大多數，形容詞與動詞較少，而且大多數譯義形容詞都屬於「非謂形容詞」。至於代詞、介詞、連詞、量詞、情態詞等「虛詞」則很少有採用外來詞的可能。

(v) 外來詞多半屬於國名、地名、人名、商標名等「專名」，以及指稱科技、文化、服飾、飲食、娛樂、運動等各方面的新事物或新觀念。漢語外來詞彙的主要來源已由日語轉爲英語，無形中也反映了近半世紀來漢語文化背景上「強勢文化」與「弱勢文化」演變的情勢。

漢語的新造詞有「派生」、「複合」、「轉類」、「簡稱」、「反造」、「擬聲」、「切除」、「混成」、「倒序」以及「借用方言詞彙」等幾種方式。「派生詞」由「詞幹」加上「詞綴」而成，而「複合詞」則由「詞幹」與「詞幹」合成。漢語裏「自由語」與「黏著語」的辨認並不很清楚，因而「詞幹」與「詞綴」以及「派生詞」與「合成詞」（尤其是「含有後綴的派生詞」與「偏正式複合詞」）的界限也就不十分明確。在複合詞中，以偏正式複合詞的孳生力最強，是漢語新造名詞的最主要來源。述賓式複合詞的孳生力僅次於偏正式，爲漢語新造動詞的最主要來源。其他述補式、並列式、主謂式與重疊式等複合詞的孳生力都不強。「轉類」是指從一個詞類用法轉化爲另一個詞類用法，也就是所謂的「零構形」。一般說來，漢語的不及物「分等形容詞」常可以有「起始」不及物用法或「使動」及物用法，而動詞與形容詞也常可以「名物化」而充當名詞用。漢語詞彙中的許多「異心結構」似乎都因中心語素的轉類或整個複合詞的轉類而產生。「簡稱」從冗長的「全稱」刪略一些成分而加以簡縮。一般說來，漢語的簡稱傾向於保留全稱中第一個複合成分的第一個字與第二個複合成分的第一個字或第二個字，但還要考慮簡稱詞的表意作用與出現「同形詞」的可能。至於「反造」、「擬聲」、「切除」、「混成」等則屬於特殊例外的造詞方式，在漢語詞彙中的孳生力很低。又近幾年來由於國內外情勢的演變，除了來自香港的廣東語詞彙（如'老公、買單'）與來自大陸的詞彙（如'落實、水平'）開始成爲一般詞彙以外，閩南方言詞彙（如'爽、打拚、軟腳蝦'）也開始通用或流行，使得漢語詞彙更爲豐富與更多變化。綜觀漢語的新造詞彙可以看出下列幾點特徵或趨勢：

(i) 漢語新造詞的主要來源是「複合詞」與「派生詞」，「簡稱」、「轉類」與「方言詞彙」是次要來源，「反造」、「擬聲」、「切除」、「混成」、「倒序」等則屬於特殊的例外。

(ii) 複合詞、派生詞與簡縮詞都以雙音詞、三音詞與四音詞佔絕大多數，符合現代漢語詞彙「二音化」與「多音化」的趨向。

(iii) 複合詞由兩個詞幹合成，並依其內部結構分爲「偏正式」、「述賓式」、「述補式」、「並列式」、「主謂式」、「重疊式」等六種。

(iv) 派生詞由詞幹與詞綴合成。漢語的詞綴只有「名詞後綴」(如'子、師、家、者、員、人、派、族、度、性、感、裝、界、業、圈、熱、型'等)、「動詞後綴」('化') 與「形容詞前綴」(如'非、反、超、前、後、次'等)。但漢語的派生詞亦可以分析爲偏正式複合詞，即以後綴爲中心語素，而以前綴爲修飾語素。

(v) 漢語的新造詞以偏正式複合名詞與述賓式複合動詞佔絕大多數。換言之，現代漢語傾向於以偏正式複合詞來創造名詞，而以述賓式複合詞來創造動詞。以述補式、並列式、主謂式、重疊式創造新詞的機會較少，創造形容詞與副詞的機會也比創造名詞與動詞的機會爲少。漢語複合詞的新造與其內部句法結構及外部功能之間的孳生力可以簡要的表示如下：①名詞（偏正式>主謂式）>②動詞（述賓式>偏正式）>③形容詞（偏正式）。

(vi) 偏正式複合名詞的修飾語素常表示屬性，而中心語素則常表示客體。不但複合成分之間的句法關係最爲明確，其語意內涵也最爲透明；因此容易會意，而不容易誤解。

(vii) 述賓式複合動詞的中心語動詞表示動作，而賓語名詞則表示客體或結果；其句法關係與語意內涵也相當清楚，不至於引起理解上的困難。

(viii) 漢語的新造詞，無論其來源是複合詞、派生詞、簡縮詞、譯音詞、譯義詞或音義兼用詞，都可以成爲詞幹而再衍生其他新詞。

(ix) 漢語詞彙的轉類以形容詞轉爲動詞，或動詞與形容詞轉爲名詞的例子最爲常見，名詞轉爲動詞或形容詞的情形較爲罕見。

(x) 漢語的新造詞以「同心結構」佔絕大多數。「異心結構」是極少數的例外，而「異心結構」的產生主要是由於複合詞中心語素的轉類或整個複合詞的轉類所致。

* 原刊載於大陸雜誌 (1989) 78卷第四期5-91頁及第五期27-34頁。

詞法與句法的相關性：

漢、英、日三種語言複合動詞的對比分析

一、前　言

自從 Lees (1960) 嘗試以變形規律從基底結構中的「單純詞」(simple word) 衍生「派生詞」(derived word) 與「複合詞」(compound word) 以來，詞法的研究可以說是跨過了一個新的里程碑。在此以前的詞法研究，幾乎都屬於籠統的分類與散漫的描述，少有明確的條理化或有意義的詮釋。而 Lees (1960) 則主張把詞法納入句法的體系，並以精確的變形規律來衍生無限多合語法的英語派生詞與複合詞。雖然 Chomsky (1970) 不贊成以變形規律來衍生派生詞，並且主張英語的派生詞應該由基底結構直

接衍生，而且 Allen (1978) 與 Selkirk (1982) 也分別主張英語的複合詞與「屈折變化」(inflectional affixation) 應該在基底結構中衍生，但大多數的衍生語法學家都承認在語法理論的體系中應該設置「構詞部門」(morphological component) 或「詞法部門」(word-syntactic component)。這種詞法部門包括「詞法結構」(word structure) 與「詞法規律」(word-syntactic rule)。所有不屬於「合成詞」(complex word) 的單純詞都直接儲存於「詞彙」(lexicon) 中，而派生詞與複合詞等合成詞則是依據詞法規律所衍生的詞法結構，即由單純詞派生或由單純詞與單純詞複合而成。

國人研究漢語已經有一段相當長的時間，但是研究的目標與方法似乎仍然停留在 Lees (1960) 以前的理論模式。連漢語詞法最基本的問題，如詞法規律的性質、功能與限制以及詞法規律與句法規律的相關性究竟如何等，都很少做正面的討論與深入的分析。Chao (1968) 曾提到"至於由詞根合成的複合詞，因爲所牽涉的關係多半與句法結構裏的關係相似……"(194頁)"漢語裏大多數的複合詞都具有句法結構……"(366 頁) ⓫，相當明白的指出了漢語詞法與句法之間的相關性。Selkirk (1982:2) 也指出，"詞法結構具有與句法結構同樣的一般形式要件，甚且由同樣

⓫ 原文是 "As for the formation of compounds…the relations involved are mostly analogous to those in syntactic constructions…" (194 頁) 與 "In Chinese most compounds are syntactic…" (366頁)。

的規律系統衍生”❷。但是漢語的詞法結構與句法結構究竟如何相似？漢語的詞法結構與句法結構究竟共同具有怎麼樣的一般形式要件？漢語的詞法結構與句法結構究竟是由什麼樣的規律系統衍生的？本文的目的卽在探討這些漢語詞法上的基本問題。

由於國內研究漢語詞法的專著並不多❸，所能參考或比較的語料也極為有限，所以我們希望在「觀察」（observation）與「描述」（description）上先下一番工夫❹，做為更進一步探討「詮釋」（explanation）的基礎。也就是說，我們希望我們的詞法研究能在較為扎實的語料基礎上先達成「觀察上的妥當性」（observational adequacy）與「描述上的妥當性」（descriptive adequacy），然後再從普遍語法理論的觀點來檢討這些研究「詮釋上的妥當性」（explanatory adequacy）。詞法結構的深度與廣度在本質上不如句法結構之深與廣，所以如果有些詞法結構的觀察與描述看來十分明顯，這也不足為奇。但是漢語詞法理論的基礎必須建立在穩固的語言事實上面，因此我們一方面把研究的問題限定於複合動詞上面，另一方面又把研究的對象擴大到漢語、英語與日語這三種語言。我們的目的乃是在漢、英、日三種語言複合動詞的對比分析中摸索探討這幾種語言裏詞法與句法的相關

---

❷ 原文是“…word structure has the same general formal properties as syntactic structure and, moreover … it is generated by the same sort of rules”。

❸ 據筆者的了解，在臺灣出版的有關這方面的專著除了 Chao（1968: 359-495）以外，僅有方（1970）與 Chi（1985）。

❹ 參湯（1988a, 1988b, 1988c, 1988d）。

性，並試圖回答前面所提出的漢語詞法的基本問題。

二、漢語的複合動詞

漢語動詞依據所包含音節的多寡可以分爲㈠「單音動詞」(monosyllabic verb)、㈡「雙音動詞」(disyllabic verb)與㈢「三音動詞」(trisyllabic verb)三種，而且依據所含語素的多寡又可以分爲㈠「單純動詞」(monomorphemic verb; simple verb)與㈡「合成動詞」(complex verb)，而「合成動詞」又包括(i)派生動詞」(derived verb)與「複合動詞」(compound verb)兩種。單音動詞必定是單純動詞，但雙音動詞則可能是合成動詞，也可能是單純動詞。漢語的「雙音單純動詞」(disyllabic simple verb)主要有三種：㈠從古漢語中繼承下來的「雙音聯綿詞」(disyllabic simple word)，包括聲母相同的「雙聲聯綿動詞」(alliterating (disyllabic) simple verb)，如'猶豫、躊躇、澎湃、彌漫'，以及韻母或韻母的主要部分相同的「疊韻聯綿動詞」(rhyming (disyllabic) simple verb)，如'逍遙、徘徊、蹉跎、抖擻'；㈡以漢字翻譯外國語的語音得來的「譯音詞」(transliteration)，如'拷貝(<copy)、杯葛(<boycott)、休克(<shock)、幽(他一)默(<humor)'；㈢「擬聲詞」(onomatopoeia)轉來的動詞，如'嗚咽、嘀咕、咕噥、嘟囔'。漢語動詞所能包含的音節以三音節爲限，超過此一限制即似宜分析爲帶有動貌標誌的多音動詞或帶有賓語、補語、狀語等句法成分的詞組❺。

---

❺ 參湯(1988b)。

合成詞因其合成「語素」(morpheme) 的地位與組合情形的不同，可以分爲派生詞與複合詞兩種。派生詞由「詞幹」(stem)與「詞綴」(affix) 合成，而複合詞則由詞幹與詞幹合成❻。語素中能夠在句子中獨立運用而單獨充當「詞」(word) 的叫做「自由語」(free morph(eme))，不能獨立運用而必須依附其他語素纔能構成詞的叫做「黏著語」或「附著語」(bound morph(eme))。漢語裏自由語與黏著語的界限並不十分明確。同一個語素在古漢語裏可能是自由語，而在現代漢語裏卻可能是黏著語；在某一方言裏可能是自由語，而在另一方言裏卻可能是黏著語。也有同一個語素以某一種詞性使用時是自由語，而以另一種詞性使用時卻是黏著語。語素又可以分爲「實語素」(lexical morph(eme)) 與「虛語素」(grammatical morpheme)。實語素含有相當具體明顯的「詞彙意義」(lexical meaning)，在詞性上多屬於名詞、動詞、形容詞等「實詞」(content word)，可能是自由語，但也可能是黏著語。虛語素表示「語法意義」(grammatical meaning)，如複數(如'們')、動貌 (如'了、著、過')、詞性 (如表示名詞的'子、頭'、表示副詞的'然、爾') 等，一般都是黏著語，充當詞綴使用。詞綴依其出現的位置可以分爲出現於詞幹前面的「前綴」(prefix)

---

❻ 我們在此暫時不區分「詞根」(root) 與「詞幹」(stem)：前者是把詞語中所有附加成分 (卽詞綴) 去掉以後留下來的主要成分，而後者則可能仍然保留詞綴。例如，在漢語派生名詞'老頭子'中'老'是詞根也是詞幹，而'頭'與'子'是詞綴；在'老頭'中'老'是詞根 (也是詞幹)；在'老頭子'中'老頭'是詞幹，但不是詞根。

與出現於詞幹後面的「後綴」(suffix) ❼；而依其語法功能則可以分為表示詞性的「派生詞綴」(derivational affix) 與表示詞形的「屈折詞綴」(inflectional affix)。

一般說來，派生詞與複合詞的區別在於前者由自由語詞幹與黏著語詞綴合成，而後者則由自由語詞幹與自由語詞幹合成❽。又派生詞常由實語素與虛語素合成，而複合詞則常由實語素與實語素合成。但是漢語裏有時候自由語與黏著語的分辨相當不容易，實語素與虛語素的界限也不十分明顯，派生詞與複合詞的區別也就沒有英語那麼清楚。例如，下面 (1) 到 (3) 的例詞都含有不能獨立運用的黏著動詞語素'化'。

(1) 動詞＋'化'＝動詞：變化、焚化、分化、進化、退化、消化、感化、腐化、催化❾。

(2) 名詞＋'化'＝動詞：火化、風化、鈣化、丑化、洋化、工業化、商業化、電氣化、本土化、大衆化、一元化、多元化、系統化。

(3) 形容詞＋'化'＝動詞：綠化、美化、惡化、醜化、矮化、淨化、軟化、硬化、僵化、簡化、同化、異化、合理化、自由化、國際化、普遍化、空洞化、實用化。

---

❼ 也有人把出現於述補式複合動詞中間的'得／不'（如'搖得／不動、抓得／不緊）或出現於貶義複合形容詞的'裏'(如'馬裏馬虎、骯裏骯髒、囉裏囉嗦、土裏土氣'）稱為「中綴」(infix)。

❽ 但是也有含有黏著語詞幹的複合詞，例如英語的'cran-berry'。

❾ '催化'可能是由偏正式複合名詞'催化劑'經過「反造」(back-formation) 而來的動詞。

在以上的例詞中，由動詞語素'變、進、退、消、感、腐、催'與動詞語素'化'合成的'變化、進化、退化、消化、感化、腐化、催化'等分別含有'{(變／進／退／消／感／腐／催}而化(爲……)'的意義，不但前後兩個語素的詞性相同，詞義也同樣的重要，似可分析爲並列式複合動詞。另外在由名詞語素'火、風'與動詞語素'化'合成的'火化、風化'裏，名詞語素'火'與'風'分別表示動詞語素'化'的手段與原因，似可分析爲偏正式複合動詞。所有其他的例詞都充當「使動及物動詞」(causative (transitive) verb)而表示'使變成(名詞或形容詞所描述的結果或狀態)'，並可以有不及物用法。在這些例詞裏動詞語素'化'的詞彙意義比較不明顯，而且孳生力也特別強。現代漢語詞彙中許多新造的動詞都是由名詞或形容詞與'化'合成的，因此似可以把這裏的'化'分析爲現代漢語裏唯一能形成派生動詞的「動詞後綴」(verb suffix)⑩。

另外在'打算、打掃、打聽、打量、打發、打岔、打動、打顫、打盹、打擾、打攪、打滾、打點'等雙音動詞中出現的'打'僅有補音作用，而沒有表意作用，其功能類似「動詞前綴」(verb prefix)。但是在現代漢語詞彙裏這種類似前綴的'打'，似逐漸失去孳生力⑪。

與派生動詞相比，漢語的複合動詞無論在種類與數量上都相

⑩ 另外一個漢語動詞後綴'兒'(如'玩兒、火兒、嗤兒')在漢語詞彙中幾無孳生力，所以含有這個後綴的動詞，可以個別列入詞彙。

⑪ 現代漢語新造詞'打歌'是述賓式複合動詞，與'打架、打雜、打趣'等由動詞語素與名詞語素合成的複合動詞相似，而且動詞'打'在詞義上可能與'打知名度'(把知名度'打高')的'打'有關。

當豐富。複合動詞由兩個自由語詞幹或黏著語詞幹合成，並依其內部句法結構分為「述賓式」、「述補式」、「偏正式」、「並列式」、「主謂式」等五種。

(1) 述賓式複合動詞

述賓式複合動詞由動詞語素與名詞語素合成，而且在前面的動詞語素與後面的名詞語素之間具有句法上的述語動詞與賓語名詞的關係。述賓式複合動詞可以單獨當不及物動詞用，也可以帶上賓語當及物動詞用。一般說來，述賓式複合動詞的動詞語素以自由語為原則，以黏著語為動詞語素者多屬於文言或書面語詞彙；而名詞語素則可能是自由語素，也可能是黏著語素。試比較：

(i) 自由動詞語素＋自由名詞語素＝不及物動詞；如'說話、走路、種地、唱歌、出力、丟臉、放水、彎腰、跳馬、鬪鷄、賞臉、丟臉、蹺課、做夢、來電、去信'等。

(ii) 自由動詞語素＋黏著名詞語素＝不及物動詞；如'結婚、站崗、造謠、出軌、升旗、做工、講理、打烊、乾杯、拜壽、帶孝、找碴、缺席、破產、睡覺、套滙、打工、退稅、招標、流標、泡妞、闖關、挖角、跳槽、趕場、洗腎、掛念、生氣、開幕、幫腔、熬夜'等。

(iii) 黏著動詞語素＋自由名詞語素＝不及物動詞；如'謳歌、束手、充電'等。

(iv) 黏著動詞語素＋黏著名詞語素＝不及物動詞；如'畢業、鞠躬、貪汚、曠職、仗義、示威、及格、越級、入場、入座'等。

(v) 自由動詞語素＋自由名詞語素＝及物動詞；如'留心、

關心、怪罪'等。

(vi) 自由動詞語素＋黏著名詞語素＝及物動詞：如'出席、提議、抗議、在意、留意、得罪、討厭、抱怨、進口、出口、告狀、動員、出版'等。

(vii) 黏著動詞語素＋自由名詞語素＝及物動詞：如'著手、當心'等。

(viii) 黏著動詞語素＋黏著名詞語素＝及物動詞：如'注意、效法、効勞、登陸、列席'等。

述賓式複合動詞的述語語素以動詞為原則，但也有從形容詞語素（如'寒心、小心、滿意'）或名詞語素（如'灰心、鐵心'）經過轉類而成為動詞語素的。同樣的，賓語語素以名詞語素為原則，但也有從動詞語素（如'討厭、取笑、抱怨、掛失、告別、赴任、失守、接生、接吻、放學、退學、退押、退燒、接辦'等）或形容詞語素（如'著涼、挖苦、虧空、為難、隔熱、舉重'）經過轉類而成為名詞語素的。

(2) **述補式複合動詞**

述補式複合動詞由動詞語素與動詞或形容詞語素合成，而且在前面的動詞語素與後面的動詞或形容詞語素之間具有句法上的述語動詞與補語動詞或補語形容詞的關係。述補式複合動詞的動詞語素與形容詞語素都以自由語為原則，以黏著語為語素者多屬於文言或書面語詞彙。試比較：

(i) 自由動詞語素＋自由動詞語素＝(a) 及物動詞，如'削減、說服、壓碎、打倒、打破、打落、推翻、救活、搖動、叫醒、看破、喝乾、學會、聽懂、看懂、看到、聽到、看見、聽見、推倒'等；(b) 不及物動詞：如'走開、散開、跑開'等。

(ii) 黏著動詞語素＋自由動詞語素＝及物動詞，如'擊破、擊落'。

(iii) 自由動詞語素＋黏著動詞語素＝（尚未找到常用例子）

(iv) 黏著動詞語素＋黏著動詞語素＝(a) 及物動詞，如'拒絕'。

(v) 自由動詞語素＋自由形容詞語素＝(a)及物動詞，如'加強、推廣、縮小、提高、削弱、弄壞、抓緊、燒紅、說僵'；(b)不及物動詞，如'坐直、站穩、走紅、走軟、看好'等。

(vi) 自由動詞語素＋黏著形容詞語素＝(a) 及物動詞，如'說明、發明、改善、改正、改良'；(b)不及物動詞，如'走疲、走俏、看俏'等。

(vii) 黏著動詞語素＋自由形容詞語素＝(a) 及物動詞，如'擴大、革新、增強'；(b) 不及物動詞（尚未找到常用例子）。

(viii) 黏著動詞語素＋黏著形容詞語素＝(a) 及物動詞，如'鞏固、集中、證明'；(b) 不及物動詞（尚未找到常用例子）。

(3) 偏正式複合動詞

偏正式複合動詞由形容詞、動詞、名詞或副詞語素與動詞語素合成，而且在前面的形容詞、動詞、名詞或副詞語素與後面的動詞語素之間具有副詞修飾語與動詞主要語的關係。偏正式複合動詞（特別是含有黏著語素的）多屬文言或書面語詞彙，可當及物動詞用，亦可當不及物動詞用。試比較：

(i) 形容詞語素＋動詞語素：(a)自由語＋自由語，如'暗殺、痛哭、遲到、早退、假裝、清算、高漲、直說、多謝、閒扯、閒聊、急救、糟蹋、傻笑、冷笑、蠻幹、慢跑、輕放、廣播、靜養、熱愛'；(b) 自由語＋黏著語，如'暗示、冷嘲、細察、再醮、強制、輕視、重視、直立、假冒、優待'；(c) 黏著語＋自由語，如'漫談、歡送、虐待、善待、默想、默認、默寫、朗讀、僞裝、公推、公舉、公演、公斷、緩徵；(d) 黏著語＋黏著語，如'歡迎、獨立、虛構、協商、堅持、永別、公評、公佈、榮任'。

(ii) 動詞語素＋動詞語素：(a) 自由語＋自由語，如'合唱、死記、死背、死守、活捉、補考、轉送、偸看、偸跑、改造、推舉、流動、借問、出賣、傳送、傳播'；(b) 自由語＋黏著語，如'透視、回憶、推銷、混戰、勸告'；(c) 黏著語＋自由語，如'保送、馴養、廻轉、參拜、參見、滋養、孳生'；(d) 黏著語＋黏著語，如'栽培、評估、參觀、兜售、蔑視、巡視、冒充'。

(iii) 名詞語素＋動詞語素：(a) 自由語＋自由語，如'筆試、火葬、瓦解、粉刷、油炸、夢想、心服、路祭'；(b) 自由語＋黏著語，如'腰斬、風行、蛇行、血戰、聲討'；(c) 黏著語＋自由語，如'掌管、眼見、規定、利用、聲請'；(d) 黏著語＋黏著語，如'蜂擁、耳聞、目睹、蠶食、冬眠、波及'。

(iv) 副詞語素＋動詞語素：(a) 自由語＋自由語，如'再見' ⓬；(b) 自由語＋黏著語，如'再會、再婚、回憶'；(c) 黏著語＋自由語，如'旁聽、複寫、複印、自稱、切記、左轉、右轉、

⓬ 副詞與動詞的連用常形成偏正詞組，如'多做（事），少說（話）'等。但是'重來、重說、同吃、同喝、共住、共騎'裏的'重'、'同'與'共'只能與單音節動詞連用，其中又不乏黏著語素(如'重遊、重溫、重婚、同宿、共乘'等) 似乎宜做複合詞處理。

下拜；(d)黏着語＋黏着語，如'旁觀、普及、統計、上訴、內應、中立、後悔、左傾、右傾、橫行、重述、預備、預防、並行、並列、頓悟、自命、同居、姑息'。

(4) 並列式複合動詞

並列式複合動詞原則上由兩個動詞語素並列而成。但也可能由兩個形容詞語素或名詞語素並列合成複合形容詞或名詞，然後再轉類成爲動詞。合成並列複合詞的兩個並列語素，不僅詞性要相同，就是「次類畫分」(strict subcategorization)，如及物與不及物之分，也要相同；而且通常都是同義詞或近義詞，只有少數的例外是反義詞或對義詞。並列式複合動詞多屬書面語詞彙，有當及動物詞用的，有當不及物動詞用的，也有兼當及物與不及物動詞用的。一般說來，如果並列語素是及物動詞，那麼並列複合動詞也是及物動詞；如果並列語素是不及物動詞，那麼並列複合動詞也是不及物動詞；如果並列語素兼當及物與不及物動詞，那麼並列複合動詞也是兼當及物與不及物動詞用。試比較：

(i)(同義或近義)動詞語素＋動詞語素：(a)自由語＋自由語，如'補貼、收留、捉拿、剝削、考查、解放、收割、收留、玩弄、批改、修改、請求、裝扮、牽掛、改變、穿戴、記載、洗刷、包裹、破裂、退護、動搖、接受、代替、缺少、攻打、痲醉'；(b)自由語＋黏着語，如'跳躍、吹噓、選擇、扣除、管轄、生育、佔據、種植、打擊、租賃、教誨、救護、愛護、洗滌、成立、蒸餾、停止、勸阻、分析、幫助、停止、解決、發展、接待、生產、提納；(c)黏着語＋自由語，如'燃燒、豢養、詢問、遴選、欺騙、誆騙、詐騙、懲罰、雕刻、擁抱、搪塞、購買、販賣、琢磨、毆打、察看、宣傳、衡量、遺漏、窺探、委託、盤算、諷刺、屠宰、思想、奔跑、產生、賒欠、倚靠、阻塞、調查、書寫、釋放、居住’；(d) 黏着語＋黏着語，如‘敍述、剽竊、饒恕、磋商、蒞臨、咀嚼、譏諷、閱覽、執行、欺詐、儲蓄、擁護、盜竊、驅逐、喜歡、擄掠、祈禱、咨詢、思慮、引導、輔導、採取、錄取、執行、招攬、招待、款待、依賴、鼓勵、採納、阻碍、排斥、離別’。

(ii)（同義或近義）形容詞語素＋形容詞語素：如‘尊重、尊敬、偏重、豐富、端莊、壯大’⑬。

(iii)（同義或近義）名詞語素＋名詞語素：如‘犧牲、物色’。

(iv)（異義或對義）動詞語素＋動詞語素：如‘忘記、呼吸、談笑、吹打、編譯、批改、教養、洗刷、出入’⑭。

(5) 主謂式複合動詞

主謂式複合動詞由主謂式複合動詞由主語名詞語素與其謂語動詞或形容詞語素合成。述賓式、述補式、偏正式、並列式這四種複合動詞都屬於「同心結構」(endocentric construction)，卽整個複合動詞與中心語動詞語素（包括並列式複合動詞的並列動詞語素）具有同樣的詞性。但是主謂式複合詞是漢語詞彙唯一的「異心結構」(exocentric construction)，因爲在詞彙內部裏找

⑬ 大都由黏着語並列而成，其中‘豐富、端莊、壯大’等三個係使動及物用法。

⑭ 除了‘呼吸’（但有‘呼一口氣，吸一口氣’的說法）與‘編譯’外都由自由語素並列而成。

不到中心語⓯。在漢語詞彙裏主謂式複合詞的孳生力非常的低。以動詞為述語的主謂式複合詞，在詞性上多屬於名詞（如'夏至、冬至、兵變、輪廻、胃下垂、肺結核、腦充血、佛跳牆'）；而以形容詞為述語的主謂式複合詞則在詞性上多屬於形容詞（如'面熟、心煩、肉麻、頭痛、嘴硬、性急、年輕'）。唯有主謂式複合名詞或形容詞轉類時纔有動詞用法（'好久沒有地震過了'、'他常頭痛'、'老兄言重了'）⓰。

從以上的討論，我們可以知道：漢語派生動詞的種類很少，'化'是唯一能孳生派生動詞的動詞後綴。另一方面，漢語複合詞的種類與數目卻相當的豐富，孳生力也非常的旺盛。漢語複合動詞，除了主謂式複合動詞是異心結構以外，其他述賓式、述補式、偏正式、並列式四種複合動詞都是同心結構。同心結構的述賓式、述補式、偏正式、並列式複合動詞，其孳生力比異心結構的主謂式複合動詞為強。而在同心結構的複合動詞中，述賓式與述補式複合動詞的孳生力似又比偏正式與並列式複合動詞的孳生力為強。比較的說，述賓式複合動詞與述補式複合動詞多屬於口語詞彙，而偏正式複合動詞與並列式複合動詞則多屬於書面語詞彙。湯（1988c)的研究顯示：在兒童習得漢語動詞的過程中，無論

⓯ 如果以主謂式複合詞的述語動詞或形容詞為中心語，那麼大多數以形容詞為述語的主謂式複合詞都在詞性上屬於形容詞，勉強可以說是同心結構。但是大多數以動詞為述語的主謂式複合詞都在詞性上屬於名詞，所以仍然是異心結構。

⓰ 「重疊」在漢語動詞中僅有表意（即表「嘗試貌」或「短暫貌」）作用，卻沒有造詞功能。

就動詞的使用頻率或兒童杜撰的動詞總數而言，述賓式與述補式複合動詞都比偏正式與並列式複合動詞爲高。湯（1988d）的研究又顯示：現代漢語的新造動詞大多數都屬於述賓式複合動詞，偏正式與述補式複合動詞次之，並列式複合動詞的數目最少。又在上面的觀察與分析中，自由語與黏着語都出現於複合動詞中，而詞幹語素的自由與否並不影響複合動詞的形成。無論是由自由語與自由語合成的偏正式動詞（如'冷笑、偷笑、大笑'），或是由黏着語與自由語合成的偏正式動詞（如'微笑、竊笑、狂笑、奸笑、獰笑'），抑或是由黏着語與自由語合成的並列式動詞（如'嘲笑、譏笑、訕笑'）都是漢語的複合動詞，都在內部的句法結構上屬於'〔A/V〕v'的偏正式或'〔V∩V〕v'的並列式⑰；而在外部的句法功能上偏正式的'冷笑、偷笑、大笑、微笑、竊笑、狂笑、奸笑、獰笑'都屬於不及物動詞（不能帶上直接賓語），並列式的'嘲笑、譏笑、訕笑'都屬於及物動詞（可以帶上直接賓語）。可見，就漢語的複合詞而言，組成語素的自由抑或黏着並不重要，都可以用同樣的詞法結構來分析，也都可以適用同樣的詞法規律⑱。

---

⑰ 湯（1988d）以'〔α…β〕'來表示漢語複合詞內部語素的詞性與句法結構，而以'〔…〕r'來表示其外部句法功能：例如'〔α|β〕'表示「述賓式」，'〔α＼β〕'表示「述補式」，'〔α/β〕'表示「偏正式」，'〔α∩β〕'表示並列式，而'〔αα〕'則表示重疊式。

⑱ 既然在漢語詞法裏自由語與黏着語的區別並不重要，那麼我們也可以進一步條理化而放棄派生詞與複合詞的區別，把所有的漢語派生詞都歸屬於偏正式複合詞。如此，所謂「派生詞綴」（derivational affix）與「複合詞幹」（compounded stem）的區別只是前者的詞性功能較強，語意內涵較淡，而較少發生「轉類」（conversion）的現象而已。

三、英語的複合動詞

英語的詞語與漢語的詞語不同，自由語與黏着語的畫分相當清楚，詞幹與詞綴的辨認十分容易，派生詞與複合詞的區別也就非常的明顯。附加於名詞詞幹後面而形成使動及物動詞（causative transitive verb）的動詞後綴有'-fy'（如'beautify, codify, fortify'）、'-ize'（如'hospitalize, symbolize, terrorize'）與'-en'（如'lengthen, strengthen'）；附加於名詞詞幹前面而形成及物動詞的動詞前綴有'en/em-'（如'endanger, enslave, entitle, embody, empower, embalm'）⑲。動詞後綴'-ify'與'-ize'也可以附加於形容詞詞幹的後面而形成使動及物動詞（如'simplify, amplify, diversify; modernize, industrialize, publicize'），動詞後綴'-en'可以附加於形容詞詞幹的後面而形成使動及物（如'widen, quicken, sadden'）或起始不及物（inchoative intransitive verb）（如'ripen, deepen, dampen'）動詞，而動詞前綴'en-'則可以附加於形容詞詞幹的前面而形成使動及物動詞（如'enrich, enlarge'）⑳。除了這些純粹表示詞性的前綴與後綴以外，英語裏還有各種具有明顯的表意作用的前綴㉑，包括：

(1)「否定前綴」（negative prefix）'dis-'（如'dislike,

---

⑲ 也有'enlighten'等同時加前綴與後綴的例詞。

⑳ 另外在少數的例詞裏動詞前綴'be-'也可以附加在名詞（如'bewitch'）、形容詞（如'becalm'）或動詞（如'bedazzle, bemoan, bemock'）前面形成及物動詞。

㉑ 參 Quirk et al. (1972:982ff)。

disobey, disfavor')；(2)「反轉前綴」(reversative prefix)'un-'(如'undo, untie, unzip')、'de-'(如'decode, defrost, desegregate')與'dis-'(如'disown, disconnect, disinfect')；(3)「貶抑前綴」(pejorative prefix)'mis-'(如'mislead, misconduct, miscalculate')、'mal-')如'maltreat, maladjust, malfunction'); (4)「程度前綴」(prefixes of degree)'out-'(如'outgrow, outlive, outweigh')、'over-'(如'overdo, overeat, oversimplify')、'under-'(如'undercook, underfeed, undercharge');(5)「情狀前綴」(prefixes of attitude)'co-'(如'cooperate, coocсur, coexist')、'counter-'(如'counteract, counterattack, counterclaim')、're-'(如'resell, rebuild, retrain')；(6)「處所前綴」(locative prefix)'sub-'(如'sublet, subdivide, subcontract')、'inter-'(如'interact, interweave, intermarry')、'trans-'(如'transplant, transship, transmigrate')；(7)「時間前綴」(temporal prefix)'fore-'(如'foretell, forewarn, foreshadow')等。可見英語裏前綴與後綴的數目與種類都相當豐富，派生詞的孳生力也相當旺盛。

與派生動語相比之下，英語的複合動詞則異常的貧乏，幾乎找不到眞正屬於複合動詞的例詞。英語裏'sightsee, brainwash, fire-watch, house-hunt, housekeep, lip-read, globe-trot, air-condition, browbeat'等賓述式複合動詞，事實上是分別由'sight-seeing, brain-washing, fire-watching, house-hunting, house-keeping, lip-reading,globe-trotter,air-conditioning, browbeaten')等賓述式複合名詞或形容詞經過「反造」(back formation)而得

來的。'baby-sit, bottle-feed, chain-smoke, day-dream, sleep-walk, spring-clean, whip-lash, window-shop, stage-manage, mass-produce, hand-carry, housebreak'等偏正式複合動詞也是分別由'baby-sitting, bottle-feeding, chain-smoker, day-dream(er), sleep-walker, spring-cleaning, whip-lashing, window-shopping, stage-manager, mass-production, handcarried, housebroken'等偏正式複合名詞或形容詞經過反造而得來的。其中'sightsee'與'baby-sit'等以不規則動詞為中心語的複合動詞，其動詞地位似乎仍不甚穩定，因此無論是說話或寫文章的時候都盡量避免使用過去式與過去分詞(如'sightsaw, have sightseen, babysat, have babysat')㉒，而且這些由反造得來的複合動詞都只允許由名詞與動詞合成的「賓述式」([N|V]v)與「偏正式」([N/V]v)，其他的主要詞類(如形容詞、介詞、副詞等)或結構布局(如述賓式、述補式、並列式、主謂式等)都沒有出現。雖然我們找到了一些由形容詞與動詞或名詞合成的偏正式複合動詞如'whitewash, sharpshoot, bad-mouth, dry-clean, new-model'等，但這些複合動詞似乎也是分別由偏正式複合名詞或形容詞'white-washer, sharpshooter, bad mouth, dry-cleaned, new-modeled'經過反造而得來的，其孳生力並不高。其他如'ill-smelling, high-sounding, easy-going, soft-spoken, well-educated, selfmade'等複合詞都以現在分詞或過去分詞式動詞為中心語當形容詞用，並沒有'*ill-smell, high-sound, easy-go, soft-speak, well-educate,

㉒ 參 Quirk et al. (1972:1029)。

selfmake'這樣的動詞。其他如在'withdraw, withhold, withstand'等例詞裏出現的'with'都做'往後'(back)或'離開'(away)解，似乎與前面介紹的「程度前綴」'out-'與'under-'一樣可以分析爲表示情狀的前綴。如果我們贊成 Selkirk (1982:15) 的分析，把表示程度或情狀的前綴'out-, over-, under-, off-, up-'等當做詞幹來處理，而把'outlive, overdo, underfeed, offset, uproot, overstep'等例詞分析爲具有'〔P/V〕$_V$'這個結構佈局的偏正式或補述式複合動詞，那麼也只有表程度的'out-, over-, under-'具有較大的孳生力，'off-, up-, with- 等的孳生力都很低。

英語派生動詞的內容非常豐富而複合動詞的內容卻十分貧瘠，這個現象相當奇特。因爲同樣是複合詞，英語複詞合名詞與複合形容詞卻比複合動詞豐富得多。就兩個詞幹合成的複合詞而言，Selkirk (1982:14-15) 認爲英語複合名詞在詞性的搭配上可以有('〔N N〕$_N$'(如'sunshine, apron string')、'〔A N〕$_N$'(如'smallpox, high-school')、'〔P N〕$_N$'(如'overdose, underdog')、與'〔V N〕$_N$'(如'rattlesnake, scrubwoman')四種不同的組合，複合形容詞可以有'〔N A〕$_A$'(如'headstrong, skindeep')、〔A A〕$_A$ (如'white-hot, icy cold')、〔P A〕$_A$(如'underripe, above-mentioned')三種不同的組合，而複合動詞則只有'P V'(如'outlive, offset')一種組合。再就複合詞內部的句法結構或「論旨關係」(thematic relation)而言，複合名詞有「主謂式」(如'earthquake, landslide, sound change')、「謂主式」(如'crybaby, watchdog, drip coffee; cleaning woman, firing squad, washing machine')、「賓述式」('handshake, haircut, book review; sightseeing, housekeeping, book-reviewing; songwriter, radio-operator，language teacher)、「述賓式」(‘scarecrow, call girl, push-button; drinking-water, chewing gum’)、「偏正式」(如‘churchgoing, sunbathing, horse riding; playgoer, baby-sitter, city-dweller; homework, field-work, moon walk; day-dream; night flight; gunfight, telephone call; workbench, dance hall; plaything; hiding-place, swimming pool, adding machine; windmill, air-brake, cable car; silkworm, honey-bee, power plant; blackboard, double-talk, high chair) 等，而複合形容詞也有「賓述式」(‘breathtaking, record-breaking’)、「主謂式」(如‘mouth-watering, eye-popping’)、「偏正式」(如‘fist-fighting, airborne, handmade; everlasting, easy-going, wide-spread, well-meant; airsick, duty-free’)、「並列式」(如‘bitter-sweet deaf-mute, phonetic-syntactic’) 等。凡是漢語複合詞所能衍生的句法結構或論旨關係，幾乎都可以在英語的複合名詞或形容詞裏發現，而複合動詞裏卻找不到類似的句法結構或論旨關係。英語裏這種派生動詞豐富而複合動詞貧瘠的現象，與漢語裏派生動詞貧瘠而複合動詞卻豐富的現象形成強烈的對比。

另一方面，在不牽涉派生或複合的「詞類轉變」或「轉類」(conversion) 上，漢語與英語則頗爲相似。漢語與英語都可以從形容詞轉爲「使動及物」(causative transitive) 動詞 (如‘硬着頭皮、大着膽子、令人寒心、堅定意志；calm (down), sober up, dirty, lower, soundproof’) 與「起始不及物」(inchoative intransitive) 動詞 (如‘說得嘴乾了、膽子大起來了 、讓他高興高興；dry (up), rarrow (down), yellow, weary (of)'),，也可以從名詞轉爲動詞（如'灰了心、鐵着心；bottle (milk), floor (a motion), grease (a machine), gut (fish), peel (potatoes), brake (an automobile), elbow (one's way out), knife (someone), nurse (a patient), cash (a check), ship (the cargo), (bi)cycle (over to some place)')。但是漢語的形容詞似乎比英語的形容詞更容易轉爲動詞，而英語的名詞則似乎比漢語的名詞更容易轉爲動詞。另外漢語與英語的動詞都有從不及物到及物或從及物到不及物等改變「次類畫分」(strict subcategorization) 的情形，這裏不再一一舉例。

四、日語的複合動詞

在「詞彙結構」(morphological structure) 的「語言類型」(language typology) 上，漢語常被歸類爲「孤立性語言」(isolating language) 或「分析性語言」(analytic language)，英語常歸類爲「屈折性語言」(inflecting〔inflectional/inflected〕language)㉓，而日語則常歸類爲「膠着性語言」(agglutinating〔agglutinative〕language)。一般說來，在孤立性語言裏大多數的詞都只含一個語素，詞幹的形態大都固定不變 (invariant)，

㉓ 這幾種語言類型的畫分當然不是絕對的，例如英語的「屈折性」遠不如拉丁語、希臘語、阿拉伯語等屈折性語言的顯著，因而兼有部分「孤立性」與「膠着性」的特徵。

而詞與詞間的句法關係則主要靠詞序來表達。屈折性語言與膠着性語言都屬於「綜合性語言」(synthetic language)，大多數的詞幹都由兩個或兩個以上的語素合成。在屈折性語言裏，詞與詞間的句法關係常用「屈折變化」(inflection) 來表示，詞幹與詞綴的形態可能發生變化，因而有時候不容易分辨（如英語的'foot→feet'與'go→went'的複數與過去式語素）。在膠着性語言裏，大多數詞幹與詞綴的形態都固定不變，因而比較容易分辨。

日語動詞的形態變化包括：(i)「未然形」後綴'-(r)u'㉔（'替える，歸る，する，來る'）；(ii)「已然形」後綴'-Ta'（如'替えた，歸った，した，來た'）；(iii)「連用形」後綴'-Te'（如'替えて，歸って，して，來て'）；(iv)「命令形」後綴'-{r, y}o; -e'（如'替えろ／替えよ，歸れ，しろ／せよ，來い'）；

㉔ 日語的動詞可以分爲動詞詞幹以元音收尾的「元音動詞」（卽傳統文法所謂的「一段活用」、「二段活用」、「上一段、下一段活用」或「弱變化」動詞），動詞詞幹以輔音收尾的「輔音動詞」（卽傳統文法所謂的「四段活用」、「五段活用」或「強變化」動詞），與「不規則動詞」（卽傳統文法所謂的「變格活用」或「カ行變格」、「サ行變格」動詞）。未然形的'-(r)u'表示：元音動詞加上後綴'-ru'，輔音動詞加上後綴'-u'，而不規則動詞則可能有其他形態上的特殊變化。另外，「已然形」'-Ta'與「連用形」'-Te'裏大寫的'T'是「詞音素」(morphophoneme)，與動詞詞幹連用時會發生如下的「詞音變化」(morphophonemic change): (i) {b, m, n} -Ta→nda（如'あそぶ→あそんだ，しずむ→しずんだ，しぬ→しんだ'）；(ii) {r, w} -Ta→tta（如'ふる→ふった，かう→かった'）；(iii) k-Ta→ita（如'かく→かいた'）；(iv) g-Ta→ida（如'およぐ→およいだ'）；(v) s-Ta→sita（如'さす→さした'）。參湯 (1969:73)。

(v)「意量形」後綴'-(y)ō'(如'替えよう，歸ろう，しよう，來よう')；(vi)「可能形」中綴'-(rar)e-'(如'替えられる，歸れる，(できる)，來れる')；(vii)「被動／尊敬形」中綴'-(r)are-'(如'替えられる，歸られる，される，來られる')；(viii)「使讓形」中綴'-(s)ase-'(如'替えさせる，歸らせる，させる；來させる')等㉕。但是這些形態變化都屬於「詞形上的變化」(inflection)而非屬於「詞性上的變化」(derivation)，也就不屬於派生動詞。日語的固有詞彙裏不乏來自名詞(如'宿→宿る，股→股ぐ，綱→つなぐ，春／秋→春／秋めく，汗→汗ばむ)或形容詞(如'白→白ける，黄→黄ばむ，高→高まる，赤→赤らむ，青→青ざめる')的派生動詞。但這些都是偶現的例詞，旣無規律可循，亦無孳生力可言。

日語的派生動詞雖然頗爲貧乏，複合動詞卻異常的豐富。根據日本國立國語研究所於 1956 年就當年發行的九十種雜誌所做的用詞調查，動詞佔所有詞類的百分之十一・四㉖，而且日語固有詞彙在動詞中所佔的比率(百分之二十九)高過在名詞或形容詞中所佔的比率。另外日人森田(1978:71)就時枝誠記(1956)編例解國語辭典所做的統計，在總數四千六百二十二個動詞中單純動詞僅兩千零八十三個(45.07%)，而複合動詞則佔兩千三百九十個(51.71%)。在複合動詞中，與動詞'する'合成者共五百

㉕ 傳統的文法也有人把這些表示「可能性」、「被動／尊敬」、「使讓形」的中綴分析爲助動詞語素的。

㉖ 這個統計不包括動作名詞或外來語動詞與日語動詞'する'連用的用例。

七十三個（佔全體動詞的12.04％，複合動詞的23.97％），其他形式的複合動詞則共一千八百十七個（佔全體動詞的39.29％，複合動詞的76.03％）。可見動詞在日語詞彙中，以及複合動詞在日語動詞中所佔的重要性。

日語的複合動詞，主要可以分爲兩類。第一類是以後居的動詞詞幹爲中心語，而與前居的動詞、形容詞、名詞或擬態詞合成的複合動詞。第二類是以日語「一般動詞」(general verb)'する'（＝'做'）爲中心語，而與名詞、動詞、擬聲詞、擬態詞合成的複合動詞。這兩類日語複合動詞的結構與特徵分別討論如下。

㈠ 由動詞、形容詞、名詞或擬態詞詞幹與動詞詞幹合成的複合動詞

(1) 由動詞詞幹與動詞詞幹合成的複合動詞（〔V-(i)-V〕v）：如'寢る＋直す→寢直す，出る＋直す→出直す，振る＋出す→振り出す，降る＋出す→降り出す，思う＋出す→思い出す，腫れる＋上がる→腫れ上がる，晴れる＋上がる→晴れ上がる，浸みる＋こむ→浸みこむ，溶ける＋こむ→溶けこむ，信じる＋こむ→信じこむ，降る＋積もる→降り積もる，降る＋積む→降り積む，立ち＋入る→立入る，取る＋入れる→取り入れる，駈ける＋寄る→駈け寄る，待つ＋わびる→待ちわびる，働く＋かける→働きかける，押す→かける→押しかける，受ける＋取る→受け取る，仰ぐ＋見る→仰ぎ見る；言う＋合う→言い合う'等。這是日語複合動詞中孳生力最強的形式，前一個動詞詞幹以動詞原式 (base form, 即 V) 的形態出現，後面再加另一個動詞詞幹。如果前一個動詞是以輔音收尾，那麼要在前後兩個動詞詞幹之間加上「中介元音」(thematic vowel)'i'。常見的前居動詞有'見る、取る、言う、引く、打つ、聞く、切る、書く、押す、立つ、突く、差す、思う、する、振る、踏む、乘る、掻く、食う、飛ぶ、吹く、轉つ、讀む、呼ぶ'等，而常見的後居動詞則有'込む、付ける、付く、出す、上げる、合う、立てる、取る、切る、立つ、合わせる、上がる、返す、掛ける、掛かる、入る、出る、拔く、入れる、落とす、回る、返る、直す、張る、回す、下る、下す'等㉗。前居動詞都屬於日語裏最常用的基本動詞，而後居動詞則大多數在詞義上相當於漢語的趨向補語（如'上、下、出、進、回、起、到；來、去'）與副詞（如'再、相'），或英語的介副詞 (如'up, down, out, in, (a)round, to') 與副詞（如'again, together'）。如果把「動貌動詞」(aspectual verb；如'始める、終る、終える、續ける'等）與表示份量的動詞（如'足りる、過ぎる'等）也歸入後居動詞，那麼日語複合動詞的數目就會大爲增加。因爲幾乎所有的「動態動詞」(actional verb) 都可以與這些表示動貌或份量的動詞連用，其孳生力相當強。有些動詞可以兼當前居動詞與後居動詞用，因此會出現詞幹相同但詞序卻相反的複合動詞（如'回り步く'與'步き回る'；'拔き出す'與'出し拔く'；'取り卷く'與'卷き取る'；'取り切る'與'切り取る'；'取り除く'與'除き取る'；'傳え聞く'與'聞き傳え

㉗ 參森田 (1978) 中有關時枝 (1956) 所出現複合動詞中常用動詞詞幹的統計。

る’；‘行き過ぎる’與‘過ぎ行く’），同時含義也不相同㉘。這一類日語複合動詞譯成漢語時，依其動詞詞幹在詞義上搭配情形的不同，分別成爲「並列式」（〔V∩V〕v，如‘浸透、接納’）、「述補式」（〔V＼V〕v，如‘跑近、想起’）或「偏正式」（〔V/V〕v，如‘再睡、相爭’）複合動詞。

(2) 由形容詞詞幹與動詞詞幹合成的複合動詞（〔A－V〕v）：如‘高（い）＋鳴る→高鳴る，長（い）＋引く→長引く，近(い)＋つく→近づく，近(い)＋つける→近づける，荒(い)＋たてる→荒だてる，古(い)＋ぼける→古ぼける，多(い)＋过ぎる→多过ぎる，賢(い)＋过ぎる→賢过ぎる，遠(い)＋去かる→遠去かる，赤（い）＋走る→赤み走る，甘（い）＋たれる→甘ったれる，惡(あく）＋たれる→惡たれる’等。這一類複合動詞的孳生力遠低於上一類，但其中表示程度的動詞‘過ぎる’則幾乎可以與所有的「分等形容詞」（gradient adjective）連用（如‘甘过ぎる、暑过ぎる、美し过ぎる、寂し过ぎる、靜か过ぎる、賑ぎやか过ぎる、嚴格过ぎる’等），因而孳生力很強。一般說來，這一類複合動詞的動詞詞幹表示動作，而形容詞詞幹則描述這個動作的情狀或結果，因此譯成漢語時常變成「偏正式」（〔A/V〕v，如‘遠去’）或「述補式」（〔V＼A〕v，如‘靠近’）複合動詞。但是含有表程度的‘過ぎる’時則要譯成含有程度副詞‘太’的形容詞組（如‘太多、太硬’）。

㉘ 這一點與漢語複合動詞裏‘搖動’與‘動搖’以及‘生產’與‘產生’等情形相似。

(3) 由名詞詞幹與動詞詞幹合成的複合動詞（〔N－V〕v）：如'息＋詰まる→息詰まる，色＋付く→色付く，渦＋巻く→渦巻く，裏＋返す→裏返す，ロ＋走る→ロ走る，事＋切れる→事切れる，血＋迷う→血迷う，手＋傳う→手傳う，手＋掛ける←手掛ける，暇＋取る→暇取る，横＋切る→横切る；物＋言う→物言う，夢＋見る→夢見る，鞭＋打つ→鞭打つ，精＋出す→精出す，心＋さす→心ざす，目＋さす→目ざす，指＋さす→指さす，名＋つける→名づける，波＋うつ→波うつ，旅＋行く→旅行く，道＋行く→道行く，手＋なずける→手なずける，役＋立つ→役立つ，相手＋取る→相手取る，垢＋抜ける→垢抜ける'等。這一類複合動詞的孳生力也遠不如由動詞詞幹與動詞詞幹合成的複合動詞。在這一類複合動詞中。動詞詞幹仍然表示動作，而名詞詞幹則表示這個動作的主體（如'息（が）詰まる、ロ（が）走る、血（が）迷う、垢（が）抜ける'）、客體（如'手（を）掛ける、裏（を）返す'）、結果（如'夢（を）見る、物（を）言う'、渦（を）巻く、精（を）出す'）、工具（如'鞭（で）打つ、指（で）さす'）、方位（如'道（を）行く、横（を）切る'）、對象（如'相手（に）取る，役（に）立つ'）等，可見在動詞詞幹與名詞詞幹之間存在著一定的句法關係與「論旨關係」(thematic relation)。這一類複合動詞譯成漢語時常變成「述賓式」(〔V|N〕v，如'窒息、走路、請假'）或「偏正式」(〔N/V〕v，如'夢見、鞭打、指向'）複合動詞。

(4) 由擬態詞與動詞詞幹合成的複合動詞（〔X－V〕v）：如'こせこせ＋つく→こせつく，ぶらぶら＋つく→ぶらつく，べとべと→べとつく，ブラリ（と）＋下る→ブラ下る’等。日語的固有詞彙中有不少以語音來表示情狀的「擬態詞」（如以‘こせこせ’來表示‘小裏小氣’，以‘ぶらぶら’來表示‘溜躂溜躂’，以‘べとべと’來表示‘黏糊糊’，而以‘ブラリ’表示‘耷拉（下來）’）。但是只有極少數的擬態詞例外的可以與動詞詞幹連用而合成複合動詞，而且譯成漢語時擬聲詞部分時常變成情狀副詞。

㈡由動詞、名詞或擬態詞詞幹與動詞‘する’合成的複合動詞

除了上述日語固有複合動詞的造詞方式以外，日語還有一種吸收外來語動詞爲複合動詞的造詞方式。這個方式就是把外來語（包括漢語與其他外國語言）的動詞後面加上日語固有動詞中詞義內涵最虛靈的「一般動詞」‘する’（相當於英語的‘do’或漢語的‘做，加以’）形成複合動詞。這一類複合動詞因其內容的不同又可以分爲三個小類。

(1) 由單音節漢語動詞與日語動詞‘する’（或其變體‘ずる／じる’）合成的複合動詞：如‘愛する、課する、死する、利する、秘する；會する、劃する、抗ずる、遇する、偏する、損する；決する、熱する、發する；信ずる／じる、通ずる／じる、生ずる／じる、準ずる／じる、案ずる／じる’等。這一類複合動詞常出現於較正式的書面語裏，在更文言的說話裏‘ずる’常被‘す’取代。

(2) 由多音節漢語動詞、動作名詞或其他外來語動詞詞幹與日語動詞‘する’合成的複合動詞：‘研究する、紀念する、歸化する、孵化する；維持する、許可する；學問する、相談する、痛感する、落膽する、證明する、失敗する；白熱化する、輾轉反側する；キッス（＜kiss）する，ダンス（＜dance）する、オミット（＜omit）する、バック（＜back）する、ゴールイン（＜goal in）する’等。雙音節漢音動詞包括「述賓式」（如‘落膽する、失意する、告別する、赴任する’）、「偏正式」（如‘痛感する、抗議する、預防する、上訴する、左傾する’）、「述補式」（如‘證明する、擴大する、縮小する、改良する’）、「並列式」（如‘失敗する、扣除する、排斥する、妨碍する’）等複合動詞，而且常在漢語動詞與日語動詞‘する’之間加上表示「賓位」（object-marker）的日語「後置詞」（postposition）㉙，可見這裏的漢語動詞已經名物化變成「動作名詞」（activity noun）。因此，在漢語裏不能直接當動詞使用的‘學問’，或由兩個動詞並列而成的‘輾轉反側’也可以出現於這類複合動詞。不過出現於這類複合動詞的漢語動詞多屬於文言或書面語詞彙，漢語口語或白話動詞多不能與動詞‘する’連用。外來語的動詞也不限於單純動詞（如‘ストライキ（＜strike）する、チエック（＜check）する’），也可以是「雙字動詞」（two-word verb）（如‘ストライキアウト（＜strike out）する、チエックイン（＜check in）する、ゴールイン（＜goal in）する），甚至有幾個英語動詞把後半部「切除」（clip）以後變成日語的單純動詞（如‘サボ（＜sabo(tage)す）る、デモ（＜demo(nstrate）す）る、ハモ（＜

㉙ 至於漢語「主謂式」複合動詞則除了‘便秘（する）’以外不能直接與日語‘する’合用，另外有少數含有形容詞謂語的主謂式複合動詞在加上表示「主位」（subject-marker）的後置詞‘が’後可以與動詞‘する’連用（如‘頭痛がする、耳鳴（訓讀）がする）。

harmo(nize)す)る')。另外，有些日語固有名詞（如'心する、涙する、汗する、値する'）與動作名詞（如'旅する、戀する、世話（訓讀）する、案內（音讀）する㉚、奉公（音讀）する、おんぶする、だっこする'）也可以與'する'合成複合動詞。

(3) 由日語擬態詞詞幹與動詞'する'合成的複合動詞：如'ぴいぴいする、ぴんぴんする、よろよろする、ぴかぴかする、ちかちかする、ふんわりする、ぼんやりする。'ぴいぴい'(＝緊緊巴巴)、'ぴんぴん'（＝活蹦活蹦)、'よろよろ'（＝踉踉蹌蹌)、'ぴかぴか'（＝閃閃亮亮)、'ちかちか'（＝閃閃爍爍)、'ふんわり'（＝輕輕軟軟)、'ぼんやり'（＝呆楞楞）等都是表示情狀的擬態詞，一與日語動詞'する'連用就帶上動作意味（如'ぴいぴいする'（＝(生活）難以餬口)、'ぴかぴかする'（＝閃閃發亮)、'ぼんやりする'（＝發呆)。

五、漢、英、日三種語言複合動詞的對比分析

以上扼要的介紹漢、英、日三種語言裏複合動詞的造詞方式、內部結構與孳生能力等。漢、英、日這三種語言無論是在語言起源與語族歸類上，或是在詞彙結構與詞序類型的畫分上，都屬於三種截然不同的語言。依照傳統或一般的說法，漢語是「漢藏語系」(Sino-Tibetan family) 的一支，在詞彙結構類型上屬於孤立性語言，而在詞序類型上則屬於「動賓語言」(VO language)

㉚ 臺灣閩南語方言的'案內'則來自這個日語動作名詞。

，亦兼具「賓動語言」(OV language) 的部分特徵[31]。英語是「印歐語系」(Indo-European family) 的一支，在詞彙結構類型上兼具孤立性、膠著性與屈折性三種語言的特徵，而在詞序類型上則屬於「動賓語言」。日語的起源似乎至今尙未分明，不過有些人認爲是「阿爾泰語系」(Altaic family) 的一支，在詞彙結構類型上屬於膠著性語言，而在詞序類型上則屬於最典型的「賓動語言」。這三種語言在複合動詞所呈現的異同比較如下。

㈠漢語：有關漢語複合動詞的特徵與限制如下。

(1) 自由語與黏著語的界限有時候並不十分明顯，複合動詞可以由自由語與自由語合成，也可以由自由語與黏著語，或黏著語與黏著語合成。

(2) 派生動詞頗爲貧乏，唯一可稱爲動詞詞綴的僅有在外來詞影響下產生的'化'，漢語固有詞彙的動詞前綴'打'與後綴'兒'並無多大孳生力。

(3) 複合動詞的內容相當豐富，其孳生力也頗爲旺盛。複合動詞依詞彙內部的句法結構可以分爲「述賓式」、「述補式」、「並列式」、「偏正式」、「主謂式」五種。其中，「述賓式」與「述補式」複合動詞在現代漢語詞彙中的孳生力最強，「並列式」與「偏正式」複合動詞在文言或書面語詞彙中的孳生力次之，「主謂式」複合動詞的孳生力最弱。

(4) 「主要詞類」(major syntactic category) 的動詞、名

---

[31] 參湯 (1988a:449-537) "關於漢語的詞序類型"。

詞與形容詞都出現於複合動詞，唯有介詞不出現㉜。另外在書面語偏正式複合動詞中出現一些屬於「次要詞類」(minor syntactic category) 的副詞（如'再會、相容、突擊'）與數詞（如'四分、五裂'）等。其他次要詞類，如連詞、限定詞、量詞等，都不在複合動詞中出現。

(5) 複合動詞內部的句法結構與句子的句法結構在詞類的相互搭配或詞序上極為相似，即複合動詞的「主謂式」、「述賓式」、「述補式」、「偏正式」、「並列式」分別與句子的「主謂結構」、「述賓結構」、「述補結構」、「偏正結構」、「並列結構」相對。更精確的說，複合動詞從句子所能呈現的句法結構中選擇「無標」(unmarked) 的結構做為其內部結構。因此，「主題句」、「把字句」、「被字句」、「引介句」、「雙賓句」、「賓語提前句」、「間接賓語提前」、「倒裝句」等「有標」(marked) 的句法結構都沒有出現於複合動詞的內部結構。

(6) 複合動詞中述語動詞詞幹與主語或賓語名詞之間的「論旨關係」也與句子中述語動詞與主語與賓語名詞組之間的論旨關係完全相同。例如，複合動詞中主謂式主語名詞詞幹與述賓式賓語名詞詞幹的「論旨角色」(thematic role) 包括：「客體」(theme) 或「受事」(patient)（如'地震、頭痛、開箱、退票、接客'）、「結果」(result)（如'繪畫、吟詩、點火'）、「處所」(location)（如'走路、住校、留級'）、「起點」(source)（如'下

㉜ 在'把關、被害、比價、到任、替換'等複合動詞裏出現的'把、被、比、到、替'都是動詞用法，不是介詞用法。

臺、跳樓、出家')、「終點」(goal)(如'上馬、跳海、進屋')、「工具」(instrument)(如'開刀、跳傘、拚命')等;偏正式複合詞中修飾語名詞詞幹的論旨角色也與修飾句子或謂語的狀語一樣,包括「處所」(如'路祭')、「起點」(如'空襲')、「工具」(如'規定、聲請')等。

(7)「述賓式」與「述補式」複合動詞是「中心語在左端」(left-headed)的同心結構,「偏正式」複合動詞是「中心語在右端」(right-headed)的同心結構,「主謂式」與「並列式」複合動詞可以說分別是「無中心語」(headless)的異心結構與「中心語在雙端」(double-headed)的同心結構。這是由於複合動詞以動詞為中心語,而賓語與補語都出現於動詞後面,主語與狀語則出現於動詞前面的緣故。

(8)除了少數主謂式複合動詞(如'地震、便秘')是異心結構以外,其他述賓式、述補式、偏正式、並列式複合動詞都是同心結構,並且可以允許從複合動詞「轉類」為複合名詞或形容詞的情形。同心結構的孳生力都比異心結構強。與動詞後綴'化'合成的派生動詞也可以視為以動詞後綴'化'為主要語的同心(偏正)結構。

(9)除了與動詞後綴'化'合成的派生動詞可以形成三音節而含有三個詞幹(或兩個詞幹與一個詞綴)以外,所有的複合動詞都只含有兩個音節並形成雙音詞。複合名詞可以再與其他單純詞或複合詞形成更為複雜的複合名詞㉝,;而複合動詞則不能再與

㉝ 複合名詞在理論上可以無限制的複合而衍生更複雜的複合名詞。

其他的詞語結合來形成更複雜的複合動詞。複合動詞甚至無法與動詞詞綴'化'合成派生動詞。因此，'經濟軟體化'不能分析爲'〔〔〔經濟〕$_{N/}$〔軟體$_{N}$〕$_{N/}$〕化$_{V}$〕$_{V}$'而只能分析爲'〔〔經濟〕$_{N/}$〔〔軟體〕$_{N/}$化$_{V}$〕$_{V>N}$〕$_{N}$'，在語意上等於'經濟的軟體化'。

(10)漢語允許形容詞與名詞詞幹轉類爲動詞詞幹，也允許單純或複合形容詞與單純或複合名詞轉類爲動詞，並且不發生任何詞形上的變化。一般說來，形容詞最容易轉類爲「使動及物動詞」（如'小心、豐富生活內容'）或「起始不及物」（如'頭痛、身體虛胖起來'），名詞轉類爲動詞的情形（如'灰心、犧牲自己'）較少。

(11)現代漢語新造動詞的時候很少造單純動詞或單音動詞，多半爲雙音複合動詞。現代漢語的外來動詞也少有譯音動詞，多屬譯義動詞。無論是自造或外來的漢語動詞都完全遵守漢語的詞法規律或限制。

(二)英語：有關英語複合動詞的特徵與限制如下：

(1) 自由語與黏著語的界限十分明顯，派生動詞原則上由自由語詞幹與黏著語詞綴合成[34]，而複合動詞則由自由語詞幹與自由語詞幹合成。

(2) 派生動詞頗爲豐富，有'-ize, -ify, -en'等動詞後綴與'en-，be-'等動詞前綴，從名詞與形容詞中派生動詞。另有「否定前綴」、「反轉前綴」、「貶抑前綴」、「程度前綴」、「情狀前綴」

[34] 但也有'a-nounce, de-nounce, pro-nounce'等黏著語詞幹與黏著語詞綴合成的例詞。

、「處所前綴」、「時間前綴」等，從動詞中派生動詞。

(3) 複合動詞的內容異常貧乏，除了由「介副詞」(adverbial particle) 與動詞合成的'outgrow, overeat, offset, uproot'等勉強可以視爲複合動詞以外，其他由名詞與動詞合成（如'sightsee, brainwash, house-keep; baby-sit, sleep-walk, hand-carry'），或由形容詞與動詞或名詞合成（如'whitewash, sharpshoot; dry-clean, bad-mouth'）的複合動詞，都是複合名詞或形容詞經「反造」而成的。

(4) 主要詞類中僅有介(副)詞與動詞出現於複合動詞，而名詞與形容詞，只能出現於複合名詞所反造出來的複合動詞中。次要詞類，如副詞、連詞、限定詞以及助動詞等，一概不出現。

(5) 複合動詞內部的句法結構與句子的句法結構在詞類的相互搭配或詞序上迥然不同。不僅是「補述式」複合動詞（如'off-set, uproot'）的詞序與句子的「述補結構」（如'set off, root up'）的詞序相反，就是由複合名詞反造得來的「賓述式」複合動詞（如'sightsee, brainwash, housekeep'）、「偏正式」複合動詞（如'baby-sit, sleep-walk, hand-carry'）與「補述式」複合動詞（如'dry-clean'）的詞序也分別與句子「述賓結構」（如'sit for a baby, walk in one's sleep, carry with a hand'）與「述補結構」（如'wash something white, clean something dry'）的詞序相反。又英語的「偏正式」複合動詞（如'sharpshoot, bad-mouth'）都以形容詞而非以副詞爲修飾語，就是因爲這些複合動詞本來是由形容詞與名詞合成的複合名詞反造出來的緣故。

(6) 複合動詞中動詞語素與名詞語素之間的論旨關係與句子中動詞與名詞組之間的論旨關係基本上相同，包括「客體／受事」(如‘*sight*see, *brain*wash, *lip*-read, *fire*-watch)、「受惠者」(如‘*baby*-sit’)、「工具／手段」(如‘*bottle*-feed, *hand*-carry, *whip*-lash’)、「時間」(如‘*spring*-clean, *day*-dream, *sleep* walk’)、「處所」(如‘*globe*-trot, *window*-shop，*house*break’)、「情狀」(如‘*mass*-produce, *chain*-smoke’) 等。

(7) 複合動詞 (包括由介副詞與動詞合成的複合動詞與由複合名詞反造合成的複合動詞) 都屬於「中心語在右端」的同心結構。事實上，英語所有的複合詞與派生詞都是「中心語在右端的同心結構」㉟。

(8) 英語的複合詞 (不分複合動詞、名詞或形容詞) 都是中心語在右端的同心結構，因此動詞詞幹必須出現於右端，而其他詞類的詞幹則必須出現於左端，因此在內部結構上出現「賓述式」、「補述式」、「偏正式」等與句子的句法結構相反的詞序。又英語的複合詞不可能有主謂式，因爲主謂式是沒有中心語的異心結構，而英語的複合詞必須是中心語在右端的同心結構。

(9) 複合動詞的詞幹不受音節數目的限制，但是只能由兩個詞幹合成。複合動詞與複合名詞不同，不能再與其他單純詞幹或複合詞幹合成更複雜的複合動詞。

(10)英語允許名詞與形容詞轉類爲動詞，且可以在詞形上不發生變化 (卽所謂的「零構形」(zero-affixation)。英語也允許

㉟ 參 Selkirk (1982:13) 與 Lieber (1983)。

名詞與形容詞詞幹轉類爲動詞詞幹，但常發生詞形上的變化（如‘sightseeing→sightsee, baby-sitter→baby-sit, dry-cleaned→dry-clean, new-modeled→new-model’）㊱。

(11)英語新造動詞的時候多用轉類與派生詞，並且可以利用拉丁語與希臘語的詞根製造所謂的「新古典詞」(neo-classical formation)（如‘television, televise’)，也可以從現有的名詞中以反造的方式衍生動詞（如‘escalation→escalate’)。除了‘out-’與‘over-’等孳生力較強的介副詞詞幹以外，很少以複合的方式直接新造動詞。至於外來語動詞，則兼採「轉借」(borrowing)（如‘blitz(krieg)’）與「譯音」(tranliteration)（如‘ko(w)tow<叩頭’)，但是例子並不多㊲。

(三)日語：有關日語的複合動詞的特徵與限制如下。

(1) 日語固有詞彙裏自由語與黏著語的分別相當清楚，因而派生動詞與複合動詞的區別也十分明顯，不過日語詞彙中來自漢語的外來語詞彙則有時候仍然不易辨認。

(2) 日語固有詞彙中雖然含有一些由名詞或形容詞派生出來的動詞，但現已失去其孳生力。動詞詞形上的變化多屬於屈折變化而非詞性變化。

㊱ 但是也有‘bad mouth→bad-mouth’的用例。

㊲ 英語外來詞彙裏的「譯義詞」(loan translation; calque) 以名詞居多（如‘Neogrammarian<Junggrammatiker, Superman<Übermensch, power politics<Machtpolitik)，而譯義動詞則似乎不多。這可能表示，外來語(譯義)動詞一般都比外來語(譯義)名詞少，但也可能反映英語國家所顯示的強勢文化。

(3) 複合動詞的內容相當豐富，其孳生力也頗爲旺盛。主要的複合形式包括由「動詞與動詞」、「形容詞與動詞」、「名詞與動詞」、「擬態詞與動詞」以及「(動作)名詞與'する'」與「擬態詞與'する'」合成的複合動詞等。在由名詞詞幹與動詞詞幹合成的複合動詞中，名詞詞幹可能是動詞詞幹的主語、賓語、狀語等，因而形成「主謂式」、「賓述式」與「偏正式」等幾種句法結構。在由動作名詞與動詞'する'合成的複合動詞中，動作名詞來自動詞的名物化，也與後面的動詞'する'形成「賓述式」。

(4) 除了主要詞類的動詞、名詞與形容詞出現於複合動詞以外，次要詞類裏屬於情狀副詞的「擬態詞」也會出現。又與漢語一樣，介詞（即後置詞）與連詞都不在複合動詞中出現。其他次要詞類，如副詞、限定詞、數詞㊳等，也不能形成複合動詞的詞幹。

(5) 複合動詞內部的句法結構與句子的句法結構在詞類的搭配與詞序上完全一致。由於日語是典型的「賓動語言」，所以無論是在句子裏或是在複合詞裏，動詞都出現於主語、賓語、狀語等的後面。唯一不同的兩點是：(i) 在句子裏形容詞必須改爲連用形（即'A-ku'，如'高く'）或其他形式（如'高高と'）纔可以與動詞連用，而在複合動詞中形容詞詞幹則以其原式（即'A'，如'高(鳴る)'）與動詞複合；(ii) 名詞(組)在句子裏充當主語、賓語、補語、狀語時，常要加上表示「主位」(が)、「賓位」(を)

㊳ 當然數詞可以出現於複合名詞中成爲複合動詞的詞幹，如'一息（訓讀）する、(萬歲を) 三唱（音讀）する'。

、「時間」（に）、「處所」（で，に）、「工具」（で）、「起點」（から）、「終點」（へ，に）等的後置詞，而在複合動詞中名詞詞幹則不能加上這些後置詞。

(6) 複合動詞中述語動詞詞幹與主語或賓語名詞詞幹之間的論旨關係也與句子中述語動詞與名詞組之間的論旨關係，基本上相同。名詞詞幹所扮演的「論旨角色」（θ-role）包括「客體／受事」（如'息詰まる、血迷う、裏返す'）、「結果」（如'夢見る、物言う、精出す'）、「工具」（如'鞭うつ、指さす'）、「處所」（如'道行く'）等。不過，與由名詞詞幹與動詞詞幹合成的漢語偏正式一樣，這一種複合形式的孳生力較低，因而可能出現的名詞詞幹與可能扮演的論旨角色都較受限制。

(7) 日語的複合動詞都以動詞爲中心語，而且都是中心語在右端的同心結構。動詞出現於複合動詞右端是受了「賓動語言」（亦即「動詞在尾」）的限制。

(8) 從表面上看來，日語的複合動詞只包含「主謂式」、「賓述式」與「偏正式」，沒有呈現「述補式」或「補述式」。但是事實上，在由動詞與動詞合成的複合動詞中，前後兩個動詞之間存在著各種不同的語意關係㊴。

(i)「並列關係」：前後兩個動詞詞幹幾乎對等的並列㊵，如'書き捨てる、聞きおく、切り落とす、捨ておく、取り押さえる'等。這一類複合動詞常可以把前一個動詞改爲「連用形」而變

㊴ 參森田（1978）。

㊵ 由於前一個動詞以「原式」而後一個動詞則以「終止形」合成，所以感覺上後一個動詞可能較爲重要。

成'V_1てV_2'的形式，如'書いて捨てる、聞いておく、切って落とす、捨てておく、取って押さえる'等。

(ii)「序列關係」: 前一個動作發生之後，後一個動作纔發生，如'追いすがる、寄りすがる'。這一類複合動詞常可以改爲'V_1て…にV_2'的形式，如'追って…にすがる、寄って…にすがる、燃えて…に移る'，但是例詞並不多。

(iii)「因果關係」: 前一個動詞表示手段或方法，後一個動作則表示結果，如'押しあける、言い廣める、踏み固める、掃き清める、毆り殺す、寄り集まる、言い當てる、食い荒らす、降り積もる、泣き濡れる、着ぶくれる、走り疲れる'等。這一類複合動詞的意義與用法與漢語的述補式複合動詞（如'推開、推廣、掃除、毆殺；說中、走疲'）極爲相似。

(iv)「述補關係」: 後一個動作表示前一個動作的結果，如'見飽きる、し慣れる、讀け耽ける、書き誤る、賣り急ぐ、賣れ殘る'等。這一類複合動詞也在意義與用法上，與漢語的述補式複合動詞（如'看厭、做慣、寫錯、賣剩'）相似。

(v)「近義並列」: 前後兩個動詞在詞義上相同或相近，如'照り輝く、鳴り響く、戀い焦れる、驚き呆れる、泣き叫ぶ、咲き匂う'等。這一類複合動詞在意義與用法上與漢語的並列式複合動詞（如'鳴響、思念、驚嚇'）相似。

因此，實際上由動詞詞幹與動詞詞幹合成的詞語複合動詞中包含漢語的「述補式」(〔V＼V〕v)、「並列式」(〔V∩V〕v) 與「偏正式」(〔V/V〕v)。

(9) 日語的複合動詞也與漢語與英語的複合動詞一樣，最多只能由兩個詞幹合成㊶，而且不能再與其他單純詞或複合詞合成更複雜的複合動詞。

(10)日語不允許名詞或形容詞以「零構形」的方式轉類為動詞；也就是說，日語的名詞或形容詞必須經過形態上的變化（如日語固有詞彙裏的'赤らむ、黄ばむ、宿る、股ぐ'），或與動詞複合（如'高鳴る、遠去かる、芽生える、心指す、野球する、學問する'），纔能轉為動詞。這個日語動詞的特徵可以說明為什麼日語複合動詞，特別是與「一般動詞」'する'合成的複合動詞，會有這麼旺盛的孳生能力。

(11)日語的新造動詞兼用各種複合動詞的造詞形式，但外來語動詞則一律採用'譯音＋する'（如'キッス（<kiss）する、ダンス（<dance）する、ゴールイン（<goal in）する、研究する、熟慮する、輾轉反側する、臥薪嚐膽する'）的結合方式。許多漢語動詞早就以這種結合方式出現於日語，甚至有些外來語動詞（如英語的'サボタージ（<sabo(tage)）する'與'デモンストレーション（<demonstration)）する'更進一步變成'さぼる'與'でもる'，而與一般日語固有詞彙的「輔音動詞」一樣可以有'さぼる、さぼった、さぼって、さぼれ、さぼろう、さぼられる、さぼらせる'等詞形變化。

㊶ 在與日語動詞'する'合成的複合動詞中，前一個動作名詞詞幹當然可以含有好幾個詞幹，如'考慮する、再考慮する、熟慮熟考する、輾轉反側する、臥薪嚐膽する'。

六、詞法與句法的相關性

以上我們就漢、英、日三種語言的複合動詞做了相當詳細的對比分析。現在我們想更進一步針對這個對比分析的結果，從詞法規律與句法規律相關性的觀點，嘗試做一番條理化的工作。我們明知道不能僅以三種語言，更不能僅靠複合動詞，就能對詞法與句法的相關性做全盤徹底的探討。但是我們認爲這也是漢語的詞法研究值得嘗試的一個方向。在未討論詞法與句法的相關性之前，我們先把有關漢、英、日三種語言複合動詞對比分析的結論扼要的加以整理，並試著從普遍語法理論的觀點對這些結論加以分析。

(一)漢語與日語沒有派生動詞（或者即使有派生動詞，其孳生能力不強，所孳生的動詞數目也不多）；但複合動詞卻相當豐富，其孳生能力也強。相形之下，英語派生動詞（包括前綴與後綴）的孳生能力卻相當強，所孳生的派生動詞也相當豐富。另一方面，複合動詞卻異常的貧乏；如果不算以「反造」的方式產生的複合動詞的話，可能只有由介（副）詞與動詞合成的複合動詞（如'overspread, offset, uproot'）㊷。另外，英語還可以用「新古典詞」的造詞方式、轉類與反造來彌補複合動詞的不足。如

㊷ 與 Selkirk (1982) 的看法不同，我們認爲在'out(live), over(eat), under (estimate)'裏出現的'out-, over-, under-'等似不應該分析爲介(副)詞，而應該分析爲表示程度的前綴（參 Quirk et al. (1972:986-987)）。除此以外，我們所能找到的複合動詞是'broad-cast'，但說不定這個動詞也與'televise'一樣由反造而產生的。

此說來，派生動詞與複合動詞的孳生能力有某一種「互補」的關係：如果是派生動詞的孳生能力強，複合動詞的孳生能力就相對的減弱；反之，如果派生動詞的孳生能力弱，複合動詞的孳生能力就要相對的增強。

(二)漢、日、(英)三種語言的複合動詞都必須包含兩個(而且只能包含)兩個詞幹。這兩個詞幹必須有一個詞幹是動詞，並且在「無標」的情形下必須以這個動詞詞幹為中心語形成「同心結構」，漢日兩種語言的複合動詞都依照這個原則合成。漢語並非典型的「動賓語言」或「動詞組的主要語在首」的語言，所以「述賓式」、「述補式」複合動詞都是「中心語在左端」或「主要語在首」的同心結構。另一方面，「偏正式」複合動詞是「中心語在右端」的同心結構。這是因為兩個詞幹之間的句法關係是修飾語與中心語的關係，所以依據「動詞節(V′)的主要語在首，而動詞組(V″)的主要語在尾」的原則[43]，中心語動詞出現於右端。「並列式」複合動詞由詞類與次類畫分均相同的兩個動詞並列而成，因此可以視為「中心語在兩端」的同心結構。至於「主謂式」複合動詞，是「無中心語」的「異心結構」，一般都因為表示現象或事態而當名詞或形容詞用。但少數主謂式複合名詞與形容詞由於轉類而當動詞用；因此，就複合動詞而言，主謂式是「有標」的結構。日語是典型的「賓動語言」或「主要語都在尾」的語言，所以日語的複合動詞無一例外的都是「中心語在尾」或

[43] 參 Huang (1982:40)。

「中心語在右端」的同心結構。英語似乎沒有「眞正」(genuine)的複合動詞㊹，而且幾乎所有的英語複合詞都是「中心語在右端」的同心結構，連反造而產生的「似而非」(apparent)的複合動詞㊺都不例外。這是由於英語的複合詞都只能以名詞或形容詞爲中心語，而不能以動詞爲中心語的緣故。英語動詞必須改爲現在分詞、過去分詞、動名詞、「主事名詞」(agent noun)等形容詞性或名詞性詞幹以後纔能成爲複合詞的中心語，而英語裏動詞組以外的主要範疇詞組（包括形容詞組與名詞組）都是「主要語在尾」的同心結構㊻。

㈢漢語與日語的複合動詞都能以動詞、名詞、形容詞這三種主要語法範疇爲詞幹。漢語「無標」的複合動詞可以有'〔V|N〕v'、'〔V＼V〕v'、'〔V＼A〕v'、'〔A／V〕v'、'〔N／V〕v'、'〔V／V〕v'、'〔V∩V〕v'等七種複合方式，而日語「無標」的複合動詞則可以有'〔V／V〕v'、'〔V＼V〕v'、'〔V∩V〕v'、'〔N|V〕v'、'〔A／V〕v'、'〔N／V〕v'六種複合方式。在漢語複合動詞所出現的七種複合方式中，在日語複合動詞中唯一缺少的是'〔V＼A〕v'。這是由於日語的複合動詞必須以動詞爲中心語，而且中心語必

㊹ 我們暫不考慮'break up, break off, let down, hold up, hold back'這一種「片語動詞」(phrasal verb)，以及由這些片語動詞轉類而產生的名詞'breakup, breakoff, letdown, holdup, holdback'。

㊺ Selkirk (1982:17) 把這種複合動詞稱爲「假複合動詞」(pseudo-compound verb)。

㊻ 名詞組裏子句修飾語可以出現於主要語名詞的後面，但子句修飾語卻無法出現於複合名詞裏。參湯 (1988e:453-514)。

須出現於右端的緣故。依據 Selkirk (1982:15)，英語複合動詞只能以動詞與介(副)詞爲詞幹，因而只允許'PV'這個組合，不允許'NV'、'AV'、'VV'等組合。Selkirk (1982:16) 僅說這些組合不存在，並未詮釋或討論英語複合詞爲什麼會有這樣的限制。我們則認爲英語裏眞正的複合動詞並不存在。Selkirk (1982:15) 所謂的「介詞」(preposition) 中出現於'offset, uproot'的'off'與'up'，無論就意義與用法而言都是「介副詞」(adverbial particle)；而出現於'outlive, overdo, underfeed'等的'out-, over-, under-'似乎應依照 Quirk et al. (1972:985-986) 分析爲表示程度的前綴。我們也贊同 Quirk et al. (1972:980) 的說法，把由介副詞與動詞合成的'upset, offset'等視爲與「片語動詞」(phrasal verb) 'set up, set off'相對應的複合動詞，並認爲在這些複合動詞裏介副詞之所以出現於動詞前面是受了「英語複合詞的中心語在右端」類推的壓力 (analogical pressure)。

㈣漢語與日語的複合動詞，其內部的句法結構與一般句子的句法結構相同；也就是說，複合動詞的句法結構不能違背句法規律。例如：(i) 只有及物動詞詞幹纔能帶上名詞詞幹成爲「述賓式」或「賓述式」複合動詞；(ii) 如果是「述賓式」或「賓述式」複合動詞，那麼除非複合動詞內部的賓語經過「名詞併入」(noun incorporation) 而複合動詞本身也經過「再分析」(reanalysis) 而變成及物動詞，否則不能再帶上句法上的賓語；(iii) 如果是不及物動詞，那麼必須先帶上「域內論元」(internal argument) 的賓語成爲「述賓式」，纔能再接上「域外論元」(external argument) 的主語成爲「主謂式」；(iv) 如果在句子裏狀語副詞出現於述語動詞的前面，那麼在「偏正式」複合動詞裏修飾語詞幹也出現於中心語詞幹的前面。這就表示：詞法規律除了就複合動詞詞幹的數目以及詞類加以規定或限制以外，其他一切都遵照句法規律或原則。兒童在習得母語的時候，也不必在句法規律或原則之外另外習得一套詞法規律或原則，因為詞法規律或原則就是句法規律或原則中「無標」的部分。[47]

㈤在漢、英、日三種語言的複合動詞中，動詞詞幹與名詞詞幹之間的「論旨關係」基本上與句子結構中動詞與名詞組之間的「論旨關係」相同。雖然在複合動詞中出現的名詞詞幹，不像在句子結構中出現的名詞組那樣常帶著介詞（包括前置詞與後置詞）來表示其「論旨角色」，但是我們仍然可以判斷或了解這些名詞詞幹的語意角色。這也就表示：有關句子的「語意解釋規律」，包括名詞組的「論旨關係」，都一律適用於複合詞。

從以上的分析與討論，我們對於衍生複合動詞的詞法規律或原則可以有下面幾點了解。

㈠詞法規律與句法規律在基本上一致或相同。如果形成句法規律是「語境自由律」(context-free rule)，那麼詞法規律也是語境自由律[48]。如果普遍語法的原則系統可以詮釋（而不必規範）在句子的詞組結構中，「主要語」(head) 出現的位置以及其「補述語」(complement) 的數目或出現的次序，那麼複合動詞也

---

[47] 參湯 (1988c)。

[48] 我們有理由相信詞法與句法規律都是語境自由律。參 Selkirk (1982)。

不必規範這類問題，而任憑各種原則系統(如「投射原則」(Projection Principle)，「θ準則」(θ-criterion)以及「格位理論」(Case Theory)中的「格位指派方向參數」(Case-directionality Parameter)、「格位濾除」(Case Filter)與「鄰接條件」(Adjacency Principle)來處理這些問題㊾。

(二)但詞法規律必須就複合動詞中所能包含的詞幹的數目以及這些詞幹所歸屬的語法範疇做一些規範。因爲有關複合詞長短的限度究竟與有關句子長短的限度不同：複合名詞的衍生必須能「循環不息」(recursive)，可以有相當冗長而複雜的複合名詞；但複合動詞則不能如此衍生。漢語與日語能以動詞、名詞、形容詞爲詞幹；英語複合詞則只能以動詞與介副詞爲詞幹㊿。英語複合名詞與複合形容詞相當豐富；而複合動詞則非常的貧乏。這些事實，如果不能從普遍語法的原則系統中獲得詮釋，或可擬設有關「參數」(parameter)，並根據個別語言的語言事實來固定這個參數的值。例如，複合詞的詞幹以含有'〔α N〕'與／或'〔β V〕'('α'與'β'代表'＋'或'－')的句法屬性爲限，以及以'〔α N〕'爲主要語的複合詞可以「循環不息」的衍生，而以'〔$-\alpha$ N〕'爲主要語的複合詞則不能如此衍生等。

(三)由於詞法規律或原則所能衍生的詞彙結構只是句法規律所能衍生的句子結構的「眞子集」(proper set)，而且是「無標」的眞子集；因此我們必須對於句子結構的「有標」與否有所了解

㊾ 參湯(1988a, b)的有關討論。

㊿ 參 Selkirk (1982) 與湯 (1988b) 的有關討論。

。湯（1988b）與（1988c）對於漢語動詞與漢語複合詞的「有標性」（markedness）做了初步的研究。但是由於普遍語法理論本身對於「有標理論」（Markedness Theory）的研究剛開始起步，我們所發現的問題似乎比答案還要多。例如，在語言習得的過程中兒童是如何分辨「有標」與「無標」的？兒童語言習得的過程似乎是由「無標」到「有標」，我們所蒐集分析的兒童語料似乎也支持這個論點。但這是否表示兒童天生就具有判斷「有標」與「無標」的能力？而這個判斷能力是否也要接觸「原初語料」（primary linguistic data）來催生（data-driven）？兒童是否擁有一種「自行發現的策略」（heuristic strategy）能夠據此判斷「有標」與「無標」；譬如，兒童是否天生就知道同心結構是無標的複合詞，而異心結構是有標的複合詞？兒童是否也知道在無標的情形下複合詞的主要語都要一律「在首」或「在尾」，而在有標的情形下纔會因中心語詞性的不同而發生中心語「在首」或「在尾」的差別？想要圓滿回答這些問題，必須往普遍語法的理論與兒童語言習得的事實這兩個方向做更進一步的研究。

七、結語：「管轄約束理論」與漢語詞法

在當代有關普遍語法的理論中，「管轄約束理論」（Government-Binding Theory）無疑是最有系統、最具影響力的理論模式。根據這一個語法理論[51]，「普遍語法」（universal grammar;

---

[51] 有關「管轄約束理論」的主要內容，參 Chomsky（1986）。有關此一理論在漢語句法的應用參湯（1988e）與湯（撰述中 a）。

UG）包含「核心」（the core）與「周邊」（the periphery）語法。核心語法由若干各自獨立卻能互相聯繫的「模組」（modules）組合而成。這些模組主要包括「規律系統」（systems of rules）與「原則系統」（subsystems of principles）。規律系統包括「詞彙」、「句法部門」與「解釋部門」。句法部門的內容非常簡單，傳統變形語法的「詞組結構規律」（phrase structure rules）已由「X標槓理論」（X-bar theory）取代，而「變形規律」（transformational rules）僅留下一條「移動 α」（Move α）的規律。這一條變形規律，既沒有「結構描述」（structural description; SD），也沒有「結構變化」（structural change; SC），更沒有附設任何「條件」，因而允許任何句子成分移動到任何位置去。如此漫無限制的變形規律，勢必會「蔓生」（overgenerate）許多不合語法的句法結構來。但是這些句法結構要一一經過原則系統的「認可」（licensing），如果無法獲得這些原則的認可就要遭「濾除」（filtering out）而被淘汰。又這些原則通常都含有若干數値未定的「參數」（parameter），任由個別語言根據其語言事實來固定參數的值。至於核心語法以外的「周邊」，目前尚未做很有系統的研究。不過一般認爲，周邊語法的「描述能力」（descriptive power）可能要比核心語法爲強，核心語法的原則系統在周邊語法的適用也可能有一部分要稍微放鬆。因此，一般說來，周邊語法所衍生的句法結構是比核心語法的句法結構更爲「有標」的結構。

個別語言的「個別語法」（particular grammar），以普遍語法的核心爲主要內容，另外可能含有一些該語言獨特的周邊。換句話說，每一個語言都必須遵守普遍語法的規律系統與原則系統；這就說明了爲什麼不同語言之間會有這麼多相似的語言特徵。另一方面，各個原則裏所包含的參數則由個別語言來選定其數值，因而這些原則在個別語言的適用情形並不完全相同。同時，這些原則的密切聯繫與互動，以及周邊語法與有標結構的存在，都會導致個別語言之間相當複雜的變化與差異；這就說明了語言與語言之間爲什麼會有不少相異的語言特徵。以下我們從「管轄約束理論」的觀點來討論普遍語法與漢語句法及詞法的關係，以及詞法在普遍語法的地位，以做爲我們的結論。

㈠我們認爲包括漢語在內的一般自然語言，其句法規律與限制在「無標」的情形下都延伸到詞法上面來。更精確的說，普遍語法的「句法表顯層次」(syntactic levels of representations)，除了「深層結構」(D-structure)、「表層結構」(S-structure)與「邏輯形式」(logical form; LF) 以外，還包括了「詞法結構」(word-structure; W-structure)。因此，普遍語法裏所有的規律系統與原則系統基本上一律適用到詞法結構來。如果句法結構與詞法結構之間，在規律與原則的適用上發生歧異的現象，那麼這些現象在「無標」的情形下應該可以從某些獨立存在的原則或其參數中獲得詮釋，或在「有標」的情形下可能屬於該語言的「周邊」部分。

㈡漢語詞法與句法的相似，或日語詞法與句法的相似，並不是自然語言裏特殊例外或「有標」的現象，而應視爲一般通常或「無標」的現象。無論是複合詞、詞組或句子的結構與形成，都牽涉到「語法範疇」(syntactic categories)、「線性次序」(linear order)、「階層組織」(hierarchical structure)、「語法關係」(grammatical relations)、「論元結構」(argument structure)、「論旨關係」(thematic relation) 等概念，詞法規律與句法規律在形式要件與內涵限制上呈現「相似性」或「一致性」，絕非巧合。這樣的推論，不但是「零假設」(the null hypothesis) 的自然結果，而且也更能說明兒童的語言習得，更有助於回答「柏拉圖的問題」(Plato's problem)：為什麼孩童在殘缺不全的原初語料下仍然迅速有效的學會母語？答案是：孩童只需要學習一套語法，不需要學習兩套語法，而句法與詞法之間的可能差異則來自不同的參數值。

㈢以漢語為例，「投射原則」(Projection Principle) 要求述語動詞或形容詞的「詞彙屬性」(lexical properties；如論元結構或論旨關係等) 都要投射到每一個句法表顯層次上面來。根據我們的看法，語言的句法表顯層次包括詞法結構，所以與各個動詞有關的論元結構或論旨關係的屬性都一律要投射到詞法結構來。從投射原則在詞法結構的適用，我們可以預測：(a) 只有及物動詞語素能帶上賓語而成為「述賓式」複合詞，(b) 不及物動詞不能帶上賓語，但能帶上主語而成為「主謂式」複合詞；及物與不及物動詞都能帶上狀語而成為「偏正式」複合詞，而其中 (c) 只有以及物動詞語素為主要語的複合動詞能帶上賓語，(d) 以不及物動詞語素為主要語的複合動詞不能帶上賓語；(e) 及物動詞語素必須先帶上賓語以滿足域內論元後，纔能接上域外論元的主語而成爲「主謂式」複合詞[52]；(f)「並列式」複合詞的構成語素必須詞性與次類畫分相同；(g)「述補式」複合動詞中以及物動詞爲主要語素者可以帶上賓語；(h) 以不及物動詞爲主要語素者不能帶上賓語；(i) 已含有賓語語素的「述賓式」複合動詞原則上不能帶上賓語，但 (j) 經過「名詞併入」而「再分析」爲不及物動詞者不在此限。我們甚至可以用'X^{-1}'或'ˡX'來代表複合詞的構成語素，並把「X 標槓理論」擴展到詞法結構上面來。例如，上面有關投射原則在詞法結構適用的預測 (a) 到 (j) 可以分別表示如下：

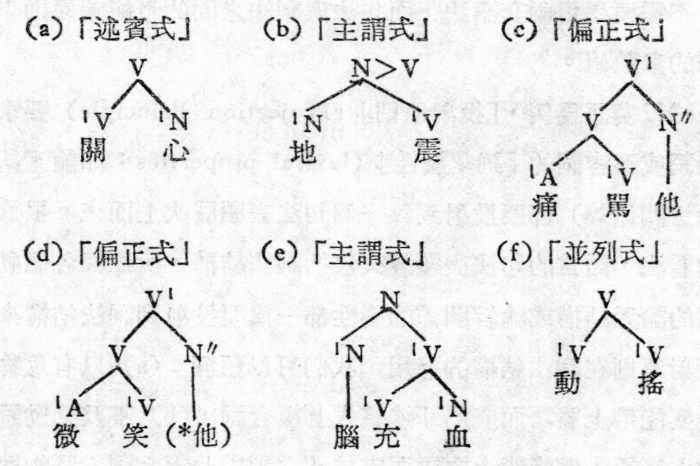

[52] 「擴展的投射原則」(Extended Projection Principle) 要求句子必須含有主語，但複合詞不是句子，所以不需要有主語。又賓語名詞的論旨角色由述語動詞來指派，而主語的論旨角色卽由述語動詞與其補語「共同指派」(compositionally assign)，所以及物動詞必須帶上賓語以後纔能指派論旨角色給主語。

(g)「述補式」　　　(h)「述補式」

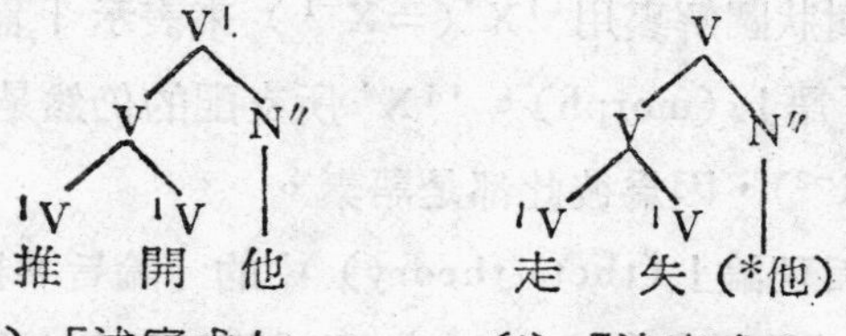
V'
V
N″
'V
'V
推
開
他
V
V
N″
'V
'V
走
失
(*他)

(i)「述賓式」　　　(j)「述賓式」

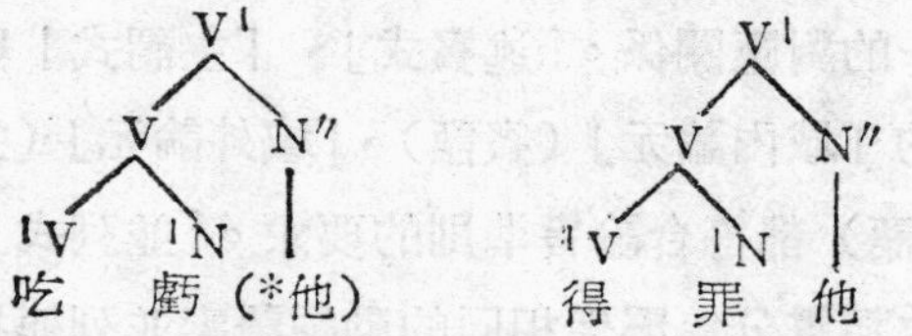
V'
V
N″
'V
'N
吃
虧
(*他)
V'
V
N″
'V
'N
得
罪
他

四從以上各種詞法結構的樹狀圖，我們可以發現漢語的句法與詞法結構在基本上都遵守同樣的「X 標槓限制」。這一種限制不僅適用於複合動詞而且也適用於複合形容詞與複合名詞。違背「X 標槓理論」的詞法結構只有 (b) 與 (e) 這兩個「主謂式」複合詞；(b) 的‘地震’是由名詞轉類成為動詞的，而 (e) 的‘腦充血’則只能當名詞用。但無論是名詞或動詞用法都違背「X 標槓理論」，因為「主謂式」應以「屈折語素」(inflection; I(NFL)) 為主要語；但「屈折語素」並不屬於「詞彙範疇」(lexical category)，所以無法出現於詞彙結構而成為獨立的詞類(53)。可見

---

(53) 如果把句子分析為主要語動詞 (V) 的投影，那麼 (b) 與 (e) 就可以有如下的結構樹：(b′)　　(e′)

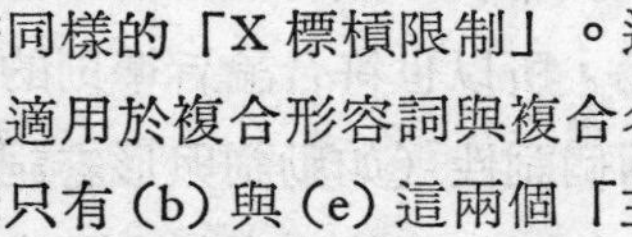
V
'N
'V
V
'N
'V
'V
'N

(b′) 與 (e′) 雖然在表面上符合「X 標槓理論」，但是其詞類屬於動詞，而不是名詞。

「主謂式」複合詞是有標的結構，在漢語與日語的例詞都不多。另外我們在樹狀圖解裏用'ˡX'(＝X^{-1}) 來表示「語素」(morpheme) 或「語」(morph)。'ˡX' 所支配的仍然是 'ˡX'，而不是'ˡˡX'(＝X^{-2})，因為彼此都是語素。

㈤「論旨理論」(theta-theory) 中的「論旨準則」(θ-criterion) 要求：「論元」(argument) 與「論旨角色」(θ-role) 之間必須是一對一的對應關係。「述賓式」、「主謂式」與「偏正式」複合動詞裏的「域內論元」(賓語)、「域外論元」(主語) 與「語意論元」(狀語) 都符合論旨準則的要求。「並列式」複合動詞由兩個詞性與次類畫分等屬性相同的動詞語素並列連接而構成一個動詞，視其及物或不及物而可以帶上賓語做域內論元或接上主語做域外論元，所以也符合論旨準則的要求。但是「述補式」複合動詞則由兩個詞性（如動詞與形容詞）與次類畫分（如及物與不及物）都可能不相同的語素組合而成，而在述語語素與補語語素之間卻不見其他論元的存在。其實，「述補式」複合動詞可以分析為以「零代詞」(zero-pronoun) 或「大代號」(PRO) 為域外論元。例如，「述補式」複合動詞'推開'、'殺死'、'吵醒'、'走失'、'走軟'等都可以分別分析為'推 N″〔PRO開〕'、'殺 N″〔PRO 死〕'、'吵 N″〔PRO 醒〕'、'走〔PRO 失〕'、'走〔PRO 軟〕'。其中，'推開'、'殺死'、'吵醒'(由及物動詞語素與不及物動詞語素合成) 的 PRO 是「限指的 PRO」(obligatory-control PRO)，而且是「受賓語控制的 PRO」(object-control PRO)。這些動詞都屬於兼有及物（或「使動」）與不及物用法的「作格動詞」(ergative verb)。'走失' 與 '走軟'（由不及物動詞語素與不及物動詞語素合成）的 PRO 是「受主語控制的 PRO」(subject-control PRO)，只有不及物動詞用法。又「述補式」複合動詞‘喊啞’與‘哭濕’由不及物動詞語素與形容詞語素合成，卻可以有及物（如‘他把喉嚨喊啞了’、‘她把手帕哭濕了’）與不及物（如‘他的喉嚨喊啞了’、‘她的手帕哭濕了’）兩種用法。這些複合動詞的論元結構可以分析為‘N_1'' 喊／哭〔N_2'' 啞／濕〕’，可以有及物用法（‘N_1'' 喊啞／哭濕 N_2''’），也可以有不及物用法（‘N_1'' 的 N_2'' 喊啞／哭濕’），在句法功能上屬於作格動詞。可見「論旨準則」不但適用於漢語句法，而且也適用於漢語詞法。

㈥「格位理論」(Case theory) 的「格位濾除」(Case Filter) 規定：凡是具有語音形態的「詞彙名詞組」(lexical NP) 都必須在表層結構裏獲得「（抽象）格位」((abstract) Case)。一般認為漢語的格位指派語包括及物動詞、及物形容詞與介詞，而名詞則不能指派格位[54]。又格位的指派要遵守相當嚴格的「鄰接條件」(Adjacency Condition)，即指派格位的「指派語」(Case-assigner) 與接受格位的「被指派語」(Case-assignee) 必須互相鄰接。Koopman (1984) 與 Travis (1984) 更認為，漢語的格位是由前面的指派語（如及物動詞、及物形容詞、介詞）往後面（如賓語）指派，而論旨角色則由後面的指派語（如動詞、形容詞、名詞）往前面（如狀語）指派。另一方面，在英語裏格位與論旨角色都由前面指派到後面，所以賓語、補語與狀語都出現於述語後面；

[54] 參湯 (1988a：495-500) 的討論。又 Chomsky (1986:193ff) 對格位理論的內容做了相當大的修正。

而在日語裏格位與論旨角色都由後面指派到前面，所以賓語、補語與狀語都出現於述語的前面。由於「格位指派語參數」(Case-assigner parameter)、「格位被指派語參數」(Case-assignee parameter)、「格位指派方向參數」(Case-assignment directionality parameter)、「論旨角色指派方向參數」(θ-assignment directionality parameter) 這幾種參數的存在，以及「鄰接條件」在適用上的嚴格與否，這幾種語言在句法結構詞序上的異同可以獲得相當妥善的詮釋。[55] 如果我們把漢語與日語的「論旨角色」與「格位」的指派以及「格位濾除」加以一般化 (generalize)，規定 'V' 與 '¹V' 都可以指派論旨角色與格位，而且域內論元的 'N″' 與 '¹N' 都要獲得格位，那麼前面所討論的漢語與日語複合詞在構成語素語序上的差異就可以獲得自然合理的解釋。漢語的格位指派方向是由前面到後面，所以賓語語素與補語語素都要出現於述語語素的後面而形成「述賓式」與「述補式」；漢語論旨角色的指派方向是由後面到前面，所以狀語與主語[56] 都出現於述語的前面而形成「

---

[55] 參湯 (1988e) 有關漢語與英語句法結構的對比分析。

[56] 我們認爲主語出現於動詞(組)的前面，可以由論旨指派方向來詮釋，而不必由格位指派方向來詮釋。漢語主語名詞組是否由「屈折語素」或「呼應語素」(agreement; AGR) 指派，學者間仍有異論。鑒於 (i) 漢語並無明顯的時制或呼應語素，(ii) 漢語裏允許以「零代詞」爲主語，(iii) 如果「主位」(nominative) 的格位指派語是時制或呼應語素，那麼不但指派方向與「賓位」(accusative) 或「斜位」(oblique) 相反，而且也違背「鄰接條件」(狀語可以出現於主語與時制或呼應語素之間) 的限制，我們對於漢語主語的格位指派採取保留的態度。參湯 (1988e, 撰述中 a)。

偏正式」與「主謂式」。另一方面，日語則無論主語、賓語、補語與狀語都出現於述語的前面而形成「主謂式」、「賓述式」、「補述式」、「狀述(偏正)式」，而不可能與漢語一樣產生「述賓式」與「述補式」。至於英語，動詞指派論旨角色與格位的功能似乎沒有一般化到詞法來。Chomsky (1986:193) 認爲：英語裏只有名詞與形容詞在深層結構（即「D結構」）指派「固有格位」(inherent Case)——「領位」(genitive) [57]，而動詞（與屈折語素）則在表層結構（即「S結構」）纔能指派「結構格位」(structural Case) ——「賓位」與「主位」。Chomsky 又認爲：只有「固有格位」與「θ 標誌」(θ-marking) 有關，而「結構格位」則與「θ 標誌」無關。他還把「格位標誌」(Case-marking) 區別爲「格位指派」(Case-assignment) 與「格位顯現」(Case-realization)：「格位指派」在D結構完成，而「格位顯現」則在S結構實現。這就表示：英語裏只有名詞與形容詞在「D結構」與「W結構」能指派論旨角色與(固有)格位，而動詞則無法在「D結構」與「W結構」指派論旨角色與格位。這就是爲什麼英語的動詞無法在複合詞裏充當主要語，而以動詞爲主要語的複合動詞都是反造複合名詞或複合形容詞而來的理由。如此，英語與漢語、日語的不同在於：英語只有名詞與形容詞可以在「D結構」與「W結構」裏指派論旨角色與固有格位，而漢語與日語則連動詞也可以在「D結構」與「W結構」指派論旨角色與固有格位。這樣的說明相當自然而合理的詮釋：(1) 爲什麼漢語的複合動詞兼

---

[57] 另外介詞也在D結構指派固有格位——「斜位」。

有「主要語在左」與「主要語在右」的兩種詞法結構，而日語的複合動詞則只有「主要語在右」的結構；(2) 爲什麼英語的複合動詞不能以動詞爲主要語；(3) 漢、日、英三種語言的複合名詞與複合形容詞都是「主要語在右」的結構[58]；以及 (4) 在複合詞裏出現的名詞語素都不帶介詞或領位標誌等明顯的格位標誌[59]。

(七)在前面漢、英、日三種語言複合動詞的討論中，我們曾經提到這三種語言的複合動詞都必須包含（而且只能包含）兩個詞幹。我們有理由相信（至少在「無標」的情形下）[60]這三種語言的複合形容詞也受同樣的限制，但是複合名詞可以包含的詞幹數目則沒有這樣的限制。我們甚至還考慮是否需要依「規範」(stipulation) 來規定不同詞性的複合詞所能包含的詞幹數目。但是如果我們採取前面提出的立場：所有句法規律原則上一律適用於詞法結構，而句法結構與詞法結構之間的任何歧異都可以由原

---

[58] 在漢語與日語裏名詞與形容詞的論旨角色指派都是從後面到前面，所以主要語必須出現於右端。在英語裏名詞與形容詞所指派的固有格位要靠「領位標誌」(genitive marker) 或介詞在S結構裏顯現（如 'the engineer's demolition *of* the building' 或 '(her) fond(ness) *for* music'）。但是在「D結構」與「W結構」裏並無領位標誌或介詞可供使用，所以只能出現於「X標槓結構」裏定語（如 '*total* demolition, *building* demolition'）或狀語（如 '*extraordinarily* fond of music, her *extraordinary* fondness for music'）的位置。

[59] 在「W結構」裏出現的名詞語素都具有論旨角色與固有格位，但這些論旨角色與固有格位都在「S結構」中纔能藉介詞或領位標誌具現出來。

[60] 「有標」的情形，如漢語的'這個人很刁鑽古怪'與英語的'happy-go-lucky'。

則系統來詮釋或可以用參數來處理，那麼這一種「規範」或許就不需要。我們知道：在漢語裏動詞與形容詞的域內論元是由動詞與形容詞來指派論旨角色的；及物動詞與及物形容詞還可以指派結構格位（'痛罵他，很關心他'），而不及物形容詞則只能指派固有格位（'*很熟悉他，跟／對他很熟悉'）。漢詞的詞彙結構與句法結構不同，除了「有標」的情形以外[61]，只能有「二階層」的結構，一形成複合動詞或複合形容詞後就無法再在詞彙結構內帶上其他論元；因此以動詞或形容詞爲主要語的複合詞只能含有一個域內論元或一個語意論元，其組成詞幹自然會限於兩個。另一方面，名詞的域內論元是由名詞來指派論旨角色與固有格位的（如'〔V/N 調節〕〔N空氣〕、〔N″ 空氣的調節〕、〔N 空氣調節〕'），形成複合名詞後不能再帶上域內論元（如'（這個）〔N″ 設備〕（可以）〔V/N 調節〕〔N 空氣〕、*〔N″ 設備的空氣的調節〕、*〔N 設備空氣調節〕'）。含有域內論元的複合名詞，與含有域內論元的複合動詞或形容詞一樣，不能再帶上另一個域內論元。但是複合名詞與複合動詞或形容詞不同，可以一再帶上時間、處所、材料等語意論元與表示屬性的修飾語[62]，例如'〔N〔N空氣調節〕

[61] 例如「有標」的「主謂式」可以有「三階層」的結構。

[62] 這一點可能與名詞可以充當「普通名詞」（common noun; CN）與「項」（term）而分別具有〈e〉與〈e, p〉兩種「語意類型」（semantic type），而動詞與形容詞則充當述語而僅具有〈e, p〉的語意類型有關。但是根據「句法自律」（autonomous syntax）的觀點，我們似乎應該說：複合名詞在「W結構」中仍然有指派語意論元或帶上修飾語的能力，因此可以「循環不息」（recursively）的帶上語意論元或修飾語；而複合動詞與形容詞則沒有這種能力。

〔$_N$ 設備〕〕'、'〔$_N$〔$_N$ 球場〕〔$_N$ 空氣調節設備〕〕'、'〔$_N$〔$_N$ 夜間球場〕〔$_N$ 空氣調節設備〕〕'、'〔$_N$球場〔$_N$ 夜間〔$_N$ 照明〔$_N$ 設備〕〕〕〕'。這一種名詞與動詞、形容詞之間在複合能力上的差別，不但見於漢語，而且也見於英語與日語。

(八)名詞語素在複合動詞中所扮演的論旨角色[63]與名詞組在句法結構中所扮演的論旨角色大致相同，包括「受事」(Patient, Theme, Affected)；如'退票、接骨、地震'、「結果」(Result: 如'做夢、點火')、「起點」(Source；'離家、起床、空襲')、「終點」(Goal；如'登陸、跳河')、「處所」(Location；如'走路、住宿、路祭')、「工具」(Instrument；如'開刀、跳傘、規定')、「原因」(Cause；如'逃難、失火')、「目的」(Purpose；如'逃命、利用')等。在句法結構裏受動詞組支配的狀語與補語大都有介詞來表明論旨角色(如'他們家昨天晚上被小太保用磚塊把汽車給敲壞了'、'他在鄉下上學的時候每天都從家裏跑步到學校去')，所以論旨角色的辨認比較容易。但複合動詞並不包含這些介詞，辨認起來也就比較困難。例如，在'下車、下臺、下樓、下馬'裏動詞語素'下'後面的名詞語素是「起點」，在'下水、下海、下鄉、下野'裏同樣的動詞語素'下'後面的名詞語素卻是「終點」；在'下棋、下筆、下麵、下髮'裏出現的名詞語素是「客體」，而在'下蛋'裏出現的名詞語素卻是「結果」。有時候，同一個複合動詞可以有兩種以上的解釋而發生歧義的現象。例如，'下

---

[63] 管轄約束理論中對於論旨角色的辨認標準、語意解釋與句法功能的文獻不多，Nishigauchi (1984) 與 Jackendoff (1987) 可以說是其中的重要者。

堂'與'下山'的'堂'與'山'都可以做「起點」或「終點」解釋[64]。可見論旨準則，不僅在「D 結構」、「S 結構」與「邏輯形式」裏適用，而且在「W結構」裏也適用。不過有時候論旨角色在「W結構」裏比較難以辨認罷了。

(九)漢語句法的規律系統與原則系統在詞法結構裏延伸適用的結果，句法與詞法的界限難免發生重叠而變得相當模糊。結果，「有標」的句法現象也可能出現於詞法結構中。漢語的'生氣'可做不及物動詞（如'他生氣了'）與形容詞（如'他很生氣'）用。'氣'是黏著語素（例如不能用問句'他昨天生了什麼？'發問，也不能用答句'*氣'來回答），'生'與'氣'複合後可以帶上程度副詞'很、非常'等，而且'生氣'的含義並不等於'生'的含義與'氣'的含義之和。因此，我們有理田相信'生氣'應該做爲複合詞列入詞彙裏面。'生氣'在詞法結構上屬於述賓式，因爲本身含有域內論元，又不能把賓語名詞語素併入而再分析爲及物動詞，所以不能在句法結構中帶上賓語（比較：'*她生氣他了'與'她對他生氣了'）。但是如果把'生氣'後面的賓語名詞組視爲'生氣'的域內論元並由'生氣'在「D 結構」裏指派論旨角色（例如「終點」或「對象」）與固有格位給這個論元，那麼這個論元也可以帶上領位標誌'的'而出現於'氣'的前面，例如'她生他的氣了'。但是這樣的語法現象通常都出現於句法結構裏（例如'他開車(開了)三個小時 → 他開了三個小時的車'、'他對她的關心（比較：'他很關心她／他對她很關心'）'），而在複合動詞裏卻出現於'生氣、吃

[64] 參湯（1988b:62）。

虧、吃醋、上當、拆臺、幫忙、操心、造謠、逗笑、丢臉、叨光、託福、中意、如意'等少數幾個動詞。不僅'生氣'的域內論元可以變成'氣'的名前修飾語，而且連期間補語也可以變成'氣'的名前修飾語，例如'她生了他半天的氣'[65]。這些例句顯示：我們一方面要把'生氣'做爲述賓式複合詞處理，一方面卻又要把'生氣'做爲述語動詞與賓語名詞組處理。不過'她生了他半天的氣'這樣的句法結構顯然是「有標」的句式，因爲 (i) 只有少數述賓式複合動詞可以出現於這種句式、(ii) 有些本地人對這種句式的合法度判斷並不一致、(iii) 在漢語其他方言裏並不允許這樣的句式、(iv) 在孩童習得母語的過程中這種句式的習得也遠較其他句式爲晚。因此這一些少數例外的出現並不否定詞法結構的存在，反而支持了我們先前所提出的假設：句法規律，除了因有反證而必須以參數或在周邊語法處理以外，一律在詞法結構適用。

以上就管轄約束理論與漢語詞法的關係，以及詞法結構與詞法規律在普遍語法理論的地位，提出了我們研究的初步結論。我們準備進一步擴大研究的語言對象與語料範圍，並且兼採「概化詞組結構語法」(Generalized Phrase Structure Grammar; GPSG)、「功能語法」(Lexical Functional Grammar; LFG)、「關係語法」(Relational Grammar; RG) 等理論模式，以便對於漢語詞法與一般詞法理論能有更深一層的認識。

* 原刊載於清華學報 (1989) 新十九卷第一期 (51-94 頁)。

---

[65] Huang (1987:220ff) 對這種句式有很詳細的討論。

詞法篇　參考文獻

Aronoff, M. (1976) *Word Formation in Generative Grammar,* Linguistic Inquiry Monograph 1, MIT Press, Cambridge, Massachusetts.

Chi, T. R. (1985) *A Lexical Analysis of Verb-Noun Compounds in Mandarin Chinese*, Taipei, Taiwan: The Crane Publishing Co., Ltd.

Chao, Y. R. (1968) *A Grammar of Spoken Chinese,* University of California Press, Berkeley and Los Angeles.

Chomsky, N. (1970) "Remarks on Nominalization," in R. A. Jacobs and P. S. Rosenbaum, eds., *Reading in English Transformational Grammar*, Ginn & Co., Waftham, Massachusetts.

方師鐸（1970）國語詞彙學（構詞篇）　益智書局。

Grimshaw, J. (1979) "Complement Selection and the Lexicon," *Linguistic Inquiry* 10, 279-326.

Huang, S. F. (1974) 語言學研究論叢 黎明文化公司。

——— (1987) "Three Studies in Chinese Morphology," ms.

高名凱、劉正埮 (1958) 現代漢語外來詞究研 文字改革出版社。

Lees, R. B. (1960) *The Grammar of English Nominalization,* Mouton, The Hague.

Lieber, R. (1983) "Argument Linking and Compounds in English," *Linguistic Inquiry* 14, 251-283.

李家樹 (1986) 「試論單音節詞和雙音節詞在口語和書面語上的表現」，王力先生紀念論文集 37-46 頁。

陸志韋等 (1975) 漢語的構詞法 (修訂本) 中華書局。

呂叔湘 (1984) 漢語語法論文集 (增訂本) 商務印書館。

Selkirk, E. O. (1982) *The Syntax of Words,* Linguistic Inquiry Monograph 7, MIT Press, Combridge, Massachusetts.

湯廷池 (1979) 國語語法研究論集 臺灣學生書局。

——— (1987) 漢語詞法句法論集 臺灣學生書局。

——— (1988a) 「為漢語動詞試定界說」，收錄於本書1-42頁。

——— (1988b) 「漢語詞法與兒童語言習得：漢語動詞」，收錄於本書 43-92 頁。

——— (1988c) 「新詞創造與漢語詞法」，收錄於本書93-146頁。

——— (1988d)「詞法與句法的相關性：漢、英、日三種語言複合動詞的對比分析」，收錄於本書 147-208頁。

——— (撰寫中) 漢語詞法初探。

朱德熙 (1984) 語法講義 商務印書館。

武占坤，王勤 (1981) 現代漢語詞彙概要。

句法篇

普遍語法與漢英對比分析

一、前　言

「對比分析」（contrastive analysis）對於語言教學的重要性，早為語言學家與語文教師所共認。一般說來，如果本國語與外國語的語言特徵極為相似，那麼這些相似的語言特徵就可以形成「積極的遷移」（positive transfer），方便外國語的學習。反之，如果本國語與外國語的語言特徵相異太大，那麼這些相異的語言特徵就可能形成「消極的干擾」（negative interference），阻擾外國語的學習。對比分析能夠明確的指出本國語與外國語之間相似與相異的特徵，因而能預測學生的學習困難與分析學生錯誤的原因，從而對於語文教材的編纂、教法的設計、測驗結果的分析等均有莫大的幫助。

華語教學，雖然在全世界各地的華僑子弟與外國學生之間引起廣泛的興趣，但是至今尙無人就華語與其他重要語言（如英、日、德、法、西語等）之間提出簡要而有系統的對比分析來。推其原因，主要是缺少一套完整而周延的語法理論來把這幾種語言之間的異同有條有理的對照起來。本文有鑒於此，擬從「普遍語法」（universal grammar; UG）的觀點來討論華語與英語句法結構的對比分析。本文所採用的語法理論是由「原則」(principles)與「參數」（parameters）所構成的「模組語法」（modular grammar)，希望能以少數簡單的原則與參數來「詮釋」(explain）或「演繹」(deduce）華語與英語之間相當複雜的表面差異，進而討論如何把這些對比分析的結果應用到華語語法的教學上面來。

二、模組語法與對比分析

對比分析與語法理論的關係相當密切。在只承認表面結構的「結構學派語法」(structuralist grammar）之下，對比分析主要是表面結構上詞類、詞序與詞組結構的比較，而未能做更深一層的分析與討論。在承認深層結構與表面結構的「變形、衍生語法」(transformational-generative grammar）之下，除了深層結構與表面結構的比較之外，還可以比較變形規律，因此對比分析的內容也就更加豐富而充實。本文所採用的語法理論是當代語法理論中的「模組語法」，也可以稱爲「原則與參數語法」(principles-

and-parameters approach)。❶

根據這個語法理論，「普遍語法」(universal grammar; UG) 由「核心語法」(core grammar) 與「周邊」(periphery) 而成。核心語法由若干各自獨立存在卻互相聯繫互動的「模組」(modules) 而成。這些模組主要包括「規律系統」(system of rules) 與「原則系統」(system of principles) 兩種。規律系統包括「詞彙」(lexicon)、「句法部門」(syntactic component) 與「解釋部門」(interpretive component)。與以前的變形語法不同，句法部門的內容非常簡單，甚至可以說是相當的貧乏。因爲在句法部門中，「詞組結構規律」(phrase structure rules) 的功能已由「X標槓理論」(X-bar theory) 來取代❷，或由詞彙來掌管。由詞組結構規律所衍生的「深層結構」(D-structure) 也不再要求結構樹上所有的「節點」(node) 都要「塡詞」(lexical insertion)，而允許「空號節點」(empty node) 的出現。而另一個規律系統，「變形規律」(transformational rules)，則只剩一條「移動 α」(Move α) 的規律。這一條變形規律，既沒有「結構分析」(structural analysis; SA)，也沒有「結構變化」(structural change;

❶ 這一個語法理論在演進的過程中前後有「修訂的擴充標準理論」(Revised Extended Standard Theory)、「約束理論」(Binding Theory)、「管轄與約束理論」(Government-Binding Theory) 等幾種不同的名稱，而最近還有人提出「屏障與約束理論」(Barrier-Binding Theory) 的名稱。Chomsky 本人並不贊成隨研究重點的轉移而更改語法理論的名稱，並認爲「原則與參數語法」是最能概括這個語法理論特性的名稱。

❷ 晚近的趨勢是連「X 標槓理論」的功能也都由其他原則系統來詮釋。

SC)，而允許任何句子成分移到任何位置去。❸

這樣漫無限制的變形規律勢必會「蔓生」(overgenerate) 許多不合語法的句法結構來。但是所有由規律系統所衍生的句法結構都要在解釋部門的「邏輯形式」(LF) 與「語音形式」(PF) 裏一一經過原則系統的「認可」(licensing)。如果不獲得這些原則的認可，就要經「濾除」(filtering out) 而受淘汰。原則系統包括「X標槓理論」、「論旨理論」(θ-theory)、「格位理論」(Case theory)、「限界理論」(bounding theory)、「管轄理論」(government theory)、「約束理論」(binding theory)、「控制理論」(control theory) 等。❹

這些原則都是有關「規律適用的限制」(constraints on rule application) 或有關「(句法) 表顯合法度的條件」(well-formedness conditions on (syntactic) representation) ❺，而且都含

❸ 規律系統，除了包含詞組結構規律與變形規律的「句法部門」以外，還有包含「邏輯形式」(logical form; LF) 與「語音形式」(phonetic form; PF) 的「解釋部門」。解釋部門裏含有「量化詞規律」(quantifier rule; QR)、「指標規律」(indexing rule)、「刪除規律」(deletion rule)、「體裁規律」(stylistic rule) 等變形規律。但這些變形規律基本上也都屬於「移動 α」，或比「移動 α」更爲概化的「影響 α」(Affect α) 的規律。

❹ Baker (1985) 還包括「主謂理論」(predication theory)，相當於「擴充的投射原則」(extended projection principle) 的擴充部分。Chomsky (1986b) 也提出了「完整解釋的原則」(full interpretation principle; FI)，要求語音形式與邏輯形式的每一個成分都必須獲得適當的解釋。

❺ 最近的趨勢是趨向「表顯合法度的條件」與各種原則的整合。

有若干數值未定的「參數」(parameter)，委由個別語言來選定。至於「核心語法」以外的「周邊」，目前尚未做有系統的研究。不過一般認爲周邊語法的「描述能力」(descriptive power) 可能要比核心語法爲強，核心語法的原則系統在周邊語法的適用也可能有一部分要放鬆。因此，一般說來，周邊語法所衍生的句法結構是比核心語法所衍生的句法結構更爲「有標」(marked) 的結構。❻

個別語言的「個別語法」(particular grammar) 以普遍語法的核心語法爲主要內容，另外可能含有一些獨特的周邊語法。換句話說，每一個語言都必須遵守普遍語法的規律系統與原則系統。這就說明了爲什麼語言與語言之間有這麼多相似的語言特徵。另一方面，原則系統裏所包含的參數則由個別語言來選定其數值，因而各種原則在個別語言的適用情形並不盡相同。同時，各種原則的互相聯繫與交錯影響，以及周邊語法與有標結構的存在，更導致個別語言之間的變化與差異。這就說明了爲什麼語言與語言之間有不少相異的語言特徵。

模組語法理論不但否定了「只存在於個別語言的語法規律」(language-specific rule)，而且也否定了「專爲個別的句法結構而設定的語法規律」(construction-specific rule)。這是因爲模組語法把個別語言或個別結構的規律限制抽離出來，而納入普遍

❻ 在周邊裏所要處理的句法現象可能包括：由「類推」(analogy) 而衍生的句法結構、代表歷史痕跡的句法結構、不同語言之間語法上的借用，以及某些刪除結構等。

性的原則系統中。結果，描述語言與詮釋語言的重心便從規律系統移到原則系統上面來。在模組語法理論下，我們不必比較個別語言的深層結構或表面結構，也不必比較個別語言的詞組結構規律與變形規律。我們應該集中研究並討論的是各個原則在個別語言適用上的異同，而這種適用情形的異同可以從各個原則所包含的參數以及如何選定其數值上面看得出來。在以下的討論裏，我們以華語與英語爲例，依據X標槓理論以及與這個理論有關的格位理論、論旨理論等幾種原則與參數來分析比較這兩種語言在句法結構與句法表現上的異同。

三、「X標槓理論」與「擴充的X標槓理論」

「X標槓理論」❼本來是規定詞組結構規律的形式要件，但也可以視爲對於詞組結構本身的合法度條件，其主要內容可以用下面（1）的「規律母式」(rule schemata) 來表示。

（1） a. X″⟶Spec x′ X′（X″⟶(X′的) 指示語＋X′）

b. X′⟶X Comp（X′⟶X＋補述語）

母式中的「主要語」(head)‘X’是「變數」(variable)，代表任何語法範疇（如名詞（N）、動詞（V）、形容詞(A)、介詞(P)等），而「半詞組」或「詞節」(semi-phrasal)‘X′’與「詞組」(phrasal)‘X″’就叫做主要語‘X’的「投影」(projection):‘X′’

❼ 又叫做「X標槓公約」(X-bar convention) 或「X標槓句法」(X-bar syntax)。

(「X 單槓」)是'X'(「X零槓」)的「中介投影」(intermediate projection),由主要語與「補述語」(complement; Comp)而成;而'X″'(「X雙槓」)則是'X'的「最大投影」(maximal projection)由'X′'的「指示語」(specifier; Spec)與詞節'X′'而成。依據(1)的規律母式,無論那一種語言的詞組結構都具有(2a)這樣「兩層槓次」(two bar-levels;即'X'、'X′'與'X″')的組織,而不是(2b)這樣「一層槓次」(one bar-level; 即'X'與'X′')的組織。❽

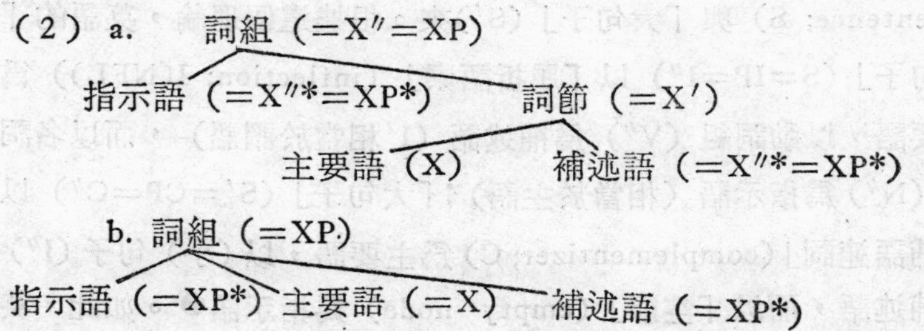

(2a)的X標槓結構不但表示,每一種主要語(X)都可以投射成詞節(X′)與詞組(X″);而且還表示,主要語與詞節及詞組必須形成「同心結構」(endocentric construction),即其語法範疇必須相同。因此,下面(3)的詞組結構是合語法的詞組結構,而(4)卻是不合語法的詞組結構。

(3) a. VP ⟶ V NP PP

---

❽ 'X″'(或 XP)右上角的星號'*',代表'0'(零)到'n'的數字,即可以有不定數目(包括零)的詞組。又 Jackendoff (1977) 主張「三層槓次」(即 X, X′, X″, X‴),而 Travis (1984) 則主張「一層槓次」(即 X, X′)。

b. AP ⟶ A PP

c. NP ⟶ Det N S′ (＝CP)

（4） a. VP ⟶ N NP PP

b. A ⟶ AP PP

c. NP ⟶ S′(＝CP)

「擴充的X標槓理論」(extended X-bar theory) [9] 更把X標槓結構從「詞彙範疇」(lexical category；如 NP, AP, VP, PP) 擴充到屬於「功能範疇」(functional category) 的「小句子」(sentence; S) 與「大句子」(S′)來。根據這個理論，英語的「小句子」(S＝IP＝I″) 以「屈折語素」(inflection; I(NFL)) 爲主要語，以動詞組 (V″) 爲補述語 (I′相當於謂語)，而以名詞組 (N″) 爲指示語 (相當於主語)；「大句子」(S′＝CP＝C″) 以「補語連詞」(complementizer; C) 爲主要語，以 (小) 句子 (I″) 爲補述語，而以「空節」(empty node) 爲指示語 [10]。如此，英語大句子、句子與動詞組的X標槓詞組結構如 (5)：

(5)
```
              C″
             /  \
         SPEC    C′
                /  \
               C    I″
                   /   \
           SPEC(N″)     I′
                       /  \
                      I    V″
                          /  \
                      SPEC    V′
                             /  \
                            V    X″
```

[9] 參 Chomsky (1986a:3)。

[10] 這個「空節」成爲「Wh 詞組」(Wh-phrase) 或「空號運符」(null operator) 等的「移入點」(landing site)。

另外，Abney (1987) 與湯（志）(1988) 分別爲英語與漢語的名詞組擬設 (6) 的詞組結構：

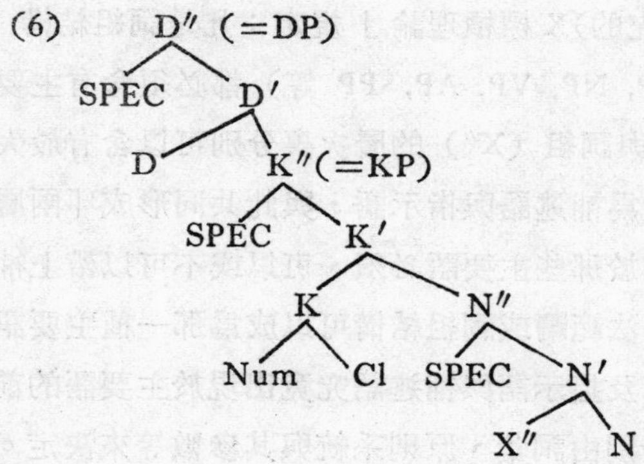

(6) 的詞組結構分析比傳統的名詞組結構分析更抽象而複雜，因爲在這一個分析裏傳統的名詞組被包含於「限定詞組」(determiner phrase; DP) 與「數量詞組」(klassifier phrase; KP) 之中。'D'代表「限定詞」(determiner)，包括「冠詞」(article; 如英語的'the, a(n)'等) 與「指示詞」(demonstrative; 如英語的'this, that'與漢語的'這、那'等)。'K'代表「數量詞」(klassifier)，包括「數詞」(Num(ber); 如英語的'one, two, three'與漢語的'一，二，三'等) 與「量詞」(Cl(assifier)；如英語的'piece, sheet, lump'與漢語的'片、張、塊'等)。湯(志) (1988) 認爲這樣的分析更能詮釋漢語名詞組的詞組結構，而且也更能表示「大句子—(小)句子—動詞組」(CP-IP-VP) 與「限定詞組—數量詞組—名詞組」(DP-KP-NP) 這兩種句法結構之間的對應關係（試比較(5)與(6)）。

四、「論旨理論」與「格位理論」

「(擴充的)X 標槓理論」規定：凡是詞組結構（包括 CP, IP, DP, KP, NP, VP, AP, PP 等）都必須含有主要語，並且在詞節（X′）與詞組（X″）的層次裏分別可以含有最大投影的詞組結構（X″）爲補述語與指示語，與此共同形成「兩層槓次」的同心結構。至於那些主要語必須、可以或不可以帶上補述語或指示語，那些語法範疇或詞組結構可以成爲那一種主要語的指示語或補述語，以及指示語與補述語究竟出現於主要語的前面或後面等問題，則分別由詞彙、原則系統與其參數等來決定。以述語動詞爲例。二元述語 'beat'('打') 根據這個動詞的含義選擇（s(emantically)-select)「客體」(theme)（或「受事」(patient)）爲「域內論元」(internal argument) 或'V'的補述語，選擇「主事」(agent) 爲「域外論元」(external argument) 或'I' 的指示語⓫；並且根據這些論旨角色的「典型結構句式」("canonical structural realization")可以詞類選擇(c(ategorially)-select) 名詞組爲域內論元(賓語)與域外論元(主語)。同樣的，三元述語'put'('放')選擇「主事」(名詞組；指示語（主語）)、「客體」(名詞組；補述語（賓語）) 與「處所」(介詞組；補述語（處所補語）)。這些選擇屬性⓬都以「θ 網格」(θ-grid) 或「次類畫分框式」

⓫ 爲了討論的方便，我們暫且把域外論元（即主語名詞組）也納入述語的論元與論旨屬性。

⓬ 其中「詞類選擇」(categorial selection) 可以根據「語意選擇」(semantic selection) 裏論旨角色的「典型結構句式」來推定。

(subcategorization frame) 的方式登錄於有關述語(包括動詞、形容詞、名詞等)的詞項記載裏，並且根據「投射原則」(Projection Principle) 與「擴充的投射原則」(Extended Projection Principle)⑬ 從詞彙裡投射到每一個「句法層次」(syntactic level; 包括「D結構」、「S 結構」與「邏輯形式」) 上面來。

主要語與補述語的相對位置，以及指示語與主要語的相對位置，不僅因個別語言而異，而且也因爲語法範疇而不同。這一種詞序上的差別可以利用「主要語在首」(head-initial) 與「主要語在尾」(head-final) 的參數來處理，也可以固定「論旨理論」中「論旨角色指派方向的參數」與「格位理論」中「格位指派方向參數」等的值來詮釋。

論旨理論中的「論旨準則」(θ-criterion) 要求，述語的論元與其「論旨角色」(θ-role) 必須是一對一的對應關係⑭；而「完整解釋的原則」(Principle of Full Interpretation; FI) 則更要求，語音形式與邏輯形式中的每一個成分都要獲得適當的解釋。這兩種原則能夠確保一切述語都在深層結構 (D-structure)、表層結構 (S-structure) 與邏輯形式中與固定的論元及論旨角色出現。

格位理論中的「格位濾除」(Case Filter) 則要求，具有語

---

⑬ 也有主張以「主謂理論」(Predication Theory) 或「謂語連繫規律」(Rule of Predicate Linking) 來取代「擴充的投射原則」的，如 Williams (1980)、Travis (1984)、Rothstein (1983)。

⑭ Jackendoff (1987) 則持與此相反的意見，認爲同一個名詞組可以充當幾種不同的論旨角色，幾個名詞組也可以充當同一種論旨角色。

音形態（即除了「空號詞」(empty category) 以外）的實號名詞組都必須具有「格位」(Case)。我們暫時假定：漢語的「格位指派語」(Case-assigner) 是及物動詞（包括形容詞）與介詞，分別把「賓位」(Accusative) 與「斜位」(Oblique) 指派給後面的名詞組；英語的格位指派語是及物動詞、介詞與時制語素，分別把賓位、斜位與主位指派給直接賓語、介詞賓語與主語名詞組⑮。格位理論含有幾種參數，其中一種參數是「格位鄰接」(Case Adjacency) 的條件。這個條件要求：「格位指派語」與「格位被指派語」(Case assignee) 必須互相鄰接。下面 (7) 到 (10) 的例句顯示，無論是漢語或英語都遵守相當嚴格的鄰接條件：及物動詞與賓語名詞組之間以及介詞與賓語名詞組之間都不能有其他句子成分的介入。試比較：

(7) a. 他昨天告訴我這一件事情。

b. 昨天他告訴我這一件事情。

c.*他告訴昨天我這一件事情。

d.*他告訴我昨天這一件事情。

(8) a. He told me this story *yesterday*.

b. *Yesterday* he told me this story.

c.*He told *yesterday* me this story.

d.*He told me *yesterday* this story.

(9) a. 他急急忙忙的把這個消息告訴我。

⑮ 不同的語言可能以不同的語法範疇為「格位指派語」，因此「格位指派語參數」(Case-assigner parameter) 也是格位理論的參數之一。

b. 他把這個消息急急忙忙的告訴我。

c.*他把急急忙忙的這個消息告訴我。

d.*他把這個消息告訴急急忙忙的我。

(10) a. He told me the story *hurriedly*.

b. He *hurriedly* told me the story.

c.*He told me *hurriedly* the story.

d.*He told *hurriedly* me the story.⓰

下面（11）與（12）兩組例句的對照顯示：漢語的及物形容詞（如'怕、喜歡'等）⓱可以直接指派賓位給賓語名詞組，而英語的形容詞則非借適當的介詞來指派斜位不可。

(11) a. 我很怕(他)。

b. 我沒有那麼喜歡音樂。

(12) a. I'm very afraid (*(*of*) *him*).

b. I'm not that fond *of music*.

同樣的，下面（13）與（14）兩組例句的對照也顯示：漢語與英

⓰ 在語音形式部門適用「沈重名詞組移動」(Heavy NP Shift) 或「焦點名詞組移動」(Focus NP Shift) 後，狀語可能出現於及物動詞與賓語名詞組之間（如'I like t *very much* those books you told me to read'）。這個時候賓語名詞組移位後所留下的痕跡（t）仍然在鄰接條件之下獲得格位的指派。參 Travis (1984:35)。

⓱ 也有些語法學家也把這些及物形容詞都歸入及物動詞，因而認爲只有及物動詞纔能指派賓位的。但是下面的例句顯示：及物動詞與及物形容詞在「名物化」(nominalization) 上似乎有所區別：'他研究科學⇒他{??對／有關}科學的研究'；'他熱愛國家⇒他{對/*有關}國家的熱愛'。

語的名詞都無法指派格位，因此必須把補語名詞組改為領位而充當名前修飾語或借適當的介詞來指派斜位不可。(13c) 與 (14c) 的對比更表示：漢語的名詞組只有「名前修飾語」(prenominal modifier) 而沒有「名後修飾語」(postnominal modifier)，因而名詞的補述語名詞組只能以領位名詞組的形式在表層結構出現；而英語的名詞組則可以有名前與名後修飾語，因而名詞的補述語可能以領位名詞組或介詞賓語的形式在表層結構出現。

(13) a. 我想〔PRO〔VP 研究〔NP 科學〕〕〕。

b. 〔NP〔N'〔NP 科學〕的〕〔N 研究〕〕很重要。

c. 都市的毀滅

(14) a. I want〔PRO to〔VP study〔NP science〕〕〕.

b. 〔NP The〔N'〔N study〕〔PP of science〕〕〕 is very important.

c. The city's destruction; the destruction of the city

另外，英語與漢語都選定名詞組必須指派格位⑱，但介詞組與補語子句是否也要指派格位則學者間仍有異論。⑲我們暫時假

---

⑱ 叫做「格位被指派語參數」(Case-assignee parameter)。

⑲ Stowell (1981: 146ff) 提出「格位抗拒原則」(Case-Resistance Principle)：如果某一個詞組的主要語是格位指派語（如動詞、介詞、時制語素），那麼這個詞組本身(如動詞組、介詞組、限定子句、不定子句) 就不能獲得格位的指派。根據這個原則，英語的介詞組與補語子句都不能指派格位。但是 Koopman (1984) 與 Fabb (1984) 卻主張「格位抵抗原則」有反證，例如在 "For under the stars to seem the best place to sleep, you must be crazy"這個例句裏，介詞組"under the stars" 似乎從介詞"for"獲得斜位。另一方面，Li (1985) 認為漢語的介詞組不能指派格位，而補語子句則必須指派格位。

定漢語與英語都選定名詞組必須指派格位，而介詞組與補語子句都不需要指派格位。那麼介詞組或子句與名詞組一起出現時，名詞組必須出現於介詞組或補語子句的前面；如此名詞組纔能與及物動詞相鄰接而獲得格位。試比較

(15) a. 他寄〔NP 信〕〔PP 到弟弟那裏〕。⑳

b.*他寄〔PP 到弟弟那裏〕〔NP 信〕。

c. 他告訴〔NP 我〕〔CP 你已經來了〕。

d.*他告訴〔CP 你已經來了〕〔NP 我〕。

e. 他勸〔NP 我〕〔CP PRO 早一點出發〕。

f.*他勸〔CP PRO 早一點出發〕〔NP 我〕。㉑

(16) a. He mailed 〔NP the letter〕〔PP to his brother's address〕.

b.*He mailed 〔PP to his brother's address〕〔NP the letter〕.

c. He told 〔NP me〕〔CP that you were already here〕.

---

⑳ 漢語與英語「雙賓動詞」(ditransitive verb) 直接與間接賓語的格位指派，牽涉到「固有格位」(inherent Case) 與「再分析」(reanalysis) 等問題，不在此詳論。

㉑ 另一方面，在下面漢語與英語例句裏的對比顯示：漢語裏不允許在動詞與補語子句之間有狀語的介入；而英語裏則沒有這樣的限制。這裏除了格位的指派以外，還可能牽涉到狀語在這兩種語言裏出現的位置。

(i) a. 他三番五次的答應〔PRO 幫助我們〕。

b. *他答應三番五次的〔PRO 幫助我們〕。

(ii) a. He promised 〔PRO to help us〕 *repeatedly*.

b. He promised *repeatedly* 〔PRO to help us〕.

d.*He told 〔CP that you were already here〕〔NP me〕.

e. He advised 〔NP me〕〔CP PRO to start earlier〕.

f. *He advised 〔CP PRO to start earlier〕〔NP me〕.

下面(17)與(18)的例句更顯示：無論是漢語與英語都不能在及物動詞後面同時出現兩個名詞組（賓語名詞組與期間詞組），因爲只有其中一個名詞組能從及物動詞獲得格位。因此，漢語以期間詞組「併入(賓語)名詞組」(NP-incorporation；如(17e))或「動詞重複」(verb copying，如(17f))的方式來指派領位或賓位給多出來的期間詞組；而英語則利用介詞來指派斜位給期間詞組。

(17) a. 我上床以前看了〔NP 書〕。

b. 我上床以前看了〔NP 一個鐘頭〕。

c.*我上床以前看了〔NP 書〕〔NP 一個鐘頭〕。

d.*我上床以前看了〔NP 一個鐘頭〕〔NP 書〕。

e. 我上床以前看了〔NP 一個鐘頭的書〕。

f. 我上床以前看〔NP 書〕看了〔NP 一個鐘頭〕。㉒

(18) a. I read 〔NP a book〕 before going to bed.

b. I read 〔NP an hour〕 before going to bed.

c.*I read 〔NP a book〕〔NP an hour〕 before going to bed.

d.*I read 〔NP an hour〕〔NP a book〕 before going

㉒ 漢語裏另外一種處理方式是把賓語名詞組提前而移到不需要指派格位的狀語位置上面去。試比較：'*他騎馬一個小時'；'他把馬騎了一個小時'。

to bed.

e. I read [NP a book] [PP for an hour] before going to bed.

除了「格位指派語」與「格位被指派語」的參數以外，Koopman (1984) 與 Travis (1984) 還提出了「格位指派方向」(Case-assignment directionality) 與「論旨角色指派方向」(θ-role assignment directionality) 這兩個參數。我們暫時假定：漢語的格位指派方向是由前面（或左方）到後面（或右方），而論旨角色的指派方向卻是從後面（或右方）到前面（或左方）；但英語的格位與論旨角色的指派方向卻都是從前面到後面（或從左方到右方）。因此，在動詞組裏或介詞組裏，漢語與英語的賓語（或補語）都出現於動詞或介詞的後面；但在動詞組裏，漢語的狀語出現於動詞的前面，而英語的狀語卻出現於動詞的後面，例如：

(19) a. 他用鎚子敲碎了撲滿。

b. 撲滿被他用鎚子敲碎了。

(20) a. He smashed *the piggybank with a hammer.*

b. The piggybank was smashed *with a hammer by him.*

漢語與英語在格位與論旨角色指派方向上的差異，不但可以說明爲什麼在下面 (21) 與 (22) 的例句裏漢語動詞後面出現的句子成分只限於一個，而英語則沒有這樣的限制；而且也可以說明爲什麼在這兩種語言裏有關時間、處所與情狀副詞或狀語在句子中出現的次序正好相反，形成「鏡像」(mirror image)。

(21) 他 昨天 在圖書館 認真的 讀 英語。
(i) (ii) (iii)

(22) He studied *English diligently at the library yesterday.*
(i) (ii) (iii)

在（21）的例句裏漢語的狀語都出現於主要語動詞的前面，而在（22）的例句裏英語的狀語都出現於主要語動詞的後面。情狀副詞與主要語動詞的語意關係最為密切，所以最靠近動詞；處所副詞與主要語動詞的關係次之，所以出現於情狀副詞的後面；時間副詞與主要語動詞的語意關係又比處所副詞更遠一層，所以出現於處所副詞的後面。我們可以利用方括弧把這些狀語與主要語動詞的修飾關係表達出來。

(23) 他〔昨天〔在圖書館裏〔認真的〔讀英語〕〕〕〕。

(24) He〔〔〔〔studied English〕diligently〕at the library〕yesterday〕.

可見，就各種狀語與主要語動詞的語意選擇關係而言，其親近或修飾次序在漢語與英語裏都是一樣的：情狀副詞與主要語動詞的語意關係最為密切，處所副詞次之，而時間副詞則最為疏遠。漢語與英語所不同的是：漢語的狀語出現於主要動詞的前面，英語的狀語則出現於主要語動詞的後面。而在這兩種語言裏狀語與主要語動詞相對次序上的差別都是由「論旨角色指派方向」這個參數來決定的。

五、大句子的X標槓結構

根據X標槓理論，大句子（S′＝CP＝C″）由主要語（即補語連詞（C））與補述語（IP＝I″）及指示語（Spec）而成。一般語法學家都認爲英語的大句子具有下面（25）的X標槓結構。

(25) 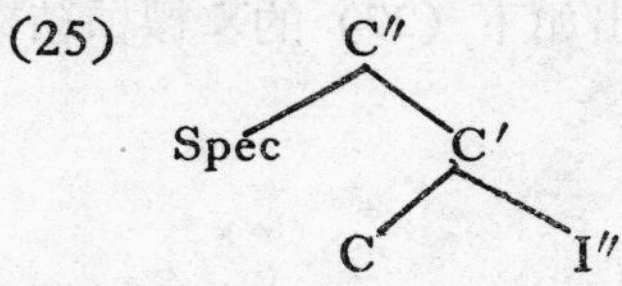

英語的補語連詞（C）包括'that, whether, for'等；而指示語（Spec）是一個「空(號)節(點)」(empty node)，可以充當「WH移位」（WH-movement）的「移入點」（landing site），例如：

(26) a. 〔C″〔Spec Who(m)〕〔C′〔C did〕〔I″ you see t yesterday〕〕?

b. Mr. Lee is the man〔C″〔spec who(m)〕〔C e〕〔I″ I saw t yesterday〕〕.

c. 〔C″〔Spec Mr. Lee_i〕〔C′〔C e〕〔I″ I saw t_i yesterday〕〕〕.

另一方面，漢語大句子的X標槓結構則至今似乎尙無定論。首先，漢語是否有補語連詞？如果有的話，補語連詞在X標槓結構裏出現的位置又如何？Huang（1982）曾經把漢語的'因爲'與'雖然'分析爲補語連詞，但是大多數語法學家卻把這些連詞歸入一般連詞或介詞。㉓湯（1979）曾經指出，閩南語裏出現於補語子句前面的'講'（如'我嘸信〔講伊會來〕'與'〔講伊會來〕我嘸信'

㉓ 連詞與介詞的區別主要在於前者以(大)句子，而後者則以名詞組爲次類畫分的對象。

），其功用類似補語連詞。㉔但這種'講'只與'信、想、想到'等少數動詞連用，並常出現於否定句，而且在其他漢語方言並不多見。Xu & Langendoen (1985:2) 甚至認爲漢語裏沒有補語連詞㉕。我們在這裏爲漢語的大句子提出如下（27）的X標槓結構。

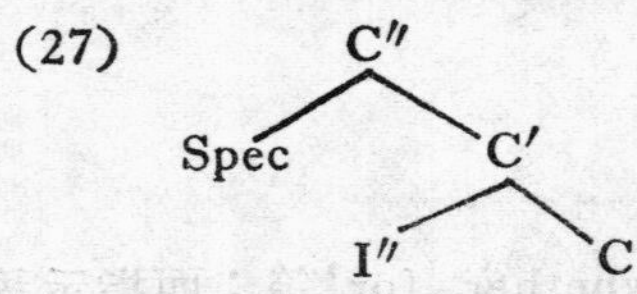

漢語大句子的指示語，與英語大句子的指示語一樣，是一個空節，可以充當「移動α」的移入點，例如：

(28) a.〔C″〔Spec什麼魚〕〔C′〔I″你最喜歡吃t〕〔C 呢〕〕〕？

b.〔C″〔Spec李先生〕〔C′〔I″我以前見過t〕〔C 的〕〕〕。

許多人認爲漢語裏只有邏輯形式上的疑問詞組移位，而沒有句法上或表層結構上的疑問詞組移位。但是在（28a）的例句裏，疑問詞組'什麼魚'從動詞賓語 (t) 的位置移到指示語的位置而成爲「焦點主題」(focus-topic)㉖。而(29)的例句則更顯示，有些疑問詞組的移位是必須的。

(29) a.〔C″〔Spec 什麼魚〕〔C′〔I″ 我都不喜歡吃 t〕〔C

㉔ 世界上有不少語言的補語連詞都與'說、講'這種意義的動詞詞彙很相像。

㉕ 因而漢語裏沒有'S″⟶Top S′, S′⟶COMP S′'這樣的詞組結構規律，而只有'S′⟶Top S'的規律。

㉖ 另外一種可能的分析是：(28a) 的表層結構是'你最喜歡什麼魚呢？'，而在語音形式裏援用體裁變形而成爲'什麼魚，你最喜歡呢？'但是下面 (29a) 的例句顯示，有些疑問詞組的移位是必須的。

e〕〕〕。㉗

b. *〔C″〔Spec e〕〔C′〔I″ 我都不喜歡吃什麼魚〕〕。

在 (28b) 的例句裏，有定名詞組'李先生'從動詞賓語 (t) 的位置移到指示語的位置而成爲「論旨主題」((theme-) topic)。而(30)的例句則顯示，有些主題在深層結構裏就出現於指示語的位置。

(30) a. 〔C″〔Spec 魚〕〔C′〔I″我喜歡吃黃魚〕〔C 哩〕〕〕〕!

b. 〔C″〔Spec 花〕〔C′〔I″ 玫瑰花最漂亮〕〔C 吧〕〕〕。㉘

我們利用（27）裏補語連詞的位置來衍生漢語的「句尾語氣助詞」(final particle)，有下列幾點理由：

㈠漢語的X標槓結構，一方面找不到明確的補語連詞，另一方面卻尋不到適當的位置來衍生句尾語氣助詞。Hashimoto (1971:5) 曾經以'S⟶Nucleus, {Decl, …}; Nucleus⟶NP, VP, (Time), (Place), (F)'的詞組結構規律來衍生漢語的句尾語氣助詞 (F)，顯然把句尾語氣助詞與主語名詞組 (NP)、述語動詞組 (VP)、時間副詞 (Time)、處所副詞 (Place) 等視爲對等的姊妹成分。但是句尾語氣助詞的語意範域及於全句，因此應該與句子 (S 或 Nucleus) 互爲姊妹成分纔對。同時，句尾語氣助詞(如'的、哩、嗎、呢、吧、啦、啊、呀')的選擇與全句句式或語氣 (如「陳述句」(Decl(arative) 或 P(roposition))、「疑問句」(Inter(rogative) 或 Q(uestion))、「感嘆句」(Excl

㉗ 這一句話也可以說成'我什麼魚都不喜歡吃'。

㉘ 關於漢語「主題化變形」更詳盡的討論，參湯(志) (1988)。

(amatory) 或 E(xclamation)) 等有關，Hashimoto (1971) 所提出的詞組結構規律未能反映這些語言事實。

㈡在 (27) 的 X 標槓結構裏，句尾語氣助詞 (C) 與小句子 (I″) 互爲姊妹成分，不但正確的反映了句尾語氣助詞的語意範域及於整個小句子（但不包括出現於指示語位置的主題），而且也說明句尾助詞的語氣與小句子的句式之間可能存在某種「選擇關係」(selectional relation)。漢語的句尾語氣助詞是主要語，根據不同的句尾語氣助詞所表示的情態意義選擇適當句式（如陳述句、疑問句、感嘆句，以及時制句、非時制句）的小句子爲補述語，一如英語的補語連詞是主要語，根據不同的補語連詞所表示的情態意義選擇適當句式（如陳述句、疑問句、感嘆句，以及時制句、非時制句等）的小句子爲補述語。

㈢如果我們把補述語小句子的「句式」(sentence type；如 P, Q, E 等) 解釋爲由主要語句尾語氣助詞（漢語）或補語連詞（英語）來指派，那麼我們也可以比照漢英兩種語言「論旨角色指派方向的參數」來推定：在無標的情形下漢語的指派方向是由後(右)到前(左)；而英語的指派方向是由前(左)到後(右)。這就說明了，在漢語裏句尾語氣助詞出現於小句子的後面，而在英語裏補語連詞則出現於小句子的前面。[29]

㈣(25) 與 (27) 的 X標槓結構，不但反映在漢英兩種語言

[29] 無論在 (25) 的英語或 (27) 的漢語裏，主要語 (C) 都「管轄」(govern) 補述語 (I″)；因爲主要語「C統御」(c-command) 補述語，而且互爲姊妹成分。

之間句尾語氣助詞只在漢語裏出現，而補語連詞則只在英語裏出現；而且也自然合理的說明只有英語的助動詞（包括「情態助動詞」(modal auxiliary，如 'will, may, can, must' 等）與「動貌助動詞」(aspectual auxiliary，如 'Be' 與 'Have')，在獨立疑問句與倒裝句中會移到空號主要語的位置來，而漢語則不可能有這種助動詞的移位。

㈤一般說來，漢語的句尾語氣助詞只能出現於「獨立句」(independent sentence) 或「根句」(root sentence) 中，而不能出現於「從屬句」(dependent sentence) 或「子句」(embedded sentence) 中，例如：㉚

(31) a. 他來不來呢？

b. 〔他來不來 (*呢)〕跟我有什麼關係？

(32) a. 我吃完了飯了。

b. 〔等我吃完了飯 (*了)〕，我纔告訴你。

(33) a. 他要來呢還是他太太要來呢？

b. 我不知道〔他要來 (*呢) 還是他太太要來 (*呢)〕？

(34) a. 你快來呀！

b. 李先生在催你〔PRO 快來 (*呀)〕。

這些例句似乎顯示：在X標槓結構上，獨立句或根句是大句子 (C″)；而從屬句或子句則可能是小句子 (I″)，因爲句尾語氣助

㉚ 在'你以爲他來不來呢？''你想他會來嗎？'等例句裏疑問子句的疑問範域及於全句。

詞不能在從屬子句裏出現。但是下面（35）的例句表示補語子句可以含有主題；也就是說，補語子句必須含有指示語的位置。

(35) a. 我知道〔你喜歡吃巧克力〕的。

b. 我知道〔$_{C''}$〔$_{Spec}$ 巧克力〕〔$_{C'}$〔$_{I''}$ 你喜歡吃 t〕〔$_{C}$ e〕〕〕的。

c. 〔$_{C_1''}$〔$_{Spec_1}$ 巧克力$_i$〕〔$_{C_1'}$〔$_{I_1''}$ 我知道〔$_{C_2''}$〔$_{Spec_2}$ t_i〕〔$_{C_2'}$〔$_{I_2''}$ 你喜歡吃 t〕〔$_{C_2}$ e〕〕〕〕〔$_{C_1}$ 的〕〕〕。

因此，漢語與英語形成有趣的對照：漢語的大句子主要語（句尾語氣助詞）可以在獨立句裏出現，卻不能在從屬句裏出現；英語的大句子主要語（補語連詞'that, whether'）在從屬句裏出現，卻不能出現在獨立句裏。

六、小句子的X標槓結構

英語的小句子（S＝IP＝I″），一般語法學家都認爲具有下面（36a）的X標槓結構。

(36) a.

I″
〔spec NP〕 I′
I V″

b.

I″
〔spec NP〕 I′
V″ I

小句子的主要語（I）是「屈折語素」(inflection; INFL)，包括「時制」(tense; Tns)、「呼應」(agreement; AGR）與「情態助動詞」(modal; Mod）等。指示語通常都是名語組（包括一般「指涉詞」(r-expression）與「大代號」(PRO))，並充當(小)句子的主語。㉛補述語是動詞組 (V″)，與主要語的屈折語素 (I) 合成謂語 (I′)。英語的主語名詞組出現於主要語的前面 (左方)，似乎形成了英語格位與論旨角色指派方向參數的例外。關於這一點，可能有兩種不同的說明。一種說明 (如 Travis (1984)) 是：主語名詞組的格位 (「主位」(nominative))，並非由時制語素 (Tns) 指派，而是由呼應語素 (AGR) 經過「同指標」(co-indexation) 來指派，所以主語名詞組與呼應語素不需要互為姊妹成分，也不必要遵照格位指派方向的參數。㉜另一種說明 (如 Stowell (1981)) 是：主語名詞組格位仍然由時制語素指派，但時制語素在深層結構 (或邏輯形式) 裏出現於補語連詞的位置，所以時制語素與主語名詞組仍然互相鄰接，而主語名詞組的格位或論時制旨角色的指派也都遵照從左方到右方的方向。㉝

漢語的小句子，一般語法學家也都認為具有 (36a) 的 X 標槓結構。有些語法學家 (如 Huang (1982)) 並認為漢語主語名詞組的格位亦由時制語素來指派，而且漢語的時制語素是「適切的管轄語」(proper governor)，因而允許「零代詞」(null pronoun) 或「小代號」(pro) 充當句子的主語。可是在這個X 標槓

㉛ Stowell (1981) 認為英語的補語子句 (包括時制子句與不定子句) 不能享有格位；因而在表層結構裏補語子句不能出現於主語或賓語的位置，而必須經由移位而加接到大句子指示語或動詞組右端的位置。

㉜ Travis (1984) 並認為主語的位置是由「謂述方向」(direction of predication) 的參數來決定的。

㉝ 補語連詞 'for' 也遵照從左方到右方的方向指派賓位給不定子句的主語名詞組。

結構裏，主語名詞組的論旨角色固然由時制語素（或由時制語素與動詞組共同）遵照從右方到左方的方向來指派；但是主語名詞組格位的指派卻與動詞賓語（賓位）與介詞賓語（斜位）的指派不同，從右方到左方指派主位。除了這個問題以外，漢語並無明顯的時制語素或呼應語素來證實這些語素的存在。主語名詞組與屈折或時制語素之間可以介入副詞或狀語，因而構成絕對鄰接條件的例外。同時，在漢語複合詞裏仍然可以出現主語‘地震、頭痛、佛跳牆’)，並且還可以當述語使用(如‘很久沒有地震過了、你還在頭痛嗎？’)，因而與英語複合詞形成顯著的對比[34]。另外「大代號」與「小代號」的區別及分布也應該做更周全的分析。這些問題似乎顯示：漢語主語名詞組的格位指派問題還需要更進一步的討論與研究。

如果漢語主語名詞組的格位可以由時制語素來指派，並且可以不遵照鄰接條件或格位指派方向的參數；那麼這種格位的指派無論在（36a）或（36b）的X標槓結構都可以成立，而且這兩種結構都沒有違背漢語論旨角色從右方到左方的指派方向。在英語裏，我們有理由選擇（36a）的結構，因爲除了上面討論的格位與論旨角色指派方向的要求以外，英語動詞組的主要語動詞 (V) 需要移入屈折語素（I）的位置而形成「屈折動詞」(inflected verb; V_I)；因此屈折動詞必須「C 統御」(c-command) 其移位痕跡，並與主語名詞組相鄰接而發生呼應現象，而且還可以再移入大句子的主要語（C）的位置而形成疑問句或倒裝句。在漢語裏，屈折語素（I）可能包含「動貌標誌」(aspect marker；如

[34] 參湯（1988f）。

'了、過、著'等）也可能包含抽象（即不具語音形態）的時制或呼應語素。我們也可以比照英語的分析，讓漢語的情態助動詞（如'能、想、要、應該'）與動貌助動詞（如'在、有'）也出現於屈折語素的下面㉟。如果，屈折語素底下僅含有動貌標誌，那麼動語組的主要語動詞就移到這個位置來。另一方面，如果屈折語素底下含有情態或動貌助動詞，那麼主要語動詞就不發生移位㊱。根據以上的對比分析，漢語與英語的小句子在X 標槓結構上幾無二致，因而也說明了這兩種語言在小句子結構上的相似性。

七、動詞組的X標槓結構

漢語與英語的動詞組都可以利用下列（37a）的X標槓結構來表示；而（37b）則除了補述語（X″）與指示語（Y″）的位置以外還標出狀語（W″ 與 Z″）的位置來。

(37) a. b.

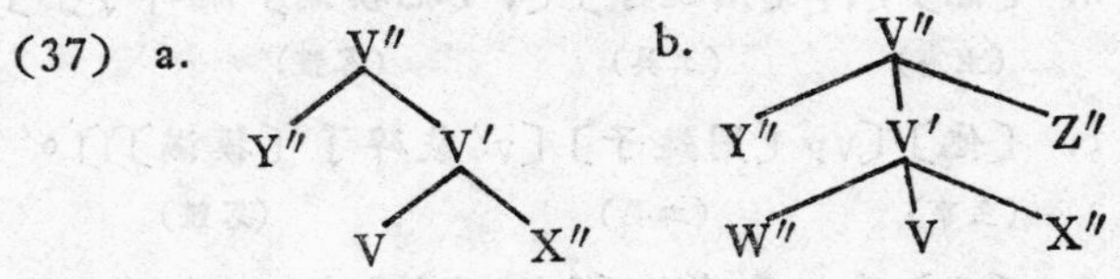

㉟ 另外一種可能是把漢語的情態助動詞分析爲「控制動詞」(control verb; 如'我想〔PRO會來〕'）或「提升動詞」(raising verb; 如'他不應該不會不來'）。

㊱ 如果我們選擇（36b）的X標槓結構，就不能採用這樣的分析。在這種結構下，動貌標誌必須從屈折語素的語素下降到主要語動詞的位置來，因而無法「C 統御」其移位痕跡。情態助動詞也勢必分析爲「控制動詞」，纔能出現於主要語動詞的前面。

如上所述，漢語與英語的格位指派方向都是從左方到右方；因此，漢語與英語裏出現於動詞組內的名詞組唯有出現於補述語（X″）的位置纔能從主要語及物動詞（V）獲得賓位，其他的名詞組都只能從介詞獲得斜位。另一方面，漢語論旨角色的指派方向是從右方到左方，而英語論旨角色的指派方向卻是從左方到右方。這就表示漢語的「域內論元」(internal argument ㊲；如賓語與補語）與「語意論元」(semantic argument㊳；如各種狀語）都原則上出現於動詞的左邊（即指示語或狀語 Y″ 的位置）以便獲得論旨角色，並由各種介詞來爲這些論元名詞組指派斜位。只有與主要語動詞互爲姊妹成分的域內論元，除了可以出現於動詞的左邊（即狀語 W″ 的位置）以外，也還可以出現於動詞的右邊（即補述語 X″的位置），並由(及物）動詞獲得賓位，例如：

(38) a. 〔撲滿〕〔VP〔被他〕〔用鎚子〕〔V′敲碎了〕〕。
(客體) (主事) (工具)

b. 〔他〕〔VP〔用鎚子〕〔V′〔把撲滿〕敲碎了〕〕。
(主事) (工具) (客體)

c. 〔他〕〔VP〔用鎚子〕〔V′敲碎了〔撲滿〕〕〕。
(主事) (工具) (客體)

d. 〔他〕〔VP〔V′住〔(在)旅館〕〕。
(主事) (處所)

㊲ 又稱「必用論元」(obligatory argument)，多半與述語動詞的次類畫分有關。

㊳ 又稱「可用論元」(optional argument)，多半與述語動詞的次類畫分無關。

e. 〔他〕〔VP〔在教室裏〕〔V′〔把書〕放〔在桌子上〕〕〕。
(主事)　(處所)　(客體)　(處所)

這些例句顯示：漢語裏與主要語動詞的次類畫分有關的域內論元都與主要語動詞成爲姊妹成分而同受動詞節（V′）的支配，有的成爲動後補述語（X″），有的卻成爲「狀補語」(adverbial complement；卽 W″)。與主要語動詞的次類畫分無關的域外論元都出現於「謂語狀語」(predicate-adverbial 卽 Y″）的位置，而與動詞節（V′）成爲姊妹成分並受動詞組（V″）的支配。㊴

另一方面，英語裏則不分域內論元與語意論元（或賓語、補語與狀語)，都一律出現於動詞的右邊 。域內論元與主要語動詞成爲姊妹成分而充當主要語動詞的賓語或補述狀語，而可用論元則與動詞節（V′）成爲姊妹成分而充當動詞組狀語。試比較：

(39) a. 〔The piggybank〕〔V″〔V′ was smashed〕〔by him〕〔with a hammer〕〕.
(客體)　(主事)　(工具)

b. 〔He〕〔V″〔V′ smashed〔the piggybank〕〕〔with a hammer〕〕.
(主事)　(客體)　(工具)

c. 〔He〕〔V″〔V′ climbed〔(up) the wall〕〕〕.
(主事)　(處所)

㊴ 漢語裏表示期間、方位、回數、情狀與結果等補語也可以例外的出現於動詞的右邊。關於這一點，由於篇幅的限制無法在此詳論。

d.〔He〕〔V″〔V′ put〔the book〕〔on the desk〕〕
(主事)　　　　　　　　　(客體)　　(處所)

〔in the classroom〕〕.
(處所)

從以上的分析可以發現：在動詞組裏狀語或副詞可能出現的位置有兩個：㈠與主要語動詞的次類畫分有關的「狀補語」受動詞節（V′）的支配而出現於動詞的左邊（漢語）或右邊（英語）；㈡與主要語動詞的次類畫分無關的「謂語狀語」受動詞組（V″）的支配而出現於動詞節的左邊（漢語）或右邊（英語）。[40] 這兩類狀語或副詞在語意範域與句法表現上有許多不同的地方[41]。例如，謂語狀語可以移入大句子指示語的位置，而狀補語則不能如此移位。試比較：

(40) a. 他在教室裏把我推倒在地上。

b. 在教室裏他把我推倒在地上。

c.*在地上他在教室裏把我推倒。

(41) a. He felled me *to the floor in the classroom.*

b. *In the classroom* he felled me *to the floor.*

c. **To the floor* he felled me *in the classroom.*

與次類畫分無關的狀語，在X標槓結構上既不屬於補述語，也不屬於指示語，而屬於「附加語」(adjunct)。主語（域外論元）

---

[40] 英語裏'He *hurriedly* closed the door'這類例句似可分析為情狀副詞'hurriedly'在語音形式中由表層結構（'He closed the door *hurriedly*'）原來的位置移入動詞組指示語的位置。

[41] Takami (1987) 對這兩類英語狀語的區別與分布有相當詳盡的討論。

出現於小句子指示語的位置，賓語與補語（域內論元）出現於動詞組補述語的位置，而狀語則出現於其他的位置。漢語與英語的狀語，除了可以出現於動詞組裏面，還可能出現於小句子裏面主語之前（X″）、主語與'I''之間（Y″）、'I'與動詞之間（W″）以及'I''的後面（Z″；限於英語）而充當「全句狀語」(sentence-adverbial)。漢語的全句狀語原則上出現於 X″與 Y″ 的位置，而由屈折語素（I）依照從右方到左方的方向指派論旨角色；而英語的全句狀語則原則上出現於 W″ 的 Z″ 的位置，而由屈折語素（I）依照從左方到右方的方向指派論旨角色。

(42)

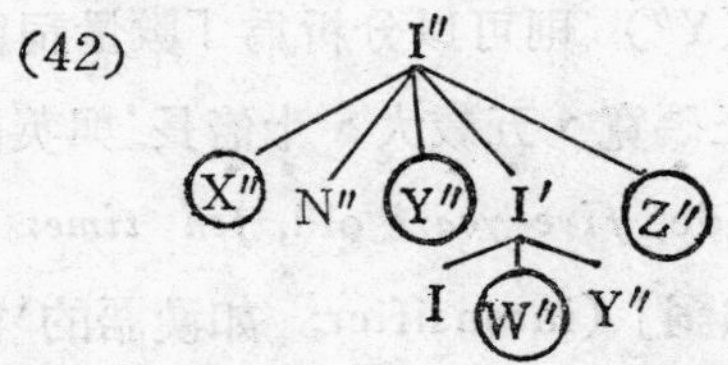

這樣的分析可以說明在（43）與（44）的例句裏，漢語與英語兩類狀語（全句狀語與謂語狀語）在句子裏出現的位置與次序的異同。㊷

(43) （老張）或許他明天會在車站跟太太（一起）等我。
（主題）（情態）（時間）（處所）（共事）

(44) (As for John), he will *perhaps* be waiting for me
（主　題）（情態）
(together) *with his wife at the station tomorrow.*
（共　事）（處　所）（時　間）

㊷ 小句子句首（X″）的狀語可能是出現於大句子，句尾（Z″）的狀語中也有可能出現於大句子的。由於篇幅的限制，我們無法在這裏詳細討論漢語與英語的狀語在其他位置出現的可能。參㊹與㊿。

八、形容詞組的X標槓結構

漢語與英語的形容詞組都具有（45）的X標槓結構。

(45)
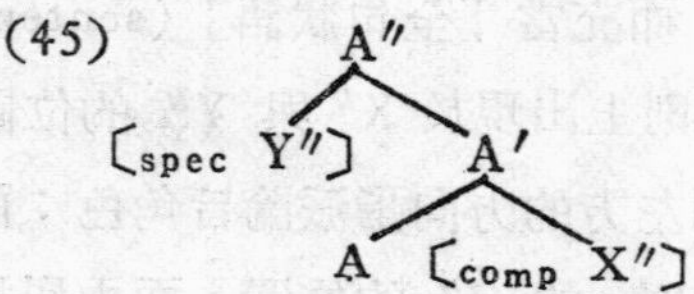

形容詞組的主要語是形容詞（A），補述語（X″）是賓語（漢語）或補語（英語），而指示語（Y″）則可以分析爲「數量詞組」（KP；如漢語的'兩公尺高、三碼寬、五歲大、十倍長'與英語的'*seven feet* tall, *three yards* wide, *five years* old, *ten times* that long'等）與程度副詞或「加強詞」(intensifier; 如漢語的'很、太、更、最、這麼、那麼、相當、非常'與英語的'very, too more, most, that, quite, extremely'等)。程度副詞或加強詞不屬於「主要詞彙範疇」(major lexical category)，因而不具有完整的X標槓結構，但仍可視爲最大投影。漢語的形容詞組可以獨立充當謂語，而且及物形容詞可以直接指派賓位給後面的賓語名詞組，而不及物形容詞則只能以介詞組的方式在左方帶上狀補語。英語的形容詞組不能單獨充當謂語，而且形容詞不能指派格位，只能透過介詞來指派斜位給後面的名詞組。試比較：

(46) a. 每一個人都〔AP 很怕〔NP 他〕〕。

b. 她〔AP 最喜歡〔NP 音樂〕〕。

c. 他〔AP 非常關心〔NP 你的安全〕〕。

d. 我〔AP不太熟悉〔NP 植物的名稱〕〕。

e. 她〔AP〔PP對我〕很客氣〕。

f.*她很客氣〔(對)我〕。

(47) a. Everyone is 〔AP very much afraid 〔PP of him〕〕.

b. She is 〔AP most *fond* 〔PP of music〕〕.

c. He is 〔AP extremely concerned 〔PP about your safety〕〕.

d. I'm not 〔AP very familiar 〔PP with botanical names〕〕.

e. She is 〔AP very polite 〔PP to me〕〕.

從上面 (46) 與 (47) 例句的比較，可以看出：漢語的形容詞與動詞一樣，從右方到左方的方向指派論旨角色，並從左方到右方的方向指派格位；英語的形容詞也與動詞一樣，從左方到右方的方向指派論旨角色，但與動詞不一樣的是不能直接指派格位（而只能借助於介詞指派格位）。

另外，漢語與英語的形容詞也都可以由子句充當補語，例如：

(48) a. 每一個人都怕〔S′他會生氣〕。

b. 他非常關心〔S′ 你是否平安〕。

(49) a. Everyone is afraid 〔S′ (that) he may get angry〕.

b. He is extremely concerned 〔S′ that you might be in danger〕. [43]

在比較句裏的「比較狀語」(adverbial of comparison) 或「範域狀語」(adverbial of scope)，在漢語裏出現於主要語形容詞的左方，而在英語裏卻出現於主要語形容詞的右方。例如：

(50) a. 他〔AP〔PP 比我〕更怕你〕。

b. 她〔AP〔PP 在五個人裏〕最漂亮〕。

(51) a. He is 〔AP more afraid of you 〔PP than I (am)〕〕.

b. She is 〔AP the most beautiful 〔PP of the five〕〕.

可見，在漢語裏所有狀語都出現於主要語的前面；而在英語的動詞組、形容詞組與小句子裏狀語都出現於主要語的後面，只有在大句子裏纔可能出現於主要語的前面而充當「主題副詞」(thematic adverb)。㊹

㊸ 由於英語的'that子句'不得指派格位，所以這些例句裏形容詞後面的'that子句'，與(47)裏面的名詞組不一樣，不需要介詞來指派格位。但在「準分裂句」(pseudo-cleft sentence)裏卻會出現介詞，例如：'What everyone is afraid *of* is that he may get angry'; 'What he is extremely concerned *about* is that you might be in danger'。這些介詞的出現並非爲了指派格位，而可能是爲了「適切的管轄」(properly govern)後面的「wh 痕跡」(wh-trace)或「變項」(variable)。

㊹ 英語裏修飾整句的「語用副詞」(pragmatic adverb；如'*Frankly* (*speaking*), I do not like John'裏的'frankly'與'*Honestly,* John is very intelligent'裏的'honestly')與「判斷副詞」(attitudinal adverb; 如'*Fortunately,* he returned home safely; He, *fortunately,* returned home safely; He returned home safely, *fortunately*'裏的'fortunately'等常可以出現於句首、句中、句尾三種位置，並且以「停頓」(pause)或逗號與句子裏的其他成分隔開。而且以「句子替代詞」(pro-S)'it'來指涉前行語句子時，這些全句副詞都不包含於'it'的指涉範圍之內(如'*Honestly,* 〔s John is very intelligent〕, although you may not believe *it; Fortunately,* 〔s he returned home safely〕, and his wife was very happy about *it*'。因此，這些全句副詞似乎應該分析爲出現於小句子之外，大句子之內。有關英語全句副詞在句子裏出現的位置與分佈情形，參 Bellert (1977) 與 Ernst (1984)。

九、介詞組的X標槓結構

漢語與英語的介詞組都具有（52）的X標槓結構。

(52)

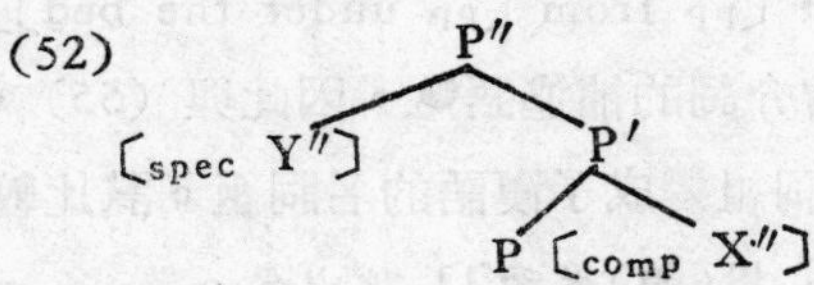

介詞組的主要語是介詞（P），補述語（X″）是介詞的賓語名詞組，指示語（Y″）則可能包含一些加強詞、「限制詞」(limiter) 與副詞（如漢語的'就在這裏、正在討論中、連跟老師、只爲你、早在一九三一年、遠在五年前'與英語的'*right* in the middle, *even* to the teacher, *just* for you, *soon* after the accident, *long* before his arrival, *far* down the road'等）。英語的介詞組還可以拿量詞組來充當指示語，例如'*five miles* down the road, *three inches* along the seam'。漢語裏這些介詞組常出現於動詞組裏主要語動詞的左方以獲得論旨角色，而量詞組則常出現於主要語動詞的右方以獲得格位的指派。但在英語裏量詞組與介詞組都出現於主要語動詞的右方以獲得論旨角色，並且量詞組還要出現於介詞組的前面以獲得格位的指派。試比較：

(53) a. 他沿着馬路走了五哩。

b. 她沿着接縫處剪了三吋。

(54) a. He walked *five miles down the road.*

b. She cut *three inches along the seam.*

漢語與英語的介詞賓語名詞組都出現於主要語介詞的右方以獲得格位的指派。在英語裏，除了名詞組以外，介詞組也可以出現於主要語的右方充當補述語，例如：

(55) a. He jumped out 〔PP from 〔PP behind a tree〕〕.

b. I crawled out 〔PP from 〔PP under the bed〕〕.

在漢語裏，介詞組很少充當介詞的補述語㊺，因此與 (55) 相對的漢語是 (56)，英語的介詞組變成了漢語的名詞組。試比較：

(56) a. 他〔PP從〔NP 樹(的)後面〕〕跳出來。

b. 我〔PP從〔NP 牀(的)底下〕〕爬出來。

Li & Thompson (1981:25) 曾經把'前(面)、後(面)、上(面)、下(面)、外(面)、裏(面)、旁(邊)'等「方位詞」(locative particle 或 localizer) 分析為「後置詞」(postposition)，並且以此做為漢語裏「主賓動語言」(SOV language) 的句法特徵之一。這樣的分析把介詞組視為由介詞、名詞組與後置詞三個姊妹成分合成，顯然違背了X標槓理論的要求。事實上，這些方位詞並不是後置詞，而是不折不扣的處所名詞，而且是可以帶上補述語(如 (56) 例句裏的'樹、牀')的「不可轉讓的屬有關係」(inalienably possessed noun) ㊻。由於漢語的名詞不能指派格位，所以名詞組裏主要語名詞的補述語必須出現於名詞的左方、

㊺ 漢語的介詞組可以出現於'連'後面(如'他連對我都不肯說實話')；但這裏的'連'可能是「限制詞」(指示語)，而不是「介詞」(主要語)。

㊻ 參湯 (1972:109)，並參湯 (1988:170-171) 有關 Li & Thompson (1981) 的評述。

「領位標誌」'的'之前面而獲得領位。試比較：

(57) a. 他〔PP 在〔NP 裏面〕〕煮飯。

b. 他〔PP 在〔NP 厨房的裏面〕〕煮飯。

c. 他〔PP 在〔NP 厨房裏面〕〕煮飯。

d. 他〔PP 在〔NP 厨房裏〕〕煮飯。㊼

介詞不能以句子爲補述語，只有及物動詞、及物形容詞與連詞纔能以句子爲補述語。但是許多語法學家都把連詞在X 標槓結構裏歸入介詞，認爲介詞與連詞只不過是次類畫分上的區別：介詞以名詞組（或介詞組）爲補述語，而連詞則以大句子爲補述語，例如：

(58) a. 〔PP 如果〔S'明天下雨〕〕,(那麼) 我就不去了。

b. 〔PP 雖然〔S'天氣不好〕〕,(但) 我們還是要去。

c. 〔PP 因為〔S'颱風要來〕〕,(所以) 我們不能去。

d. 我不去〔PP除非〔S'你也去〕〕。㊽

(59) a. 〔PP If 〔S' it rains tomorrow〕〕, (then) I won't go.

b. 〔PP Though 〔S' the weather is bad〕〕, (yet) we still want to go.

c. 〔PP As 〔S' the typhoon is coming〕〕, we cannot go.

㊼ (57c, d) 可以視爲在語音形式部門裏從 (57b) 的表層結構中删除領位標誌'的'與簡化'裏面'而得來。

㊽ 漢語裏由連詞引介的狀語子句通常都出現於句首或句中的位置，但是在「漢語歐化」的影響下狀語子句偶爾也有出現於句尾的情形。

d. I'm not going 〔$_{PP}$ unless 〔$_{S'}$ you go too〕〕.

有些連詞甚至與介詞同音同形或非常相似。試比較：

(60) a. 我們一直工作〔$_{PP}$ 到〔$_{NP}$深夜兩點鐘〕〕。

a′ 我們一直工作〔$_{PP}$ 到〔$_{S'}$大家都累得半死〕〕。

b. 我〔$_{PP}$ 在〔$_{NP}$〔$_{NP}$ 九點鐘〕以後〕〕到達那裏。㊾

b′ 我〔$_{PP}$ 在〔$_{NP}$〔$_{S'}$你離開〕以後〕〕到達那裏。

c. 〔$_{PP}$ 為了〔$_{NP}$ 兒子〕〕他日夜不停的工作。

c′ 〔$_{PP}$ 為了〔$_{S'}$兒子上大學〕〕他日夜不停的工作。

(61) a. We worked 〔$_{PP}$ until 〔$_{NP}$ two o'clock in the morning〕〕.

a′ We worked 〔$_{PP}$ until 〔$_{S'}$ we were almost tired to death〕〕.

b. I got there 〔$_{PP}$ after 〔$_{NP}$ nine o'clock〕〕.

b′ I got there 〔$_{PP}$ after 〔$_{S'}$ you left〕〕.

c. He toiled day and night 〔$_{PP}$ for 〔$_{NP}$ his son〕〕

c′ He toiled day and night 〔$_{PP}$ in order 〔$_{S'}$ for his son to go to college〕〕.

c″ He toiled day and night 〔$_{PP}$ in order 〔$_{S'}$ that his son might go to college〕〕.

㊾ 這裏的時間詞'以後'以及'（在……)以前、（當……)的時候、(如果……)的話'都以名詞組或子句爲補述語，其用法很像前面所討論的方位詞（和'前(面)、後(面)、上(面)、下(面)、裏(面)'等）之以名詞組爲補述語。

十、名詞組的X標槓結構

早期的句法分析把漢語與英語的名詞組分別分析爲（62a）與（62b）的X標槓結構。但是最近湯（志）(1988) 卻參照Abney (1987) 的主張把漢語名詞組的X標槓結構分析爲（63a），我們也因此把英語名詞組的X標槓結構分析爲（63b）。

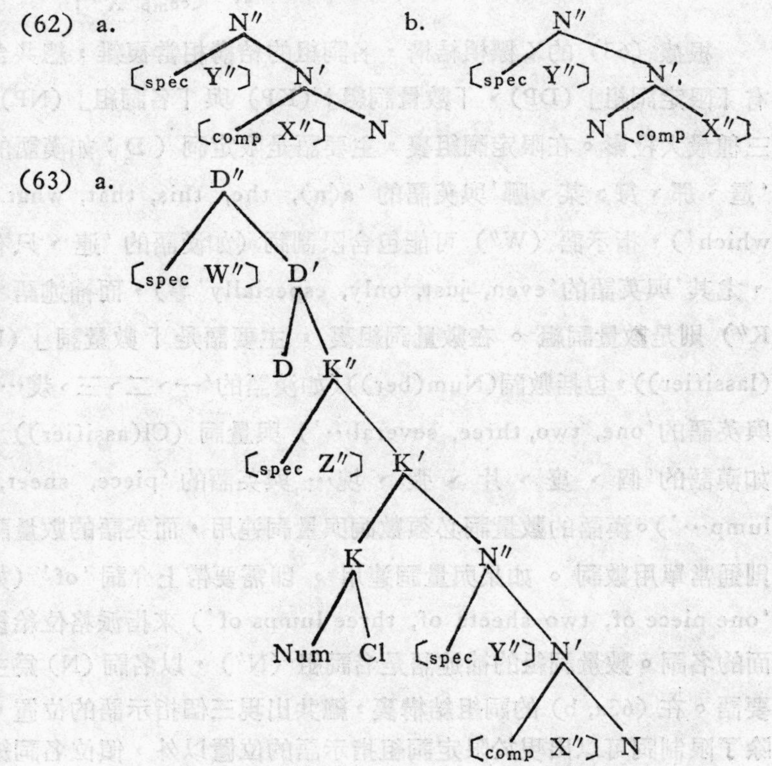

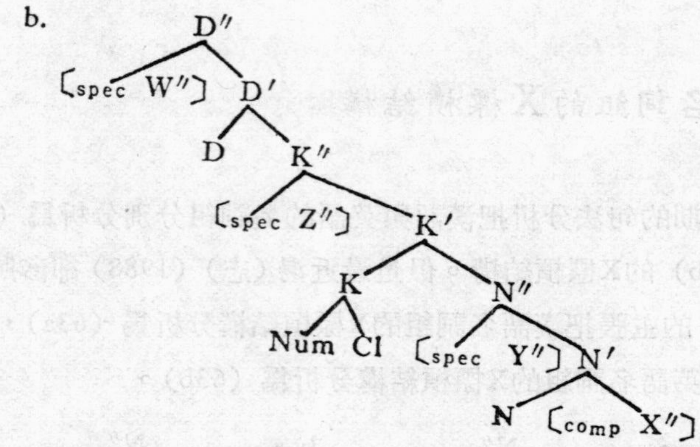

根據（63）的X標槓結構，名詞組的結構相當複雜，總共含有「限定詞組」(DP)、「數量詞組」(KP）與「名詞組」(NP）三種最大投影。在限定詞組裏，主要語是限定詞（D；如漢語的'這、那、每、某、哪'與英語的'a(n), the, this, that, what, which'），指示語（W″）可能包含限制詞（如漢語的'連、只有、尤其'與英語的'even, just, only, especially'等），而補述語（K″）則是數量詞組。在數量詞組裏，主要語是「數量詞」(K(lassifier))，包括數詞(Num(ber))(如漢語的'一、二、三、幾…'與英語的'one, two, three, several…'）與量詞（Cl(assifier))（如漢語的'個、隻、片、張、塊…'與英語的'piece, sheet, lump…'）。漢語的數量詞必須數詞與量詞連用，而英語的數量詞則通常單用數詞。如果與量詞連用，即需要帶上介詞'of'（如'one piece of, two sheets of, three lumps of'）來指派格位給後面的名詞。數量詞組的補述語是名詞組（N″），以名詞(N)爲主要語。在（63a, b）的詞組結構裏，總共出現三個指示語的位置。除了限制詞可以出現於限定詞組指示語的位置以外，領位名詞組也可以出現於限定詞組與名詞組指示語的位置。[50]因此，(63)的X 標槓結構可以衍生下面（64）與（65）的例句。

(64) 三本書；這三本書；三本我的書；我的三本書；這三本我的書；我(的)這三本書；連三本書；連三本我的書；連我的三本書；連這三本書；連這三本我的書；連我的這三本書

(65) three books; these three books; my three books; even these three books; even my three books[51]

至於名詞的補述語（X″）則與名詞的次類畫分有關的句法成分（包括名詞組與同位子句），而名詞的附加語則包含各種名詞的修飾語，例如形容詞組、關係子句等。由於漢語的名詞不能指派格位，並依照從右方到左方的方向指派論旨角色，所以漢語的補述語與附加語一律出現於主要語名詞的左方，例如：

(66) 〔$_{DP}$我(的)〔$_{D'}$那〔$_{KP}$一位〔$_{K'}$〔$_{NP}$〔$_{CP}$ O_i〔$_{C'}$〔$_{IP}$ t_i 住在美國〕的〕〔$_{N'}$好〔$_N$朋友〕〕$_i$ 〕〕〕〕〕〕〕。[52]

---

[50] 根據湯（志）（1988）主張，漢語的領位名詞組在深層結構裏出現於名詞組指示語的位置，然後因「移動 α」而移位至其他指示語的位置。

[51] 英語的「領屬詞」（possessive；包括領位名詞組與領位代詞）與限定詞不能同時充當名前指示語，但在古代英語裏領屬詞與限定詞卻可以連用（如‘se heora cyning’=‘the their king’），而現代英語也保留‘on this our wedding day’這樣的用例。不過在這些說法裏，領屬詞也只能出現於限定詞的後面，不能像漢語那樣出現於指示語的前面。

[52] 與（66）相對的‘我住在美國的那一位好朋友’的說法，以及關係子句與同位子句（如‘〔$_{NP}$〔$_{CP}$ 老張破產〕〔$_{NP}$ 這一個消息〕〕’‘（當）〔$_{NP}$〔$_{CP}$ 我在中學的〕〔$_N$ 時侯〕〕’）的區別等問題，參湯（撰寫中 a）。

另一方面，英語的名詞不能指派格位，但能依照從左方到右方的方向指派論旨角色。因此，英語的補述語與附加語原則上出現於主要語名詞的右方（如"a student *of linguistics with long hair*"），但也可能以名前修飾語的形式出現於主要語名詞的左方（如"a *long-haired linguistics* student"）。出現於名詞右方的附加語包括：時間與處所副詞、介詞組、形容詞組、現在分詞組、過去分詞組、不定詞組、關係子句與同位子句等[53]。試比較與漢語例句（66）相對的英語例句（67）。

(67) *that good* friend *of mine who lives in the United States.*

湯(志)（1988）指出：(63)爲名詞組所擬定的詞組結構（「限定詞組——數量詞組——名詞組」）比（62）的詞組結構更能顯示與大句子詞組結構（「大句子——小句子——動詞組」）的相似性與對應性。而且，限定詞組的主要語（D）與數量詞組的主要語（K）之間，以及數量詞組的主要語（K）與名詞組的主要語（N）之間都存在着特定的「呼應」(agreement) 或「共存」(selection) 關係；一如大句子的主要語（即補語連詞'C'）與小句子的主要語（即屈折語素'I'）之間，以及小句子的主要語（I）與動詞組的主要語（V）之間也存在着特定的呼應或共存關係。

[53] 參湯（1988e:453-514）"英語的「名前」與「名後」修飾語：結構、意義與功用"。

十一、結　語

以上根據模組語法中「X標槓理論」、「格位理論」、「論旨理論的原則與參數，就大句子、小句子、動詞組、形容詞組、介詞組、名詞組等句法結構爲漢英兩種語言提供了相當有系統的對比分析。由於篇幅的限制，有許多問題未能提出充分的「佐證」與「反證」來詳盡的討論；有許多學者的分析與意見也未能一一加以評述或取捨。[54] 模組語法中的其他理論（如「管轄理論」、「限界理論」、「約束理論」、「控制理論」、「主謂理論」等）也無法援用來討論漢英兩種語言的對比分析；因此，「照應詞」(anaphors)、「稱代詞」(pronominals)、「空號詞」(empty categories)、「大代號」(PRO)、「小代號」(pro)、「寄生缺口」(parasitic gap)、「接應代詞」(resumptive pronoun) 等在漢英兩種語言裏的分佈特徵與異同也沒有機會檢討。其他，屬於漢語裏比較「有標」(marked) 的句法結構，如情狀補語與結果補語，以及這些結構與「有標理論」的關係等也只能等待今後的研究。

目前在國內研究語法理論的風氣並不十分旺盛。一般從事語文教育的人，也就無法從語法理論與語法分析中獲得助益。我們虔誠的希望國內的語言學與語文教學能早日結合並能相輔相行。無論是爲本國學生敎英語的老師或是爲外國學生敎華語的老師，

[54] 特別是「附加語」(adjunct) 在「X 標槓結構」中的地位，以及以 'X′'「連續衍生」(recursively generate) 附加語而使之成爲 'X′' 姊妹成分的可能性。詳細的情形參湯 (撰寫中 a)。

都能透過漢英兩種語言的對比分析來瞭解如何描述或詮釋各種語法結構與語法現象。

※原發表於第二屆世界華語文教學研討會（1988）12月27日至30日。

普遍語法與英漢對比分析：

「X 標槓理論」與詞組結構

1. 前　言

「對比分析」(contrastive analysis) 對於語言教學的重要性，早爲語言學家與語文教師所肯定。一般說來，如果本國語與外國語的語言特徵極爲相似，那麼這些相似的語言特徵就可以形成「積極的遷移」(positive transfer)，方便外國語的學習。反之，如果本國語與外國語的差異太大，那麼這些相異的語言特徵就可能形成「消極的干擾」(negative interference)，阻撓外國語的學習。對比分析能夠明確的指出本國語與外國語之間相似與相異的特徵，因而能預測學生的學習困難與分析學生錯誤的原因，從而對於語文教材的編纂、教法的設計、測驗結果的分析等均有莫大的幫助。

英語是我國學生唯一的必修外國語，不但從國中、高中一直學到大學，而且是高中入學、大專入學以及外國留學考試的必考課目之一。另一方面，漢語或「華語」(Chinese as a second or foreign language) 教學也在全球各地的華裔子弟與外國學生之間引起廣泛的興趣，學習人口一天比一天增多。但是至今尚無人就英語與漢語兩種語法之間提出深入而有系統的對比分析來。推其原因，主要是缺少一套完整而周延的普遍語法理論把這兩種語言的語法結構與語法現象有條有理的加以對照、分析、描述與詮釋。

英漢兩種語法的對比分析，不但對這兩種語言的教學有所貢獻，而且對於普遍語法以及漢語語法的研究也有很大的助益。因為當前的普遍語法理論主要是檢驗英語與其他少數印歐語系的語言事實而建立的，必須還要靠漢藏語系等其他語言的經驗事實來驗證其普遍性與正確度。語法理論的研究，似可依其所研究的語言之多寡而分為「單一語言研究法」(“single-language” approach) 與「多數語言研究法」(“many-language” approach)。前一種方法，對單一語言做深入的分析與討論，語料之研究盡求其深，藉以探求語言普遍性的奧秘。後一種方法，對多數語言做廣泛的調查與比較，語料之蒐集盡求其廣，藉以把握語言普遍性的全貌。其實，這兩種研究方法並不是互相排斥的，而是相輔相成的。單一語言深入的研究與普遍語法的建立，可以促進我們對於其他語言的了解；複數語言的比較與對比分析的討論，又可以幫助我們檢驗普遍語法的內容。因此，英漢兩種語法的對比分析應該依據普遍語法的理論來探討；一面廣泛調查英漢兩種語言的語法結構與語法現象，一面徹底檢驗普遍語法的內容與應用。

本文有鑒於此，擬從「普遍語法」(universal grammar; UG) 的「X標槓理論」(X-bar theory) 來討論英語與漢語的「詞組結構」(phrase structure)，包括「名詞組」(NP)、「動詞組」(VP)、「形容詞組」(AP)、「介詞組」(PP)、「大句子」(S′; CP)、「(小)句子」(S; IP) 等。「X標槓理論」的內容簡單而明確，卻能從極其簡單的內容「演繹」(deduce) 或「詮釋」(explain) 相當複雜的句法結構與句法現象。文章的內容主要分為七部分：(一)前言、(二)「原則及參數語法」與對比分析、(三)「X標槓理論」與「擴充的X標槓理論」、(四)「X標槓理論」與英語的詞組結構、(五)「X標槓理論」與漢語的詞組結構、(六)結語。

2.「原則及參數語法」與對比分析

語法理論與對比分析的關係相當密切。在只承認「表面結構」(surface structure) 的「結構學派語法」(structuralist grammar) 之下，對比分析主要是兩種語言在表面結構上詞類、詞序與詞組結構的比較，而未能做更深一層的分析與討論。在承認「表面結構」與「深層結構」(deep structure) 的「變形衍生語法」(transformational-generative grammar) 之下，除了深層結構與表面結構的比較以外，還可以比較連繫這兩種結構的「變形規律」(transformational rule)，因此對比分析的內容也就更加豐富起來。本文所採用的普遍語法理論是當代語法理論中的「管轄約束理論」(Government-Binding Theory)，又稱「原則及參數語法」(principles-and-parameters approach)。❶

根據這一個語法理論，「普遍語法」(UG) 由「核心語法」(core grammar) 與「周邊」(periphery) 合成。核心語法由若干各自獨立存在卻能彼此聯繫互動的「模組」(modules) 組成。這些模組主要包括「規律系統」(system of rules) 與「原則系統」(subsystem of principles) 兩種。規律系統包括「詞彙」(lexicon)、「句法部門」(syntactic component) 與「解釋部門」(interpretive component)。與已往的變形語法不同，句法部門的內容非常簡單，甚至可以說是相當的貧乏。因爲在句法部門中，「詞組結構規律」(phrase structure rule) 的部分功能已由「X標槓理論」來取代❷，而其他功能則由詞彙

❶ 這一個語法理論在演進的過程中前後有「修訂的擴充標準理論」(Revised Extended Standard Theory)、「約束理論」(Binding Theory)、「管轄約束理論」(簡稱「管束理論」(GB Theory))、「屏障及約束理論」(Barrier-Binding Theory) 等幾種不同的名稱。Chomsky 本人並不贊成隨語法研究重點的轉移而更改語法理論的名稱，並認爲「原則及參數語法」是最能概括這一個語法理論特性的名稱。

❷ 晚近的趨勢是連「X 標槓理論」的內容或功能也都由其他原則來詮釋。

來掌管。由詞組結構規律所衍生的「深層結構」，不再要求「結構樹」(structural tree) 上所有的「節點」(node) 都要「塡詞」(lexical insertion)，而允許「空節」(empty node) 的出現，然後經過句子成分的移入而塡補這個空節。句法部門的另一個規律系統，「變形規律」(transformational rule) 則僅剩一條「移動 α 」(Move α) 的規律。這一條「概化的變形規律」(generalized transformational rule)，既沒有規定輸入結構的「結構分析」(structural analysis; SA)，也沒有規定輸出結構的「結構變化」(structural change; SC)，而允許任何句子成分移到任何位置去。❸

這樣漫無限制的變形規律，勢必「蔓生」(overgenerate) 許多不合語法的句法結構來。但是所有由規律系統所衍生的句法結構都要在解釋部門的「邏輯形式」(LF) 與「語音形式」(PF) 裡獲得原則系統下各種原則的「認可」(licensing)。如果不能獲得這些原則的認可，就要遭「濾除」而受淘汰。原則系統包括「X標槓理論」、「論旨理論」(θ-theory)、「格位理論」(Case theory)、「限界理論」(bounding theory)、「管轄理論」(

---

❸ 規律系統，除了包含詞組結構規律與變形規律的「句法部門」以外，還有包含「邏輯形式」(logical form; LF) 與「語音形式」(phonetic form; PF) 的「解釋部門」。解釋部門裏含有屬於邏輯形式的「量化詞規律」(quantifier rule; QR)、「指標規律」(indexing rule)、「主謂規律」(rule of predication)，以及屬於語音形式的「刪除規律」(deletion rule)、「體裁規律」(stylistic rule) 等變形規律。但是這些變形規律基本上也屬於「移動 α」，或比「移動 α」更爲概化的「影響 α」(Affect α) 的規律。

government theory)、「約束理論」(binding theory)、「控制理論」(control theory) 等❹。

這些原則都是有關「規律適用的限制」(constraint on rule application) 或有關「(句法)表顯合法度的條件」(well-formedness condition of (syntactic) representation)❺，而且都含有若干數值未定的「參數」(parameter)，委由個別語言來選定。凡是人類的「自然語言」(natural language) 都含有這樣的規律系統與原則系統，「個別語言」選定了原則系統的參數以後就形成了個別語言的「核心語法」❻。至於核心語法以外的「周邊」，目前似乎尚未做深入而有系統的研究。不過一般認爲周邊語法的「描述能力」(descriptive power) 可能要比核心語法爲強，核心語法的原則系統在周邊語法的適用也可能有一部

---

❹ 其他還可能包括「主謂理論」(predication theory)、「有標理論」(markedness theory) 等。Chomsky (1986b) 還提出了「完整解釋的原則」(full interpretation principle; FI)，要求邏輯形式與語音形式的每一個成分都必須獲得適當的解釋。

❺ 語法理論最近的趨勢似乎是各種原則經過整合而成爲「表顯合法度的條件」。

❻ 我們也假設人類的孩童天生具有相當於「普遍語法」的「語言能力」(linguistic competence)，經過與母語「原初語料」(primary linguistic data) 的接觸而選定了原則系統的參數值而習得了母語的核心語法。由於規律系統與原則系統的內容以及參數與參數的值都是簡單、明確而有限的，這樣的假設也就頗能說明人類的孩童如何在無人刻意教導的情形下僅憑周遭所提供的殘缺不全、雜亂無章的語料(所謂的「刺激的匱乏」(poverty of stimulus)) 即能於極短期間內迅速有效而整齊劃一的學會母語。

分要放鬆。因此，一般說來，周邊語法所衍生的句法結構是比核心語法所衍生的句法結構更為「有標」(marked) 的結構。❼

個別語言的「個別語法」(particular grammar)，以普遍語法的規律系統與原則系統為主要內容，並選定參數的值而形成核心語法；另外，可能含有一些該語言獨特的周邊語法。換句話說，每一個自然語言都必須遵守普遍語法的規律系統與原則系統。這就說明了為什麼語言與語言之間有這麼多相似的語言特徵。另一方面，原則系統裡所包含的參數則由個別語言來選定其數值，因而各種原則在個別語言的適用情形並不盡相同。同時，各種原則的互相聯繫與交錯影響，以及周邊語法與有標結構的存在，更導致個別語言之間的變化與差異。這就說明了為什麼語言與語言之間有不少相異的語言特徵。

以原則與參數為內容的模組語法理論，不但否定了「只存在於個別語言的語法規律」(language-specific rule)，而且也否定了「專為個別的句法結構而設定的語法規律」(construction-specific rule)。這是因為模組語法把個別語言或個別句法結構的規律限制加以抽離，而納入普遍性的原則系統之中。結果，描述語言與詮釋語言的重心便從規律系統移到原則系統上面來。在

❼ 在「周邊」裏所要處理的句法現象可能包括：由「比照類推」(analogy) 而衍生的句法結構、代表「歷史痕跡」(historical vestige) 的句法結構、不同語言之間「語法上的借用」(grammatical borrowing)、以及某些「删除結構」(deletion structure) 等。就「語言習得」(language acquisition) 的觀點而言，運用周邊語法的能力並未包含於人類天生的語言能力之內，而必須靠後天的學習來獲得。

普遍語法模組的理論下，我們不必比較個別語言的深層結構或表面結構，也不必比較個別語言的詞組結構規律與變形規律。我們應該集中研究與討論的是：各原則在個別語言適用上的異同，而這種原則系統適用情形的異同可以從各個原則所包含的參數以及如何選定參數的值上面看出來。在以下的討論裡，我們依據「X標槓理論」並參酌「格位理論」與「論旨理論」來分析比較英漢兩種語言在詞組結構以及與此有關的句法表現上的異同。

3.「X標槓理論」與「擴充的X標槓理論」

「X標槓理論」(X-bar theory)❽本來是規定詞組結構規律的形式要件或限制。詞組結構規律的功能在於衍生深層結構的「詞組標誌」(phrase marker; P-marker)或「結構樹」(tree structure)；包括詞組結構的「畫分」(bracketing)與「標名」(labeling)以及句子成分與句子成分之間的「前後次序」(precedence)與「上下支配關係」(dominance)，也就是整個句子的「階層組織」(hierarchical structure)或「結構佈局」(structural configuration)。詞組結構規律在形式上屬於「不受語境限制」(context-free)的「改寫規律」(rewrite rule)，並且依照「內定的次序」(intrinsical ordering)❾適用，一直適用

❽ 又稱「X標槓公約」(X-bar convention)或「X標槓句法」(X-bar syntax)。

❾ 即沒有任何「外加的次序」(extrinsical ordering)，只要遇到出現於「改寫箭號」(rewrite arrow)左邊的詞組符號就要改寫成右邊的符號或符號羣。

到所有的詞組符號都改寫成無法再改寫的「終端符號」(terminal symbol) 爲止。但是早期的詞組結構規律，除了「一多原則」(“one-many” principle) 規定改寫符號的左邊只能出現一個符號而右邊卻可以出現一個或一個以上的符號，以及改寫規律不能把句子成分加以「刪除」(deletion) 或「換位」(permutation) 以外，幾無任何限制可言。連詞組結構必須以與該詞組結構的詞類相同的詞語爲「中心語」(center) 的「同心結構限制」(endocentricity constraint) 都未能設定。❿結果，詞組結構規律的描述能力過分強大，各式各樣、奇形怪狀的詞組結構規律都可能出現，有違普遍語法理論闡明「可能的語言」(possible language) 與排除「不可能的語言」(impossible language) 這個本旨。同時，已往的詞組結構規律只承認「詞語」(word) 與「詞組」(phrase) 這兩層結構單元，無形中否定了二者之間有其他結構單元的存在，未必與自然語言的語言事實相符。⓫另外，過去的詞組結構規律把「詞類」(part of speech) 或「句法範疇」(syntactic category) 視爲各自獨立的概念，詞類與詞類之間沒有共同的詞類屬性可以概括而形成「自然詞類」(natural class)，因而妨碍了句法規律的「跨(詞)類(的)條理化」(

---

❿ 例如，下面的詞組結構規律都違背「同心結構的限制」，因而代表「不可能的語言」：NP ⟶ A VP; V ⟶ PP AP; PP ⟶ NP AP VP; NP⟶AP。參 van Riemsdijk & Williams (1986: 40-41)。

⓫ 在下面的討論裏，我們會主張在「詞語」與「詞組」之間還有「詞節」(“semi-phrase”) 這個中介投影的存在。

cross-category generalization)。⑫

針對已往詞組結構規律的缺失，「X標槓理論」提出了相當簡潔而明確的主張，其主要內容可以用下面 (3.1) 的「規律母式」(rule schema) 來表示。

(3.1) a. X″⟶Spec, X′〔X″⟶指示語，X′〕

⑫ 例如，英語的「wh 移位」(Wh-Fronting) 與「比較句刪除」(Comparative Deletion) 適用於動詞組以外的所有主要詞彙範疇（包括名詞組、形容詞組、副詞組、量詞組）：參 Bresnan (1976)。

(i) a. 〔NP What book〕 did you read——?

b. 〔AP How long〕 is it——?

c. 〔AdP How quickly〕 did you read it——?

d. 〔QP How much〕 did it cost——?

(ii) a. She had more friends than he had 〔NP ——〕.

b. It looks more costly than it is 〔AP ——〕.

c. She drives more dynamically than he drives 〔AdP ——〕.

d. It costs more than it weighs 〔QP ——〕.

另一方面，「沈重名詞組移轉」(Heavy NP Shift) 與「分裂句變形」(Clefting) 則只能適用於名詞組與介詞組（可以用詞彙詞性〔-V〕（「非述辭」）來概化)。

(iii) a. He considers ___ stupid 〔NP many of my best friends〕.

b. He talked ___ about their stupidity 〔PP to many of my best friends〕.

(iv) a. It was 〔NP his girl friend〕 that John kissed ___ on the platform.

b. It was 〔PP on the platform〕 that John kissed his girl friend ___.

b. X′⟶X, Comp〔X′⟶X，補述語〕

規律母式中的'X'是「變項」(variable)，代表任何「語法範疇」(grammatical category)；例如，名詞(N)、動詞(V)、形容詞(A)、介詞(P)等。這四種「主要詞彙範疇」(major lexical category)可以用「實辭；非實辭」(± Nominal/Substantive; ±N)與「述辭；非述辭」(±Verbal/Predicative; ±V)這兩種屬性與正負兩個值來概化；例如，名詞是〔+N, −V〕，動詞是〔−N, +V〕，形容詞是〔+N, +V〕，而介詞是〔−N, −V〕。⑬ 變項X有三種不同的「槓次」(bar-level)：詞語'X'是「X零槓」(即'X°')，在詞組結構裡充當「主要語」(head)；詞組'X″'(「X雙槓」)是主要語'X'的「最大投影」(maximal projection)，亦可用'XP'的符號來表示；而「詞節」(semi-phrase)'X′'(「X單槓」)是介於主要語'X°'與其

⑬ Jackendoff (1977) 提出了與此迥然相異的屬性分析，而以「能否與主語連用」(± Subj(ect)) 以及「能否與賓語連用」(±Obj(ect)) 這兩種句法屬性來區別主要詞彙範疇。依據這種分類，名詞是〔+Subj, −Obj〕，動詞是〔+Subj, +Obj〕，形容詞是〔−Subj, −Obj〕，而介詞是〔−Subj, +Obj〕。Jackendoff (1977) 還提出「能否與補語連用」(±Comp(lement)) 與「是否係限定詞」(±Det(erminer)) 來區別形容詞 (+Comp) 與副詞 (−Comp)、介詞 (+Comp) 與介副詞 (−Comp)、動詞 (+Comp) 與情態助動詞 (−Comp) 等「次類畫分」(subcategorization)，或界定「冠詞」(Art (icle); +Subj, −Obj, −Comp, +Det)、「量詞」(Q(uantifier); +Subj, −Obj, −Comp, −Det)、「程度詞」(Deg(ree word)); −Subj, −Obj, −Comp, +Det) 等「次要詞彙範疇」(minor lexical category)。

最大投影 'X″' 之間的「中介投影」(intermediate projection)。(3.1) 的規律母式表示：(a) 任何詞組 (X″) 由與這個詞組詞類相同的詞節 (X′) 與其「指示語」(Spec(ifier)) 合成；而 (b) 詞節則由這個詞節的主要語 (X) 與其「補述語」(Comp(lement)) 合成。依據這一個規律母式，無論那一種語言(也無論那一種詞彙範疇)的詞組結構都具有 (3.2a) 這樣由 X, X′ 與 X″ 的「兩層槓次」(two bar-levels) 形成的階層組織，而不是 (3.2b) 這樣由 X 與 X′ 的「一層槓次」(one bar-level) 形成的階層組織。⑭

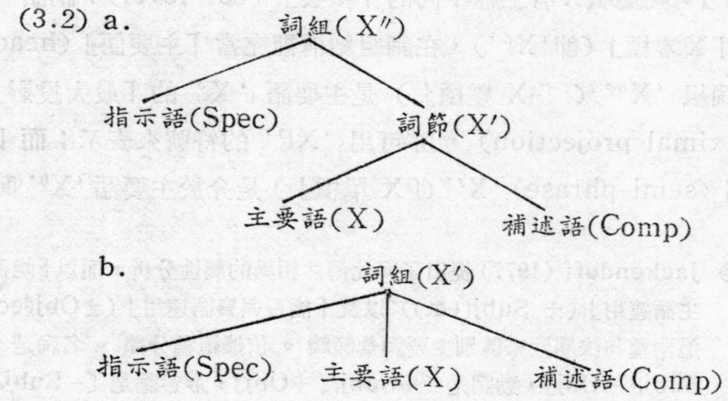

⑭ 對於最大投影的上限或最高槓次應該多少，以及是否所有的詞彙範疇都具有同樣的最高槓次，學者間曾有異論。根據 Chomsky 等人的看法，所有詞組結構的最高槓次都是 '2'; Vergnaud (1974) 與 Siegel (1974) 卻認爲最高槓次 (至少是名詞組的最高槓次) 可達 '4'; Dougherty (1968) 主張名詞組的最高槓次是 '3'，而動詞組的最高槓次是 '6'。Jackendoff (1977) 則主張所有詞組結構的最高槓次都是 '3'。我們認爲，由於「功能範疇」的出現，所有詞組結構的最高槓次都可以一律限爲 '2'。

「擴充的X標槓理論」(extended X-bar theory) ⓯更把X標槓結構從「詞彙範疇」擴展至「(小)句子」(S)與「大句子」(S′)等「功能範疇」(functional category)。依照這個分析，英語的「(小)句子」(S＝IP＝I″)以「屈折語素」(inflection; I(NFL))爲主要語，以動詞組(V″)爲補述語(結果'I′'相當於「謂語」(predicate phrase))，而以名詞組(N″)爲指示語(相當於句子的主語)；「大句子」(S′＝CP＝C″)以「補語連詞」(complementizer; C)爲主要語，以句子(I″)爲補述語，而把指示語留爲「空節」做爲「wh 詞組」(wh-phrase)或「空號運符」(null operator)等的「移入點」(landing site)。⓰又(3.1)的規律母式只爲詞組結構的主要語、補述語與指示語定位，卻沒有對於「附加語」(adjunct; Adjt)做任何交代。因此，我們參照 Wells (1947)、Jackendoff (1977)、Hornstein & Lightfoot (1981)、Radford (1988) 等人的分析，把附加語也納入X標槓理論中，而提出下面(3.3)的規律母式：

(3.3) a. X″⟶Spec, X′〔X″⟶指示語，X′〕

b. X′⟶X′, Adjt〔X′⟶X′，附加語〕

⓯ 參 Chomsky (1986a: 3)。

⓰ 除了「小句子」(IP)與「大句子」(CP)這兩個「功能範疇」以外，Fukui (1986)、Abeny (1987)、Bowers (1987, 1988)、Tang (1988) 等人還分別爲英語與漢語主張「限定詞組」(determiner phrase; DP/D″)、「量詞組」(quantifier phrase; QP/Q″)、「述詞組」(predicate phrase; PrP/Pr″)等詞組結構的存在，使得當代語法理論的詞組結構分析比傳統的詞組結構分析更加抽象而複雜，但也更能做有意義的條理化。

c. X′⟶X, Comp〔X′⟶X，補述語〕

在 (3.3b) 的規律母式中，詞節 (X′) 出現於改寫箭號的左右兩邊；因此附加語 (Adjt) 可以「連續衍生」(recursively generate)，在同一個結構樹裡可以同時含有一個以上的附加語。例如：

(3.4)

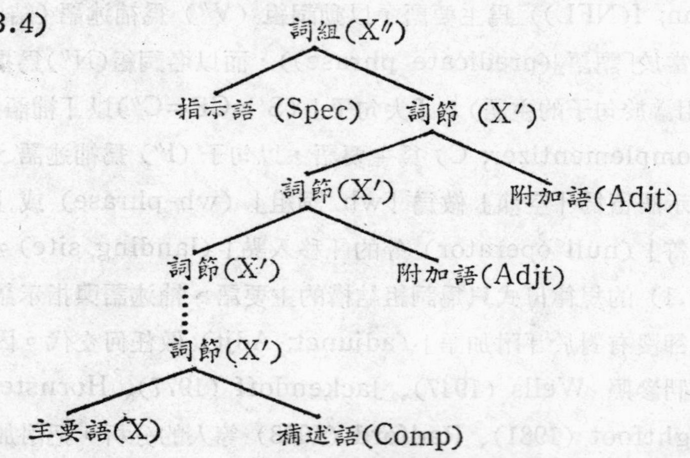

又在 (3.3) 的規律母式中，指示語與詞節之間、詞節與附加語之間、以及主要語與補述語之間，都以逗號做標點。這個逗號表示：X 標槓理論只規範詞組成分的「上下支配關係」，並不規範詞組成分的「前後出現次序」。也就是說，在詞組結構裡主要語、補述語、附加語、以及指示語從前到後（或從左到右）的「線性次序」(linear order) 是委由原則系統中的其他原則或其參數來決定的。⓱ 以附加語為例，附加語可能出現於詞節的右邊（如 (3.4) 的結構樹），也可能出現於詞節的左邊（如下面(3.5)的結構樹）。

⓱ 與詞組成分在詞組結構裏出現的位置或分佈關係最密切的兩個原則是「格位理論」與「論旨理論」。參湯 (1988g；撰寫中 a，c)。

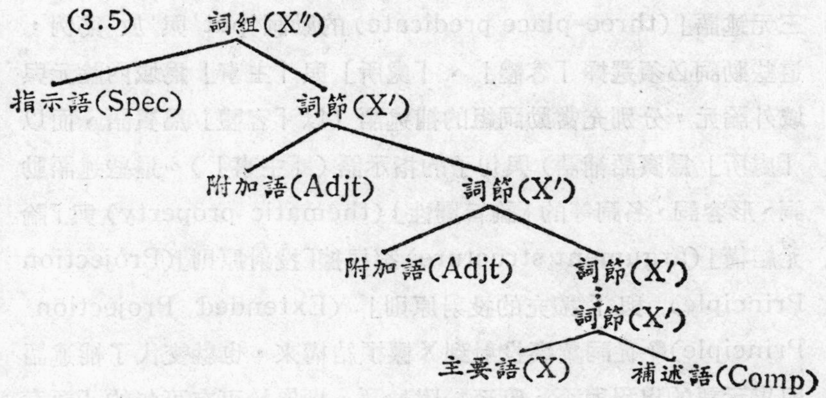

另外，X標槓理論規定：補述語、附加語、指示語都必須由詞組 (X″) 來充當⑱；但對於這些補述語、附加語或指示語的數目以及所屬詞類等則不做任何指示，而委由詞彙、原則系統的原則與參數等來決定。以「二元述語」(two-place predicate) 的動詞'beat'與'打'爲例，這些動詞的詞項記載在「次類畫分框式」(subcategorization frame) 或「θ 網格」(θ-grid) 裏登錄：動詞'beat'與'打'必須分別選擇「客體」(theme) ⑲與「主事」(agent) 爲「域內論元」(internal argument) 與「域外論元」(external argument)；域內論元在動詞組中充當補述語（亦卽賓語），而域外論元則在句子中充當指示語（亦卽主語）。再以「

⑱ 但是這並不表示這個詞組必須含有指示語、補述語與附加語；因爲如下所述，X標槓理論只規定這些詞組成分可能的分佈，並不要求這些成分必須出現。因此，最大投影的詞組 (X″) 必須含有主要語與其中介投影（卽X與 X′），但事實上不一定含有這些成分。也就是說，X標槓理論允許詞組結構裏「空節」的存在。

⑲ 又稱「受事」(patient)。

三元述語」(three-place predicate) 的動詞'put'與'放'爲例，這些動詞必須選擇「客體」、「處所」與「主事」爲域內論元與域外論元，分別充當動詞組的補述語（以「客體」爲賓語、而以「處所」爲賓語補語）與句子的指示語（「主事」）。這些述語動詞、形容詞、名詞等的「論旨屬性」(thematic property) 與「論元結構」(argument structure) 都根據「投射原則」(Projection Principle) 與「擴充的投射原則」(Extended Projection Principle)⑳ 從詞彙裏投射到X標槓結構來，也就交代了補述語與指示語的出現與否。㉑ 至於附加語，則屬於可有可無的「語意論元」(semantic argument)，任由(3.3b)的規律隨意衍生。

根據以上的討論，我們可以把 (3.3) 的規律母式進一步條理

⑳ 「投射原則」規定：詞彙中「詞項記載」(lexical entry) 的論旨屬性與論元結構必須原原本本的投射到「深層結構」、「表層結構」、「邏輯形式」等這三個「句法層次」(syntactic level) 來，而「擴充的投射原則」則規定：句子必須含有主語。另外，Williams (1980), Travis (1984), Rothstein (1983) 等人則主張以「主謂理論」(predication theory)或「述語連繫規律」(Rule of Predicate Linking) 來取代「擴充的投射原則」。

㉑ 一般說來，我們可以根據述語的語意內涵「從語意上選擇」(s(emantically)-select) 所需要的「論元」(argument) 與「論旨角色」(thematic-role; θ-role)；然後根據這些論旨角色（如「主事」、「客體」、「起點」、「終點」、「處所」、「時間」等）的「典型結構句式」(canonical structural realization) 就「句式上選擇」(c(ategorially)-select) 這些論旨角色的詞組結構與詞彙範疇（例如，「主事」常是有生名詞組、「客體」常是事物名詞組或命題子句、「起點、終點、處所、時間」等則常是介詞組等）。

化，改為(3.6)的規律母式。

(3.6) a. X″⟶X″*, X′ (指示語規律)

b. X′⟶X′, X″* (附加語規律)

c. X′⟶X, X″* (補述語規律)

在新的規律母式裏，原來的指示語(Spec)、附加語(Adjt)與補述語(Comp)都改寫為變項'X″*'。'X″'仍然代表任何語法範疇的最大投影，而右上角的「變數星號」(Kleene star; asterisk operator) 則代表零或任何大於零的正整數。因此。'X″*' 的符號表示：指示語、附加語與補述語必須是最大投影的詞組，但是這些詞組的語法範疇與數目則不加以限制。㉒ 從 (3.6) 的規律母式，我們可以就X標槓理論的主要內容做出下列結論。

(一)「範疇中立的限制」(category-neutrality constraint): X 標槓結構必須以「變數」(variable) 來表示㉓；

㉒ 我們有理由相信，除了補述語的數目可能有兩個以外，指示語與附加語的數目至多只能有一個。請參照後面的討論與分析。

㉓ 我們也可以用變數'n'與'm'來表示改寫箭號兩邊變項 'X, X′, X″' 的槓數之間的關係：$X^n \longrightarrow \cdots X^m \cdots (n \geq m)$；但是如果'…'等於零(也就是說，如果'$X^n$'不「分枝」(branch off) 或不「擴展」(expand) 為兩個以上的詞組成分)，那麼'm'不能等於'n'。這個條理化表示：改寫箭號左邊變項的槓數必須大於右邊主要語變項的槓數（如(3.6a)的「指示語規律」與(3.6c)的「補述語規律」)，或等於右邊主要語變項的槓數(如(3.6b)的「附加語規律」)；而且，不可以有'$X^n \longrightarrow X^n$'這樣無意義的X標槓結構 (參 Radford (1988:262))。又這個條理化允許'X″⟶ X, X″*'這樣的X標槓結構。但是根據 Chomsky (1986a:4)，不含有指示語的詞組可以有這樣的X標槓結構；例如'〔NP〔N′〔N pictures〕〔of John〕〕〕'也可以分析為'〔NP〔N pictures〕〔of John〕〕。

也就是說，在規律母式中不能提到具體的語法範疇。變項與詞彙、句法屬性的設定，使得句法現象「跨詞類的條理化」更爲容易，也更爲有意義。㉔

（二）「同心結構的限制」(endocentricity constraint)：任何詞組結構的主要語（詞語）與其中介投影（詞節）以及最大投影（詞組）必須屬於相同的語法範疇。也就是說，主要語必須與其補述語、指示語或附加語共同形成「同心結構」(endocentric construction)。㉕

㉔ 例如，句子成分的移位包括「代換」(substitution) 與「加接」(adjunction)。代換限於詞組(X″)與主要語(X)，詞組只能移入指示語的位置，而主要語則只能移入「c 統制」(c-command) 這個主要語的位置，以符合「結構保存的假設」(Structure-Preserving Hypothesis)。另一方面，加接則限於詞組(X″)，而且只能加接於「非論元」(nonargument; Ā) 的詞組(X″)的左端或右端。參 Chomsky (1986a:4-6)。又如英語的「動詞空缺」(Gapping) 與「動詞組刪除」(Verb Phrase Deletion) 分別適用於'V'與'V′'，其實相似的空缺與刪除也可以分別適用於'N' 與 'N′'，例如：

(i) a. Max *ate* the apple anb Sally [$_{V}$____] the hamburgers.
b. I bought three *quarts* of wine and two [$_{N}$____] of milk.

(ii) a. Max *ate the apples* and Sally did [$_{V'}$____] too.
b. I like John's *yellow shirt*, but not Bill's [$_{N'}$____].

參 Jackendoff (1971)。

㉕ 根據這個限制，下面(i)的詞組結構是合語法的詞組結構，而(ii)卻是不合語法的詞組結構。

(i) a. VP⟶V NP PP
b. AP⟶A PP
c. NP⟶Det N S′(=CP)

(ii) a. VP⟶N NP PP
b. A⟶AP PP
c. NP⟶S′(=CP)

(三)「非主要語最大投影的限制」(non-head maximality constraint)：補述語、指示語與附加語必須由最大投影的詞組(X″)來充當。也就是說，除了主要語(X, X′)以外，其他的詞組成分都必須是最大投影，也就是詞組。

(四)「主要語獨一無二的限制」(head uniqueness constraint)：在同一個詞組結構(X″)裏，只能有一個主要語(X, X′)。也就是說，在同一個詞組裏可能有一個或一個以上的補述語、指示語或附加語，但是主要語則只能有一個。

以上四種限制屬於普遍語法的一部分，也就是所有自然語言的詞組結構共同遵守的原則。又在(3.6)的規律母式中，只有(b)的「附加語規律」是「可用規律」(optional rule)，而且還可以「連續衍生」。因此，附加語可有可無，而且可能一連幾個在詞組結構裡不同的階層衍生。補述語與指示語不能連續衍生，因此只能分別出現爲主要語'X'與'X′'的「姊妹成分」(sister constituent)。至於指示語、附加語、補述語等與主要語之間的相對位置或前後左右的次序，則委由其他原則（如「格位理論」與「論旨理論」等）來決定，不在X標槓理論掌管的範圍內。X標槓理論本來是爲了防堵詞組結構規律過大的描述能力而所提出的規律形式上的限制。但是也可以視爲詞組結構本身的「合法度條件」(well-formedness condition) 或「認可條件」(licensing condition)，違背這些條件即被判爲不合語法而遭受濾除。如此，整個詞組結構規律的功能都可以由詞彙與原則系統來掌管而把詞組結構規律加以廢棄，不但符合了當前語法理論以原則來代替規律的趨勢，而且也更進一步促進了普遍語法的模組化。

以下根據(3.6)的規律母式，分別詳論英語與漢語的名詞組、動詞組、形容詞組、介詞組、大句子與小句子等詞組結構，藉以探討X標槓理論的內容與限制在這兩種語言的句法分析上如何實際運用。

4.「X標槓理論」與英語的詞組結構

4.1 英語名詞組的X標槓結構

4.1.1 名詞組、名詞節、名詞

英語的名詞組，以名詞(N)為主要語，並與補述語形成名詞節(N′)，再與指示語形成名詞組(N″)。名詞組可以充當句子的主語(如(4.1a)句)、動詞的賓語(如(4.1b)句)、介詞的賓語(如(4.1c)句)、主語的補語(如(4.1d)句)、賓語的補語(如(4.1e)句)，並可以帶上「領位標誌」(genitive marker)(如(4.1f)句)。

(4.1) a. [N″ The King of England] was well liked by his people.

b. He never met [N″ the King of England] before.

c. She worked for [N″ the King of England].

d. He became [N″ a professor of linguistics at MIT].

e. They appointed him [N″ a professor of

linguistics at MIT〕.

f. They served as 〔N″ the King of England〕's servants.

名詞組還可以與名詞組「對等連接」(Coordinate Conjoining) ㉖ (如(4.2a)句) 或「右節提升」(Right-Node Raising) ㉗ (如(4.2b)句)；名詞組也可以經過「名詞組移位」(NP-Movement) 而充當「被動句」的主語 (如(4.2c)句) 或「提升結構」(raising construction) 的主語 (如(4.2d)句)，並可以經過「WH 移位」(WH-Movement) 而形成「wh 問句」(如(4.2e)句)，與「關係子句」(如(4.2f)句)，或充當句子的「主題」(topic) 與「分裂句」(cleft-sentence) 的「焦點」(focus) (如(4.2g)句與(4.2h)句) ㉘：

(4.2) a. 〔N″ The King of England〕 and 〔N″ the

㉖ 英語的「對等連接結構」(coordinate construction)無法由(3.6)的規律母式衍生，可能另外需要下面的「對等連接規律母式」：$X^i \longrightarrow X^i$, (Conj, X^i)*。參 Jackendoff (1977:51)。

㉗「右節提升」可能是變形規律，也可能是「照應解釋規律」(anaphora interpretation rule)。關於英語與漢語「右節提升」的討論，參 Hankamer (1971), Sag (1976), Richard (1976), Neijt (1979), Li, M-D. (1988) 等。

㉘ 無生名詞組還可以充當「準分裂句」(pseudo-cleft sentence) 的焦點，例如：

What our secret agent stole was 〔N″ the enemy's secret code〕.

(比較：The one who stole the enemy's secret code was 〔N″ our secret agent〕.)

emperor of Japan〕 met each other for the first time.

b. He admired 〔N″____〕 but she despised 〔N″ the King of England〕.

c. 〔N″ The King of England〕 was severely criticized 〔N″____〕 by the press.

d. 〔N″ The King of England〕 seemed 〔N″____〕 to be well liked 〔N″____〕 by his people.

e. 〔N″ Which King〕 〔N″____〕 was well liked by his people?

〔N″ The King of England〕.

f. [〔N″ The King of England〕, 〔N″ who〕 〔N″____〕 was well liked by his people, died at the age of 40.

g. 〔N″ The King of England〕, you'll never be 〔N″____〕!

h. It was 〔N″ the King of England〕 that the people loved and admired 〔N″____〕.

名詞節通常不能單獨出現，但是以少數特定的名詞㉙爲主要語的名詞節可以例外的充當主語補語(如(4.3a)句)或賓語補語(如(4.3b)句)。而且名詞節可以互相對等連接(如(4.3c)句)或共

㉙ 例如，只有一個人可以擔任的職位，如'king, queen, president, captain, general manager'等。

同右節提升（如(4.3d)句），並且可以由「替代詞」(pro-form) 'one'來取代（如(4.3e)句)。

(4.3) a. He became 〔N′ King of England〕 at the age of 20.

b. They chose him 〔N′ King of England〕

c. Who would have dared defy the 〔N′ King of England〕 and 〔N′ ruler of the empire 〕?

d. He was the last 〔N′___〕(and some people say the best) 〔N′ King of England〕.

e. The present〔N′ King of England〕 is more popular than the last 〔N′ one〕. ㉚

名詞組可以單獨出現，而且可以與「稱代詞」(personal pronoun) 'he, she, it, they' 等照應；名詞節很少單獨出現，但可以與「替代詞」'one'照應。㉛名詞不能單獨出現，也沒有

㉚ (4.3 c,d,e) 的例句採自 Radford (1988:174)。

㉛ 我們也可以說，'he, she, it, they'是「名詞組的替代詞」(pro-N″)，而'one'是「名詞節的替代詞」(pro-N′)。又「替代詞」的'one'與「數詞」的'one'不同：數詞的'one'重讀，而替代詞的'one'則輕讀並有複數形'ones'(如'two small *ones*')。兩種不同的'one'還可以前後連用(如'*one* large *one*')，或單獨使用(如'Do you have a knife?—Yes, I have, not just *ONE* (knife) but TWO (knives)/Yes, I have a very sharp *one*.')。

相對應的替代詞㉜；但是在「名詞空缺」(N-Gapping) 裡可以與前面一個對等子句裡相對應的名詞照應㉝，例如：

(4.4) I bought two 〔N quarts〕 of wine and three 〔N____〕 of milk.

4.1.2 名詞的補述語

英語的名詞組以名詞為主要語，以介詞組 (P″; 如(4.5)句)、「that 子句」(C″；如(4.6)句)、「不定子句」(C″; 如(4.7)句) 等為補述語，並以「限定詞組」(determiner phrase; DP/D″)、「數量詞組」(quantifier phrase; QP/Q″) 等為指示語。

(4.5) a. 〔N″ 〔D″ a〕〔N′〔N student〕〔P″ of linguistics〕〕〕
(比較：Someone studies linguistics.)
b. 〔N″ 〔Q″ little〕〔N′〔N knowledge〕〔P″of English〕〕〕
(比較：Someone knows little English.)
c. 〔N″ 〔D″ Bill's〕〔N′ 〔N fear〕〔P″ of John〕〕〕
(比較：Bill fears John.)

㉜ 但是'John'可以在'〔N″〔N′〔N John〕〕〕'的詞組結構分析下單獨出現，也可以與'he/him'照應；'knife'也在'〔N″ a〔N′ very sharp〔N′〔N knife〕〕〕〕'的詞組結構分析下與'(a very small) one'照應。

㉝ 我們似乎可以把「大代號」(PRO；即未具語音形態但具有〔＋照應(＋anaphoric)，＋稱代(＋pronominal)〕這些詞彙屬性) 的「稱代詞」(pronominal) 加以概化而使其出現於〔N″____〕、〔N′____〕、〔N____〕三種不同的位置：與'〔N″ PRO〕'相對應的是「實號代詞」(overt pronoun; 如'he, she, it, they'與「泛指」(generic) 的'one')，而與'〔N′ PRO〕'相對應的是「N′ 的替代詞」'one'。參 Fukuyasu (1987)。

d. 〔N″〔D″ the enemy's〕〔N′〔N destruction〕〔P″ of the city〕〕〕

(比較：The enemy destroyed the city.)

e. 〔N″〔D″ our〕〔N′〔N expectation〕〔P″ of leaving early〕〕〕

(比較：We expect to leave early.)

f. 〔N″〔D″ John's〕〔N′〔N agreement〕〔P″ with Mary〕〕〕

(比較：John agreed with Mary.)

g. 〔N″〔D″ Prof. Chomsky's〕〔N′〔N comments〕〔P″ on the book〕〕〕

(比較：Prof. Chomsky commented on the book.)

(4.6) a. 〔N″〔D″ your〕〔N′〔N suggestion〕〔C″ that Mr. Lee reconsider〕〕〕

(比較：You suggested that Mr. Lee reconsider.)

b. 〔N″〔D″ the techer's〕〔N′〔N order〕〔C″ that we turn in our assignments tomorrow〕〕〕

(比較：The teacher ordered that we turn in our assignments tomorrow.)[34]

---

[34] 以「假設法現在式子句」(subjunctive present clause; 即動詞用「原式」(root form) 來表示命令、要求、建議、祈望等語氣的子句) 爲補述語的名詞有 'desire, advice, preference, order,

c. 〔N″〔D″ the〕〔N′〔N importance〕〔P″ of PRO being honest〕〕〕

(比較：It is important to be honest.)

d. 〔N″〔D″ the〕〔N′〔A″ absolute〕〔N′(necessity)〔C″ that she be there by noon〕〕〕〕

(比較：It is absolutely necessary that she be there by noon.)

e. 〔N″〔D″ the〕〔N′〔N fact〕〔C″ that he is innocent〕〕〕

(比較：The fact is that he is innocent.)

f. 〔N″〔D″ the〕〔N′〔N rumor〕〔C″ that Mary had eloped with John〕〕〕

(比較：The rumor was that Mary had eloped with John.)㉟

←—proposal, direction, intention, arrangement, demand, instruction, request, requirement, insistence, recommendation, suggestion, prayer, plea, importance, necessity'等。

㉟ 以含有「限定動詞」(finite verb) 的「同位子句」(appositive clause) 爲補述語的名詞有'fact, news, idea, rumor; information, report, announcement, declaration, allegation, estimate,saying'等。「同位子句」與「關係子句」不同：㈠只能由補語連詞'that'引導，而不能由關係代詞'which'引導；㈡「前行語」(antecedent) (尤其是以不與動詞對應的名詞'fact, news, idea, rumor'爲主要語的) 名詞組通常都是「有定」的 (而關係子句的前行語則可能是「無定」的)；㈢在同位子句裏面並不含有「缺口」(gap)，—→

(4.7) a.〔N″〔D″ the〕〔N′〔N demand〕〔C″ for him to resign〕〕〕㊱

(比較：Someone demand that he resign.)

b.〔N″〔D″ their〕〔N′〔N agreement〕〔C″ PRO to contribute〕〕〕

(比較：They agreed to contribute.)

c.〔N″〔D″ his〕〔N′〔N reminder〕〔P″ to her〕〔C″ PRO to be there〕〕〕㊲

←—因而前行語名詞組與其同位子句可以改寫爲「等同句」(equational sentence; 'the fact is that he is innocent')；(四)引導同位子句的'that'通常不能省略(而引導關係子句的賓位關係代詞則常可以省略)；(五)同位子句與關係子句同時出現時，出現的次序是同位子句在前、關係子句在後(如'〔the〔〔fact〔that he is innocent〕〕〔which everyone believed〕〕〕')。根據以上的觀察以及其他理由，我們在下面的討論裏把同位子句分析爲名詞的補述語，而把關係子句分析爲名詞節的附加語。另外，極少數的名詞(如'question')可以用補語連詞'whether'引導同位子句；如'the question whether we should go or not (has not been decided yet)'。

㊱ 以「不定子句」'for NP to VP'爲補述語的名詞與註㉞裏以「假設法現在式子句」爲補述語的名詞相同。另外，名詞'permission, authorization, requirement'等則以'(for NP) to VP'爲補述語，而與這些名詞相對應的動詞大都屬於「賓語控制動詞」(object-control verb)。

㊲ 與以介詞組與不定子句'(〔to NP〕)〔PRO to NP〕'爲補述語的名詞(如'invitation, order, encouragement, advice, instruction, reminder, warning, request, challenge'等)相對應的動詞也大都屬於「賓語控制動詞」。

(比較：He reminded her that she be there.)

d. 〔$_{N''}$〔$_{D''}$ their〕〔$_{N'}$〔$_{N}$ intention〕〔$_{C''}$ PRO to leave early〕〕〕

(比較：They intend to leave early.)㊳

一般說來，名詞的補述語都與名詞的「嚴密次類畫分」(strict subcategorization) 有關，可以說是名詞的「域內論元」，而且由主要語名詞來指派「固有格位」(inherent Case)㊴與「論旨角色」(θ-role)。因此，能帶上補述語的主要語名詞包括與多元述語動詞或形容詞相對應的「衍生名詞」(derived noun)

㊳ 與以含有「大代號」爲主語的不定子句'PRO to VP'爲補語子句的名詞（如'need, desire, tendency, failure, hesitation, guarantee, plan, arrangement, agreement, request, refusal, promise, decision, threat, intention'等）相對應的動詞大都屬於「主語控制動詞」(subject-control verb)。又另外一類名詞（如'threat, intention, hope, expectation, hatred'等）則以'of NP(包括「動名詞組」)'爲補述語，而與這類名詞相對應的動詞也大都屬於「主語控制動詞」。

㊴ Chomsky (1986b:193ff) 修正以前有關格位指派的看法，而區別「格位（的）指派」(Case-assignment) 與「格位（的）顯現」(Case realization)。根據以前的看法，只有(及物)動詞、介詞與屈折(或呼應)語素纔能指派「結構格位」(structural Case)，而現在的看法卻是名詞與形容詞也在深層結構裏指派「固有格位」。名詞與形容詞所指派的固有格位——「領位」(genitive Case)，在表層結構裏或藉「語意空洞的介詞」(dummy preposition) 'of' (如'the destruction of the city')，或藉「領位標誌」(genitive marker) '-'s' (如'the city's destruction')「顯現」出來。

㊵與「主事名詞」(agent noun)㊶。這些名詞與補述語一般都有與此相對應的動詞(或形容詞)與補語。試比較(並參照(4.5)到(4.7)的例句)：

(4.8) a. the loss of the ship
(Someone lost the ship.)
b. our worship of Buddha
(We worship Buddha.)
c. the general's withdrawal of his troop
(The general withdrew his troop.)
d. his awareness of the coming danger
(He is aware of the coming danger.)

(4.9) a. her dependence on his support
(She depends on his support.)
b. our argument with the neighbor
(We argued with the neighbor.)

㊵ 又稱「實質名詞」(substantive nominal)，在名詞或形容詞詞根後面附加名詞詞尾而成，例如'arrival, agreement, intention, destruction, reminder, decision, failure, refusal; fondness, necessity'等。與動詞相同形態的名詞（如'desire, need, threat, request, guarantee, fear'等）也可以分析為加上「零後綴」(zero-suffix) 而屬於衍生名詞。

㊶ 例如'{student/teacher/professor/painter/sculptor/investigator…}(of), {aid/aide/assistant/attaché/helper…} (to), {expert/authority/performer…}(on), {specialist/instructor…} (in)'等。

c. his sudden arrival in town
(He suddenly arrived in town.)
d. your kind reply to my letter
(You kindly replied to my letter.)
e. her disgust at his behavior
(She was disgusted at his behavior.)
f. the students' disillusion with linguistics
(The students are disillusioned with linguistics.)
g. Father's peculiar fondness for Japanese food
(Father is peculiarly fond of Japanese food.)

名詞的介詞組補語可以分爲兩類：由未具特定語意內涵的介詞'of'所引導的介詞組(如(4.8)的例句)與由較具特定內涵的其他介詞所引導的介詞組(如(4.9)的例句)。由'of'以外的介詞所引導的介詞組在詞項記載[42]與深層結構裏則出現爲主要語名詞的補述語。至於由介詞'of'引導的介詞組，則可以分析爲在深層結構裡由「零介詞」(null preposition)引導(亦即把介詞保留爲「空節」，如(4.10a)的結構樹)，然後在語音形式裡填入介詞'of'；也可以在深層結構裏把'of 介詞組'分析爲名詞組，然後在語

[42] 即在有關動詞、形容詞、名詞等「詞項」(lexical item)的「詞項記載」(lexical entry)裏，具有'+〔___p″〕'這樣的「次類畫分框式」(subcategorization frame)或'{θ_x, θ_y,…}'這樣的「論旨網格」或「θ網格」。

音形式裡加接介詞'of'(如(4.10b)的結構樹)。從「結構保存」的觀點而言，(4.10a)的結構佈局似乎優於(4.10b)的結構佈局。㊸

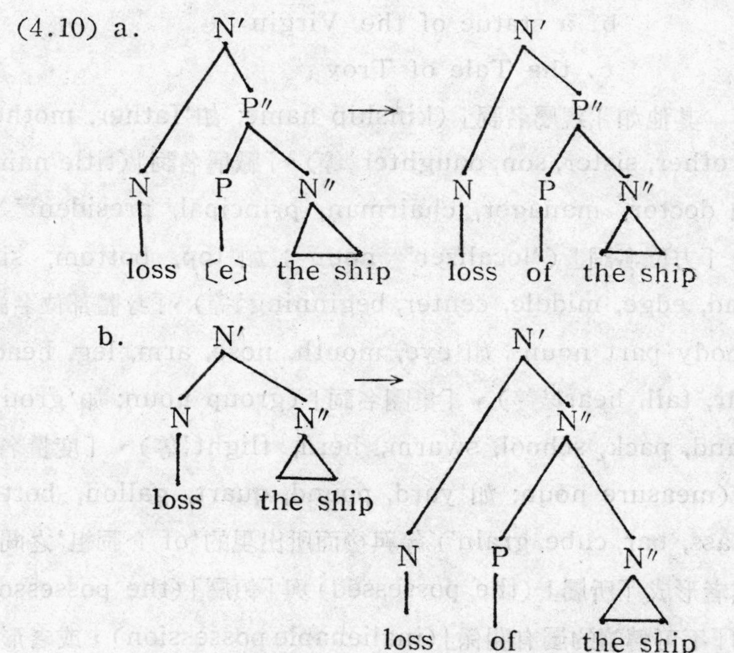

所謂的「繪畫名詞」(picture noun; 如'picture, portrait, painting, statue, story, tale, biography, anecdote'等)雖然大都沒有相對應的動詞，但是似乎仍應比照衍生名詞把出現於

㊸ 英語裏有些名詞(如'hatred')的補述語介詞組可以由包括'of'在內的介詞所引導(如'hatred {of/to/toward/for/against'})，似乎在詞組結構分析上應該把「零介詞」'e(⇒ of)'與其他介詞做同樣的處理。又 Baker (1985) 認爲這裡的介詞'of'表示論旨角色「客體」。

這些名詞後面的'of 介詞組'分析為補述語，例如：

(4.11) a. Charles's picture of Suzanne

(比較：Charles pictured Suzanne.)

b. a statue of the Virgin

c. the Tale of Troy

其他如「親屬名詞」(kinship name; 如'father, mother, brother, sister, son, daughter'等)、「職稱名詞」(title name; 如'doctor, manager, chairman, principal, president'等)、「方位名詞」("localizer" noun；如'top, bottom, side end, edge, middle, center, beginning'等)、「身體部位名詞」(body-part noun；如'eye, mouth, nose, arm, leg, head, ear, tail, heart'等)、「集團名詞」(group noun; 如'group, band, pack, school, swarm, herd, flight'等)、「度量名詞」(measure noun; 如'yard, pound, quart, gallon, bottle, glass, bar, cube, grain') 等與後面所出現的'of 介詞組'之間，或者形成「所屬」(the possessed) 與「領屬」(the possessor) 的「不可轉讓的屬有關係」(inalienable possession)，或者形成「部分」(part) 與「全體」(total) 的「表份結構」(partitive construction)。由於這些名詞與'of 介詞組'的語意關係相當密切，'of介詞組'的句法功能也與(4.8)與(4.9)裡介詞組的句法功能無異（詳後）；因此這些'of 介詞組'也應該分析為補述語，例如：㊹

㊹ 事實上，除了表示「屬性」(attribute) 的'of 介詞組'(如'of—→

(4.12)a. father of few children

←—importance (=important), of wealth (=wealthy), of virtue (=virtuous)' 等）以外，英語的'of 介詞組'大都要分析爲補述語。例如，在與「主語控制動詞」相對應的衍生名詞組裏，由介詞'by'引導的主事介詞組常可以出現於不定子句補述語後面或前面，而由介詞'of'引導的領屬介詞組卻一般都出現於不定子句補述語的前面。試比較：

(i) a. the agreement 〔PRO to contribute〕〔by all the dinner guests〕

b. the agreement〔by all the dinner guests〕〔PRO to contribute〕

(ii) a. the agreement 〔of all the dinner guests〕〔PRO to contribute〕

b. ?* the agreement 〔PRO to contribute〕〔of all the dinner guests〕

有時候，同一個'of 介詞組'可以分析爲補述語，也可以分析爲附加語，因而可以有兩種不同的語意解釋。試比較：

(iii)a. 〔N″ a 〔N′ 〔N teacher〕〔P″ of high moral principles〕〕〕= 'a person who *teaches* high moral principles'

b. 〔N″ a 〔N′〔N teacher〕〕〔P″ of high moral principles〕〕〕〕= 'a teacher who *has* high moral principles'

又如果'of 介詞組'補述語與'of 介詞組'附加語同時出現，那麼出現的前後次序應該是：補述語在前，附加語在後。試比較：

(iv)a. no king 〔of any country〕〔of any importance〕= 'no king of any country who is of any importance'

b. ?? no king〔of any importance〕〔of any country〕

參 Radford (1988; 188, 219)。關於介詞組補述語與介詞組附加語在句法表現上的差異，容後詳論。

b. the president of the company

c. the center of the world

d. the eyes of Texas

e. a group of (the) students

f. two quarts of (the) milk

以'that 子句'爲補述語的主要語名詞（如(4.6)以及(4.13)至(4.18)的例句），大都有相對應的動詞或形容詞。這些動詞或形容詞可能是「一元述語」（如形容詞'possible'）、「二元述語」（如動詞'desire (something)'、與形容詞'anxious (about something)'）或「三元述語」（如'suggest (something) (to someone)'）。名詞的補述語，在相對應的述語動詞組或形容詞組裏都與主要語動詞或形容詞的次類畫分有關；因此，在名詞組裏這些'that 子句'也應該分析爲受主要語名詞的「主要語管轄」(head government)，與主要語名詞共同形成姊妹成分，並由主要語名詞指派論旨角色。補述語'that 子句'與其主要語名詞之間具有「同位」(apposition)的關係；'that子句'是主要語名詞的補述語，而不是修飾語㊺。

(4.13)a. her desire that her husband go with her

b. She desires that her husband go with her.

c. Her desire is that her husband go with her.

㊺ 因此，這種充當名詞補述語的「同位子句」又稱爲「名詞組補語」(NP complement)，以別於充當名詞修飾語的「關係子句」。參㉟。

(4.14)a. his claim that he is innocent

b. He claims that he is innocent.

c. His claim is that he is innocent.

(4.15)a. John's suggestion to you that you be punctual next time[46]

b. John suggested to you that you be punctual next time.

c. John's suggestion to you was that you be punctual next time.

(4.16)a. the teacher's announcement to us that our assignments were due the next morning

b. The teacher announced to us that our assignments were due the next morning.

c. The teacher's announcement to us was that our assignments were due the next morning.

(4.17)a. the possibility that our team will win

b. It is possible that our team will win.

c. The possibility is that our team will win.

(4.18)a. her anxiety that her son might be in danger

---

[46] 在(4.15)與(4.16)的例句裏，補述語'that 子句'出現於補述語介詞組的後面。這是因爲「沈重名詞組移轉」(Heavy NP Shift) 而把 'that 子句' 移位到介詞組後面的結果。

b. She was anxious that her son might be in danger.

c. Her anxiety was that her son might be in danger.

有些主要語名詞（如'fact, idea, rumor, opinion'等）並沒有相對應的述語動詞或形容詞㊼，但是後面所帶上的'that子句'仍應分析爲補述語。因爲這些'that子句'與主要語名詞的關係仍然是同位的關係，補語連詞的'that'也不能刪除或由'which'代換（參㉟）。

(4.19)a. the rumor that Jean's in love again

b. It is rumored that Jean's in love again.

c. The rumor is that Jean's in love again.

(4.20)a. his opinion that your parents will never agree

b. He is of the opinion that your parents will never agree.

c. His opinion is that your parents will never agree.

以不定子句爲補述語的主要語名詞也大都有與此相對應的二元或三元述語動詞。這些動詞包括二元述語的「主語控制動詞」

㊼ 英語的'rumor'不能當及物動詞用，但'rumored'在'It's rumored that Jean's in love again'可能分析爲形容詞用。'opinionated'雖然也是形容詞用法，但不能做'(be) of the opinion that…'解。

（参㊳）與三元述語的「賓語控制動詞」（参㊱與㊲）㊽在相對應的動詞組與名詞組裏，主要語動詞的名詞組補述語與主要語名詞的介詞組補述語（由介詞'for'或'to'引導）對應；而主要語動詞的不定子句補述語則與主要語名詞的不定子句對應，例如：

(4.21) a. permission 〔for mothers superior to distribute Communion〕
(The Pope permits mothers superior to distribute Communion.)

b. the government's authorization 〔for the bank to give credits to underdeveloping countries〕
(The government authorized the bank to give credits to underdeveloping countries.)

c. an invitation 〔to the girl to spend the evening in his company〕㊾
(He invited the girl to spend the evening in his company.)

d. advice to senior citizens to take more exercise

㊽ 英語動詞'promise'是三元述語，卻屬於主語控制動詞，可以說是比較特殊的例外。

㊾ 也有'…only an invitation *for* me to throw my life back down the gutter…'的用例。

(The doctor advised senior citizens to take more exercise.)

e. a failure to get investment to industry

(Someone failed to get investment to industry.)

f. John's father's threat to disinherit him

(John's father threatened to disinherit him.)

也有些以不定子句爲補述語的主要語名詞與以「假設法現在式子句」爲補述語的二元述語動詞相對應（参㉞與㊱），例如：

(4.22)a. my suggestion for him to have another glass of punch

(I suggested that he have another glass of punch.)

b. the priest's prayer for sinners to come to Christ

(The priest prayed that sinners come to Christ.)

(The priest prayed for sinners to come to Christ.)

c. his arrangement for a car to be ready for us at eight

(He arranged that a car be ready for us at eight.)

(He arranged for a car to be ready for us

at eight.)

也有些以不定子句爲補述語的主要語名詞是與一元或二元述語形容詞相對的，例如：

(4.23)a. the necessity for Mary to be notified ahead of time

(It is necessary that Mary be notified ahead of time.)

(It is necessary for Mary to be notified ahead of time.)

b. my anxiety to help you

(I am anxious to help you.)

c. his ability to translate

(He is able to translate.)㊿

除了 'that 子句' 與不定子句以外，極少數的名詞以 'wh 子

㊿ 有些以不定子句爲補述語的名詞並沒有相對的動詞或形容詞，例如：

(i) (The machinery has had) no *chance* to do its work (比較：She chanced (=happened) to be in the park when I was there.)

(ii) (I've heard about him, but I did not have) the *opportunity* to see him

51 'problem, puzzlement, knowledge' 等名詞通常都藉介詞 'of, over' 等來引導 'wh子句' 或 'wh不定子句'，例如：

(i) a. the problem of how women can combine family and work

b. the problem of whether God has nothing better in store for the future⟶

句'爲同位子句或補述語，例如：

(4.24)a. (There is) some question whether we can do it

b. (You must take) your chance whether I am engaged or not when you call[51]

4.1.3 名詞節的附加語：「名後修飾語」

補述語是與主要語名詞的次類畫分有關的域內論元，受主要語名詞的管轄，並由主要語名詞指派論旨角色與固有格位。附加語與名詞的次類畫分無關，只是名詞的修飾語；附加語不是主要語名詞的域內論元 ，只是可有可無的「語意論元 」(semantic argument) 或「可用論元」(optional argument)[52] 。附加語既不受主要語名詞的管轄，也不由主要語名詞指派論旨角色或固有格位。名詞節的附加語可以根據出現的位置分爲兩種：出現於

←— (ii) the knowledge of how a globefish should be cooked

(iii) (in) a puzzlement over what to do next

(iv)a. (make) a decision on whether to try to go ahead with devolution

b. (make) a decision of what our basic policy is

c. the big decisions as to how it might best be realized.

d. decisions on whether to build gas guzzlers or where they're going to look for oil

[52] 我們也可以說：補述語出現於「論元位置」(argument position; A-position) 與「論旨位置」(theta position; θ-position)；而附加語則出現於「非論元位置」(nonargument position; $\bar{A}$-position) 與「非論旨位置」(nontheta position; $\bar{\theta}$-position)。

名詞節前面或左邊的附加語叫做「名前附加語」(prenominal adjunct) 或「名前修飾語」(prenominal modifier)；出現於名詞後面或右邊的附加語叫做「名後附加語」(postnominal adjunct) 或「名後修飾語」(postnominal modifier)(53)。

英語名後修飾語的詞組結構包括：「介詞組」(如(4.25)句)、「狀語名詞組」(如(4.26)句)、「關係子句」(如(4.27)句)、「不定子句」(如(4.28)句)、「分詞子句」(如(4.29)句)等(54)。

---

(53) 亦有人把名前修飾語稱爲「修飾語」(attribute)，而把名後修飾語稱爲「附加語」(adjunct)。

(54) 關於各種子句內部詞組結構的分析，將在§4.5英語大句子與小句子的詞組結構裏詳細討論，這裏姑且統稱爲子句 (C″=CP=S′)。同時，(4.28)的「不定子句」與(4.29)的「分詞子句」都可以概化爲(4.27)的「關係子句」。試比較：

(i) a. 〔$_{N''}$ a 〔$_{N'}$〔$_{N'}$〔$_{N}$ student〕〕〔$_{C''}$ who$_i$ 〔$_{C'}$ e 〔$_{I''}$ t_i will help you〕〕〕〕

(‘e’代表「空節」，而‘t’則代表「移位痕跡」(trace)。)

b. 〔$_{N''}$ the 〔$_{N'}$〔$_{N'}$〔$_{N}$ boy〕〕〔$_{C''}$ O$_i$ 〔$_{C'}$ that 〔$_{I''}$ you must help t_i〕〕〕〕

(‘O’代表「空號運符」(null operator)；也可以說是沒有語音形態的「關係詞」(relative (pronoun)。)

c. 〔$_{N''}$ the 〔$_{N'}$ 〔$_{N'}$ 〔$_{N}$ boy〕〕〔$_{C''}$ O$_i$ 〔$_{C'}$ e 〔$_{I''}$ you must help t_i〕〕〕〕〕

(ii) a. 〔$_{N''}$ a 〔$_{N'}$ 〔$_{N'}$ 〔$_{N}$ student〕〕〔$_{C''}$ O$_i$ 〔$_{C'}$ e 〔$_{C}$ e 〔$_{I''}$ PRO to help you〕〕〕〕〕

(‘PRO’代表「大代號」，也就是沒有語音形態而且不受管轄的稱代詞。)

b. 〔$_{N''}$ the 〔$_{N'}$ 〔$_{N'}$ 〔$_{N}$ boy〕〕〔$_{C''}$ O$_i$ 〔$_{C'}$ for 〔$_{I''}$ you to help t_i〕〕〕〕〕→

(4.25)a. 〔N″ the 〔N′ 〔N′ 〔N student〕〕〔P″ *with long hair*〕〕〕

b. 〔N″ those〔N′ 〔N′ 〔N books〕〕〔P″ *on the desk*〕〕〕

c. 〔N″ a 〔N′ 〔N′ 〔N woman〕〕〔P″ *in sorrow*〕〕〕

d. 〔N″ ϕ 〔N′ 〔N′ 〔N fathers〕〕〔P″ *with* few *children*〕〕〕

(4.26)a. 〔N″ the 〔N′ 〔N′ 〔N meeting〕〕〔N″/Ad *yesterday*〕〕〕

b. 〔N″ our 〔N′〔N′ 〔N conference〕〕〔N″/Ad *next week*〕〕〕

c. 〔N″ the 〔N′ 〔N′ 〔N man〕〕〔Ad *here*〕〕〕

d. 〔N″ that〔N′ 〔N′ 〔N garage〕〕〔〔N″/Ad *three miles away*〕〕〕

⟵ c. 〔N″ the〔N′ 〔N′ 〔N day〕〕〔〔C″ 〔P″ on which〕i 〔C′ e 〔I″ PRO to clean up our rooms ti〕〕〕〕〕

d. 〔N″ those 〔N′ 〔N′ 〔N people〕〕〔C″ e 〔C′ e 〔I″ PRO hungry enough to eat a horse〕〕〕〕〕

e. 〔N″ the 〔N′ 〔N′ 〔N jewels〕〕〔C″ Oi 〔C′ e 〔I″ PRO too expensive for us to buy ti〕〕〕〕〕

(iii)a. 〔N″ that 〔N′〔N′〔N boy〕〕〔C″ e〔C′ e〔I″ PRO sleeping in the next room〕〕〕〕〕

b. 〔N″ those 〔N′ 〔N′ 〔N students〕〕〔C″ e 〔C′ e 〔I″ PRO wounded during the fall〕〕〕〕〕

(4.27)a. 〔N″ a 〔N′ 〔N′ 〔N student〕〕〔C″ who will help you〕〕〕

b. 〔N″ the 〔N′ 〔N′ 〔N boy〕〕〔C″ who(m) you must help〕〕〕

c. 〔N″ the 〔N′ 〔N′ 〔N day〕〕〔C″ (that) I met him〕〕〕

d. 〔N″ the 〔N′ 〔N′ 〔N someplace〕〕〔C″ you'd never guess〕〕〕

(4.28)a. 〔N″ a 〔N′ 〔N′ 〔N student〕〕〔C″ to help you〕〕〕

b. 〔N″ the 〔N′ 〔N′ 〔N boy〕〕〔C″ for you to help〕〕〕

c. 〔N″ the 〔N′ 〔N′ 〔N day〕〕〔C″ on which to clean up our rooms〕〕〕

d. 〔N″ the 〔N′ 〔N′ 〔N closet〕〕〔C″ in which to put your clothes〕〕〕

e. 〔N″ those 〔N′ 〔N′ 〔N people〕〕〔C″ hungry enough to eat a horse〕〕〕

f. 〔N″ the 〔N′ 〔N′ 〔N jewels〕〔C″ too expensive for us to buy〕〕〕

(4.29)a. 〔N″ that 〔N′ 〔N′ 〔N baby〕〕〔C″ sleeping in the next room〕〕〕

b. 〔N″ the 〔N′ 〔N′ 〔N business〕〕〔C″ growing

very fast〕〕〕

c.〔N″ those〔N′〔N′〔N students〕〕〔C″ wounded during the fall〕〕

e.〔N″ the〔N′〔N′〔N leaves〕〕〔C″ fallen to the ground〕〕〕

充當附加語的介詞組大都表示處所、方位、時間、持有、屬性、原因、理由、目的等55，都由較具確定語意內涵的介詞引導，並且常有相對應的關係子句或句子。試比較：

(4.30) a. the books〔P″ on the table〕; the books〔C″ that are on the table〕

b. advertisements〔P″ in newspapers〕; advertisements〔C″ that appear in newspapers〕

c. letters〔P″ to and from her〕; letters〔C″ that were written to and from her〕

d. a party〔P″ on New Year's Eve〕; a party〔C″ that is given on New Year's Eve〕

e. the fight〔P″ after the match〕; the fight〔C″ that occurred after the match〕

f. fathers〔P″ with few children〕; fathers〔C″ who have few children〕

g. a cup〔P″ with a broken handle〕; a cup〔

---

55 我們也可以說：這些附加語都是可有可無的語意論元，在名詞節的管轄之下由名詞節指派「可用論旨角色」(optional θ-role)。

c″ that has a broken handle〕

h. a man〔P″ of enormous wealth〕; a man〔C′ who is enormously rich〕

i. his resignation〔P″ because of the scandal〕; he resigned〔P″ because of the scandal〕

j. death〔P″ from a natural cause〕; someone died〔P″ from a natural cause〕

k. a brave fight〔P″ for right against wrong〕; someone fought bravely〔P″ for right against wrong〕

「狀語名詞組」(adverbial NP㊹)在表面形態上具有名詞組的內部結構，而在句法功能上卻很像一般狀語介詞組。㊺而且

㊹ 這是 McCawley (1988) 的用語，Larson (1985) 的用語是 "bare-NP adverb"。

㊺ 狀語名詞組與一般名詞組一樣常含有限定詞(如‘the party *that* night, the lecture *every* morning, the repression of free speech *this* way’)、可以出現於名詞組的領位(如‘*last night*'s party (cf. the party last night), *every morning*'s lecture (cf. the lecture every morning), *yesterday*'s refusal (cf. the refusal yesterday)’)、在動詞組裏甚至還可以帶上關係子句(如‘you pronounced my name *every way*〔that anyone could imagine〕’)。另一方面，狀語名詞組可以與介詞組對等連接(如‘the meetings *last night* and〔on the previous day〕, the occurrences of dengue fever *here* and〔in your town〕’)、狀語名詞組也與介詞組一樣可以充當動詞節的附加語(如‘do it {*this way*/in this manner})或動詞的補述語(如‘put the letter {*someplace*/ in a certain place}, word the letter {*that way*/in

，有些含有介詞“in, out, up, down”等的處所副詞(如“*in*side, *out*side, *up*stairs, *down*stairs”等)也可以充當名詞節的附加語；有些處所副詞(如“({*in*/*up*/*down*/*over*}) here/there”)與部分時間狀語名詞組(如“({*at*/*on*/*in*/*during*}) that{moment/minute/hour/day/week/month/year…}/the previous April/March 12/Sunday/the Tuesday that I saw John”等)一樣都可以在前面帶上介詞；“three miles away”與“two blocks beyond”等說法也可以分析為以「介副詞」(prepositional adverb; adverbial particle)或「不及物介詞」(intransitive preposition)“away”與“beyond”為主要語的介詞組(即〔P″〔Q″ three miles〕〔P′〔P away〕(〔P″ from here〕)〕〕與〔P″〔Q″ two blocks〕〔P′〔P beyond〕(〔N″ this point〕)〕〕)㊿。因此，我們參照 Bresnan & Grimshaw (1978) 與 McCawley (1988) 的意見㊾，把狀語名詞組連同其他處所副詞

← a careful manner}')、可以出現於「加強詞」(intensifier)'right'的後面(如 'right {*this way*/ to this door}')、而且都不能出現於動詞的前面(如'a {tactfully/ that way/*in that manner} worded letter')。參 Larson (1985) 與 McCawley (1988)。

[58] 參湯 (1988e: 453-514) “英語的「名前」與「名後」修飾語：結構、意義與功用” 483-484 頁。

[59] 另一方面，Larson (1985) 則為狀語名詞擬設「格位指派屬性」(Case-assigning feature) “〔+F〕”，並由這個屬性在沒有其他格位指派語存在的條件下指派「斜位」(oblique Case) 給整個狀語名詞組做為「權充格位」(“default” Case)。關於 Larson (1985) 的批評，參 Kobayashi (1987) 與 McCawley (1988)。

與時間副詞分析爲由「零介詞」所引導的介詞組，並由這個零介詞來指派論旨角色與格位㊿給後面的補述語名詞組。

正如附加語中的狀語名詞組可以分析爲介詞組，附加語中的不定子句與分詞子句也可以分析爲關係子句（參㊹）。在不定子句裏非從主語位置移出的關係代詞由不具語音形態的「空號運符」(null operator) 來充當；而關係子句的主語則或由不定子句裏「介詞性的補語連詞」(prepositional complementizer) "for" 所引介的「顯形名詞組」(overt NP) 來充當，或由不具語音形態的「隱形代詞」(covert pronoun) 或「大代號」"PRO" 來充當。而在分詞子句裏，關係子句的主語則一概由「大代號」(PRO) 來充當。如此，名詞節的名後附加語可以概化爲介詞組與關係子句兩類；分別以介詞與補語連詞爲主要語，都屬於「主要語在首」(head initial) 的句法結構，與「主要語在尾」(head-final) 的名前附加語形成顯明的對照。[61]

4.1.4 補述語與附加語的區別

介詞組可以出現於主要語名詞的後面充當補述語，也可以出現於名詞節的後面充當附加語。因此，介詞組在名詞組的X標槓結構裏可能是補述語，也可能是附加語。另外，我們把同位子句分析爲名詞的補述語，卻把句法結構相似的關係子句（包括限定子句、不定子句與分詞子句）分析爲名詞節的附加語。在下面的

[60] 我們暫不討論出現於附加語(亦卽非論元)位置的名詞組是否需要指派格位的問題。參湯（1988a: 449-537）"關於漢語的詞序類型" 510-512頁。

[61] 參湯（1988e:480-488）。

討論裡，我們要詳細比較補述語與附加語在X標槓結構與句法表現上的差異，用以證明補述語與附加語在X標槓結構上的區別確實有語言事實上的證據。

如前所述，補述語與主要語名詞的次類畫分有關，並與主要語名詞形成姊妹成分而受其管轄，也由主要語名詞獲得論旨角色與格位的指派。另一方面，附加語與主要語名詞的次類畫分無關，在X標槓結構上是主要語名詞的「姨母成分」（“aunt” constituent）而不是主要語名詞的姊妹成分；因而不受主要語名詞的管轄，也就無從由主要語名詞那裏獲得論旨角色或格位的指派。這種補述語與附加語在X標槓結構上的區別，也直接反映在下列語法事實上面：

（一） 補述語與附加語同時在名詞組裏出現的時候，二者的前後次序一定是：補述語在前，附加語在後。根據名詞組的X標槓結構，補述語是名詞的姊妹成分，而附加語則與支配這個名詞與補述語的名詞節形成姊妹成分，結果成爲名詞與補述語的姨母成分。因此，在詞組成分的線性次序上，補述語必然出現於附加語的前面。這個從X標槓結構上所做的預測，在下面(4.31)到(4.35)的例句裏獲得證實。試比較：

(4.31)a.〔N″ a〔N′〔N′ student〔P″ of linguistics〕〕〔P″ with long hair〕〕〕

b. *a student〔P″ with long hair〕〔P″ of linguistics〕

(4.32)a.〔N″ the〔N′〔N′ worship〔P″ of Buddha〕〕〔P″ today〕〕〕

b. * the worship 〔P″ today〕〔P″ of Buddha〕

(4.33)a. 〔N″ our 〔N′〔N′ argument 〔P″ with the neighbor〕〕〔P″ yesterday〕〕〕

b. ?? our argument 〔P″ yesterday〕〔P″ with the neighbor〕

(4.34)a. 〔N″ the 〔N′〔N′ rumor 〔C″ that John and Mary had eloped〕〕〔C″ which was going about the village last week〕〕〕

b. ? the rumor 〔C″ which was going about the village last week〕〔C″ that John and Mary had eloped〕[62]

---

[62] Radford (1988:218-219) 認爲下面兩個例句都可以通，而且提議(i)與(ii)的例句是分別從(i′)與(ii′)的例句把同位子句 移位並加接到名詞組與句子的右端而產生的。

(i) 〔N″ The claim 〔C″ which Reagan made〕〔C″ that no arms had been exchanged for hostages〕〕 was greeted with scepticism.

(ii) 〔N″ The claim〕 has been reiterated 〔C″ that no arms were exchanged for hostages〕.

(i′) 〔N″ The claim 〔C″ that no arms had been exchanged for hostages〕〔C″ which Reagan made〕〕 was greeted with scepticism.

(ii′) 〔N″ The claim 〔C″ that no arms were exchanged for hostages〕〕 has been reiterated.

因此，即使有人認爲(4.34b)的例句完全合語法而可以接受，也未必會構成我們的「反例」(counterexample)。又相形之下，在與英語(4.34)的例句相對應的漢語例句(iii)裏，(b)句則完全不能接受。試比較：

(iii)a. 上週在村子裏所流傳的阿華與阿美私奔的謠言

b. *阿華與阿美私奔的上週在村子裏所流傳的謠言

(4.35)a. 〔N″ a 〔N′ 〔N′ student 〔P″ of linguistics〕〕 〔C″ who specializes in Chinese syntax〕〕〕

b. * a student 〔C″ who specializes in Chinese syntax〕〔P″ of linguistics〕

又名詞節的附加語可以連續衍生，因此在同一個名詞組裏可能出現兩個以上的附加語。這個時候，附加語之間的前後次序相當自由，例如：

(4.36)a. 〔N″ the 〔N′ 〔N′ 〔N′ student 〔P″ of linguistics〕〕〔P″ *with long hair*〕〕〔P″ *in the corner*〕〕〕

b. 〔N″ the 〔N′ 〔N′ 〔N′ student 〔P″ of linguistics〕〕〔P″ *in the corner*〕〕〔P″ *with long hair*〕〕〕

(4.37)a. Can you mention 〔N″ anyone 〔N′ 〔N′ 〔C″ *that we know*〕〕〔C″ *who is as talented as he*〕〕〕?

b. Can you mention 〔N″ anyone 〔N′ 〔N′ 〔C″ *who is as talented as he*〕〕〔C″ *that we know*〕〕〕?[63]

---

[63] 例句(4.36)裏「介詞組的堆積連用」(stacked PPs)，其合法度沒有問題；但是例句(4.37)裏「關係子句的堆積連用」(stacked relatives) 則合法度的判斷常不一致。又 Thompson (1970) 認爲：在堆積的關係子句中，通常是前一個關係子句修飾含有主要語名詞的名詞節而形成更高一層的名詞節，再由後一個關係子句修飾這個名詞節而形成再高一層的名詞節；但是如果把前一個關係子句加以重讀，那麼也可以獲得由前一個關係子句修飾前行語名詞與後一個關係──→

名詞節的附加語原則上不受限制，而名詞的補述語則常受限制。因此，與二元述語動詞或形容詞相對應的主要語名詞只能帶上一個補述語，不能帶上兩個以上的補述語[64]。試比較：

(4.38)a. * a student 〔P″ of linguistics〕〔P″ of literature〕

b. a student 〔P″ with long hair〕〔P″ with short arms〕

c. the student 〔C″ who started late〕〔C″ who finished fast〕(won the race)[65]

(二) 補述語只能與補述語對等連接，而附加語則只能與附加語對等連接。句子成分的對等連接只能發生於姊妹成分之間，不能發生於非姊妹成分之間。補述語與附加語，既然前者是主要語名詞的姊妹成分而後者則是名詞節的姊妹成分，當然就不能互相對等連接，例如：

(4.39)a. students 〔P″ of linguistics〕 and 〔P″ (of) literature〕

b. students 〔P″ with long hair〕 and 〔P″ (with) short arms〕

c. * students 〔P″ of linguistics〕 and 〔P″ with

← 子句的語意解釋。參湯 (1977b:279-332) "A Contrastive Study of Chinese and English Relativization" 293-296 頁。

[64] 這是「投射原則」當然的結果。

[65] 「有定」前行語名詞 (如"*the* student") 似乎比「無定」前行語名詞(如 "*a* student") 更容易獲得堆積連用的解釋。參 Thompson (1970)。

long hair〕

(4.40)a. the rumor 〔C″ that the bank had lost heavily in speculation〕 and 〔C″ that it was going into bankruptcy〕

b. the rumor 〔C″ that some speculators had spread〕 and 〔C″ (that) was going about rapidly in the business circle〕

c. * the rumor 〔C″ that the bank had lost heavily in speculation〕 and 〔C″ that was going about rapidly in the business circle〕

(三) 主要語名詞與補述語常有相對應的主要語動詞與補述語，而名詞節與附加語則不一定能在動詞組裏找到這種相對應的結構。即使能夠找到相對應的結構，名詞節與附加語也只可能與動詞節與附加語對應。主要語名詞以及與主要語名詞相對應的主要語動詞都能指派論旨角色給補述語，而名詞節與動詞節則沒有這樣的功能 。這種主要語詞語(X^0)與詞節(X')在句法功能上的差異就跨越詞類的反映在「 詞組結構的對稱性 」(structural parallelism) 上面。試比較：

(4.41)a. He is 〔N″ a 〔N′ 〔N student〕〔P″ of linguistics〕〕〕.

b. He 〔V″ 〔V′ 〔V studies〕〔N″ linguistics〕〕〕.

(4.42)a. He is 〔N″ the 〔N′ 〔N′ 〔N student〕〕〔P″ with long hair〕〕〕.

b. * He studies with long hair.

(4.43)a. 〔N″ their 〔N′ 〔N′ 〔N researches〕〕〔P′ on behalf of humanity〕〕〕

b. They 〔V″ 〔V′ 〔V′ 〔V research〕〕〔P″ on behalf of humanity〕〕〕.

(4.44)a. 〔N″ the strikers' 〔N′ 〔N demand〕〔C″ that themanager resign〕〕〕.

b. The strikers 〔V′ 〔V′ 〔V demand〕〔C″ that the manager resign〕〕.

(4.45)a. 〔N″ the strikers' 〔N′ 〔N′ 〔N demand〕〕〔C″ that the manager accepted〕〕〕

b. * The strikers demanded that the manager accepted.

（四） 主要語名詞與補述語之間常有「共存限制」(cooccurrence restriction)：一定的主要語名詞纔能帶上一定的補述語。名詞節與附加語之間沒有這樣的共存限制，除了特定的語意限制以外，名詞與附加語之間的「連用」(collocation) 相當的自由。由於補述語與主要語名詞的次類畫分有關，並由主要語名詞指派論旨角色，所以主要語名詞與補述語之間的關係比主要語名詞與附加語之間的關係更來得密切。與次類畫分有關的共存限制也只存在於主要語與補述語之間；主要語與附加語之間沒有這樣的限制。試比較：

(4.46)a. a {student/teacher/professor} of English

b.*a {boy/girl/man/woman/person} of English

(4.47)a. a {student/teacher/professor} with long hair

b. a {boy/girl/man/woman/person} with long hair

（五） 補述語不能出現於「N′ 替代詞」(pro-N′ form) "one" 的後面，而附加語則可以出現。N′替代詞 "one" 是用來替代名詞節的，補述語既然受N′的支配而包含於N′裏面，就無法出現於N′的外面或其替代詞 "one" 的後面。另一方面，附加語是名詞節的姊妹成分，前面的名詞節被 "one" 替代後仍然可以出現於後面。[66] 試比較：

(4.48)a. This *student* of linguistics is working much harder than that *student* of literature.

b. * This student of linguistics is working much harder than that *one* of literature.

c. This *student of linguistics* is working much harder than that *student of linguistics.*

d. This student of linguistics is working

---

[66] 參 Hornstein & Lightfoot (1981)。

much harder than that *one*.

(4.49)a. A *student* with long hair is dating a *student* with short hair.

b. A *student* with long hair is dating *one* with short hair.⑰

c. The *student of linguistics* with long hair is dating the *student of linguistics* with short hair.

d. The student of linguistics with long hair is dating the *one* with short hair.

（六） 介詞組補述語的賓語名詞組可以因為「wh移位」（WH-Movement）而移出，而介詞組附加語的賓語名詞組則不能如此移位。一般說來，英語介詞的賓語名詞組都不能移位⑱。但

⑰ 由於"a one"不能單獨出現而合併成"one"。同樣的，"the one"也不能單獨出現而必須在後面帶上附加語（如"the one {with/who wears} long hair"）。

⑱ 也就是說，必須把整個介詞組移位，不能僅把介詞賓語移位而留下介詞（叫做「介詞遺留」(preposition stranding)）。這是由於介詞與動詞不同，不是「適切的管轄語」(proper governor)，無法「適切的管轄」(properly govern) 因「WH移位」而留下來的「痕跡」，因而違背了「空號詞」(empty category) 必須受「適切的管轄」(proper government) 或「前行語管轄」(antecedent government) 的「空號原則」(the Empty Category Principle; ECP)。

是如果介詞與前面的動詞或名詞等共同形成「合成動詞」(complex verb)[69]，那麼就可以例外的允許介詞賓語名詞的移位。介詞與前面的名詞要共同形成合成動詞要符合一定的條件；通常是前面的主要語名詞要管轄後面的介詞；也就是說，名詞與介詞要互爲姊妹成分纔能經過「再分析」(reanalysis)而成爲合成動詞。因此，主要語名詞最有可能與介詞組補述語的介詞聯成合成動詞，而不太可能與介詞組附加語的介詞聯成合成動詞。試比較：

(4.50)a. He is a student of neurolinguistics.

b. 〔What branch of linguistics〕$_i$ is he a student of t_i?[70]

(4.51)a. He is a student with blond hair.

b.*〔What color (of) hair〕$_i$ is he a student

---

[69] 這是所謂的「再分析」(reanalysis)，即介詞與前面的動詞或名詞等經過再分析而成爲「合成動詞」(complex verb)，例如：

(i) a. Someone has 〔V″〔V *slept*〕〔P″ *in* this bed〕〕.
b. Someone has 〔V″〔V *slept in*〕〔N″ this bed〕〕.
c. 〔This bed〕$_i$ has been slept in t_i.

(ii) a. John 〔V″〔V *took*〕〔N″ *advantage*〕〔P″ of Mary〕〕.
b. John 〔V″〔V took advantage of〕〔N″ Mary〕〕.
c. 〔Who〕$_i$ did John take advantage of t_i?

(iii)a. Every student 〔V″〔V look〕〔P″ up to Prof. Lee〕〕.
b. Every student 〔V″〔V *look up to*〕〔N″ Prof. Lee〕〕.
c. 〔Prof. Lee〕$_i$ is looked up to t_i by every student.

介詞連同前面的動詞或名詞等再分析爲合成動詞的結果，由於動詞是「適切的管轄語」，後面賓語名詞的移位也就不再違背「空號原則」。又漢語裏介詞後面的賓語名詞組也不能移位，而且動詞與介詞的再分析而成爲合成動詞也似乎不如英語的自由。參 Li (1985) 有關漢語再分析的討論與湯 (1988a: 507-509) 的評論。

[70] 參 Radford (1988:191)。但是 Franks (1986) 卻提出下面的合法度判斷：

(i) *〔What〕$_i$ did you meet a student of t_i?

(ii) 〔Who〕$_i$ did you see a portrait of t_i?

可見「再分析」的條件相當複雜，除了介詞與前面主要語名詞的「姊妹關係」(sisterhood) 以外，還得考慮限定詞的有定與否、以及主要動詞的選擇等因素。

with t_i?

下面(4.52)的例句也顯示再分析出現於主要語名詞與其姊妹成分的介詞組補述語之間。

(4.52)a.〔Which city〕$_i$ did you hear〔the enemy's destruction of t_i〕?

b.〔The opera〕$_i$ that I heard〔Pavarotti's performance of t_i〕

(七) 介詞組附加語可以因爲「從名詞組的移出」(Extraposition from NP) 而從名詞組移到句尾的位置㉑，而介詞組補述語則不能如此移位。試比較：㉒

㉑ 「從名詞組的移出」把介詞組、分詞子句、關係子句、同位子句等從名詞組裏移出來，並加接到「就近支配」(most immediately dominating) 這個名詞組的句子的右端。從同位子句也可以從名詞組移出 (參註⑪(i)的例句) 這一點可以看出：同位子句補述語與主要語名詞的關係似乎不如介詞組補述語與主要語名詞的關係那般緊密。下面例句(i)與(ii)的合法度判斷似乎也支持這個觀察。試比較：

(i) a. the destruction〔of the city〕〔by the enemy〕

b. ? the destruction〔by the enemy〕〔of the city〕

(ii) a. the suggestion〔that the manager resign〕〔by the strikers〕

b. the suggestion〔by the strikers〕〔that the manager resign〕

不過有些英美人士認爲(iib)的例句比(iia)的例句更爲自然通順，因此這裏也可能牽涉到「從輕到重」(From Light to Heavy) 的節奏原則，即份量較重的句子成分常出現於份量較輕的句子成分後面。參湯 (1988e: 247-319) "英語詞句的「言外之意」：「功用解釋」" 269-277 頁。

㉒ 例句與合法度判斷採自 Radford (1988:191)。

(4.53)a.〔N″ A student of linguistics〕came to see me yesterday.

b. *〔N″ A student t_i〕came to see me yesterday〔P″ of linguistics$]_i$.

(4.54)a.〔N″ A student with long hair〕came to see me yesterday.

b.〔N″ A student t_i〕came to see me yesterday〔P″ with long hair〕.

主要語名詞與補述語形成較為緊密的姊妹關係，而與附加語則形成較為疏遠的「姨姪關係」。主要語名詞之所以能與介詞組補述語的介詞成為合成動詞，是由於二者的關係緊密而符合再分析的條件。另一方面，介詞組附加語之所以能從名詞組裏移出，是由於附加語與主要語名詞的關係較為疏遠，也就較容易移開的緣故。[73]

(八) Jackendoff (1977:60) 指出：出現於補述語裏面的量詞，其「範域」(scope) 可以及於名詞組的外面；而出現於附加語裏面的量詞，其範域則無法及於名詞組的外面。首先，在下面(4.55a)裏出現的"of few children"是補述語，而在(4.55b)裏出現的"with few children"則是附加語。因為"with few children"不但與關係子句附加語"who have few children"同義，而且與'of介詞組'連用時'with介詞組'必須出

[73] 我們擬在以後的研究裏詳細討論英語「從名詞組的移出」等移位變形與「論旨理論」、「限界理論」、「管轄理論」等原則系統的關係。

現於後面，也只有"with介詞組"前面的名詞節可以由"one"取代。試比較：

(4.55)a. fathers of few children; *ones of few children

b. fathers with few children; ones with few children.

(4.56)a. fathers of few sons with many daughters

b. *fathers with many daughters of few sons

其次，在(4.57a)的例句裏，補述語量詞"few"的範域可以及於名詞組外面而允許另一量詞"any"的出現。⑭而在(4.57b)的例句裏，附加語量詞"few"的範域不能及於名詞組外面，因而無法允許"any"的出現。試比較：

(4.57)a. Fathers of *few* childen have *any* fun.

b. *Fathers with *few* children have *any* fun.

Jackendoff (1977:60) 也指出：疑問詞可以出現於補述語裏面形成「wh問句」(wh-question)，關係詞也可以出現於補述語裏面形成關係子句。但是疑問詞與關係詞卻無法出現於附加語裏面形成wh問句或關係子句。⑮試比較：

---

⑭ "any"與"at all, a red cent, give a damn"等同屬於「否定連用詞」(negative polarity word)。否定連用詞必須與"no, never, seldom, rarely, scarcely, hardly, few, little"等否定詞連用；或者更精確的說，必須出現於否定詞的否定範域之內。不過"any"可以出現於包括否定句、疑問句與條件句的「非論斷句」(non-assertive sentence)。

⑮ Jackendoff (1977:61) 承認他尚無法解釋「WH移位」在補述語與附加語上面的差別。我們準備在有關「WH移位」的專論中重新探討這個問題。

(4.58)a. Fathers of *which* children had fun?

b. *Fathers with *which* children had fun?

(4.59)a. I met some children the fathers of *whom* like to drink.

b. * I met some children the fathers with *whom* like to drink.

除了由介詞"of"引導的介詞組補述語以外，由其他介詞所引導的介詞組補述語也在「量詞範域」與「WH移位」上出現同樣的現象。例如，在下面(4.60)的例句裏，"(arguments) with few people"（做'與少數人辯論'解）是補述語；因此，可以在補述語裏形成wh問句與關係子句。但是在(4.61)的例句裏，"(arguments) with few premises"（做'僅有少數前提的論據'解）是附加語，所以無法在附加語裏形成wh問句或關係子句 ❼⑥。試比較：

(4.60)a. Arguments with *few* people yield *any* satisfaction.

b. Argument witn *which* people satisfy you?

c. He is a person arguments with *whom* are fruitless.

(4.61)a. ?*Arguments with *few* premises yield any satisfaction.

---

❼⑥ 例句與合法度判斷採自 Jackendoff (1977:61)。

b. ?* Arguments with *which* premises satisfy you?

c. ?* This is a premise arguments with *which* are useless.

以上我們就名詞補述語與名詞節附加語在句法表現上的差異做了相當詳細的討論。但是這並不表示英語裏名詞補述語與名詞節附加語的區別是界限分明、截然劃開的。Jackendoff (1977: 60) 指出：名詞組 "Bill's picture of Fred" 與動詞組 "Bill pictured Fred" 對應，所以 "of Fred" 可以分析爲補述語；但是 "Bill's picture of Fred" 也與關係子句 "the pictures wnich are of Fred" 同義，所以 "of Fred" 亦可分析爲附加語。他的結論是兩種來源分析都可以接受 。另外 ，Jackendoff (1977:61, fn.4) 也指出：由介詞 "of" 所引導的介詞組補述語，其前面的主要語名詞不能用替代詞 "one" 取代 ；但是由其他介詞所引導的介詞組補述語，其前面的主要語名詞常可以用替代詞 "one" 來代替。試比較：

(4.62)a. Arguments with Bill are less fruitful than *ones with Henry*.

b. Arguments with many premises are less impressive than *ones with few premises*.

Selkirk (1977:304) 更指出："a lot, a large number, a handful" 等數量詞後面的of介詞組，如果以有定名詞組爲賓語而表示「部分」即可以從名詞組移出，如果以無定名詞組爲賓語而表示「全數」即不能從名詞組移出。試比較：

(4.63)a. 〔A lot of {the/ϕ} leftover turkey〕 has been

eaten.

b. A lot has been eaten *of* {the/*φ} *leftover turkey*.

(4.64)a. He gave 〔a large number of {his/φ} books by famous authors〕 to Mary.

b. He gave a large number to Mary *of* {his/*φ} *books by famous authors*.

可見前面所討論的補述語與附加語的鑑別標準中(五)與(七)都有反例的存在。不過，除了這些少數的反例以外，補述語與附加語的區別相當清楚，而且名詞組的X標槓結構也相當自然合理的詮釋了補述語與附加語在句法表現上的差異。

4.1.5 名前補述語與名前修飾語

英語的補述語可能出現於主要語名詞的後面，但也可能出現於主要語名詞的前面。同樣的，英語名詞節的附加語可以出現於名詞節的後面而充當名後修飾語，也可以出現於名詞節的前面而充當名前修飾語。英語的名前修飾語包括：形容詞（如 "*diligent* student, *complete* destruction"）、現在分詞（如 "*beginning* student, *smiling* teacher"）、過去分詞（如 "*wounded* student, *made-up* story"）、名詞（如"*honor* student, *linguistics* professor"）、動名詞（如 "*living* cost, *turning* point"）等[77]

---

[77] 其他詞類也在較爲例外的情形下充當名前修飾語；例如副詞（如 "the *then* government"）與介詞（如 "an *in* political joke"）。

。英語的名後修飾語大都由「主要語在首」或「主要語在左端」(left-headed) 的句法結構來充當；而名前修飾語則大都由「主要語在尾」或「主要語在右端」(right-headed) 的詞語（包括複合詞，如 "*bald-headed* student, *record-breaking* team, *happy-looking* couple, *self-taught* man, *soft-spoken* lady, *industry-developed* area, *pent-up* desire, *industry-developing* area, *five-star* general" 等）或詞組（如 "an 〔N″ *any topic*〕 discussion, a 〔N″ *no compromise*〕 policy, an 〔A″ *exceptionally intelligent*〕 student, a 〔A″ *patently obvious*〕 lie, an 〔P″ *up to the minute*〕 news report, an 〔P″ *under the counter*〕 transaction, the 〔V″ *ban the bomb*〕 campaign, the 〔V″ *name the tune*〕 television game〕" 等）⑱來充當。

名前補述語與修飾語常有相對應的名後補述語(如(4.65)句)與修飾語(如(4.66)句)，並且在詞組成分的線性次序上形成詞序正好相反的「鏡像」(mirror image)。試比較：

(4.65) a. a student 〔P″ *of linguistics*〕; a 〔N″ *linguistics*〕 student

b. the emperor 〔P″ *of Manchuria*〕; the 〔A″ *Manchurian*〕 emperor

---

⑱ 甚至「小子句」(small clause) 也可以充當名前修飾語，如 "his 〔*beggar my neighbor*〕 attitude toward others"。參 Radford (1988:269)。這個事實似乎表示名前修飾語可以包括所有的詞彙範疇，也支持了X標鎖理論跨越詞類的條理化。又以名詞組、介詞組、動詞組充當名前修飾語顯然是「有標」的用法，這些名前修飾語的內部詞語常以「連號」(hyphen) 連接，因而可當複合詞處理。

c. recruitment 〔$_{P''}$ *of personnel*〕; 〔$_{N''}$ *personnel*〕 recruitment

d. the presentation 〔$_{P''}$ *of Palestine delegation*〕; 〔$_{N''}$ *the Palestine delegation*〕's presentation ⑲

e. a surgery 〔$_{P''}$ *on the brain*〕; a 〔$_{N''}$ *brain*〕 surgery

f. a damage 〔$_{P''}$ *to the brain*〕; a 〔$_{N''}$ *brain*〕 damage

g. an appeal 〔$_{P''}$ *for peace*〕; *a* 〔$_{N''}$ *peace*〕 appeal

h. the investigation 〔$_{P''}$ *into fraud*〕; the 〔$_{N''}$ *fraud*〕 investigation

i. relief 〔$_{P''}$ *from famine*〕; 〔$_{N''}$ *famine*〕 *relief*

j. the campaign 〔$_{P''}$ *against drugs*〕; the 〔$_{N''}$ *drugs*〕 campaign

---

⑲ 嚴格說來，"*the Palestine delegation's* (presentation)"是指示語，而不是補述語；但是仍然列在這裏以供參考。又 "the presentation of the Palestine delegation" 可以有兩種不同的解釋：一種是 "the Palestine delegation" 做「主事」解('the Palestine delegation presented something')；另一種是 "the Palestine delegation" 做「受事」解 ('Somebody presented the Palestine delegation')。這兩種不同的解釋也都出現於名前修飾語結構的 "the Palestine delegation's presentation" 裏面 (參 Selkirk (1977:2877))。另外，Radford (1988:206) 指出："the〔proportional representation〕campaign" 可以有'the campaign 〔for proportional represention〕'與'the campaign 〔against proportional representation〕'這兩種解釋。名後補述語用不同的介詞把不同的語意解釋交代清楚，而名前補述語則必須靠語用條件來解釋。

(4.66)a. the shop〔$_{P''}$ *on the corner*〕; the〔$_{N''}$ *corner*〕shop

b. the strike〔$_{P''}$ *in the shipyard*〕; the〔$_{N''}$ *shipyard*〕strike

c. the bridge〔$_{P''}$ *over the river*〕; the〔$_{N''}$ *river*〕bridge

d. the weather〔$_{P''}$ *in winter*〕; the〔$_{N''}$ *winter*〕weather

e. the party〔$_{P''}$ *last night*〕;〔$_{N''}$ *last night*〕's party [80]

f. a matter〔$_{P''}$ *of importance*〕; an〔$_{A''}$ *important*〕matter

g. a lady〔$_{P''}$ *of iron*〕; an〔$_{N''}$ *iron*〕lady

h. a man〔$_{P''}$ *of fabulous wealth*〕; a〔$_{A''}$ *fabulously wealthy*〕man

i. a key board〔$_{P''}$ *for a typewriter*〕; a〔$_{N''}$ *typewriter*〕keyboard

j a sauce〔$_{P''}$ *with cream*〕; a〔$_{N''}$ *cream*〕sauce

k. tea〔$_{P''}$ *from China*〕;〔$_{N''}$ *China*〕tea [81]

l. a woman〔$_{A''}$ *so beautiful*〕;〔$_{A''}$ *so beautiful*〕a woman

m. a book〔$_{A''}$ *as good as that*〕;〔$_{A''}$ *as good*〕a book〔$_{P''}$ *as that*〕

n. a movie〔$_{A''}$ *good enough for all of us to see*〕; a〔$_{A''}$ *good enough*〕movie〔$_{C''}$ *for*

---

[80] 嚴格說來，"*last night's* (party)" 是指示語，而不是附加語。

[81] 以上例句參照 Radford (1988:205)。

all of us to see〕

o. a book 〔A″ *more difficult than that*〕; a 〔A″ *more difficult*〕 book 〔P″ *than that*〕

p. a man 〔A″ *hardest to convince*〕; a 〔A″ *hardest*〕 man 〔C″ *to convince*〕

q. the hills 〔A″ *right and left*〕; the 〔A″ *right and left*〕 hills

名前補述語與名前附加語在名詞組裏同時出現的前後次序一定是：附加語在前，補述語在後；附加語與主要語名詞形成"姨姪"關係，而補述語與主要語名詞則形成"姊妹"關係。因此，名前補述語與附加語的前後次序與名後補述語的前後次序正好是詞序相反的鏡像。試比較：

(4.67)a. 〔N″ a 〔N′〔N′〔N′ 〔N student〕〔P″ of linguistics〕〕〔P″ at MIT〕〕 〔P″ with long hair〕〕〕

b. 〔N″ a 〔N′ 〔A″ long-haired〕 〔N′ 〔N″ MIT〕 〔N′ 〔N″ linguistics〕 〔N student〕〕〕〕〕

(4.68)a. 〔N″ a 〔N′ 〔N′ 〔N′ 〔N specialist〕 〔P″ in ceramics〕〕 〔P″ from China〕〕 〔P″ with a long beard〕〕

b. 〔N″ a 〔N′ 〔A″ long-bearded〕 〔N′ 〔A″ Chinese〕 〔N′ 〔N″ ceramics〕 〔N specialist〕〕〕〕〕

又附加語可以同時出現於名前與名後兩個位置，而可以有兩種不同的解釋，例如：

(4.69)a. the tall student with long hair

b. 'the student with long hair who is tall'

c. 'the tall student who wears his hair long'

這兩種不同的語意解釋反映在兩種不同的X標槓結構。試比較：㉜

(4.70)a. 〔N″ the 〔N′ 〔A″ tall〕〔N′ 〔N′ 〔N student〕〕〔P″ with long hair〕〕〕〕

b. 〔N″ the 〔N′ 〔N′ 〔A″ tall〕〔N′ 〔N student〕〕〕〔P″ with long hair〕〕〕

另外，名前與名後附加語都可以連續衍生，因此附加語的數目原則上沒有限制。另一方面，補述語的數目則受主要語名詞論旨屬

㉜ (4.70a) 與 (4.70b) 的 X 標槓結構（參下面的樹狀圖解）分別相當於 (4.69b) 與 (4.69c) 的語意解釋。

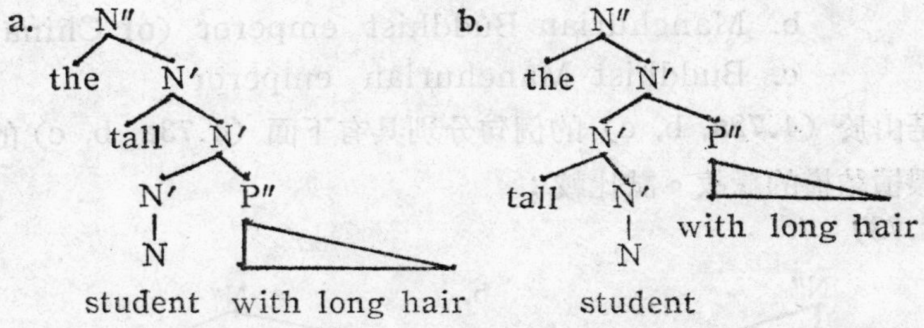

而這兩句話的語意解釋又分別相當於下面含有兩個名前附加語的X標槓結構 (a′) 與 (b′)。試比較：

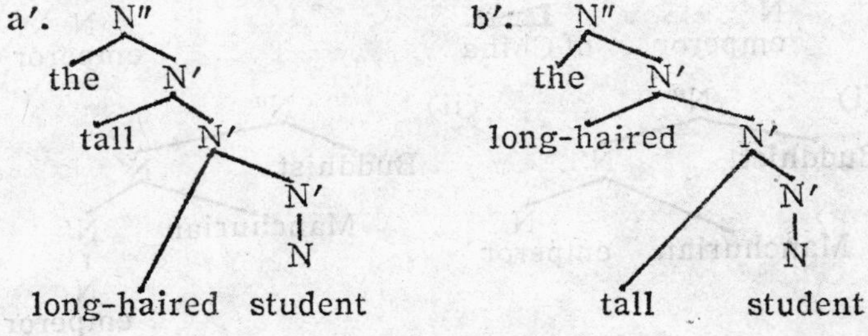

性的限制，不得隨意衍生。例如，下面（4.71a）的例句可以有（4.71b）（"Manchuria" 是補述語）與（4.71c）（"Manchuria" 是附加語）兩種解釋。

(4.71) a. Manchurian emperor

b. the emperor of Manchuria '滿州國的皇帝'

c. the emperor from Manchuria '來自滿族的皇帝'

但是在（4.72a）與（4.72b）只能解釋爲'來自滿族的皇帝'；而在（4.72c）則既可解釋爲'來自滿族的皇帝'，又可解釋爲'滿州國的皇帝'。

(4.72) a. Manchurian emperor of China

b. Manchurian Buddhist emperor (of China)

c. Buddhist Manchurian emperor

這是由於（4.72a, b, c）的例句分別具有下面（4.73a, b, c）的X標槓結構的緣故。試比較：

(4.73)

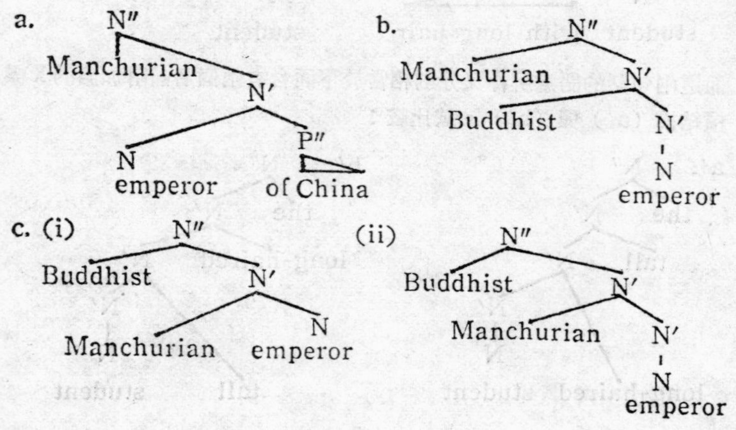

名前補述語與附加語，也跟名後補述語與附加語一樣，補述語與補述語之間以及附加語與附加語之間可以互相對等連接。但是補述語與附加語之間則不能如此連接。試比較：

(4.74)a. 〔N″ few 〔N′ 〔N″ *socio-* and *psycholinguistics*〕 students〕〕; 〔N″ few 〔N′ students 〔P″ of *socio-* and *psycholinguistics*〕〕〕

(4.75)a. 〔N″ some 〔N′ 〔A″ *long-haired* and *short-armed*〕 〔N′ 〔N students〕〕〕〕

b. 〔N″ some 〔N′ 〔N′ 〔N students〕〕 〔P″ with long hair and short arms〕〕〕

(4.76)a.* few 〔 *sociolinguistics* and *long-haired*〕 students

b.* some 〔*short-armed* and *psycholinguistics*〕 students

但是含有補述語的名詞節、含有附加語的名詞節、以及含有補述語與附加語的名詞節三者之間則可以彼此對等連接，例如：

(4.77)a. He is 〔N″ an 〔N′ *MIT* 〔N′ 〔N *student*〕〕〕 and 〔N′ *football* 〔N player〕〕.

b. He is 〔N″ an 〔N′ *MIT* 〔N′ *linguistics* 〔N *student*〕〕〕 and 〔N′ *brilliant* 〔N′ *football* 〔N *player*〕〕〕〕.

又 Radford (1988: 222) 指出：(4.78a) 的例句可以有 (4.78b) 與 (4.78c) 兩種不同的詞組結構分析。

(4.78)a. his first disastrous marriage

b. 〔N″ his 〔N′〔A″ first〕〔N′〔A″ disastrous〕〔N′〔N marriage〕〕〕〕〕

c. 〔N″ his 〔N′〔A″ first〕〔A″ disastrous〕〔N′〔N marriage〕〕〕〕

在（4.78b）的詞組結構分析裏，“disastrous”是「限制性」（restrictive）的形容詞附加語，並與姨母成分的“first”形成「堆積的修飾語」(stacked modifiers）而做‘我第一次不幸的婚姻（他不幸的婚姻不只一次）’解。在（4.78c）的詞組結構分析裏，“disastrous”是「同位性」(appositive）的形容詞附加語，並與姊妹成分“first”對等連接而做‘我不幸的第一次婚姻（他不幸的婚姻可能只有那一次）’解。[83]又附加語不但可以連續衍生，而且附加語的前後次序或上下支配關係也相當自由，例如：

(4.79)a. 〔N″ a 〔N′ tall 〔N′ dark 〔N′ handsome 〔N stranger〕〕〕〕〕

b. 〔N″ a 〔N′ tall 〔N′ handsome 〔N′ dark 〔N stranger〕〕〕〕〕

c. 〔N″ a 〔N′ dark 〔N′ tall 〔N′ handsome 〔N stranger〕〕〕〕〕

d. 〔N″ a 〔N′ dark 〔N′ handsome 〔N′ tall 〔N stranger〕〕〕〕〕

---

[83] 含有限制性修飾語的（4.78b）通常在修飾語後面不標逗號（如(i)）；含有同位性修飾語的（4.78c）可以標逗號（如(ii)）。參 Radford (1988: 223)。
(i) his first disastrous marriage
(ii) his first, disastrous, marriage

e. 〔N″ a 〔N′ handsome 〔N′ tall 〔N′ dark 〔N stranger〕〕〕〕〕

f. 〔N″ a 〔N′ handsome 〔N′ dark 〔N′ tall 〔N stranger〕〕〕〕〕

(4.80)a. 〔N″ a 〔N′ Japanese 〔N′ toy 〔N′ plastic 〔N duck〕〕〕〕〕

b. 〔N″ a 〔N′ Japanese 〔N′ plastic 〔N′ toy 〔N duck〕〕〕〕〕

c. 〔N″ a 〔N′ plastic 〔N′ Japanese 〔N′ toy 〔N duck〕〕〕〕〕

d. 〔N″ a 〔N′ plastic 〔N′ toy 〔N′ Japanese 〔N duck〕〕〕〕〕

e. 〔N″ a 〔N′ toy 〔N′ Japanese 〔N′ plastic 〔N duck〕〕〕〕〕

f. 〔N″ a 〔N′ toy 〔N′ plastic 〔N′ Japanese 〔N duck〕〕〕〕〕[84]

最後，無論是含有名前補述語或含有名前附加語（與補述語）的名詞節都可以用替代詞"one"照應。但是含有補述語或附加語的主要語名詞不能單獨與替代詞"one"照應。這種含有名前補述語或附加語的名詞節與替代詞"one"照應的情形，與含有名後補述語或附加語的名詞節與替代詞"one"照應的情形，完全相同。

(4.81)a. This short *basketball player* scored more points than that tall *one*.

[84] 例句與合法度判斷來自 Radford (1988:223)。

b. Japanese *plastic toy ducks* cost more than Chinese *ones.*

c. Plastic *toy ducks* are safer to play with than ceramic *ones.*

d.* This short basketball *player* scored more points than that football *one.*

從以上的觀察與討論可以知道，無論是名後補述語與名後附加語在句法功能上的差異，或是名前補述語與名前附加語在句法功能上的差異，以及名前修飾語與名後修飾語的鏡像關係等，都可以從我們所擬定的有關X標槓理論的規律母式中獲得自然合理的處理與詮釋。

4.1.6 名詞節的指示語

英語名詞節的指示語可以由冠詞、指示詞、數詞、量詞、領屬代詞、領位名詞組等來充當。「冠詞」(article) 包括："the, a(n), ϕ [85], some, any; which, what; no; every, each"等。[86]

---

[85] 這是所謂的「零冠詞」("zero" article)，雖然不具有語音形態，卻含有"〔—Definite,—Count, (+Count)+Plural,±Proximate, ±Possessive, —Interrogative〕"等句法屬性。參湯 (1988e:93-172)，"英語冠詞 the, a(n) 與 ϕ 的意義與用法" 98頁。

[86] Postal (1966) 把 "*we* three children"(比較："*our* three children") 與 "*you* guys" 等說話裏的 "we" 與 "you" 也分析爲冠詞。又英語裏稱代詞的冠詞用法限於複數的 "we" 與 "you" (單數的 "you" 只出現於 "you bastard" 等「呼語」(vocative) 用法，"them guys" 也僅見於某些方言裏)，但是漢語裏稱代詞的冠詞用法則沒有這種限制；例如 "你們三個孩子、你這一個人、我們一羣人、我這個笨蛋、你們這些人、他那一個傢伙"等。

「指示詞」(demonstrative)包括："this, that, these, those"。「數詞」(numeral) 包括 "one, two, three, four, ……"等「基數」(cardinal)與 "some, several, few, (a) few, little, (a) little, many, much, all, (a) {good/great} many" 等表示數量的說法；而「量詞」(amount) 則包括 (a) {good/great} deal, (a) lot, lots, plenty, (a) ({large/great}) number, (a) {large/great} amount, (a) {large/great} quantity" 等表示數目與份量的說法，並且必須與介詞 "of" 連用。「領屬代詞」(possessive pronoun) 包括 "my, your, his, her, its, our, their, one's"；而「領位名詞組」(noun phrase in the possessive case) 則指 "John's, the teacher's, my father's, our children's, your classmates', the Queen of England's" 等。關於英語名詞節的指示語，我們可以做如下的觀察與條理化。

(一)冠詞與指示詞不能互相連用；也就是說，在同一個名詞組裏只能含有一個冠詞或一個指示詞做指示語。冠詞與指示詞都只表示「語法意義」(grammatical meaning)而不表示「詞彙意義」(lexical meaning)，而且都是屬於「閉集合」(closed class)的「功能範疇」，在出現分佈上又有「互不相容」(mutually exclusive)的特性，因而可以合稱爲「限定詞」(determiner)。

(二)領屬代詞與領位名詞組不能互相連用；也就是說，在同一個名詞組裏只能含有一個領屬代詞或領位名詞組做指示語。這就表示：領屬代詞與領位名詞組在句法功能上同屬一類，因而可以合稱爲「領屬詞」(genitive)。

(三)限定詞與領屬詞不能同時出現於名詞節指示語的位置[87]，但是領屬詞可以在介詞"of"引導之下出現於主要語名詞的後面形成所謂的「雙重屬有」(double possessive) 或「領屬詞的移後」("postposed genitive")；例如"{a/any/which/what/no/every/each} new book of {mine/yours/my father's}"。

(四)數詞與量詞不能互相連用，但可以與限定詞或領屬詞連用[88]。這就表示：數詞與量詞，雖然與限定詞或領屬詞有別，卻同屬一類，因而可以合稱爲「數量詞」(quantifier).

(五)數量詞可以出現於有定名詞組的前面，也可以出現於無定名詞組的前面。出現於由介詞"of"引導的有定名詞組前面的數量詞(如"*two* of *the boys, many* of *Mr. Lee's students, a lot* of *the milk*"等) 表示「部分」(partitive)[89]；出現於無定名詞組前面的數詞 (如"*two* boys, *many* students"等) 或出現於介詞"of"引導的無定名詞組前面的量詞 (如"*a lot* of

[87] 但是有"*John's every* move"、"*Mary's every* word"等少數例外。

[88] 數詞與限定詞或領屬詞之間的連用較爲自由，而量詞則除了"several, few, little, many, all"等可以與領屬詞及有定冠詞"the"連用以外，其他卻只能與冠詞"the"、"a(n)"或"ϕ"連用。又數詞與限定詞之間的許多限制 (如"*a many men, *no several women, *any much rice"等) 都屬於「語意上的限制」(semantic constraint)，而非屬於「句法上的限制」(syntactic constraint)。

[89] 「分數」(division) 或「序數」(ordinal)，如"half, a third, a quarter, two-fifths"等，也可以出現於由介詞"of"引導的有定名詞組的前面來表示「部分」。

milk, *plenty* of time" 等）表示「全數」(total)。

（六）有些數量詞不但可以含有冠詞[90]，而且還可以含有各種修飾語，甚至還可以改爲複數形，例如："a {*very/select*} few, {*too*/(*ever*) *so*} many, a {*small/certain/fair/good/large/great/ surprising/ amazing/ goodly/ long/undue /surprisingly large/small select*…} number (of), a {*trifling/small/fair/certain/large/great/vast/ huge /immense /enormous/tremendous*…} {amount/quantity} (of), {*small/trifling/vast/huge*…} { numbers/amounts/quantities} (of), a {*fearful/awful/vast*} lot (of), {fearful/awful/vast} lots (of)"[91]。這些句法功能表示：數量詞 "few, little, many, much, some, several, all" 等基本上屬於形容詞，而兼有「定語」(adjectival) 與「名語」(nominal) 兩種功用，而數量詞 "number, amount, quantity, lot, plenty[92]" 則基本上屬於名詞；但是這兩類數量詞都與一般數詞一樣可以有「部分」與「全數」兩種用法。另外，"couple, dozen, score" 等「數目名詞」(numerical noun)、"gallon, pound, yard" 等「度

---

[90] 除了無定冠詞 "a(n)"（如 "*a* few, *a* good many, *a* number (of)"）與零冠詞 "ϕ"（如 "ϕ few, ϕ many, ϕ numbers(of)"）以外，與關係子句連用之下帶上有定冠詞 "the" 連用，例如："*the* {few/many/large/number} of the men that I met"。

[91] 另有修飾語出現於冠詞前面（如 "{*quite/only/just*} a few"）或數量詞出現於冠詞前面（如 "*many* a, *all* the, *both* the"）的情形。

[92] 數量詞 "plenty" 亦可用形容詞修飾（如 "*great* plenty"），並且有 "plentiful" 這個形容詞。

量名詞」(measure noun) 以及 "group, band, team" 等「集團名詞」(group noun) 也在介詞 "of" 引導之下出現於有定名詞組的前面表示部分，而出現於無定名詞組的前面表示全數。[93]

(七)「限制詞」(limiter; 如 "even, just, only, especially, particularly"[94])、「倍數詞」(multiple; 如"half, twice, three times, four times…" 等) 與表示「精確程度的副詞」(adverbs of degree of precision; 如 "*precisely* the reason I suggested, *roughly* the amount you asked for")[95] 可以出現於限定詞或領屬詞的前面。因此，名詞組裏指示語出現的前後次序是：(1)限制詞、(2)限定詞或領屬詞、(3)數量詞。

根據上面(一)、(二)與(四)的觀察。Jackendoff (1977:

---

[93] 這些名詞也與數量詞一樣，在介詞 "of" 後面表示全數的有定名詞組裏另外含有數量詞 (如 "*two* of the *three* men, *a small number* of my *fifty* students, *one* gallon of the *twenty* gallon wine, *a* group of my *fifty* students")，並與關係子句連用之下帶上有定冠詞 "the" (如 "*the* {small quantity/gallon} of the milk that I bought, *the* {many/large number/group} of the men that you met")。

[94] 另外有 "alone" 只能出現於主語名詞組的後面，如 "The teacher *alone* knew our secrets"。

[95] 其他如「分集副詞」("set-dividing" adverb；如 "Are〔*primarily* horn players〕required for the job, or will bassoonists do?"、"〔*Mostly* my colleagues in the office〕helped me tide over the period of difficulty" 等) 也可以出現於限定詞的前面。

104）提出了下面（4.82）的語意限制。

（4.82）「指示語限制」(Specifier Constraint)

名詞組的指示語至多只能含有一個指示詞、一個量詞、一個數詞。[96]

「指示語限制」屬於「語意上的限制」(semantic constraint)，因而有可能在普遍語法裏佔一席之地。但是這個限制畢竟是「額外的規範」(additional stipulation)，因而缺乏眞正的「詮釋功效」(explanatory force)。同時，爲了容納這三種不同種類的指示語，Jackendoff (1977) 必須擬定「三層槓次」(three bar-level) 的X標槓結構來區別三個不同階層的指示語。(4.82) 的限制內容讓我們想起X標槓理論中的「主要語獨一無二的限制」：每一個詞組結構至多只有一個主要語。如果把限定詞（包括「領屬標誌」“-'s”）與數量詞分析爲X標槓詞組結構的主要語，那麼我們就不需要「指示語限制」來規範同一個名詞組裏至多只能含有一個限定詞或數量詞。因此，我們參照 Fukui (1986)、Fukui & Speas (1986)、Abney (1987)、Bowers (1987) 等人的主張，在原有的名詞組上面另外擬設「限定詞組」(determiner phrase; DP/D″) 與「數量詞組」(quantifier phrase;

---

[96] Jackendoff (1977) 的「指示詞」(demonstrative) 包括「冠詞」，而「量詞」(quantifier) 則包括 “each, every, any, all, no, many, few, much, little” 等，「數詞」(numeral) 也除了「基數」(“one, two, three…”) 以外還包括 “double, dozen, a few, a little” 等，與我們的分類不盡相同。

QP/Q″）這兩個新的X標槓結構⑰，並把名詞組的詞組結構從原來的（4.83a）分析為（4.83b）。

(48.3)a.

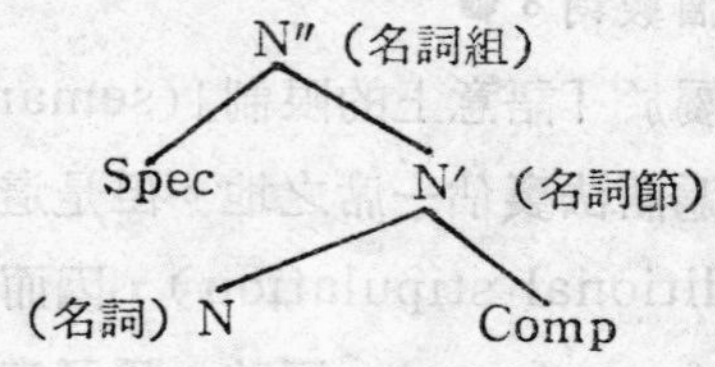

b.

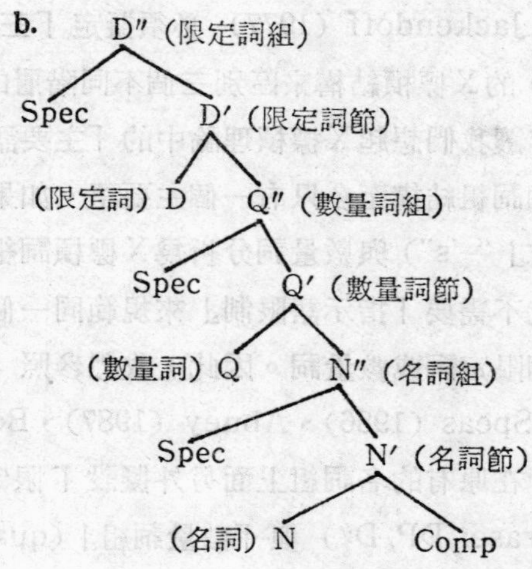

⑰ 在（4.84c）與（4.85b）的詞組結構裏，我們在"數詞與量詞互不相容"的考慮下把量詞"amount"與"number"分析為數量詞主要語，並比照出現於數詞後面的「大代號」（如(4.84b)的結構樹）在這些量詞後面擬設大代號的存在。另外一種可能的分析是把主要語數量詞留為「空節」（或僅標示單數抑或複數的屬性），而把"amount"與"number"分析為主要語名詞（因而也把量詞的形容詞附加語改為名詞的形容詞附加語）。但是這兩種分析都有未盡妥當之處，只好等待將來做更進一步的研究。

在這一個新的X標槓結構裏，名詞組成爲「限定詞組」的一部分，而且在限定詞組與名詞組之間還有一個「數量詞組」的存在。限定詞組以限定詞 (D)爲主要語，並以數量詞組爲補述語共同形成限定詞節 (D′)。數量詞組以數量詞 (Q) 爲主要語，並以名詞組爲補述語共同形成數量詞節 (Q′)。(4.83b)的詞組結構顯然比名詞組原來的詞組結構 (4.83a) 更爲周全而複雜。這個新的分析至少有下列幾個優點。

(一)限定詞與數量詞都分別出現於限定詞組與數量詞組裏主要語的位置。根據「主要語獨一無二的限制」，每一個詞組結構都只有一個主要語；因此也就只可能有一個限定詞、一個數量詞，不需要另外規定「指示語限制」。

(二)限定詞組裏指示語的位置可以允許「限制詞」(包括「表示精確程度的副詞」與「表示分集的副詞」) 的出現，而限定詞組裏附加語的位置則可以允許「倍數詞」的出現，不必在 "N″" 或"N′" 上面另找限制詞與倍數詞的位置，例如：

(4.84)a.

```
        D″
       /  \
   only    D′
          /  \
         D    Q″
      these   |
              Q′
             /  \
            Q    N″
          three  |
                 N′
                 |
                 N
               books
```

b.

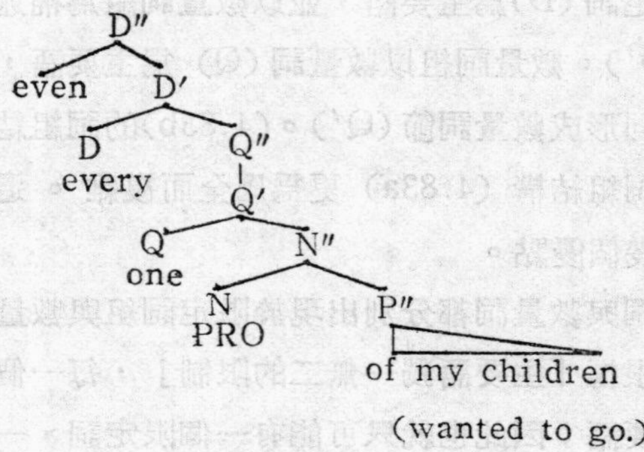

c.

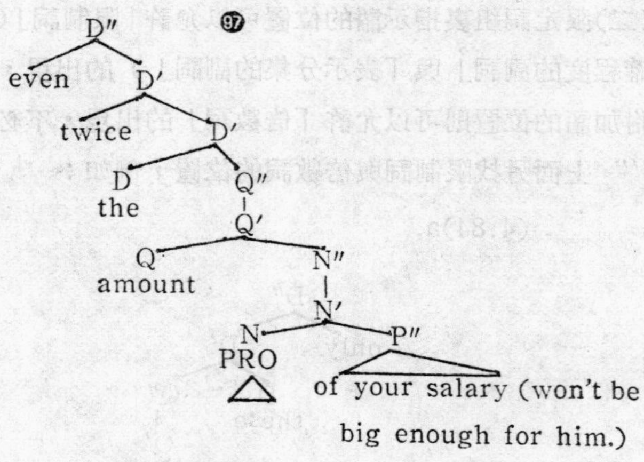

(三)數量詞組裏附加語的位置可以允許數量詞修飾語的出現，例如：

(4.85)a.

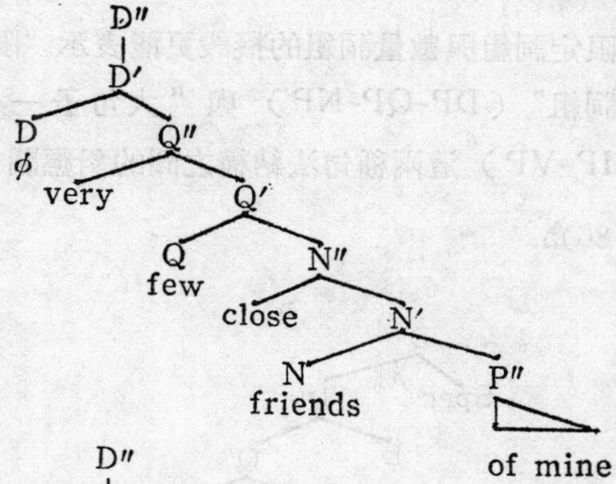

D″
D′
D
φ
Q″
very
Q′
Q
few
N″
close
N′
N
friends
P″
of mine

b.
D″ 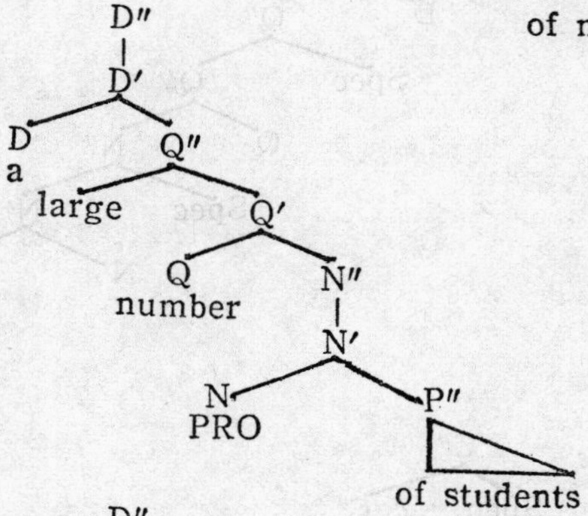
D′
D
a
Q″
large
Q′
Q
number
N″
N′
N
PRO
P″
of students

c.
D″ 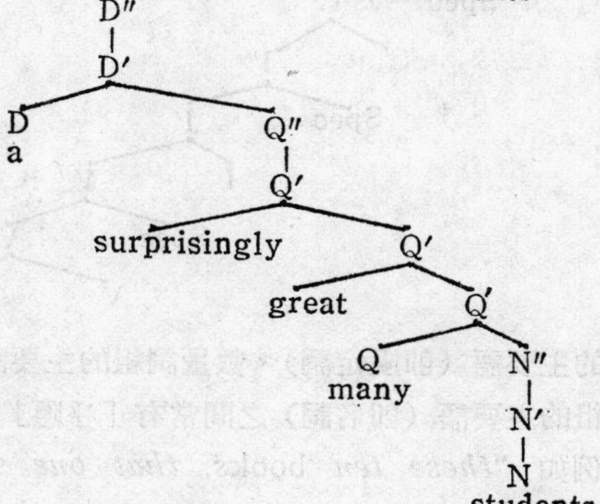
D′
D
a
Q″
Q′
surprisingly
Q′
great
Q′
Q
many
N″
N′
N
students

(四)限定詞組與數量詞組的擬設更能表示“限定詞組—數量詞組—名詞組”（DP-QP-NP）與“大句子—小句子—動詞組”(CP-IP-VP）這兩種句法結構之間的對應關係。試比較：

(4.86)a.

D″
Spec D′
D Q″
Spec Q′
Q N″
Spec N′
N Comp

b.

C″
Spec C′
C I″
Spec I′
I V″
Spec V′
V Comp

限定詞組的主要語（即限定詞）、數量詞組的主要語（即數量詞）以及名詞組的主要語（即名詞）之間常有「呼應」(agreement) 的現象，例如 “*these ten* books, *that one* single *page*”

。[98]另一方面，大句子的主要語（即補語連詞）、小句子的主要語（即屈折語素）以及動詞組的主要語（即主要動詞）之間也有某種呼應現象的存在[99]。另外，出現於名詞組指示語位置的「名詞組主語」(noun phrase subject)，爲了獲得格位可以經過數量詞組指示語的位置移到限定詞組指示語的位置來[100]；而出現於動詞組指示語位置的「句子主語」(sentence subject) 也爲了獲得格位而移到小句子指示語的位置來。

4.1.7 數詞、量詞、度量名詞、集團名詞的「全數」與「部分」用法

數詞可以出現於無定名詞組之前表示全數（如 "my *three* children, the *ten* students, ϕ *several* books"），也可以出現於由介詞所引導的有定名詞組之前表示部分（如 "*three* of my

[98] 但是限定詞與量詞之間雖有呼應現象（如 "*a* {lot/number/amount/quantity}; ϕ {lot*s*/number*s*/amount*s*/quantit*ies*} of"），量詞與名詞之間則不一定有呼應現象（如 "*a* {lot/number} of students; ϕ {lot*s*/number*s*} of students; {a lot/an amount/a quantity } of gold; {lot*s*/amount*s*/quantit*ies*} of gold"）。

[99] 例如，補語連詞 "that, if" 與「限定動詞」(〔+Tense, +Finite (或±Past)〕) 呼應，補語連詞 "for" 與「非限定動詞」(〔+Tense, −Finite〕) 呼應，而補語連詞 "whether" 則與限定或非限定動詞 (〔+Tense, (±Finite)〕) 都呼應。參 Stowell (1981)。又如，屈折語素下的情態助動詞必須與原式動詞連用、完成貌助動詞 "have" 與過去分詞動詞連用、進行貌助動詞 "be" 與現在分詞動詞連用等。

[100] 關於漢語名詞組主語的移位，參 Tang C. C. (1988)。

children, *ten* of the students, *φ several* of my books")。量詞、度量名詞、集團名詞可以出現於由介詞"of"所引導的無定名詞組之前表示全數(如"a *lot* of children, two *gallons* of milk, a *group* of students"),也可以出現於由介詞"of"所引導的有定名詞組之前表示部分(如"a *lot* of the children, two *gallons* of the milk, a *group* of the students")。我們有理由相信這些由"of"所引導的介詞組是數詞、量詞、度量名詞、集團名詞的補述語:因為(一)附加語只能出現於"of 介詞組"的後面,不能出現於"of 介詞組"的前面(如(4.87)句);(二)主要語與"of 介詞組"合成的名詞節可以與替代詞"one"照應,但含有"of 介詞組"的主要語不能單獨與替代詞"one"照應(如(4.88)句);(三)"of 介詞組"可以從名詞組裏面移出(如(4.89)句);(四)出現於"of 介詞組"後面的關係子句修飾主要語名詞(或含主要語名詞與"of 介詞組"的名詞節),而不單獨修飾"of 介詞組";因此,"of 介詞組"可以單獨移到句首,卻不能連同關係子句移到句首(如(4.90)句)。[101]試比較:

(4.87)a. a gallon of the wine {in the kitchen/from California}

b.* a gallon {in the kitchen/from California} of the wine

(4.88)a. *groups of the men* from China and *ones* from Japan

---

[101] 參 Jackendoff (1977:107-109)。

b.* *groups* of the men from China and *ones* women from Japan

(4.89)a. A lot 〔of the leftover turkey〕 has been eaten.

b. A lot t_i has been eaten 〔of the leftover turkey〕$_i$.[102]

(4.90)a. 〔*Of the men*〕$_i$, the {group/many} t_i that you met aren't here anymore.

b.* 〔〔*Of the men*〕〔*that you met*〕〕$_i$, the {group/many} t_i aren't here anymore.

以上的句法事實也顯示：(一)介詞 "of" 與後面的有定或無定名詞組應該形成詞組單元（即"of 介詞組"）[103]，纔能做為移位的對象；(二)數量詞應該含有 "〔+N〕" 的屬性[104]，纔可以帶上

---

[102] 這種「從名詞組的移出」限於由介詞 "of" 所引導的有定名詞組。參前面所引用的例句 (4.63) 與 (4.64) 。

[103] Chomsky（1970）等曾把數量詞在深層結構裏分析為「前冠詞」(prearticle; Preart)，並出現於冠詞的前面共受限定詞的支配（如"〔$_{NP}$〔$_{Det}$〔$_{Preart}$ *many*〕〔$_{Art}$ the〕〕men〕"），然後在前冠詞與冠詞之間加插介詞 "of"。在這一種分析裏，介詞 "of" 與其賓語名詞組無法形成詞組單元，而數量詞（卽前冠詞）、介詞 "of" 與冠詞卻反而形成詞組單元。

[104] Jackendoff (1977:108) 認為數量詞必須是名詞組，但是我們把數量詞分析為主要語 (X^0)，而且數詞、量詞以及最高級形容詞都可以在 of 介詞組後帶上關係子句，並且允許 of 介詞組的移位，例如：

(i) the {*seven/number/oldest*} 〔$_{P''}$ of the men〕〔$_{C''}$ that you met〕 aren't here anymore.

(ii) 〔Of the men〕$_i$, the {*seven/number/oldest*} t_i 〔$_{C''}$ that you met〕 aren't here anymore.

關係子句。因此，以數量詞"many"爲例，數量詞的全數用法（以名詞組或介詞組爲補述語）與部分用法（以介詞組爲補述語）分別具有下面(4.91a)與(4.91b)的詞組結構。試比較：[105]

(4.91)a.

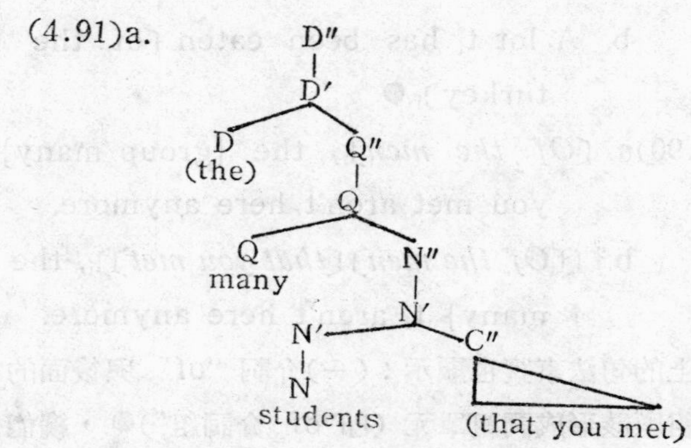

---

[105] 參 Jackendoff (1977) 與 Selkirk (1977)。Jackendoff (1968) 本來把全數用法與部分用法的數量詞都分析爲具有類似(4.91b)的深層結構）卽二者都含有大代號"PRO"，所不同的只是「部分」用法時介詞"of"以有定名詞組爲賓語，而「全數」用法時介詞"of"以無定名詞組爲賓語），然後再把全數用法的介詞"of"加以刪除。但是 Selkirk (1977) 指出：數量詞的全數用法不應該具有與部分用法同樣的深層結構，因爲㈠數量詞的全數用法與部分用法在合法度上並不完全對應（試比較："much of that story/*much story; one of her brothers and sisters/*one brother and sister; *one of the single things/one single thing; each of the politicians who were elected/*each politician who were elected" 等）；㈡部分用法的 of 介詞組可以從名詞組裏移出，而全數用法的 of 介詞組則不能從名詞組裏移出。因此，在數量詞的全數用法裏，主要語名詞（如(4.91a)的"students"應該出現於數量詞的補述語名詞裏主要語名詞的位置；在數量詞的部分用法裏，主要語名詞是大代號"PRO"，而數量詞後面的有定名詞組（如(4.91b)的"the students"）則應該出現於介詞"of"的補述語位置。

b.

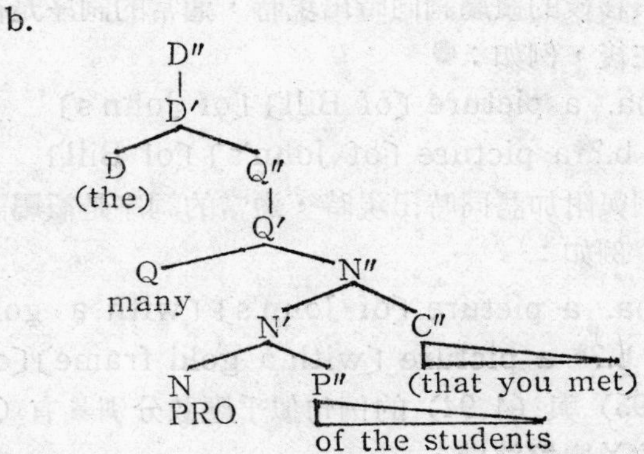

所謂的「雙重屬有」，如 “a friend of my father's” 等，則具有下面 (4.92) 的X標槓結構。

(4.92)

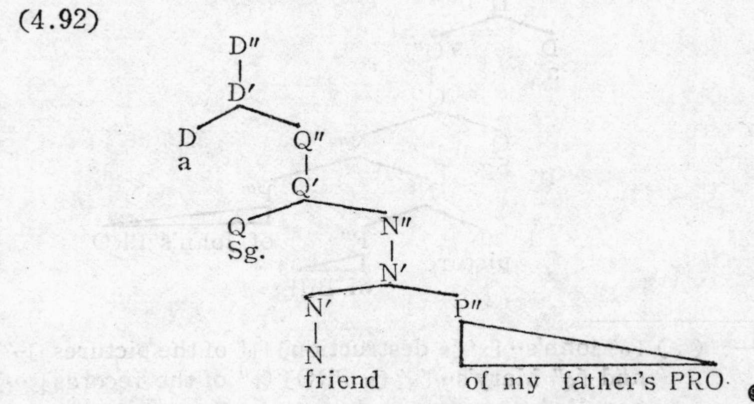

⑩⑥ 同樣的，“mine, this, one (數詞), every one, each, all, none, some, any, the A-est” 等也可以分析爲具有 “{my/this/one/every one/each/all/no/some/any/the A-est} PRO” 的深層結構。又在這些例詞裏，大代號 “PRO” 係與名詞節 (N′) 照應，而在「名詞空缺」(N-Gapping; Jackendoff (1977:116) 則稱爲「名詞節空缺」(N′-Gapping)) 裏的大代號 “PRO” 則與名詞 (N) 照應，例如：⟶

又補述語與移後的領屬詞同時出現時，通常的詞序是補述語在前、領屬詞在後，例如：[107]

(4.93)a. a picture 〔of Bill〕〔of John's〕

b.?*a picture 〔of John's〕〔of Bill〕

但是領屬詞與附加語同時出現時，通常的詞序是領屬詞在前、附加語在後，例如：

(4.94)a. a picture 〔of John's〕〔with a gold frame〕

b.?* a picture 〔with a gold frame〕〔of John's〕

因此，(4.93) 與 (4.94) 的例句似乎應該分別具有 (4.95a) 與 (4.95b) 的X標槓結構。

(4.95)a.

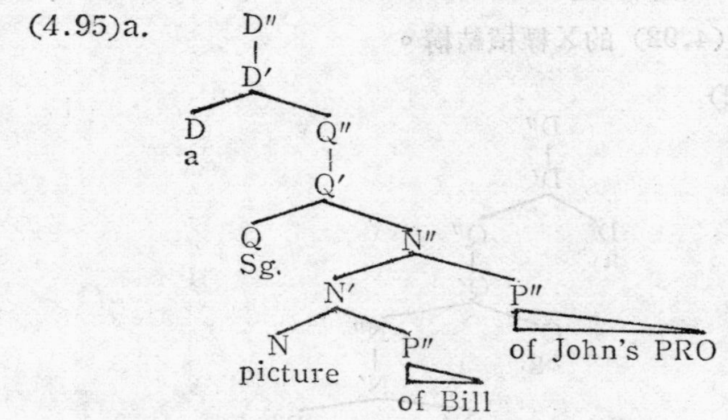

← (i) 〔Q″ John's…〔N′〔N destruction〕〔P″ of the pictures〕〕…〕 and 〔Q″ Mary's…〔N′〔N PRO〕〔P″ of the records〕〕…〕 appalled everyone.

又下面 (ii) 的例句顯示：指示語 ("her") 與大代號 (PRO) 雖然未能形成詞組單元卻仍能「名物化」(substantivization) 而成爲 "hers"。參 Jackendoff (1977:116)。

(ii) *His destruction* of the pictures and *hers* of the records appalled everyone,

[107] (4.93) 與 (4.94) 的例句與合法度判斷採自 Jackendoff (1977: 116)。

b.

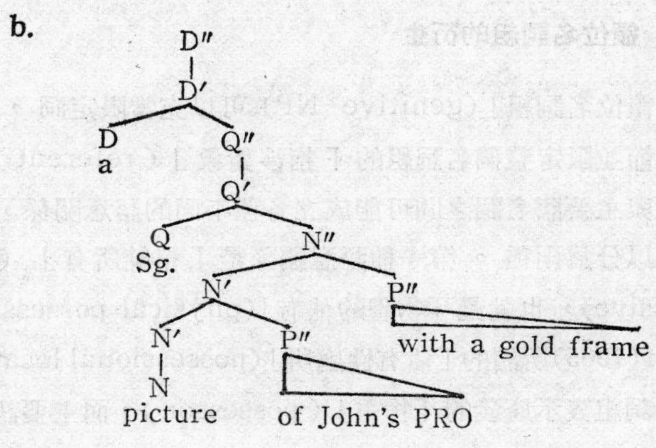

⑩⑧

---

⑩⑧ 我們在這裏把出現於主要語名詞後面的領屬詞分析為附加語，而不是補述語。因為許多英美人士認為 (i) 的例句可以接受，至少比 (ii) 的例句好得多。試比較：

(i) This picture of John's is much prettier than that *one* of Bill's.

(ii)*This picture of John is much prettier than that *one* of Bill.

另外，表示部分成員的主要語名詞（如(iii)句的"member"）也可以與替代詞"one"照應，因而暗示後面的 of 介詞組是附加語。

(iii) This member of the nominating committee is much more competent than that *one* of the election committee.

如果我們能更進一步證明，出現於部分用法的數量詞後面的 of 介詞組（以有定名詞組為賓語）是附加語，而出現於全數用法的數量詞後面的 of 介詞組（以無定名詞組為賓語）是補述語，那麼我們就可以說明為什麼前者（名詞節的附加語）可以從名詞組裏移出，而後者（主要語名詞的補述語）則不能從名詞組裏移出。

4.1.8 領位名詞組的衍生

「領位名詞組」(genitive NP) 可以充當限定詞，因而修飾名詞節並限定整個名詞組的「指涉對象」(referent)。領位名詞組與主要語名詞之間可能成立各種不同的語意關係，但是基本上可以分爲兩種。第一種語意關係是「單純所有」(simple possessive)，也就是「物體的佔有」(physical possession) 或 Gruber(1965)所謂的「佔有性處所」(possessional location)；領位名詞組表示廣義的「物主」(possessor)，而主要語名詞則表示廣義的「屬物」(possessed)。例如，"John's house" 可以表示 'John {現在／過去／…} 所 {買／賣／租／住／蓋／…} 的房子' 等多種意義。雖然籠統的用「物主」來代表領位名詞組的語意角色，但事實上所涵蓋的語意範圍相當廣泛（如 "*children's* clothing, *Bill's* morning, *last night's* party, *tomorrow's* weather" 等），必須靠「上下文」(context) 或「語言情境」(speech situation) 等「語用因素」(pragmatic factor) 纔能個別而具體的判斷領位名詞組與主要語名詞的語意關係[109]。在單純所有裏主要語名詞大都是具體名詞，因而並無相對應的動詞或形容詞，與領位名詞組之間並無特定的「選擇限制」(selection restriction)，本身也無法直接指派論旨角色給領位名詞組。第二種語意關係，是除了「單純所有」以外的所有其他語意關係，

---

[109] Williams (1982) 甚至認爲任何可能想像得到的語意關係都可能存在。

包括「主事」(如 "*the enemy's* destruction of the city, *the general's* withdrawal of the troop")、「客體」或「受事」(如 "*the city's* destruction by the enemy, *the troop's* withdrawal by the general, *the condemned criminal's* execution, *the cargo's* arrival, *John's* reliability")、「經驗者」(如 "*John's* amazement, *Mary's* great surprise") 等。在這些語意關係裏，主要語名詞大都是由動詞或形容詞衍生的抽象名詞⑩，因此繼承有關動詞或形容詞的「論旨網格」(theta grid; θ-grid)，可以指派論旨角色給補述語，與領位名詞組之間也常有特定的選擇限制。

我們參照 Anderson (1984) 的分析，以兩種不同的方式衍生兩種不同語意角色的領位名詞組。表示單純所有的領位名詞組在深層結構裏即帶着領位標誌" 's"出現於限定詞主要語的位置，並由這個領位標誌指派論旨角色 (如「(佔有性)處所」) 與領位給名詞組。⑪不表示單純所有 (即表示「主事」、「客體」、「經

---

⑩ 少數的例外是「繪畫名詞」，這些名詞並非都有相對應的動詞或形容詞。

⑪ Chomsky (1970) 曾經提議表示單純所有的領位名詞組在深層結構裏含有由領位名詞組的名詞組爲主語而以動詞 " have " 爲述語的關係子句，然後經由變形刪除關係子句而衍生表面結構的領位名詞組 (如 "the store *that John has*→*John's* store")。但是當代語法理論已經不允許這樣過分有力或漫無限制的變形規律；而且，就語意上而言，動詞 "have" 所能表達的語意內涵無法涵蓋「單純所有」所能表達的語意關係。Partee (1973) 更指出 "John's store" 與 "the store that is John's" 同義，因此領位名詞組必須由深層結構直接衍生。

驗者」等論旨角色）的領位名詞組則由主要語名詞來指派論旨角色，而由「移動 α」的變形規律把這個名詞組移到限定詞組裏指示語的位置以獲得領位。[112]

4.2 英語動詞組的X標槓結構

4.2.1 動詞組、動詞節、動詞

英語的動詞組，以動詞(V)為主要語，並與補述語形成動詞節 (V′)，再與指示語形成動詞組 (V″)。附加語是動詞節的可用成分，可有可無，而且可以連續衍生。我們有理由相信：英語的動詞組不包含「情態助動詞」(modal auxiliary) 在內，因為(一)情態助動詞不能隨「動詞組提前」(VP-Preposing)而一起移到句首，必須留在主語後面 (如(4.96)句)；(二)情態助動詞不能因「動詞組刪除」(VP-Deletion) 而一起刪除，必須加以保留(如 (4.97) 句)[113]；(三)情態助動詞不能包含在「動詞組替代詞」(pro-VP form) "do so" 或 "so" (如(4.98)句) 之內；(四) 修飾整句的「全句副詞」(sentence adverb) 如 "frankly, probably, evidently" 等可能出現於情態助動詞後面(如(4.99)句)。[114]

[112] Anderson (1984) 主張這類領位名詞組的領位標誌 " 's" 由變形規律 "$\phi \rightarrow$'s/NP__N′" 來加插 (即在名詞組指示語與名詞節主要語之間加插 " 's")；而 Fukui & Speas (1986) 則主張領位標誌 " 's " 在深層結構裏即衍生於限定詞主要語的位置。關於這兩種分析之間的選擇，我們在論旨理論與格位理論的專題中再詳論，這裏暫不做結論。

[113] 又稱「動詞組刪略」(VP-Ellipsis)。

[114] 參 Jackendoff (1977:47-48)。

(4.96)a. Mary plans for John to marry her, and 〔*marry her*〕 he *will.*

b. 〔*Leave him*〕 I *could*n't, but at least I could make his life miserable.

c. They said she may attempt to leave, and 〔*attempt to leave*〕 she *will.*

(4.97)A: Who might have been dating Mary these days?

B: John *might* (have (been)).

(4.98)a. John went to the concert last evening, and Mary *will do so* this evening.

b. John can speak three languages, and *so can* Mary.

(4.99)a. John *will probably* go to the concert this evening.

b. Mary *can evidently* speak Greek.

至於動詞組是否應包含完成貌助動詞 "have (-en)" 與進行貌助動詞 "be (-ing)" 在內⑮，學者間尙有異論。有些學者⑯認

---

⑮ 被動態的 "be" 動詞可以分析爲主要述語，而過去分詞則可以分析爲由動詞衍生的「過去分詞形容詞」(participial adjective)，由動詞繼承「論旨網格」，但不能指派格位。

⑯ 如 Jackendoff (1977)，Akmajian, Steele & Wasow (1979)。

爲這些「動貌助動詞」(aspectual auxiliary) 應該包含在動詞組裏面形成獨立的詞組單元，並且把「動詞組提前」、「動詞組刪除」與「動詞組替代詞」"(do) so" 分別改稱爲「動詞節提前」、「動詞節刪除」與「動詞節替代詞」"(do) so"，因爲(一)動貌助動詞不能隨動詞節提前一起移到句首，必須留在情態助動詞後面（如(4.100)句）；(二)動貌助動詞可以隨動詞節一起刪除（如(4.101a)句），也可以不刪除而保留在情態助動詞後面（如(4.101b, c)句）；(三)全句副詞 "frankly, probably, evidently"等不能出現於動貌助動詞後面（如(4.102)句）；(四)有些動詞（如 "begin, start, see, hear" 等）只能以不包含動貌助動詞的動詞節爲補述語（如(4,103)句）。

(4.100) They said that John might have been cheating his wife, and

a. 〔*cheating his wife*〕 he might *have been*!

b.*〔*been cheating his wife*〕 he might *have*!

c.*〔*have heen cheating his wife*〕 he might!

(4.101) Who might have been dating Mary these days?

a. John might.

b. John might *have*.

c. John might *have been*.

(4.102)a. George will frankly have amused the children by the time we get there.⑰

b.?*George will have *frankly* amused the children by the time we get there.

c. George will *evidently* be amusing them when we get there.

d.?*George will be *evidently* amusing them when we get there.

(4.103)a. John began 〔C″ PRO to 〔V″ {run/*have run/*be running} down the road〕〕.

b. John saw 〔Mary 〔V″ {run/*have run/*be running} down the road〕〕.⑱

根據以上觀點，Jackendoff (1977:74) 爲英語的動詞組提出了下面 (4.104) 的詞組結構規律；Radford (1988:231) 也爲英語的動詞組提出了下面 (4.105) 的X標槓結構：

(4.104) $V'' \rightarrow (have-en)-(be-ing)-(\begin{bmatrix} Adv \\ +Trans \end{bmatrix}''')^{*} -V'-(PP)^{*}-(\bar{S})$ ⑲

---

⑰ (4.102) 的例句與合法度判斷採自（Jackendoff 1977：48）。又 Jackendoff (1972:76) 指出：「動詞組副詞」(VP adverb)，如 "completely, thoroughly" 等，可以出現於動貌助動詞的後面，卻不能出現於動貌助動詞或情態助動詞的前面。試比較：

(i) George will have *completely* read the book.
(ii) George will be *completety* finishing his carrots.
(iii) George has been *completely* finishing his carrots.
(iv) George is being *completely* ruined by the tornado.
(v)?*George will *completely* have read the book.
(vi)*George *completely* will have read the book.

⑱ 參 Akmajian, Steele & Wasow (1979:40)。

⑲ "$\begin{bmatrix} Adv \\ +Trans \end{bmatrix}$" 的符號代表「可轉位的副詞」(transportable adverb)，即在姊妹成分中（如動詞組底下的姊妹成分；完成貌助動詞、進行貌助動詞與動詞節）可以自由移位的副詞，如⑰裏的動詞組副詞 "completely"。

(4.105)

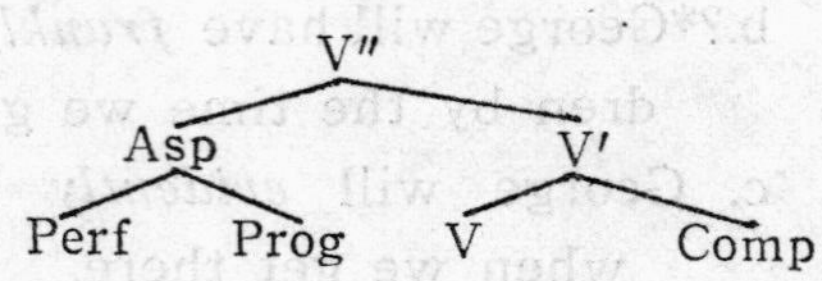

依照這些分析，動貌助動詞 "have－en" 與 "be－ing" 是動詞組的指示語，與動詞節合成動詞組；附加語應該出現於指示語與動詞節之間，或出現於補述語之後，例如 (4.106)：

(4.106)

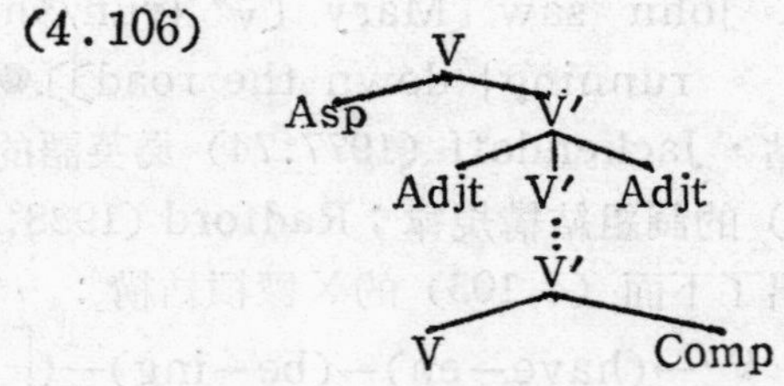

另有一些學者認爲：動詞組的指示語不是動貌助動詞，而是主語名詞組。主語名詞組是主要語動詞的「域外論元」，並由主要語動詞與其補述語合派論旨角色；因此，應該登錄於動詞的「論旨網格」中，並且出現於動詞組指示語的位置。但是動詞只能指派「賓位」(accusative Case) 給出現於右邊的姐妹成分賓語名詞組，卻不能指派格位給出現於左邊的姨母成分主語名詞組。因此，主語名詞組必須從動詞組指示語的位置移到小句子指示語的位置，以便從屈折語素或照應語素獲得「主位」(nominative Case)[120]。在這一種分析裏，動貌助動詞無法出現於指示語的位

[120] 或者如 Stowell (1981) 所主張，由補語連詞時制語素的〔±過去〕(〔±Past〕) 屬性指派主位給出現於右邊的主語名詞組。另外 Travis (1984) 則主張，主位並非由時制語素指派，而是由呼應語素在「同指標」(co-indexation) 的情形下指派。

置，而只能出現於主要語動詞的位置，並以動詞組爲補述語，例如 (4.107)：

(4.107)

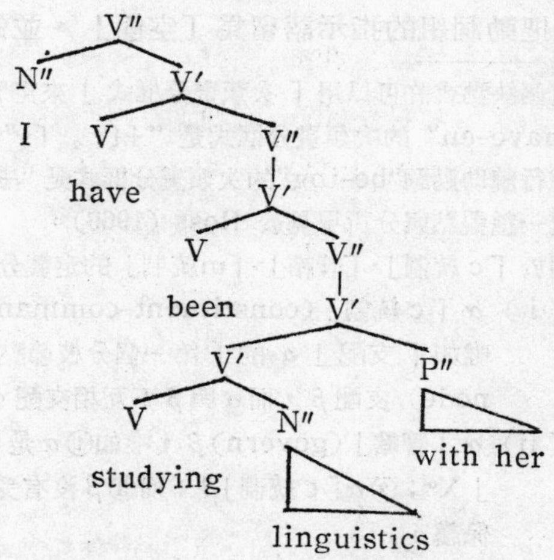

這一種分析的優點是：把出現於指示語的詞組成分限於一個，以便使X標槓理論的內容與限制更加明確[121]；同時，附加語可以在深層結構裏出現於動貌助動詞的前面或後面，因而不必擬設動詞組副詞的轉位。這一種分析的缺點是：需要另外限制動貌助動詞不能在補述語裏再包含主語名詞組，動貌助動詞也不能漫無限制

[121] Kayne (1984) 主張，X標槓結構的指示語與補述語至多只能有一個。我們在前面有關名詞組X標槓結構的討論裏，把限定詞與數量詞不分析爲名詞組的指示語，而分別分析爲限定詞組與數量詞組的主要語。其動機之一，就是要符合 Kayne (1984) 的主張。

的連續衍生。122又把動貌助動詞分析爲主要語動詞123的結果，動詞組指示語的位置便空下來。這個位置雖然不受主要語動詞的「c統制」（因而也就不受其「管轄」），卻受其「m 統制」(m-command)124，在這種情形下，我們有兩種選擇的餘地：第一種選擇是把動詞組的指示語留爲「空節」，並做爲動詞補述語或動

122 這個缺點或許可以用「次類畫分框式」來克服；例如完成貌助動詞 "have-en" 的次類畫分框式是 "+〔___〔v″ (be-ing)〔v′…〕〕〕，進行貌助動詞"be-ing"的次類畫分框式是 "+〔___〔v″〔v′…〕〕〕"。

123 這一種觀點與分析早見於 Ross (1969)。

124 關於「c 統制」、「管轄」、「m統制」的定義分別如下：

(i) α「c 統制」(constituent-command; c-command) β，唯如「支配」α 的「第一個分枝節點」(first branching node) 支配 β，而 α 與 β 不互相支配。

(ii) α「管轄」(govern) β，唯如① α 是「最小投影」或「主要語」X^o；② α「c 統制」β；而③ β 沒有受到「最大投影」X″ 的保護。

(iii) α「m統制」(m-command) β，唯如 α 不支配 β，而支配 α 的每一個最大投影 γ 都支配 β。

根據上面的定義，如果 α「c 統制」β，那麼 β 必定是 α 的姊妹成分或「晚輩成分」，而 α 必定是 β 的姊妹成分或「長輩成分」(參 (iva) 的結構樹)。「管轄」是比「c 統制」更嚴格的概念，因爲不但要求 α「c 統制」β，而且還要求 α 必須是主要語 (X^o)，並且在 α 與 β 之間不能出現最大投影 (X″) 的「屏障」(barrier) 來保護 β 而不受 α 的管轄。另一方面，「m統制」則可以說是比「c 統制」較鬆懈的概念，因爲在「c 統制」裏無論是最大投影或是中介投影都可以充當「第一個分枝節點」，而在「m統制」裏不要求「第一個分枝」節點，而要求節點是「最大投影」。結果，在 γ「m統制」β 的情形下，β 可能是 γ 的姊妹成分或晚輩成分，但也可能是 γ 的長輩成分（參 (ivb) 的結構樹)。—→

詞節附加語移位的「移入點」(landing site)；而第二種選擇是以主語名詞組做爲動詞組的指示語。如果我們做了第一種選擇[125]，那麼主語名詞組就在深層結構裏出現於小句子指示語的位置，並由「小句子詞節」(I′) 或動詞組 (V″) 獲得論旨角色，由「時制語素」(〔±Tense〕) 或「照應語素」(〔±AGR〕) 獲得主位。如果我們做了第二種選擇，那麼主語名詞組就在深層結構裏出現於動詞組指示語的位置，並由動詞節 (V′) 獲得論旨角色，但必須移入小句子指示語的位置來獲得格位。關於這兩種分析之間的選擇，牽涉到X標槓理論以外的論旨理論與格位理論，我們不在此詳論[126]。但是無論做那一種選擇，都沒有違背X標槓理論，都

← (iv) a.

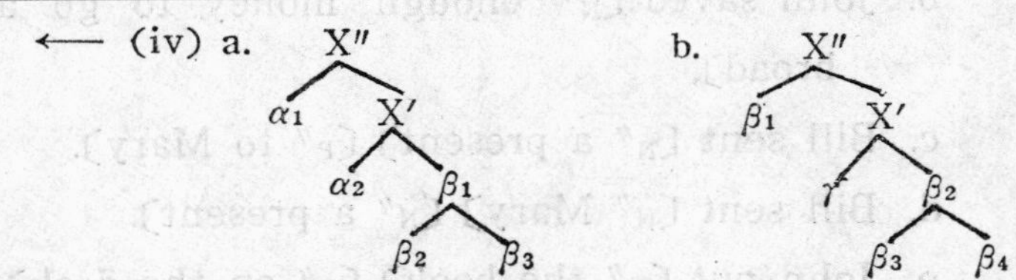

在「約束理論」裏界定「照應詞」(anaphor)、「稱代詞」(pronominal)、「指涉詞」(referential expression; r-expression)、「變項」(variable) 與其前行語之間的約束關係時所需要的似乎是「c統制」的概念，而在其他句法關係裏則可能需要「m統制」的概念。參 Chomsky (1986a:8), Reinhart (1976), Aoun & Sportiche (1983)。

[125] 雖然 Chomsky (1986a:4) 認爲在沒有指示語的情形下 X″ 可以直接擴展爲X，卻沒有言明是否每一種最大投影都必須含有指示語。另一方面，Fukui (1986) 與 Fukui & Speas (1986) 則認爲只有「功能範疇」纔含有指示語，「詞彙範疇」則不含有指示語。

[126] 關於這些問題（包括「作格動詞」(ergative verb) 或「非賓格動詞」(unaccusative verb) 的討論），將在湯（撰寫中 c）"普遍語法與英漢對比分析：㈡「論旨理論」、「格位理論」與詞序問題" 中做更詳盡的討論。

應該由其他的原則或參數來決定。

4.2.2 動詞組裏補述語與附加語的區別

英語動詞組的補述語出現於主要語動詞的右邊，受主要語動詞的管轄，並由主要語動詞指派論旨角色。這些與主要語動詞的次類畫分有關而成爲必用成分的補述語包括名詞組、介詞組、大句子（包括「that 子句」、「疑問子句」、「感嘆子句」、「不定子句」)、「小子句」[127]與「副詞組」(adverb phrase; AdP/Ad″) 等，例如：

(4.108) a. Charles loves 〔N″ Suzanne〕.

b. John saved 〔N″ enough money to go abroad〕.

c. Bill sent 〔N″ a present〕〔P″ to Mary〕.

d. Bill sent 〔N″ Mary〕〔N″ a present〕.

e. John put 〔N″ the book〕〔P″ on the desk〕.

f. John envied 〔N″ Bill〕〔N″ his wife〕.

g. John talked 〔P″ to Bill〕〔P″ about his wife〕.

h. John knows 〔C″ that Bill's wife is a college graduate〕.

i. John told 〔N″ Bill〕〔C″ that his wife was

---

[127] 「小子句」(small clause) 卽不包含「補語連詞」亦不包含「屈折語素」的補語子句，如 (4.108v) 到 (4.108δ) 的例句。在未討論「小子句」的X標槓結構（參 4.6 的討論）之前，我們只用方括弧來表示小子句的存在，而不標名其句法範疇。

living with in-laws〕.

j. John doesn't know 〔C″ whether Bill's wife loves him〕.[128]

k. John asked 〔N″ his wife〕〔C″ who she had visited last night〕.

l. John mentioned 〔P″ to Bill〕〔C″ that his wife was leaving him〕.

m. John knows 〔C″ what an attractive woman his wife is〕.[128]

n. John never realized 〔C″ how very tough his wife could become sometimes〕.

o. It amazed 〔N″ John〕〔C″ how very tough his wife could become sometimes〕.

p. It seems 〔C″ that John is intelligent〕.

q. It seems 〔P″ to Bill〕〔C″ that John is intelligent〕.

r. John seems 〔C″ t to be intelligent〕.

s. John believed 〔C″ Bill to be intelligent〕.

t. John persuaded Bill 〔C″ PRO to come〕.

u. John promised Bill 〔C″ PRO to come〕.

v. John agreed 〔C″ PRO to come〕.

w. John considered 〔Bill intelligent〕.

---

[128] (4.108j, k) 的「wh子句」是「疑問子句」，而 (4.108m, n, o) 的「wh子句」是「感嘆子句」。

x. John seemed 〔t intelligent〕.

y. John considered 〔Bill a big fool〕.

z. John regarded 〔Bill as a big fool〕.

α. John saw 〔Bill come〕.

β. John let 〔the cat into the house〕.

γ. John considered 〔it unlikely that Bill was at home〕.

δ. Let 〔there be light〕!

ε. John treated Mary 〔Ad″ very kindly〕.

另一方面，附加語則與補述語不同，是可有可無的可用成分，因而與主要語的次類畫分無關；而且是主要語動詞的姨母成分，所以不受主要語動詞的管轄，也就無法從主要語動詞那裏獲得論旨角色或格位的指派。可以充當附加語的詞組成分包括「副詞組」(adverb phrase; AdP/Ad″)、「狀語名詞組」、「介詞組」[129]、大句子、小子句等[130]，例如：

(4.109)a. John waited for Mary 〔Ad″ patiently〕.

b. John waited for Mary patiently 〔N″ that morning〕.

c. John waited for Mary 〔P″with patience〕.

---

[129] 我們把由「從屬連詞」(subordinating conjunction；如“before, after, till, until, because, unless, if” 等) 所引導的副詞子句也分析為介詞組。

[130] 我們在這裏暫不做「動詞組附加語」、「(小)句子附加語」與「大句子附加語」的區別。參後面 4.4 的討論。

d. John waited for Mary 〔$_{P}$″ in the lobby〕.

e. John waited for Mary 〔$_{P}$″ until six o'clock〕.

f. John waited for Mary 〔$_{P}$″ until she came〕.

g. John waited for 〔$_{C}$″ Mary to step in〕.

h. John stood there 〔$_{C}$″ PRO waiting for Mary〕.

i. John ate the fish 〔PRO raw〕.

j. John left the room 〔PRO angry〕.

k. John ate the meat 〔PRO raw〕〔PRO hungry〕.

從上面的例句可以知道，副詞組、名詞組、介詞組、大句子與小子句等都可以充當動詞的補述語，也可以充當動詞節的附加語。但是補述語大都是動詞組的必用成分，與主要語動詞的次類畫分有關，並與主要語動詞形成姐妹成分而受其管轄，也從主要語動詞獲得論旨角色的指派。另一方面，附加語大都是動詞組的可用成分，與主要語的次類畫分無關，是動詞節的姐妹成分而不是主要語動詞的姐妹成分。補述語與附加語在X標槓結構上的區分，反映在下列語法事實。

(一)補述語與附加語同時在動詞組裏出現的時候，二者的前後次序一定是：補述語在前，附加語在後。試比較：

(4.110)a. John 〔$_{V}$″ 〔$_{V}$′ 〔$_{V}$ is〕〔$_{V}$″〔$_{V}$′〔$_{V}$ preparing〕〔$_{N}$″ his lessons〕〕〕〕〔$_{P}$″ in the library〕〕〕.

b.* John is preparing 〔$_{P}$″ in the library〕〔$_{N}$″ his lessons〕.

(4.111)a. John 〔V″〔V′〔V′〔V treated〕〔N″ Mary〕〔Ad″ kindly〕〕〔P″ in public〕〕〕.[131]

b.* John treated 〔P″ in public〕〔N″ Mary〕〔Ad″ kindly〕.

c.* John treated 〔N″ Mary〕〔P″ in public〕〔Ad″ kindly〕.

(4.112)a. John 〔V″〔V′〔V′〔V pronounced〕〔N″ the word〕〕〔P″ as the teacher did〕〕〕.

b.* John pronounced 〔P″ as the teacher did〕〔N″ the word〕.

(4.113)a. John 〔V″〔V′〔V′〔V remained〕〔P″ in the room〕〕〔C″ PRO smoking〕〕.

b.*John remained 〔PRO smoking〕〔P″ in the room〕.

(4.114)a. The lion 〔V″〔V′〔V′〔V ate〕〔N″ the meat〕〕〔PRO raw〕〕〕.

b.* The lion ate 〔PRO raw〕〔N″ the meat〕.

---

[131] 英語及物動詞 "treat" 做 '對待' ('act toward') 解時以情狀副詞爲補述語，因而有賓語名詞組與情狀副詞組兩個補述語。名詞組必須從及物動詞獲得賓位，所以緊接著出現於主要語動詞的後面，亦即情狀副詞的前面。這種「格位指派語」(Case-assigner) 與「格位被指派語」(Case-assignee) 之間不許其他詞組成分介入的「鄰接條件」(Adjacency Condition) 也見於下列例句。

(i) John 〔V″〔V′〔V put〕〔N″ the book〕〔P″ on the desk〕〕〕.

(ii) *John put 〔P″ on the desk〕〔N″ the book〕.

又動詞節的附加語可以連續衍生。因此，在同一個動詞組裏可能出現兩個以上的附加語，而且附加語之間的前後次序有相當程度的自由[132]，例如：

(4.115)a. John 〔$_{V''}$〔$_{V'}$〔$_{V'}$〔$_{V'}$〔$_V$ waited〕〔$_{P''}$ for Mary〕〕〔$_{P''}$ with patience〕〕〔$_{P''}$ in the lobby〕〕〕.

b. John 〔$_{V''}$〔$_{V'}$〔$_{V'}$〔$_{V'}$ 〔$_V$ waited〕〔$_{P''}$ for Mary〕〕〔$_{P''}$ in the lobby〕〕〔$_{P''}$ with patience〕〕〕.

(4.116)a. The burglar 〔$_{V''}$〔$_{V'}$〔$_{V'}$〔$_{V'}$〔$_V$ opened〕〔$_{N''}$ the door〕〕〔$_{Ad''}$ very carefully〕〕〔$_{P''}$ with a passkey〕〕〕.

b. The burglar 〔$_{V''}$〔$_{V'}$〔$_{V'}$〔$_{V'}$〔$_V$ opened〕〔$_{N''}$ the door〕〕〔$_{P''}$ with a passkey〕〕〔$_{Ad''}$ very carefully〕〕〕.

(二)補述語只能與補述語對等連接，而附加語則只能與附加語對等連接，例如：

(4.117)a. John treated Mary tenderly in public.

b. John treated Mary *tenderly* and {*carefully*/*with care*} in public.

c. John treated Mary tenderly *in public* and *in private*.

---

[132] 這是就同一個動詞組裏面的附加語而言，因為(小)句子與大句子的附加語在階層組織上高於動詞組的附加語，當然就出現於動詞組附加語後面。不過附加語的前後次序仍然要受些語意上的限制以及句子成分份量上的限制。

d.* John treated Mary *with care* and *in private.*

(4.118)a. John engaged in linguistic research *at home.*

b. John engaged in *linguistic research* and *literary criticism at home.*

c. John engaged in linguistic research *at home* and {*abroad/in the United States*}.

d.* John engaged in *linguisitc research* and {*abroad* / (*in*) *the United States*}.

(三)補述語必須包含在「動詞節替代詞」"do so" 裏面，而附加語則可以包含在 "do so" 裏面，也可以出現於 "do so" 外面。補述語連同主要語動詞爲動詞節所支配，所以必須包含在「動詞節替代詞」"do so" 裏面。而附加語則一面與動詞節形成姊妹成分，一面又爲上面的動詞節所支配；因此，可以出現於 "do so" 外面，也可以包含在 "do so" 裏面。試比較：

(4.119)a. John put the books in the basement,

{ and Bob *did so,* too.
{ *but Bob *did so in the attic.*

b. John burned the books in the basement,

{ and Bob *did so,* too.
{ but Bob *did so in the attic.*

(4.120)a. John treated Mary politely,

{ and Bob *did so,* too.
{ *but Bob *did so impolitely.*⑬³

b. John visited Mary frequently,
{and Bob *did so,* too.
{but Bob *did so only occasionally* .

下面例句 (4.121) 的合法度判斷顯示：動詞 "tell (someone) (about something)" 與 "talk (to someone) (about something)" 都屬於三元述語，出現於這些動詞後面的名詞組與介詞

---

⑬³ 除了 "treat" 以外，動詞 "pay" 與 "word" 也在下列例句裏以名詞組與副詞爲補述語（例句與合法度判斷採自 Jackendoff (1977: 65))。

(i) ?*The job on Tuesday paid us {handsomely/too little}, but the one on Wednesday *did so {very poorly/enough}*.

(ii) ?* John worded his speech carefully, but Fred *did so carelessly.*

又 Jackendoff (1977:67, fn. 10) 指出，在下面 (iii) 的例句裏，名詞組 ("a Catholic, a Moslem") 與主要語動詞 ("grow up") 的次類畫分無關，卻不能出現於 "do so" 外面。

(iii) *John grew up a Catholic and Bill *did so a Moslem.*

但是 (iii) 的不合語法可能來自 "do so" 所替代的動詞節必須以「動態動詞」(actional verb) 爲主要語，而這裏的"grow up NP" 是「靜態用法」(stative use)。在下面例句裏的名詞組都與主要語動詞的次類畫分有關而充當補述語，卻不能包含在 "do so" 裏面。

(iv) *John became a professor of linguistics at the age of 40, and Bob *did so* at the age of 35.

(v) *John resembles his mother, and Bob *does so,* too.

組都應該分析為補述語❿。

(4.121)a. John {told Bill/talked to Bill} about Harry.

b.* John {told Bill/talked to Bill} about Harry, but he didn't *do so* about Fred.

c.* John talked about Harry to Bill, but he didn't *do so* to Fred.

d. John {told Bill / talked to Bill} about Harry on Sunday, but he didn't *do so* on Thursday.

同樣的，下面例句 (4.122) 與 (4.123) 的合法度判斷顯示：「雙賓結構」(double-object construction) 裏的直接賓語與間接賓語都應該分析為補述語。試比較：

(4.122)a. John gave a book to Mary, and Bod *did so* {, too. / * *to Alice*.}

b. John gave Mary a book, and Bob *did so* {, too. / * *a watch*.}

---

❿ 例句與合法度判斷參 Jackendoff (1977:65)。又這個分析也支持在名詞組 "John's talk to Bill about Harry" 裏 "to Bill" 與 "about Harry" 都是主要語名詞 "talk" 的補述語。

(4.123)a. John bought Mary a book, and Bob *did so* {, too. / * *a watch.*} [135]

b. John forgave Mary her negligence, and Bob *did so* {, too. / * *her offences.*} [136]

c. Mary envied Jane her beauty, and Alice *did so* {, too. / * *her intelligence.*}

d. John struck Bob a heavy blow, and Bill *did so* {, too. / * *a heavier one.*}

e. John called Mary bad names, and Bob *did so* {, too. / * *even worse ones.*}

(四)補述語必須包含在「準分裂句」(pseudo-cleft sen-

---

[135] 在與 (4.123a) 同義的 (i) 句裏，表示「受惠者」(beneficiary) 的 "for 介詞組" 卻似乎可以出現於 "do so" 外面，因而暗示這個 "for 介詞組" 是動詞節的附加語。

(i) John bought a book for Mary, ard Bob *did so* {, too. / *for Alice.*}

又 (4.123a) 的例句與 (4.122b) 的例句不同，直接賓語與間接賓語都不能充當被動句的主語。參 Fillmore (1965)。

(ii) a *Mary was bought a book (by John).

b. The book was bought * (for Mary) (by John).

[136] 例句 (4.123b) 到 (4.123e) 裏的間接賓語都不能改爲介詞組而出現於直接賓語的後面(例如，"*John {forgave Mary's negligence for her/envied Mary's beauty to her/struck a heavy blow to Bob/called bad names to Mary}") 卻大都能充當被動句的主語 (例如 "John has been {forgiven his negligence/struck a heavy blow/called bad names/envied *(for) chis good luck}")。

tence) 的「焦點」(focus) 部分，而附加語則可能包含在準分裂句的焦點部分，也可能包含在準分裂句的「預設」(presupposition) 部分。試比較：

(4.124)a. What John did was {put / burn} the books in the basement.

b. What John did *in the basement* was {* put/ burn} the books.

(4.125)a. What John did was {talk to Bill about Harry / destroy Bill}.

b. What John did *to Bill* was {* talk (to him) about Harry / destroy *(*him*)}.

(4.126) 的例句與合法度判斷顯示：第一個時間介詞組 ("on Sunday") 是補述語，而第二個時間介詞組 ("on Tuesday night") 是附加語。

(4.126)a. We decided on Sunday on Tuesday night.[137]

b. What we did was decide on Sunday on

---

[137] 因此，(i) 的例句可以有 (a)'我們在星期天做決定 (附加語)' 與 (b)'我們把日期定在星期天 (補述語)' 兩種解釋，而 (ii) 到 (iv) 的例句則只可能有 (a) 的解釋。

(i) We decided on Sunday.

(ii) We decided on Sunday, and they did so on Monday.

(iii) On Sunday, we decided (on something).

(iv) What we did on Sunday was decide (on something).

相反的，(v) 到 (vi) 的例句則只可能做 (b) 的解釋。

(v) What$_i$ did you decide on t_i (today)?

(vi) Sunday$_i$ has been decided on t_i (for our next meeting).

Tuesday night.

c. What we did *on Tuesday night* was decide on Sunday.

d.* What we did *on Sunday* was decide on Tuesday night.

e. We decided on Sunday on Tuesday nignt, and they did so *on Monday night*.

f.* We decided on Sunday on Tuesday night, and they did so *on Monday* on Tuesday night.

另一方面，(4.127) 的例句與合法度則顯示：第一個處所介詞組("on the cheek") 雖然與主要動詞 ("kiss") 的次類畫分無關，卻不能出現於準分裂句的預設部分；而第二個處所介詞組則是不折不扣的附加語。試比較：

(4.127)a. John kissed Mary on the cheek on the platform.

b. What John did *on the platform* was kiss Mary on the cheek.

c.* What John did *on the cheek* was kiss Mary on the platform.

d. John kissed Mary on the cheek *on the platform*, and Bill did so *at the gate*.

e. John kissed Mary *on the cheek*, and Bill did so *on the mouth*.

關於這種介乎附加語與補述語之間的句法成分，我們在後面做進一步的討論。

(五)Williams (1977) 與 Culicover & Wilkins (1984:27) 指出：在「多重wh回響問句」(multiple-wh echo question) 的「簡易答句」(short response) 中，"do" 必須取代動詞節。因此，補述語必須包含在簡易答句的動詞節替代詞 "do so" 裏面，而附加語則可能出現於 "do" 外面，例如：

(4.128)a. John sent the letter to Mary.

b. Who *sent the letter* to who(m)?

c. John *did* to Mary.

(4.129)a. John baked the cookies for Mary.

b. Who *baked the cookies* for who(m)?

c. John *did* for Mary.

(4.130)a. John bought a diamond ring for Mary.

b. Who *bought a diamond ring* for who(m)?

c. John *did* for Mary.

(4.131) 與 (4.132) 的例句與合法度判斷顯示：分別出現於三元述語 "put" 與 "give" 的賓語名詞組後面的處所與終點介詞組應該分析為補述語。

(4.131)a. John put the books on the desk.

b. Who *put the books* where?

c.* John *did* on the desk.

(4.132)a. John gave a diamond ring to Mary.

b. Who *gave a diamond ring* to who(m)?

c.* John *did* to Mary.

下面 (4.133) 與 (4.134) 的例句與合法度更顯示：「控制動詞」(control verb; 如 "persuade, advise, encourage, force, order; promise" 等) 的賓語名詞組與補語子句也應該分析爲補述語。[138]

(4.133) a. John persuaded Mary {that she should marry him / PRO to marry him} (on the train).

b. Who *persuaded Mary* {that / to} what?

c.* John *did* {that she should marry him / to marry him}.

d. Who *persuaded Mary to marry him* where?

e. John *did* on the train.

(4.134) a. John promised Mary {that he would marry her / PRO to marry her} (on the train).

b. Who *promised Mary* what?

c.* John *did* {that he would marry her / to marry her}.[139]

---

[138] 例句與合法度判斷參 Culicover & Wilkins (1984:27)。

[139] 但是如果把間接賓語 ("Mary") 改爲介詞組 ("to Marry")，那麼這個介詞組就可以出現於替代動詞 "do" 後面。參 Culicover & Wilkins (1984:27)

(i) John promised that he would leave to Mary.
(ii) Who *promised that he would leave* to whom?
(iii) John *did* to Mary.

(ii) 與 (iii) 的合語法似乎表示：出現於「that子句」後面的介詞組 "to Mary" 應分析爲附加語。Jackendoff (1977:65) 也指出情狀副詞與程度副詞可以出現於「that子句」後面，並舉了下面的例句。

(iv) He claimed that Ss are NPs in loud voice.
(v) He believes that Ss are NPs quite fervently.

d. Who *promised Mary to marry her* where?

e. John *did* on the train.

(六)Culicover & Wilkins (1984:27-28) 指出：修飾主語名詞組的「加強反身詞」(emphatic reflexive) 可以出現於動詞節與附加語的中間，卻不能出現於主要語動詞與補述語之間、或補述語與補述語之間。因爲加強反身詞與「照應反身詞」(anaphoric reflexive) 不同，是出現於「非論元位置」的狀語用法；只有充當論元的照應反身詞可能出現於補述語的位置，非論元的加強反身詞只能出現於附加語的位置。[140]

(4.135)a. John wrote the letter *himself* to Mary.

b. John baked the cookies *himself* for Mary.

c. John bought the coat *himself* for his wife.

d. John burned the books *himself* in the basement.

e.* John put the books *himself* in the basement.

f. John examined Mary *himslef* carefully.

g.* John treated Mary *himself* kindly.

---

[140] 如果加強反身詞在深層結構裏出現於小句子內主語名詞組底下附加語的位置，然後經過「移動 α」而漂移到其他位置；那麼根據 Baltin (1981) 的「移入點理論」(landing site theory)，句子成分只能移到動詞組或動詞節的右端，不能移到主要語動詞或補述語的右端。不過根據 Chomsky (1986a:6) 的移位理論，移位的句子成分只能「加接」到「非論元」的「最大投影」。

h. ? John gave the book *himself* to Mary.[141]

i.* John gave Mary *himself* the book.

j.* John persuaded Mary *himself* to leave.

k.* John promised Mary *herself* to leave.

(七)Stillings (1975) 與 Culicover & Wexler (1977:20-21) 指出：「動詞空缺」把主要語動詞刪除後必須在動詞空缺的前後各留下一個詞組成分；如果在動詞空缺後留下兩個詞組成分，那麼第一個詞組成分是名詞組，第二個詞組成分是介詞組。Culicover & Wilkins (1984:29-30) 更指出：「動詞空缺」在動詞節下只含有一個補述語的時候纔能適用，其他詞組成分的存在則與動詞空缺的適用與否無關。試比較：

(4.136)a. John *ate* the apple, and Mary 〔v——〕 the orange.

b. John *sold* apples on Monday, and Mary 〔v——〕 oranges on Tuesday.

c. John *visited* Japan in January, and Mary 〔v——〕 in February.

d. John *studied* English with Bill, and Mary 〔v——〕 with Alice.

---

[141] 根據許多英美人士的反應，(4.135h) 的例句可以接受，至少比 (4.135i) 的例句好得多。這些人也認爲 "John {talked/spoke} to Mary himself about Harry" 似乎可以接受，卻也承認刪略 "about Harry" 後的 "John {talked/spoke} to Mary himself" 似乎比原句更爲通順。

e. John *gave* a dog to Bill, and Mary 〔v——〕 a cat to Alice.[142]

f.* John *gave* Bill a dog, and Mary 〔v——〕 Alice a cat.

g.* John *envied* Bill his intelligence, and Mary 〔v——〕 Alice her beauty.

h. John *burned* books in the basement, and Bill 〔v——〕 papers in the attic.

i.* John *put* books in the basement, and Bill 〔v——〕 papers in the attic.

(八)介詞組附加語與副詞附加語常可以移到句首充當主題或焦點，而介詞組補述語與副詞補述語則不常如此移位。試比較：

(4.137)a. John studied with Mary *in the library*.
In the library, John studied with Mary.

b. John lives *in Taipei* with Mary.
**In Taipei*, John lives with Mary.

c. John was still a small boy *in 1960*.
In 1960, John was still a small boy.

d. John was born *in 1960*.
**In 1960*, John was born.

e. John watched Mary *carefully*.

---

[142] 例句與合法度判斷參 Culicover & Wilkins (1984:30)。如果依照 Culicover & Wilkins (1984:30) 的分析，那麼雙賓動詞的直接賓語（名詞組）是補述語，而間接賓語（介詞組）是附加語。

Carefully John watched Mary.

f. John treated Mary *kindly*.

Kindly John treated Mary.

g. John burned old papers *in the basement*.

In the basement, John burned old papers.

h. John put old papers *in the basement*.

In the basement, John put old papers.

i. John gave a diamond ring *to Mary*.

?*To Mary*, John gave a diamond ring.⑭③

j. John talked to Mary *about Harry*.

?*About Harry*, John talked to Mary.

(九)出現於補述語介詞組裏面的名詞組常可以在「被動句」裏移到主語的位置（如(4.138)句），或在「wh問句」或關係子句裏移到大句子指示語的位置（如(4.139)句）⑭④；而出現於

⑭③ 我們在這裏暫不考慮"*To Mary*, John gave a diamond ring, and *to her little sister*, a teddy bear"這樣表示「對比」(contrast) 而重讀"To Mary"的用例。

⑭④ 這是所謂的「介詞遺留」(preposition stranding) 的現象。根據「空號詞類原則」(the Empty Category Principle; the ECP), 包括「痕跡」(但不包括「大代號」) 在內的「空號詞類」(empty category; 即不具語音形態的詞類) 必須受「適切的管轄」(proper government) 或「前行語管轄」(antecedent government; 又稱「局部管轄」(local government))；而介詞並不是「適切的管轄語」(proper governor)，所以無法適切的管轄出現於介詞後面的痕跡。但是主要語動詞在一定的條件下可以與後面的介詞經過「再分析」(reanalysis) 而成為「合成動詞」(complex verb)，因而可以適切的管轄出現於後面的痕跡。再分析的主要條件之一是主要語動詞「c 統制」或「m統制」出現於後面的介詞；因此，主要語動詞有可能與補述語介詞組的介詞（「c 統制」）或動詞節裏附加語介詞組的介詞（「m統制」）一起再分析，卻不可能與小句子或大句子裏附加語介詞組的介詞一起再分析。

附加語（特別是出現於小句子與大句子的附加語）則常不能如此移位。試比較：

(4.138) a. John often laughed at Mary.
Mary was often laughed at by John.

b. John often laughed at night.
*Night was often laughed at by John.

c. John is working at the job.
The job was being worked at by John.

d. John is working at the restaurant.
*The restaurant is being worked at by John

e. John has decided on the car.
The car has been decided on by John.

f. John decided (on the car) on Sunday night.
*Sunday night was decided (on the car) on by John.

g. They have arrived at the conclusion.
The conclusion has been arrived at.

h. They have arrived at the airport.
*The airport has been arrived at.

i. Abraham Lincoln once lived in this cottage.
This cottage was once lived in by Abraham Lincoln.

j. Abraham Lincoln once lived in this state.
*This state was once lived in by Abraham

Lincoln.[145]

(4.139) a. {Who/* What time} did John laugh at?

b. {What/* What restaurant} is John working at?

c. Which car did John decide on on Sunday?
*What day did John decide on the car on?

d. {What conclusion /*What airport} did they arrive at?

e. {Which cottage /?? Which state[146]} did Abraham Lincoln once live in?

f. ? Who did you go to the party with last night?

g. ? Who was John punished by?

h. Who did you send the package to?

i. Who did you give the book to?

j. Who did you borrow the book from?

---

[145] (4.138i) 被動句的可接受與 (4.138j) 被動句的不能接受表示：「再分析」除了句法條件以外還可能牽涉到語意條件。因爲我們或許可以把 (4.138g) 的 “at the conclusion” 分析爲補述語，而把 (4.138h) 的 “at the airport” 分析爲附加語，卻似乎不能如此區別 (4.138i) 的 “in this cottage” 與 (4.138j) 的 “in this state” 。

[146] 有些英美人士認爲 “Which state did Abraham Lincoln once live in?” 的「wh問句」比 “This state was once lived in by Abraham Lincoln” 的被動句好。如此，(4.138i) 的不能接受除了「介詞遺留」的句法條件以外還可能牽涉到被動態的語意條件。

k. Who did you bake the cake for?

l. What did you cut the rope with?

m. ? Which room did John burn the papers in?

n. ? Which room did John put the papers in?[147]

(十)動詞組裏補述語與附加語之間的前後次序與「衍生名詞組」(derived nominal) 裏補述語與附加語之間的前後次序相對應。試比較:[148]

(4.140)a. John {attached/fastened/nailed} the handle to the machine for Bill.

b. John's {attachment/fastening/nailing} of the handle to the machine for Bill…

(4.141)a. ? John {attached/fastened /nailed} the handle for Bill to the machine.

b. * John's {attachment/fastening/nailing} of the handle for Bill to the machine…

---

[147] (4.139) 裏例句合法度或可接受度的比較顯示:英語「介詞遺留」的現象,除了與補述語與附加語的區別有關以外,似乎亦與介詞組所扮演的論旨角色有關。一般說來,代表「客體/受事者」、「受惠者」、「起點」、「終點」與「工具」的介詞最容易遺留,代表「共事者」與「主事者」次之,代表「時間」與「處所」的介詞最不容易遺留。而在這些論旨角色中,介詞最容易遺留的「客體/受事者」、「起點」、「終點」等最常出現為補述語,而介詞最不容易遺留的「時間」與「處所」則最常出現為附加語。介詞遺留是英語裏有標的句法現象,不但包括漢語在內的許多語言都沒有類似的現象,而且本地人有關可接受度的判斷也常互有出入。

[148] 例句與合法度判斷採自 Culicover & Wilkins (1984:30)。

(4.141a) 句與 (4.141b) 句在合法度判斷上的差異似乎顯示：動詞組裏補述語與附加語的差別（特別是介詞組補述語與介詞組附加語的差別）沒有名詞組裏補述語與附加語的差別那樣的明確。我們在前面（4.127）句（這裏重新引述爲(4.142)句）的分析討論中也曾經指出：有些出現於賓語名詞組的介詞組（如(4.142)句的“on the cheek”）在某一些檢驗標準裏表現得像附加語，而在另一些標準裏卻表現得像補述語。試比較：

(4.142)a. John kissed Mary [on the cheek] [on the platform].

*John kissed Mary [on the platform] [on the cheek].

b. What John did [on the platform] was kiss Mary [on the cheek].

*What John did [on the cheek] was kiss Mary [on the platform].

c. John kissed Mary [on the cheek] [on the platform], and Bill *did so* [at the gate].

John kissed Mary [on the cheek], and Bill *did so* [on the mouth].

d. (Who kissed Mary [on the cheek] where?) John *did* [on the platform].

?(Who kissed Mary where?) John *did* [on the cheek].

e. John kissed Mary [on the cheek] *himself*

〔on the platform〕.

? John kissed Mary *himself* 〔on the cheek〕 〔on the platform〕.

f. John kissed Mary 〔on the cheek〕 〔on the platform〕, and Bill 〔v——〕 〔on the mouth〕 〔at the gate〕.

John kissed Mary 〔on the cheek〕, and Bill 〔v——〕 〔on the mouth〕.

g. 〔On the platform〕, John kissed Mary 〔on the cheek〕.

*〔On the cheek〕, John kissed Mary 〔on the platform〕.

h. *Which platform* did John kiss Mary 〔on ——〕?

***Which cheek* did John kiss Mary 〔on——〕?

英語動詞“kiss”是二元述語，因此處所介詞組“on the cheek”與“on the platform”都與動詞“kiss”的次類畫分無關，都應該分析爲附加語。但是處所介詞組“on the cheek”與主要語動詞“kiss”的句法與語意關係雖不如賓語名詞組“Mary”的密切，卻顯然比另外一個處所介詞組“on the platform”要來得密切。因此，“on the cheek”在(4.142 a, b, g)的檢驗標準裏表現得像補述語，在(4.142c, f, h)的檢驗標準裏表現得像附加語，而在(4.142d, e)的檢驗標準裏則呈現合法度判斷的不穩定。Takami (1987) 根據與以上類似的觀察，主張把附加語分爲

「核心附加語」（central adjunct）與「周邊附加語」（peripheral adjunct）兩種，並主張動詞組應該有「三個槓次的投影」（three-bar-level projection）；核心附加語（如(4.142)的 "on the cheek"）是 "V′" 的附加語，而周邊附加語（如(4.142)的 "on the platform"）是 "V″" 的附加語。但是 Takami (1987) 未能提供充分的語言事實來證明英語的動詞組確實需要三個槓次的投影，也沒有提出任何合理的原則或理由來詮釋在英語的詞組結構裏為什麼只有動詞組需要三個槓次的投影。同時，根據我們的分析，附加語可以連續衍生，並不需要單獨為動詞組擬設三個槓次的存在；而且，如後所述，所謂的「周邊附加語」可能不是動詞組裏面的附加語，而是小句子或大句子裏面的附加語。因此，我們只能說：有些檢驗標準並不能明確的區別動詞組的補述語與附加語，有些介詞組兼有補述語與附加語的部分句法特徵而介乎補述語與附加語之間，但不能遽而主張動詞組需要三個槓次的投影而形成X標槓結構的唯一例外。

4.2.3 動詞組裏的動前附加語

名詞組、介詞組、大句子、小子句等附加語只能出現於動詞節的後面充當「動後附加語」(postverbal adjunct)，但是副詞組卻還可以出現於動詞節的前面充當「動前附加語」（preverbal adjunct）[149]，例如：

---

[149] 英語動詞組裏的論旨角色與格位都由主要語動詞從左方到右方的方向指派。因此，英語的補述語無法出現於主要語的左邊，附加語中的名詞組、介詞組、大句子與小子句也無法出現於動詞節的左邊。另一方面，漢語動詞組裏的論旨角色係由主要語動詞從右方到左方的方向指派，而格位則由主要語動詞從左方到右方的方向指派。因此，在漢語裏，除了必須獲得格位的賓語名詞組與獲有固有格位的補語名詞組或介詞組出現於主要語動詞的右邊以外，其他補述語與附加語都必須出現於主要語動詞的左邊。

(4.143)a. He searched for his family's whereabouts *desperately*.

b. He *desperately* searched for his family's whereabouts.

(4.144)a. Charles adores his wife *completely*.

b. Charles *completely* adores his wife.

(4.145)a. The defendant rejected the accusation *utterly*.

b. The defendant *utterly* rejected the accusation.

(4.146)a. The critics praised her performance highly.

b. The critics *highly* praised her performance.

能夠充當動前附加語的副詞都屬於表示「情狀」(manner)或「程度」(degree) 並以"-ly"收尾的副詞，而且在相對應的「衍生名詞組」裏可以有與動前副詞相對應的名前形容詞。試比較：

(4.147)a. his *desperate* search for his family's whereabouts

b. Charles's *complete* adoration of his wife

c. the defendant's *utter* rejection of the accusation

d. the critics' *high* praise of her performance

又這些動前副詞與動貌助動詞連用時，常出現於動貌助動詞的後面，不常出現於動貌助動詞的前面，更不能出現於情態助動詞的前面。試比較。150

(4.148)a. George will have *ccmpletely* read the book.

b. George will be *completely* finishing his carrots.

c. George has been *completely* finishing his carrots.

d. George is being *completely* ruined by the tornado.

e. ?*George will *completely* have read the book.

f. *George *completely* will have read the book.

g. ?George has *completely* been finishing the book.

h. ?George is *completely* being ruined by the tornado.

我們在前面爲動詞組所擬設的X標槓結構，無論是把指示語分析爲主語名詞組出現的位置或是動貌助動詞出現的位置，都可以衍生 (4.148a) 到 (4.148d) 的例句。不過，如果把動詞組的指示語分析爲動貌助動詞，那麼 (4.148e) 到 (4.148h) 的例句就會自動的被排除。

150 例句 (4.148a) 與 (4.148f) 合法度判斷採自 Jackendoff (1972: 76)。

4.2.4 動詞組裏的附加語與小句子、大句子裏的附加語

附加語，除了可以出現於動詞組裏面，還可能出現於小句子或大句子裏面。例如，(4.149)例句裏的附加語介詞組 "in the living room" 可以出現於句尾（如(a)句），也可以出現於句首（如(b)句），但是都與(c)句同義。

(4.149)a. John typed the letter *in the living room.*

b. *In the living room,* John typed the letter.

c. John was *in the living room* and he typed the letter there.

另一方面，在（4.150）的例句裏，附加語介詞組 "in the living room" 也可以出現於句首（如(a)句），也可以出現於句尾（如(b)句）。但是（4.150a）句可以表示（4.150c）或（4.150d），而（4.150b）則只能表示（4.150d）。試比較：

(4.150)a. John found the letter *in the living room.*

b. *In the living room,* John found the letter.

c. The letter was *in the living room* when Jonn found it.

d. John was *in the living room* and he found the letter there.

這些語意解釋上的差異顯示：在(4.149a)的例句裏，處所介詞組 "in the living room" 可能是小句子的附加語(如(4.151a))，也可能是大句子的附加語（如(4.151b)）；在(4.149b)與(4.150b)的例句裏，處所介詞組 "in the living room" 應該出現於大句子裏的附加語（如(4.151c)）；在（4.150a）的例句裏，

處所介詞組可能出現於動詞組裏的附加語（如(4.151d)），也可能出現於小句子或大句子裏的附加語（如（4.151a）與（4.151b））。試比較：

(4.151)a.

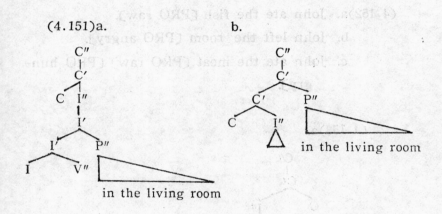

C″
C′
C I″
I′
I′ P″
I V″ in the living room

b.

C″
C′
C′ P″
C I″ in the living room

c.

C″
C′
P″ C′
in the living room C I″

d.

C″
C′
C I″
I′
I V″
V′
V′ P″
in the living room

同樣的，在（4.152）的例句裏小子句"〔PRO raw〕"應該出現於動詞組裏附加語的位置，而小子句"〔PRO hungry〕"則應該出現於小句子附加語的位置[151]。試比較（4.152）的例句及與此相對應的（4.153）的結構樹。

(4.152)a. John ate the fish 〔PRO raw〕.

b. John left the room 〔PRO angry〕.

c. John ate the meat 〔PRO raw〕〔PRO hungry〕.

(4.153)a.

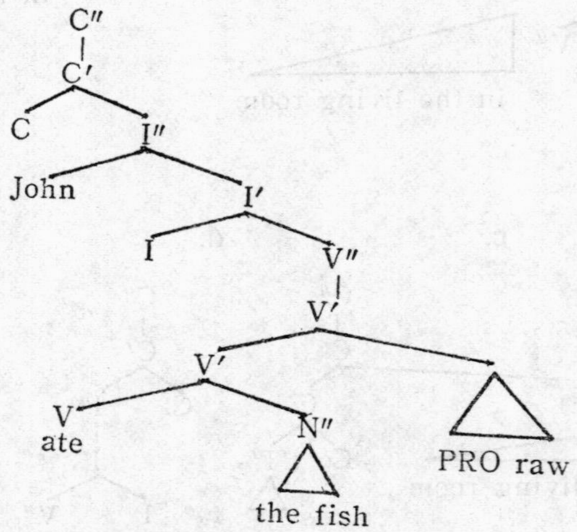

[151] 「限指的大代號」(obligatory-control PRO）必須由「m統制」這個大代號的名詞組來「控制」(control)；即大代號的「控制語」(controler；如（4.152a, b, c）句的"the fish"、"John""the meat"）必須「m統制」大代號。

b.

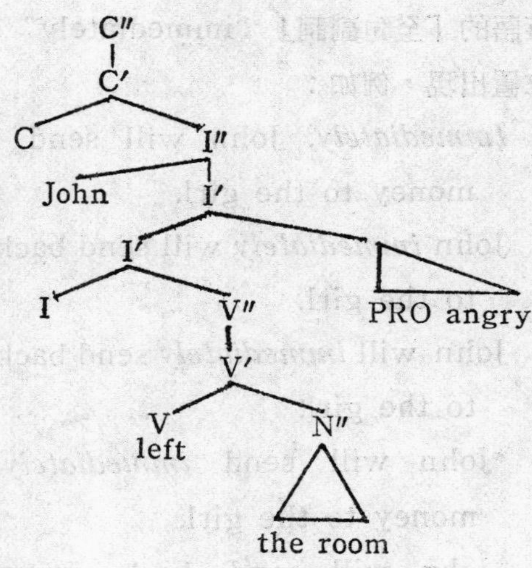
C″
C′
C
I″
John
I′
I′
I
V″
V′
V
left
N″
the room
PRO angry

c.

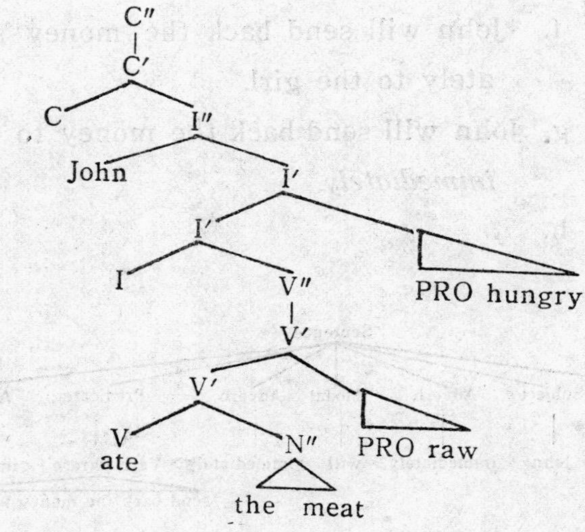
C″
C′
C
I″
John
I′
I′
I
V″
V′
V′
V
ate
N″
the meat
PRO raw
PRO hungry

Keyser (1968:367-368) 根據下面例句 (4.154) 的合法度判斷，主張英語的「全句副詞」"immediately" 可以在句子中四種不同的位置出現，例如：

(4.154) a. *Immediately,* John will send back the money to the girl.

b. John *immediately* will send back the money to the girl.

c. John will *immediately* send back the money to the girl.

d. *John will send *immediately* back the money to the girl.

e. *John will send back *immediately* the money to the girl.

f. *John will send back the money *immediately* to the girl.

g. John will send back the money to the girl *immediately*.

h.

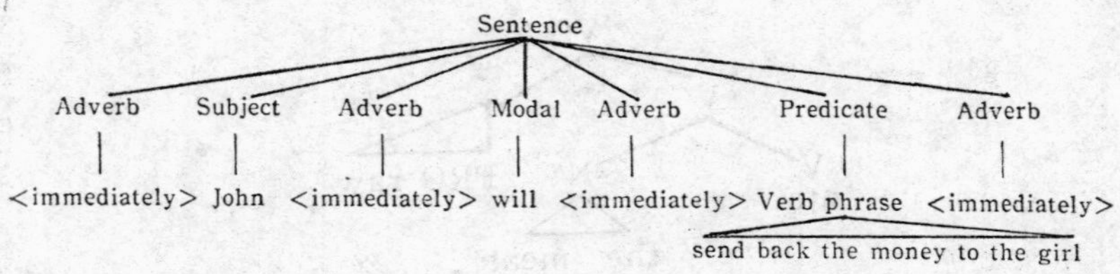

Keyser (1968) 提議；全句副詞 "immediately" 具有「可以轉位」(〔+transportable〕) 這個句法屬性，與句子的子女成分「主語」(subject)、「情態助動詞」(modal)、「謂語」(predicate) 等形成姊妹成分，並可以在「角括弧」(angle brackets; "<　>") 所表示的任何一個位置出現。根據我們的分析，全句副詞 "immediately" 可以在大句子與小句子的X標槓結構中四種不同的附加語位置出現。試比較：

(4.155)

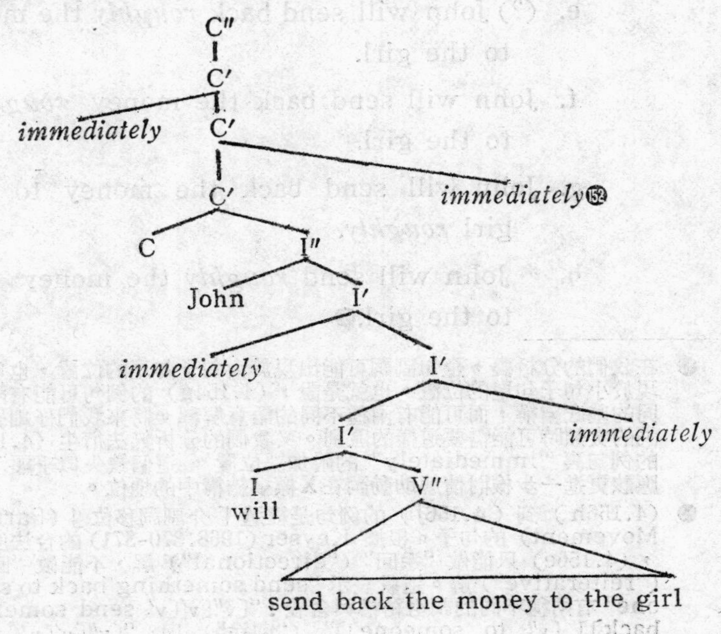

另一方面，Keyser (1968; 369-371) 認爲「情狀副詞」"roughly"則在動詞組裏三種不同的位置出現，例如：

(5.156)a. **Roughly* John will send back the money to the girl.

b. *John *roughly* will send back the money to the girl.

c. John will *roughly* send back the money to the girl.

d. *John will send *roughly* back the money to the girl.

e. (?) John will send back *roughly* the money to the girl.

f. John will send back the money *roughly* to the girl.

g. John will send back the money to the girl *roughly*.

h. * John will send *roughly* the money back to the girl.[153]

---

[152] 在我們的分析裏，全句副詞可能出現於大句子句尾的位置，也可能出現於小句子句尾的位置。也就是說，(4.154g) 的例句可能有兩種不同的基底結構，而可能有兩種不同的語意解釋。將來我們仔細研究副詞的次類時可能需要這樣的區別。又我們的分析無法衍生 (4.154c) 的例句裏 "immediately" 的附加語位置。這個缺失似乎顯示我們應該更進一步檢討情態助動詞在X標槓結構中的地位。

[153] (4.156h) 到 (4.156j) 的例句是經過「介副詞移位」(Particle-Movement) 的句子。根據 Keyser (1968:370-371) 的合法度判斷，(4.156e) 只能做"迗回"("directional") 解，不能做"回送"("reiterative") 解。這就表示 "send something back to someone" 有兩種不同的詞組結構與含義："〔$_{V''}$〔$_{V'}$〔$_{V'}$ send something back〕〕〔$_{P''}$ to someone〕〕" ("回送") 與 "〔$_{V''}$〔$_{V'}$〔$_{V'}$ send something〕〕〔$_{P''}$ back 〔$_{P'}$ to someone〕〕〕" ("迗回")。

i. * John will send the money *roughly* back to the girl.

j. John will send the money back *roughly* to the girl.

k.

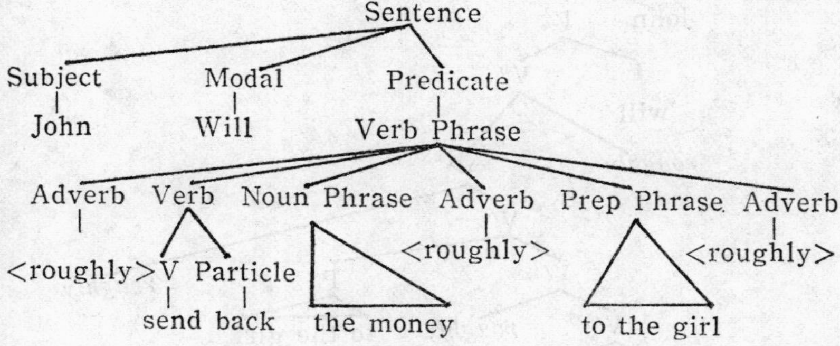

根據 Keyser (1968) 的分析，情狀副詞"roughly"具有「可以轉位」這個句法屬性，並與動詞、名詞組、介詞組等形成姊妹成分，因此可以在「角括弧」所指示的三種不同的位置出現。而根據我們的分析，情狀副詞可以在動詞組的X標槓結構中三種不同的附加語位置出現。試比較下頁(4.157)的樹狀圖解：

Keyser (1968) 的詞組結構分析只承認「一個槓次」(one bar-level) 的投影，因此必須假定由最大投影所支配的詞組成分都形成姊妹成分。全句副詞與情狀副詞在深層結構的某一位置衍生以後再靠「轉位」來移到其他位置；副詞的「修飾範域」(scope of modification) 不因副詞的轉位而有所改變。依照我們的分析，所有副詞都在深層結構裏直接衍生於附加語的位置，

(4.157)

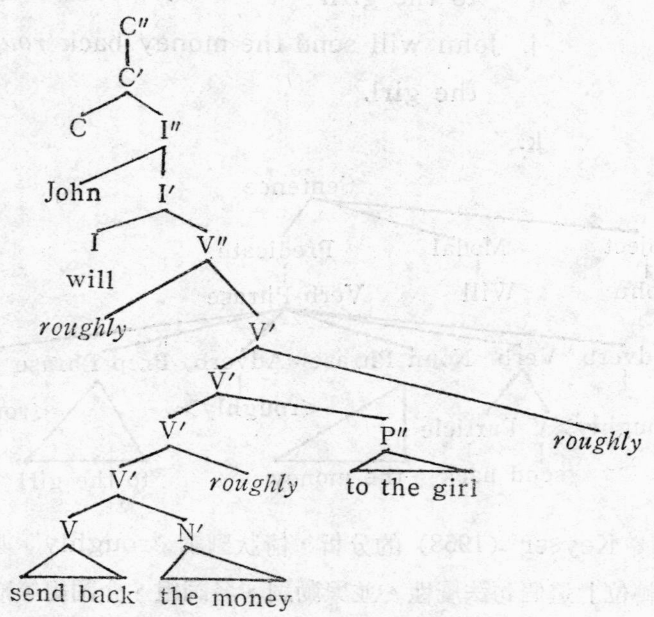

不必虛擬這些副詞的轉位[154]；同時，可以依據這些副詞所「c統制」的「句法領域」(syntactic domain)來決定副詞的修飾範

[154] Chomsky (1986b) 認爲「移位」是事非得已的「最後的手段」(the "last resort")，在普遍語法的分析裏最好是備而不用。Chomsky (1989) 更提出「最少的勞力」(the "least effort") 這個概念，不但主張在句子的組成成分中盡量淘汰「多餘的成分」(superfluous elements)，而且還主張在句子衍生的過程中盡量減少「多餘的步驟」(superfluous steps)。「完整解釋的原則」("full interpretation" principle; FI)要求邏輯形式與語音形式的每一個成分都必須獲得適當的解釋，就是要淘汰多餘的成分而達成「最少的句子表顯」(minimal representation)。而有關移位變形是最後手段的限制，就是要減少多餘的步驟而要求「最短的衍生過程」(minimal length of derivation)。

域，不必虛擬狹義的姊妹成分關係。[155]

---

[155] 又 Keyser (1968: 367, fn. 9) 指出：在下面的例句裡出現於第一個動貌助動詞後面的修飾整句的「情態副詞」(modal adverb) "certainly"，如果出現於第一個動貌助動詞後面卽合語法（如(i)到(iii)句），而如果出現於第二個動貌助動詞卽不合語法（如(iv)句）。試比較：

(i) John is *certainly* working.
(ii) John has *certainly* worked.
(iii) John has *certainly* been working.
(iv) *John has been *certainly* working.

依照 Keyser (1968) 的分析，如果把 (i) 到 (iv) 裏的動貌助動詞 "have-en" 與 "be-ing" 比照情態助動詞分析為句子的子女成分，那麼 (i) 到 (iii) 的例句固然合語法，但把不合語法的 (iv) 句也判為合語法。另一方面，如果把這些動貌助動詞比照主要動詞分析為動詞組的子女成分，那麼固然能把 (iv) 句判為不合語法，但把合語法的例句 (i) 到 (iii) 也判為不合語法；因而出現了難以兩全的情形。在我們的分析裏，如果把情態副詞 "certainly" 分析為小句子或大句子的附加語，那麼 (i) 到 (iv) 的例句都無法衍生。如果把情態副詞 "certainly" 分析為動詞組的附加語而把動貌助動詞分析為主要語動詞，那麼因為只有第一個動貌助動詞移入小句子主要語 (I) 的位置獲得「時制」的結果只會衍生 (i) 到 (iii) 的例句而無法衍生 (iv) 的例句。但是這個分析的缺點是任意武斷的把情態助動詞的修飾範域局限於動詞組之內。Keyser (1968) 還提出下面 (v) 的例句並參照 Ross (1967) 的意見而認為 (iv) 與 (v) 的例句都不必在「句子語法」(sentence grammar) 的範圍裏判為不合語法。

(v) *John didn't *certainly* work.

(v) 的例句，除了情態副詞 "certainly" 在深層結構所出現的位置以外，還牽涉到否定詞 "not" 在深層結構所出現的位置。關於這些問題，我們只能在將來的研究裏做更進一步的討論。

一般說來，動詞組的附加語[156]包括表示「主事」(如(4.158a, b)句）、「情狀」(如(4.158c, d, e, f)句)、「 工具」(如(4.158g)句)、「手段」(如(4.158h, i)句)、「同伴」(如(4.158j, k)句)、「處所」(如(4.158l)句)、「方位」(如(4.158m)句)、「範圍」(如(4.158n)句)、「原因」(如(4.158o)句)、「目的」(如(4.158p)句)、「時間」(如(4.158q)句)等的副詞或介詞組。

(4.158) a. The instrument has been tested {*by a technician/ electronically*}.

b. Mary was proposed to *by a handsome millionaire.*

c. Grip the handle *tightly.*

d. The children protested *vigorously.*

e. The lawyer defended his client *with vigor.*

f. The guest of honor arrived *in a blue gown.*

g. The burglar opened the safe *with a blow-torch.*

h. John forced open the door {*by means of a lever/by kicking it hard*}.

i. We plan to go to New York *by boat.*

j. John went to New York *with Mary.*

---

[156] 也就是 Quirk et al. (1985:510) 所謂的「可用謂述附加語」(optional predication adjunct) 或 Takami (1987) 所謂的「核心附加語」(central adjunct)。

k. The stranger disappeared *with the purse.*

l. The rabbit vanished *behind a bush.*

m. Our neighbors are emigrating *to South America.*

n. I can run three miles *in ten minutes.*

o. The party was canceled *because of the storm.*

p. The soldiers died bravely *for the country.*

q. John promised to see Mary *at nine o'clock.*

表示情狀、原因、時間等的動詞組附加語也可能用由連詞引導的從屬子句⑮⑦，例如：

(4.159)a. Pronounce the word (exactly) *as I do.*

b. John frequently talks *as if he knew about GB-theory.*

c. The party was canceled *because the storm was going to hit the town.*

d. Come in *when you are called.*

動詞組附加語，與補述語不同，是動詞組裏的可用成分而不是必用成分⑮⑧；通常都(一)可以出現於「祈使句」、(二)可以出現於「控制結構」(control construction) 的補語子句裏面，(三)

---

⑮⑦ 在後面的討論裏，我們把這類從屬子句分析爲廣義的介詞組。

⑮⑧ Quirk et al. (1985:505-510) 把出現於補述語的副詞或介詞組稱爲「必用謂述附加語」(obligatory predication adjunct)，而Takami (1987) 則稱爲「狀語補述語」(adverbial complement)。

不能出現於句首並且在後面表示停頓、(四)不能出現於句尾並且在前面表示停頓，例如：

(4.160)a. Rush into the street *quickly*.

b. John told Mary [PRO to rush into the street *quickly*].

c. * *Quickly*, John rushed into the street. ⑮⑨

d. * John rushed into the street, *quickly*.

受大句子支配的附加語包括表示「體裁」（如 "frankly, honestly, truthfully, bluntly, confidentially, briefly, broadly; in all frankness; to be frank, to speak frankly; frankly speaking; put frankly; if I may be frank, if I can speak frankly"等⑯⓪、「觀點」（如 "admittedly, evidently, reportedly, most likely, theoretically, essentially; {although/since/if} S" 等⑯①）、「屬性」（如"wisely, foolishly, generously, artfully, graciously, rightly, wrongly" 等）⑯②、「評估」（如 "remarkably, amazingly, ironically,

---

⑮⑨ 動語組附加語的移首通常都需要「特殊的修辭考慮」(exceptional rhetorical consideration)，如 "*Quickly* John rushed into the street and *violently* hit the man on the head"，而且移首的附加語後面也不能表示停頓。又表示時間、處所、原因、理由、目的等副詞、介詞組或從屬子句也可能充當大句子的附加語而出現於句首的位置。

⑯⓪ Quirk et al. (1985:615-618) 把這類附加語稱為 "style disjunct"。

⑯① Quirk et al. (1985:620-621) 把這類附加語稱為表示「眞實度」(degree of truth) 的 "content disjunct"。

⑯② Schreiber (1970) 把這類附加語稱為 "epithet adverb"。這類附加語除了可以充當大句子的附加語以外，還可以充當動詞組的附加語。又這類附加語與其他大句子附加語不同，必須以有生名詞組為句子的主語，以動態動詞為句子的述語。

unexpectedly, understandably, (un)fortunately, tragically, hopefully, significantly; to my regret, to our surprise; (what is) even more important" 等）⑯等的副詞、介詞組、不定詞組、分詞組或子句。大句子附加語一般都(一)不能出現於祈使句⑯、(二)不能出現於控制結構的補語子句裏面、(三)可以出現於句首並且在後面表示停頓、(四)可以出現於句尾並且在前面表示停頓，例如：

(4.161)a. ?* *Generally*, contribute to the fund.

* *Evidently*, contribute to the fund.

* *Wisely*, contribute to the fund.

* *Fortunately*, contribute to the fund.

b. * John told Mary [PRO to rush into the street {*generally* /*evidently* /*fortunate-*

---

⑯ Quirk et al. (1985:621-623) 把最後兩類附加語合稱爲表示「價值判斷」(value judgement) 的 "content disjunct"。

⑯ 但是有些表示體裁的附加語卻可以與祈使語氣共存而出現於祈使句。參 Quirk et al. (1985:627)。

(i) *Seriously*, go and see her about it.

(ii) *Frankly*, don't tell him.

同樣的，在大句子的附加語裏面只有表示體裁的附加語可以出現於直接或間接問句中。試比較：

(iii) *Frankly*, does he know about it?

(iv) They want to know whether, *strictly speaking*, they knew anything about it.

(v) *Does he *fortunately* know about it?

(vi) *He asked whether, *fortunately*, they knew anything about it.

ly}〕.

c. {*Honestly/ Reportedly/ Courageously/ Fortunately*}, John rushed into the street to pick up the little girl.

d. John rushed into the street to pick up the little girl, {*honestly/ reportedly/ courageously /fortunately*}.

雖然大句子的附加語最常出現於句首與句尾的位置，但是部分表示「觀點」（如"probably, possibly"）與所有表示「屬性」（如"rightly, wisely"）的全句副詞可以出現於句中的位置[165]，例如：

(4.162)a. You {*probably /certainly*} would have missed the plane.

b. You would {*probably /certainly*} have missed the plane.

(4.163)a. George will {*evidently /frankly*} have

---

[165] 參 Quirk et al. (1985:628)。又 Quirk et al. (1985:628) 認爲下面 (i) 的例句合語法，而 Jackendoff (1977:48) 卻認爲與 (i) 相似的 (ii) 不合語法：

(i) You would have {*probably/certainly*} missed the plane.

(ii) ?*George will have {*probably/evidently/frankly*} amused them when we get there.

可見英美人士對於這些附加語在句中出現的位置，其合法度判斷常互有出入。

amused the children when we get there.

b. George will {*evidently* / *frankly*} be amusing the children when we get there.

(4.164)a. {*Artfully*/ *Prudently*}, John reminded Mary of their date.

b. John {*artfully* /*prudently*} reminded Mary of their date.

c. John will {*artfully* /*prudently*} remind Mary of their date.

d. John reminded Mary of their date {*artfully*/ *prudently*}.

e. John reminded Mary of their date, {*artfully*/ *prudently*}. ⑯⑯

在否定句中，這些全句副詞可以出現於否定詞的前面，也可以出現於否定詞的後面⑯⑦，例如：

---

⑯⑯ 在 (4.164) 的例句裏，(a,e) 兩句的 "artfully, prudently" 充當大句子的附加語而與 (i) 句同義；(c,d) 兩句的 "artfully, prudently" 充當動詞組的附加語而與 (ii) 句同義；(b) 句的 "artfully, prudently" 可做大句子的附加語解而與 (i) 句同義，亦可做動詞組的附加語解而與 (ii) 句同義。試比較：

(i) John was {*tactful*/*prudent*} to remind Mary of their date.

(ii) John {reminded/will remind} Mary of their date in a {tactful/prudent} manner.

⑯⑦ 參 Quirk et al. (1985:628)。又出現於否定詞後面的全句副詞常讀「降升調」(falling-rising tone)。

(4.165)a. I *frankly* don't know.

b. I don't *frankly* know.

c. I don't know, *frankly*.

(4.166)a. He *probably* won't go.

b. He won't *probably* go.

c. He won't go, *probably*.

(4.167)a. John *prudently* didn't remind Mary of their date.

b. John didn't *prudently* remind Mary of their date.

c. John didn't remind Mary of their date, *prudently*.

全句副詞，除了可以出現於獨立句子或主要子句以外，還可以出現於「關係子句」(如(4.168a)句)、「準分裂句」(如(4.168b)句)、「狀語子句」(如(4.168c)句) 等從屬子句[168]，例如：

(4.168)a. He was a man who, *unaccountably*, had few friends.

b. What, *interestingly enough*, pleased them most was her enthusiasm.

c. Though he was *quite rightly* dismissed, he was given six months' salary.

另外，有些表示評估的全句副詞還可以出現於「大句子替代詞」

---

[168] 例句採自 Quirk et al. (1985:628)。Quirk et al. 認爲這些例句顯得有點"生硬"(awkward)。

(pro-S′) "so" 的前面⑯⑨，例如：

(4.169) John fears Mary, and {*understandably* / *appropriately* / *luckily*} so.

以上有關全句副詞的句法表現顯示：全句副詞的修飾範域涉及整個大句子，因而超出祈使、疑問或否定的範域。有些表示體裁或觀點的全句副詞可以出現於祈使句或疑問句，是由於這些全句副詞所表示的體裁或觀點可以與祈使或疑問語氣共存，但全句副詞的修飾範域仍然涵蓋祈使句與疑問句。

受小句子支配的附加語包括表示「處所」(Location；如 "downstairs, in the kitchen, where the post office"等)、「時間」(Time；如 "at 9 o'clock, on Sunday, in May"等)、「起點」(Source；如 "from Taipei, out of the kitchen; from seven"等)、「終點」(Goal; 如 "to Tainan, to the kitchen, into the room; till nine"等)、「途徑」(Path；如 "a long way, the whole distance; two hours, the whole morning, for three weeks; from Taipei to Tainan, from seven to nine, from Sunday till Monday"

⑯⑨ 例句與合法度判斷參 Schreiber (1971:91)。Schreiber (1971:91) 也提供了下面的例句與合法度判斷：

(i)? Gamal fears Golda, and {ironically/*unfortunately*} so.

(ii) Gamal fears Golda, and {**possibly*/**probably*/*?*unquestionably*} so.

(iii) Gamal fears Golda, and it is {**possible*/**probable*/* unquestionable} that he does.

”等）、「頻率」（Frequency；如“twice (a day), every day /daily, occasionally, sometimes, from time to time, as often as I can, whenever I have time”等）、「理由」（Reason；如“because of the rain, because he was sick, on account of their high mortgage payments, for fear of heart disease, out of charity”等）、「目的」（Purpose；如“for a better job, to get a better job, so that he can get a better job, in order (for his wife) to get a better job”等）[170]、「觀點」（Viewpoint; 如“geographically, ethnically, linguistically, politically, economically; weatherwise, program-wise; psychologically speaking”等）、「禮貌」（Courtesy；如“kindly, graciously, cordially, please”等）、「主語導向」（Subject-Orientation；如“bitterly, sadly, resentfully, with great pride; deliberately, reluctantly, (un)willingly, on purpose, with reluctance,

[170] Quirk et al. (1985) 把前面幾類附加語稱為「句子附加語」(sentence adjunct)，而把後面幾類附加語稱為「從屬附加語」(subjunct)。「謂語」或「句子」附加語（如(i)句的“visually”）㈠可以充當「分裂句」的焦點（如(b)句）、㈡可以在「疑問句」或「否定句」中形成對比（如(c)與(d)句）、㈢可以用「焦點副詞」(focusing adverb；如“only, just, simply, even”）修飾（如(e)句）、㈣可以充當「wh問句」的答語（如(f)句），但是「從屬附加語」(如(ii)句的“fairly”）卻不能如此使用（參 Quirk et al. (1985: 566-567))。試比較：

(i) a. This play achieves *visually* a sharp challenge⟶

←—to a discerning audience.

b. It is *visually* that this play achieves a sharp challenge to a discerning audience.

c. Does the play achieve a sharp challenge to a discerning audience *visually*, or does it do so *emotionally*?

d. This play doesn't achieve a sharp challenge to a discerning audience *visually* but (it does so) *emotionally*.

e. This play achieves only *visually* a sharp challenge to a discerning audience.

f. ("How did this play achieve a sharp challenge?") "*Visually*."

(ii) a. He *fairly* sprang at her with his questions.

b. *It was *fairly* that he sprang at her with his questions.

c. *Did he spring at her fairly or … with his questions?

d. *He didn't spring at her *fairly* but … with his questions.

e. *He only *fairly* sprang at her with his questions.

f. ("*How did he spring at her with his questions?") "* *Fairly*."

Quirk et al. (1985:566-567) 也指出："visually" 除了做 'by appealing to the eye' 解或 'with his eyes (alone)' 解 (如 "He studied the play *visually* (but scarcely listened to a word") 而充當「謂語附加語」以外，還可以做 'as a visual experience'解(如 "The play presents *visually* a sharp challenge to a discerning audience") 而充當「從屬附加語」；"fairly" 也除了做 'it is no exaggeration to say' 解而充當「從屬附加語」以外，還可以做 'in a just and impartial way' 解 (如 "He questioned her (quite) *fairly*") 而充當「謂語附加語」。

without intention" 等) [171]、「時間關係」(Time-relationship,;如 "yet, still, already; any longer, any more, just now; rarely, seldom"等)、「加強」(Emphasizer; 如 "really, surely, certainly; for sure, for certain, of course; frankly, honestly, simply, fairly" 等[172]) 等副詞與狀語。這些小句子附加語與動詞組附加語相似;(一)可以包含於動詞節替代詞 "do so" 之內(因而充當動詞節附加語)或之外;(二)可包含於動詞組 (V″) 或謂語 (I′) 替代詞 "do, does, did" 之內;(三)可以充當「分裂句」或「準分裂句」的焦點;(四)可以用「焦點副詞」"only, just, simply, even" 修飾;(五)可以充當「wh問句」的答句。但是「句子附加語」與「動詞組附加語」有下列幾點句法表現上的差異:(一)兩類附加語同時出現時,其前後次序

---

[171] 這些副詞或狀語可以出現於句首或動詞前面的位置充當小句子附加語,也可以出現於句中或動詞後面的位置充當動詞組附加語(參Quirk et al. (1985:575))。試比較:

(i) a. {*Bitterly*, he/*He bitterly*} buried his children.
(='He was bitter when he buried his children.')
b. He spoke *bitterly* about the treatment he received.
(='He spoke in a bitter way about the treatment he received.)

(ii) a. {*Deliberately*, she/She *deliberately*} refrained from joining the party.
(=She was quite deliberate in refraining from joining the party.)
b. She spoke slowly and *deliberately*.
(=She spoke slowly and in a deliberate manner.)

[172] 許多表示「加強」的副詞也可以出現於大句子裏附加語的位置。

通常是動詞組附加語在前、句子附加語在後；(二)句子附加語的移首比動詞組附加語的移首自然通順；(三)句子附加語可以出現於否定句的句首或「否定範域」之外，動詞組附加語不能出現於否定句的句首或否定範域之外；(四)句子附加語可以出現於疑問句的句首或「疑問範域」之外，動詞組附加語不能出現於疑問句的句首或疑問範域之外；(五)充當動詞組附加語的介詞組比較容易在「wh 問句」中遺留介詞，充當句子附加語的介詞組不能在wh問句中遺留介詞。試比較：[173]

(4.170) a. The burglar opened the safe〔with a blowtorch〕〔after midnight〕.

b. *After midnight* the burglar opened the safe with a blowtorch.

c. ?* *With a blowtorch* the burglar opened the safe after midnight.

d. *After midnight* the burglar didn't open the safe.

e. ?* *With a blowtorch* the burglar didn't open the safe.

f. *After midnight* did the burglar open the safe?

g. ?* *With a blowtorch* did the burglar open the safe?

h. * *What hour* did the burglar open the

---

[173] 參 Takami (1987)。

safe *after*?

i. *What* did the burglar open the safe *with*?

(4.171)a. Mary was kissed 〔by the young millionaire〕 〔by the Waterloo Bridge〕.

b. *By the Waterloo Bridge* Mary was kissed by the young millionaire.

c. ?* *By the young millionaire* Mary was kissed by the Waterloo Bridge.

d. (?) *By the Waterloo Bridge* Mary wasn't kissed by the young millionaire.

e. ?* *By the young millionaire* Mary wasn't kissed by the Waterloo Bridge.

f. (?) *By the Waterloo Bridge* was Mary kissed by the young millionaire?

g. ?* *By the young millionaire* was Mary kissed by the Waterloo Bridge?

h. * *What bridge* was Mary kissed *by* by the young millionaire?

i. *Who* was Mary kissed *by* by the Waterloo Bridge?

(4.172)a. You should have told him the truth 〔as I did〕 〔when he asked you〕.

b. ?* You should have told him the truth 〔when he asked you〕 〔as I did〕.

c. *When he asked you,* you should have told him the truth.

d. * *As I did,* you should have told him the truth.

e. *When he asked you,* you didn't tell him the truth.

f. * *As I did,* you didn't tell him the truth.

g. *When he asked you,* did you tell him the truth?

h. **As I did,* did you tell him the truth?

從以上的分析與討論可以知道；雖然同一個副詞或狀語可以充當大句子、小句子或動詞節的附加語，但是這些附加語的修飾範域以及有關的句法表現都有差異，大致都能支持我們在X標槓結構上為這些附加語所做的區別。[174]

4.3 英語形容詞組的X標槓結構

4.3.1 形容詞組、形容詞節、形容詞

英語的形容詞組，以形容詞（A）為主要語，並與補述語形

---

[174] 下面有關「動詞組提前」的例句顯示：表示處所的介詞組 "in the woods" 在 (i) 到 (iii) 的例句裏分別充當動詞組、小句子與大句子的附加語。試比較：

(i) John tried to kiss Mary *in the woods*, and 〔*kiss Mary in the woods*〕 he certainly did.

(ii) John tried to kiss Mary, and 〔*kiss Mary*〕 he certainly did *in the woods.*⟶

←—(iii) *In the woods*, John tried to kiss Mary, and 〔*kiss Mary*〕 he certainly did.

另外，句子附加語不能出現於動詞組附加語的前面，例如：

(iv) a. John hit the nail *softly*, *of course*..

b. ?*John hit the nail, *of course*, *softly*.

(v) a. ?John ran away *quickly*, *probably*.

b. *John ran away, *probably*, *quickly*.

又以"-ly"收尾的兩個句子或動詞組附加語在句首、句中或句尾連續出現的時候，其中一個常要移到句首（大句子附加語的位置）或句中與句尾（大句子、小句子或動詞組附加語的位置）而彼此分開。試比較：

(vi) a. ? Bill *frankly cleverly* left.（兩個句子附加語）

b. *Frankly*, Bill *cleverly* left.

(vii) a. ?Bill *probably suddenly* left.（一個句子附加語與一個動詞組附加語）

b. *Probably*, Bill *suddenly* left.

c. Bill *suddenly* left, *probably*.

d. Bill *probably* left *suddenly*.

(viii) a. ?Bill *quickly completely* finished.（兩個動詞組附加語）

b. Bill *quickly* finished *completely*.

(ix) a. ?*Frankly*, *probably* Bill left.（兩個句子附加語）

b. *Frankly*, Bill left, *probably*.

(x) a. ?Bill finished *completely*, *probably*.（一個句子附加語與一個動詞組附加語）

b. *Probably*, Bill finished *completely*.

c. Bill *completely* finished, *probably*.

(xi) a. ? Bill finished *completely quickly*. （兩個動詞組附加語）

b. Bill *quickly* finished *completely*.

(iv) 到 (xi) 的例句與合法度判斷採自 Jackendoff (1977:62, 73)。

成形容詞節（A′），再與指示語形成形容語組（A″）。形容詞的補述語包括名詞組、介詞組、動名詞組、不定詞組 、「that子句」、「wh子句」等，例如：

(4.173)a. This used car is still *worth* 〔N″ two thousand dollars〕.

b. The matter is *worthy* 〔P″ of serious consideration〕.

c. I'm *sorry* 〔P″ about my mistakes〕.

d. She's *busy* 〔C″ PRO taking care of her children〕.

e. He's *afraid* 〔P″ of 〔C″ PRO being scolded〕〕.

f. They're very *anxious* 〔C″ PRO to go home〕.

g. Are you *sure* 〔C″ that there is no mistake〕?

h. I'm not *sure* 〔C″ how it should be done〕.

i. I feel *doubtful* (about) 〔C″ what I ought to do〕.

j. Jane was *curious* 〔C″ why Julius didn't show up〕.

k. Are you *certain* {〔C″ who you should ask〕/ 〔C″who PRO to ask〕}? [175]

---

[175] 也有少數形容詞以兩個介詞組（如(i)句）或一個介詞組與一個大句子（如(ii)句）為補述語。參 Jackendoff (1977:76-77)。
(i) John is *dependent* 〔P″ on Bill〕〔P″ for help〕。
(ii) John is *dependent* 〔P″ on Bill〕〔C″ PRO to help him〕.

形容詞與補述語常有相對應的名詞與補述語，例如：

(4.174) a. John was 〔$_{A''}$ 〔$_{A'}$ aware 〔$_{P''}$ of Mary's presence〕〕〕.

b. 〔$_{N''}$ John's 〔$_{N'}$ awareness 〔$_{P''}$ of Mary's presence〕〕〕

(4.175) a. She's 〔$_{A''}$ intensely 〔$_{A'}$ fond 〔$_{P''}$ of music〕〕〕.

b. 〔$_{N''}$ her 〔$_{N'}$ intense 〔$_{N'}$ fondness 〔$_{P''}$ for music〕〕〕〕

(4.176) a. John is 〔$_{A''}$ more 〔$_{A'}$ indulgent 〔$_{P''}$ to Mary〕 than he should be〕〕.

b. John shows 〔$_{N''}$ more 〔$_{N'}$ indulgence 〔$_{P''}$ to Mary〕 than he should do〕〕.

補述語往往是形容詞的必用成分，常與形容詞的次類畫分有關，並由形容詞來指派論旨角色。另一方面，附加語經常是形容詞的可用成分，與形容詞的次類畫分無關，也就無法由形容詞指派論旨角色。與名詞組、動詞組一樣，補述語是主要語的姊妹成分，因而受主要語的「管轄」與「c統制」。附加語是詞節的姊妹成分，主要語的姨母成分；因而不受主要語的管轄，只受主要語的「m統制」。形容詞組補述語與附加語在X標槓結構上的區別，反映於補述語與附加語在下列句法表現上的差異。

(一)補述語是形容詞節的必用成分，不能省略或刪除；附加語是形容詞節的可用成分，可用亦可不用。試比較：

(4.177) a. John is fond 〔of Mary〕〔in some ways〕.

b. John is fond 〔of Mary〕.

c. * John is fond.

(4.178) a. John is sure 〔about himself〕〔in some ways〕.

b. John is sure 〔about himself〕.

c. John is sure.

(二)補述語與附加語連用的時候，出現的次序是補述語在前、附加語在後。試比較：

(1.179) a. John is fond 〔of Mary〕〔in some ways〕.

b. ?? John is fond〔in some ways〕〔of Mary〕.

(4.180) a. John is sure 〔about himself〕〔in some ways〕.

b. ? John is sure 〔in some ways〕〔about himself〕.

(三)「形容詞節替代詞」(pro-A′) "so" 必須包含補述語，卻可以包含亦可不包含附加語。試比較：

(4.181) a. John is very *fond of Mary* in some ways, but is less *so* in other ways.

b. * John is very *fond* of Mary but less *so* of her sister.

(4.182) a. John is very *sure ubout himself* in intelligence but is less *so* in appearance.

b. John is very *sure* about his intelligence but less *so* about his appearance.

(四)補述語前面的主要語形容詞不能對等連接或「右節提升」

，附加語前面的形容詞節可以對等連接或右節提升。試比較：

(4.183) a. John is very〔fond of Mary〕and〔proud of her〕.

b. * John is very *fond* and *proud*〔of Mary〕.

(4.184) a. John is very〔sure about his intelligence〕and〔confident about his appearance〕.

b. John is very *sure* and *confident*〔about his ability〕.

(五)在「Though移位」(Though-Movement) 的句子裏，補述語常隨形容詞移到句首⑯，而附加語則可以隨形容詞移位，也可以留在原位。

(4.185) a. *Fond of Mary* though John is, he has no

---

⑯ 但是 Radford (1988:281) 卻列有下面 (i) 的例句。

(i) *Extremely fond* though he is of *his mother*, he wouldn't want to live with her.

又下面的例句顯示：「Though 移位」除了牽涉到形容詞節的移位以外，似乎也牽涉到名詞節、動詞節與副詞節的移位。試比較：

(ii) a. Though he was *an idiot*, his parents loved him.

b. *Idiot* {though/as/that} he was, his parents loved him.

(iii) a. Though I *tried hard*, I failed to convince him.

b. *Try hard*〔though/as/ that} I did, I failed to convince him.

(iv) a. Though I admire his courage *very much*, I don't think he acted wisely.

b. *Much* {though/as/that} I admire his courage, I don't think he acted wisely.

intention to marry her.

b. ?? *Fond* though John is *of Mary*, he has no intention to marry her. ⑰

(4.186) a. (?) *Sure about himself* though John is, he is by no means arrogant.

b. *Sure* though John is *about himself*, he is by no means arrogant.

4.3.2 形容詞組的附加語與指示語

補述語只能出現於主要語形容詞的後面，而附加語則可以出現於主要語形容詞的後面（如介詞組）或前面（如程度副詞），例如：

---

⑰ 動詞組附加語可以隨形容詞與補述語移位，但句子附加語卻不能如此移位。試比較：

(i) a. Though John is fond of Mary *in some ways*, he has no intention to marry her.

b. *Fond of Mary in some ways* though John is, he has no intention to marry her.

(ii) a. Though John was fond of Mary *a few weeks ago*, he is now in love with Betty.

b. ?**Fond of Mary a few weeks ago* though John was, he is now in love with Betty.

另外，引介動詞組附加語的介詞比較容易在「WH移位」中遺留，而引介句子附加語的介詞則不能如此遺留。試比較：

(iii) a. Jane was very happy 〔about the result〕.

b. *What* was Jane happy *about*?

(iv) a. Jane was very happy 〔on that morning〕.

b. **Which morning* was Jane very happy *on*?

(4.187) a. John is much cleverer 〔P″ *than Bill*〕.

b. I was sick {〔P″ *at the stomach*〕/〔P″ *with a cold*〕}.

c. You are wrong *completely*.

d. You are *completely* wrong.

e. He was {*completely* / *utterly* / *partially*} corrupt.

「量詞組」也可以出現於形容詞前面充當形容詞的程度狀語，例如：

(4.188) a. John is almost *two-feet* tall.

b. Mary is *two years* older than her sister.

c. The river is *50-yards* wide and *10-miles* long.

形容詞的附加語也與名詞、動詞的附加語一樣，可以連續衍生，例如：⑱

(4.189) He was *severely directly personally* critical of the President.

至於形容詞組的指示語，則可能有兩種不同的分析。在比較抽象或深層的分析裏，形容詞組的指示語與動詞組的指示語一樣，是名詞組⑲；然後再由這個指示語的位置依次移到動詞組指示

---

⑱ 例句與合法度判斷採自 Radford (1988:245)。

⑲ 或者把謂語形容詞組（如"John is single"）、謂語名詞組（如"John is a bachelor"）、謂語介詞組（如"John is in love"）一般化而分析為「謂語詞組」(Predicate Phrase; PrP)，而把名詞組（如"John"）分析為謂語詞組的指示語。

語與小句子指示語的位置而成爲句子的主語。在比較具體與表層的分析裏[180]，則把“as, so, too, this, that, how”等「加強詞」(intensifier) 分析爲形容詞組的指示語。從「論旨理論」與「X標槓結構之間的對稱性」的觀點而言，似乎以第一種分析爲優。而主張第二種分析的人則可能舉：(一)形容詞加強詞中“this, that”(如 (4.190) 句) 在名詞組裏也充當指示語；(二)這些加強詞也在「副詞組」(adverbial phrase; AdP) 出現，而副詞組卻不能擬設名詞組爲指示語；(三)加強詞與程度副詞雖然在語意功用上甚爲接近，但前者不能連續衍生而後者則可以連續衍生，所以在句法功能上仍有差別[181]等事實來支持其論點。

(4.190) a. The snake was *this* big!

b. John is not *that* fond of Mary.

形容詞與副詞的附加語可以再細分爲「增強詞」(amplifier; 如“amazingly, awfully, entirely, extremely, perfectly, terribly, too, totally, unbelievably”)、「減弱詞」(downtoner; 如“a bit, a little, almost, barely, fairly, hardly, nearly, pretty, quite, rather, relatively, somewhat”)、「強調詞」、(emphasizer; 如“really, just, all (confused)”)、「情狀副詞」(如“easily (debatable), openly (hostile),

---

[180] 如 Jackendoff (1977) 與 Radford (1988)。

[181] “this, that”之所以能同時出現於名詞組與形容詞組是因爲這兩個詞語都屬於廣義的「指示詞」(deictic word)，兼有區別事物、處所、時間、程度等的語意功用。「加強詞」之不能連續衍生，似乎也是由於語意限制而不是由於句法限制，因爲語意重疊或矛盾的程度副詞還是不能連用。

quietly (assertive), readily (available)")、「評估副詞」(如"surprisingly (good), unnaturally (long), incredibly (beautiful), unusually (easy)")等。[182] 這些附加語通常都出現於形容詞的前面，但也有少數出現於形容詞後面的例詞，例如：

(4.191)a. That isn't good *enough*.

b. * That isn't *enough* good.

c. The play was excellent *indeed*.

d. The play was *indeed* excellent. [183]

4.3.3 形容詞組與副詞組

形容詞組常有相對應的副詞組。試比較：

(4.192)a. His discovery was 〔A″ quite 〔A′ independent 〔P″ of mine〕〕〕.

b. He discovered 〔Ad″ quite 〔Ad′ independently 〔P″ of me〕〕〕.

---

[182] 分類與例詞採自 Quirk et al. (1985:445-447)。

[183] 比較"indeed"在(4.191c, d)裏的形容詞組附加語用法與下面例句(i)裏的句子附加語用法。

(i) a. *Indeed*, the play was excellent.

b. The play was excellent, *indeed*.

又在下面例句(ii)裏，"indeed"與"very"同時出現。

(ii) The play is *very* good *indeed*.

Quirk et al. (1985:449)指出"indeed"與"very"常連用，例如：

(iii) a. He spoke *very* clearly *indeed*./ His speech was *very* clear *indeed*.

b. ?He spoke clearly *indeed*. / His speech was clear *indeed*.

(4.193)a. The sun was not 〔A″ as bright as the sunlamp〕. ⑱

b. The sun didn't shine 〔Ad″ as brightly as the sunlamp〕.

(4.194)a. The stop was 〔A″ too sudden 〔PRO to react to〕〕.

b. It stopped 〔Ad″ too suddenly 〔for us to react to〕〕.

(4.195)a. The quartet is 〔A″ more beautiful than you can imagine〕.

b. They played the quartet 〔Ad″ more beautifully than you can imagine〕.

(4.196)a. Its acceleration is 〔A″ so rapid that you'll never catch him〕. ⑱

b. It can accelerate 〔Ad″ so rapidly that you'll never catch him〕.

形容詞組的附加語（或指示語）似乎也都與副詞組的附加語（或指示語）一致。試比較：

---

⑱ 例句 (4.193) 至 (4.197) 採自 Jackendoff (1985:73)。

⑱ "A that S" 裏的「that子句」是補述語，而 "so A that S" 裏的「that子句」則似乎是附加語。試比較：

(i) a. Are you *certain that John will do that*?

b. *What*$_i$ are you certain that John will do t_i?

(ii) a Are you *so* tired *that you cannot do that*?

b. ?**What*$_i$ are you so tired that you cannot do t_i?

(4.197)a. John's car is {*incredibly/very/rather*} fast.[186]

b. John's car can travel {*incredibly/very/rather*} fast.

但是如 Jackendoff (1977:23-24) 所指出，並非所有的副詞組都可以從形容詞組衍生。同時，副詞組與形容詞組不同，除了極少數的例外（如(4.192b)句）以外都不能帶上補述語。試比較：[187]

(4.198)a. {*Tired* (*of the noise*) /*Tiredly* (* *of the noise*)}, John left the room.

b. {*Happy* (*that they were leaving*) /*Happily* (* *that they were leaving*)}, John waved goodbye.

c. {*Eager* (*to leave*) /*Eagerly* (* *to leave*)}, John chewed his nails.

d. The manner in which John grimaced was *expressive* (of his needs).

John grimaced *expressively* (*of his needs).

因此，我們必須以處理動詞組與「衍生名詞組」同樣的方式來處理形容詞組與副詞組的關係。也就是說，我們必須承認副詞組是

[186] 形容詞組的附加語也常與名詞組的附加語相對應，但其對應的情形沒有形容詞組與副詞組之間那麼密切。試比較：

(i) They are {*downright / complete /utter/perfect/silly/blind*} fools.

(ii) They are {*downright/completely/utterly/?? perfectly /?? silly*/?? *blindly*} foolish.

[187] 例句採自 Jackendoff (1977:25)。

一個獨立的語法範疇，在深層結構裏直接衍生。不過，我們承認在詞彙裏形容詞與“形容詞 -ly”的副詞之間有一定的語音與語意關係，並利用「詞彙派生」(lexical affixation) 的方式在詞彙裏從形容詞衍生相關的“-ly 副詞”。

4.4 英語介詞組的X標槓結構

4.4.1 介詞組、介詞節、介詞

英語的介詞組，以介詞 (P) 為主要語，並與補述語形成介詞節 (P′)，再與指示語形成介詞組 (P″)。英語的介詞可以分為兩類：「介副詞」(adverbial particle) 與「介詞」(preposition)。前者不帶補述語而單獨出現，相當於不及物動詞；後者必須帶上補述語，相當於及物動詞。因此，我們也可以把介副詞與介詞分別稱為「不及物介詞」(intransitive preposition) 與「及物介詞」(transitive preposition)⑱。介詞又可以因其形態而分為三類：(一)「單純介詞」(simple preposition) 包括「單音介詞」(monosyllabic preposition) 如“as, at, but, down, for, from, in, round, of, off, on, out, past, since, than, through, till, to, up, with”等與「多音介詞」(polysyllabic preposition) 如“about, above, across, after, against, along, amid(st), among(st), around, before, behind, below,

---

⑱ 比「介詞」更概化的名稱「介系詞」(adposition)，不但可以包括「介詞」與「介副詞」，而且可以包括「前置詞」(preposition) 與「後置詞」(postposition)。

beneath, beside, besides, between, beyond, despite, during, except, inside, into, notwithstanding, onto, outside, over, pending, throughout, toward(s), under, underneath, until, without"；(二)「複合介詞」(complex preposition)，包括由兩個詞合成的"up against, as for, except for, but for, ahead of, as of, because of, according to, as to, thanks to, along with, together with"等與由三個或三個以上的詞合成的"in back of, in behalf of, in case of, in front of, in accordance with, by means of, by way of, on account of, on top of, as far as, in addition to, for (the) sake of, with the exception of"等；(三)由其他詞類轉類而成的"bar, save; barring, excepting, concerning, pending; plus, minus, times; like, unlike, opposite, near (to)"等⑱⑨。在這裏我們根據介詞與補述語的連用關係，把介詞分爲四類：(一)無補述語（如(4.199)句）、(二)以名詞組爲補述語(如(4.200)句)、(三)以介詞組爲補述語（如(4.201)句）、(四)以名詞組與介詞組爲補述語(如(4.202)句)，例如：

(4.199) a. John jumped 〔P″ {*in/out/up/down/off/over*}〕.

b. John stayed〔P″ {*outside/inside/downstairs/upstairs*}〕.⑲⓪

⑱⑨ 參 Quirk et al. (1985:665-671)。

⑲⓪ Jackendoff (1977:79) 把 "here, there" 也分析爲「不及物介詞」，即 "〔P″〔P here/there〕〕"。

c. John came 〔P″ {*beforehand /afterward*}〕.

(4.200)a. Betty stayed 〔P″ *in* 〔N″ *the house*〕〕.

b. The boat sailed 〔P″ *down* 〔N″ *the river*〕〕.

c. The kitten chased 〔P″ *after* 〔N″ *the ball*〕〕.

(4.201)a. The farmer came 〔P″ *out* 〔P″ *of* 〔N″ *the barn*〕〕〕.

b. He stepped 〔P″ *down* 〔P″ *into* 〔N″ *the darkness*〕〕〕.

c. She came 〔P″ *out* 〔P″ *from* 〔P″ *behind* 〔N″ *the tree*〕〕〕〕.

d. They're 〔P″ {*over/down/up*} 〔P″ {*here/there*}〕〕.

e. The sound came 〔P″ *from* 〔P″ *within*〕〕.

(4.202)a. We live 〔P″ across 〔N″ the street〕〔P″ from Bill's house〕〕. ⑲¹

b. Mary went 〔P″ down 〔N″ the street〕〔P″ toward John〕〕.

主要語介詞與補述語合成介詞節，介詞節的存在可以從下列幾點語法事實獲得支持。⑲²

---

⑲¹ Jackendoff (1977:79) 提出 "P′→P (NP) (PP)" 的詞組結構規律來衍生這些補述語。這個詞組結構規律相當於我們的X 標槓規律母式 "X′→X, X″*"，而且介詞組可以充當介詞的補述語的結果，介詞組可以連續衍生而產生 (4.201c) 或下面這樣的例句："The priest stepped 〔P″ down 〔P″ from 〔P″ above 〔N″ the altar〕〕〕〕"。

⑲² 參 Radford (1988:247-249)。

(一)介詞節與介詞節可以對等連接，例如：

(4.203)a. The vase fell 〔P″ right 〔P′ *off* 〔N″ *the table*〕〕 and 〔P′ *onto* 〔N″ *the floor*〕〕.

b. The man ran 〔P″ straight 〔P′ out 〔P″ of the house〕〕 and 〔P′ *into* 〔N″ darkness 〕〕〕.

(二)表示處所的介詞節可以用「介詞節替代詞」"here/there" 取代，例如：

(4.204) a. John is 〔P″ 〔P′ *in the room*〕〕; John is 〔P″ 〔P′ *{here/there}*〕〕.

b. John is 〔P″ *{over/up}* 〔P′ *on the top of the roof*〕〕; John is 〔P″ *{over/up}* 〔P′ *{here/there}*〕〕.

(三)表示情狀的介詞節可以用「介詞節替代詞」"so"來取代，例如：

(4.205)a. John was 〔P″ partially 〔P′ in the wrong〕〕, and perhaps 〔P″ completely 〔P′ *so*〕〕.

b. Mary is 〔P″ 〔P′ 〔P′ at odds〕 with her friends〕〕 but 〔P″ less 〔P′ 〔P′ *so*〕 with her colleagues〕.

介詞節與附加語形成介詞節，附加語通常是介詞組（如(4.206a)句）、表示程度的名詞組或量詞組（如(4.206b)句）與程度副詞（如(4.206c)句），例如：

(4.206) a. John was at odds *with his friends*.

b. I am with you {*all the way/ one hundred percent*}.

c. You are in the wrong {*completely/indeed*}.

程度副詞通常都出現於介詞節的前面，例如：

(4.207) You are {*completely/utterly/absolutely/indeed*} in the wrong.⑲³

補述語是主要語介詞的姊妹成分，而附加語是介詞節的姊妹成分、主要語介詞的姨母成分。因此，補述語與附加語有下列幾點句法表現上的差異。

(一)補述語與附加語同時出現的時候，出現的次序是補述語在前、附加語在後。試比較：

(4.208)a. I'm with 〔you〕〔all the way〕.

b. * I'm with 〔all the way〕〔you〕.

(4.209)a. You're in 〔the wrong〕〔completely〕.

b. * You're in 〔completely〕〔the wrong〕.

如果同一個介詞組含有兩個以上的附加語，那麼這兩個以上的附加語可能有幾種不同的前後次序與階層組織，例如：

(4.210)a. John is 〔P″〔P′〔P′ at odds〕〔P″ with his friends〕〕〕〔Ad″ completely〕〕.

b. John is 〔P″〔P′〔P′ at odds〕〔Ad″ com-

⑲³ 注意與此相對應的形容詞組："You are {completely/utterly/absolutely/indeed} wrong"。

pletely〕〕〔P″ with his friends〕〕.[194]

(二)補述語必須包含在介詞節替代詞"so"裏面，而附加語則可以包含在"so"裏面，也可以出現在"so"外面。試比較：

(4.211)a. John is often *at odds* with his superiors but less *so* with his colleagues.

b. John is often *at odds* with his superiors, and *so* is Bill with his colleagues.

c. John is often *at odds with his superiors*, and *so* is Bill.

(三)補述語必須出現於主要語介詞的後面，而附加語則可能出現於介詞節的前面或後面。試比較：

(4.212)a. John is at〔odds〕〔with his friends〕〔in some ways〕.

b. John is at odds with his friends *completely*.

c. John is *completely* at odds with his friends.[195]

---

[194] 例句採自 Radford (1988:250)。除了(4.210b)的詞組結構分析(做'John與朋友完全不和'解)以外，還可能有下面的詞組結構分析而做'John與所有的朋友都不和'解："John is〔P″〔P′〔P′ at odds〕〔P″〔P′〔Ad″ completely〕〔P′ with his friends〕〕〕〕〕。

[195] 例句採自 Radford (1988:249)。這個例句可能有兩種不同的詞組結構分析與語意解釋。試比較：

(i) a. He is〔P″〔P′〔P′ completely〔P′ at odds〕〕〔P″ with his friends〕〕〕.

b. He is slightly *at odds* with his colleagues, but *completely so* with his friends.

(ii) a. He is〔P″〔P′ completely〔P′〔P′ at odds〕〔P″ with his friends〕〕〕〕.

b. He used to be only slightly *at odds with his friends*, but now he's *completely so*.

4.4.2 介詞組的指示語

與形容詞組與副詞組一樣，介詞組裏的指示語與介前附加語在語意內涵與句法功能上非常接近：二者都出現於介詞節的前面並與後面的介詞節形成姊妹成分，二者都有表示程度或加強程度的功用。根據 Van Riesmdijk (1978: 45-48) 的分析，名詞組、形容詞組、副詞組、介詞組都可以出現於介詞節的前面而充當指示語，例如：[196]

(4.213) a. They found the dead miners 〔N″ *two miles*〕 under the surface.

b. They held a reunion 〔N″ *twenty years*〕 after the war.

c. The rabbit burrowed 〔〔A″ *quite deep*〕 under the surface〕.

d. The bodyguards stood 〔〔A″ *really close*〕 behind him〕.

e. He disappeared 〔〔Ad″ *immediately*〕 before the drugs raid〕.

---

[196] 例句採自 Radford (1988:251)。例句 (4.213 a, b) 裏的名詞組在我們的分析裏可能成爲含有量詞組 (QP) 的限定詞組 (DP) 。又 (4.213 c, d) 的形容詞組可能應該分析爲以與形容詞形態相同的副詞爲主要語的副詞組，因爲一般的形容詞組不能出現於這個位置。另外，(4.213 g, h) 的介詞 ("up" 與 "down") 可用也可不用，因而不能分析爲主要語。比較："I found it *in the attic*" 與 "* I found it *up*"; "You must have left it *in the cellar*" 與 "* You must have left it *down*"。

f. He died 〔〔Ad″ *very shortly*〕after the operation〕.

g. I found it 〔〔P″ *up*〕in the attic〕.

h. You must have left it 〔〔P″ *down*〕in the cellar〕.

在這些例句裏出現於介詞節前面的詞組成分都是可用成分，而且都修飾後面的介詞節而表示程度，其語意與句法功能與一般「加強詞」“right, just, well”等⑲⁷無異，而且每一個介詞組只能含有一個加強詞或表示程度的各種詞組結構，因而無法連續衍生。由於介詞組與副詞組都不含有主語，所以我們就把表示加強或程度的各種詞組分析為介詞組與副詞組的指示語。[198]

4.4.3 介詞與連詞

英語的「連詞」(conjunction) 可以分為「對等連詞」(coordinate conjunction) 與「從屬連詞」(subordinate con-

[197] 例如："The nail went *right through the wall*", "I'm *right behind* (*you*)", "I made my application *well within the time*", "They left her *well behind* (*them*)", "She went *straight to the director*", "Her parents are *dead against the marriage*"。

[198] 如此，出現於介詞節前面的副詞組（如 (4.212c) 的 “completely” 與 (4.207) 的 “completely, utterly, absolutely”）也要分析為指示語。

junction）。[199] 對等連詞可以連接各種不同的詞組結構（包括大句子、小句子、名詞組、動詞組、形容詞組、副詞組、介詞組等），而且所連接的詞組結構必須相等而對稱（例如連接語法範疇或語法功能相同的詞組與詞組、詞節與詞節、詞語與詞語）。含有對等連詞的句子無法由X標槓結構的規律母式衍生或限制，而由「對等連接規律母式」(coordinate conjunction rule schema; 如 "$X^n \rightarrow X^n$, (Conj, X^n)*"）與「右節提升」（Right-Node Raising）的變形來衍生。從屬連詞只能連接句子，而且只能連接「主句」(main clause）與「從句」（subordinate clause）。主句代表句子的「主要命題」（main proposition）；而從句則代表句子的「次要命題」(subordinate proposition），在語意與句法功能上居於「附加（語）」或「修飾（語）」的地位，並受主句的「m統制」。從屬連詞引介從句，並出現於大句子、小句子、動詞組、形容詞組等附加語的位置而充當狀語。一般衍生語法學家都把從屬連詞視爲廣義的介詞，並把從屬子句分析爲

[199] 有些語法分析還承認「句連詞」(sentence connector)。這類連詞（如 "therefore, accordingly; furthermore, moreover; however, nevertheless; otherwise" 等）或「連接副詞」（conjunctive adverb）只能對等連接句子，而且可以出現於第二個句子裏句首、句中、句尾等幾種不同的位置，例如：

(i) I don't like him very much; {*however*/*nevertheless*}, I have to invite him.

(ii) I don't like him very much; I have to, {*however*/*nevertheless*}, invite him.

(iii) I don't like him very much; I have to invite him, {*however*/*nevertheless*}.

廣義的介詞組，因爲有許多從屬連詞的語音形態與介詞的語音形態完全相同（如“as, since, than, till, until, after, before”等）或非常相似（如“because (of), in case (of); notwithstanding (that), except (that), but (that), in order (that), in the event (that); according as (according to)”等），就是語意內涵也極爲相近。而且，既然動詞可以針對名詞組（+〔——NP〕）、介詞組（+〔——PP〕）、大句子（+〔——CP〕）等來次類畫分，那麼介詞也應該可以針對名詞組、介詞組、大句子來次類畫分。與名詞組（+〔——NP〕）或介詞組（+〔——PP〕）次類畫分的是狹義的介詞，而與大句子（+〔——CP〕）次類畫分的就是從屬連詞。換句話說，從屬連詞是以大句子爲補述語的介詞。除了有「共時」或「斷代」(synchronic) 的語言事實支持從屬連詞是以大句子爲補述語的介詞以外，「異時」或「歷代」(diachronic) 的語法證據也支持這樣的分析，因爲在「中古英語」(Middle English) 裏從屬連詞後面的大句子可以含有補語連詞“that”[200]。根據這樣的分析，從屬子句在X標槓結構中也成爲介詞組而與一般介詞組相對應，例如：

---

[200] Jackendoff (1977:79) 指出：E.S. Klima 在 1965 年完成的哈佛大學博士論文 *Studies in Diachronic Syntax* 即已主張應該把從屬連詞分析爲以大句子爲補述語的介詞。又介詞除了可以以不含補語連詞“that”的陳述子句爲補述語以外，還可以以含有「wh詞」的疑問子句爲補述語（如“the problem *of how women can combine family and work*”, “We were worried *about where you had got to*”, “make a decision on *whether to go ahead with devolution*”），因此必須保有大句子的主要語 (C) 與指示語這兩個節點來容納這些「wh疑問詞」。

(4.214)a. John left 〔P″ {*just before/soon after*} 〔C″ the ball was over〕〕.

b. John left 〔P″ {*just before/soon after*} 〔N″ the ball〕〕.

(4.215)a. John waited 〔P″ until 〔C″ Mary came〕〕.

b. John waited 〔P″ until 〔N″ nine o'clock〕〕.

(4.215)a. John doesn't know 〔P″ when 〔C″ Mary will come〕〕.

b. We're worried 〔P″ about 〔C″ where you had got to〕〕.

c. He's doubtful 〔C″ whether he can afford it〕〕.

4.5 英語大句子與小句子的X標槓結構

4.5.1 大句子與小句子

如前所述，「擴充的X標槓理論」把大句子（S′）與小句子(S) 共同納入X標槓結構，並與名詞組、動詞組、形容詞組、介詞組等「詞彙範疇」（lexical category）區別而稱為「功能範疇」(functional category) [201] 。「大句子」(CP; C″) 以「補語連詞」(complementizer; C) 如 "that, whether, if, for" 為主要語，並以「小句子」(IP; I″) 為補述語共同形成「子句」(C′)。大句子的指示語可能是一個「空節」(empty node)，可以成為「WH移位」(WH-Movement) 的「移入點」(landing

[201] 除了大句子與小句子外，限定詞組 (DP) 也常歸入功能範疇。

site)。

(4.216)a.

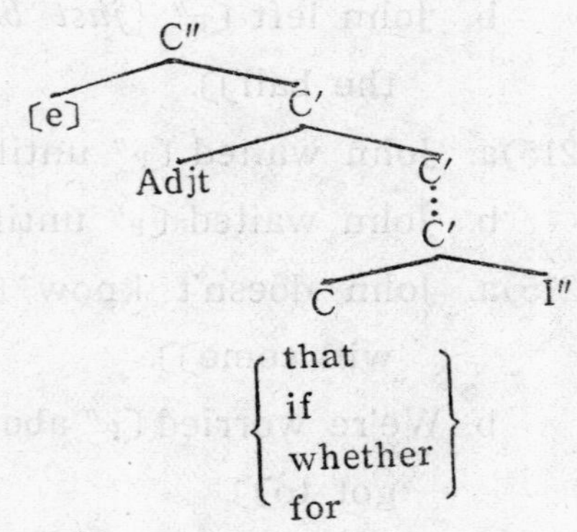

b.

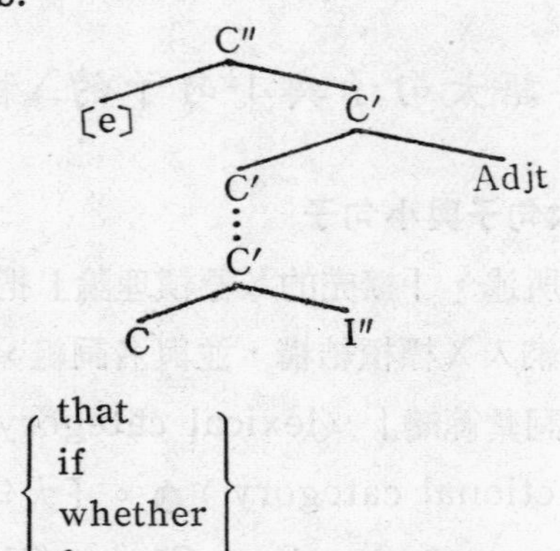

(4.217)a. I know 〔$_{C''}$ e 〔$_{C'}$ 〔$_{C}$ that〕〕〔$_{I''}$ Charles loves Suzanne〕〕〕.

b. It is important 〔$_{C''}$ e 〔$_{C'}$ 〔$_{C}$ that〕〔$_{I''}$ everyone be here by eight o'clock〕〕〕.

c. I don't know 〔$_{C''}$ e 〔$_{C'}$ 〔$_{C}$ if〕〔$_{I''}$ John will come〕〕〕.

d. John wondered 〔C″ e 〔C′ 〔C whether〕〔I″ Mary would answer his letter〕〕〕.

e. Mary was not sure 〔C″ e 〔C′ 〔C whether〕〔I″ PRO to tell her parents or not〕〕〕.

f. Nobody knew 〔C″ $what_i$ 〔C′ 〔C e〕〔I″ they should do t_i〕〕〕.

g. 〔C″ Who_i 〔C′ 〔C e〕〔I″ t_i knew 〔C″ who_j〕〔C′ 〔C e〕〔I″ t_j took the book away〕〕〕〕〕?

i. John wanted very much 〔C″ e 〔C′ 〔C for〕〔I″ Mary to have a date with him〕〕〕.

另一方面，「小句子」則以「屈折語素」(inflection; I)爲主要語，並以動詞組爲補述語共同形成「謂語」(I′)。小句子的主要語，屈折語素，可能包含「時制」(tense; Tns)、「呼應」(agreement; Agr) 與「情態助動詞」(modal auxiliary)等。而小句子的指示語則可以在深層結構直接衍生主語名詞組；或者在深層結構預留爲空節，然後藉「移動 α」把出現於動詞組或形容詞組指示語位置的主語名詞組移入這裏。

(4.218)a.

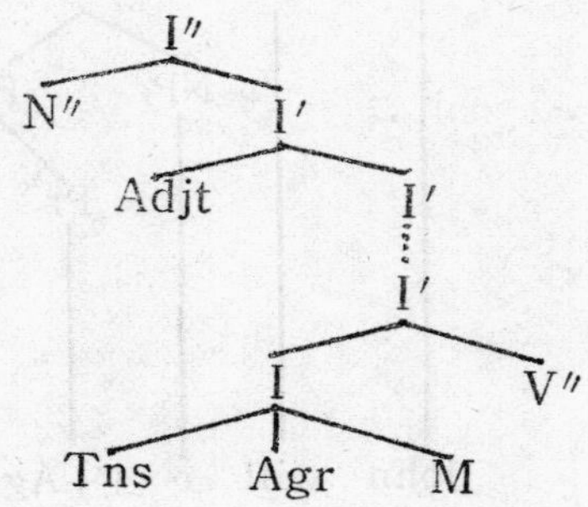

b.

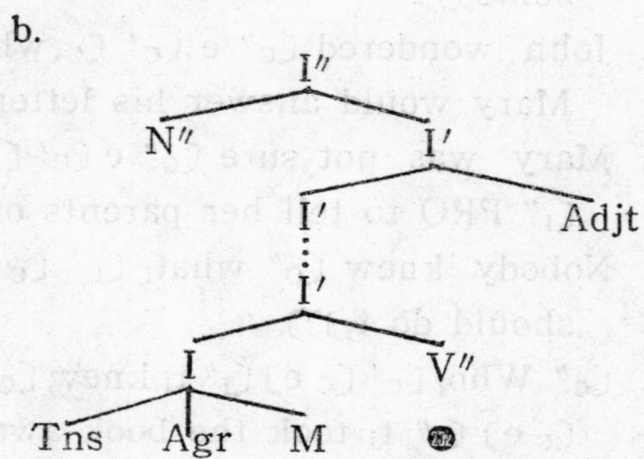

---

202 與其他X標槓結構不同，小句子的主要語（I）再分枝爲時制、呼應與情態助動詞，似乎成爲前面所述「主要語獨一無二」這個限制的反例。但是其中只有情態助動詞是詞彙範疇，而「時制」(〔±Tense, ±Past〕）與「呼應」(〔α Person, β Gender, γ Number〕）則只是「屬性滙合體」(feature matrix)。同時，再更爲細緻而抽象的分析（如 Bowers (1988)）裏，「呼應」與「時制」分家而成爲「繫詞組」(predicate phrase; PrP)，而「小句子」也改稱爲以時制爲主要語的「時制詞組」(tense phrase; TP)，例如：

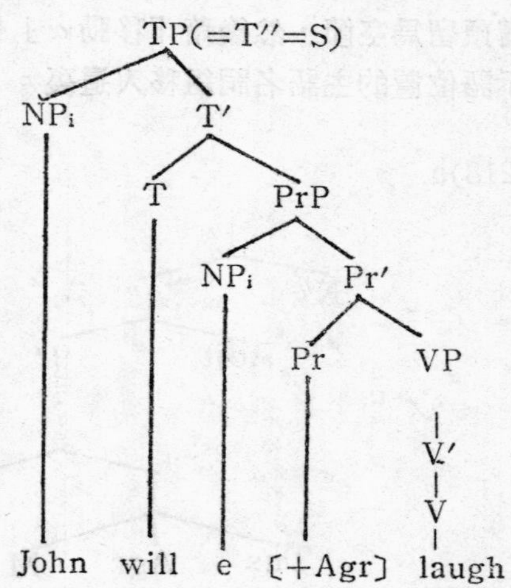

(4.219)a. 〔$_{C''}$ e 〔$_{C'}$ 〔$_C$ e〕〔$_{I''}$ John 〔$_{I'}$ 〔$_I$+Past, will〕 〔$_{V''}$ tell Mary the truth〕〕〕〕〕〕.

b. John would tell Mary the truth.

(4.220)a. 〔$_{C''}$ e 〔$_{C'}$ 〔$_C$ would〕$_i$ 〔$_{I''}$ John 〔$_I$ t〕$_i$ 〔$_{V''}$ tell Mary the truth〕〕〕〕〕?

b. Would John tell Mary the truth?

在陳述句 (4.219b) 的基底結構 (4.219a) 裏，情態助動詞 "will" 出現在過去式屈折語素 "〔+Past〕" 的後面，但經過所謂的「詞綴跳躍」 (Affix Hopping) 而形成表層結構的 "would" 。在疑問句 (4.220b) 的基底結構(4.220a)裏，情態助動詞 "would" 更藉「移動 α 」從小句子主要語的位置移入大句子主要語的位置[203]。在下面 (4.221) 的陳述句 (〔−WH〕) 裏，主要語動詞 "tell" 從動詞組主要語的位置移入小句子主要語的位置而形成「屈折動詞」 (inflected verb; V_I) "told"。

(4.221)a. 〔$_{C''}$ 〔$_{C'}$ 〔$_C$−WH〕〔$_{I''}$ John 〔$_{I'}$ 〔$_I$+Past〕〔$_{V''}$ 〔$_{V'}$ 〔$_V$ tell〕 Mary the truth 〕〕〕〕〕〕.

b. John told Mary the truth.

在下面 (4.222) 的疑問句 (〔+WH〕) 裏，動貌助動詞 "have" 從動詞組主要語的位置移入小句子主要語的位置而成為 "has"，再移入大句子主要語的位置而形成疑問句。

(4.222)a. 〔$_{C''}$ 〔$_{C'}$ 〔$_C$+WH〕〔$_{I''}$ John 〔$_{I'}$ 〔$_I$−Past〕〔$_{V''}$ 〔$_{V'}$ 〔$_V$ have-en〕〔$_{V''}$ tell Mary the truth〕

[203] 這是所謂的「從主要語到主要語的移位」(Head-to-Head Movement)。

〕〕〕〕〕〕.

b. 〔C″〔C′〔C has〕$_i$〔I″ John 〔I′〔I t_i〕〔V″〔V′〔V t_i〕〔V″ told Mary the truth〕〕〕〕〕〕〕?

c. Has John told Mary the truth?

在下面 (4.223) 的疑問句裏，小句子的主要語不含有任何助動詞，因此要藉「Do 支援」（Do-Support）把適當的Do動詞移入大句子主要語的位置來形成疑問句。

(4.223)a. 〔C″〔C′〔C +WH〕〔I″ John 〔I′〔I +Past〕〔V″〔V′〔V tell〕Mary the truth〕〕〕〕〕〕?

b. 〔C″〔C′〔C did〕〔I″ John 〔I′〔I t_i〕〔V″〔V′〔V tell〕Mary the truth〕〕〕〕〕〕?

c. Did John tell Mary the truth?

把大句子與小句子納入X標槓結構的結果，許多句法結構的形成就更能周延的做到「跨詞類的一般化」(cross-categorial generalization)。例如，英語的「主題化變形」(Topicalization)，除了名詞組、形容詞組、介詞組以外，還可以把大句子移到句首指示語的位置形成主題句，例如：[204]

(4.224)a. Everyone expects John to like *my sister*. (N″)

b. *My sister*, everyone expects John to like *t*.

(4.225)a. No one ever expected John to be *taller than Bill*. (A″)

---

[204] 以下有關「跨詞類的一般化」的討論與例句參 Jackendoff (1977: 42-43)。

b. *Taller than Bill,* no one ever expected John to be *t.*

(4.226) a. The coach urged everyone to jump *into the pool.* (P″)

b. *Into the pool,* the coach urged everyone to jump *t.*

(4.227) a. No one ever expected John to find out *that you were coming.* (C″)

b. *That you were coming,* no one ever expected John to find out *t.*[205]

(4.228) a. No one knows *what may happen tomorrow.* (C″)

b. *What may happen tomorrow,* no one knows *t.*

又如「移外變形」(Extraposition) 不僅可以適用於介詞組，也可以適用於大句子，例如：

(4.229) a. *From Hsinchu to Taipei* is not too far away. (P″)

---

[205] 動詞組 (V″) 無法成為主題，卻可以提前。試比較：

(i) a. No one will ever expect that John is *coming tomorrow.*

b. *Coming tomorrow, no one will ever expect that John is.

(ii) a. Everyone expected that John would come with Mary, and *come with Mary* John *did.*

b. *It* is not too far away *from Hsinchu to Taipei.*

(4.230)a. *That Julius is so brilliant* is no wonder. (C″)

b. *It* is no wonder *that Julius is so brilliant.*

(4.231)a. *For us to practice English* is very important.

b. *It* is very important *for us to practice English.*

再如「準分裂句」(pseudo-cleft sentence) 可以以名詞組、動詞組、大句子爲焦點，例如：

(4.232)a. John wants to buy *a new bicycle.* (N″)

b. What John wants to buy is *a new bicycle.*

(4.233)a. John wanted to *kiss Mary in front of her parents.* (V″)

b. What John wanted to do was *kiss Mary in front of her parents.*

(4.234)a. John was afraid *that Mary's parents might catch them.* (C″)

b. What John was afraid of was *that Mary's parents might catch them.*

(4.235) a. I wanted to find out *why he did it.* (C″)

b. What I wanted to find out was *why he did it.*

「從名詞組的移出」(Extraposition from NP) 也可以適用於

介詞組與大句子，例如：

(4.236)a. A review *of that book* appeared yesterday. (P″)

b. A review appeared yesterday *of that book.*

(4.237)a. A gun *which I was cleaning* went off. (C″)

b. A gun went off *which I was cleaning.*

(4.238)a. The time〔*PRO to decorate the house for Christmas*〕has come. (C″)

b. The time has come *to decorate the house for Christmas.*

(4.239)a. A steering committee〔*PRO consisting of Messrs. Smith, Brown and Robinson*〕has been formed. (C″)

b. A steering committee has been formed *consisting of Messrs. Smith, Brown and Robinson.*

他如稱代詞 "it" 與關係詞 "which" 都可以與名詞組、形容詞組與大句子照應，例如：

(4.240)a. *A Rolls-Royce* drove up and John looked at *it*. (N″)

b. John is *heavy*, but he doesn't look *it*. (A″)

c. *John was in love with Mary*, but no one knew *it*. (C″)

(4.241)a. John gave Mary *a locket*, *which* contained

his picture. (N″)

b. Julius is *brilliant*, *which* we'll never be. (A″)

c. *Julius won first prize in the speech contest*, *which* surprised no one. (C″)

另外，「動詞空缺」適用於兩個小句子之間，卻不適用於兩個大句子之間；「名詞空缺」不但適用於兩個名詞組之間，也適用於兩個動名詞組之間，例如：

(4.242)a. John *likes* apples, and Mary ϕ oranges.

b. We know 〔C″ that〔I″〔I″ John *likes* apples〕 and 〔I″ Mary ϕ oranges〕〕〕.

c. * We know 〔C″〔C″ that John *likes* apples〕 and 〔C″ that Mary ϕ oranges〕〕.

(4.243)a. I bought three *quarts* of wine and two ϕ of milk.

b. I have both John's *recording* of Bernstein and Mary's ϕ of Klemperer.[206]

4.5.2 陳述句、疑問句、感嘆句、祈使句

英語的「句子」(sentence) 或「子句」(clause) 可以分爲「限定句」(finite clause) 與「非限定句」(nonfinite clause)。限定句是含有「時制」與「呼應」這兩個語素的句子。「不定句子」(infinitival clause) 雖然含有時制語素 ("to")[207]，卻

---

[206] 在後面英語動名子句與動名詞組的分析裏，我們會討論這類動名詞組在表層結構上屬於名詞組。

[207] Stowell (1981) 認爲不定子句含有「時制」(〔＋Tense〕) 的屬性，卻不含有「(非)過去」(〔±Past〕) 的屬性。

不含有呼應語素，所以是非限定句。「動名子句」(gerundive clause) 與「分詞子句」(participial clause) 既不含有時制語素，亦不含有呼應語素，所以都屬於非限定句。以動詞原形爲主要動詞的「假設子句」(subjunctive clause) (如(4.244)句)，在動詞的語音形態上看不出時制或呼應語素。但是這類子句必須以實號名詞組爲主語，不能以空號的大代號爲主語；而且，主語名詞組必須是主位，不能用賓位或領位。因此，我們把假設子句也歸入限定句[208]。

(4.244) a. John demanded that {*he*/**him*/**his*/*PRO} *be* removed from the project.

b. My suggestion is that {*everyone*/*PRO} *pitch* in and *help* him.

限定句又可以分爲「陳述句」(declarative sentence)、「疑問句」(interrogative sentence)、「感嘆句」(exclamatory sentence) 與「祈使句」(imperative sentence) 等。陳述句可能以「非疑問」(〔−WH〕) 且「限定」(〔+Finite〕) 的補語連詞爲主要語。這一個主要語在詞彙上則顯現爲陳述、限

---

[208] 參 Radford (1988:290-292)。主位名詞組的出現與大代號的不能出現顯示：假設子句的主語名詞組必須受時制語素與呼應語素的管轄而獲得主位的指派。賓位名詞組的不能出現顯示：假設子句的主語名詞組不能受母句動詞的「域外管轄」(external government) 而獲得「例外格位」(exceptional Case-marking) 的指派。Radford (1988:291) 還指出：在屈折變化較爲豐富的語言 (如西班牙語、義大利語、羅馬尼亞語等) 裏，假設法動詞有明顯的時制與呼應標誌。

定補語連詞 "that"，例如：

(4.245)a. Everyone knows 〔*that* Julius *speaks* excellent English〕.

b. John is very happy 〔*that* he *has* passed the exam〕.

c. 〔*That* Mary often *goes* out with John〕 does not necessarily mean 〔*that* she *is* in love with him〕.

陳述句也可能以「非疑問」且「非限定」(〔−Finite〕) 的補語連詞為主要語。這一個主要語在詞彙上則顯現為陳述、非限定補語連詞 "for"，例如：

(4.246)a. We want very much 〔*for* you *to join* our club〕.

b. 〔*For* John *to be* on time〕 would be unprecedented.

c. The idea is 〔*for* us *to meet* again on Monday night〕.

d. John waited 〔*for* Mary *to admit* him〕.

疑問句可能以「疑問」(〔＋WH〕) 且「限定」的補語連詞為主要語，而且這個主要語可以在詞彙上顯現為疑問、限定補語連詞 "whether" 或 "if"，例如：

(4.247)a. John didn't know 〔{*whether/if*} Mary *would* go out with him〕.

b. We were talking about 〔{*whether/if*} we

should invite John or not〕. ⑳⑨

c. 〔{*Whether*/??*If*} it is a good plan or not〕 is a matter for argument.

d. 〔*Whether* he comes or not〕, the result will be the same.

疑問句也可能以「疑問」且「非限定」的補語連詞爲主要語，而且這個主要語可以在詞彙上顯現爲疑問非限定連詞 "whether" ⑳⑩，例如：

(4.248)a. John didn't know 〔*whether* PRO *to invite* Mary or not〕.

b. I was wondering 〔*whether* PRO *to stay* here another week〕.

疑問句的「wh疑問詞」也可能在深層結構裏出現於小句子裏，然後在表層結構裏藉「移動 α」移入大句子指示語的位置，例如：

(4.249)a. 〔$_{C''}$ *Who*$_i$ did 〔$_{I''}$ John invite t_i to the party〕〕?

b. 〔$_{C''}$ *Where*$_i$ should 〔$_{I''}$ I put these books t_i〕〕?

c. 〔$_{C''}$ *What*$_i$ do 〔$_{I''}$ you think 〔$_{C''}$ t_i' 〔$_I$ t_i is

---

⑳⑨ 如果 "or not" 緊跟着補語連詞出現，就只能用 "whether", 不能用 "if"，例如："We were talking about {*whether*/ * *if*} *or not* we should invite John"。疑問補語連詞 "if" 也似乎比較不容易出現於句首的位置，參 (4.247c, d) 的例句。

⑳⑩ 這就表示：補語連詞 "if" 含有 "〔+WH, +Finite〕" 的屬性，而補語連詞 "whether" 則含有 "〔+WH, ±Finite〕" 的屬性。

in the box〕〕〕?

d. I really don't know 〔C″ *what*$_i$ 〔I″ PRO to do t_i〕〕.

e. Please tell me 〔C″ *how*$_i$ 〔I″ PRO to do it t_i〕〕.

補語連詞“that, whether, if, for”不一定出現於表層結構。例如，在主句或「根句」(root sentence) 裏補語連詞都不會出現；就是在從句裏陳述句補語連詞也常不出現，甚或不能出現，例如：

(4.250)a. (**That*) Julius is a brilliant physician.

b. **Whether* John came? / Did John come?

c. We know (*that*) Julius is a brilliant physician.

d. John wanted very much 〔(**for*) PRO to come〕.

e. We believe 〔(**for*) Julius to be a brilliant physician〕.

f. With 〔(**for*) there to be a meeting at 1:00〕, we'd better have a quick lunch.

但是我們把所有的陳述句與疑問句，無論是主句或從句，都分析為含有補語連詞與空節指示語的大句子。其理由有下列幾點：㉛—

(一)在「是非問句」(yes-no question) 裏，助動詞 (包括情態助動詞、動貌助動詞、Be 動詞、Do 動詞) 都要移入大句子裏主要語的位置。同樣的，在「否定倒裝句」(Negative Inversion）裏，這些助動詞也都要移入大句子裏主要語的位置。因此，就是在根句或主句裏，不論疑問句或陳述句，也都要保留大句子主要語的位置，例如：

(4.251)a.〔c″ *Have*〔I″ you t ever seen such beautiful flowers〕〕?

b.〔c″ Never *have*〔I″ I t seen more beautiful flowers〕〕.

(二)在「wh問句」裏，不但「wh詞組」要移入大句子裏指示語的位置，而且除了wh詞組是從主語的位置移位的情形以外，助動詞也要移入大句子裏主要語的位置。同樣的，在「感嘆句」裏也會發生助動詞出現於大句子的主要語，或 wh 詞組出現於大句子指示語的情形，例如：

(4.252)a.〔c″ *What did*〔I″ John t tell you t〕〕?

←㉙參 Radford (1988:295-301)。除了這些理由以外，Radford (1988: 296-298) 還從「多數語言研究法」與「孩童習得語言」的觀點提出了下列幾點理由：㈠許多語言（如 Latvian, Estonian, Persian, Russian, Yiddish, German, Irish 等）在主句裏以相當於英語 "whether" 的補語連詞來引導「是非問句」(yes-no question)；㈡許多語言（如 Danish, German, French, Icelandic 等）在主句裏以相當於英語 "that" 的補語連詞來引導感嘆句；㈢許多語言（如 French, German, Spanish）在主句裏以相當於英語 "that" 的補語連詞來引導祈使句；㈣ Classical Arabic 與 Spanish 這兩種語言在主句裏分別以相當於英語 "that" 的補語連詞 "ʔinna" 與 "que" 來引導陳述句；㈤孩童在習得英語的過程中，常把在「是非問句」裏移到句首的 "Is" 當做某種「疑問助詞」而說出 "Is I can do that?"、"Is you should eat the apple?"、"Is Ben did go there?" 這類句子。

b. 〔C″ *How should* 〔I″ I t know t〕〕?

c. 〔C″ *Who* 〔I″ t knows the answer〕〕?

(4.253)a. 〔C″ *Am* 〔I″ I t angry〕〕!; 〔C″ Isn't 〔I″ that t wonderful〕〕!

b. 〔C″ *Did* 〔I″ she t look annoyed〕〕!; 〔C″ *Didn't* 〔I″ she t look annoyed〕〕!

c. 〔C″ *Has* 〔I″ she t grown〕〕!; 〔C″ Hasn't 〔I″ she t grown〕〕!

(4.254)a. 〔C″ *What a nice man* 〔I″ he is t〕〕!

b. 〔C″ *What delightful children* 〔I″ they are t〕〕!

c. 〔C″ *How very afraid* 〔I″ I am t that they'll get lost〕〕!

d. 〔C″ *For how many years* 〔I″ I have waited t〕〕![212]

e. 〔C″ *How* 〔I″ I used to hate English t〕〕!

(三)在「中間說法」(middle narration) 或「半間接說法」(semi-indirect narration) 裏，助動詞在從句裏也可能出現於大句子指示語的位置，例如：

(4.255)a. John wondered 〔C″ whether 〔I″ she would go out with him〕〕.

---

[212] 在這個例句裏，介詞 "for" 與「wh詞組」"how many years"「隨伴移位」(pied-piping) 而一起移到大句子指示語的位置。又在書面語裏，「wh感嘆句」會發生助動詞倒序的情形，例如："For how many years *have* I waited!"。

b. John wondered 〔C″ would 〔I″ she t go out with him〕〕.

c. *John wondered 〔C″ whether would 〔I″ she t go out with him〕〕.

(4.255c) 句不合語法，因爲 "whether" 與 "would" 都只能出現於大句子裏主要語的位置；而根據「主要語獨一無二的限制」，不能同時出現兩個主要語。㉑³

(四)含有補語連詞"that"的陳述句與不含有補語連詞"that"的陳述句都可以對等連接，例如：

(4.256) We know 〔(that) John likes apples〕 and 〔that Mary likes oranges〕.

(4.256) 與 (4.257) 有不同的詞組結構，因爲「動詞空缺」只能在對等的「小句子」裏適用，不能在對等的「大句子」裏適用。試比較：

(4.257) We know 〔(that) 〔John likes apples〕 and 〔Mary likes oranges〕〕.

(4.258) a. * We know (that) John likes apples and that Mary ϕ oranges.

b. We know (that) John likes apples and Mary ϕ oranges.

㉑³ Radford (1988:297) 引用 Traugott (1972:73) 而指出，在「古英語」(Old English) 裏補語連詞 "hwoeðer" (="whether") 可以出現於主句，例如："*Hwoeðer* ge nu secan gold on treowum?" (="Whether you now seek gold in trees?=Do you now seek gold in trees?")。

感嘆句不但出現於單句或根句，也出現於從句，例如：

(4.259)a. It's amazing *what a fool he is.*

b. I'm very surprised at *how very tall John is.*

c. I know *what a large house he lives in.*

d. It's unbelievable *how very fast she can run.*㉔

除了 "what" 與 "how" 可以引介感嘆句與感嘆子句以外, "who, which, when, where" 等也可以引介感嘆子句，例如：

(4.260)a. It's awful *who you meet on the street these days.*

b. It's terrible *which countries he chose to travel in.*

c. It's amazing *when they chose to get married*

d. It's a crime *where our campus is located.*

e. It's unbelievable *why he bought that coat.*

感嘆子句與疑問子句在形態上幾無二致，都有「wh 詞」出現於大句子指示語的位置，也都在小句子中出現因移位而留下的「缺口」(gap) 或「痕跡」。因此，我們認爲感嘆子句與疑問子句的X標槓結構基本上相同，都經過「WH移位」而衍生。感嘆子句與疑問子句的「句法結構」(syntactic construction) 雖然相同，

㉔ 以感嘆子句爲主語的句子，有人接受，有人不接受，例如：

(i) ?*What an attractive woman she is* amazes me.
It amazes me *what an attractive woman she is.*

(ii) ?*How beautiful this mountain looks* is fantastic.
It looks fantastic *how beautiful this mountain looks.*

「語意類型」(semantic type) 卻不同。在疑問句裏「wh 詞」所代表的「變數」(variable) 之值是「不確定」(indeterminate) 的；而在感嘆句裏「wh詞」所代表的變項之值不但是「確定」(determinate) 的，而且一定相當大（至少要比一般的水準大得很多）。由於「wh詞」所代表的變項之值有「不確定」與「確定而大」的不同，所以感嘆子句與疑問子句有下列幾點句法表現上的差異[215]。

(一)只有感嘆子句容許用"namely"來指出「wh 詞」的指涉對象。試比較：

(4.261)a. It's unbelievable who I met on the street, *namely your ex-wife.*

b. * Can you guess who I met on the street, *namely your ex-wife*?

(二)只有感嘆子句容許「同位語」(appositive) 的存在。試比較：

(4.262)a. It's incredible what sort of house he lives in, *a two-room shack.*

b. * It's unknown what sort of house he lives in, *a two-room shack.*

(三)只有感嘆子句在"how"的後面可以用"very, really, extremely, unbelievably"等加強詞來修飾形容詞或副詞。試比較：

(4.263)a. It irritates me how *extremely* rude he is.

[215] 參 Modini (1977)。

b. * I don't know how *extremely* rude he is.

(四)感嘆子句的 "how" 與 "what" 分別與加強詞 "so" 與 "such" 對應㉑⑥，而疑問子句的「wh詞」則與「不定代詞」(indefinite pronoun; 如 "someone, something, sometime, some place, somehow"等) 與無定冠詞 "some" 對應。試比較：

(4.264)a. He lives in *such a nice house*; *What a nice house* he lives in!

b. You meet *such people* on the street these days; *What people* you meet on the street these days!

c. They chose to get married at such a time *What a time they* chose to get married (*at)!

d. Our campus is located *in such a place*; *What a place* our campus is located (in)!

e. He bought the coat *for such a reason*; *What a reason* he bought the coat for!

f. She ran *so (very) fast*; *How (very) fast* she ran!

g. We haven't seen each other *for so many years*; *For how many years* we haven't seen each other!

㉑⑥ 感嘆子句的 "who, when, where, why" 等則分別與 "such a person, at such a time, at such a place, for such a reason" 等對應。

h. I hate Englih *so*; *How* I hate English!

可見，感嘆子句在本質上是「事實子句」(factive clause)；感嘆子句裏所敍述的命題都「預設」(presuppose) 爲事實，並用"so"、"such"、「wh詞」等來強調這個命題所包含的變數之值。以感嘆子句爲補語的一般都是「事實動詞」(factive verb; 如 "know, realize, regret" 等) 或「情意動詞／形容詞／名詞」(emotive verb/adjective/noun; 如 "amaze (amazing), infuriate; strange, unbelievable, awful, terrible; a crime, a mystery" 等) 217。感嘆(子)句與疑問(子)句一樣，而與陳述(子)句不同，在補語連詞裏含有「疑問」(〔+WH〕)的屬性來「觸動」(trigger)「WH移位」；但與疑問(子)句不同而與陳述(子)句一樣，含有「確定」(〔+Determinate〕) 的屬性，因而不觸動助動詞「從主要語到主要語的移位」。

祈使句與陳述句、疑問句、感嘆句一樣都屬於限定句，但 (一)主語名詞組必須是第二身稱代詞"you"、(二)時制必須是「非過去」、而(三)述語必須是「動態」(actional; dynamic; nonstative) 動詞、形容詞或名詞，例如：

217 Grimshaw (1979) 據此主張：詞項記載除了需要「次類畫分框式」(subcategorization frame; 如 +〔__NP〕, +〔__PP〕, +〔__NP PP〕, +〔__S′〕, +〔__NP S′〕等) 來規定述語與語法範疇的「共存限制」(cooccurrence restriction) 以外，還需要"+〔__P(roposition)〕, +〔__Q(uestion)〕, +〔__E(xclamation)〕"等「共存框式」(cooccurrence frame) 來規定述語與補語子句語意類型 (如陳述句、疑問句、感嘆句) 的「語意選擇」(semantic selection)。

(4.265)a. Take good care of {*yourself* /*yourselves* /**myself* /**ourselves* /**himself* /**herself* /**itself*/**themselves*}.

b. {*Don't* /**Didn't*} be ridiculous; {*Do*/**Did*} be quiet!

c. {*Imitate* /**Resemble*} your father! They asked me to {*imitate*/**resemble*} my father.

d. Be {*careful* /**tall*}! They advised me to be {*careful* /**tall*}.

e. Be a {*hero* /**person*}. They urged me to be a {*hero* /**person*}.

因此，我們把祈使句與陳述句一樣分析為「非疑問」且「限定」的大子句，因而與陳述句一樣，以補語連詞為主要語[218]，並含有指示語與附加語的位置。在否定祈使句，"don't" 可能出現於大句子主要語的位置（如(4.266a)句）、客套副詞 "please" 可能出現於大句子附加語的位置（如(4.266 b)句）、而「呼語」（vocative; 如 (4.266c)句的 "George, boys, you" 等）則可能出現於大句子附加語或指示語的位置。

(4.266)a. *Don't* you {be so sure/ever cheat me a-

[218] 在法語、德語、西班牙等語言裏，祈使句的句首會出現相當於英語補語連詞 "that" 的 "qu'il, daβ, que" 等。另外，含有祈使語氣的「假設子句」也由補語連詞 "that" 來引介。但是「假設子句」的主語不限於第二身稱代詞，也不用 "do not" 來否定或用 "do" 來強調肯定。

gain}.

b. Close the door, *please*.

c. {*George*/*Boys*/*You*}, don't (you) break that.

4.5.3 「同位子句」、「關係子句」、「狀語子句」

前面有關限定句、非限定句以及陳述句、疑問句、感嘆句、祈使句的討論[219]，係針對這些大句子出現於根句(主句)或出現於論元位置(從句)而充當主語、賓語、補語等情形而言。大句子除了可以出現於論元位置充當補述語或主語[220]以外，還可以出現於非論元位置充當附加語。附加語又可以分為「狀語」(adverbial)與「定語」(adjectival)；前者出現於動詞組、形容詞組、副詞組、大句子、小句子等附加語的位置，而後者則出現於名詞組裏附加語的位置。

在名詞組X標槓結構的討論裏，我們曾經把「同位子句」分析為充當名詞補述語的「that子句」，而把「關係子句」分析為

---

[219] 有關英語疑問句、感嘆句、祈使句的討論，請參湯 (1988e)“英語疑問句的結構與功用”(125-163頁)、“英語感嘆句的結構與功用”(89-108頁)、“英語祈使句的結構與功用”(109-123頁)。

[220] 大句子能否充當補述語或主語，學者間仍有異論。例如，Stowell (1981) 主張根據「格位抗拒原則」(Case Resistance Principle) 凡是主要語能指派格位的詞組結構 (包括大句子在內) 都不能出現於賓語或主語的位置獲得格位。又如 Yim (1984) 也主張補語連詞本身就是「格位標誌」(Case-marker)，大句子已經獲有格位，不能再出現於賓語或主語的位置而引起「格位衝突」(Case conflict)。根據這些主張，出現於主語位置的大句子都要移到大句子指示語的非論元位置來充當「主題」；出現於賓語位置的大句子也都要加接到動詞組的右端。

充當名詞節附加語的「wh子句」，例如；

(4.267)a. There is 〔$_{N''}$ a 〔$_{N'}$ rumor 〔$_{C''}$ *that* 〔$_{I''}$ *the Cabinet will be reshuffled in Feburary next year*〕〕〕〕.

b. I had 〔$_{N''}$ no 〔$_{N'}$ idea 〔$_{C''}$ *that* 〔$_{I''}$ *you were coming*〕〕〕〕.

c. I have 〔$_{N''}$ certain 〔$_{N'}$ information 〔$_{C''}$ *that* 〔$_{I''}$ *school will be a day earlier this year*〕〕〕〕.

d. 〔$_{N''}$ The 〔$_{N'}$ fact 〔$_{C''}$ *that* 〔$_{I''}$ *the book is a translation rather than an original work* 〕〕〕〕 is not mentioned anywhere in it.

(4.268)a. These are 〔$_{N''}$ the 〔$_{N'}$ 〔$_{N'}$ boys〕〔$_{C''}$ *who*$_i$ 〔$_{I''}$ t_i *want to speak to you*〕〕〕.

b. 〔$_{N''}$ The 〔$_{N'}$ 〔$_{N'}$ book〕〔$_{C''}$ O_i 〔$_{C'}$ *that*〕〔$_{I''}$ t_i *is on the desk*〕〕〕〕 is mine.

c. 〔$_{N''}$ Those 〔$_{N'}$ 〔$_{N'}$ people〕〔$_{C''}$ {*who(m)*$_i$/ O_i} 〔$_{I''}$ *you saw* t_i *yesterday*〕〕〕〕 were my relatives from the country.

d. This is 〔$_{N''}$ the 〔$_{N'}$ 〔$_{N'}$ girl〕〔$_{C''}$ *whose mother*$_i$ 〔$_{I''}$ *you went to school with* t_i〕〕〕〕.

e. This is 〔$_{N''}$ the 〔$_{N'}$ 〔$_{N'}$ girl〕〔$_{C''}$ *with whose mother*$_i$ 〔$_{I''}$ *you went to school* t_i〕〕〕〕.

f. It happened 〔$_{N''}$ the 〔$_{N'}$ last 〔$_{N'}$ 〔$_{N'}$ time〕

〔$_{C''}$ {*when*$_i$/*O*$_i$ 〔$_{C'}$(*that*)} 〔$_{I''}$ *we were together* t$_i$〕〕〕〕〕〕.

g. Take me to 〔$_{N''}$ any 〔$_{N'}$ 〔$_{N'}$ place〕 〔$_{C''}$ {*where*$_i$/*O*$_i$ 〔$_{C'}$(*that*)} 〔$_{I''}$ *you prefer to go* (*to*) t$_i$〕〕〕〕〕〕.

h. Nobody knows 〔$_{N''}$ the 〔$_{N'}$〔$_{N'}$ reason〕 〔$_{C''}$ {*why*$_i$/*O*$_i$ 〔$_{C'}$ (*that*)} 〔$_{I''}$ *he came here* t$_i$〕〕〕〕〕〕.

在 (4.267) 的同位子句裏，「that 子句」直接衍生於前行語名詞節的後面形成同位子句。在 (4.268) 的關係子句裏，關係代詞（亦即「wh 詞組」）分別從主語、動詞賓語、介詞賓語、狀語等位置移入大句子指示語的位置來形成關係子句。有時候，關係代詞並未在表層結構出現(如(4.268 b, c, f, g, h)裏會有空號運符“O$_i$”的例句㉑)，但是我們仍然擬設不具語音形態的關係代詞或「空號運符」(null operator) 的移位來解釋關係子句裏「空缺」或「痕跡」的存在。關係子句可能是限定子句 (如 (4. 268) 的例句），也可能是非限定子句；包括「不定子句」(infinitival clause)、「分詞子句」 (participial clause) 與「小子句」 (small

---

㉑ 傳統的英語語法常把補語連詞 “that” 也分析爲關係代詞。但是補語連詞 “that” 既無「形態格」(morphological case) 的變化 (比較 “who, whose, whom”)，亦不能與介詞連用 (比較 “{for/with/to, etc.} {whom/which}”)，而且在「中古英語」裏關係代詞 “who, which” 與補語連詞 “that” 可以連用，因此我們不把補語連詞 “that” 列入關係代詞。

clause) [222]，例如：

(4.269)a. a book 〔$_{C''}$ O_i 〔$_{C'}$ *for* 〔$_{I''}$ *you to read* t_i〕〕〕

b. the day 〔$_{C''}$ *on which*$_i$ 〔$_{C'}$ e 〔$_{I''}$ *PRO to clean up our rooms* t_i 〕〕〕.

c. someone 〔$_{C''}$ e 〔$_{C'}$ e 〔$_{I''}$ *PRO to teach you how to swim*〕〕〕

(4.270)a. the boy 〔$_{C''}$ e 〔$_{C'}$ e 〔$_{I''}$ *PRO sleeping in the next room*〕〕〕

b. those students 〔$_{C''}$ e 〔$_{C'}$ e 〔$_{I''}$ *PRO wounded during the fall*〕〕〕

c. leaves 〔$_{C''}$ e 〔$_{C'}$ e 〔$_{I''}$ *PRO fallen to the ground*〕〕〕

(4.271)a. a man 〔$_{C''}$ e 〔$_{C'}$ e 〔$_{I''}$ *PRO afraid of his wife*〕〕〕

b. students 〔$_{C''}$ e 〔$_{C'}$ 〔$_{I''}$ *PRO eager to learn English*〕〕〕

c. a friend 〔$_{C''}$ e 〔$_{C'}$ e 〔$_{I''}$ *PRO in need*〕〕〕

d. a girl 〔$_{C''}$ e 〔$_{C'}$ e 〔$_{I''}$ *PRO with large sparkling eyes*〕〕〕[223]

由非限定子句充當的關係子句，只有不定子句可以在補語連詞“

---

[222] 又稱「無動詞子句」(verbless clause)，參後面有關英語「小子句」的討論。

[223] 我們在這裏把表示「屬性」與「屬有」的介詞組也分析爲以「大代號」爲主語的小子句，以表示這也是一種可能的分析。

for"引介之下以「顯形」（overt）或「實號」（lexical）名詞組為主語（如(4.269 a)句），而且允許關係代詞（如(4. 269 b)句）或「空號運符」（如（4. 269 a）句的"O_i"）從關係子句的非主語位置移入大句子指示語的位置。其他由分詞子句或小子句充當的關係子句都必須以「大代號」為主語，而且不允許關係代詞或空號運符從關係子句移入大句子指示語的位置[224]。可見同位子句與關係子句都可以比照陳述子句與疑問子句納入X標槓結構

---

[224] 這是「格位理論」與「管轄理論」必然的結果。格位理論的「格位濾除」(Case Filter) 規定：非以「大代號」為「首項」(head) 的每一個「連鎖」(chain; 或「大連鎖」(Chain)) 都必須獲得格位的指派。非限定子句不含有呼應語素，所以無法指派「主位」（nominative Case) 給非限定子句的主語名詞組；只有不定子句的補語連詞"for" 因為秉具介詞的屬性，所以可以指派「斜位」(oblique Case) 給出現於後面的主語名詞組。又不定子句的及物動詞（如 (4,269a)句的"read"）可以指派「賓位」(accusative Case) 給後面的痕跡（即"t_i"），所以由空號運符（即"O_i"）與痕跡合成的連鎖（{O_i, t_i}）獲有格位。分詞子句與小子句都不以動詞為主要語（現在分詞與過去分詞在範疇屬性上不屬於動詞），所以都無法指派格位。管轄理論的「空號原則」(Empty Category Principle; ECP) 規定：大代號以外的「空號範疇」(empty category; 即不具語音形態的詞語，如「痕跡」）必須受到「適切的管轄」(proper government)；即必須受「詞彙主要語」(lexical head; 如動詞) 的管轄或受「局部前行語」(local antecedent; 即就近出現於大句子指示語位置的關係代詞或空號運符) 的管轄。例如，(4.270b)的"on which" 是介詞"on" 隨同關係代詞"which" 移位而出現於大句子指示語的位置並與前行語名詞組"day"同指標，其移位痕跡("t_i")受到移位語"on $which_i$" 的前行語管轄而獲得認可。參湯（1989：撰寫中 c 與 d)。

裏做妥當的分析。㉕

至於「狀語子句」(adverbial clause)，由從屬連詞所引介的狀語子句已在前面"4.4.3介詞與連詞"的討論裏分析爲廣義的介詞組。從屬連詞中"when, where"與疑問詞"when, where"同形，而且從屬子句裏似乎也出現與"when, where"相對應的「缺口」，例如：

(4.272)a. Stop writing *when the bell rings* (**at 10 o'clock*).

b. Go *where you like* (**there*).

但是疑問子句中有關缺口的限制似乎比狀語子句有關缺口的限制還要嚴格。試比較：

(4.273)a. He was not at home *when* I called him *this morning.*

b. I can't remember exactly {?? *when/what time*} I called him *this morning.*

因此，在未發現更確切的證據之前，我們把"when, where"與"whenever, wherever, while"等一樣暫歸入以大句子或小句

㉕ 我們在這裏只討論了「限制性的關係子句」(restrictive relative clause)，卻未討論「非限制性的關係子句」(non-restrictive relative clause)，如(i)句。

(i) a. The girl, *whom he loved*, rejected him.

b. The dentist bored a hole in my tooth, *which was very unpleasant.*

非限制性的關係子句與限制性的關係子句不同：㈠關係子句前後必須有停頓或逗號、句號；㈡可以以整個句子爲前行語，如(ib)句；㈢可以改寫爲對等連接句，如(ii)句；㈣可以容納"frankly, truthfully, →

→ briefly, incidentally" 等表示「體裁」或「觀點」的全句副詞，如(iii)句；㈤可以容納「行使動詞」(performative verb)，如(iv)句的"I hereby state"；㈥不能出現於動詞組附加語的前面，如(v)與(vi)句；㈦不能含有「信息焦點」(information focus)，如(vii)句；㈧不能成爲「句子否定」(sentence negation) 的焦點，如(viii)句。試比較：

(ii) a. The girl, *and he loved her*, rejected him.
b. The dentist bored a hole in my tooth, *and it* (= his boring a hole in my tooth) *was very unpleasant.*

(iii) a. The girl, whom {*frankly/truthfully*} he loved, rejected him.
b. *The girl (who(m)) {*frankly/truthfully*} he loved rejected him.

(iv) a. The girl, whom *I hereby state* (that) he loved, rejected him.
b. ?*The girl (who(m)) *I hereby state* (that) he loved rejected him.

(v) a. The dentist bored a hole in my tooth, *which was very unpleasant.*
b. *The dentist bored a hole, *which was very unpleasant*, in my tooth.

(vi) a. John hit the nail with a hammer, *which surprised no one.*
b. *John hit the nail, *which surprised no one*, with a hammer.

(vii) a. *I saw the man, who stole *the jewels.*
b. I saw the man who stole *the jéwels.*

(viii) a. *I did*n't* see the man, who stole *the jéwels.*
b. I did*n't* see the man who stole *the jewels.*

根據以上的觀察，限制性的關係子句應該出現於名詞組附加語的位置，而非限制性的關係子句則似乎應該出現於名詞組之外。Aoun et al. (1987:542) 把限制性的關係子句分析爲"〔Det 〔N′ N′ S′〕〕"，而把非限制性的關係子句則分析爲"〔NP〕 S′"。Jackendoff (1977:62) 也把限制性的關係子句分析爲 "N″" 的補述語（等於我們的"N′" 附加語），而把非限制性的關係子句分析爲"N‴" 的補述語。在我們的分析裏並沒有 "X⁗" 的存在，我們也未在深層結構裏承認"〔NP NP S′〕" 這樣的加接或 "X″→X″, X‴" 這樣的X標槓結構。因此，如何衍生非限制性的關係子句是今後研究的課題之一。

子㉖爲補述語的廣義的介詞。

4.5.4 「不定子句」、「例外子句」、「控制結構」、「wh不定子句」

不定子句由兼具介詞屬性的補語連詞“for”㉗引介，可以充

㉖ 我們在前面 4.4.3 的討論裏把狹義介詞的補述語分析爲名詞組 (N″)、介詞組 (P″) 與大句子 (C″)；因爲狹義的介詞雖然不能以「that子句」爲補述語，卻能以「wh子句」爲補述語。另一方面，從屬連詞則既不能以「that子句」爲補述語，也不能以「wh子句」爲補述語，而只能以小句子爲補述語。如果我們把從屬連詞分析爲以小句子爲補述語（即＋〔__S/I″〕），那麼不但能限制大句子充當從屬連詞的補述語，而且可以解釋爲什麼句子成分無法從狀語子句移出。因爲從屬連詞的補述語是小句子，不但不含有「大句子的指示語」這個「連續移位」(successive movement) 上的「緊急出口」(escape hatch)，而且如果直接移入上面一個大句子的指示語，就會因一次移位而同時越過兩個「限界節點」(bounding node; 在這裏係小句子“S”) 而違背「承接條件」(Subjacency Condition)。參 Huang (1982) 有關「移出領域的條件」(Condition on the Extraction Domain CED)：詞組 α 可以從領域 β 中移出，如果 β 受到適切的管轄。

㉗ 我們也可以說：“for” 有“＋〔__S〕”(補語連詞) 與“＋〔__NP〕”(介詞) 這兩種次類畫分框式。另外，介詞 “with” 也可以引介不定子句、分詞子句與小子句，而介詞 “without” 則只能引介分詞子句與小子句，不能引介不定子句（參 McCawley (1983) 與 Hantson (1984))。但與 “for” 不同，由 “with, without” 所引介的不定子句、分詞子句與小子句只能出現於非論元位置充當狀語，例如：

(i) a. *With* 〔I″ his children *to be looked* after by Jane〕, his future was looking brighter.

b. ?**Without* 〔I″ his children *to be looked* after by Jane〕, his life would be pretty gloomy.

(ii) a. *With* 〔I″ Jane *looking after his children*〕, his future was looking brighter.

b. *Without* 〔I″ Jane *looking after* his children〕, his life would be pretty gloomy.

(iii) a. *With* 〔I″ lawyers currently *subjected* to frequent attacks in the press〕, you should consider changing to a different profession.

b. {*With* 〔I″ tears on her face〕/ *Without* 〔I″ a tear on her face〕}, the girl watched him led away.

當句子的主語（如(4.274 a-e)句)、動詞的賓語（如(4.274f, g)) ㉘、狀語（如(4.274h, i) 句)、名詞組的同位子句(如(4.274j)句) 與關係子句（如（4.274k）句），卻不能充當介詞的賓語，例如：

(4. 274) a. *For John to be on time* would be unprecedented.

b. *For any doctor to take drugs* is bad enough.

c. It is wrong *for there to be such inequality*.

d. It is always rather odd *for a man to be chairing a women's meeting*.

e. It may distress John *for Mary to see his relatives.*㉙

f. John {wants/prefers / desires / would like} very much *for Mary to see his parents.*

g. John {*liked/preferred/hated*} (it) *for Mary to be punctual.*

h. (In order) *for production to be increased,* we must have efficient organization.

i. John stepped aside (in order) *for Mary to*

㉘ 不定子句充當句子的主語或動詞的賓語時，是否需要移位以符合「格位抗拒原則」或避免「格位衝突」，學者之間有異論。參註⑳。

㉙ 相形之下，「wh不定子句」(wh-infinitival) 卻不能如此移到句尾(參 Bresnan (1972:32) 與 Rudanko (1984:147)), 例如：

(i) It is not known {where he should go/* *where to go*}.

(ii) It is not known {what he should do/* *what to do*}.

pass him into the room.

j. John made a proposal *for funds to be raised.*

k. Could you suggest several good books *for my children to read at home?*

英語裏有些動詞（如“believe, consider, know, report”等）可以不由補語連詞“for”引介而直接以不定子句爲補述語，例如：

(4.275)a. John believes {*Mary /her*} *to be intelligent.*

b. John has never known {*Mary /her*} *to lie to anyone.*

c. Mary considers {*John /him*} *to be too domineering.*

d. The press reports {*the Premier /him*} *to have been lying.*

這些不定子句的主語名詞組（如“Mary, John, the Premier”），其論旨角色由不定子句述語動詞或形容詞指派，但格位即由母句動詞來指派賓位。由於一般格位的指派都由同一個子句內的「管轄語」(governor) 來指派，而由母句動詞這樣「域外管轄語」(external governor) 來指派格位是屬於例外的情形；所以這種格位的指派就稱爲「例外格位的指派」(exceptional Case-marking)。能夠例外的指派格位的動詞就稱爲「例外指派格位的動詞」(exceptional Case-marking verb)，這種例外的不定子句或許就可以稱爲「例外子句」(exceptional clause)

㉚。又由於大句子是阻碍管轄的「絕對的屏障」（absolute barrier (to government))，母句動詞後面例外子句的句界（即“〔s′/c″”）就必須刪除，以便允許母句動詞的域外管轄。因此，例外子句可以說是「刪除大句子句界」（S′-deletion）而得來的不定子句㉛。例外子句不但出現於動詞後面，而且似乎也出現

㉚ 這是 Radford (1988:317) 的命名。又 “John {wanted/liked/preferred/desired} Mary to go with him” 的 “want, like, prefer, desire” 不屬於「例外指派格位的動詞」，“Mary to go with him” 也不是「例外子句」。因為在這個不定子句裏，主語名詞組 “Mary” 的格位並非由母句動詞 “want, like, prefer, desire” 等來指派，而是由補語連詞 “for” 來指派斜位（然後這個補語連詞 “for” 在語音形式裏刪除而從表面結構上消失）。這類動詞與「例外指派格位的動詞」之間的差異可以從㈠「例外指派格位的動詞」不能與補語連詞 “for” 連用、㈡「例外指派格位的動詞」後面的不定子句主語可以成為被動句的主語等地方看得出來。試比較：

(i) a. I {want/like/prefer/desire} (*for*) him to go with me.

b. I {believe/consider/know} (**for*) him to be extremely intelligent.

(ii) a. **He* is {wanted/liked/preferred/desired} to go with me.

b. *He* is {believed/considered/known} to be extremely intelligent.

㉛ van Riemsdijk & Williams (1986:292f) 用「大句子句界透明」(S′—transparency) 的概念來說明同樣的現象；即在大句子的句界是「透明」(transparent (S′-node)) 而且補語連詞 “for” 不出現的情形下，母句動詞纔能例外的管轄不定子句的主語並指派格位給主語名詞組。

於介詞後面，例如：

(4. 276)a. They longed for {the adoption of the proposal/*the proposal to be adopted*}.

b. Both families were very anxious *for Jim and Joan to get married as soon as possible.*

c. They were very eager *for John to succeed.*[232]

例外子句雖然不含有補語連詞“for”，但仍然屬於大句子。因此，例外子句內的「wh詞組」仍然可以經過這個大句子的指示語「連續移位」(successively move) 到上面一個大句子指示語的位置，例如：

(4. 277)a. [$_{C''}$ Who$_i$ do [$_{I''}$ you believe [$_{C'}$ t_i' [$_{I''}$ John to be in love with t_i]]]]?

b. [$_{C''}$ Who$_i$ did [$_{I''}$ the press report [$_{C'}$ t_i' [$_{I''}$ t_i to have been lying]]]]?

c. [$_{C''}$ *How* did [$_{I''}$ they long for [$_{C'}$ t_i' [$_{I''}$ the proposal to be adopted t_i]]]]?

不定子句，除了由實號或顯形名詞組充當主語以外，還可以由空號或隱形的大代號充當主語。我們在 4.5.3 有關關係子句的

[232] 不過這些例句是由於動詞或形容詞後面的介詞“for”與補語連詞“for”連續出現而發生「疊音脫落」(haplology)的結果。因此，我們需要更確切的證據來支持所脫落或刪除的是補語連詞的“for”，而不是前面的介詞“for”。

討論裏已經介紹了以大代號爲主語的不定子句。這裏只簡單的舉㈠由「主語控制」(subject-control) 的不定子句（如(4.278)句）、㈡由「賓語控制」(object-control) 的不定子句（如(4.279)句）與㈢含有「任指大代號」(arbitrary PRO) 的不定子句（如 (4.280) 句）來說明含有「任指大代號」或「限指大代號」(obligatory PRO；即在由主語或賓語控制的不定子句中充當主語的大代號）的這些例句都屬於不定子句。

(4.278) a. *John* expected 〔C″ e 〔I″ *PRO* to succeed in his business〕〕.

b. *Mary* finally agreed 〔C″ e 〔I″ *PRO* to marry John〕〕.

c. *John* promised Mary 〔C″ e 〔I″ *PRO* to take good care of her〕〕.

(4.279) a. John persuaded *Mary* 〔C″ e 〔I″ *PRO* to go out with him〕〕.

b. Mary forced *John* 〔C″ e 〔I″ *PRO* to be examined by the doctor〕〕.

c. *John* was forced by Mary 〔C″ e 〔I″ *PRO* to be examined by the doctor〕〕.

(4.280) a. It is important 〔C″ e 〔I″ *PRO* to practice English〕〕.

b. 〔PRO to see〕 is 〔PRO to believe〕.

c. 〔PRO to understand〕 is 〔PRO to forgive〕.

與其他的不定子句一樣，以大代號爲主語的不定子句也可以出現於非論元位置來充當狀語，例如：

(4.281)a. *John* is too young〔*PRO* to marry Mary〕.

b. *John* is old enough〔*PRO* to know better〕.

c. *Mary* works hard (in order)〔*PRO* to support her family〕.

d. *Mary* got up early (so as)〔*PRO* to catch the first train〕.

由於大代號不能受管轄[333]，只能出現於不定子句或分詞子句等沒有呼應語素管轄的句法結構裏。「wh不定子句」不含有呼應語素，而且也沒有補語連詞“for”或「例外指派格位的動詞」來爲實號名詞組指派格位，所以「wh 不定子句」的主語必須是大代號，例如：

(4.282)a. *I* don't know〔$_{C''}$ what$_i$〔$_{I''}$ *PRO* to do t_i〕〕.

b. I told *him*〔$_{C''}$ who$_i$〔$_{I''}$ *PRO* to ask t_i for help〕〕.

---

[333] 這是由「約束條件」(Binding Condition) 推論的結果。約束條件A規定：「照應詞」(anaphor；如「反身照應詞」(reflexive anaphor)、「相互照應詞」(reciprocal anaphor)、「名詞組痕跡」(NP-trace)) 必須在「管轄範疇」(governing category) 內受到「約束」(bound)，而B則規定：「稱代詞」(pronominal；如一般的「人稱代詞」(personal pronoun)) 必須在管轄範疇內「自由」(free)。由於大代號兼具照應詞與稱代詞兩種屬性的結果，發生大代號在管轄範疇內又要受到約束又要自由這種兩難的情形，只得以大代號沒有管轄範疇因而不受管轄這個「大代號原理」(PRO theorem) 來解決。

4.5.5 「動名詞組」、「動名子句」、「分詞子句」

非限定子句，除了以「不定詞」(infinitive) 爲主要語的不定子句以外，還有以「動名詞」(gerundive) 爲主要語的「動名子句」(gerundive clause) 與以「現在分詞」(present participle) 與「過去分詞」(past participle) 爲主要語的「分詞子句」(participial clause)。

動名詞與現在分詞在語音形態上完全一致，並且可以有單純式、完成式、進行式、被動式，但在句法功能上卻有不同的表現。因此，我們不但區別「動名子句」與「分詞子句」，而且區別「動名子句」與「動名詞組」(gerundive phrase)。「分詞子句」，在X標槓結構上屬於大句子，以現在分詞或過去分詞爲主要語，以「主位名詞組」爲小句子的指示語（即主語），常出現於非論元位置而充當定語（即以大代號爲主語的關係子句）或狀語（即以主位名詞組爲主語的附加語子句）。「動名子句」，在X標槓結構上屬於大句子，以動詞性（即"〔+V〕"）的動名詞爲主要語，以「賓位名詞組」爲小句子的指示語（即主語），常出現於論元位置而充當主語、動詞賓語與介詞賓語等。「動名詞組」，在X標槓結構上屬於名詞組，以名詞性（即"〔+N〕"）的動名詞爲主要語，以「領位名詞組」爲名詞組的指示語（即名詞組的主語），與一般名詞組一樣出現於論元位置而充當主語、動詞賓語、介詞賓語等。以下就「動名詞組」、「動名子句」、「分詞子句」分述其句法功能與X標槓結構[284]。

英語的「動名詞組」具有下列幾點句法功能或特徵。

(一)動名詞組可以出現於論元位置而充當主語、動詞賓語、介詞賓語，但不能出現於非論元位置而充當定語或狀語，例如：

(4.283)a. *John's hitting Mary in public* astonished everyone.

b. John tried to defend *his hitting Mary in public.*

c. Everyone was astonished at *John's hitting Mary in public.*

d. * Jonn, *whose hitting Mary in public,* astonished everyone.

e. *(*With*) *John's hitting Mary in public,* everyone tried to pull him away from her.

(二)兩個動名詞組對等連接時，動詞常用複數形，例如：

(4.284) *John's playing the piano* and *Mary's singing a song* {*were*/*was} simply terrifying.

(三)動名詞組可以充當「分裂句」的焦點，例如：

(4.285) It was *John's hitting Mary in public* that astonished everyone.

㉞ 我們的「動名詞組」、「動名子句」、「分詞子句」分別相當於Reuland (1983) 與 Yamada (1987) 的 "Poss(essive)-ing construction"、"Acc(usative)-ing construction" 與 "Nom(inative)-ing (absolute) construction"。Yamada (1987) 還注意到以大代號為主語的動名結構與分詞結構，並稱之為 "PRO-ing construction"。在下面有關這三種結構的分析與討論裏，我們參照了 Reuland (1983)、Baker (1985b)、Yamada (1987) 等人的分析與例句。

（四）以動名詞組為主語時，在疑問句裏與助動詞倒序，例如：

(4.286) What would *John's hitting Mary in public* reveal about him?

（五）由動名詞組所充當的主語不能因為「移外變形」(Extraposition) 而移到句尾，例如：

(4.287) * *It* astonished everyone *John's hitting Mary in public.*

（六）動名詞組不能含有全句狀語（包括大句子與小句子的附加語），例如：

(4.288)a. John's (* *probably*) hitting Mary at home bothered their friends.

b. Mary resented John's leaving her alone in the wood (**because she refused to be kissed by him*).

（七）動名詞組可以藉「名詞組移位」(NP-Movement) 而充當被動句或「提升結構」(raising construction) 的主語，例如：

(4.289)a. *John's hitting Mary in public*$_i$ was defended t_i by a few friends of theirs.

b. *John's hitting Mary in public*$_i$ seems t_i' to have been remembered t_i by everyone.

（八）出現於動名詞組裏面的句子成分不能藉「WH移位」而移到動名詞組的外面，例如：

(4.290) **Who*$_i$ did Bill try to defend *John's hitting*

t_i?

（九）動名詞組可以以大代號爲主語，例如：

(4.291)a. 〔*PRO eating vegetables* and *PRO taking exercise*〕*are* good for health.

b. They enjoyed〔*PRO watching the new TV program*〕.

c. John was afraid of〔*PRO going out alone in the darkness*〕.

d. It is useless〔*PRO trying to catch the bus*〕.[235]

動名詞組這些句法功能與句法表現似乎顯示：動名詞組在X標槓結構上應該屬於名詞組，而不屬於小句子或大句子。我們參照 Yamada (1987:149) 的分析，爲動名詞組擬設下面 (4.292) 的X標槓結構。[236]

(4.292)

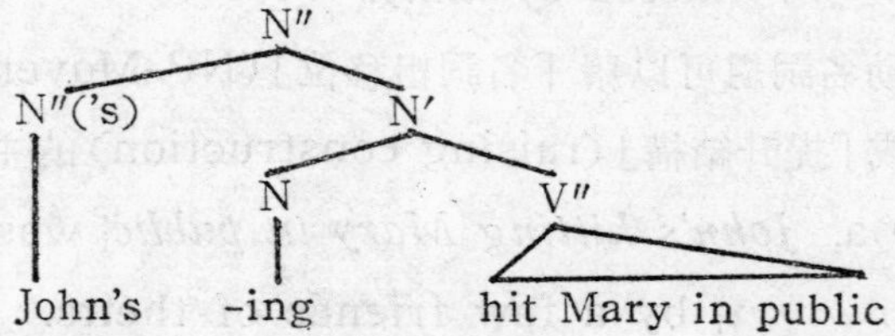

[235] (4.291d) 句不一定構成動名詞組不能「移外」到句尾的反例；因爲這裏出現於句尾的動名詞組可能是主語“it”的「同位語」，並不一定要經過「移外變形」而得來。參註[239]。

[236] 有關英語動名詞組的進一步討論，特別是有關 Reuland (1983) 與 Yamada (1987) 兩種分析的檢討，參湯（撰述中 c）。另外，Baker (1985b) 提出「句法上的詞綴附加」(syntactic affixation)，主張由下面(ia)的深層結構衍生(ib)的表層結構：→

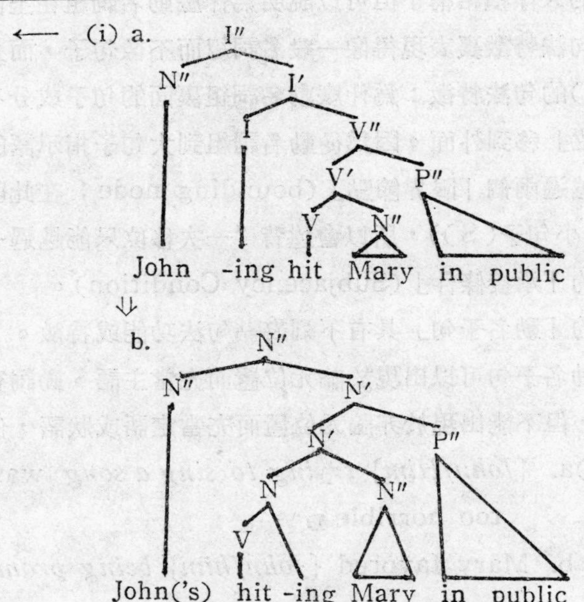

Baker 認爲動名詞組在深層結構中是以動詞爲主要語的句子，所以可以指派格位給賓語名詞組（如(ii)句的"Mary"），而且必須含有主語（如(ii)句的"John('s)"），不能以有定冠詞"the"等來充當指示語。

(ii) a. {*John's* hitting *Mary* /That John hit Mary} in public astonished everyone.

b. *{*The* hitting Mary/That *the* hit Mary} in public astonished everyone.

另一方面，動名詞組在表層結構上是以動名詞爲中心語的名詞組，所以可以充當介詞的賓語（如(iiia)句），但不能移位到句尾（如(iiib)句）。

(iii) a. Everyone was astonished *at* {*John's hitting Mary /*that John hit Mary*} *in public.*

b. *It* astonished everyone {**John's hitting Mary* /that John hit Mary} *in public.*

Baker 並主張：「衍生名詞組」，與「動名詞組」不同，是由於「詞彙中的詞綴附加」（lexical affixation）而在詞彙裏即由動詞轉爲名詞。因此，衍生名詞組在深層結構與表層結構的句法表現都一如純粹的名詞組。

(4.292)的X標槓結構不但可以說明爲什麼動名詞組在上面(一)到(七)的句法特徵裏表現得像一般名詞組而不像句子，而且也可以說明(八)的句法特徵：爲什麼動名詞組裏面的句子成分不能藉「WH移位」移到外面。因爲從動名詞組到大句子指示語的移位必然一次越過兩個「限界節點」(bounding node；在此即名詞組(NP)與小句子(S))，所以會違背"一次移位只能越過一個限界節點"的「承接條件」(Subjacency Condition)。

英語的「動名子句」具有下列幾點句法功能或特徵。

(一)動名子句可以出現於論元位置而充當主語、動詞賓語、介詞賓語，但不能出現於非論元位置而充當定語或狀語，例如：

(4.293) a. {*John/Him*} *trying to sing a song* was just too horrible.[237]

b. Mary favored {*John/him*} *being promoted to a section chief*.

c. Mary was surprised at {*John/him*} *approving of women's lib*.

d. *Mary was opposed to women's lib, *which*

---

[237] 有些英美人士並不接受以動名子句爲主語的句子，就是接受的人也常認爲這是「非正式」(informal) 或「非標準」(nonstandard) 用法。但是他們都承認(i)的例句比(ii)的例句更容易接受。

(i) 〔{*Him/Her/Them*} trying to sing a song〕 was just too horrible.

(ii) *〔{*He/She/They*} trying to sing a song〕 was just too horrible.

{*John/him*} *approving of.*[238]

(二)兩個動名子句對等連接時，動詞常用單數形，例如：

(4.294) {*John/Him*} *playing the piano* and {*Mary/her*} *singing a song* {*was*/* were} simply terrifying.

(三)動名子句不能充當「分裂句」的焦點，例如：

(4.295) *It was {*John/him*} *hitting Mary in public* that astonished everyone.

(四)以動名子句爲主語時，不能在疑問句裏直接與助動詞倒序，例如：

(4.296)a. *What would {*John/him*} *hitting Mary in public* reveal about him?

b. What would *it* reveal about him {*John/him*} *hitting Mary in public?*

(五)由動名子句所充當的主語可以因爲「移外變形」而移到句尾，例如：

(4.297) *It* astonished everyone {*John/him*} *hitting*

---

[238] "(With) John approving of women's lib, Mary has decided to go back to the university for a Ph. D." 裏充當「獨立狀語」(absolute adverbial) 的 "(with) John approving of women's lib" 是分詞子句而不是動名子句，因爲這裏的 "John" 不能以領位的 "John's/his" 或大代號來代替，而且在這個結構裏也可以用過去分詞，例如 "(With) John frequently *subjected* to criticism by her friends, Mary has decided to part company with them."。

Mary in public.

(六)動名子句可以含有全句狀語（包括大句子與小句子的附加語），例如：

(4.298)a. {John/Him} *probably* hitting Mary at home bothered their friends.

b. Mary imagined {John/him} shouting angrily *because he couldn't find his dinner ready on the table.*

(七)動名子句比較不容易藉「名詞組移位」而充當被動句或「提升結構」的主語，例如：

(4.299)a. *{*John/Him*} *hitting Mary in public*$_i$ was remembered t_i by everyone.

b. ??{*John/Him*} *hitting Mary in public*$_i$ seems t_i' to have been remembered t_i by everyone.

(八)出現於動名子句裏的句子成分可以藉「WH移位」而移到動名子句的外面，例如：

(4.300) *Who*$_i$ did Bill try to imagine {*John/him*} *hitting* t_i?

(九)以大代號當主語的動名子句與以大代號爲主語的動名詞組有時候在形態上不容易辨別（如(4.301a,b)）。但是有些動名子句的主語可以由賓位名詞組充當，也可以由大代號充當（如(4.301c)句）；而且大代號主語雖然不能與大句子附加語連用（如(4.301 d)句），卻似乎可以與小句子附加語連用（如(4.301e)

句）。因此，我們暫時假定大代號可以在動名子句裏出現㉓⑨。

(4.301)a. 〔*PRO eating vegetables* and *PRO taking exercise*〕 *was* important for John.

b. It is useless 〔*PRO trying to catch the bus*〕.

c. Mary favored 〔{ *John/him/PRO* } *being promoted to a section chief*〕.

d. * 〔PRO *probably* eating vegetables〕is good for (one's) health.

e. 〔PRO shouting angrily *because there was no dinner on the table*〕 was a stupid thing to do.

又「wh子句」可能是限定子句，也可能是不定子句，但不可能是動名子句。試比較：㉔⓪

(4.302) I don't remember 〔*who*$_i$ {*we should visit/ PRO to visit/*PRO visiting*} t_i〕.

根據以上的觀察，我們爲動名子句擬設下面(4.303)的X標槓結構。㉔①

㉓⑨ 有關動名子句能否以大代號爲主語的更進一步討論，參湯（撰述中c）。又如果大代號可以充當動名子句的主語，那麼(4.301b)(=(4.291d))的例句就可以視爲動名子句的「移外」，而不是動名詞組的「移外」。

㉔⓪ 例句與合法度判斷採自 Stowell (1982)。

㉔① 參 Yamada (1987:150)。

(4.303)

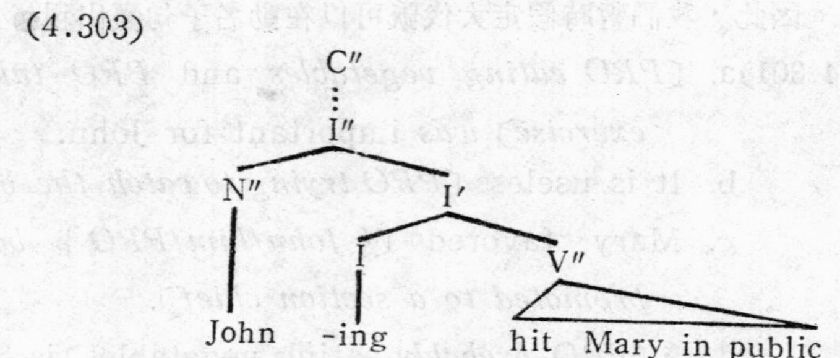

(4.303)的X標槓結構可以說明爲什麼動名子句具有句子的句法特徵與表現，包括爲什麼動名子句裏面的句子成分可以藉「WH移位」移到外面。因爲從動名子句移出來的句子先移入直接支配這一個動名子句的大句子指示語的位置，然後再移入上面一個大句子指示語的位置。如此，每一次移位都只越過一個限界節點(即"S")，並未違背「承接條件」。

最後，英語的「分詞子句」具有下列幾點句法特徵或功能。

(一)分詞子句不能出現於論元位置[242]，只能出現於非論元位置而充當定語或狀語，例如：

(4.304)a. The boy 〔*PRO sleeping in the next room*〕 is my son.

b. The books 〔*PRO covered with dust*〕 be-

[242] 唯一的例外可能是出現於動詞"keep, continue"等後面充當補述語的分詞子句，例如："John {kept/continued}〔PRO drinking beer with his friends〕"。注意：這裏的"〔PRO drinking beer with his friends〕"不可能是動名子句；因爲動名子句可以說"John was enjoy*ing*〔PRO drink*ing* with his friends〕"，而分詞子句卻不能說"*John was {keep*ing*/continu*ing*}〔PRO drink*ing* with his friends〕"。

longed to my great-grandfather.

(4.305)a. (*With*) *everyone* (*probably*) *planning on attending*, we'll be short of place.

b. We'll be short of place, (*with*) *everyone* (*probably*) *planning on attending.*

c. (*With*) *lawyers* (*currently*) *subjected to frequent attacks in press*, you should consider changing to a different profession.

d. (*PRO*) *watching his wife leaving with their children*, John broke down and cried.

e. Mary just stood there, (*PRO*) *not knowing what to do.*

(二)充當定語（卽關係子句）的分詞子句必須以大代號為主語（如(4.304)句），而充當狀語的分詞子句則可以以大代號（如(4.305d, e)句）或主位名詞組為主語，例如：

(4.306)a. Mary's winking at John was fruitless, {*he* /?*him*} perhaps being a confirmed bachelor.

b. {*She*/?**Her*} being their only child, both parents doted on her.

但是如果分詞子句前面出現介詞“with”或“without”，那麼分詞子句的主語就要用賓位名詞或代詞，例如：

(4.307)a. With {*Mary*/*her*} taking care of his children, John felt very much relieved.

b. Without {*Mary/her*} taking care of his children, John was very much at loss.

「塡補詞」（pleonastic）"there" 與 "it" 也可以充當分詞子句的主語，例如：

(4.308)a. *There* being few taxis at that hour of the day, John decided to walk home.

b. *It* being such a nice day, they went out for a walk.

(三)分詞子句裏可以出現全句狀語；如(4.305a)句的 "probably"、(4.305c)句的 "currently"、(4.306a)句的 "perhaps"。

從以上的觀察可以了解：分詞子句的「內部結構」(internal construction）與動名子句大致相同(參(4.303)的X標槓結構)，所不同的只是「外部分佈」(external distribution)。動名詞組、動名子句、分詞子句都以「詞綴」(affix) "-ing" 爲主要語。但是動名詞組的主要語 "-ing" 含有名詞的屬性（〔+N, −V〕)，動名子句的主要語 "-ing" 含有屈折語（〔+I〕與〔−N, +V〕）的屬性，而分詞子句的主要語 "-ing" 則似乎含有形容詞或副詞的屬性（〔+N, +V〕)。這一個問題的討論必然牽涉到「論旨理論」與「格位理論」，因此我們準備在湯（撰述中 c）裏做更詳盡的分析與討論。

4.5.6「小子句」

英語裏的非限定子句，除了不定子句、動名子句、分詞子句以外，還有一種「不含動詞」(verbless) 或「不含詞綴」(affixless) 的「小子句」(small clause)。小子句在內部結構中以名詞組為指示語，以名詞組、形容詞組、介詞組、原形動詞組等為補述語，而且在指示語名詞組與補述語詞組結構之間具有「主謂關係」(predication)，就是沒有任何顯形的主要語，例如：[243]

(4.309) a. John considers 〔〔N″ *his wife*〕〔N″ *a fool*〕〕.

b. Most students found 〔〔N″ *phonology*〕〔N″ *a real drag*〕〕.

c. John believes 〔〔N″ *himself*〕〔A″ *extremely intelligent*〕〕.

d. John tried to prove 〔〔N″ *the theory*〕〔A″ *false*〕〕.

e. *John*$_i$ seems 〔〔N″ t_i〕〔A″ *sick*〕〕.

f. John found 〔〔N″ *Bill*〕〔P″ *heavily in debt*〕〕.

g. They want 〔〔N″ *John*〕〔P″ *out of the team*〕〕.

h. Could you let 〔〔N″ *the cat*〕〔P″ *into the house*〕〕?

i. Mary had 〔〔N″ *his sister*〕〔V″ *open the door for her*〕〕.

j. I did not see or hear 〔〔N″ *John*〕〔V″ *come*

[243] 本節的分析與討論曾參照 Rothstein (1983)、Stowell (1983)、Williams (1983)、Kitagawa (1985)、Radford (1988)、Bowers (1988)。

in〕〕.

k. They all feared〔〔N″ *their father*〕〔V″ *killed in the accident*〕〕.

英語的小子句雖然從表面上看來並不含有主要語，但我們仍然把"〔N″ X″〕"的"N″"分析爲句法上或語意上的主語，而把"X″"分析爲句法上或語意上的謂語。因爲小子句所包含的第一個名詞組(N″)具有下列主語名詞組的句法特徵。

(一)「塡補詞」"there"與"it"通常只能出現於主語的位置，卻也可以出現爲小子句的第一個名詞組，例如：

(4.310)a. Let〔*there* be light〕.

b. Nobody heard〔*it* rain last right〕.

c. Most people find〔*it* inconceivable that the Premier should have lied〕.

d. I want〔*it* understood that I am not very happy about the situation here〕.

(二)在「固定成語」(fixed idiom)只能出現於主語位置的名詞組(如"*the cat* (is out of the bag); *the shit* (hits the fan); *the fur* (flies)"等)可以出現爲小子句的第一個名詞組，例如：

(4.311)a. Who let〔*the cat* out of the bag〕?

b. What in the world made〔*the fur* fly〕?

c. John didn't want〔*advantage* taken of his wife〕.

(三)通常只能與主語名詞組連用的「限制詞」"alone"可以

與小子句的第一個名詞組連用，例如：[244]

(4.312)a. Most people consider〔the Premier *alone* responsible for the stock crash〕.

b. We believe〔John *alone* capable of handling the situation〕.

(四)由否定詞"not"引介的名詞組一般都只能出現於主語的位置，卻也可以出現於小子句的第一個名詞組裏面，例如：

(4.313)a. I believe〔*not many people* really happy〕.

b. They considered〔*not many applicants* qualified for the job〕.

(五)只有指涉主語名詞組的「加強反身詞」可以離開這個名詞組而出現於謂語詞組裏面，而指涉小子句第一個名詞組的加強反身詞也可以離開這個名詞組而出現於謂語詞組裏面。試比較：

(4.314)a. The Premier *himself* was entirely responsible.

b. The Premier was entirely responsible *himself*.

c. Most people consider〔the Premier entirely responsible *himself*〕.

(六)小子句的第一個名詞組不一定是顯形的實號名詞組，也可能是隱形的大代號。而根據「大代號原理」，大代號只能出現

---

[244] 以(三)與(四)這兩種方式來檢驗主語名詞組的主張見於Postal (1974:99-100, 95)。又有關檢驗小子句主語名詞組的分析與討論，參 Radford (1988: 325-327)。

於非限定子句裏主語的位置。又以大代號爲主語的小子句不能出現於論元位置，只能出現於非論元位置充當附加語，例如：

(4.315)a. *The river* froze 〔PRO solid〕.

b. John ate *the carrot* 〔PRO raw〕.

c. Mary painted *the house* 〔PRO red〕.

d. *The house* was painted t 〔PRO red〕 by Mary.

e. *John* met Mary 〔PRO drunk〕.

f. *John* ate *the meat* 〔PRO raw〕〔PRO drunk〕.

（七）小子句也與分詞子句一樣，可以出現於句首或句尾（亦即大句子附加語的位置）充當「獨立狀語」。充當獨立狀語的小子句，與充當獨立狀語的分詞子句一樣，常用"with"來引介[245]，例如：

(4.316)a. *With* 〔*my wife a student again*〕, I have to cook my own meals.

b. *With* 〔*so many students evidently eager to learn linguistics*〕, we should offer more courses.

c. *With* 〔*the bus driver currently on strike*〕, we'll have to ride our bicycles.

d. I feel lonely and miserable, *with* 〔*my wife*

---

[245] 但以大代號爲主語的小子句與分詞子句都不能由"with"來引介。這些語法事實似乎顯示：充當獨立狀語的小子句與分詞子句之間具有相似的句法特徵。

still in Japan〕.

e. I can't afford to buy such an expensive car, *with* 〔*my father not a millionaire*〕.

又 (4.316) 的每一個例句都含有全句副詞（如"again, evidently, currently, still, not"），顯示小子句在內部結構上可能屬於小句子或大句子。另外，出現於小子句謂語詞組內的反身代詞必須以小子句的第一個名詞組爲前行語，不能以小子句外的名詞組爲前行語[246]，例如：

(4.317)a. *I* want 〔you always near {*me*/**myself*}〕.

b. We want 〔*you* more sure of {*yourself*/ **ourselves*}〕.

由於反身代詞與其前行語必須出現於同一個句子裏面，這個語法事實也似乎顯示小子句在內部結構上可能屬於小句子或大句子。[247]

一般語法學家都承認小子句形成一個獨立的詞組結構[248]，而且也承認在小子句內第一個名詞組與第二個詞組結構（包括名詞

---

[246] 這是所謂的「句伴條件」(clausemate condition)：卽反身代詞與其前行語必須出現於同一個小句子之內。

[247] 與小子句獨立狀語在內部結構與外部功能上相似的分詞子句獨立狀語也有下列的語法事實來支持分詞子句在內部結構上應該屬於句子。參 McCawley (1983:273)。

㈠可以含有全句副詞，例如："(With) John *evidently not* feeling well, Mary stayed with him and looked after him"。

㈡可以有被動句，例如："(With) *politicians being criticized* almost every day in newspapers, I don't see how→

← anyone could stay in politics"。

㈢可以有「提升結構」，例如："(With) *John appearing* to know almost everything about linguistics, there is no reason for him to attend any more class"。

㈣可以以「塡補詞」"there" 與 "it" 當主語，例如："(With) *there* being no possibility of advancement in his present job, John is looking for a new job right now" 與 "(With) *it* being obvious that the money is lost, we don't know what to do"。

㈤可以適用「動詞空缺」，例如："(With) 〔John *playing* the Brahms Second〕 and 〔Mary ϕ the Bethoven Fourth〕, we're going to have a great week of concerts"。

㈥修飾主語名詞的「量詞」(如 "all, both") 可以離開這個名詞組而出現於其他位置，例如："(With) the students probably *all* anxious to find their grades, we'd better start grading the papers at once"。

㈦在固定成語中只能出現於主語位置的「成語主語」(idiomatic subject) 也可以出現爲主語，例如："(With) *the shit* just about to hit the fan, I'd better take a couple of days off from the office"。

㊽ 小子句之形成一個獨立的詞組結構可以從下列幾點語法事實獲得支持。參 McCawley (1983)。

㈠小子句可以用關係代詞 "which" 來指涉，例如："(With) all the bus drivers on strike, *which* we hadn't expected, we had to walk all the way to school"。

㈡兩個小子句可以互相對等連接，例如："(With) 〔father out of job〕 and 〔mother in the hospital〕, our family was in pretty bad shape"。

㈢兩個小子句可以適用「右節提升」，例如："John wouldn't marry her, 〔with ϕ〕 or 〔without her father the president of his company"。

組、形容詞組、介詞組、動詞組等㉔⁹）之間具有句法上或語意上的「主謂關係」，卻無法決定整個小子句的語法範疇是什麼。

(一)有些語法學家（如 Kitagawa (1985)）主張：小子句以不具語音形態的「繫詞」(copula; BE) 為主要語，並且出現於以「非疑問、非限定」(〔-WH, -Finite〕) 補語連詞為主要語的大句子裏 。Kitagawa 認為小子句裏空號繫詞 "BE" 的擬設可以說明第一個名詞組與第二個詞組結構之間所存在的主謂關係，而大句子的擬設則可以說明小子句裏的兩個詞組成分都可以藉「WH移位」移到主句的句首，例如：㉕⁰

(4.318)a. 〔$_{C''_1}$ *Who*$_i$ do 〔$_{I''_1}$ you consider 〔$_{C''_2}$ t_i' 〔$_{I''_2}$ t_i a genius〕〕〕〕?

b. 〔$_{C''_1}$ *How talented*$_i$ do 〔$_{I''_1}$ you consider 〔$_{C''_2}$ t_i' 〔$_{I''_2}$ him t_i〕〕〕〕?

c. 〔$_{C''_1}$ *How good a lawyer*$_i$ did 〔$_{I''_1}$ he make 〔$_{C''_2}$ t_i' 〔$_{I''_2}$ his son t_i〕〕〕〕?

在這些「WH移位」裏，小子句的移位成分先移入就近支配這個小子句的大句子 (C''_2) 指示語的位置，再移入主句大句子 (C''_1) 指示語的位置，每一次移位都只越過一個限界節點 (即 I''_2 與 I''_1)，因而沒有違背承接條件 。但是要容許小子句裏句子成分的「

㉔⁹ 下面例句的合語法似乎表示「that子句」、不定子句、動名子句也可以出現於小子句裏面："John considers〔it unlikely {*that Mary will betray him/for Mary to betray him/Mary betraying him*}〕"。但是這裏的子句主語是因為「移外變形」的結果移到小子句的句尾的。

㉕⁰ 例句與合法度判斷採自 Kitagawa (1985)。

WH移位」並不一定要擬設大句子的存在，還有其他的解決方法。而且，大句子是「管轄的絕對屏障」(absolute barrier to government)，大句子的存在阻碍主句動詞的「域外管轄」(external government)，小子句的主語名詞組究竟如何獲得格位的指派並未交代清楚。

(二) Chomsky (1981) 曾認爲小子句是「退化」(degenerative) 或「不完整」的最大投影，並以符號 "X*" 來表示。由於 "X*" 不是完整的最大投影，所以 "X*" (例如 "S*") 既不構成限界節點而限制小子句裏句子成分的「WH移位」，亦不構成管轄的絕對屏障而阻碍主句動詞的域外管轄。但是根據X標槓理論，"X*"必須與充當主要語的謂語詞組 (X″) 形成同心結構，結果主要語本身是最大投影 (X″) 而主要語的最大投影卻是非最大投影 (X*)，違背了X標槓結構的基本限制。

(三) Stowell (1983) 則主張：小子句是主要詞彙範疇的最大投影 (XP/X″)，包括名詞組、形容詞組、介詞組、動詞組，例如：

(4.318) a. John considers 〔$_{N''}$ Bill 〔$_{N'}$ a fool〕〕.

b. John finds 〔$_{A''}$ Bill 〔$_{A'}$ absolutely crazy〕〕.

c. John expects 〔$_{P''}$ Bill 〔$_{P'}$ off his ship by midnight〕〕.

d. John had 〔$_{V''}$ Bill 〔$_{V'}$ open the door〕〕.

根據 Stowell (1983) 的主張，X″的主語是由X″直接支配的 "X 或 X′" 的論元(例如N″的主語是N′的論元，並由N″直接支配；I″的主語是I′的論元，並由 I″直接支配)。因此，不但名詞組與小句子含有主語，而且形容詞組、介詞組、動詞組也都可以有主語(分別是 A′、P′、V′ 的論元，並分別由 A″、P″、V″ 直接支配)。Stowell (1983) 的分析一方面容許主句動詞的域外管轄，一方面正確的預測名詞組小子句(如(4.318 a)句)的謂語詞節(如 "a fool") 不能「WH移位」㉛，而形容詞小子句、介詞組小子句、動詞組小子句裏句子成分則能「WH移位」；卻錯誤的預測名詞組小子句的主語名詞組 (如(4.318a)句的 "Bill → Who")不能「WH移位」。同時， Kitagawa (1985) 指出： Stowell (1983) 的分析允許非最大投影詞節 (X′) 的移位，無異形成了只有最大投影的詞組 (X″) 可以移位這個移位限制的例外。

(四) Bowers (1988) 則主張：小子句不是小句子 (I″)，不是「不完整的最大投影」(X*)， 也不是主要詞彙範疇的最大投影(X″)，而是一個獨立的詞組結構──「繫詞組」(predicate phrase; PrP/Pr″)。根據 Bowers (1988) 的分析，「繫詞組」(Pr″) 以「繫詞」(Pr) 爲主要語，繫詞以主要詞彙範疇 (X″) 爲補述語共同形成「繫詞節」(Pr′；相當於小子句的謂語詞組)，而繫詞節則以名詞組 (卽小子句的主語名詞組) 爲指示語共同形成繫詞組 (卽小子句) 。繫詞通常不具語音形態，卻在語意上連繫主語名詞組與謂語詞組之間的主謂關係，而且也可能顯現爲實號 "as"，例如：

(4.319) John regarded 〔$_{Pr''}$ Bill 〔$_{Pr'}$ as 〔$_{N''}$ the

---

㉛ 因爲從名詞組小子句的「WH 移位」必然同時越過兩個限界節點 (卽 N″ 與 I″) 而違背承接條件。

biggest fool in the world〕〕.[252]

在 Bowers (1988) 的分析下，繫詞組既不阻碍主句動詞的域外管轄，也不限制繫詞組內詞組成分的「WH移位」。爲了證明繫詞組的存在有其獨立自主的論據，Bowers (1988) 還把繫詞加以一般化而把「呼應語素」納入繫詞，因而提出了更抽象、更周延的X標槓結構分析。在這個分析之下，「時制語素」與「呼應語素」各自獨立：前者是「時制詞組」（"tense phrase"; TP/T"）的主要語，其最大投影 T" 取代原來的 I"；後者是「繫詞組」的主要語，其最大投影 Pr" 不但可以在動詞組裏充當小子句，而且還可以在句子裏充當謂語詞組。例如，下面 (4.320 a) 的例句具有 (4.320b) 的X標槓結構。

(4.320)a. John may be foolish.

b.

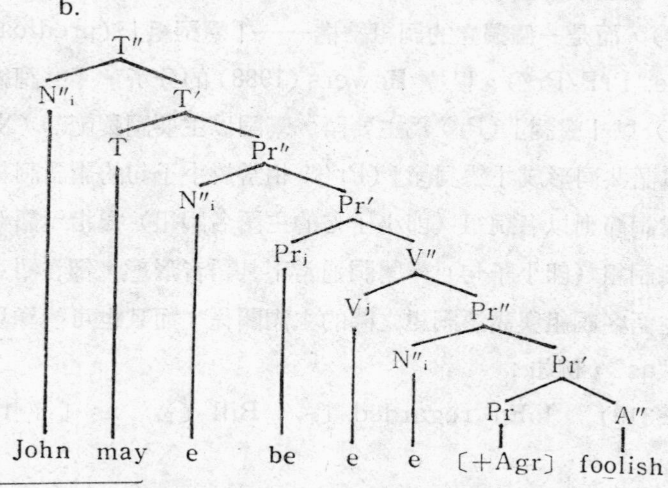

[252] Bowers (1988) 認爲這個分析澄清了 "as" 的詞類歸屬："as" 不是介詞，而是繫詞；因爲介詞通常不能以形容詞組爲補述語，而"as" 則可以以形容詞組爲補述語。

Bowers (1988) 的分析牽涉到X標槓理論以外的原則系統，我們無法在此一一評述，但是他的詞組結構分析都符合X標槓理論的限制與要求。

(五) Williams (1983) 反對從句法結構的觀點來分析小子句裏主語名詞組與謂語詞組的句法關係，而主張從「主謂理論」(predication theory) 的觀點來處理小子句裏兩個詞組成分之間的語意關係。根據 Williams (1983) 的分析，小子句裏兩個詞組成分之間的關係是在「主謂理論」下所成立的語意解釋上的「同指標關係」(co-indexation) [253]。Rothstein (1983) 更提出「謂語連繫的規律」(rule of Predicate-Linking) 來把主謂理論的內容變成更具體明確的句法規律[254]。根據她的分析，句子的「謂語成分」(predicate) 分為「主要謂語」(primary predicate) 與「次要謂語」(secondary predicate) 兩種。主要謂語又稱「子句謂語」(clausal predicate)，概指小子句以外一般子句的謂語；而次要謂語則專指出現於小子句的謂語。「謂語連繫規律」規定：凡是非論元的最大投影（即充當主語、賓語的名詞組與大句子以外的謂語詞組）都必須與特定的論元（即句子與小子句的主語）連繫。無論是主謂理論抑或謂語連繫規律都不必承認小子句的存在，也就不必討論小子句詞類歸屬的問題。因

[253] 這種同指標關係常用「上標」(superscript; α^n) 來表示，藉以與用「下標」(subscript; α_n) 所表示的「同指涉」(coreference) 的關係區別。

[254] 事實上，「謂語連繫規律」是對於「主謂理論」的改進。因為在偏重語意解釋的主謂理論下，「填補詞」主語 "there, it" 的存在並未獲得適切的說明，而在謂語連繫這個句法規律下則沒有這樣的問題。

爲這兩種分析都與我們的主要論題（卽英語詞組的X標槓結構）並無直接關係，我們也就不在此詳論。

小子句在表面形態上雖然不一定顯現主要語（包括小句子與大句子的主要語），但是在句法上應該分析爲獨立的詞組結構。因爲小子句不但出現於補語子句與狀語子句，而且也還可以出現爲主語或獨立的句子，例如：[255]

(4.321) a. *Lawyers* (*perpetually*) *subject to attacks from the press* is a shocking idea.

b. *Max* (*still*) *afraid of flying* is a laughable thought.

c. *Fred in prison* (*again*) is a shocking development.

d. *Mexico City* (*currently*) *the world's largest city* is something we have never expected.

---

[255] 例句與合法度判斷採自 McCawley (1983:285-286)。McCawley 把這些例句稱爲「表示詫異的回應句」("incredulity response")。同時，請注意下面相對應的「分詞子句」用法：

(i) a. *Everybody yelling about taxes* (*these days*) is an interesting development.

b. *Otto understanding economics* is an absurd idea.

(ii) *Everybody yelling about taxes* (*these days*)? You can't be serious.

小子句與分詞子句在句法結構與句法功能上的對應也無形中支持小子句與分詞子句一樣是一個獨立的詞組結構。

(4.322) a. *Lawyers* (*perpetually*) *subject to attacks from the press*? What is the world coming to?

b. *Max* (*still*) *afraid of flying*? That's laughable.

c. *Fred in prison* (*again*)? That's shocking.

d. *Mexico City* (*currently*) *the world's largest city*? Are you kidding?

e. *Otto understand economics*? That's absurd.

另外，下面 (4.323) 等例句的存在也支持某些述語動詞必須以小子句爲次類畫分的對象[258]。

(4.323) a. Do you *want* [lawyers subject(ed) to attacks from the press]?

b. Max doesn't *want* [his children afraid of dying].

c. I don't *want* [you in prison again].

d. We *want* [this university the most exciting center for economic research].

因此，我們認爲有充分的理由相信小子句應該納入X標槓結構理論，而 Bowers (1988) 的分析則是最近的一例，能夠相當合理的解釋小子句的各種句法功能與表現。

[258] 下面的例句採自 McCawley (1983:286)，並參 Stowell (1983) 有關以小子句爲次類畫分對象的主張。

5.「X標槓理論」與漢語的詞組結構

以上從X標槓理論的觀點相當詳細的討論了英語各種詞組成分的內部結構與外部功能。以下依據同樣的觀點討論漢語各種詞組成分的X標槓結構。漢語詞組結構的討論分析，與英語詞組結構的討論分析不同，幾乎找不到可以參考的前人文獻。研究漢語語法的語言學家本來就爲數不多，在已經出版或發表的漢語語法論著中很少有系統的討論漢語的詞組結構，專門從X標槓理論的觀點來研究漢語詞組結構的論文更是至今闕如。我們認爲漢語詞組結構的分析是漢語語法研究不可或缺的基層工作，漢語語法體系的探討或語法理論的推展都必須建立於深厚而扎實的詞組結構分析。因爲普遍語法的原則系統，包括論旨理論（如論旨角色的指派）、格位理論（如格位的指派）、限界理論（如限界節點或屏障的界定）、管轄理論（如一般管轄、適切管轄、域外管轄的界定）、約束理論（如管轄範疇與量詞範域的界定）、控制理論（如大代號的分佈與控制語的認定），無一不牽涉到詞組結構的分析。我們甚至可以說，沒有正確的詞組結構分析，就很難檢驗擬設在這些詞組結構上的句法分析是否妥當，也就無法探討普遍語法在漢語語法上的適用與演繹是否周全。

除了前人文獻的極端匱乏以外，漢語詞組結構的分析還有一層研究上的困難。那就是，許多漢語句法結構究竟如何衍生至今尚無定論，而這些問題的解決卻對於漢語詞組結構的釐定具有決定性的作用。因此，我們不準備（事實上也無法）在下面的分析裏對於所有關鍵性的漢語句法結構提出明確的答案或最後的分析。我們只能本著"知之爲知之，不知爲不知"的態度指出問題的重點、目前的看法、以及將來可能的研究方向。我們希望，漢語基本詞組結構的研究與漢語語法熱門問題的探討，不但能並行不悖，而且更能相輔爲用。在模組語法的理論模式下，這樣的研究方法與態度尤屬重要。模組語法理論的每一個原則或條件本來是獨立存在的，具有獨特的內容與功能。但是原則與原則之間或條件與條件之間，卻能密切連繫與交互作用來衍生許多複雜的句法結構或詮釋許多奇特的句法現象。某一個原則或條件裏某一個參數值的改變，常能引起一連串的連鎖反應，從而對整個語法體系產生深遠的影響。本文的主要論題是X標槓理論與漢語的詞組結構。但是如前所述，X標槓理論僅規定詞組的同心結構與組織成分的階層關係，對於詞組成分的線性次序以及這些成分能否移位等則完全無關。可是漢語詞組結構的討論卻無法完全不涉及這些問題。因此，我們在這裏就詞組成分的線性次序與移位限制提出幾個原則性的前提或假設，至於有關細節的論證則留待以後的論述。[257]

(一)漢語的實號名詞組必須獲有「格位」(Case)。漢語的「格位指派語」(Case-assigner) 是及物動詞（包括及物形容詞）與介詞，而格位的指派方向是從左方到右方（或前面到後面）。「格位鄰接條件」(Case Adjacency Condition) 要求：漢語的「格位指派語」與「格位被指派語」(Case-assignee)

---

[257] 參湯（撰述中 c, d)。

必須互相鄰接，不能容許其他句子成分的介入。

(二)除了述語以外的句子成分，無論是論元或非論元成分，都必須具有「論旨角色」(theta role; θ role)。漢語的「域內論元」由主要語（X）來指派，而「域外論元」與「語意論元」則由詞節（X′）來指派。論旨角色的指派方向是從右方到左方（或從後面到前面)。「論旨準則」(theta criterion; θ-criterion）要求：述語的論元與其論旨角色必須是一對一的對應關係，即每一個論元只能獲得一個論旨角色，而每一個論旨角色也只能指派給一個論元。

(三)只有詞組 (X″) 與詞語 (X^0) 纔能「代換」或「加接」。「投射原則」的規定與「結構保存」(structure preserving) 的考慮要求：詞組只能移入指示語的位置，而詞語則只能移入主要語的位置。論旨角色指派的考慮要求：詞組只能加接到「非論元詞組」(nonargument maximal projection) 的左端或右端。

(四)「承接條件」要求移位不能同時越過兩個「限界節點」（名詞組與小句子）；而「空號原則」則要求因移位而留下的痕跡必須受到「適切的管轄」，包括主要語（動詞與形容詞）的「詞彙管轄」(lexical government) 以及同指標前行語的「局部管轄」(local government)。

以上所提出的幾個原則或條件，不但適用於漢語而且適用於英語。不過，英語裏論旨角色的指派方向，與漢語裏論旨角色的指派方向不同，是從左方到右方（或從前面到後面）。另外，英語裏有相當明顯的時制語素、呼應語素與補語連詞，足以認定主位名詞組的存在，而且也能辨認限定子句與非限定子句的區別。由於「擴充的投射原則」或「述語連繫規律」的要求，英語的句子必須含有主語，包括實號名詞組 、 大代號與塡補詞 “there, it”；而在漢語裏這些問題則似乎仍然有待論證與澄淸。

5.1　漢語限定詞組、數量詞組與名詞組的X標槓結構

漢語的「限定詞組」(determiner phrase; DP/D″) 以「限定詞」(determiner; D) 爲主要語，並以數量詞組 (Q″) 爲補述語共同形成「限定詞節」(D′)，而限定詞節則與指示語共同形成限定詞組。限定詞包括‘這、那、每、某、哪’等，其句法功能在於限定名詞組的指涉對象。限定詞的指示語可能是「限制詞」‘連、只有、尤其’等，但也可能留爲空節做爲名詞組指示語移位的移入點。「數量詞組」(quantifier phrase; QP/Q″) 以「數詞」(Nu) 與「量詞」(classifier/measure; Cl) 爲主要語[258]，並以名詞組 (N″) 爲補述語共同形成「數量詞節」(Q′)，而數量詞節則與指示語共同形成數量詞組。「數詞」(number; Nu) 包括「基數」（如‘一、二、兩、三…’）與「概數」（如‘多、來、幾’）。量詞包括「個體量詞」（如‘個（人）、隻（狗）、頭（牛）、匹（馬）、本（書）、枝（筆）、張（紙）、顆（子彈）、塊（地）’等）、「集合量詞」（如‘羣（人）、胎（小豬）、雙（筷子）、套（傢俱）、系列（問題）’等）、「度量詞

[258] 另外一個可能的分析是把「數詞組」(number phrase) 加以獨立而成爲以數詞爲主要語的最大投影，藉以貫徹「主要語獨一無二的限制」。又‘這是枝筆’、‘那是本書’、‘他是個男孩，不是個女孩’等例句的存在似乎顯示量詞可以單獨與補述語名詞組形成結構單元，但是這些例句也可能是在語音形式部門刪除數詞‘一’而得來的。

」(如'尺、寸、斤、兩、斗、升、里、畝、公斤、海浬'等)、「不定量詞」(如'點(兒)'與'些')、「借用量詞」(如'碗(飯)、杯(茶)、桶(水);桌子(菜)、屋子(人)、口袋(錢)、書架(書)'等)。[259]

英語的數詞通常都可以單用,而漢語的數詞則原則上必須與量詞連用[260]而形成數量詞。因此,英語與漢語的數量詞就形成了下面的對比。

(5.1) a. *one* book, *two sheets* of paper, *three groups* of children

b. 一本書,兩張紙,三羣小孩子

漢語的量詞可以直接出現於補述語名詞組的前面[261],而英語的量詞則必須藉介詞"of"來指派格位給後面的名詞組。數量詞的補述語是「名詞組」(NP/N″),以「名詞」(N)爲主要語,並與補述語或附加語形成「名詞節」(N′),再與指示語形成名詞組。由於英語名詞的論旨角色指派方向是從左方到右方,所以英語名詞的域內論元(補述語)與語意論元(附加語)都出現於主要語的右方,並藉介詞、補語連詞、從屬連詞等格位指派語[262]來

[259] 參 Chao (1968:584-620) 與 Zhu (1980:48-50)。

[260] 唯一的例外是數詞與「準量詞」連用時準量詞可以省略,如'兩(個)縣、三(個)站、一(個)世紀'。參 Zhu (1980:50)。

[261] 「借用量詞」中的'一{桌子菜/屋子人/口袋錢/書架書}'等在語意上相當於'滿{桌子菜/屋子人/口袋錢/書架書}'。這時候,例外的允許在量詞與補述語名詞組之間安插領屬標誌'的'。這似乎是由於這些借用量詞具有量詞與名詞雙重性質所致:充當量詞時不需要指派格位,而充當名詞組(N″)時則需要指派格位。參湯(撰述中c)。

[262] 參 Yim (1984) 與湯(撰述中c)。

指派格位；只有補述語名詞與非論元附加語（如"*linguistics* student, *Japanese* emperor"等）263 可以出現於主要語名詞的左方。另一方面，漢語名詞的論旨角色指派方向是從右方到左方，所以無論是補述語與附加語都出現於主要語名詞的左方。英語名詞組與漢語名詞組因論旨角色指派方向這個參數所引起的線性次序上的差異可以分別用（5.2）與（5.3）的詞組結構來表示。

(5.2) a.

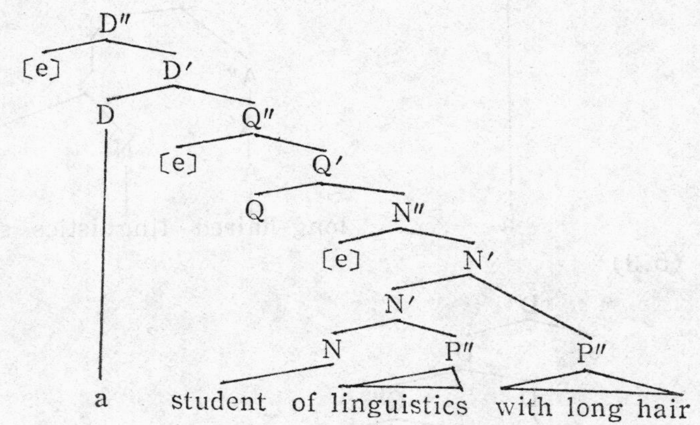

263 為了說明"a student of linguistics"與"a linguistics student"的區別，湯（撰述中 c）分別擬設了下面的詞組結構：

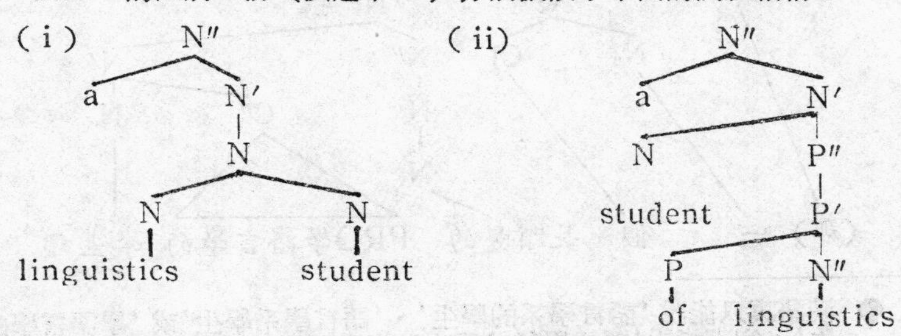

在（i）的詞組結構裏'linguistic student'形成了「複合名詞」(compound noun)，非最大投影的名詞'linguistics'不需要格位；在(ii)的詞組結構裏名詞組'linguistics'必須藉介詞"of"來指派格位。

b.

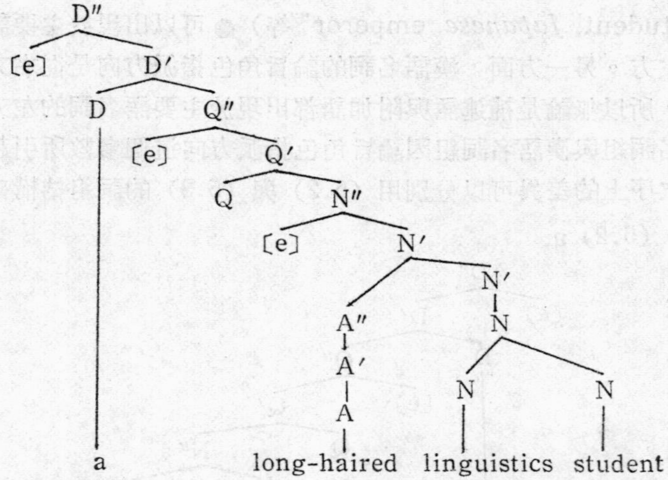

(5.3)

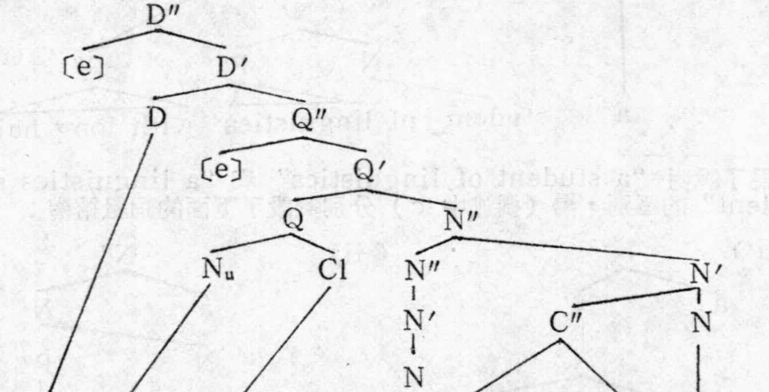

[264]

---

[264] 漢語裏只能說'語言學系的學生'、'語言學系學生'或'學語言學的學生'，卻不能說'語言學(的)學生'。'長頭髮'與'語言學系'都是名詞組，因而以領屬標誌'的'指派格位，但是複合名詞'語言學系學生'裏的'語言學系'是(複合)名詞所以不必指派格位。又'PRO 學語言學'是以大代號爲主語的關係子句，也需要藉領屬標誌'的'來指派格位。

漢語的補述語，與英語的補述語相似，包括出現於「親屬名詞」（如'父親、母親、哥哥、姊姊、弟弟、妹妹、兒子、女兒'等)、「職稱名詞」（如'經理、董事長、校長、主任委員、老師'等）、「方位名詞」（如'{上／下／裏／外／前／後}{面／頭／邊／φ}㉖⑤、「身體部位名詞」（如'眼睛、嘴巴、耳朵、手(臂)、腳、腿、頭、尾巴、心、胃'等）等前面的名詞組以及出現於'消息、謠言、新聞、報導、意見、提議、建議'等名詞前面的同位子句，例如：

(5.4) a. 我的父親，他們的兒子，李先生的太太…

b. 我們的經理，你們公司的董事長，這一所學校的校長，經建會的主任委員…

c. 桌子的上面，屋子的裏面，門口的外邊…

d. 你的眼睛，李小姐的腿，兔子的耳朵，狐狸的尾巴…㉖⑥

(5.5) a. 〔李先生破產的〕（這(一)個）消息

b. 〔小明與小華私奔的〕（這(一)個）謠言

c. 〔雷震日記被燒毀的〕（這(一)則）新聞

d. 〔今年大選不該縮小選區〕這(一)個意見

e. 〔在七號公園興建體育館〕這(一)個建議

f. 〔公教人員不得赴大陸〕這(一)道禁令㉖⑦ ⟶

㉖⑤ 即'上面，上頭，上邊，上…；裏面，裏頭，裏邊，裏…'等。又'左、右、東、西、南、北'也可以與'面、頭、邊'合成方位詞，而在現代漢語裏卻不能單用。另外，'內、中、中間、當中、中央、頂端、底邊'等都可以視爲方位詞。

㉖⑥ 這些名詞組的補述語與主要詞之間存在著「領屬」(the possessor)→

←與「所屬」(the possessed)的「不可轉讓的屬有關係」(inalienable possession)。「不可轉讓的屬有關係」(如'李先生的太太')比一般「(可以轉讓的)屬有關係」(如'李先生的狼狗')來得密切;因此,㈠只有前者的領屬標誌'的'可以省略;㈡只有代表前者的「領屬」與「所屬」的名詞組可以分別出現於「主題」與「評論」中(參湯(1979:143-160; 1988:206-210))。試比較:

(i) 我見過{李先生(的)太太/李先生??(的)狼狗}。

(ii) 他跟{李先生(的)太太/李先生??(的)狼狗}一起出去了。

(iii) 李先生,PRO {太太/??狼狗}]很漂亮。

單音節方位詞的前面甚至不允許「領屬」標誌'的'的存在,例如:

(iv) 桌子(*的){上/下/裏/外/前/後}

另外,方位詞通常都不能有附加語修飾(但也有'正中央、最頂端'等例外),例如:

(v) 桌子(*光滑)的上面;桌子的(*光滑的)上面;(光滑的)桌面。

不過,除了方位詞以外,無論是「不可轉讓的屬有」或「一般屬有」,附加語都出現於主要語的前面,例如:

(vi) 李先生漂亮的{太太/狼狗}

因此,是否必須在漢語名詞組的詞組結構中區別「不可轉讓的屬有」(補述語)與「一般屬有」(附加語)仍然值得商榷。又如果允許「領屬名詞組的移位」,所有領屬名詞組都可以移入數量詞組指示語或限定詞組指示語的位置,因而仍然可以出現於名詞組附加語的前面。

㉗ 這些例句顯示漢語有兩種不同的「同位子句」:(5.5 a,b,c)的同位子句含有補語連詞'的',而且表示子句命題裏所提出的事件或行動「已成事實」([+Realized]);(5.5 d,e,f)的同位子句不含有補語連詞'的',而且表示子句命題所提出的事件或行動「尚未實現」([-Realized])。又限定詞與數量詞通常都出現於同位子句後面。如果限定詞與數量詞出現於同位子句前面,那麼連(5.5 d,e,f)的同位子句都要加上補語連詞'的',例如:

(i) 這㈠個〔李先生破產的〕消息

(ii) 這㈠個〔今年大選不該縮小選區*(的)〕意見

參湯(撰述中c)。

另一方面，英語的「度量名詞」（如'yard, pound, quart, gallon'等）、「計量名詞」（如 'bottle, glass, cup' 等）、「集團名詞」（如'group, band, pack, school, swarm, herd, flight'等））等在英語名詞組裏分析爲名詞主要語，而與此相對應的漢語「度量詞」（如'碼、磅、夸特、加崙'等）、「借用量詞」（如'瓶、杯、碗'等）、「集合量詞」（如'羣、組、批'等）等則在漢語數量詞組裏分析爲量詞主要語。這是英語各種詞組結構的主要語都從左方到右方的方向指派論旨角色而形成「主要語在左端」（left-headed）或「主要語在首」（head-initial; head-first）的詞組結構，而漢語各種詞組結構的主要語卻從右方到左方的方向指派論旨角色而形成「主要語在右端」（right-headed）或「主要語在尾」（head-final; head-last）的詞組結構的結果。試比較：

(5.6) a. 〔$_{D''}$ a…〔$_{N'}$ *pound* 〔$_{P''}$ of beef〕〕〕; 〔$_{D''}$ a…〔$_{N'}$ *bottle* 〔$_{P''}$ of milk〕〕〕; 〔$_{D''}$ a …〔$_{N'}$ *group* 〔$_{P''}$ of children〕〕〕

b. 〔$_{D''}$…〔$_{Q''}$… 一磅〔$_{N''}$…牛肉〕〕〕;〔$_{D''}$…〔$_{Q''}$…一瓶〔$_{N''}$…牛奶〕〕〕; 〔$_{D''}$…〔$_{Q''}$…一羣〔$_{N''}$…小孩〕〕〕

另外，英語有些行動動詞（如 'study, teach, perform'）有相對應的「主事名詞」（如 'student, teacher, performer'）。這些行動動詞與主事名詞常有相對應的補述語，例如：

(5.7) study linguistics, a student〔of linguistics〕, a〔linguistics〕student

漢語的行動動詞（如'學、教、表演'）雖然也可以有相對應的主事名詞（如'學生、教師、教授、表演者'），但英語的主事名詞是「合成名詞」(complex noun),而漢語的主事名詞則可能是「合成名詞」(如'表演者'),也可能是「複合名詞」(compound noun 如'教授'),或者居二者之間(如'學生、教師')。英語的主事名詞可以用介詞組爲補述語('a student 〔*of linguistics*〕')或與補述語合成複合名詞('a 〔*linguistics* student〕')這兩種方式來容納補述語,而漢語的主事名詞卻不一定能用同樣的方式來形成名詞組或複合名詞。試比較:

(5.8) a. 語言學?(的)學生,(?在)語言學系(的)學生,學語言學的學生;*英語(的)學生,英語學系(的)學生,(?在)英語學系的學生,學英語的學生

b. 語言學(的){教師/教授},(?在)語言學系(的){教師/教授},教語言學的{教師/教授}

c. 魔術(的)表演者,(??表演)魔術的表演者,*(表演)魔術的人

(5.8) 的例句顯示:漢語複合主事名詞的內部結構(例如「合成詞」與「複合詞」的區別)以及補述語的語意內涵(例如'語言學'只能表示學科,而'英語'則可以表示學科或語言)對於能否形成複合名詞或如何形成名詞組有相當密切的關係[268]。而且下面(5.9)的例句更顯示:漢語裏的主事名詞(如'學生、教師、教授')與一般名詞(如'主任、工友')仍應區別;前者可以帶上名詞組爲補述語,而後者則只能帶上名詞組爲附加語。參(5.10)的詞組結構分析。

---

[268] 參湯(撰述中b)。

(5.9)　*語言學(的){主任／工友}，(?在)語言學系(的){主任／工友}，讀語言學的{主任／工友}

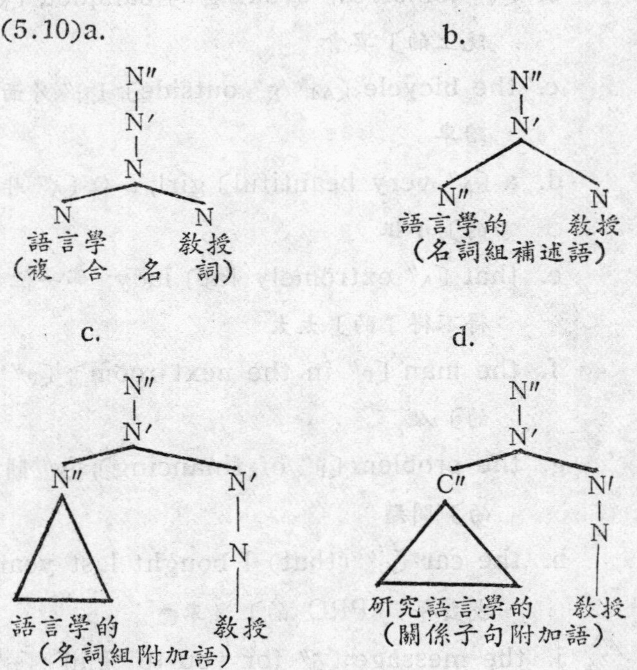

漢語名詞組的附加語，似乎也與英語名詞組的附加語一樣，由名詞組、狀語名詞組、形容詞組、介詞組、關係子句等來充當。不過，由於漢語的句子沒有明顯的時制、呼應、動貌等形態變化[269]，所以關係子句也就沒有「限定子句」、「不定子句」、「分詞子句」等分類的依據或需要。試比較：

[269] 漢語裏雖然有表示動貌的「動貌標誌」(aspect marker)，卻不是以動詞詞綴的方式來顯現。

(5.11) a. that 〔N″ linguistcs〕 professor; 那一位〔N″ 語言學系的〕教授

b. 〔N″ tomorrow evening's〕 banquet; 〔N″ 明天晚上的〕宴會

c. the bicycle 〔Ad″/N″ outside〕; 〔N″ 外面的〕脚踏車

d. a 〔A″ very beautiful〕 girl; 一位〔A″ 非常漂亮的〕小姐

e. that 〔A″ extremely fat〕 lady; 那一位〔A″ 胖得不得了的〕太太

f. the man 〔P″ in the next room〕; 〔P″ 在隔壁的〕人

g. the problem 〔P″ of financing〕; 〔P″ 關於資金的〕問題

h. the car 〔C″ (that) I bought last year〕; 〔C″ 我去年買 PRO 的〕汽車⑳

i. the message 〔C″ for you to send〕; 〔C″ PRO 要你送 PRO 的〕口信

j. the book 〔C″ PRO to read t〕; 〔C″ PRO 要看 PRO 的〕書

---

⑳ 我們暫時假定漢語的關係子句不是因爲移位而產生，所以關係子句內並不含有痕跡。我們也暫時假定漢語裏並不需要區別不受管轄的「大代號」(PRO) 與受管轄的「小代號」(pro)，而用大代號來兼攝這兩種不具語音形態的空號代詞。參湯 (撰述中 c, d)。

k. the clothes〔C″ PRO too small to wear〕; 〔C″ PRO 小得不能再穿的〕衣服

l. the baby〔C″ PRO sleeping in the cradle〕; 〔C″ PRO 睡在搖籃裏的〕嬰兒

m. the boy〔C″ PRO bitten by a dog〕;〔C″ PRO 被狗咬的〕小孩子

但是事實上，(5.11 f) 漢語例句裏的'在'可能是動詞，而不是介詞 (參 (5.12 a) 句)，而 (5.11g) 裏漢語例句的詞組結構也可能是 (5.12b)，因爲一般說來漢語介詞組不能直接修飾名詞或名詞節。試比較：

(5.12)a. 〔C″ 人在隔壁〕;〔C″ PRO 在隔壁的〕人

b. 〔P″ 關於〔N″〔N″ 經費的〕問題〕〕

c. the girl〔P″ with you〕;〔C″ PRO 跟你*(在一起)的〕女孩子

d. the guest〔P″ from Japan〕;〔CN″ PRO 從日本*(來)的〕客人

e. a letter〔P″ to〔N″ a〔N′ brother〔P″ in New York〕〕〕〕;

一封〔C″ PRO (寫)給〔C″ (住)在紐約的〕哥哥的〕信[21]

---

[21] 這裏的'給'與'在'似乎引介介詞組而修飾名詞，但'給'與'在'都有動詞用法，所以可能分析爲動詞組或含有動詞組的關係子句。又介詞'被'似乎可以引介介詞組而修飾名詞組 (如'?被敵人的破壞')，但有許多人並不接受這個例句，而'被'是漢語裏唯一可以不帶賓語出現的介詞 (如'他被(人)打傷了')，因而可能不是純粹的介詞。

f. a gas station〔$_{P}$″ three miles away (from here)〕;〔PRO 離這裏三里遠的〕一所加油站

因此，我們把 (5.11 d, e, f)與(5.12 c-f)的漢語附加語都分析爲以動詞組或形容詞組爲謂語的關係子句。如此，漢語名詞(節)的附加語可以概括爲兩種：名詞組與關係子句，而且都是「主要語在尾」的詞組結構[272]。介詞組之所以不能充當名前修飾語是由於介詞組是「主要語在首」的詞組結構，但也可能是由於介詞組本身已有介詞指派格位，不能再由'的'來指派領位，否則會違背同一個名詞組不得同時有兩個或兩個以上格位的「格位衝突」(Case Conflict) 這個限制[273]。

同位子句是補述語，與名詞主要語形成姐妹關係；關係子句是附加語，與名詞主要語形成姨姪關係。由於漢語的同位子句與關係子句都出現於主要語的左方，因此這兩種子句在漢語與英語這兩種語言裏出現的線性次序必然形成鏡像。試比較：

(5.13)a.〔$_{N}$″ the〔$_{N}$′〔$_{N}$″〔$_{N}$′rumor〔$_{C}$″ that John and Mary had eloped〕〕〔$_{C}$″ which t was spreading in the village〕〕〕

b.〔$_{N}$″〔$_{N}$′〔$_{C}$″ PRO 在村子裏傳開的〕〔$_{N}$′〔$_{C}$″ 小明與小華私奔的消息〕〕〕

又關係子句附加語可以連續衍生。在「主要語在首」的英語名詞組裏連續衍生的關係子句會「向左分枝」(left-branching)；而在「主要語在尾」的漢語名詞組裏連續衍生的關係子句卻會「

[272] 我們把漢語的關係子句分析爲以補語連詞'的'爲主要語的大句子。

[273] 參湯（撰述中c）。

向右分枝」(right-branching)。結果，也在兩種語言之間出現線性次序的鏡像關係。試比較：

(5.14)a. the〔N′〔N′〔N book〔C″ that you bought t in Taipei〕〕〔〔C″ (that) I borrowed t from you〕〕

b.〔N′〔C″我昨天向你借 PRO 的〕〔N′〔C″ 你在臺北買 PRO 的書〕〕

另外，關係子句在關係子句裏面的衍生，在關係子句與名詞組都屬於「主要語在尾」的漢語裏形成「自我包孕」(self-embedding) 的結構；而在關係子句是「主要語在首」、但名詞組卻是「主要語在尾」的英語裏則形成「向右分枝」的結構。㉗試比較：

(5.15)a. This is the policeman〔N′〔C″ who t caught〔N″ the thief〔C″ who t stole your watch〕〕〕〕.

b. 這一位就是〔N′〔C″ PRO 抓到〔N″〔C″ PRO 偷你金錶的〕小偷〕的警察〕〕。

Chomsky (1965:13) 曾經指出：「自我包孕」的結構雖然「合語法」(grammatical) 卻因「理解上的困難」(perceptual difficulty) 而「不容易接受」(unacceptable)；而在「左／右分枝」的結構卻無此情形，並不影響理解度或接受度。試比較：

(5.16)a. This is the policeman〔N′〔C″ who t caught〔N″ the thief〔C″ who t stole〔N″ the watch〔C″(that) you bought t in the states

---

㉗ 參湯 (1979:260-262)。

〕〕〕〕〕〕〕.

b. 這一位就是〔N'〔C" PRO 抓到〔N"〔C" PRO 偷〔N"〔C" 你在美國買 PRO 回來的〕金錶〕的〕小偷〕的〕警察〕。

漢語的限定詞包括「指示詞」(如'這、那、每、某、哪')[275]與「領屬詞」,而後者則包括「領位代詞」(如'{我(們)/你(們)/{他/她/它}(們){自己/別人/人家/大家}}的')與「領位名詞組」(如'{李先生/那一個小孩子/那些日夜為生活奔波的人}的'等)[276]。在英語裏限定詞與領屬詞不能同時出現於限定詞主要語的位置,而只能把領屬詞改為名後介詞組形成「雙重屬有」的結構。另一方面,在漢語裏所有補述語與附加語都要出現於主要語的前面,所以領屬詞、指示詞、數量詞都可以同時出現於名詞的前面。試比較:

---

[275] 我們也可以加上「零指示詞」("zero" demonstrative; ϕ) 來表示「無定」(indefinite; nonspecific)。又漢語裏並沒有相當於英語的「冠詞」。Wang (1957:465-468) 認為在現代漢語裏'一個'(用在具體名詞前面)與'一種'(用在抽象名詞前面)的句法與語意功能不在表示數量,而在指出後面跟著的是名詞(節),因而漸具有無定冠詞的功能。

[276] 漢語的代詞是個「閉集合」(closed set) 的語法範疇,而名詞卻是個「開集合」(open set) 的語法範疇。但是名詞與代詞形成「領位」與「複數形」的方式基本上相同,而且口語裏(人稱)代詞也可以用名詞或形容詞附加語修飾(如'少年的我、親愛的你、可憐的他')。英語的代詞與名詞在語法範疇上截然分開,日語的代詞與名詞在語法範疇幾乎同屬一類(參 Fukui & Speas (1986)),而漢語則介乎這兩種語言之間。因此,漢語的兩種領屬詞似乎不必像英語那樣分為「領屬代詞」與「領位名詞組」,而可以合稱為「領位(代)名詞組」。

(5.17)a. *this* book *of mine*; *those* three friends *of my father's*

b. 我(的)這一本書；我父親(的)那三位朋友

c.

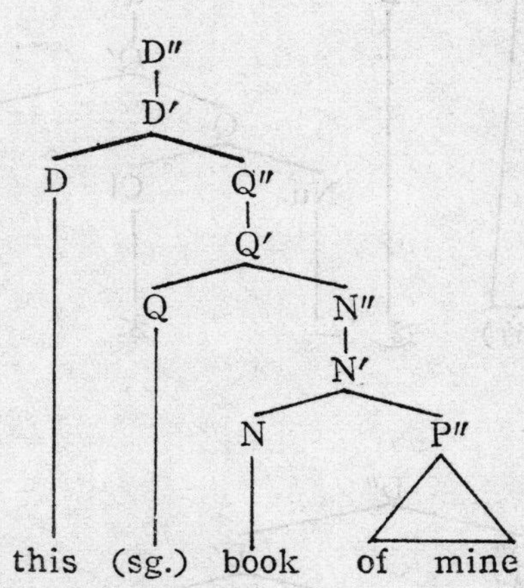

d.

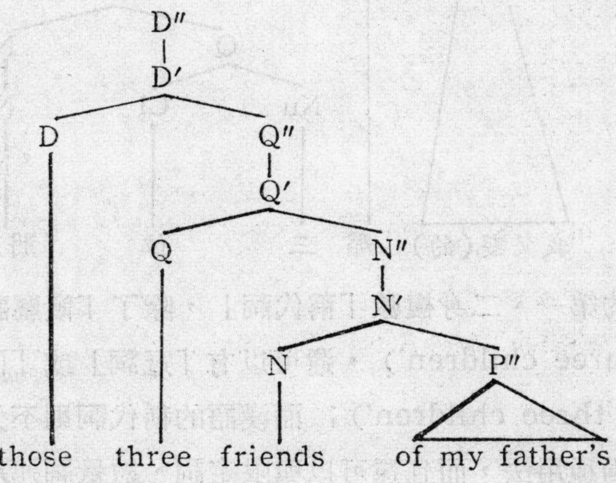

e.

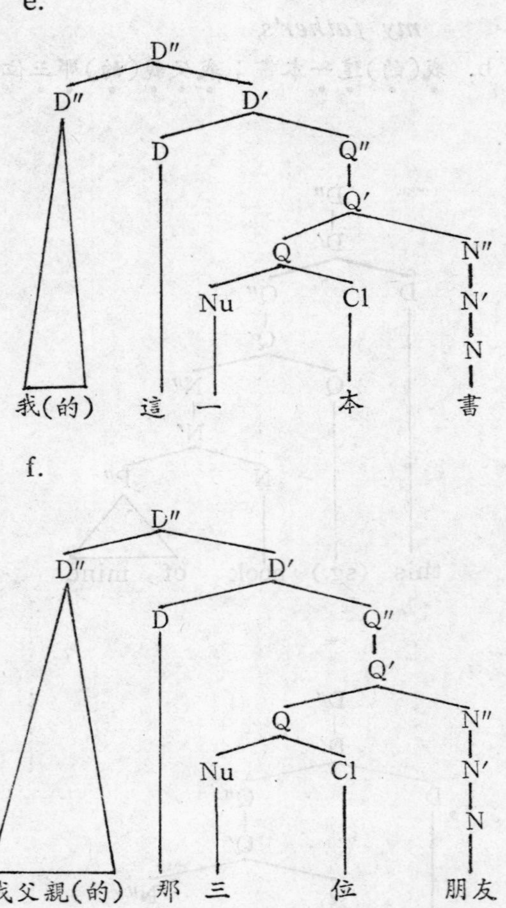

f.

又英語的第一、二身複數「稱代詞」，除了「領屬詞」用法（如 '*our* three children'），還可以有「冠詞」或「同位」用法（如 '*we* three children'）；而漢語的稱代詞則不分身與數都可以有這兩種用法，而且還可以與限定詞、數量詞連用。試比較：

(5.18)a. {my/our/your/his/her/their} child(ren);
{*I/ *you (sg.) /we/you (pl.) /*he/*she/ *they} children[277]

b. {我(們)/你(們)/他(們)} 的({這/那} {個/些})孩子；{我(們)/你(們)/他(們)}〔這/那〕〔個/些〕[278]人

c.

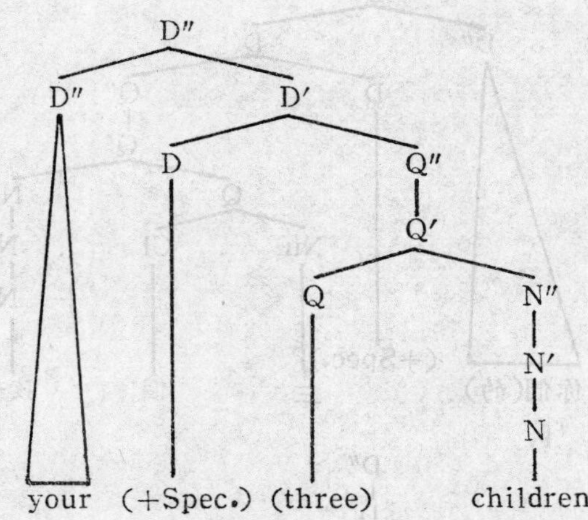

---

[277] Jackendoff (1977:106) 指出：英語的第二身單數人稱代詞充當「呼語」時可以有「冠詞」用法，例如："Come here, *you* bastard!"。

[278] 第一、二身稱代詞與'這'連用，而第三身代詞則與'這'或'那'連用；單數與'個'連用，而複數則與'些'連用。

d.

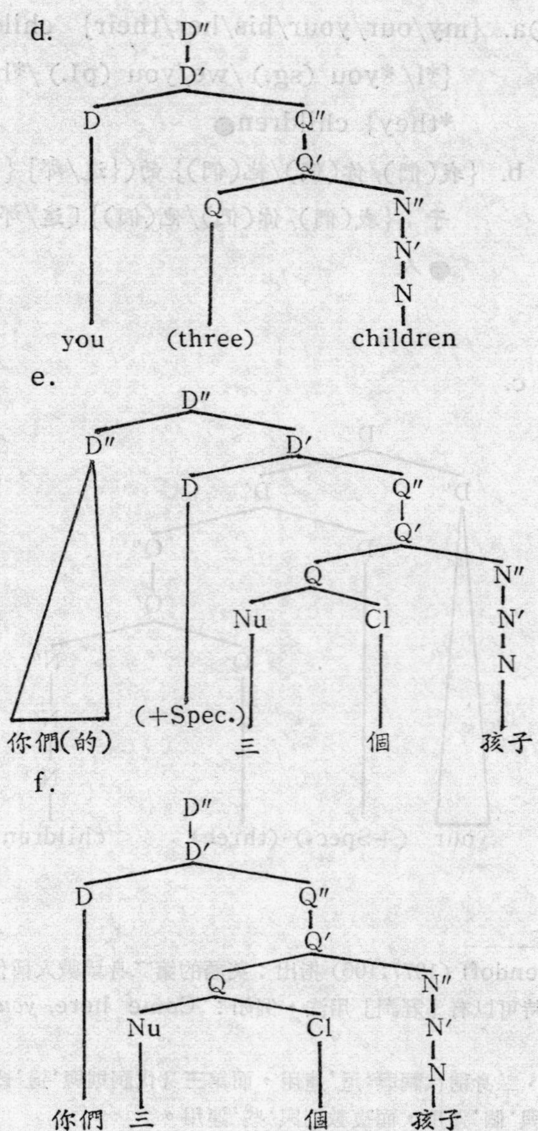
D″
D′
D
Q″
Q′
Q
N″
N′
N
you
(three)
children
e.
D″
D″
D′
D
Q″
Q′
Q
N″
Nu
Cl
N′
N
你們(的)
(+Spec.)
三
個
孩子
f.
D″
D′
D
Q″
Q′
Q
N″
Nu
Cl
N′
N
你們
三
個
孩子

另外，英語的限定詞組表示「全數」時，領屬詞與限定詞都出現於數量詞的前面，表示「部分」時限定詞與數量詞出現於領屬詞的前面。試比較：

(5.19)a. my three children; your (*these) five books; {the/ϕ} ten students

b. ϕ three children of mine; these five books of yours; {the/ϕ} five PRO of the ten students

c.

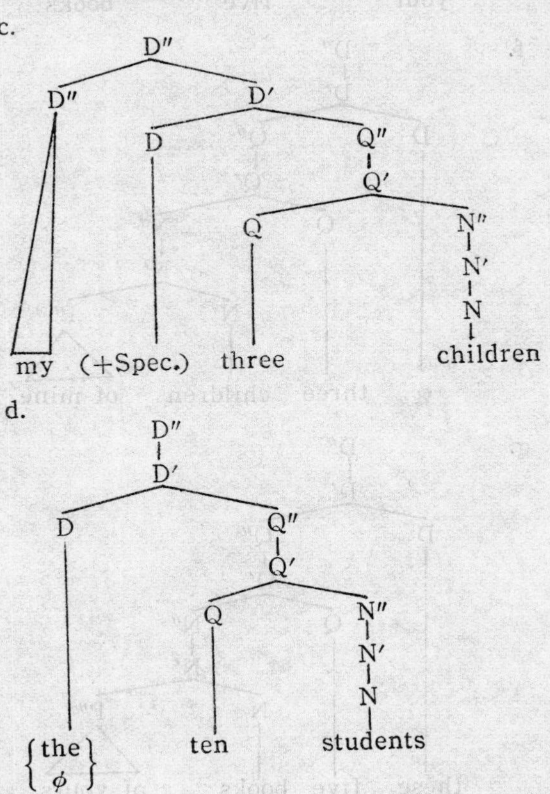

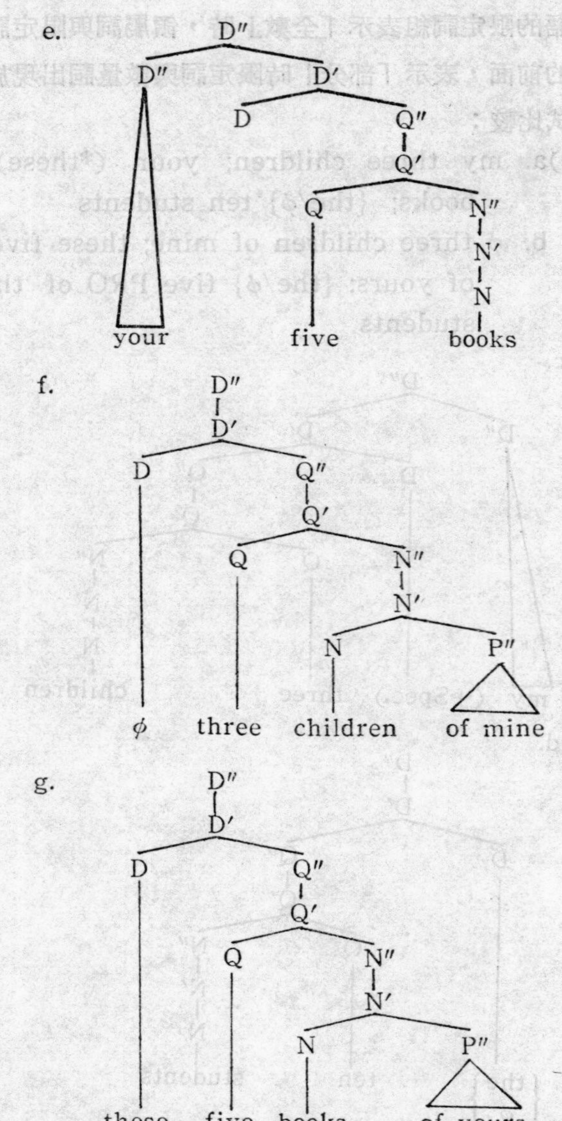
e.
D″
D″
D′
D
Q″
Q′
Q
N″
N′
N
your
five
books
f.
D″
D′
D
Q″
Q′
Q
N″
N′
N
P″
ϕ
three
children
of mine
g.
D″
D′
D
Q″
Q′
Q
N″
N′
N
P″
these
five
books
of yours

h.

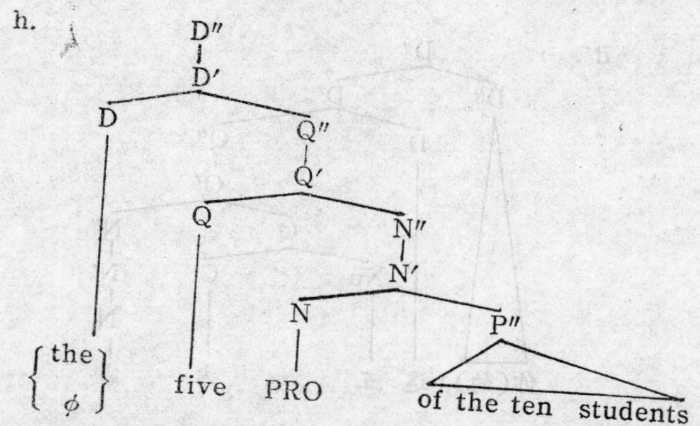

同樣的，漢語的限定詞組表示「全數」時，領屬詞與限定詞都出現於數量詞的前面，表示「部分」時限定詞出現於數量詞的前面，但領屬詞則出現於數量詞後面。試比較：

(5.20)a. 我(的) 三個 孩子；你(的) 這 五本 書；那 十個 學生

b. φ 三個 我(的) 孩子；這 五本 你的 書；(那)十個 學生 裏面的 五個[279]

c.

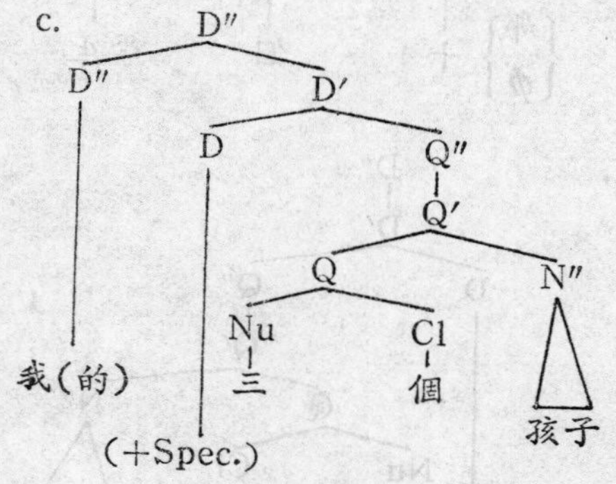

[279] 出現於'(那)十個學生裏面的五個'的'五個'可做「殊指」(specific) 解，也可做「非殊指」(nonspecific) 解。做殊指解而出現於主語位置時可以說成'(那)十個學生裏面有五個'。

d.

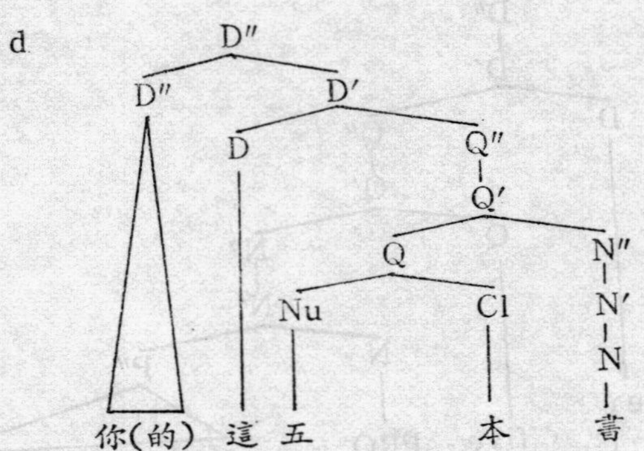
D″
D″
D′
D
Q″
Q′
Q
N″
Nu
Cl
N′
N
你(的)
這
五
本
書

e.

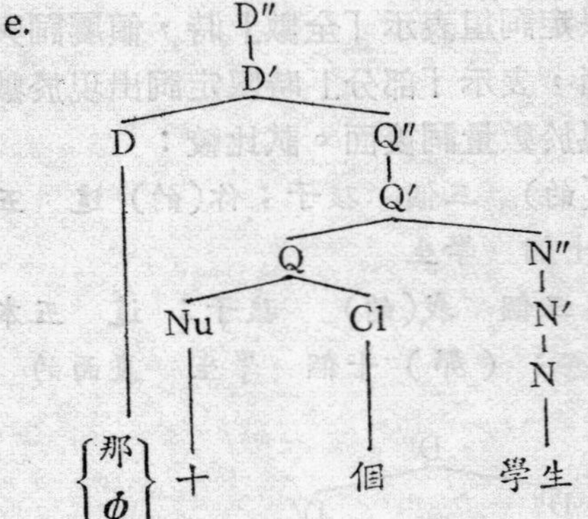
D″
D′
D
Q″
Q′
Q
N″
Nu
Cl
N′
N
那
φ
十
個
學生

f.

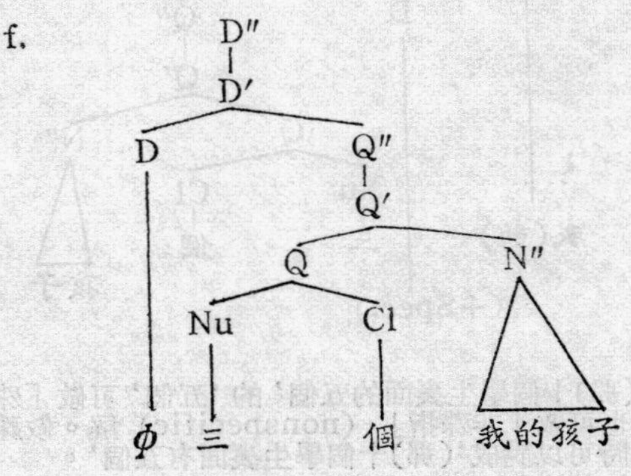
D″
D′
D
Q″
Q′
Q
N″
Nu
Cl
φ
三
個
我的孩子

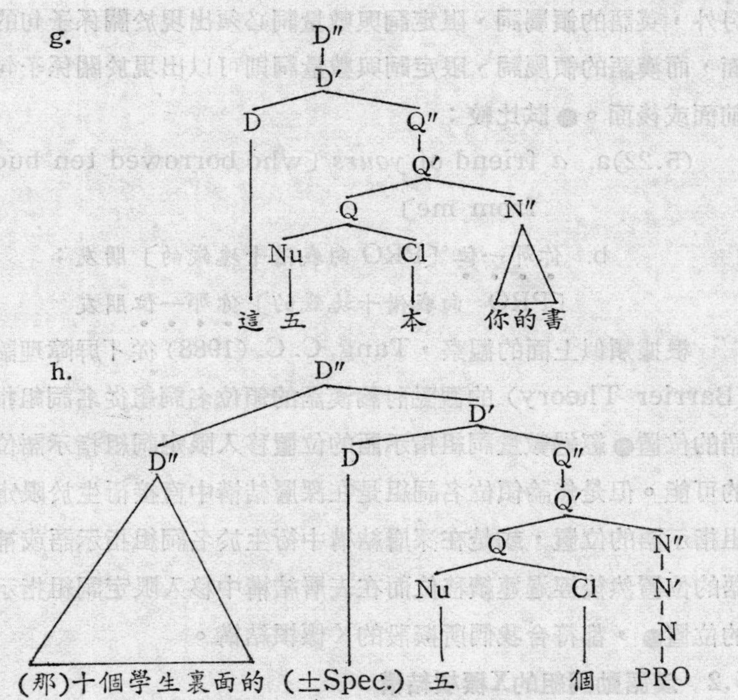

又英語"one of your books"與"a book of yours"這兩個例句在名詞組的定性上似有差別；前者趨向於「殊指」，而後者則趨向於「非殊指」。與此相對應的漢語則以領屬詞與數量詞的線性次序來區別。[280] 試比較：

(5.21)a. *one of your books* (is on the desk);

(there is) *a book of yours* (on the desk)

b. 你的一本書（在桌子上）；（桌子上有）一本你的書

---

[280] 參湯 (1981:191-192) 與 (1984:19-20)。

另外，英語的領屬詞、限定詞與數量詞必須出現於關係子句的前面，而漢語的領屬詞、限定詞與數量詞則可以出現於關係子句的前面或後面。㉛試比較：

(5.22)a. *a* friend of *yours*〔who borrowed ten bucks from me〕

b. 你那一位〔PRO 向我借十塊錢的〕朋友；

〔PRO 向我借十塊錢的〕你那一位朋友

根據類似上面的觀察，Tang, C. C. (1988) 從「屏障理論」(Barrier Theory) 的觀點討論漢語的領位名詞組從名詞組指示語的位置㉜經過數量詞組指示語的位置移入限定詞組指示語位置的可能。但是無論領位名詞組是在深層結構中直接衍生於限定詞組指示語的位置，或是在深層結構中衍生於名詞組指示語或補述語的位置然後經過連續移位而在表層結構中移入限定詞組指示語的位置㉝，都符合我們所擬設的X標槓結構。

5.2 漢語動詞組的X標槓結構

漢語的動詞組以動詞爲主要語，並以名詞組（如(5.23a)句）、介詞組（如(5.23b)句）、大句子（如(5.23c)句）、名詞組與介詞組（如(5.23d)句）、名詞組與大句子（如(5.23e)句））等爲補述語共同形成動詞節。

(5.23)a. 小明認識〔N″ 小華〕。

b. 小明走〔P″ 到老師旁邊〕；小華坐〔P″ 在椅子上

---

281 參湯 (1972:186-191)、(1979:256-259) 與 (1988 a :220-221)。

282 根據我們的分析則可能從名詞節補述語的位置移位。

283 參湯（撰述中 c, d）的有關討論。

面〕。

c. 小明說〔C″ 小華不肯來〕。

d. 小明送了〔N″ 一本書〕〔P″ 給小華〕；小華剛寄了〔N″ 一封信〕〔P″ 到日本〕。

e. 小明告訴〔N″ 老師〕〔C″ 小華不肯來〕。

子句補述語可能是陳述句（如(5.23c)句），也可能是疑問句（如(5.24a, b)句）或感嘆句（如(5.24c, d)句）。

(5.24)a. 小明問小華〔C″ 她肯不肯來〕。

b. 小明不知道〔C″ 究竟誰要來〕。

c. 小明沒有想到〔C″ 小華竟然這麼倔强〕。

d. 小華很佩服〔C″ 小明的英語竟然說得那麼好〕。

子句補述語還可能以受母句主語控制（如(5.25 a, b)句）、受母句賓語控制（如(5.25c)句）或同受母句主語與賓語控制（如(5.25d)句)的大代號爲主語[284]，也可能是小子句（如(5.25 e, f, g)句）。

(5.25)a. 小明｛打算／準備／開始｝〔C″ PRO 讀英語〕。

b. 小明答應小華〔C″ PRO 明天一定會來〕。

c. 小明｛要求／命令／提議｝小華〔C″ PRO 明天一定要來〕。

d. 小明幫助小華〔C″ PRO 做英語作業〕。[285]→

e. 我想〔C″ 他山東人〕。

f. 你猜〔C″ 米一斤多少錢〕？

---

[284] 參 Xu (1988)，但他對控制語的合法度判斷與我們的判斷有些出入的地方。

g. 大家叫〔c″ 他小毛〕。

我們也可以把表示「完成貌」的'有'與「進行貌」的'在'分析爲以動詞組爲補述語的動詞主要語㉘⑹，例如：

(5.26)a. 小明〔v″ 沒〔v′ 有〔v″ 跟小華說實話〕〕〕。

b. 小明跟小華〔v″ 正〔v′ 在〔v″ 說悄悄話〕〕〕。

我們甚至也可以把漢語的「情態助動詞」分析爲以動詞組或含有大代號主語的子句爲補述語的主要動詞，例如：

(5.27)a. 小明〔v″ 不〔v′ 會〔v″ 說英語〕〕〕/〔v″ 不〔v′ 會〔c″ PRO 說英語〕〕〕。

b. 小華 {〔v″ 不〔v′ 要〔v″ 跟小明講話〕〕〕/〔v″ 不〔v′ 要〔c″ PRO 跟小明講話〕〕〕}。

湯（1972:66-72）與（1979:1-6）很早就建議漢語的助動詞可能分析爲主要動詞，並且指出助動詞與一般動詞一樣有「及物」（

←㉘⑸ 關於控制動詞'幫助'補語子句的大代號主語是否同受母句主語與賓語的控制，一般人的反應有些出入。有些人認爲例句 (i) 的'自己'只能指涉'小華'，所以大代號主語應受母句賓語的控制，但也有些人認爲 (i) 的例句不通或不自然。另外，這些人對於例句 (ii) 裏'他，他們，他自己'的指涉對象也不很肯定。

（i）小明幫助小華〔c″ PRO 照顧自己〕。

（比較：小明教小華〔c″ PRO 如何照顧自己〕。

（ii）小明$_i$幫助小華$_j$〔c″ PRO 照顧 {他$_{\{*i/??j/k\}}$／他們$_{\{*i+j/K\}}$／他自己$_{\{*i/?*j\}}$}〕。

㉘⑹ 我們在前面英語動詞組的分析裏也把英語的動貌助動詞"have (-en)"與"be (-ing)"分析爲動詞主要語。另外可能的分析是把「動貌助動詞」與「情態助動詞」都分析爲「控制動詞」，即以含有大代號主語的子句爲補述語。

transitive）與「不及物」(intransitive)、「描述」(descriptive）與「非描述」（nondescriptive)、「動態」(actional)與「靜態」(stative）之分[287]，而且還可以充當主要謂語，例如：

(5.28)a.〔你這樣做〕很不應該。

b.〔我幫你的忙〕是應該的。

c.〔你要我借一點錢給他〕是可以的。

有些助動詞甚至可以出現於其他助動詞的前面，例如：

(5.29)a. 他應該會來的。

b. 這批錢應當可以向事務處申請的。

湯（1988a:234-235）更指出：下面（5.30）這種例句的存在顯示漢語的助動詞可以分析爲以動詞組或子句爲補述語的主要動詞[288]，例如：

---

[287] 有關漢語助動詞的討論，參 Li & Thompson（1981:172-182）與湯（1984）"國語的助動詞"（收錄於湯（1988 a :228-235））。

[288] 例如(5.30 b)的深層結構可能是(i)或(ii):

（i）他〔v″（不)〔v′ 可能〔v″（不)〔v′ 會〔v″（不)〔v′ 來〕〕〕〕〕〕。

（ii）他〔v″(不)〔v′ 可能〔c″ PRO …〔v″（不)〔v′會〔c″ PRO …〔v″（不)〔v′ 來〕〕〕〕〕〕〕〕〕。

但‘可能’與‘會’在語意與句法功能上是以命題子句爲論元的單元述語，因而(5.30 b)的深層結構也可能是(iii) 的「提升結構」。

(iii)〔c″ e〔v″（不）可能〔c″ e〔v″（不)會〔c″ 他〔v″（不)來〕〕〕〕〕〕。

關於這些結構更進一步的討論，參湯（撰述中c）。

(5.30)a. 他{可能／不可能／可不可能}會來。

b. 他(不(可能(不)會(不)來。

總之，漢語的助動詞，既缺乏英語的情態助動詞那樣明確的形態標誌（例如只有現在式與過去式，而沒有第三身單數現在式、現在分詞或過去分詞），又沒有英語助動詞那樣獨特的句法表現（例如在直接問句中移入補語連詞的位置），實不易成爲一個明確而獨立的語法範疇。

英語的主要語動詞，無論是論旨角色或格位，都從左方到右方的方向指派。另一方面，漢語的主要語動詞則從右方到左方的方向指派論旨角色，而從左方到右方的方向指派格位。也就是說，動詞的域內論元、語意論元、域外論元本來都出現於主要語動詞的左方，但有些論元則可能爲了獲得格位的需要纔移到主要語動詞的右方來。[289] 結果，英語的動詞組除了非論元的附加語可能出現於動詞節的左方以外，基本上是「主要語在首」的「向右分枝」結構，而漢語的動詞組則除了部分論元出現於動詞的右方獲得格位以外，基本上是「主要語在尾」的「向左分枝」結構。[290] 由於一個動詞只能指派一種格位，所以在漢語裏原則上只有一個域內論元（通常是賓語名詞組）出現於動詞主要語的右方。漢語

---

[289] 參 Koopman (1984) 與 Travis (1984)。

[290] Huang (1982:42) 認爲：英語裏所有的主要詞彙範疇（即N,V,A,P）在 X′ 的槓次（即詞節）都屬於「主要語在首」的結構，而在X″以上的槓次（即詞組）都屬於「主要語在尾」的結構。相形之下，漢語則只在動詞節、介詞節、形容詞節的 X′ 槓次是「主要語在首」，而在其他詞組結構（即所有詞類的 X″ 與名詞節（N′））都是「主要語在尾」。

主要語動詞的右方出現兩個論元的情形僅限於「雙賓動詞」(double-object verb/ ditransitive verb；如 (5.23 d, e) 與 (5.24a)句)與「賓語控制動詞」(object-control verb；如 (5.25c, d)句) 等「三元述語」動詞。這些動詞的第一個(域內) 論元應該分析爲補述語。但是第二個論元究竟應該分析爲動詞的補述語抑或動詞節的附加語、這一個論元的格位如何指派、以及漢語介詞組與大句子是否需要指派格位等問題則學者間尙有異論 (參 Li, Y. H. (1985) 與湯 (1988a: 507-523))。由於這些問題主要涉及論旨理論與格位理論，因此無法僅靠X標槓理論來解決，只好留待另外的機會再來詳細討論㉑。但是在我們這裏應該指出：無論把這些動詞的第二個論元分析爲動詞的補述語或動詞節的附加語，都符合X標槓理論的要求。漢語裏，還有一些出現於動詞節的詞組結構。這些詞組結構包括期間補語 (如(5.31)句)、回數補語 (如(5.32)句)、動量補語 (如(5.33)句) 、情狀補語 (如(5.34)句)、結果補語 (如(5.35)句) 等。㉒→

(5.31)a. 他（看書）看了兩個小時。

b. 他看了兩個小時的書。

(5.32)a. 她（讀那一封信）讀了兩遍。

b. 她讀了兩遍信。

(5.33)a. 他咬了我一口。

b. 我踢了他一脚。

㉑ 另外「方位補語」（如‘上、下、出、進、起、回、過’）與「趨向補語」（如‘來、去’）也可以出現於動詞的右方，但這些補語似可分析爲「複合動詞」的一部分。參湯（撰述中b）在詞彙裏利用「造詞規律」由動詞詞根、方位動詞、趨向動詞來組成複合動詞的可能性。

(5.34)a. 他（跳舞）跳得很好看。

b. 他（寫字）寫得很好看。

(5.35)a. 他（做工作）做得很累。

b. 他氣得渾身發抖。

c. 醉得他站不起來。

d. 激動得她說不出話來。

期間補語在詞組結構與句法功能上似乎可以分析為名詞組，而回數補語與動量補語則似乎可以分析為數量詞組[293]。因此，這三種補語都可以分析為動詞節的附加語。至於情狀補語與結果補語的深層結構與衍生過程則學者間仍有異論。有些學者認為這些補語，其實就是謂語或主要述語，因而偏向類似(5.36)的詞組結構分析；而有些語法學者則認為這些補語是充當狀語的形容詞組或大句子，因而偏向類似(5.37)的詞組結構分析。[294]

←[292] Zhu (1984:50-51) 把 (5.32) 的'遍'與 (5.33) 的'口、脚'分別稱為「專用動量詞」與「借用動量詞」而歸入廣義的「量詞」。

[293] 關於這些補語為什麼出現於動詞節的右方而不出現於左方，請參湯（1988 a :503-505)。

[294] Huang（1988）把第一種分析稱為「主要謂語分析」（primary predication analysis)，而把第二種分析稱為「次要謂語分析」（secondary predication analysis)；因為前一種分析把這些補語分析為句子的主要謂語，而後一種分析則把這些補語分析為表示情狀或結果的狀語。他還對兩種分析的優劣提出非常詳盡的討論，並從許多觀點支持第二種分析。

(5.36)a.

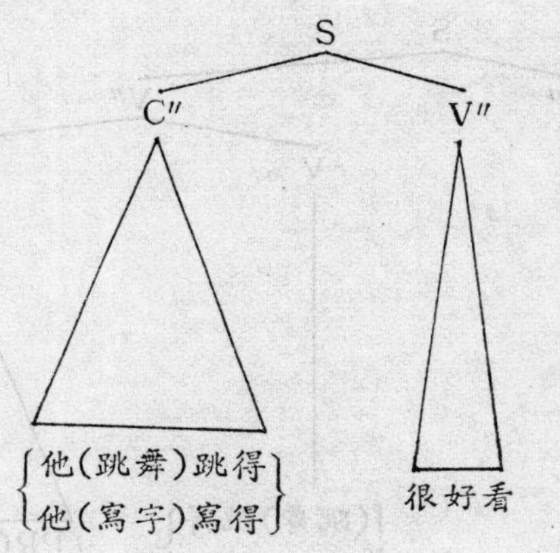
S
C″
V″
他(跳舞)跳得
他(寫字)寫得
很好看

b.

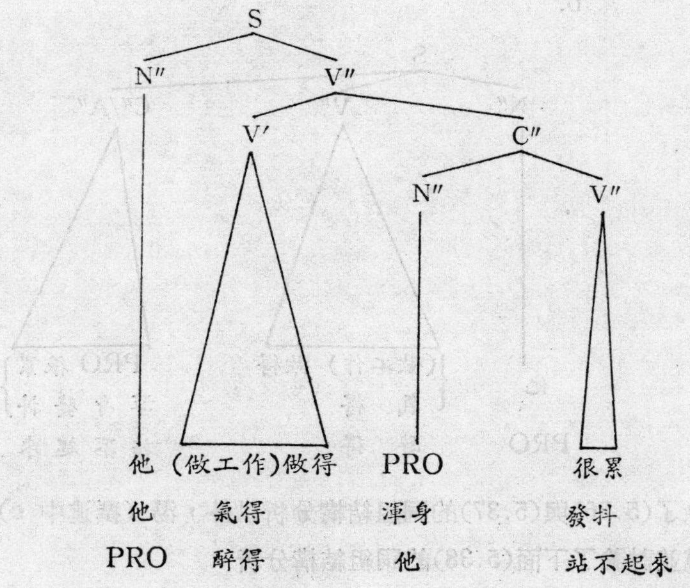
S
N″
V″
V′
C″
N″
V″
他
(做工作)做得
PRO
很累
他
氣得
渾身
發抖
PRO
醉得
他
站不起來

(5.37)a.

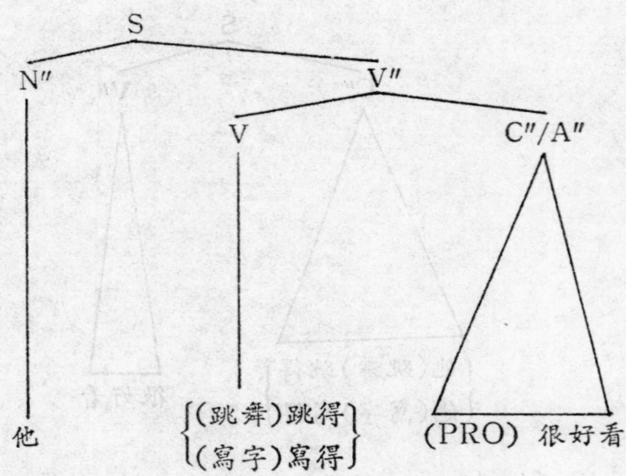

b.

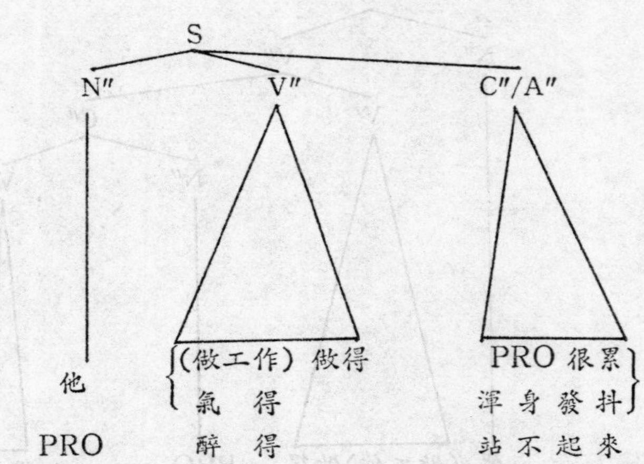

除了(5.36)與(5.37)的詞組結構分析以外，湯（撰述中 c）也考慮並討論了下面(5.38)的詞組結構分析。

(5.38)a.

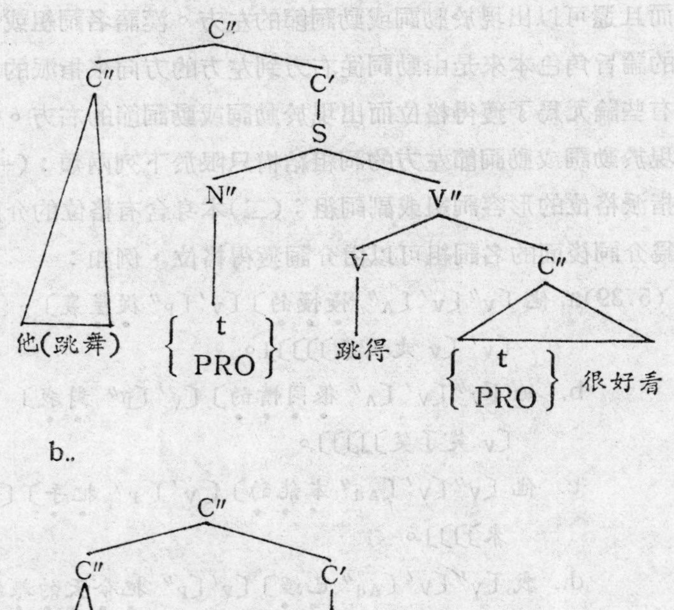

我們不準備在這裏討論這幾種分析的優劣（對前兩種分析，Huang（1988）已經提出了詳盡的評述），因爲這個討論遠超出了X標槓理論的範圍。不過，就X標槓理論而言，以上幾種不同的分析都沒有違背X標槓結構的要求或限制。

漢語的補述語與附加語不僅可以出現於動詞或動詞節的右方，而且還可以出現於動詞或動詞節的左方。漢語名詞組或子句論元的論旨角色本來是由動詞從右方到左方的方向來指派的，只因爲有些論元爲了獲得格位而出現於動詞或動詞節的右方。因此，出現於動詞或動詞節左方的詞組結構只限於下列兩類：(一)不需要指派格位的形容詞組或副詞組；(二)本身含有格位的介詞組，因爲介詞後面的名詞組可以由介詞獲得格位，例如：

(5.39) a. 他〔V″〔V′〔A″ 慢慢的〕〔V′〔P″ 從屋裏〕〔V′〔V 走出來〕〕〕〕〕。

b. 她〔V″〔V′〔A″ 很同情的〕〔V′〔P″ 對我〕〔V 笑了笑〕〕〕〕〕。

c. 他〔V″〔V′〔Ad″ 本能的〕〔V′〔P″ 把手〕〔V 縮回來〕〕〕〕。

d. 我〔V″〔V′〔Ad″ 已經〕〔V′〔P″ 把今天的報紙〕〔V′〔V 放〕〔P″ 在飯桌上〕〕〕〕〕。

e. 老陳〔V″〔V′〔P″ 被人〕〔V′〔P″ 用石頭〕〔V′〔P″ 把汽車的玻璃窗〕〔V 敲破了〕〕〕〕〕。[295]

漢語的副詞大多數都由別的詞類轉用而來，包括：(一)少數書面語單音形容詞（如‘多、少、早、晚、快、慢、眞、假、全’

---

[295] 我們認爲漢語的「被字句」與「把字句」都由深層結構直接衍生。也就是說，漢語的‘被’詞組與‘把’詞組在深層結構就出現於動詞組裏附加語或補述語的位置，而非由移位變形而衍生。我們所持的理由之一是：無論是主語名詞組經過移位而變成介詞‘被’的賓語，或賓語名詞組經過移位而變成介詞‘把’的賓語都會違背「格位衝突」的限制。

）㉙ 與雙音形容詞（如‘迅速、緩慢、積極、公開、私自、直接、間接、謹愼、粗略、誇大、完全；勉強、仔細、細心、大膽、老實’）㉗；（二）形容詞（或動詞、名詞）的重疊（如‘慢慢（的）、輕輕（的）、重重（的）、好好（的）、大大（的）；慢吞吞（的）、冷冰冰（的）、惡狠狠（的）、氣昂昂（的）、眼巴巴（的）、鬧哄哄（的）、醉薰薰（的）、羞答答（的）、氣鼓鼓（的）、笑嘻嘻（的）、漂漂亮亮（的）、輕輕鬆鬆（的）、大大方方（的）、高高興興（的）、平平安安（的）、規規矩矩（的）’）㉘；（三）名詞的轉用（如‘（很）{禮貌、熱情、規矩、機械、矛盾、本能}的’）；（四）動詞的轉用（如‘（很）{同情、感激、激動、誇張、誇耀}的’）；（五）由動詞‘有’與抽象名詞合成（如‘（很）有{精神、把握、效率、系統、組織、條件}’）㉙；（六）量詞的轉用（如‘一把（抱住他）、一下子（把信讀完）’）；（七）並列式固定成語或熟語（如‘狼吞虎嚥的、人不知鬼不覺的、天長地久的、鞠躬點頭的、東張張西望望的、手牽手的、面對面的、一個接一個的、沒完沒了的、你呀我的’）等。專用爲狀語的純粹常用副詞只有‘忽然、突然、偶然、偶爾、已經、（剛）纔、馬上、立刻、早（就）、老早、曾經、遲早；還、又、再、重新、一直、一起、一致’等。其他，如表示「情態」（如

㉖ 但這些形容性狀語的分佈仍受一定的限制，參 Zhu (1984:75, 154)。

㉗ 這些雙音形容詞轉用爲副詞時可以加上「後綴」‘的／地’，也可以不加。

㉘ 重疊詞常與‘的／地’連用。

㉙ 也有‘沒有／毫無’與抽象名詞合成的用例，如‘{沒有／毫無}{目的、例外、條件、保留}的’。

‘或許、也許、大概、恐怕、一定、確實、原來’）、「語氣、觀點」（如‘居然、到底、究竟、難道、乾脆、反正’）與「時間」（如‘今天、明天、現在、將來、過去’）等副詞或狀語則應該分析爲小句子或大句子的附加語。又出現於動詞組附加語的副詞一般都表示「動作的情狀」，但也可能表示動作的結果，例如：[300]

(5.40)a. 小孩子們　圓圓的　排成一個圈。

b. 她　辣辣的　做了一碗湯，還　嫩嫩的　燉一碗鷄蛋。

至於介詞組，則包括「時間、處所」（‘在 …’）、「起點」（‘從 …’）、「終點」（‘到 …’）、「途徑」（‘沿(着) …’）、「隨件」（‘跟／和／與 …’）、「目的、理由」（‘對／向／朝（着）／爲（了）／替／因爲／由於 …’）、「工具」（‘用 …’）、「手段、憑藉」（‘靠(着)／照(着)／憑(着) …’）、「主事」（‘被／由 …’）、「受事」（‘把 …’）等。與動後補述語與附加語不同，動前補述語與附加語的前後次序比較自由。這可能是由於動前補述語與附加語本身具有能指派格位的介詞；因而與動後補述語或附加語不同，不必靠動詞與鄰接條件來指派格位，在移位上也較不會觸犯「格位衝突」的限制。[301]

根據以上的觀察與分析，英漢兩種語言的動後補述語與附加語的前後次序，極爲相似：補述語出現於附加語的前面；而在補

---

[300] 例句採自 Zhu (1984:154)。

[301] 因此，動前補述語與附加語不同的前後次序可以由深層結構直接衍生，也可以在語音形式部門利用「攪拌規律」(Scrambling Rule) 的體裁移位變形來處理。

述語中名詞組則出現於介詞組或大句子的前面[302]。也就是說，在動詞節（V′）裏英語與漢語都呈顯「主要語在首」的結構佈局。又英語的附加語，除了少數表示「情狀」與「程度」的副詞以外，都不能出現於主要語動詞的前面；而漢語的附加語則除了期間、回數、動量、情狀、結果補語以外，都出現於主要語動詞的前面。因此，在動詞組（V″）裏英語仍然呈顯「主要語在首」的結構佈局，而漢語卻呈顯「主要語在尾」的結構佈局。這個結構佈局上的差異可以說明爲什麼在英漢兩種語言裏，時間、處所與情狀附加語在句子中的出現次序正好形成詞序相反的「鏡像」[303]。試比較：

(5.41)a. The children were playing games *happily* (a) *in the park* (b) *yesterday.* (c)

b. 孩子們 昨天(a) 在公園裏(b) 快樂的(c) 玩耍。

至於漢語動詞組的指示語，則比照英語動詞組的結構分析爲由動詞的「域外論元」（卽主語名詞組）來充當。也就是說，在深層結構裏漢語的主語名詞組與英語的主語名詞組一樣出現於動詞組指示語的位置，然後經過「移位 α」而在表層結構裏出現於小句子指示語的位置。

5.3 漢語的形容詞組、副詞組與X標槓結構

漢語的形容詞組以形容詞爲主要語（A），並與補述語共同形

[302] 參湯（撰述中 c ）從格位理論的觀點來討論這些詞序問題。

[303] 參湯（1988 g ）。

成形容詞節（A′），再與指示語合成形容詞組（A″）。漢語的形容詞與英語的形容詞不同，具有下列幾種句法功能而與動詞相似：(一) 可以單獨充當謂語（不必像英語形容詞那樣由「繫詞」(copula; 即 Be 動詞）或「連繫動詞」(linking verb；如 'become, seem, stay, remain' 等來引介）；(二) 可以直接否定，並且可以出現於肯定式與否定式連用的「正反問句」(V-not-V question)；(三) 可以直接出現於情態(助)動詞的後面；(四) 可以在前面用「斷定動詞」(assertive verb) '是' 來表示「對比」(常讀輕聲) 或「焦點」(常讀重音)，或用「範域副詞」(scope adverb；如 '都') 或「強調副詞」(emphatic adverb；如 '纔') 來修飾；(五) 可以有「及物」與「不及物」304、「作格」(ergative) 與「受格」(accusative) 305、「動態」(actional) 與「靜態」(stative) 306 等之分；(六) 可以帶上名詞組、大句子（包括以大代號爲主語的大句子）爲賓語；

304 Zhu (1984:55) 把凡是受「程度副詞」(如 '很' 等) 修飾而不能帶上賓語的都歸入形容詞；而把凡是不受程度副詞修飾，或雖然受程度副詞修飾卻能帶上賓語的都歸入動詞。在這個分類下，'我(很)感激 {φ/你/你從這麼遠的地方跑來看我}' 裏的 '感激' 是動詞，而 '我 (很) 感動 {φ/*你/*你從這麼遠的地方來看我}' 裏的 '感動' 是形容詞；'我 (很) 怕 {φ/他/他找我的麻煩}' 裏的 '怕' 是動詞，但 '我 (很) 害怕{φ/?? 他/?? 他會找我的麻煩}' 裏的 '害怕' 是形容詞。在我們的分析下，'感激、感動、怕、害怕' 都是形容詞，不過 '感激' 與 '怕' 有及物與不及物兩種用法，而 '感動' 與 '害怕' 則只有不及物用法。

305 例如，比較：'我開了門⊃門開了；我踢了門⊅門踢了' 與 '他的話感動了我⊃我感動了；他感激我⊅我感激了'。

306 例如，比較 '他要我 {小心/膽大/謹慎/*瘦/*高大/*幸福} 一點'。

(七) 動態形容詞可以帶上「動貌標誌」(如'紅了臉、關心着你、快樂過、緊張起來、懶惰下去')、「期間補語」(如'難過了半天、高興了一會、一直傷心到晚上')、「回數、數量補語」(如'同情他多少次、重了六斤、高了三寸')與「情狀補語」(如'她氣得說不出話來、他高興得跳起舞來了')；(八)可以不加詞綴直接「名物化」(nominalized；如'打是疼，罵是愛；快總比慢好')；(九)可以由'的'引介來修飾名詞(如'{打架／胡鬧}的孩子')。不過漢語的形容詞與動詞不同：(一)重疊的一般形式是「AA」與「AABB」(而動詞重疊的一般形式是「A(一)A」與「ABAB」)；(二)可以用程度副詞修飾，並可以出現於比較句(如'他比我更{同情／感激}你')；(三)及物形容詞的名物化常在賓語名詞的前面加上'對'(如'關心科學→對科學的關心')，而及物動詞的名物化則不必在賓語名詞的前面加上介詞(如'研究科學→科學的研究')。[307]

英語形容詞可以帶上介詞組或大句子(包括陳述句、疑問句、感嘆句、不定子句與大代號爲主語的不定子句)爲補述語；而漢語形容詞則可以帶上名詞組或大句子(包括陳述句、疑問句、感嘆句與以大代號爲主語的子句)爲補述語，卻不能帶上介詞組爲補述語。這是因爲及物形容詞本身可以指派格位給賓語名詞組，名詞組自不能再從介詞那裏獲得格位。因此，漢語的形容詞與英語的形容詞一樣，必須根據所帶上的補述語的「句法結構」(名詞組、大句子等)來次類畫分，並且與補述語子句的「語意類型」(陳述句、疑問句、感嘆句等)之間具有一定的選擇關係，

---

[307] 參湯(1977)"動詞與形容詞之間"，收錄於湯(1979:161-167頁)。

例如：

(5.42)a. 我很感激｛φ／你／你的幫忙／你這麼熱心的幫助他／*PRO 這麼熱心的幫助他｝。

b. 他的話使我很感動｛φ／*你｝。

c. 我很怕｛φ／他／他發脾氣/ PRO 見到他｝。

d. 我很害怕｛φ/??他/??他發脾氣｝。

e. 我很高興｛φ/*你／你能來/PRO 能跟你在一起｝。

f. 我沒有把握｛(他)能不能來／(他) 什麼時候來｝。[308]

g. 他非常關心〔你是否平安〕。

h. 我很驚訝〔她竟然長得這麼漂亮〕。

不過，漢語形容詞似乎最多只能有兩個論元，不能有三元述語。試比較：

(5.43)a. I'm grateful.

b. I'm grateful to you.

c. I'm grateful that your husband is helping my son so willingly.

d. I'm grateful to you that your husband is helping my son so willingly.

(5.44)a. 我很感激。

b. 我很感激你；我對你很感激。

---

[308] 有不少人認爲這是歐化漢語而應該說成：'我沒有把握〔(他) 一定能來〕'。這些人對'我很懷疑〔*(他) 能不能來〕'這個例句也做了類似的合法度判斷。

c. 我很感激你的先生這麼熱心的幫助我兒子。

d. ?* 我對你很感激你的先生這麼熱心的幫助我兒子。

e. ?* 我很感激你你的先生這麼熱心的幫助我兒子。[309]

漢語形容詞的補述語也可以以介詞組的句法結構出現於形容詞的左方。這個時候補述語名詞組仍能從介詞獲得格位。試比較：

(5.45) a. 他很{感激／同情／關心／敬仰／佩服／了解}你。

b. 我對你 很{感激／同情／關心／敬仰／佩服／了解}。

漢語形容詞的附加語除了期間、回數、數量、程度、情狀等補語可以出現於形容詞的右方以外，其他表示「程度」與「強調」的副詞（如'很、更、正、最、眞、太、多、好、這麼、那麼、非常、特別、尤其；纔，可'）以及表示「比較」、「隨伴」、「對象」、「理由」等介詞組與量詞組都出現於形容詞的左方，例如：

(5.46) a. 聽了他的話，小華難過了半天。

b. 她不曉得曾經同情過他多少次！

c. 他又高了一吋，胖了兩磅。

d. 她氣 {極了／得不得了／得說不出話來／得心都

---

[309] 有些人認爲(5.44e)的例句可以通。但事實上在'你'與'你的先生'之間必須有停頓，表示他們所接受的是前後兩個句子對等連接的「合句」(compound sentence)，不是由母句包接子句的「複句」(complex sentence)。

要炸開了}。

e. 小明比小華高{一些/一點/得(很)多}。

f. 我懶得再去理他。

g. 我們高興得手舞足蹈的跳起舞來。

(5.47)a. 這個孩子{很/最/非常/特別/多/好}聰明。

b. 他的理由{纔/可}多呢!

c. 他的個子比我還要高。

d. 我跟他很熟(悉)。

e. 我們都對他非常同情。

f. 你在替誰難過啊?

g. 他有兩公尺高,八十公斤重。

這些語法事實表示:漢語的形容詞與動詞一樣,原則上由主要語形容詞從右方到左方的方向指派論旨角色,只有需要獲得格位的名詞組與大句子纔移到形容詞的右方充當補述語或附加語。另一方面,英語的形容詞也與動詞一樣,原則上由主要語形容詞從左方到右方的方向指派論旨角色。因此,除了程度副詞[310]以外的補述語與附加語都出現於形容詞的右方。如此,英語與漢語的形容詞組也常呈現詞序相反的鏡像,例如:

(5.48)a. John is *five-inches taller than me.*[311]

b. 小明比我高五英吋。

---

[310] 有些語法學家(如 Jackendoff (1977))把這些程度副詞(或數量詞組)分析爲形容詞的指示語。

[311] 當然英語也有"John is taller than me *by five inches*"這樣的說法。

(5.49)a. She is the *most* beautiful *of the five sisters.*

b. 她是五個姊妹裏最漂亮的(一個)。

漢語形容詞組的指示語，也與英語形容詞組的指示語一樣，可以分析爲由程度副詞或主語名詞組來充當。由於漢語形容詞與動詞的句法功能極爲相似，所以在未考慮其他原則系統的可能影響之前，我們暫且假定：無論是動詞謂語句或是形容詞謂語句，主語名詞組都在深層結構裏出現於動詞組與形容詞組的位置，然後在表層結構裏經過移位而移入小句子的指示語的位置。

至於漢語的副詞組，前面已經討論過，除了少數專用副詞以外，大多數的副詞或狀語都由形容詞（組）、名詞（組）、動詞組、小句子等轉用而來。而且，除了少數專用副詞以外，大多數的轉用副詞都在詞尾或詞組右端附上'的／地'做爲表示副詞的「後綴」(suffix) 或表示狀語的「從屬標誌」(subordinator) 。這些轉用副詞或狀語，除了重疊形容詞、名詞、動詞以外，都可以用程度副詞修飾，也可以出現於比較結構。就是專用副詞裏面也有少數可以用程度副詞修飾的（如'很{突然／偶然}'）。但是副詞與形容詞不一樣，不能指派論旨角色；因此，除了受程度副詞修飾以外，不可能有其他補述語或附加語出現於副詞的左方或右方。又副詞與狀語，除了可以出現於動詞組與形容詞組的附加語位置以外，也可以出現於小句子與大句子的附加語位置，而這些附加語的位置都由X標槓理論來決定。關於這一點，漢語與英語極爲相似，只是那類副詞或狀語出現於那一個附加語位置的選擇有所不同而已。

5.4 漢語的介詞組與X標槓結構

漢語的介詞組以介詞（P）爲中心語，並與補述語名詞組形成介詞節（P′），再與指示語形成介詞組（P″）。漢語的介詞與英語的介詞不一樣，必須以名詞組爲補述語，因此並沒有「及物」與「不及物」的區別。漢語的介詞因其形態可以分爲「單音介詞」（如'被、由、把、將、爲、和'）與「雙音介詞」（如'自從、根據、按照、因爲、開始'）兩類，並依其語意內涵可以分爲「主事」（如'被、讓、給、由、歸、任'）、「受事」（如'把、將、管'）、「受惠」（'替、給、爲、代'）、「關係、對象、範圍」（如'和、跟、同、與、比、對(著)、向、給、對於、關於、至於、除(了)、除開'）、「工具」（如'用、拿'）、「起點」（如'從、打（從）、離、距、自從'）、「終點」（如'到、給、往、向、望(著)、朝（著）'）、「處所、時間」（如'在、當、臨'）、「依據」（如'據、照(著)、依、按、憑(著)、藉(著)、靠(著)、趁(著)、沿(著)、順(著)、依據、依照、按照、根據'）、「原因、目的」（如'因、爲(了／著)、因爲、由於'）等幾種。就語法演變的歷史而言，介詞似乎是由文言動詞虛化而來的[312]，不過演變的速度有快慢之分，虛化的效果也有徹底與不徹底之別。有些動詞（如'用、拿、到、在、給、比'等）演變的速度似乎較慢，虛化的效果也較爲不徹底，保留較多的動詞語意內涵與句法功能。有些動詞（如'被、由、把、將、爲、離、和'）等演變得較爲徹底，幾乎喪失了動詞的原有含義與功能，頗爲接

[312] 因此，有些介詞保留動貌的'了'（如'爲了、除了'）與'著'（如'爲著、靠著、藉著、憑著、對著、朝著、望著、沿著、順著'））。

近英語的介詞。更有些動詞合成為「雙音介詞」，完全失去了動詞的句法功能，是不折不扣的「專用介詞」。還有些介詞（如'跟、為了、因為、由於'）甚至更有進一步演進成為連詞的趨勢。313

漢語的介詞組遠比英語的介詞組簡單。因為漢語的介詞並無及物與不及物314之分，必須帶上補述語；而且介詞的補述語必須由名詞組來充當、不能由介詞組來充當。同時，漢語介詞最多只能有一個補述語315，不能像英語介詞那樣有時候可以有兩個補述語（如(5.53)句）。試比較：

(5.50)a. John stayed〔*in*〔the house〕〕.

b. 小明 留 〔在〔家裏〕〕。

(5.51)a. Mary came〔*out*〔*of*〔the room〕〕〕.

b. 小華〔從屋裏〕走 出來。

(5.52)a. John came〔*out*〔*from*〔*behind*〔the tree〕〕〕〕.

b. 小明〔從樹木後面〕走 出來。

313 關於漢語動詞與介詞句法功能異同的討論，參湯（1978）"動詞與介詞之間"與（1977）"'跟'的介詞與連詞用法"，分別收錄於湯（1979: 169-179; 7-13）。

314 漢語裏與英語的「不及物介詞」或「介副詞」相當的表現方法是「方位」與「趨向」補語，例如：

（i）a. John jumped {*in/out*}.

b. 小明跳{進來／出去}。

（ii）a. Mary stood *up* and then sat *down*.

b. 小華站起來，再坐下去。

315 漢語的介詞除了'給'以外都從漢語二元述語動詞虛化而來，結果只能帶上一個補述語。而唯一由雙賓動詞演變出來的介詞'給'也只能出現於雙賓動詞後面來引介「終點」補述語。

(5.53)a. We live 〔*across* 〔the street〕〔*from* 〔John's house〕〕〕.

b. 我們住〔在〔小明家的對面〕〕。

(5.54)a. Mary worked 〔〔*from*〔nine〕〔*to* 〔twelve〕〕〕.

b. 小華〔從九點〕工作〔到十二點〕。

從上面例句的比較可以看出：漢語的介詞不能以介詞組爲補述語（如(5.51)與(5.52)句），不能同時以名詞組與介詞組爲補述語（如(5.53)與(5.54)句），而且在漢語裏除了表示「處所」（如(5.50)句）與「終點」（如(5.54)句）的介詞組以外不能出現於動詞後面當補述語，只能出現於動詞或形容詞前面當補述語或附加語。因此，在英語的例句裏出現連續兩個以上的介詞（及物或不及物）時，在相對應的漢語例句裏只保留第一個及物介詞（如(5.51a) 的"(out) of"、(5.52a) 的 "from"與 (5.53a) 的 "across"），而把其他的介詞翻譯成「方位名詞」(如(5.52b)的'後面'、(5.53b) 的'對面'）或「方向、趨向補語」(如(5.51b)與(5.52b) 的'出來'），或者乾脆把介詞加以省略（如(5.53a)的"from"）。

由於漢語的大部分介詞都由動詞虛化而來，所以修飾動詞的情狀副詞似乎應該都可以用來修飾介詞。但是事實上介詞組在動詞組或形容詞組裏都充當狀語來修飾主要語的動詞或形容詞，因此出現於介詞組前面的情狀副詞也都常分析爲修飾主要語動詞或形容詞的附加語。這一點可以從下面例句裏的情狀副詞與介詞組狀語的前後次序調換後這些例句的句義與接受度都不會改變這一點看得出來。試比較：

(5.55)a. 他本能的把手縮回來。

b. 他把手本能的縮回來。

(5.56)a. 她悄悄的跟他說了幾句話。

b. 她跟他悄悄的說了幾句話。

(5.57)a. 我會很快的替你辦好這一件事。

b. 我會替你很快的辦好這一件事。[316]

如果這種分析正確，那麼漢語介詞組的附加語異常匱乏，與具有名詞組、形容詞組、副詞組、介詞組等豐富附加語的英語介詞組形成強烈的對比。

漢語的介詞在句法功能上屬於一元述語。因此，在X標槓結構裏只能帶上一個補述語做爲介詞的賓語。介詞既不可能有主語，介詞組的指示語自然也就不能由主語名詞組來充當。唯一出現於介詞組指示語位置的是一小羣表示「範圍」(如'只、單、僅、光')、「強調」(如'正、纔、就、直、一直')或「語氣」(如'

[316] 不過在理論上，(5.55)到(5.57)的例句都可以有下面(i)與(ii)這兩種不同的詞組結構分析。

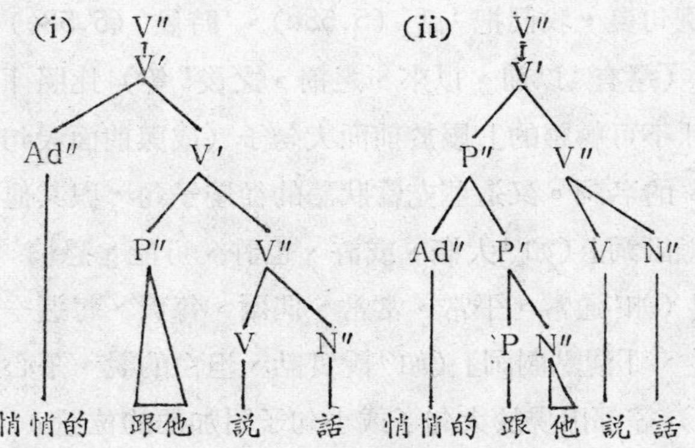

偏'）等副詞。

在X標槓理論與英語詞組結構的討論裏，我們把英語的連詞分析爲以大句子或小句子爲補述語的廣義的介詞。在這裏我們也以同樣的理由（包括語音形態、語意內涵、句法功能上的相同或相似）來主張把漢語的連詞分析爲以大句子或小句子爲補述語的廣義的介詞，例如：

(5.58)a. 〔P″ 除非〔C″ 你也去〕〕，否則我就不去了。

b. 〔P″ 如果〔C″ 明天下雨〕〕，那麼我就不去了。

c. 〔P″ 如果〔N″〔C″ 明天下雨的〕話〕〕，我就不去了。

d. 〔P″ 因為〔C″ 颱風要來〕〕，所以我們不能去。

e. 〔P″ 當〔N″〔C″ 我睡覺的〕時候〕〕，好像有人打電話來。

f. 〔P″ 自從〔N″〔C″ 他走了〕以後〕〕，PRO 一直都沒有寫信來。

g. 〔P″ 等〔C″ 我把信看完了〕〕〕，我再告訴你。

在這些例句裏，我們把'話'(5.58c)、'時候'(5.58e)、'以後'(5.58f)（還有'以前、以來、之前、之後'等）比照「方位詞」分析爲「不可轉讓的」屬於前面大句子（或與前面大句子形成「同位」）的名詞。又這些充當狀語的從屬子句，與其他修飾整句的「情態副詞」（如'大概、或許、也許、可能、恐怕'）、「頻率副詞」（如'通常、平常、常常、偶爾、每天、每週一次、每週兩天'）、「觀點副詞」（如'說實話、坦白的說、平心而論、總而言之'）等都出現於大句子或小句子附加語的位置。

5.5 漢語的大句子、小句子與X標槓理論

英語的大句子以補語連詞（C）為主要語，並以小句子為補述語共同形成「子句」（C′），再與指示語共同形成「大句子」（C″）。另一方面，漢語大句子的X標槓結構究竟如何則至今尚無定論。首先，漢語是否有補語連詞？如果有補語連詞的話，那麼究竟出現於大句子X標槓結構裏的什麼地方？ Huang (1982) 曾經把'因為'與'雖然'分析為漢語的補語連詞，但是大多數的語言學家卻把這些連詞歸入以句子為補述語的廣義的介詞。湯 (1979) 曾經指出：閩南語裏出現於補語子句前面的'講'（如'我嘸信〔講伊會來〕'與'〔講伊會來〕我嘸信'），其功用類似陳述句的補語連詞。㉛ 但這種'講'只與'信、想、想到'等少數動詞連用，並常只出現於否定句，而且在其他漢語方言裏似不多見。Xu & Langendoen (1985:2) 甚至認為漢語裏沒有補語連詞。我們在這裏為漢語的大句子提出如下 (5.59) 的X標槓結構。

(5.59)

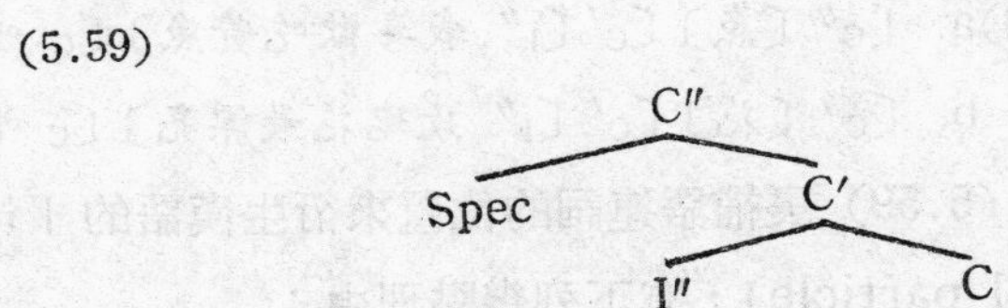

漢語大句子的指示語，與英語大句子的指示語一樣，是一個空節，可以充當「移動α」的移入點㉜，例如：

㉛ 世界上有不少語言的陳述句補語連詞都與'講、說'這種含義的動詞同形。

㉜ 也可能是如 Xu & Langendeon (1985) 所主張：漢語的主題在深層結構裏即出現於大句子指示語的位置，而小句子裏的「痕跡」(t) 其實就是「大代號」。參湯（撰述中 c）的有關討論。

(5.60)a. 〔C″〔什麼魚〕〔C′〔I″你最喜歡吃 t 〕〔C呢〕〕〕？

b. 〔C″〔李先生〕〔C′〔I″我以前見過 t 〕〔C 的〕〕〕。

許多人認為漢語裏只有邏輯形式上的疑問詞組移位，而沒有句法上或表層結構上的疑問詞組移位。但是在 (5.60a) 的例句裏，疑問詞組'什麼魚'從動詞賓語(t)的位置移到指示語的位置而成為「焦點主題」(focus-topic)。[319] 而 (5.61) 的例句則更顯示，有些疑問詞組的移位是必須的。

(5.61)a. 〔C″〔什麼魚〕〔C′〔I″我都不喜歡吃 t 〕〔C e〕〕〕。[320]

d. *〔C″〔e〕〔I″我都不喜歡吃什麼魚〕〕。

在 (5.60b) 的例句裏，有定名詞組'李先生'從動詞賓語(t)的位置移到指示語的位置而成為「論旨主題」((theme-)topic)。而 (5.62) 的例句則顯示，有些主題在深層結構裏就出現於指示語的位置。

(5.62)a. 〔C″〔魚〕〔C′〔I″ 我喜歡吃黃魚〕〔C 哩〕〕〕！

b. 〔C″〔花〕〔C′〔I″ 玫瑰花最漂亮〕〔C 吧〕〕〕。[321]

我們利用 (5.59) 裏補語連詞的位置來衍生漢語的「句尾語氣助詞」(final particle)，有下列幾點理由：

(一)漢語的X標槓結構，一方面找不到明確的補語連詞，另

---

[319] 另外一種可能的分析是：(5.60 a)的表層結構是'你最喜歡什麼魚呢?'，而在語音形式裏援用體裁變形而成為'什麼魚，你最喜歡呢?'。但是下面 (5.61 a) 的例句顯示，有些疑問詞組的移位是必須的。

[320] 這一句話也可以說成'我什麼魚都不喜歡吃'。

[321] 關於漢語「主題化變形」更詳盡的討論，參湯 (志) (1988)。

一方面卻尋不到適當的位置來衍生句尾語氣助詞。Hashimoto (1971:5)曾經以"S → Nucleus, {Decl,…}; Nucleus → NP, VP, (Time), (Place), (F)"的詞組結構規律來衍生漢語的句尾語氣助詞 (F)，顯然把句尾語氣助詞與主語名詞組 (NP)、述語動詞組 (VP)、時間副詞 (Time)、處所副詞 (Place) 等視爲對等的姊妹成分。但是句尾語氣助詞的語意範域及於全句，因此應該與句子 (S 或 Nucleus) 互爲姊妹成分纔對。同時，句尾語氣助詞 (如'的、哩、嗎、呢、吧、啦、啊、呀') 的選擇與全句句式或語氣 (如「陳述句」(Decl(arative) 或 P(roposition))、「疑問句」(Inter(rogative) 或 Q(uestion))、「感嘆句」(Excl(amatory) 或 E(xclamation)) 等有關，Hashimoto (1971) 所提出的詞組結構規律未能反映這些語言事實。

(二)在 (5.59) 的X標槓結構裏，句尾語氣助詞(C)與小句子 (I″) 互爲姊妹成分，不但正確的反映了句尾語氣助詞的語意範域及於整個小句子(但不包括出現於指示語位置的主題)，而且也說明句尾助詞的語氣與小句子的句式之間可能存在某種「選擇關係」。漢語的句尾語氣助詞是主要語，根據不同的句尾語氣助詞所表示的情態意義選擇適當句式 (如陳述句、疑問句、感嘆句、以及時制句、非時制句) 的小句子爲補述語，一如英語的補語連詞是主要語，根據不同的補語連詞所表示的情態意義選擇適當句式 (如陳述句、疑問句、感嘆句、以及時制句、非時制句等) 的小句子爲補述語。

(三)如果我們把補述語小句子的「語意類型」(如'P, Q, E'等) 解釋爲由主要語句尾語氣助詞 (漢語) 或補語連詞 (英語)

來指派，那麼我們也可以比照漢英兩種語言「論旨角色指派方向的參數」來推定：在無標的情形下漢語的指派方向是由右方到左方；而英語的指派方向是由左方到右方。這就說明了，在漢語裏句尾語氣助詞出現於小句子的後面，而在英語裏補語連詞則出現於小句子的前面。

(四)(5.59)的X標槓結構不但反映在英漢兩種語言之間句尾語氣助詞只在漢語裏出現，而補語連詞則只在英語裏出現；而且也自然合理的說明只有英語的助動詞（包括「情態助動詞」與「動貌助動詞」）在獨立疑問句與倒裝句中會移到主要語空節的位置來，而漢語則不可能有這種助動詞的移位。

(五)一般說來，漢語的句尾語氣助詞只能出現於獨立的句子或「根句」中，而不能出現於「從句」或「子句」中，例如：

(5.63)a. 他來不來？

b. 〔他來不來(*呢)〕跟我有什麼關係？[32]

(5.64)a. 我吃完了飯了。

b. 〔等我吃完了飯(*了)〕，我纔告訴你。

(5.65)a. 他要來呢還是他太太要來呢？

b. 我不知道〔他要來(*呢)還是他太太要來(*呢)〕。

(5.66)a. 你快來呀！

b. 李先生在催你〔PRO 快來(*呀)〕。

這些例子似乎顯示：在X標槓結構上，根句是大句子；而從句或子句則可能是小句子，因爲句尾語氣助詞不能在從屬子句裏出

[32] 在'你以爲他來不來呢？'、'你想他會來嗎？'等例句裏疑問子句的疑問範域及於全句。

現。但是下面(5.67)的例句卻表示補語子句可以含有主題；也就是說，補語子句必須含有指示語的位置。

(5.67) a. 我知道〔你喜歡吃巧克力〕的。

b. 我知道〔$_{C''}$〔巧克力〕〔$_{C'}$〔$_{I''}$ 你喜歡吃 t〕〔$_{C}$ e〕〕〕的。

c. 〔$_{C_1''}$〔巧克力〔$_{C_1'}$〔$_{I_1''}$我知道〔$_{C_2''}$〔t′〕〔$_{C_2'}$〔$_{I_2''}$ 你喜歡吃 t〕〔$_{C_2}$ e〕〕〕〕〕〔$_{C_1}$的〕〕〕。

因此，漢語與英語形成有趣的對照：漢語的大句子主要語（句尾語氣助詞）可以在根句裏出現，卻不能在從句裏出現；英語的大句子主要語（補語連詞 “that, whether”）在從句裏出現，卻不能出現於根句裏。

英語的小句子以屈折語素 (I) 為主要語，並以小句子為補述語共同形成「謂語」(I′)，再與主語名詞組的指示語合成「小句子」(I″)。許多漢語語法學家認為漢語的小句子也具有類似英語小句子的X標槓結構(5.68)。

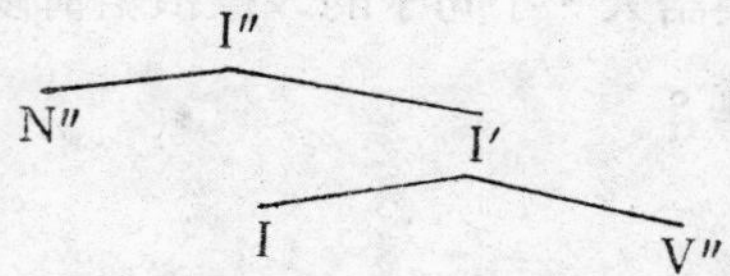

但是這樣的X標槓結構仍然有下列幾個問題：

(一)漢語並無明顯的時制語素或呼應語素來證實屈折語素的存在。

(二)漢語限定子句與非限定子句的界限並不明確，不受管轄的「大代號」似乎可以出現於非限定句主語的位置，因而難免令人懷疑漢語裏屈折語素的存在。

(三)漢語裏不但限定子句與非限定子句的界限不很明確，而且也找不到與英語的不定子句、分詞子句、動名子句等相對應的非限定子句。這也可能由英漢兩種語言在屈折語素上的差別而來。

(四)主語名詞組與屈折語素之間可以介入副詞或狀語，因而形成格位指派語與格位被指派語必須相鄰接的例外。

(五)漢語的主謂式複合詞（如'地震、頭痛、佛跳牆'）允許主語語素在不含屈折語素的複合詞裏出現，並且整個複合詞還可以當述語來使用（如'很久沒有地震過了、你還在頭痛嗎？'），因而與沒有主謂式複合詞的英語形成顯著的對比。[323]

由於以上這些問題都與X標槓理論以外的格位理論、管轄理論等有關，我們不準備在這裏詳細討論漢語的小句子。但是除了屈折語素在漢語裏的存在仍應質疑以外，小句子之以動詞組爲補述語及以主語名詞組爲指示語這一點則應可接受。我們在前面有關名詞組裏同位子句與關係子句的討論以及動詞組裏補語子句的討論裏已經對於漢語大、小句子的X標槓結構做了相當詳細的介紹，這裏不再重述。

6. 結　語

以上從普遍語法中「X標槓理論」的觀點，對於英語名詞組、動詞組、形容詞組、介詞組、大句子、小句子等詞組結構做了詳盡而深入的分析。然後再從同樣的觀點扼要討論漢語名詞組、

[323] 參湯（1988 f）。

動詞組、形容詞組、介詞組、大句子、小句子等詞組結構，並就英漢兩種語言提出了相當有系統的對比分析。在模組語法的理論模式下，這篇文章所討論的每一個問題都會牽涉到 X 標槓理論以外的其他原則系統。因此，有些問題未及提出充分的「佐證」(supporting evidence) 與「反證」(counterevidence) 來檢討，也有些學者的分析未能一一詳予評述或提出「其他可能的分析」(alternative analysis) 來比較對照。但是文章的字數已經遠超出了原先的計畫，只好在此暫時擱筆。好在本文是「普遍語法與英漢對比分析」的第一篇文章，希望在不久的將來能陸續完成第二篇「論旨理論、格位理論與詞序問題」以及第三篇「限界理論、管轄理論與移動 α」以就教於英語與漢語語法學的先進。

句法篇　參考文獻

Abe, J., 1987, Generalized Binding Theory and the Behavior of Anaphors in Gerunds, *English Linguistics* 4, 165–185.

Abney, S., 1987, *The English Noun Phrase in Its Sentential Aspect,* Doctoral dissertation, MIT, Cambridge, Mass.

Akmajian, A., Steele, S. & Wasow, T., 1979, The Category AUX in Universal Grammar, *Linguistic Inquiry* 9, 261–268.

Anderson, M., 1984, Prenominal Genitive NPs, *The Linguistic Review* 3, 1–24.

Aoun, J., & D. Sportiche, 1983, On the Formal Theory of Government, *The Linguistic Review* 3, 211–235.

Aoun, J., Hornstein, N., Lightfoot D., & Weinberg, A., 1987, Two Types of Locality, *Linguistic Inquiry* 18, 537–577.

Baker, M., 1985, *Incorporation: A Theory of Grammatical Function Changing,* Doctoral dissertation, MIT, Cambridge, Mass.

Baker, M., 1985, Syntactic Affixation and English Gerunds, *Proceedings of WCCFL* 4, 1-11.

Baltin, M., 1981, A Landing Site Theory of Movement Rules, *Linguistic Inquiry* 13, 1-38.

Bellert, I., 1977, On Semantic and Distributional Properties of Sentential Adverbs, *Linguistic Inquiry* 8: 2, 337-351.

Bowers, J., 1987, Extended X-Bar Theory, the ECP and the Left Branch Condition, *Proceedings of WCCFL* 6.

Bowers, J., 1988, A Structural Theory of Predication, ms.

Bresnan, J., 1972, Theory of Complementation in English Syntax, Doctoral dissertation, MIT, Cambridge, Mass.

Bresnan, J. W. & J. Grimshaw, 1978, The Syntax of Free Relatives in English, *Linguistic Inquiry* 9, 331-391.

Bresnan, J. W., 1976, On the Form and Functioning of Transformations, *Linguistic Inquiry* 7, 3-40.

Chao, Y. R., 1968, *A Grammar of Spoken Chinese,* University of California Press, Berkeley, California.

Cheng, L. L. S., 1986, Clause Structures in Mandarin Chinese, MA thesis of the University of Toronto, Toronto, Ontario.

Chomsky, N., 1965, *Aspects of the Theory of Syntax,* MIT

Press, Cambridge, Mass.

Chomsky, N., 1970, Remarks on Nominalization, in R. A. Jacobs and P. S. Rosenbaum, eds., *Reading in English Transformational Grammar,* Ginn, Waltham, Mass.

Chomsky, N., 1981, *Lectures on Government and Binding,* Foris, Dordrecht.

Chomsky, N., 1986a, *Barriers,* Linguistic Inquiry Monograph 13, MIT Press, Cambridge, Mass.

Chomsky, N., 1986b, *Knowledge of Language: Its Nature, Origin, and Use,* Praeger, New York.

Chomsky, N., 1989, Some Notes on Economy of Derivation and Representation, ms.

Culicover, P. W. & Wexler, K., 1977, Some Syntactic Implications of a Theory of Language Learnability, in P. W. Culicover, T. Wasow, & A. Akmajian eds., *Formal Syntax,* 7-60, Academic Press, New York.

Culicover, P. W. & Wilkins, W. K., 1984, *Locality in Linguistic Theory,* Academic Press, New York.

Dougherty, R., 1968, *A Transformational Grammar of Conjoined Coordinate Structures,* Doctoral dissertation, MIT, Cambridge, Mass.

Ernst, T., 1984, *Towards an Integrated Theory of Adverb Position in English,* IULC, Bloomington.

Fabb, N., 1984, Syntactic Affixation, Doctoral dissertation,

MIT, Cambridge, Mass.

Fillmore, C., 1968, *Indirect Object Constructions in English and the Ordering of Trabsformations,* Mouton, The Hague.

Franks, S., 1986, Theta-role Assignment in NPs and VPs, ms., Paper read at LS Winter Meeting.

Fukui, N., 1986, *A Theory of Category Predication and its Applications,* Doctoral dissertation, MIT, Cambridge, Mass.

Fukui, N. & M. Speas, 1986, Specifiers and Projection. MIT Working Papers 8.

Fukuyasu, K., 1987, Government of PRO, by PRO, for PRO, *English Linguistics* 4, 186-200.

Grimshaw, J., 1979, Complement Selection and the Lexicon, *Linguistic Inquiry* 10, 279-326.

Gruber, J. R., 1965, *Studies in Lexical Relations,* Doctoral dissertation, MIT, Cambridge, Mass.

Hankamer, J., 1971, *Constraints on Deletion in Syntax*, Doctoral dissertation, Yale University.

Hantson, A., 1984, *For, With* and *Without* as Non-Finite Clause Introducers, *English Studies* 63, 54-67.

Hashimoto, A. Y., 1971, *Mandarin Syntactic Structure,* Unicorn 8, 1-149.

Hornstein, N. & Lightfoot, D., 1981, *Explanation in Linguistics,* Longman, London.

Huang, C. T., 1982, Logical Relations in Chinese and Theory

of Grammar. Doctoral dissertation, MIT, Cambridge, Mass.

Huang, C. T., 1984, On the Distribution and Reference of Empty Pronouns, *Linguistic Inquiry* 15, 531-574.

Huang, C. T., 1987, Remarks on Empty Categories in Chinese, *Linguistic Inquiry* 18, 321-336.

Huang, C. T., 1988, *Wo Pao De Kuai* in Chinese Phrase Structure, *Language* 64, 274-311.

Hudson, R. A., 1976, Conjunction Reduction, Gapping, and Right-node Raising, *Language* 52, 535-562.

Jackendoff, R. S., 1968, Quantifiers in English, *Foundations of Language* 4, 422-442.

Jackendoff, R. S., 1971, Gapping and Related Rules, *Linguistic Inquiry* 2, 21-35.

Jackendoff, R. S., 1972, *Semantic Interpretation in Generative Grammar,* MIT Press, Cambridge, Mass.

Jackendoff, R. S., 1977, *$\bar{X}$ Syntax: A Study of Phrase Structure,* Linguistic Inquiry Monograph 2, MIT Press, Cambridge, Mass.

Kayne, R., 1984, *Connectedness and Binary Branching,* Foris, Dordrecht.

Keyser, S. J., 1968, Review of S. Jacobsen, Adverbial Positions in English, *Language* 44, 357-373.

Kim, S-W., 1987, Remarks on Noun Phrase in English, *Language Research* 23, 217-232.

Kitagawa, Y., 1985, Small But Clausal, *CLS* 21/1, 210-220.

Klima, E. S., 1965, Studies in Diachronic Syntax, Doctoral dissertation, Harvard University, Cambridge, Mass.

Kobayashi, K., 1987, A Note on Bare-NP Adverbs, *English Linguistics* 4, 336-341.

Koopman, H., 1984, *The Syntax of Verbs*, Foris, Dordrecht.

Larson, R. K., 1985, Bare-NP Adverbs, *Linguistic Inquiry* 16, 595-621.

Li, C. N. & A. Thompson, 1981, *Mandarin Chinese: A Functional Reference Grammar,* University of California Press, L. A., California.

Li, M.-D., 1988, *Anaphoric Structures of Chinese*, Student Book Co., Taipei, Taiwan.

Li, Y. H., 1985, Abstract Case in Chinese, Doctoral dissertation, University of Southern California, L. A., California.

Lü, Shuxiang, 1984, 漢語語法論文集（增定本），商務印書館。

MacCawley, J. D., 1983, What's with *With?*, *Language* 59, 271-287.

MacCawley, J. D., 1988, Adverbial NPs: Bare or Clad in See-Through Garb?, *Language* 64, 583-590.

Modini, P. E., 1977, Evidence from Chinese for an Extended Analysis of Exclamations, ms.

Muysken, P., 1982, Parametrizing the Notion 'Head', *Journal of Linguistic Research* 2:3, 57-75.

Neijt, A. H., 1979, *Gapping: A Contribution to Sentence Grammar,* Foris, Dordrecht.

Ota, Tasuo, 1958, 中國語歷史文法，江南書院。

Partee, B., 1973, Some Transformational Extensions of Montague Grammar, *Journal of Philosophical Logic* 2, 509-534.

Postal, P. M., 1966, On So-Called 'Pronouns' in English, in D. Reibel & S. Schane, eds. (1969) *Modern Studies in English* 201-224, Prentice-Hall, Englewood Cliff, New Jersey.

Postal, P. M., 1974, *On Raising,* MIT Press, Cambridge, Mass.

Pullum, G. K., 1985, Assuming Some Version of X-Bar Theory, *CLS* 21.

Quirk, R., Greenbaum, S., Leech, G. & Svartvick, J., 1985, *A Comprehensive Grammar of the English Language,* Longman, London.

Radford, A., 1988, *Transformational Grammar: A First Course,* Cambridge University Press, Cambridge.

Reinhart, T., 1976, The Syntactic Domain of Anaphora, Doctoral dissertation, MIT, Cambridge, Mass.

Reuland, E. J., 1983, Governing -ing, *Linguistic Inquiry* 14, 101-136.

Ross, J. R., 1964, Auxiliaries as Main Verbs, in W. Todd ed. (1969) *Studies in Philosophical Linguistics* 1, 77-102, Evanston, Great Expectations Press, Illinois.

Ross, J. R., 1967, Constraints on Variables in Syntax, Doctoral dissertation, MIT, Cambridge, Mass.

Rothstein, S., 1983, The Syntactic Forms of Predication, Doctoral dissertation, MIT, Cambridge, Mass.

Rudanko, J., 1984, On Some Contrasts Between Infinitival and That Complement Clauses in English, *English Studies* 64, 141-161.

Rudanko, J., 1988, On the Grammar of For Clauses in English, *English Studies* 5, 433-452.

Sag, I. A., 1976, Deletion and Logical Form, Doctoral dissertation, MIT, Cambridge, Mass.

Selkirk, E. O., 1977, Some Remarks on Noun Phrase Structure, in A. Akmajian, P. Culicover and T. Wasow, eds. (1977) *Studies in Formal Syntax* 285-316, Academic Press, New York.

Shreiber, P. A., 1970, Epithet Adverbs in English, Paper read at Summer Meeting, LSA, Columbus, Ohio.

Shreiber, P. A., 1971, Some Constraints on the Formation of English Sentence Adverbs, *Linguistic Inquiry* 2, 83-101.

Siegel, D., 1974, Topics in English Morphology, Doctoral dissertation, MIT, Cambridge, Mass.

Speas, M., 1988, On Projection From the Lexicon, ms.

Stillings, J., 1975, The Formations of Gapping in English

as Evidence for Variable Types in Syntactic Transformations, *Linguistic Analysis* 1, 247-274.

Stowell, T., 1981, Origins of Phrase Structure, Doctoral dissertation, MIT, Cambridge, Mass.

Stowell, T., 1983, Subjects Across Categories, *The Linguistic Review* 2, 285-312.

Tai, J. H-Y., 1973, A Derivational Constraint on Adverbial Placement in Mandarin, *Journal of Chinese Linguistics* 1, 397-413.

Takami, K., 1987, Adjuncts and the Internal Structure of VP, *English Linguistics* 4, 55-71.

Tang, C. C., 1988,「漢語的移位、承接條件與空號原則」，將刊載於第二屆世界華語文教學研討會論文集。

Tang, T. C., 1972, A Case Grammar of Spoken Chinese，海國書局。

Tang, T. C., 1977a，國語變形語法研究：第一集，移位變形，臺灣學生書局。

Tang, T. C., 1977b，英語教學論集，臺灣學生書局。

Tang, T. C., 1979 國語語法研究論集，臺灣學生書局。

Tang, T. C., 1981，語言學與語文教學，臺灣學生書局。

Tang, T. C., 1984，英語語法修辭十二講：從傳統到現代，臺灣學生書局。

Tang, T. C., 1988a，漢語詞法句法論集，臺灣學生書局。

Tang, T. C., 1988b，「爲漢語動詞試定界說」，清華學報新18

卷第一期，43-69頁。

Tang, T. C., 1988c ，「漢語詞法與兒童語言習得：漢語動詞」，將刊載於李方桂先生紀念論文集。

Tang, T. C., 1988d，「新詞創造與漢語詞法」，大陸雜誌78卷第四期，5-91頁；第五期27-34頁。

Tang, T. C., 1988e，英語認知語法：結構、意義與功用（上册），臺灣學生書局。

Tang, T. C., 1988f，「詞法與句法的相關性：漢、英、日三種語言複合動詞的對比分析」，將刊載於清華學報新20卷。

Tang, T. C., 1988g ，「普遍語法與漢英對比分析」，將刊載於第二屆世界華語文教學討研會論文集。

Tang, T. C., 1989a ，漢語詞法句法續集，臺灣學生書局。

Tang, T. C., ，撰寫中 a，當代語法理論與漢語句法分析。

Tang, T. C., 撰寫中 b，漢語詞法初探。

Tang, T. C., 撰寫中 c，普遍語法與英漢對比分析：（二）「論旨理論」、「格位理論」。

Teng, S. H., 1977, *A Semantic Study of Transitivity Relations in Chinese,* Student Book Co., Taipei.

Thompson, S. A., 1970, Relative Clause Structures and Constraints on Types of Complex Sentence, *Working Papers in Linguistics* 6, the Ohio University.

Traugott, E. C., 1972, *A History of English Syntax,* Holt, Rinehart, Winston, New York.

Travis, L., 1984, Parameters and Effects of Word Order

Variation, Doctoral dissertation, MIT, Cambridge, Mass.

Vergnaud, J.-R., 1974, French Relative Clauses, Doctoral dissertation, MIT, Cambridge, Mass.

Wang, Li, 1957, 漢語史稿(上)，商務印書館。

Wells, R. S., 1947, Immediate Constituents, *Language* 23, 81-117.

Williams, E. S., 1977, Discourse and Logical Form, *Linguistic Inquiry* 8, 101-104.

Williams, E. S., 1980, Predication, *Linguistic Inquiry* 11, 203-238.

Williams, E. S., 1982, The NP Cycle, *Linguistic Inquiry* 13, 277-295.

Williams, E. S., 1983, Against Small Clauses, *Linguistic Inquiry* 14, 287-243.

Xu, L., 1986, Towards a Lexical-Thematic Theory of Control, *The Linguistic Review* 5, 345-376.

Xu, L. & Langendoen, D. T., 1985, Topic Structures in Chinese, *Language* 61, 1-27.

Yamada, M., 1987, On NP-ing Constructions in English, *English Linguistics* 4, 144-164.

Yim, Y.-J., 1984, Case-Tropism: The Nature of Phrasal and Clausal Case, Doctoral dissertation, University of Washington, Seattle, Washington.

Zhu, Dexi, 1980，現代漢語語法研究，商務印書館。

Zhu, Dexi, 1984，語法講義，商務印書館。

van Riemsdijk, H. & Williams, E., 1986, *Introduction to the Theory of Grammar,* MIT Press, Cambridge, Mass.

綜合篇

關於漢語的類型特徵

一、前言

Charles N. Li 與 Sandra A. Thompson 於 1981 年由加州大學出版社出版的 *Mandarin Chinese: A Functional Reference Grammar*（以下簡稱漢語語法）在第二章（10—27 頁）從（1）「詞語結構的複雜度」（the structural complexity of words）、（2）「詞語裡所包含的音節多寡」（the number of syllables per word）、（3）「主題與主語之間的取向」（the basic orientation of the sentence: "topic" versus "subject"）、（4）「詞序」（word order）這四個觀點來觀察「國語」（Mandarin Chinese）在「語言類型

」(language typology)上的特點。他們所獲致的結論是：

(一) 國語是詞語結構相當簡單的「孤立性語言」(isolating language)，大多數典型的詞都由單獨一個「語素」(morpheme)❶形成，不能再分析爲更小的構詞成分(10—11 頁)。

(二) 國語已不再是「單音節語言」(monosyllabic language)，因爲國語詞彙含有大量的「多音節詞」(polysyllabic word)，而這些多音節詞的數量可能佔現代國語詞彙總數一半以上(14—15 頁)。

(三) 國語是「取向於主題的語言」(topic-prominent language)，因爲在國語裡「主題」(topic)的概念遠比「主語」(subject)的概念來得重要(15—16 頁)。

(四) 國語在表面結構的基本詞序上兼具「主動賓語言」(SVO language)與「主賓動語言」(SOV language)的句法特徵，不易硬性歸入某一種特定的「詞序類型」(word-order typology)。但是國語裡「主賓動語言」的句法特徵似比「主動賓語言」的句法特徵爲多，可能顯示國語本來屬於「主動賓語言」類型，而現在卻正演變成爲「主賓動語言」類型(19—26 頁)。

以上四點漢語語言類型上的特徵，一向都是爭論頗多的問題，至今尙無一致的結論。本文擬從當代語法理論的觀點與新近獲

---

❶ 過去一向多譯爲「詞素」或「詞位」，這裡爲分辨「詞」(word)與「語」(morph)的區別，並保持「音」(phone)、「音素」(phoneme)、「同位音」(allophone)與「語」(morph)、「語素」(morpheme)、「同位語」(allomorph)的對比，試譯爲「語素」。如有需要，「詞素」或可做爲'lexeme'一詞的譯名。

得的資料，對漢語是否屬於孤立性的單音節語言、是否取向於主題而非取向於主語、究竟是屬於「主動賓語言」抑或屬於「主賓動語言」、以及有無更適當的語言類型來類別漢語等問題重新加以檢討。希望本文對於漢語類型的討論有所裨益。

二、漢語是否屬於孤立性的單音節語言？

漢語語法認爲國語的「詞語結構」(morphological structure) 頗爲簡單，基本上屬於一詞一語素的「單語素語言」(monomorphemic language)，並列舉下面幾點事實來支持他們的論點：

(一) 國語的名詞與代名詞不具有表示「格」(case) 或「數」(number) 的「標誌」(marker)；

(二) 國語的動詞也不具有表示與主語名詞之間「身」(person)、「數」(number)、「性」(gender) 等的「呼應」(agreement) 或「時制」(tense)、「動貌」(aspect) 等的標誌。

但這並不是說國語無法表示這些句法概念，因爲「格」可以利用名詞、代名詞在句子中出現的位置或所用的介詞'被、把、給、從、到、拿'等來辨認，「數」可以用'們、些、一個、兩張、三隻、許多'等語素或詞來表示，各種「動貌」也可以用'了、過、著、完、掉、在、起來、下去'等動貌標誌來表達。這只是說，這些國語有關「格、數、動貌」等的說法，與西方語言用「詞綴」或「附加成分」(affix) 表達的方式不同。國語這些語素或詞並不構成名詞或動詞的「形態成分」(morphological component)。但是問題就在這種硬性套用西方語言的詞語概念來分析國語詞語的做法。這種做法本來就有點牽強附會，很容易因而迷失國語詞彙的基本特色。例如，印歐語言詞語結構的複雜度通常是依據一個「詞」(word) 裡所包含的語素的多寡以及這些語素在詞裡組合的情形來判斷的。但是國語裡「詞」與「語素」之間、「單純詞」(simple word) 與「複合詞」(compound word) 之間、以及「複合詞」與「詞組」(phrase) 之間的界限並不十分清楚，「自由語」(free morph) 與「附著語」(bound morph) 之間的區別尤感困難❷。國語裡有許多語素在文言詞彙裡是自由語，在白話詞彙裡卻是附着語。文言與白話之間本來就不容易畫定絕對的界限，在盛行文白合用的今天，自由語與附着語的分辨尤其不容易。因此，到現在爲止還沒有一個爲大家所共同接受的有關國語「詞」的定義，也還沒有人提出一個精確畫分自由語與附著語的標準。連這些基本的構詞概念都還沒有澄淸，又怎麼能憑據「詞」(自由語)裡所包含的「詞綴」(附著語) 的多寡來評定國語詞語結構的複雜度？漢語語法一方面認爲國語是孤立性語言，每一個詞都只含有一個語素，因而無法再分析成更小的成分 (11頁)；另一方面又主張國語詞彙裡有一半以上是多音節詞(14頁)，這兩種說法似乎有點前後矛盾。因爲所謂多音節詞，除了雙聲詞(如'彷彿、參差')、疊韻詞(如'窈窕、螳螂')、聯綿詞(如'倉庚、蝴蝶')、象聲詞(如'嘀咕、嗚咽')、外來詞(如'葡萄、菩薩')以及現代國語的借音詞(如'幽默、摩登、馬拉松、歇斯底里')等只含有一

❷ 關於這一點，請參照齊立德先生與本人在第一屆世界華文教學研討會上的發言，分別刊載於第一屆世界華文教學研討會語法組論文集（湯廷池、張席珍、朱建正編）184頁與161–162頁。

個語素以外，絕大多數是由兩個以上的語素所組成的。一面說國語的詞只能含有一個語素，另一面又說國語的詞含有許多個語素，豈不自相矛盾？

嚴格說來，孤立性語言的特徵，並不在於詞之能否再分析成爲更小的構成成分，而在於這個語言之是否擁有許多「構形成分」(inflectional affix) 與「構詞成分」(derivational affix)、以及大多數「詞根」(root) 之在形態上是否固定不變 (invariant)。❸因此，或許有人會說國語缺少這些成分，而且國語大多數的詞根都是固定不變的成分，所以國語還是屬於孤立性語言。但是漢語語法在第三章裡卻承認國語裡有許多構形成分與構詞成分，包括「詞首」(prefix，又譯做「前加成分」；如'老(張、二)、小(明)、第(一)、初(二、年)、可(愛、惜)、好(看、受)、難(聽、吃)'等)、「詞尾」(suffix，又譯做「後加成分」，如'(花、今、這)兒、(孩子)們、(動物)學、(科學)家、(綠、商業)化、(桌、胖)子、(饅、念、外)頭'等)，甚至「詞嵌」(infix，又譯做「中加成份」；如'(對)得(起)、(對)不(起)'等)。如果我們把英語的'malleability'這個詞與國語'可塑性'這個詞拿來比較，二者的「孤立性」或「綜合性」是幾無差別的。國語的三個語素'可'、'塑'與'性'，一如英語的三個語素'malle-'、'-abil-'與'-ity'，都是不能單獨出現的附著語。就是以詞根在形態上是否固定不變這一點而言，這也只是相對的程度上的差別，而不是絕對的實質上的差異。因爲漢語裡有許多詞根還是會引起語音上的

❸ 參 Fromkin and Rodman (1978:337), Hartmann and Stock (1976: 119) 與 Crystal (1980: 195) 等。

變化的。最顯著的例子是閩南語等南方方言所呈現的相當複雜而廣泛的「連調變化」(tone sandhi)，結果是每一個語素都至少有兩個不同語音形態的「同位語」(allomorph)。就是語音變化較少的國語詞根，也會因爲連調變化(如「全上」在「全上」之前變成「後半上」而在其他聲調之前變成「前半上」，去聲在去聲之前變成「半去」，以及'一、七、八、不'的變調等)、輕聲、兒化、破音等而發生語音上的變化。這些「上加音素」(suprasegmental phoneme) 層面的語音變化，雖不如「成段音素」(segmental phoneme) 的語音變化那麼顯著，仍然不能不說是一種變化。

同時，從某一種觀點來看，國語的詞彙結構也是相當複雜的。國語的多音節詞，除了本身是一個獨立的詞而具有詞的「外部功能」(external function) 以外，還因爲構成成分組合上的變化而呈現各種不同的「內部結構」(internal structure)。因此，國語的語素都具有固定的「語性」❹，而由這些語素組合而成的詞或複合詞也具有一定的詞法結構。這些「詞法結構」(morphological structure) 包括：(一)「主謂式」(subject-predicate construction)；(二)「動賓式」(verb-object construction)；(三)「

❹ 我們不用「詞類」而用「語性」來稱呼語素的語法範疇或功能。因爲顧名思義，「詞類」是屬於「詞」(word) 而不是屬於「語素」(morph) 的概念。如有需要，我們也可以用「名字、動字、形容字、副字」等來區別「語性」的種類，猶如我們用「名詞、動詞、形容詞、副詞」等來區別「詞類」。另外，我們也可以用「主位、賓位、補位」等來指示語素的詞法功能，猶如我們用「主語、賓語、補語」等來指示詞的句法功能。

動補式」(verb-complement construction);(四)「偏正式」(modifier-head construction)❺;(五)「並列式」(coordinate construction);(六)「重疊式」(reduplication)等。例如,'佛跳牆(菜名)'、'肺結核'、'腦充血'都是由具有主語名詞、謂語動詞、賓語名詞這些語法功能與語性的三個語素依次組合而成的主謂式名詞。「主謂式」指的是這些複合詞的「內部結構」,而「名詞」指的是這些複合詞的「外部功能」。又如'落花生'是由主語名詞語素'落花'與謂語動詞語素'生'合成的主謂式名詞;而其主語名詞語素'落花'又是由修飾語動詞語素'落'與主要語名詞合成的偏正名詞。'胃下垂'是由主語名詞語素'胃'與謂語動詞語素合成的主謂式名詞;而'下垂'又是由修飾語副詞語素'下'與謂語動詞語素'垂'合成的偏正式動詞。'百日紅(植物名)'是由修飾語名詞語素'百日'與主要語形容詞語素'紅'合成的偏正式名詞;而'百日'則是由修飾語數詞語素'百'與主要語名詞語素'日'合成的偏正式名詞。'動粗'是由述語動詞語素'動'與賓語形容詞語素'粗'合成的動賓式動詞;而'值錢'是由述語動詞語素'值'與賓語名詞語素'錢'合成的動賓式形容詞。'聽懂'是由述語動詞語素'聽'與補語動詞語素'懂'合成的動補式動詞;而'提高'卻是由述語動詞語素'提'與補語形容詞語素'高'合成的動補式動詞。'早晚'是由反義形容詞語素'早'與'晚'並立而成的並列式副詞;而'

❺ 丁邦新先生在中國話的文法漢譯本裡用「主從式」來代替「偏正式」。我們這裡仍用「偏正式」,因為這個名稱與其他名稱「主謂式、動賓式、動補式」一樣,名副其實的反映了修飾語素與中心語素在複合詞裡排列的前後次序。

明白'是由同義或近義形容詞語素'明'與'白'並立而成的並列式形容詞。'慢慢'是由單音節形容詞語素'慢'重疊而成的重疊式副詞；而'骯骯髒髒'與'骯裡骯髒'都是由雙音節形容詞'骯髒'重疊而成的重疊式形容詞。❻

有些詞的內部結構與其外部功能之間存有極密切的關係。例如'幫忙'與'幫助'這兩個動詞雖然所表達的語義大致相同，但是'幫忙'是動賓式動詞而'幫助'卻是並列式動詞；因此二者的句法表現也就不同(比較：'幫了他的忙'與'幫助了他')。又如'搖動'與'動搖'雖然都由兩個同樣的動詞語素合成，但是'搖動'是動補式動詞而'動搖'卻是並列式動詞，所以二者的句法表現也不同(比較：我們可以說'搖得動樹枝；搖不動樹枝'，卻不能說'動得搖意志；動不搖意志')。再如'譏笑、嘲笑'是並列式動詞而'微笑、冷笑'是偏正式動詞，所以二者的句法表現也有不同(比較：我們說'譏笑他'，卻不能說'微笑他'而必須說成'對他微笑')。而且同樣是含有修飾語動詞語素與主要語名詞語素'手'的偏正式名詞，'打手'表示施事者'打人的人'，而'選手'卻表示受事者'被選的人'；但在詞彙結構上與'選手'相似的'選民'則既可表示施事者(如'選民的眼睛是雪亮的')，又可表示受事者(如'他們自認是上帝的選民')。由此可見，漢語的詞彙結構並沒有漢語語法

❻ 有關漢語詞彙與構詞規律的進一步討論，請參湯(1982a)「國語詞彙學導論：詞彙結構與構詞規律」、(1982b)「國語形容詞的重疊規律」、(1983a)「從國語詞法的觀點談科技名詞漢譯的原則」、(1983b)「如何研究國語詞彙的意義與用法：兼評國語日報辭典處理同義詞與近義詞的方式」、(1978c)「國語句法的重疊現象」等。

的作者所稱那麼樣簡單，反而可以說相當複雜，只是複雜的情形與程度並不一定與其他的語言相同罷了。

與漢語的孤立性一樣，漢語的「單音節性」(monosyllabicity) 也是有關漢語類型特徵中值得重新檢討的問題之一。不過在這一點漢語語法的觀點是正確的：古漢語或許是單音節語言，但現代漢語已不再是單音節語言。漢語語法並從 F.F. Wang (1967)的國語辭典(*Mandarin Chinese Dictionary*)裡所蒐集的詞彙中統計出該辭典裡的多音節詞約佔詞彙總數的百分之六十七。另外根據普通話三千常用詞彙的統計，在總數一千六百二十一個名詞中多音節詞佔了一千三百七十九個(約百分之八十五)、在總數四百五十一個形容詞中多音節詞佔了三百十二個(約百分之六十九)、在總數九百四十一個動詞中多音節詞佔五百七十五個(約百分之六十一)。陸志韋先生也蒐集了北平話常用的單音節詞彙四千詞，僅佔北平話常用詞彙的百分之六。最近劉連元與馬亦凡兩位先生曾用電子計算機統計普通話詞彙裡聲調的分布情形。在他們的資料裡找不到單音節詞彙的總數❼，但是雙音節詞彙共有三萬五千二百二十個、三音節詞彙共有五千四百二十三個、而四音節詞彙共有四千三百五十四個，總計共達四萬四千九百九十七個。

現代國語不但擁有大量多音節詞彙，而且國語多音節詞在詞

---

❼ 我們還可以擧一樁平常不爲人所注意的事實，來證明國語單音節詞彙的出人意料的少。在現代國語的日常口語裡，除了人稱代詞的‘你、我、他’與表示親屬的稱呼‘爸、媽、爹、娘’以及‘人’這一個名詞以外，幾乎找不到表示人類的單音節名詞。

彙總數所佔之比率也遠比其他方言爲高。推其理由，不外乎國語在歷史上所發生的「語音演變」(sound change) 遠比其他方言急劇而廣泛(例如入聲韻尾/-p, -t, -k/的全然消失 、單音韻尾/-m/與/-n/的合併)，本來不相同的音節結構也變成相同 ，結果產生了大量的「同音字」(homophone)。❽ 據統計，國語「音節類型」(syllable type) 的總數約爲四百，而粵語的音節類型總數則達八百(聲調的不同，不計算在內)。華語常用詞彙的調查也顯示，在爲數三千七百二十三個常用字裡只發現三百九十七種音節類型，其中只有三十個音節類型沒有同音字。除了音節類型的總數比其他方言較少以外，國語的「聲調類型」(tone type) 也比其他南方方言的聲調類型(如上海話六種 、福州話七種、陸豐話七種、廣州話九種)爲少，「同音現象」(homophony) 因而更加嚴重。同音字的大量增多必然加重音節類型在「表達功能上的負擔」(functional load)，產生許多「一音多字」或「一音多義」的現象。例如，國語裡與'一'同音的字總共有六十九個：陰平七個、陽平十七個、上聲七個、去聲三十八個。爲了避免或減輕同音現象妨礙語言信息的順利暢通，雙音節詞與多音節詞乃應運而生。在今日社會裡 ，不以文字通訊而以語言交談的機會(尤其是在電視廣播等大衆傳播裡向不特定多數的聽衆發表談話的機會)一再的增加，更需要增加更多的多音節詞來確保人際間信息之迅速而確

❽ 根據一項統計，英語的同音詞只佔詞彙總數的百分之三，而國語的同音詞則達詞彙總數的百分之三十八點六。就是把聲調的不同處加以區別，國語的同音詞也會達到百分之十一點六。參 B. K. T'sou (1979) "Three Models of Writing Reform in China"。

實的傳達。這也就是說，在信息傳播的領域裡，我們已經從“看的文明”轉入“聽的文明”，而且在環境吵雜的工業社會裡更要求我們的語言容易聽得懂、聽得清楚。西方科技新觀念的不斷湧入，更促進了科技名詞的漢譯，結果也產生了更多的多音節詞。因此，我們敢斷言，漢語詞彙未來的趨勢是朝多音節化的方向快速前進。當然，我們也應該注意到，漢語單音節的詞彙總數雖然不多，其出現或使用的頻率卻比多音節詞彙高得多。所以漢語究竟是「單音節性語言」抑或「多音節性語言」這一個問題，不是三言兩語就可以下斷語的；必須先要決定討論的觀點，還要提出統計數字上的證據。

三、漢語是否取向於主題？

談到國語究竟取向於「主語」(subject) 抑或取向於「主題」(topic)，這也是應該由「經驗事實」(empirical facts) 來決定的問題。漢語語法對於這一件事情並沒有提出調查與統計的資料，只是簡單的敍述了主語與主題的區別(15頁)，然後籠統的比較國語與英語，做了如下的結論。國語的主語沒有英語的主語那麼顯著(prominent)或重要(significant)，主語本身既沒有「格標誌」(case marker)，與動詞之間又沒有「身」與「數」的「呼應」。相形之下，國語的主題反而在句法結構的分析上具有決定性的(crucial)地位。

我們認爲漢語語法在論點上有若干弱點。首先，國語句子的主語容易不容易從形態(morphologically)上辨別是一回事，國語的主語重要不重要又是另外一回事。二者之間沒有必然的因果關係，不能說主語不容易從形態上辨別就說主語不重要。何況國語裡的主語並沒有漢語語法所說那麼不容易分辨，因爲主語與謂語動詞或形容詞之間，在語意上有一定的選擇關係。難以認定的，不是主語本身，而是主語名詞所扮演的「語意角色」(semantic role)。趙元任先生（1968:69-70）說：國語的主語與謂語之間的語意關係，並不是「主事者」(agent)與其行爲的關係，指的就是主語的語意角色。據趙先生的估計，國語裡主語表達主事者而謂語表達其行爲的句子，連含有被動意義的句子都算在內，也只不過是佔句子總數的百分之五十左右而已。因此，他主張拿語意涵蓋比較周延的「主題」與「評論」(comment) 來分別代替主事者與行爲，並且認爲「主題」即是「主語」，「評論」即是「謂語」。對於趙先生這個看法，我在另一篇文章已有評述❾，不在這裡重複。

我們不否認，國語的主語並沒有英語的主語那麼容易認定，因爲國語的主語除了與謂語動詞之間沒有「身」與「數」的呼應以外，不一定出現於句首，甚至還可以省略❿。我們也承認，國語的主題比主語容易認定，因爲主題經常出現於句首，而且後面通常都可以有停頓。可是國語的主題與主語有時候並不容易分辨，因爲許多名詞在句子裡兼具主題與主語兩種功能。我們不能說，有主題就不需要主語，因爲有些名詞在句子裡純粹是主題，而有些名詞卻兼具主語、賓語或狀語的功能，二者的異同不能不辨

❾ 參湯（1978b）"主語與主題的畫分"。
❿ 參湯（19780）"主語的句法與語意功能"。

。而且，主語名詞與賓語名詞都與謂語動詞之間具有一定的語意上的選擇關係(主題卻沒有這種關係)，因此主語與賓語的概念決不可缺少。而且主題這一個語意角色也未免太籠統、太含糊，因爲主語所能扮演的語意角色，除了主事者(如'他打了我一個耳光')以外，還有「起因」(如'颱風吹倒了所有的樹')、「工具」(如'這一把鑰匙可以開大門')、「受事者」(如'我挨了一頓大罵')、「感受者」(如'我覺得很樂幸')、「客體」(如'地球是圓的')、「處所」(如'這一個運動場可以容納三萬人')、「時間」(如'後天放假')、「事件」(如'比賽正在進行中')等等，把這些各種不同的語意角色統統稱爲主題並無濟於事。

漢語語法的作者說主題重要，可能是指在「語用」(pragmatics)上的重要性。但這是由於主語與主題是屬於不同範疇的兩個不同的概念：「主語」表示「語法關係」(grammatical relation)，而與「謂語」相對；「主題」則表示「言談功用」(discoursal function)，而與「評論」相對。主語與謂語之間常有句法與語意的選擇關係，而主題與評論之間則只有語用的邏輯關係。主題代表「已知的舊信息」(old information; theme)，而評論則包含「重要的新信息」(new information; rheme)。因此，依照「從舊信息到新信息」("from old to new")的「語用原則」(pragmatic principle)，主題經常出現於評論的前面——句首；而評論可以包含主語，所以主題又經常出現於主語的前面。主題在語用上比較重要，那是由於主題本來就是屬於語用的概念。另一方面，主語在句法結構及動詞之間的語意選擇關係上，顯得比主題重要。主語與主題，既然是兩個不同的概念，又具有兩種不同的功用，就不能輕易地相提並論而比較孰重孰輕。

同時，主語與主題是獨立但是可以並存的概念。同一個名詞在句子裡可以當主語用，又可以當主題用。例如在下面①的例句裡'小明'既可以解釋爲'小明很喜歡吃這種糖果'這一個句子的主語，也可以解釋爲'很喜歡吃這種糖果'這一個評論的主題。漢語語法說主題後面可以有停頻(15頁)，但這一種停頓可有可無，不能做爲畫分主語與主題的依據。唯有在②與③這樣的例句裡，纔能把主題'小明'與主語'他'，或主題'這種糖果'與主語'小明'，加以區別⓫。

① 小明很喜歡吃這種糖果。

② 小明他很喜歡吃這種糖果。

③ 這種糖果小明很喜歡吃。

漢語的句子可以含有多少個主題？這就是一個至今還沒有定論的問題。有些人認爲出現於主語前面的時間狀語與處所狀語都可以分析爲主題或「主題狀語」(thematic adverbial)，例如：

④ 昨天我在新竹碰見他。

⑤ 在家裡他是名符其實的一家之主。

根據這些人的看法，例句⑥裡的時間狀語'昨天'與處所狀語'在

⓫ 我們似乎應該區別兩種不同的主題，一種是在基底結構就存在的主題，可以用(S'→Top S)這樣的詞組律產生。這一種主題不需要與動詞之間存有直接的語法關係（如'婚姻的事我自己做主''魚，我喜歡吃黃魚'）。另一種是由句子裡的名詞組經過移位變形移到句首而產生的主題。這一種主題必須與句子中的動詞發生直接的語法關係，例句②與③的主題'小明'與'這一種糖果'，都是屬於後一類的主題。

家裡'，都可以分析爲這個句子的主題。

⑥ 昨天在家裡老張把事情的經過一五一十的告訴了我。

甚至於在⑦的例句裡，'昨天'、'在家裡'與'老張'這三個句子成分都可以分析爲主題。不過也有人認爲在這個例句裡眞正的主題是'昨天'，而'在家裡'與'老張'則兼表「對比」(卽'在家裡'而不是在別處，'老張'而不是別人)；而且離開句首越遠的主題成分，其對比作用越強。試比較：

⑦ 昨天　在家裡　老張（他）把事情的經過一五一十的告訴了我。

同時也注意，疑問詞(如：'誰、什麼(東西)、哪(一個人)、什麼時候、在什麼地方、爲什麼、(麼)樣'等)也常出現於句首，例如：

⑧ a. 你最喜歡誰？

b. 誰　你最喜歡？

⑨ a. 他最討厭什麼樣的人呢？

b. 什麼樣的人　他最討厭呢？

⑩ a. 他為什麼沒有來？

b. 為什麼　他沒有來？

「任指」用法的疑問詞，如果在獨立的句子裡出現於賓語的位置就非移到動詞的前面或句首不可，例如：

⑪ a.*我不相信(無論)誰。

b. 我(無論)誰都不相信。

c. (無論)誰我都不相信。

⑫ a.*他願意做(不管)怎麼樣的工作。

b. 他(不管)怎麼樣的工作都願意做。

c. (不管)怎麼樣的工作他都願意做。

照理，這些疑問詞並不代表舊的已知的信息，卻可以一如主題出現於句首。有些人把這些疑問詞出現於句首的情形稱爲「焦點移首」(focus fronting)，其作用在於把疑問(或任指)焦點從句中移到句首較爲顯著的地位來加強。

又同一個主題，可以一連有好幾個評論。例如在⑬的例句裡，'外面進來了一個人'是一個「引介句」(presentative sentence)，把'一個人'引介給讀者或聽衆，然後以這個人爲主題描寫他的情況或言行。

⑬ 外面進來了一個人。(他)頭上戴著一頂笠帽，(他)手裡提著一件行李，(他)說是從屏東的鄉下來的。

引介句後面的三個句子，主語都是'(他)'，指涉引介句裡的'一個人'。我們可以保留第一個句子的'他'而省略後兩個句子的'他'，也可以保留最後一個句子的'他'而省略前兩個句子的'他'，甚至可以把前後三個'他'統統省去。根據漢語語法有關主題的定義，引介句不可能有主題；也就是說，不是每一個漢語的句子都含有主題。但是後面三個句子，究竟有沒有主題？這些句子究竟要分析爲含有主題的句子，還是含有主語的句子？在這些基本問題未獲得解決以前，要決定漢語有關主語與主題的取向，似乎爲時過早。⑫

⑫ 漢語語法 17 頁引用日語例句來說明「主賓動語言」時用'Topic'(「主題標誌」)來註解日語的格標誌'ga'。在日語裡'ga'是「主語標誌」，'wa'纔是「主題標誌」。

四、漢語是「主動賓語言」還是「主賓動語言」？

至於漢語句子在表面結構的基本詞序究竟是「主語、動詞、賓語」還是「主語、賓語、動詞」？這也是爭論已久至今尚無結論的問題。Greenberg (1963, 1966) 曾經對於世界上三十來種具有代表性的語言加以分析與整理⑬，並且利用布拉克學派 (Prague school)「含蘊規律」(implicational law) 的概念⑭就自然語言的「表面結構類型」(surface structure typology) 提出了下面「含蘊的詞序普遍性」(implicational word-order universals)。

⑭ 如果某一個語言是「主動賓語言」(SVO language)，如法語、班圖語等，那麼在這一個語言裡：

a. 名詞的修飾語(如形容詞、領位名詞、關係子句等)出現於名詞的後面。

b. 動詞的修飾語(如副詞、狀語等)出現於動詞的後面。

c. 「動貌」(aspect) 與「時制」(tense) 的標誌附加於動詞的前面。

d. 「情態助動詞」(modal auxiliary) 出現於「主要動詞」(main verb) 的前面。

e. 比較級形容詞出現於「被比較的事物」(standard)

---

⑬ 在 Greenberg (1966) 的「附錄二」中所列舉的語言，共達一百四十二種。

⑭ 即「如果有 a 則有 b」，「有 a 則無 b」，或「無 a 則無 b」。

的前面。

f. 「前置詞」(preposition)出現於名詞的前面。

g. 沒有「句尾疑問助詞」(sentence-final interrogative particle)。

⑮ 如果某一個語言是「主賓動語言」(SOV language)，如日語、土耳其語等，那麼在這一個語言裡：

a. 名詞的修飾語(如形容詞、領位名詞、關係子句等)出現於名詞的前面。

b. 動詞的修飾語(如副詞、狀語等)出現於動詞的前面。

c. 「動貌」與「時制」標誌附加於動詞的後面。

d. 「情態助動詞」出現於「主要動詞」的後面。

e. 比較級形容詞出現於「被比較的事物」的後面。

f. 「後置詞」(postposition)出現於名詞的後面。

g. 有「句尾疑問助詞」。

漢語語法承認國語不能完全歸入「主動賓語言」，也不能完全歸入「主賓動語言」，並提出了下面幾點理由：

(一) 主語在漢語的句法結構上不是一個十分明確的概念。

(二) 決定漢語詞序的主要因素，不是語法關係，而是語意或語用上的考慮。例如：主題在漢語的地位非常重要，連動詞的賓語都可以出現於句首而成爲主題。Greenberg (1963)有關詞序類型的研究，沒有考慮主題的存在，自無法圓滿解釋國語句子的全貌。而且，名詞出現於動詞的前面或後面，常牽涉到名詞的「定性」(definiteness)。一般說來，出現於動詞前面的名詞，無論是主題、主語或賓語，都屬於「定指」(definite) 或「殊指」(specific)，而出現於動詞後面的名詞則可能是「任指」(indefinite)。⓯主題代表舊的已知的信息，所以必須是「有定」的(包括「定指」、「殊指」與「泛指」(generic))，而且必須出現於句首。主語通常代表舊的信息，所以出現於動詞的前面，但也可能代表新的信息而出現於動詞的後面。例如在⑯的「引介句」裡主語名詞'人'是「有定」的，所以出現於動詞的前面。試比較：

⑯ 來了人了。

⑰ 人來了。

相似的情形，在賓語名詞(如例句⑱)、時間狀語(如例句⑲)、期間狀語(如例句⑳)、處所狀語(如例句㉑)上也可以發現。

⑱ a. 我買書了。
b. 我把書買了。
c. 書我買了。
d. 我書買了

⑲ a. 我三點鐘開會。
b. *我開會三點鐘。

⑳ a. 我睡了三個鐘頭。

⓯ 漢語語法裡僅提到「定指」，即說話者與聽話者都知道指涉的對象是什麼，而沒有提到「殊指」，即只有說話者知道指涉的對象是什麼。由於在國語裡「殊指」的名詞也可以出現於動詞的前面(如'我把(某)一個玻璃杯打破了')，所以我們在下文裡以廣義的「有定」(determinate) 這個名稱來包括「定指、殊指、泛指」，而以「無定」(indeterminate) 來包括「任指」與「未指」(non-referring)。

b. *我三個鐘頭睡了。

㉑ a. 他在桌子上跳。(表示動作發生之處所)

b. 他跳在桌子上。(表示動作結束之處所)

由於名詞在句子中出現的位置與名詞的定性之間具有密切的關係，漢語語法認爲國語的基本詞序不容易確定，只有以有定名詞爲主語，而以無定名詞爲賓語時，纔可以認定漢語的基本詞序是「主語、動詞、賓語」。

(三) 根據 Greenberg (1963)「含蘊的詞序普遍性」，漢語兼具「主動賓語言」與「主賓動語言」二者的句法特徵。

㉒ 屬於「主動賓語言」的詞序特徵

a. 動詞出現於賓語之前。

b. 有「前置詞」出現於名詞之前。

c. 「情態助動詞」出現於「主要動詞」之前。

d. 以子句爲賓語的複句結構的詞序經常是「主語、動詞、賓語」。

㉓ 屬於「主賓動語言」的詞序特徵。

a. 動詞也可能出現於賓語之後。

b. 「介詞組」(prepositional phrase) 出現於動詞之前，但表示期間與處所的介詞組可能出現於動詞之後。

c. 有「後置詞」出現於名詞之後。

d. 關係子句出現於名詞之前。

e. 「領位名詞」(genitive phrase) 出現於名詞之前。

f. 「動貌標誌」出現於動詞之後。

g. 某些狀語出現於動詞之前。

根據以上的觀察，漢語語法認爲漢語裡「主賓動語言」的詞序特徵多於「主動賓語言」的詞序特徵，並因而推測漢語可能是逐漸由「主動賓語言」演變成爲「主賓動語言」。

以上漢語語法的論點，無論就理論或分析而言，都不無瑕疵，而且似乎缺乏積極的「經驗證據」(empirical evidence) 來支持他們的結論。我們可以分開下列四點來討論：[16]

(一) 漢語語法認爲漢語的「主賓動」詞序特徵多於「主動賓」詞序特徵，但是書中有些分析與例句不無商榷的餘地。例如(23) 裡所列舉的「主賓動語言」的詞序特徵有四個特徵 (卽 b，d，e，g 四項)事實上可以歸成一類：卽「修飾語」(modifier) 出現於「主要語」(head) 之前。而且，這個基本特徵，還可以用來說明有關漢語詞序的其他事實：(1)修飾整句的副詞或狀語出現於句子之前；(2)「從句」(subordinate clause) 出現於「主句」(main clause) 之前。[17]顯然的，在這些句法結構裡，前後兩個句子成分之間存有修飾語與主要語的關係。這些詞序特徵究竟要歸入一類或分爲數類來計算比較漢語的詞序類型？不管結果如何處理，都難免有「任意武斷」(ad hoc) 之嫌。

(二) 漢語裡並沒有眞正的「後置詞」(postposition)。雖

[16] 參湯 (1983：401—405)。

[17] 也就是說，從句是修飾主句的「全句修飾語」(sentential modifier)。不過這個原則有極少數的例外：卽由'因爲、如果、除非'等連詞所引導的從句有時候出現於主句之後。許多語言學家認爲'因爲、如果、除非'等連詞之出現於主句的後面是「中文歐化」的語言現象之一。

然漢語語法 25 頁認為例句㉔中的'裡'就是後置詞，但我們卻不敢苟同。

㉔　他在廚房裡炒飯。

因為這個'裡(面)'與漢語其他詞彙'外(面)、前(面)、後(面)、上(面)、下(面)'一樣，都是「方位詞」(localizer)。方位詞本身可以當處所名詞用(如例句㉕)或與其他名詞連用而形成處所名詞(如例句㉖)。而且例句㉔可以說是從㉖的基底結構中刪略'的'與'面'而產生的。⓲

㉕　a. 他在裡面炒飯。

b. 裡面有人在炒飯。

c. 裡面是廚房。

㉖　a. 他在廚房的裡面炒飯。

b. 他在廚房裡面炒飯。

c. 他在廚房裡炒飯。

這一種方位詞似乎沒有理由稱為後置詞，就是在漢語語法第十一章「處所詞組與方位詞組」(locative and directional phrases)的討論中也沒有把這種方位詞稱為後置詞。⓳

(三)　漢語語法中所列舉的「主動賓語言」的七個詞序特徵

⓲ Tang (1972：109) 把方位詞與前面領位名詞(如例句㉖的'廚房的')之間的關係分析為「不可轉讓的屬有關係」(inalienable possession)。在這種關係中領位標誌的'的'都可以省略。

⓳ 注意在最典型的「主賓動語言」如日語裡，這種方位詞也會出現。例如：在'炊事場の中で(＝在廚房裡)，這句日語裡，與漢語的'裡'相當的是'中'(而'の'則與'的'相當)。但是據我所知，所有語言學家都把'で'分析為後置詞，而沒有人把'中'分析為後置詞。

中，至少有三個特徵是可以有例外的。該書在⑭b 的說明中也自己承認表示時間與處所的介詞組可以例外的出現於動詞後面。另外，⑮f 的動貌標誌中'了、著、過'等固然出現於動詞後面，但是表示進行貌的'在'(如'他在炒飯')與表示完成貌的'有'(如'他還沒有把飯炒好')卻可以出現於動詞的前面。⑳ 同樣的，漢語裡有些狀語或具有狀語功能的詞語(如'他有錢得很''他走路走得很快''他氣得渾身都發抖了')也會出現於動詞的後面。因此，我們似乎不能以如此脆弱的證據來斷定漢語的「主賓動」詞序特徵多於「主動賓」詞序特徵。㉑

(四) 漢語語法認為賓語既可以出現於動詞的後面，又可以出現於動詞的前面，因而兼具「主動賓」與「主賓動」兩種語言的詞序特徵。但是我們有理由相信，「主動賓」是正常的一般的詞序，也就是所謂的「無標的詞序」(unmarked order)；而「主賓動」是特殊的例外的詞序，也就是「有標的詞序」(marked

⑳ Wang (1965) 把這個'有'分析為完成貌標誌'了'的「同位語」(allomorph)，但是漢語語法的作者不同意這種分析。見該書 434—436 頁。

㉑ 漢語語法的作者當然還可以從 Greenberg (1963) 找到更多有利於「主賓動」論點的詞序特徵，例如"比較級形容詞出現於被比較的事物的後面"，而在漢語的比較句(如'張三比李四高(些)')裡比較級形容詞('高(些)')確實出現於被比較的事物('比李四')的後面。但是這個特徵仍然可以歸入"修飾語('比李四')出現於主要語('高(些)')以前"這個詞序原則。

order)。㉒正常的一般的詞序是純粹依據「句法關係」(syntactic relation)而決定的,而特殊的例外的詞序是常由於「語意或語用上的考慮」(semantic or pragmatic consideration)而調整的。更明確的說,漢語的基本詞序本來是「主動賓」,但是爲了符合「從舊信息到新信息」的「普遍性語用原則」(universal pragmatic law),而把代表舊信息的賓語名詞移到動詞的前面或句首,並把「信息焦點」(information focus)放在句尾的動詞,結果就產生了「主賓動」或「賓主動」這種比較特殊的詞序。㉓我們可以提出六點更具體的理由來支持我們的觀點。

(1) 只有「有定」賓語名詞纔可以出現於動詞的前面(如'我已經把書買了''我書已經買了''書我已經買了'),而動詞後面的賓語則沒有這種限制,無論「有定」或「無定」名詞都可以出現(如'我想買書''我要買書''我每星期都買一本書''我買了書了''我買了那本書了')。

㉒ 一般說來,「無標」的詞序在句法結構上比較沒有特別的限制,本地人有關合法度的判斷也比較一致,在各地方言都會出現,在兒童習得母語的過程中也較早學會。相反的,「有標」的詞序在句法結構上常有特別的限制,本地人的合法度判斷常有不一致的現象,在某些方言可能不出現,兒童的習得也比較晚。

㉓ 依同理,主語出現於謂語後面的「倒裝句」也是特殊的例外的詞序,也可以用"從舊信息到新信息"的語用原則來說明。例如'下雨了''前面來了一位小姐''昨天走了三個人''桌子上有一封你的信''床上躺著一位李先生'等引介句裡句尾的名詞都代表新的信息。漢語各種句式與語用原則之間的關係,請參湯 (1980)"語言分析的目標與方法:談語句、語意與語用的關係"與湯 (1985)"華語語法與功用解釋"。

(2) 出現於動詞前面的賓語，或者要加上介詞而變成介詞的賓語(如'我把這本書看完了')，或者用重讀或停頓來表示對比或強調(如'我這本書看完了，那本書還沒有看完')，或者移到句首成爲話題(如'這本書我看完了')，並且還可以加上語氣詞或停頓來表示這個句子成分與其他成分獨立(如'這本書啊我已經看完了')。

(3) 賓語名詞出現於動詞的前面時，動詞常在動貌、補語或修飾成分上受到特別的限制。例如：我們可以說'我要買書'卻不能說'我要把書買'。我們也可以說'我賣書'或'我賣了書'，卻不能說'我把書賣'或很少說'我書賣'，而只能說'我把書賣了''我書賣了'或'我書賣，但是書包不賣'。㉔

(4) 在以子句爲賓語的漢語複句裡，動詞常出現於賓語的前面，很少出現於賓語的後面。㉕因爲在這樣的句式裡，在語用上不需要，在句法結構上也不容易，把賓語子句移到動詞的前面去。

(5) 漢語裡大多數的介詞都是從動詞演變過來的，因此有些介詞至今仍然保留著一些動詞的句法特徵或痕跡。例如，否定詞

㉔ 這種「加重句尾動詞份量」(structural compensation 或 end-weightiness) 的限制，很可能是動詞在這些句式裡成爲信息焦點的自然結果。參 Tang (1985) 有關「從舊到新」與「從輕到重」這兩個語用原則與節奏原則的討論。

㉕ 嚴格說來，這個原則也有例外。至少在歐化的漢語句子裡有些動詞可能出現於賓語子句的後面，例如'好人總是有好報的，我認爲''他一定會來，我們相信'。另外，與名詞一起出現的「同位子句」(appositional clause) 也可以移到句首來，例如：'老張破產的消息，你聽到了沒有？'。

可以出現於介詞的前面(如'我不跟你一起去''他不比你高'),有些介詞可以形成正反問句(如'你跟不跟我一道去?''他比不比你高?'),有些介詞在形態上還帶著動貌標誌(如'對著、爲著、爲了、除了')。但是這些介詞都一定要出現於賓語的前面,介詞後面的賓語不能移動,也不能刪略。㉖

(6) 在漢語的詞彙結構裡,只有「動賓式」複合詞(如'將軍、枕頭、知音、動粗、得罪、爲難、生氣、失禮、改天,趁機、刻意、(肺)結核、(腦)充血'等),而很少有「賓動式」複合詞。㉗漢語詞彙裡由名詞語素與動詞語素合成的複合詞都是「主謂式」(如'地震、兵變、秋分、冬至、輪廻、氣喘、耳鳴、面熟、心煩、膽怯')或「偏正式」(如'雨刷(子)、筆談、風行、鐵定、筆挺、聲請')。因爲漢詞裡句法與構詞的界限並不分明,都受同樣的詞序規律的限制,這也可以說是漢語「主動賓」詞序的佐證。㉘

㉖ 介詞'被'似乎是唯一的例外,因爲'被'後面的賓語名詞有時候可以刪略,例如:'他被(人)騙了'。

㉗ 我們所找到的類似「賓動式」複合詞有'飯包(兒)、耳挖(兒/子)、雨刷(子)、蒼蠅拍(子)'等。但是'包兒、刷子、拍子'等名詞的存在,以及'耳挖兒、耳挖子'的說法,暗示這些複合詞可能是「偏正式」。

㉘ 「賓動」詞序雖然在複合詞裡不出現,但是在詞組裡卻可能出現(如'錯誤分析、屬性分類、科學研究方案、結構保存原則、工業促進委員會'等)。在這些詞組結構裡,名詞與動詞的句法關係多半是修飾語與主要語的關係,因此常可以在名詞與(名物化的)動詞之間安插修飾語標誌'的'。又詞組經過「簡寫」(abbreviation) 的結果也會產生「附著語」的「賓動」詞序,如'品(質)管(理)、生(活)促(進)會、空(氣)調(節)設備'。

另外，Chu (1979)，Mei (1979)，Li (1979)，Light (1979)，Erbaugh (1982)，湯 (1983)， Sun & Givón (1985) ㉙ 等則分別從語言事實、歷史演變、兒童的語言習得、「主動賓」句式與「主賓動」句式在口語與書面語中出現的頻率等觀點來主張現代漢語並不屬於「主賓動語言」，而是相當穩定的「主動賓語言」。Chu (1979) 認為許多所謂的「主賓動」詞序特徵，實際上與詞序並無必然的關係，雖然有些漢語的詞序特徵，如動詞補語、「把字句」、「被字句」等，確實可以在詞序發生某種程度的變遷。他認為漢語中所以有「詞序變遷」的問題，主要是由於「主題句」的興起，而「主題句」與漢語句子利用句子中位置來表示名詞的定性有密切的關係。Mei (1979) 則研究「把字句」變形的內容、限制與功用，並指出「把字句」的出現並不足以證明現代漢語的詞序趨向於「主賓動」。相反的，現代漢語有一種保守的趨向，致使漢語的詞序「規則化」(regularized) 而保有「主動賓」的基本詞序。Li (1979)則就漢語的八種句法結構或現象(「把字句」、「被字句」、比較句、數詞與量詞的詞序、關係子句、賓語代詞與疑問詞的位置)來探討漢語詞序的演變。她的結論是：就詞序而言，古漢語與現代漢語都不是十足穩定的「主動賓」或「主賓動」語言，因而漢詞的詞序也就無所謂由「主動賓」演變成「主賓動」的趨勢。至於現代漢語的修飾結構中修飾語多

㉙ Sun & Givón (1985：330) 把 Hashimoto (1976)、Givón (1978)、Huang (1978)與 Tai (1984) 等列為 Li & Thompson (1974a, 1974b, 1975) 有關漢語詞序演變論點的支持者，而僅舉出 Light (1979) 為反對者，顯然忽略了在國內出版的有關論著。

出現於主要語之前的現象，則可視爲一種局部修飾結構規則化的趨向。Light (1979) 則認爲漢語中「主賓動」的句式是表示「加強」或「對比」的「有標」的結構，而 Erbaugh (1982) 則觀察研究我國國內兒童習得㉚國語的過程而獲得如下結論：(一)兒童一直到五歲，甚至五歲以後，都不容易熟練運用「把字句」，「把字句」在兒童日常談話中出現的頻率也遠比在成人談話中出現的頻率爲低；(二)保姆與兒童的交談中使用「把字句」的頻率也比一般成人在日常交談中使用「把字句」的頻率爲低。Sun & Givón (1985) 則更從「主動賓」與「主賓動」句式在國語口語與書面語語料出現次數的統計分析中，發現「主動賓」句式的出現頻率，無論是口語(92%)或書面(94%)都遠比「主賓動」句式的出現頻率爲高。其中，無定賓語名詞與有定賓語名詞分別以"99%比1%"與"90%比10%"的比例在「主動賓」與「主賓動」的句式中出現。

從以上的討論，我們可以了解從「共時」或「斷代」(synchronic) 的觀點而言，漢語表面句法結構的基本詞序無疑是「主語—動詞—賓語」，但是基於語意或語用上的考慮可以把這個基本詞序改爲「主語—賓語—動詞」或「賓語—主語—動詞」的語用詞序。基本詞序是「無標」的詞序應該屬於「句子語法」(

㉚ 我們用「習得」(acquire) 來表示與「學習」(learn) 在含義與用法上的差別。

㉛ Chu (1979：104) 也以社論與小說各一篇爲對象，做非正式的統計。其結果是「主動賓」與「主賓動」句式出現的比例分別是社論 (32：1) 與小說 (44：7)。

sentence grammar）的範圍，語用次序是「有標」的詞序，因而可能有一部分屬於「言談語法」(discourse grammar）的範圍。既然不承認漢語句子的「主賓動」語序特徵多於「主動賓」詞序特徵，也就無法支持現代漢語是逐漸由「主動賓語言」演進爲「主賓動語言」的說法。要支持這個論點，必須要有更多更明確的證據。

參 考 文 獻

Chao, Y. R. (1968) *A Grammar of Spoken Chinese.* University of California Press, Berkeley, California.

Chu, C. C. (屈承熹)(1979)"漢語的詞序與詞序變遷中的問題" 語言學論集：理論，應用及漢語語法，臺北文鶴出版有限公司，87-121.

Crystal, D. (1980) *A First Dictionary of Linguistics and Phonetics,* University Press, Cambridge.

Erbaugh, M. (1982) "Coming to Order: Natural Selection and the Origin of Syntax," University of California dissertation, Berkeley, California.

Fromkin, V. of R. Rodman (1978) *An Introduction to Language,* Holt, Rinehart and Winston, Press, New York.

Givôn, T. (1978) "Definiteness and Referentiality," *Universals of Human Language,* 4: Syntax, in J. Greenberg et al., University Press, Stanford, 291-330.

Greenberg, J. (1963) "Some Universals of Grammer with Particular Reference to the Order of Meaningful Elements," in J. Greenberg (ed.), *Universals of Language,* 2, MIT Press, Cambridge, Massachusetts, 58-90.

——(1966)"Some Universals of Grammar with Particular Reference to the Order of Meaningful Elements," in J. Greenberg (ed.) *Universals of Language,* 2nd ed., MIT Press, Cambridge, Massachusetts, 73-113.

Hartmann, R. R. K. & F. C. Stock (1976) *Dictionary of Language and Linguistics,* Applied Science Publishers, Ltd.

Hashimoto, M. (1976) "Language Diffusion on the Asian Continent," *Computational Analysis of Asian and African Languages and Cultures.*

Huang, S. F.(黃宣範)(1978) "Historical Change of Prepositions and Emergence of SOV Order," *Journal of Chinese Linguistics,* 6.2, 212-242.

Li, C. & S. Thompson (1974a) "Historical Change of Word Order: a Case Study of Chinese and its Implication," in J. M. Anderson, C. Jones (eds.), *Historical Linguistics I,* North Holland Publishing Co., Amsterdam, 199-218.

——(1974b) "Co-verbs in Mandarin Chinese: Verbs or Prepositions?" *Journal of Chinese Linguistics,* 2.3, 257-278.

——(1975) "The Semantic Function of Word Order: a Case Study in Mandarin," in C. Li (ed.), *Word Order and Word Order Change,* University of Texas Press, Austin, Texas, 163-196.

——(1981) *Mandarin Chinese: a Functional Reference Grammar,* University of California Press, Los Angeles, California.

Li, M. Z.(李孟珍)(1979) "An Investigation of Word Order Change in Chinese," in T. Tang, F. Tsao, I. Li (eds.), *Papers From the 1979 Asian and Pacific Conference on Linguistics and Language Teaching,* Student Books Co., Taipei, 261-274.

Light, T. (1979) "Word Order and Word Order Change in Mordern Chinese," *Journal of Chinese Linguistics,* 7.2, 149-180.

Mei, M. (梅廣) (1979) "Is Modern Chinese Really a SOV Language?," in T. Tang, F. Tsao, I. Li (eds.), *Papers from the 1979 Asian and Pacific Conference on Linguistics and Language Teaching,* Student Books Co., Taipei, 275-297.

Sun, C. T. (孫朝奮) & T. Givón (1985) "On the So-called SOV Word Order in Mandarin Chinese: A Quantified Text Study and its Implications," *Language,* 61.2, 329-351.

Tai, J. H. Y. (戴浩一) (1984) "Time Sequence and Chinese Word Order," in John Haiman (ed.), *Iconicity in Syntax,* John Benjamin, Amsterdam.

Tang, T. C. (湯廷池) (1972) *A Case Grammar of Spoken Chinese,* Haiguo Books Co., Taipei, (國語格變語法試論, 臺灣海國書局).

——(1978a) "主語的句法與語意功能" 語文週刊, 1519期.

——(1978b) "主語與主題的畫分" 語文週刊, 1548-1551期.

——(1978c)"國語句法的重疊現象"語文週刊, 1523期.

——(1980)"語言分析的目標與方法: 談語句、語意與語用的關係"華文世界, 20 期 18-31.

——(1982a)"國語詞彙學導論: 詞彙結構與構詞規律"教學與研究, 4,39-57.

——(1982b)"國語形容詞的重疊規律"師大學報, 27: 279-294.

——(1983)"國語語法的主要論題: 兼評李訥與湯遜著漢語語法(之一)"師大學報, 28: 391-441.

——(1983a)"從國語詞法的觀點談科技名詞漢譯的原則"語文週刊, 1773-1775期.

——(1983b)"如何研究國語詞彙的意義與用法: 兼評國語日報辭典處理同義詞與近義詞的方式"教學與研究, 5: 1-15.

——(1985)"華語語法與功用解釋"1985年全美華文教師協會年會發表論文.

湯廷池、張席珍、朱建正編(1985)第一屆世界華文教學研討會語法組論文集, 世界華文教育協進會.

Tśou, B. K. (1979) "Three Models of Writing Reform in China," MS.

Wang, William S.-Y. (1965) "Two Aspect Markers in Mandarin," *Language,* 41: 457-470.

* 原刊載於華文世界(1987)44期(50—55頁)與45期(32—42頁)。

國語語法研究

——過去、現在與未來

國人研究語言，一向偏重字形、字音、字義，卻常常忽略了詞法、句法與語法。所以傳統的語言研究，有研究字形的文字學、有研究字音的聲韻學、有研究字義的訓詁學，唯獨缺少了研究詞法、句法與語法的學問——詞法學、句法學與語法學。這不僅與現代歐美語言學之以句法或語法為語言研究的重心成了強烈的對照，而且影響所及，無論是字典、辭典的編纂或語文教材、教法的設計，都偏重字義與文意的解釋，無法對於各種詞語的用法與句式的結構做有系統的、啓發性的說明。

一般研究中國語言學史的人，都以清光緒二十四年(1898年)

馬建忠所著的馬氏文通爲我國第一部研究句法的著作。如此算來，我國研究國語語法的歷史迄今還不到一百年。在此以前，有關語法的研究大都限於所謂「虛字」或「助字」的注釋，嚴格說來，只能算是訓詁學的一部分。就是以馬氏文通這部書而言，也只不過是爲了讀寫文言文與了解西方語言的文法結構而寫的參考書，不但所討論的資料偏限於唐朝韓愈以前的文言文，而且書中的句法分析完全蹈襲了拉丁文法。到了民國以後，纔有人在歐美語言學家如 Jespersen，Bloomfield，Vendryes，Maspéro 等人理論的影響之下，提出文法革新的主張，想參考西洋語言學的理論來建立國語語法的體系，並且開始對於國語的詞彙與句法結構做調查研究的工作。從民國三十八年政府播遷臺灣以後的二十年，國內的語法研究幾乎完全停頓。除了許世瑛先生的中國文法講話以外沒有什麼國語語法的著作出版，國內大學也很少有開設研究語法或語法理論的課程的。

過去的國語語法研究所犯的偏弊缺失很多，可分幾點來檢討。

㈠過去的研究多半都企圖在拉丁文法或英語語法的間架上，強行建立國語的語法體系，不但發生了削足適履、格格不入的現象，而且忽略了許多國語語法所特有的現象。最極端的例子是由於常說英語有八大詞類（其實很少語言學家會同意這種說法），就硬說國語也有八大詞類。後來發現國語的句尾語氣助詞（如'的、了、嗎、呢、啊'）爲英語所缺少，就另加一類「句尾助詞」而成爲九大詞類。其實，國語所特有的句法現象何止於句尾助詞，他如表示計數單位的「量詞」或「類詞」（如'個、張、條、顆、塊’)、出現於名詞後面表示位置的「方位詞」(如‘上(面)、下(面)、裏(面)、外(面)’)以及出現於動詞後面表示趨向的「趨向補語」(如‘(出、進、過、上、下)來/去’)都很難歸入現成的八大詞類或九大詞類。其他如國語句子裏常見的「話題」(如‘魚,我喜歡吃黃魚’這一句話裏的‘魚’)也是英語句子裏不常見的句法成分。

(二)文言與白話的討論常混雜不清,沒有注意到這兩種語言,無論在用詞與造句上,都有相當大的差別。例如,在詞彙結構上,文言是「字本位」的語言,所用的詞彙大多數都屬於單音詞;而演變到現代,國語卻成了「詞本位」的語言,所用的詞彙多半是多音詞,尤以雙音詞居多。就是同樣的雙音詞,其詞素出現的次序也常發生變化。例如韓愈在“祭十二郎文”中說‘而視茫茫,而髮蒼蒼,而齒牙動搖’;可見以前用‘齒牙’與‘動搖’,而現在卻用‘牙齒’與‘搖動’。又在句法上,文言詞彙裏詞類轉用的範圍(如‘老吾老以及人之老,幼吾幼以及人之幼’裏‘老’與‘幼’的動詞與名詞用法)遠比現代國語爲廣泛。其他如句子裏句子成分出現的次序,文言與現代國語也大有差別。例如,現代國語中已經沒有文言裏常見的動詞與賓語名詞在疑問句與否定句中的倒序現象(如‘吾誰欺?欺天乎!’裏賓語名詞‘誰’與動詞‘欺’的倒序,‘時不我與’裏賓語名詞‘我’與動詞‘與’的倒序)。因此,文言與白話不應該從「共時」或「同代」的觀點來加以描述,而應該從「異時」或「歷代」的觀點來加以對照。

(三)在語言資料的蒐集上,過分注重以文字記載的書面資料(如水滸傳、兒女英雄傳、紅樓夢等),似乎以爲唯有在印刷物上出現過的句子纔是眞正的句子，纔可以做爲研究分析的對象。但是如果我們能注意到語言的「開放性」——國語裏可以有無限多的句子——與「創造性」——我們都有能力造出從來沒有說過或聽過的國語的句子來——，那麼我們就不難明白在印刷物上所出現過的句子只不過是浩瀚無垠的語言資料中的滄海一粟而已。以國語形容詞的重疊爲例，我們就可以在電視或電影中聽到'開開心心'（盛竹如先生在「強棒出擊」裏說過的話）、'神裏神經'（楊惠姍小姐在「小逃犯」裏說的話）、'女裏女氣'（常楓先生在「新孟麗君」裏說的話）等用例，而見怪不怪、毫無抗拒的加以接受。因此，我們不僅應該從日常生活裏尋找資料，而且還可以利用「內省」的工夫直接分析自己造出來的句子，不管是已經說出口的，或是浮現在大腦中的。

㈣過去的語法研究，過分注重例外或特殊的語言現象；往往爲了顧慮例外，反而迷失了語言現象中一般性或普遍性的規律。人類的語言是一個高度發達、極其複雜的系統，經過長久的年代，透過不同社會形態、文化背景的衆人的口說耳聽，流傳到現在。同時，語言是人類"約定俗成"的產物，語言的發展與變遷自有其一定的規律，但是這些規律並不俯首聽命於理性或邏輯的支配。例如，'好容易'與'好不容易'在'我好容易纔買到一張戲票'與'我好不容易纔買到一張戲票'中，雖然一個用肯定，一個用否定，卻都表達同樣的意思。又如，在'他差一點被壓死'與'他差一點沒被壓死'這兩句話裏，肯定與否定兩個句式都表達相同的意義。就語法的研究而言，重要的是觀察語言現象，發現其中有規則的現象而加以條理化。在廣大的語言現象中，發現一些不規則或例外的現象，不但絲毫不足爲奇，而且這些例外現象的存在也無礙於一般性規律的成立。換句話說，我們不能因爲有一些例外的語言現象，就逕認爲否定了一個能解釋其他大部份語言現象的規律。例外現象的提出，唯有因此而能找出一個可以解釋包括這些例外現象在內的、更普遍的規律時，纔有意義，纔有價值。另一方面，我們也不能把一些偶然與巧合的現象視爲語言的常態，貿然加以規律化。例如，國語詞彙中有一些字序相反的「複合詞」(如'動搖'與'搖動'、'生產'與'產生'、'喜歡'與'歡喜'、'痛苦'與'苦痛'等)就逕認定'倒序'是國語的造詞規律之一。因爲這些倒序只是發生在少數詞彙的字面上的現象，而不是可以規範大多數詞彙有關詞彙結構與功用的規律。語法的規律必須是「有規則」的，「能預測」的，而且是「可以廣泛適用」的。

㈤過去的語法研究，在分析語言的過程中，過分依賴字義的因素，無論是定義或分類，都從字義著手，而忽略了結構與功能的分析。例如，國語的動詞'動搖'與'搖動'，如果單從'動'與'搖'這兩個字的字義上去分析，那麼不容易區別這兩個動詞的意義與用法。這兩個動詞在「內部結構」與「外部功能」上有如下的不同。'動搖'是由兩個語義相近的字並列而成的「並列結構」，是'動之搖之'(及物用法)或'動而搖'(不及物用法)的意思；反之，'搖動'是由動詞與其補語合成的「述補結構」，是'搖而使之動'(及物用法)或'因搖而動'(不及物用法)的意思。因此，我們可以說'搖得動'或'搖不動'，卻不能說'動得搖'或'動不搖'。又'搖動'的主語與賓語都必須是具體名詞，而'動搖'的主語與賓語卻都必須是抽象名詞。因此，我們可以說'我搖動桌子'

或'我把桌子搖動'，卻不能說'我動搖桌子'或'我把桌子動搖'；我們可以說'敵人的宣傳不能動搖我們的意志'，卻不能說'敵人的宣傳不能搖動我們的意志'。再如，'死鬼'這一個名詞的意義與用法無法單從字義上去解釋，而必須考慮「語用」的因素，即「說話者」、「聽話者」與「言談情況」：這是成年女性對與之過從甚密（甚至可能有肌膚之親）的成年男性（包括丈夫、情夫、匿友）的稱呼，多半由某種社會背景的人於私底下或非正式的場合使用。我們都會正確使用'搖動'、'動搖'、'死鬼'這些詞彙，但不一定能分析這些詞彙的結構、功能、意義與用法而加以條理化，因爲有關國語用詞或造句的知識或能力，隱藏在我們的大腦皮質細胞之中，旣摸不到，也看不見。語法研究或分析的目標之一，就是要把這一種「內化」的知識或能力加以「表面化」、「形式化」、「規律化」。

以往國語語法研究最大的缺點，還是在過去的中國語言學家所依據的歐美語言理論本身具有嚴重的缺陷，無論是在語言本質的基本認識上，或是語言研究的目標與方法上，都有先天不足之憾。例如，過去的語言理論對於語言結構採取很皮相、很機械的看法，認爲形成句子的主要因素是「詞」與「詞序」：屬於一定詞類的詞按照一定的詞序排列下來，就成爲句子。因此，研究語法不外研究詞類的畫分（如「名詞、代詞、動詞、形容詞、副詞、介詞、連詞、助詞」等），以及決定各種句子成分在句子中出現的位置與所擔任的語法功能（如「主語、賓語、謂語、修飾語、中心語」等），無形中語言學就淪爲單純的「分類語言學」。他如，對於語言的「開放性」與「創造性」缺乏正確的認識，只承認句子的「表面結構」而忽略了「深層結構」與連繫這兩種結構的「變形」過程，以及沒有適當的理論模式來達到語法「規律化」與「形式化」的要求等等，都大大地影響了語法研究的發展。

及至五〇年代「變形・衍生語法理論」的興起，語法理論的面貌與語法研究的方向乃發生了革命性的變化。語言的研究不再是主觀、任意的論斷或臆測，而是以語言事實爲基礎、有語言理論做準繩的經驗科學。研究語法的目的，在於闡釋語言的本質、結構與功能，期以建立可以規範所有人類自然語言的「普遍語法」，並且進而探求人類兒童如何在無人刻意敎導的情形下僅憑周遭所提供的有限語料即能迅速學會母語的奧秘（西哲柏拉圖早在兩千多年前即對這一類事實感到詫異，卻至今仍然是尚未完全解決的謎）。當代語法理論，對於語法所應具備的「妥當性」，提出三種程度不同的要求：即「觀察上的妥當性」、「描述上的妥當性」與「詮釋上的妥當性」。當一部語法根據有限的語言資料，把觀察所得的結果正確的加以敍述的時候，這一部語法（就該語言而言）可以說是達成了「觀察上的妥當性」。以往國語語法的研究僅以期求達到觀察上的妥當性爲目的，而且常常連這個最低限度的妥當性都無法達成。但是，如前所述，初步有限的語言資料只是浩瀚無垠的語言資料中的極小部分。而且連這一極小部分，如果不與更多其他語料一起加以觀察的話，也難以獲得正確的敍述。因此，我們要求理想中的語法能達成更高一層的妥當性，即正確的敍述（以該語言爲母語的人的）內化的語言能力；包括判斷句子是否「合法」、「同義」、「多義」、「內部矛盾」等的能力；

還原句中被删略詞語的能力，決定詞語的指涉是否相同的能力，創造與解釋無限長、無限多句子的能力等。這種語法的妥當性，就叫做「描述上的妥當性」。要達到描述上的妥當性，必須以一套正確的語法理論爲前提 。 而這套語法理論 ， 必須根據人類自然語言的普遍性，就其性質、內容、結構與限制，提出明確的假設。例如，語言的規律應該由那幾個部門構成？這幾個部門彼此之間的關係如何？各個部門應該具備何種形式的規律？這些規律應該如何適用？適用的範圍、方式與結果應該如何限制？句法應該含有那些詞類？這些詞類的內部結構（如修飾語與中心語的關係）應該如何規範？這樣的語法理論，可以說是具有「詮釋上的妥當性」，因爲我們可以根據其內容與主張 ，依照一定的衡量程序，從幾部「觀察上妥當」的語法中，選出一部「描述上較爲妥當」的語法來。既然「描述上妥當」的語法能夠反映人類自然語言的普遍性，那麼這樣的語法理論也就可以說間接的「詮釋」了人類內化的語言能力了。

自從一九七〇年前後起，前往歐美國家研習語法理論或從事語法研究的國內學者漸多，國內的語言研究所也增加到師大、輔大、清大、政大等四處，所講授的語法理論與語法分析的課程也越來越充實。有關國語語法研究的論著也相繼出版，語法分析與語法理論的討論也開始以「描述上的妥當性」與「詮釋上的妥當性」爲重心。我們把一九六八年以來在國內出版或翻版的主要國語語法專書列在後面，以供讀者參考。

① 許世瑛中國文法講話（420 頁）臺灣開明書店 1968 年修訂二版。

② 趙元任 A Grammar of Spoken Chinese（847 頁）University of California Press 1968 年出版，敎煌書局印行；丁邦新譯中國話的文法（458 頁）香港中文大學出版社 1980 年出版。

③ 方師鐸國語詞彙學：構詞篇（223 頁）益智書局1970年出版。

④ 湯廷池、董昭輝、吳耀敦編 Papers in Linguistics in Honor of A. A. Hill（語言學論文集）（213 頁）虹橋書店 1972 年出版。

⑤ 湯廷池 A Case Grammar of Spoken Chinese（國語格變語法試論）（254 頁）海國書局 1972 年出版。

⑥ 湯廷池 A Case Grammar Classification of Chinese Verbs（國語格變語法動詞分類的研究）（106 頁）海國書局 1975 年出版。

⑦ 湯廷池國語變形語法研究第一集：移位變形（444 頁）臺灣學生書局 1977 年發行出版，現已四版，並由日人松村文芳譯成日文由日本白帝社出版。

⑧ 湯廷池國語語法研究論集（430 頁）臺灣書生書局1978年發行初版，現已三版。

⑨ 湯廷池語言學與語文教學（414 頁）臺灣學生書局1981年出版。

⑩ 黃宣範語言學研究論叢（350 頁）黎明文化事業股份有限公司 1974 年出版。

⑪ 黃宣範 Papers in Chinese Syntax 漢語語法論文集（

263 頁）文鶴出版有限公司 1982 年出版。

⑫ 黃宣範語言哲學：意義與指涉理論的研究（287 頁）文鶴出版有限公司 1984 年出版。

⑬ 鄧守信 A Semantic Study of Transitivity in Chinese（漢語主賓位的語意研究）（177頁）臺灣學生書局1977年出版。

⑭ 張強仁 Co-verbs in Spoken Chinese（國語動介詞）（146 頁）正中書局 1977 年出版。

⑮ 湯廷池、李英哲、鄭良偉編 Proceedings of Symposium on Chinese Linguistics（中國語言學會議論集）（358頁）臺灣學生書局 1978 年出版。

⑯ 屈承熹語言學論集：理論、應用及漢語法（152 頁）文鶴出版有限公司 1979 年出版。

⑰ 曹逢甫 A Functional Study of Topic in Chinese: The First Step Toward Discourse Analysis（主題在國語中的功能研究：邁向言談分析的第一步）（287頁）臺灣學生書局 1979 年出版。

⑱ 湯廷池、曹逢甫、李櫻編 Papers from the 1979 Asian and Pacific Conference on Linguistics and Language Teaching（一九七九年亞太地區語言教學研討會論集）（297 頁）臺灣學生書局 1980 年出版。

⑲ Charles N. Li 與 Sandra A. Thompson, Mandarin Chinese: A Functional Reference Grammar（691 頁）文鶴出版有限公司 1981 年刊印；黃宣範譯漢語語法（

477 頁）文鶴出版有限公司 1983 年出版。

⑳ 屈承熹、柯蔚南、曹逢甫編 Papers from the Fourteenth International Conference on Sino-Tibetan Languages and Linguisties（第十四屆國際漢藏語言學論文集）（399 頁）臺灣學生書局 1983 年出版。

㉑ 湯廷池、鄭良偉、李英哲編 Studies in Chinese: Syntax and Semantics（漢語句法・語意學論集）（284 頁）臺灣學生書局 1983 年出版。

㉒ 胡百華華語的句法（174 頁）阿爾泰出版社 1984 年出版。

㉓ 湯廷池、張席珍、朱建正編世界華文教學研討會語法組論集，世界華文教育協進會 1985 年出版。

㉔ 齊德立 A Lexical Analysis of Verb-Noun Compounds in Mandarin Chinese（漢語動詞與名詞之構詞法）（229 頁）文鶴出版有限公司 1985 年出版。

㉕ 湯廷池漢語詞法句法論集（667 頁）臺灣學生書局1988 年出版。

當前語法理論的探討越來越深，語言結構的分析也越來越細。語法研究的對象，不僅從具有語音形態與詞彙意義的「實詞」跨進具有語音形態而不具詞彙意義的「虛詞」，而且已經邁入了不具語音形態亦不具詞彙意義的「空號詞類」。此時此地我們從事國語語法研究的人似乎應該放開眼界，迎頭趕上當代歐美的語法理論；不但要接受新的觀念，更要採用新的方法，方能獲得豐碩的成果。

* 原刊載於國文天地（1987）25 期（22—29頁）。

漢語語法研究的回顧與前瞻

一、民國以前的漢語語法研究

國人研究漢語有一段悠久而輝煌的歷史，成為漢學研究中最重要的一環。根據王力先生❶，中國歷代學者的漢語研究可以先後分為三個階段：㈠語義研究階段，從漢初（公元前三世紀）到東晉末（五世紀）；㈡語音研究階段，從南北朝初（五世紀）到明末（十七世紀）；㈢全面發展階段，從清初（十七世紀）到現代。可見，傳統的漢語研究一向偏重字形（文字學）、字義（訓詁學）與字音（聲韻學）的鑽研，卻無法從「字」（character）的範

❶ 王力（1957）漢語史稿（上），5至13頁。

圍跨入「詞」(word)❷、「詞組」(phrase)與「句(子)」(sentence)的領域，因此也就無法爲漢語建立「詞法學」(word-syntax)與「句法學」(syntax)的體系❸。

一般研究漢語學史的人都以馬建忠（1845-1899）於清光緒二十四年（1898）所著的馬氏文通爲我國第一部研究漢語語法的著作。依此說法，我國研究漢語語法的歷史迄今還不到一百年。在此以前，有關語法的研究大都限於「虛字」或「助字」的註釋；嚴格說來，只能算是訓詁學的一部分。就是以馬氏文通而言，所分析的語料也限於論語、左傳、莊子、孟子、國語、國策、史記、漢書等書（唐代語料只引用了韓愈一人的文章），基本上是先秦與兩漢的書面語語法，完全忽略了宋、元、明、清四代的口語或白話語料。而且，書中的基本術語與句法分析幾乎完全蹈襲了拉丁文法，在取向上屬於「規範性的語法」(normative grammar)而非「描述性的語法」(descriptive grammar)，因而難免忽略了許多漢語語法特有的現象。

二、民國以後到大戰結束期間的漢語語法研究

到了民國以後纔有黎錦熙、高名凱、吕叔湘、王力等語法學

❷ 這裏所謂的「詞」(word)，指的是能獨立運用的語法單位，而不是許愼在說文解字裏用來指「虛字」(function word)的「詞」。

❸ 根據王力（漢語史稿（上），12 頁），語法學曾於唐代從印度傳入中國。當時稱爲'(釋詁訓學)、詮目疏別'的'聲明'之學，並講到「名詞變格」(case)與「動詞變位」(inflection)等問題，但對後代的漢語研究似未留下多大影響。

家在歐美語言家如 Otto Jespersen（1860-1943）❹，Joseph Vendryes（1875-1960）❺，Leonard Bloomfield（1887-1949）❻等人的著作與理論的影響之下，提出文法革新的主張，想參考西方語言學的理論來建立漢語語法的體系，並且開始對國語的詞彙與句法結構做有系統的調查與研究。

這個時期的主要著作有黎錦熙的新著國語文法（1924，修訂版1933）與比較文法（1933），楊樹達的馬氏文通刊誤（1931）與中國修辭學（1933），高名凱的漢語語法論（1948，修訂版1957）與語法理論（1960），呂叔湘的中國文法要略（1947，修訂版1956）與漢語語法論文集（1955）以及王力的中國語法理論（1946）、中國現代語法（上下册1947）與漢語語法綱要（1957）。

民國以後的漢語語法研究，主要是針對馬氏文通以拉丁文法的間架所建立的漢語語法體系不斷提出修正與改進，期能符合漢語語法的事實。此後，漢語語法的研究開始注意現代口語的語料，也重視漢語特有的語法結構與語法現象；前後掀起了"漢語的主語與賓語如何決定？""漢語是否有詞類的區別？"等有關漢語語法基本問題的論爭。從此，漢語語法的研究不再依賴拉丁文法或英語語法的間架來強行建立漢語語法的體系，漢語語法的基本概念與分析方法也有其獨特的創造與發展。例如，不但以「……

---

❹ 丹麥語言學家，主要著作有 *The Philosophy of Grammar*（1924），*A Modern English Grammar*（全七卷，1909-1949）等。

❺ 法國語言學家，主要著作有 *Le Langage*（1921）等。

❻ 美國語言學家，主要著作有 *Language*（1933）等。

詞」(如「名詞」(noun)、「動詞」(verb)、「形容詞」(adjective)、「副詞」(adverb)、「介詞」(preposition)、「連詞」(conjunction)、「代詞」(pronoun)、「嘆詞」(interjection)、「助詞」(particle)、「數詞」(numeral)、「量詞」(classifier)等)來表示「語法範疇」(grammatical category),以「……語」(如「主語」(subject)、「謂語」(predicate)、「賓語」(object)、「補語」(complement)、「定語」(adjectival)、「狀語」(adverbial)等)來表示「語法關係」(grammatical relation)或「語法功能」(grammatical function),使「語法範疇」('……'是「……詞」)與「語法關係」('……'是……的「……語」)這兩個不同的語法概念有更嚴謹而明確的區別,而且還提出「施事」(agent)、「受事」(patient)等術語來描述名詞組與介詞組在句子裏所扮演的「語意角色」(semantic role)。又如現代漢語裏比較特殊的句法結構,如「雙主句」(如'他身體好'、'她頭很痛')、「存現句」(如'桌子上放著一本書'、'院子裏擠滿了人'、'昨天來了一位客人'、'班上走了三個同學')、「無主句」(如'下雨了'、'出太陽了'、'失火了')、「倒裝句」(如'我什麼東西都沒有了'、'什麼丢人的事他都幹!'、'好冷呀,今天')、「簡略句」(如'(李先生見到張先生沒有?)見到了')、「緊縮句」(如'要管管到底'、'問他緣故又不說'、'他越想越氣'、'來一個拿一個')、「處置式」(如'他把杯子打破了')、「連動式」(如'他出去開門'、'等一會進去'、'進去等一會')、「結果補語」(如'我要學好中文'、'他沒有看懂這個問題')、「程度補語」(如'她急得哭了'、'他來得不早'、'她哭得眼睛都紅了')、「可能補語」(如

'我洗得乾淨這件衣服'、'你的中文字寫得好寫不好？'、'這種東西吃得嗎？'）、「趨向補語」（如'他忽然唱起歌來'、'我昨天寄了一封信去'、'我昨天寄去了一封信）、「數量詞組」（如'蘋果三個五十塊'、'總共來了五個人'、'我們來好好商量一下'）、「方位詞」（如'請往前面走'、'她坐在教室的最後面'）等，也有相當精緻的討論與分析。同時，漢語（包括各地方言）詞彙的蒐集、分析與整理也有系統的展開，整個漢語語法的研究呈現了空前未有的蓬勃氣象。

三、政府播遷臺灣以後的漢語語法研究

民國三十八年政府播遷臺灣，各大學與獨立學院的中國語文學系卻從此興起了"重文輕語"的治學風氣。此後二十年，臺灣的漢語語法研究幾乎完全停頓。除了何容先生的中國文法論（1942，臺二版1959）、許世瑛先生的中國文法講話（1966，修訂二版1968）與周法高先生的古代漢語語法（三册 1959-1961）以外，沒有什麼漢語語法的專著出版，國內大學也很少有開設研究語法或語法理論的課程。這時期國內的漢語語法研究在研究方法與態度上往往犯下列幾點缺失。

㈠文言與白話的分析討論常混雜不清。其實，文言與白話這兩種「語體」（style 或 register）無論在構詞與句法上都有相當大的差別。在構詞上，文言是「字本位」的語言，所用詞彙以單音詞居多；而現代白話卻是「詞本位」的語言，多音詞彙在數目上已凌駕於單音詞彙之上。文言詞裏詞類的轉用也遠比現代白話

靈活而廣泛（如'老吾老以及人之老，幼吾幼以及人之幼'）。在句法上，文言疑問句與否定句中常見的動詞與賓語名詞或代詞的倒序（如'吾誰欺？欺天乎！'、'時不我與'）在現代白話裏已不多見；而現代白話裏常見的三個以上的人、事物或動作的連接（如'失去了國土、自由與權利'、'口似乎專為吃飯、喝茶與吸烟預備的'）以及平行的情態助動詞共接一個動詞（如'她不能、不肯、也不願看到人的苦處'）或平行的動詞共帶一個賓語（如'每人報告著、形容著或吵嚷著自己的事'）等情形卻是五四運動以後纔產生的句法❼。因此，文言與白話不能從「共時」或「同代」(synchronic）的觀點來加以描述，而應該從「異時」或「歷代」(diachronic）的觀點來加以比較或對照。例如，高名凱（漢語語法論）、呂叔湘（中國文法要領）、何容（中國文法論）與許世瑛（中國文法講話）都有文白並陳的情形。

㈡在語料的蒐集或分析上，過分注重以文字記載的書面資料，似乎以為唯有在印刷物上出現過的句子纔是眞正合法的句子，纔可以做為分析研究的對象。但是所有的自然語言都是「開放的」(open-ended)，在理論上句子可以無限長，而且可以無限多。我們人類都天生具有「語言上的創造力」（linguistic creativity)，都能造出從來沒有說過或聽過的句子來。如此說來，在印刷物上出現過的句子只不過是我們的「語言能力」（linguistic compe-

❼ 王力（漢語史稿（上）468-472頁）所附的例句都採自老舍的小說，不過在標點符號上稍做修改。

tence）所能造出來浩瀚無垠的語料中的滄海一粟而已❽。因此，我們在研究漢語語法的時候，固然應該參考書面資料，但決不能把分析研究的對象侷限於這些語料。我們不僅應該從日常生活的談話中尋找語料，而且還可以利用「內省」(introspection）的工夫直接分析自己造出來的句子，更可以拿這些句子去請別人就句子的「合法度」（grammaticality）與「語意解釋」（semantic interpretation）加以判斷或比較。

㈢過去的漢語語法研究，過分注重例外或特殊的現象，往往為了顧慮特殊的例外，反而迷失了語言現象中「一般性」(general）或「普遍性」(universal）的規律。人類的語言是一個高度發達且極為複雜的「通訊系統」(communication system)，並且經過長久的年代，透過不同社會型態與文化背景的衆人口說耳聽，流傳到現在。同時，語言是人類「約定俗成」(conventional and arbitrary）的產物。語言的發展與變遷有其一定的規律，並不完全聽命於「理性」（reason）或「邏輯」(logic）的支配。就語法的研究而言，重要的是客觀的觀察語言現象，發現其中有規則的現象而加以「條理化」(generalize)。在廣大的語言現象中，發現一些不規則或例外的現象，不但絲毫不足為奇，而且這些例外現象的存在也無碍於一般性規律的成立。換言之，我們不能因為有一些例外的語言現象，就逕認為否定了一個能解釋其他大部分語言現象的規律。例外現象的提出，唯有因此而能找出一個可

❽ 根據數理語言學家的估計，單是字數在二十個字以內的英語句子就有"10^{30}"（10的30次方）之多。雖然沒有人就漢語做類似的估計，但其結果必然也是一個天文數字。

以解釋包括這些例外現象在內的、更概括性的規律時，纔有意義、纔有價值。如果只注意特殊的例外而忽略概括性的規律，甚或因例外而犧牲規律，那就背離了語法研究的目標。語法研究的目標之一是尋找語法規律，而例外或「反例」（counterexample）是用來檢驗規律的。沒有規律，就沒有例外或反例，有了規律，纔能討論如何來處理可能的反例。

㈣已往的語法研究，在分析語言的過程中過份依賴字義的因素。無論是詞類的定義與畫分（如'凡實物的名稱，或哲學、科學所創的名稱，都是名詞'、'凡表示實物的德性的詞，都是形容詞'，'凡是指稱行爲或事件的詞，都是動詞'、'凡是只能表示程度、範圍、時間、可能性、否定作用等，不能單獨指稱實物、實情，或實事的詞，都是副詞'❾或詞彙的意義與用法（如'動搖'與'搖動'、'生產'與'產生'、'喜歡'與'歡喜'、'痛苦'與'苦痛'、'對於'與'關於'、'從來'與'向來'等的區別❿都從語意內涵著手，而忽略了詞彙結構、句法表現或語用功能的分析。以詞類的定義與畫分爲例，如果僅從語意內涵來界定詞類，那麼無論採用的是「列舉」(enumeration) 或「闡釋」(definition) 的方式，都難免因爲遺漏（例如'孫悟空、靈氣、才華、行情、氣氛、預感'等名詞算不算實物的名稱，或哲學、科學所創的名稱？'屬於、含有、姓、像、叫做'等動詞算不算是指稱行動或事件的詞？）

❾ 這些詞類的定義採自許世瑛（1968）中國文法講話30頁。

❿ 參湯廷池（1988a）漢語詞法句法論集（67-87 頁）"如何研究華語詞彙的意義與用法：兼評國語日報辭典處理同義詞與近義詞的方式"的討論。

或含混（例如'陰森、憂鬱、熱鬧、脫俗、下流'等形容詞算不算是實物的德性？'私立、公立、中式、西式、高級、初級、現任、前任'等詞算不算形容詞？）而無法周全。如果把詞類的範圍從名詞、形容詞、動詞等主要詞類擴大到方位詞、數詞、量詞、代詞、介詞、連詞等次要詞類，那麼詞類的定義就更不容易從語意內涵來界定，而且也更容易與其他詞類相混淆。但是如果我們把這些詞類的詞彙、句法與語用功能一併加以考慮，那麼我們就可以說：㈠漢語名詞一般都不能「重疊」(reduplication)⑪，形容詞以"XX"（如'高高、大大、長長'）或"XXYY"（如'乾乾淨淨、漂漂亮亮'）的形式重疊，而動詞則以"X(一) X"（如'看㈠看、坐㈠坐、想㈠想'）或"XYXY"（如'研究研究、討論討論'）的形式重疊；㈡名詞可以與「限定詞」(determiner) 連用（如'這一個人'），形容詞可以與「加強詞」(intensifier) 連用（如'太高、非常傑出'），而動詞則可以與「動貌標誌」(aspect marker) 連用（如'看過、坐著、想起來'）；㈢數量詞組只能出現於名詞之前（如'十個人'），可以出現於形容詞之前或後（如'兩公尺高、高兩公尺'），而只能出現於動詞之後（如'看兩個小時、坐一會、想一下'）；㈣只有形容詞與動詞可以出現於「正反問句」(A-not-A question)（如'*他老師不老師？'、'他老實不老實？'、'他當不當老師？'）；因而可以獲得相當明確的分類標

⑪ 只有'人人'等少數例外。其他如'星星、猩猩、公公、婆婆……'等名詞必須以重疊的形式出現，'家家戶戶'等僅在固定成語裏出現，而'三三兩兩、千千萬萬'與'條條（大路）、對對（佳偶）、張張（彩券）'等則分別屬於數詞與量詞。

準⑫。再以詞彙的意義與用法爲例，'搖動'與'動搖'這些複合動詞的構成語素都一樣，所以無法從語意內涵來區別這一對動詞的意義與用法。但在詞彙結構上，'搖動'是「述補式」而'動搖'卻是「並列式」，所以我們可以說'搖得動搖不動'，卻不能說'*動得搖、*動不搖'。同時，在句法成分的選擇上，'搖動'必須以具體名詞爲主語與賓語（如'他(用手(搖動桌子')，而'動搖'則以抽象名詞爲主語與賓語（如'敵人的宣傳不能動搖我們的意志'）。他如'生產'常以具體名詞爲賓語（如'生產汽車／家具'），而'產生'則常以抽象名詞爲賓語（如'產生結果／影響'）；'喜歡'常帶上賓語（如'很喜歡音樂'），而'歡喜'則不能帶上賓語（如'很歡喜'）；'痛苦'可當名詞、動詞與形容詞用（如'這一種痛苦、痛苦了一生、很痛苦'）而'苦痛'則只能當名詞用（如'這一種苦痛、*苦痛了一生、*很苦痛'）；'對於'可以出現於主語之前或後（如'對於這個問題我／我對於這個問題沒有意見'）；而'關於'則只能出現於主語的前面（如'關於這個問題我／*我關於這一個問題沒有意見'）；'向來'可以出現於肯定句與否定句（如'他向來喜歡／不喜歡數學'），而'從來'則常出現於否定句（如'他從來*喜歡／不喜歡數學'）。這些意義與用法上的區別，都無法從有

---

⑫ 這並不表示每一種詞類的每一個詞都能同時滿足所有的標準。例如'屬於、含有、姓、像、叫做'等「靜態動詞」(stative verb)，在句法功能上屬於較爲「有標」(marked) 的動詞：一般都不能重疊，也較少與動貌標誌或數量詞組連用，但是仍然可以有'這本書屬不屬於你？'、'這一塊地屬於我已經十年了'等說法，因而可以判定爲動詞。

關詞彙的詞義來解釋，而必須從這些詞彙的詞法或句法功能來說明。在漢語語法的研究上過分依賴字義而忽略詞法結構與句法功能的結果，無論是字典、辭典的編纂或語文教材、教法的設計都偏重字義與文意的解釋，無法對於各種詞語的用法與句式的結構做有系統的、啓發性的說明。

㈤國內語法研究的另一個缺失是在語法術語的使用上常互有出入，相當紛歧。以表示語法關係的術語爲例，除了「主語」(subject) 以外還有「起詞」⑬與「主詞」⑭等說法；除了「賓語」(object) 以外還有「止詞」⑮與「受詞」⑯的說法；除了「謂語」(predicate) 以外還有「述語」⑰的說法；除了「補語」(com-

---

⑬ 許世瑛 (1968) 中國文法講話的用語，也是馬氏文通與呂叔湘(1956) 中國文法要略的用法。根據呂叔湘 (1956)，在敍說事情的「敍事句」(如'貓捉老鼠')出現者稱爲「起詞」，而在記述事物性質或狀態的「表態句」(如'天高，地厚')、解釋事物涵義或辨別事物同異的「判斷句」(如'鯨魚非魚')或表明事物有無的「有無句」(如'我有客人')裏出現者稱爲「主詞」。我們似無理由因爲述語動詞的不同而區別「起詞」與「主詞」。呂叔湘先生在後來的著作裏也一律改稱爲「主語」。

⑭ 這是呂叔湘 (1956) 的用語 (參⑬)；目前在臺灣也有許多人在漢語與英語語法裏使用「主詞」的名稱。

⑮ 許世瑛 (1968)、馬氏文通與呂叔湘 (1956) 的用法，專指「直接賓語」(direct object)。

⑯ 許世瑛(1968)與呂叔湘 (1956) 的說法，專指「間接賓語」(indirect object)。目前在臺灣也有許多人在漢語與英語語法裏用「受詞」來指「賓語」，包括直接賓語、間接賓語與介詞賓語。

⑰ 何容 (1959) 中國文法論69頁的用語 (這本書的其他用語分別是「主語」、「賓語」)。現在亦有人以「述語」來稱呼動詞在謂語中所擔任的語法功能，相當於許世瑛 (1968) 的「述詞」。

plement）以外還有「補詞」[18]與「表詞」[19]的說法；除了「修飾語」（modifier）以外還有「附加語」[20]的說法。再以表示語法範疇的術語爲例，「名詞」、「動詞」、「形容詞」這幾種用語較爲統一，而「代詞」（「稱代詞」、「指代詞」）、「介詞」（「介系詞」、「介繫詞」、「前置詞」、「副動詞」、「次動詞」）[21]、「連詞」（「連接詞」、「接續詞」）等則有好幾種不同的用語。至於各種句式或句法結構的名稱，則各自爲政，莫衷一是。語法術語的紊亂，不僅影響語法學家間彼此的溝通，而且更阻碍一般讀者的了解，實應早日謀求統一。關於漢語語法術語的選擇或統一，我們提出下列幾點意見：(1)「……詞」（表示「語法範疇」）與「……語」（表示「語法關係」或「語法功能」）最好能一貫的加以區別；(2) 盡量選擇雙音節詞彙，至多不宜超過四音節，而且應該遵守漢語的造詞法[21]；(3) 語法術語的漢譯，應先研究原來外語術語的含義、典故與用法，務求漢譯術語在意義與用法上貼近原來的術語；(4) 如果大陸或日本語法學家已率先翻譯，不妨參考甚或採用，以求學術交流上之暢通；(5) 首次使用的漢譯術語最好利用方括弧等標點符號加以引介，並附上原來的外語術語，以供其他學者或讀者的參考；(6) 在大學語文學系擔任語法課程的教師

---

[18] 許世瑛（1968）的用語。

[19] 許世瑛（1968）的用語，專指由形容詞（如'山高、月小'）或「形容詞性動詞」（如'山搖、地動'）充當的謂語。

[20] 黎錦熙（1933）新著國語文法的用語，現在亦有人以此做爲英語術語"adjunct"的漢譯。

[21] 參湯廷池（1988b）"新詞創造與漢語詞法"。

最好能互相交換所使用的語法詞彙，以供教學時的參考；(7) 語法專著的出版，最好能附上索引與英漢術語對照表㉒，以爲將來編訂語法學詞彙或語言學詞彙之用。

四、「杭士基革命」與漢語語法研究

以往漢語語法研究的最大缺點，還是在於語法學家所依據的語法理論本身具有嚴重的缺陷。無論是對語言本質的基本認識，或是在語法研究的目標與方法上，都有先天不足之憾。例如，過去的語法分析對於語法結構採取很皮相、很單純的看法，認爲構成句子的主要因素是「詞類」(part of speech) 與「詞序」(word order)：屬於一定詞類的詞，依照一定的詞序排列下來，就成爲句子。因此，研究語法不外乎研究如何畫分詞類（如「名詞、代詞、動詞、形容詞、副詞、介詞、連詞、方位詞、數詞、量詞、助詞、嘆詞」等），以及各種詞類的詞如何形成較大的句子成分（如「名詞組、動詞組、形容詞組、介詞組、數量詞組、子句、方位補語、趨向補語、程度補語、結果補語」等），在句子中出現於什麼位置（如「句首、句中、句尾」等）與擔任怎麼樣的語法功能（如「主語、賓語、謂語、述語、補語、修飾語、中心語、附加語」等），無形中語言的研究就淪爲單純的「分類語言學」(taxonomic linguistics)。他如，過去的語法研究對於語言的「開放性」與「創造性」缺乏正確的認識，對於「音韻」(phonology)

㉒ 臺灣學生書局出版的現代語言學論叢已開始做這樣的嘗試。

、「句法」(syntax)、「語意」(semantics) 與「語用」(pragmatics) 在整個語言體系中所佔據的地位與所扮演的角色未能做全盤的考慮，以及沒有適當的「語法模式」(grammatical framework) 或「規律系統」(rule system) 來達成語法規律的「明確化」與「形式化」(explicit formalization) 等，在在都影響了漢語語法研究的發展。

及至 Noam Chomsky ㉓ 的 (1957) *Syntactic Structures* 與 (1965) *Aspects of the Theory of Syntax* 相繼出版，語法理論的面貌與語法研究的方向乃發生了革命性的變化，世稱「杭士基革命」(Chomskian revolution) ㉔。「杭士基革命」以後的語法研究不再是任意主觀的臆測或武斷，而是以語言事實爲基礎、有語法理論做準繩的「經驗科學」(empirical science)。"語言能力是構成人類心智的一個模組"(The language is one module of

---

㉓ Chomsky 的譯名依照英語發音似應爲"喬姆斯基"(這是大陸語言學家目前的譯法)，這裏仍依照王士元、陸孝棟 (1966) 變換語法理論 (香港大學出版社) 參照俄語發音的譯名"杭士基"。

㉔ Thomas S. Kuhn 在 *The Structure of Scientific Revolution* 中，曾主張科學的發展是一連串的「學術革命」，並用「科學典範」(scientific paradigm) 的概念來解釋這種科學上的學術革命。所謂「典範」(paradigm) 是指在某一個特定的歷史階段裏決定某一門科學研究的理論假設。當一個科學典範發現有太多的「反證」或「異例」(anomaly)，因而無法以現有的理論假設來處理時，就必須由另外一個能處理這些反證或異例的新典範來取代，「學術革命」於焉發生。

the mind)㉕，杭士基認爲語言能力的研究在學術領域上屬於「認知科學」(cognitive science) 中「認知心理學」(cognitive psychology) 的一環。他要求語言學具備高度的「科學性」，不但爲語言研究設定明確的目標，而且還提出了爲達成這個目標所需要的種種「基本概念」(primitive) 與「公理」(axiom)，更提供了建立語法理論所需的精密而可行的「方法論」(methodology)。根據杭士基，語法研究的目的有二。一是「語法理論」(linguistic theory) 的建立，而建立語法理論的目標即在於闡釋語言的本質、結構與功能，期以建立可以規範所有人類自然語言的「普遍語法」(universal grammar)，或詮釋什麼是人類「可能的語言」(possible language)。二是探求孩童「語言習得」(language acquisition) 的奧秘，亦即探討人類孩童如何在無人刻意教導的情形下僅憑周遭所提供的殘缺不全、雜亂無章的語料即能於極短期間內迅速有效的學會母語㉖。「普遍語法」的建立與「語言習得」的闡明，其實是一體的兩面，不僅應該相提並行，而且可以相輔相成。對「普遍語法」更深一層的認識，可以促進對「語言習得」更進一步的了解；而發掘有關「語言習得」的眞相，又可以用來檢驗或證實「普遍語法」的存在。至於各個語言的「個別語法」(particular

---

㉕ 十七世紀的德國哲學家與數學家萊布尼玆 (Leibniz) 也曾說："語言是反映人心的最好的鏡子"(Languages are the best mirror of the human mind)。

㉖ 西哲柏拉圖 (Plato) 早在兩千年前卽對這類事實感到詫異，故稱「柏拉圖的奧秘」(Plato's problem)。

grammar)，即可以從「普遍語法」的「原則」(principle)與「參數」(parameter)中推演出來。因此，漢語語法的研究必須納入普遍語法理論的體系中。換句話說，漢語語法的研究應該以普遍語法的理論爲「前設理論」(metatheory)來加以檢驗或評估。

杭士基的語法理論，對於語法所應具備的「妥當性」(adequacy)，提出三種程度不同的要求：即「觀察上的妥當性」、「描述上的妥當性」與「詮釋上的妥當性」。當一部語法根據有限的「原初語料」(primary linguistic data)，把觀察所得的結果正確的加以敍述的時候，這一部語法(就該語言而言)可以說是達成了「觀察上的妥當性」(observational adequacy)。以往漢語語法的研究僅以期求達成觀察上的妥當性爲目的，而且往往連這個最低限度的妥當性都無法達成。但是，如前所述，有限的原初語料只是人類的語言能力所能創造的浩瀚無垠的語料中的極小部分。而且，連這一極小部分，如果不與更多其他語料一起加以觀察的話，也難以獲得正確而周延的敍述。因此，我們要求理想中的語法能達成更高一層的妥當性，即正確的反映或描述(以該語言爲母語的人的)「語言能力」(language faculty)：包括判斷句子是「合法」(well-formed)、「同義」(synonymous)、「多義」(ambiguous)等的能力，還原句中被刪除的詞句與判斷兩個詞句的指涉能否相同的能力，以及創造與解釋無限長或無限多句子的能力等。這樣一部語法的妥當性，就叫做「描述上的妥當性」(descriptive adequacy)。人類的語言能力隱藏於大腦的皮質細胞中，因此我們無法直接觀察或描述「語言能力」。但是我們卻可以根據我們觀察與研究「語言」所得的結果建立一套「描述上妥當的語法」；

凡是人類的語言能力所能辨得到的事情，描述上妥當的語法都能做得到。如此，語言能力可以說是「內化」(internalized) 的語法，而描述上妥當的語法則可以說是「表面化」(externalized) 或「形式化」(formalized) 的語法。要達成描述上的妥當性，必須以一套健全的語法理論爲前提。而這一套語法理論，必須根據人類自然語言的普遍性，就其內容、結構、功能與限制等提出明確的主張。例如，語法的體系應該由那幾個部門構成？這幾個部門彼此之間的關係如何？各個部門應該具備何種形式的規律？這些規律應該如何適用？適用的範圍、方式與結果等應該如何限制？這樣的語法理論，可以說是具有「詮釋上的妥當性」(explanatory adequacy)。因爲我們可以根據其內容與主張，從幾部「觀察上妥當的語法」中選出一部「描述上較爲妥當的語法」來。既然「描述上妥當的語法」能夠反映人類語言的普遍性，那麼這樣的語法理論就可以說間接的「詮釋」了人類的語言能力了。

杭士基的語法理論，以詮釋人類語言能力的奧秘或闡明孩童習得語言的眞相爲目標，並且要求把一切語法現象或語法規律都以「明確的形式」(explicit formalization) 來加以「條理化」(generalization)。所謂「條理化」與「形式化」，是指有關語法現象的陳述或語法規律的擬訂都必須「清晰」(explicit) 而「精確」(precise)，因而有「衍生語法」(generative grammar) 或「明確語法」之稱。在語法研究的方法上，杭士基主張「理想化」(idealization)、「抽象化」(abstraction) 與「模組化」(modularization)。語法研究的「理想化」與「抽象化」表現於：(1)「語言能力」(linguistic competence) 與「語言表達」(linguistic performance）以及「語用能力」（pragmatic competence）的區分，(2)「句子語法」（sentence grammar）與「言談語法」（discourse grammar）或「篇章分析」（text analysis）的畫分，(3)「普遍語法」與「個別語法」的區別，(4)「核心語法」（core grammar）與「周邊」（periphery）的分別，以及(5)「無標性」（unmarkedness）與「有標性」（markedness）的分際等；其用意在於按照一定的優先次序立定明確而可及的研究目標，然後循序漸進、步步爲營的往前推進發展。所謂「模組化」，是指把語法理論的內容分爲幾個獨立存在而能互相聯繫的「模」（module），讓所有的語法結構與語法現象都由這些模的互相聯繫與密切配合來衍生或詮釋。衍生語法理論發展的歷史，可以說是語法「模組化」的歷史。當初美國結構學派語言學的語法分析，只擁有以「鄰接成分分析」（IC analysis）爲內容的「詞組結構規律」（phrase structure rules）這一個模，而杭士基卻不但介紹了「變形規律」（transformational rules）這一個新模，並利用「一般原則」（general principles）與「普遍限制」（universal constraints）等方式把這些模的功能更加精細的加以分化，也更加密切的加以配合。

自從一九七〇年前後起，前往歐美國家研習語法理論與語法研究的國內學者逐漸增多，國內語言學研究所也增加到師大、輔大、清大與政大等四處[27]，所講授的語法理論與語法分析的課程也越來越充實。有關漢語語法研究的論著也相繼出版，研究所學

[27] 另外東吳大學日本文化研究所也開始講授有關語法理論與分析的課程。

生的碩士論文也常以漢語語法或漢英、漢日對比語法為題材，而語法研究也開始以「描述上的妥當性」與「詮釋上的妥當性」為重心。最近二十年來在國內出版的主要漢語語法專書如下：(1) 趙元任 (1968) *A Grammar of Spoken Chinese* (丁邦新譯 (1980) 中國話的文法)；(2) 方師鐸 (1970) 國語詞彙學：構詞篇；(3) 湯廷池、董昭輝、吳耀敦編 (1972) *Papers in Linguistics in Honor of A. A. Hill*；(4) 湯廷池 (1972) *A Case Grammar of Spoken Chinese;* (5) 湯廷池 (1975) *A Case Grammar Classification of Chinese Verbs;* (6) 湯廷池 (1977) 國語變形語法研究第一集：移位變形；(7) 湯廷池 (1978) 國語語法研究論集；(8) 湯廷池 (1981) 語言學與語文教學；(9) 黃宣範 (1974) 語言學研究論叢；(10) 黃宣範 (1982) 漢語語法論文集；(11) 黃宣範 (1984) 語言哲學：意義與指涉理論的研究；(12) 鄧守信 (1977) *A Semantic Study of Transitivity in Chinese;* (13) 張強仁 (1977) *Co-verbs in Spoken Chinese;* (14) 湯廷池、李英哲、鄭良偉編 (1978) *Proceedings of Syposium on Chinese Linguistics;* (15) 屈承熹 (1979) 語言學論集：理論、應用及漢語語法；(16) 曹逢甫 (1979)：*A Functional Study of Topic in Chinese: The First Step Toward Discourse Analysis;* (17) 湯廷池、曹逢甫、李櫻編 (1980) *Papers from the 1979 Asian and Pacific Conference on Linguistics and Language Teaching;* (18) 湯廷池 (1988) 漢語詞法句法論集；(19) Charles N. 與 Sandra A. Thompson (1981) *Mandarin Chinese: A Functional Reference Grammar* (黃宣範譯 (1983) 漢語語法) (20) 屈承熹、柯蔚南、曹逢甫編 (1983) *Papers from the Fourteenth International Conference on Sino-Tibetan Languages and Linguistics;* (21) 湯廷池、鄭良偉、李英哲編 (1983) *Studies in Chinese: Syntax and Semantics;* (22) 胡百華 (1984) 華語的句法；(23) 湯廷池、張席珍、朱建正編 (1985) 世界華文教學研討會語法組論集；(24) 齊德立 (1985) *A Lexical Analysis of Verb-Noun Compounds in Mandarin Chinese;* (25) 李梅都 (1988) *Anaphoric Structure of Chinese*。

五、當代語法理論與漢語語法

杭士基所倡導的「衍生變形語法」(generative-transformational grammar) 理論，至今已有三十年的歷史。在這一段時間，理論內涵在明確的目標下不斷的演進與發展，因而呈現了諸多新的面貌。在 1957 年至 1960 年代前半期[28]的「初期理論」(the initial theory) 裏，主要的關心是達成語法在「觀察上的妥當性」，因而有「詞組結構規律」與「變形規律」的提出，以及「深層結構」(deep structure) 與「表面結構」(surface structure) 的區別，並且爲了符合語法規律與結構敍述的明確化，釐定了一套相當嚴密的符號系統。在 1960 年代後半期的「標準理論」(the standard theory) 裏，主要的關心是擴大語法的「描述能力」(descriptive power) 或擴張語法的「描述範圍」(de-

[28] 以下理論發展階段的年代畫分與名稱，主要是爲了敍述的方便。事實上，在整個理論發展的過程並不容易如此畫清界限。

scriptive coverage)，也就是達成語法在「描述上的妥當性」，藉以確立變形規律的必要性與變形語法的優越性。另外，語意部門也在此一時期正式納入語法體系裏，並且接受了Katz與 Postal所提出的"深層結構決定語意"與"變形規律不能改變語意"的假設。在 1970 年代前半期的「擴充的標準理論」(the extended standard theory) 裏，語法的描述能力繼續膨脹的結果，變形規律的數目日益增多，語法描述範圍也擴及否定詞、疑問詞與數量詞的「範域」(scope)，以及「預設」(presupposition)、「含蘊」(entailment)、「言語行爲」(speech act) 與「間接言語行爲」(indirect speech act) 等語意與語用現象。這一段期間，不僅在標準理論之外促成了「衍生語意學派」(generative semanticist) 的興起，而且標準理論本身也被迫修改原來深層結構決定語意的立場，而提出部分語意（例如否定詞與數量詞的範域）決定於表面結構的主張。另一方面，爲了防止語法過分強大的衍生能力，陸續提出變形規律的一般限制與條件。接著在1970年代後半期的「修訂的擴充標準理論」(the revised extended standard theory) 裏，「痕跡」(trace)、「濾除」(filter)、「約束」(binding) 等新的語法概念不斷的提出來。「反身代詞」(reflexive pronoun) 與「人稱代詞」(personal pronoun) 等不再由變形規律衍生，而由基底結構直接衍生，再由「注釋規律」(rules of construal) 來判斷這些代詞能否與其「前行語」(antecedent) 的指涉相同。另外，變形規律的內容日益趨於單純，不僅所有的變形規律都變成「可用變形規律」(optional transformation)，而且也取消了變形規律之間適用次序的限制。最後在 1980 年到現在的「原則參數理論」(the principles-and-parameters theory）裏，最主要的關心是達成語法理論在「詮釋上的妥當性」，並且把「模組語法」的概念發揮到極點。在這一個語法理論下，普遍語法的體系由「詞彙」、「句法」、「語音形式」(PF; phonetic form) 與「邏輯形式」(LF; logical form) 四個部門及「規律」與「原則」兩個系統而成。詞彙部門在詞彙與原則系統配合之下衍生「深層結構」(D-structure)，而句法部門則援用變形規律從深層結構衍生「表層結構」(S-structure)，再經過語音形式部門與邏輯形式部門的變形規律分別衍生代表發音的「語音形式」與代表部分語意的「邏輯形式」。這一個理論的特點是「規律系統」的衰微與「原則系統」的興盛。詞組結構規律的功能已由詞彙擔任或由原則系統來詮釋，變形規律也只剩一條單純無比的「移動 α」(Move α：把任何句子成分移到任何位置去）或「影響 α」(Affect α：對任何句子成分做任何事情)。這樣漫無限制的變形規律勢必「蔓生」(overgenerate）衆多不合語法的句法結構，但是所有由規律系統所衍生的句法結構都要一一經過原則系統下各個原則的「認可」(licencing)，否則要遭受濾除而淘汰。原則系統下的各個原則本來是獨立存在的，有其獨特的內涵與功能，卻能互相連繫並交錯影響來詮釋許許多多複雜的句法現象。同時，每一個原則都可能含有若干「參數」(parameter)，由個別語言來選擇不同的數值，因而各個原則在個別語言的適用情形並不盡相同。個別語言的「個別語法」(particular grammar) 以普遍語法爲其「核心」(core) 內容，另外可能包含一些比較特殊或例外的「周邊」(periphery) 部分。如此，個別語法之間的相同可以從共同的核心語法來解釋，而個別語法之間的相異則可以由參數與周邊語法上的差距來說明。普遍語法理論的樹立，不但能詮釋孩童如何習得語言，而且也為可能的語法設定了相當明確的限制。人類孩童之所以能根據殘缺不全、雜亂無章的語料而迅速有效的習得母語，是由於他們天生具有類似遍普語法的語言能力；只要根據所接觸的母語原初語料來選定原則系統中參數的數值，就能迅速建立母語的核心語法，至於少數例外的周邊部分則逐漸習得。在這一種普遍語法的概念下，不但沒有「為個別語言設定的特殊規律」(language-specific rule)，而且也沒有「為個別句法結構設定的特殊規律」(construction-specific rule)。因此，普遍語法與個別語法的研究應該是同時並行而相輔相成的。當前語法理論的趨勢是根據個別語言的實際語料來仔細驗證普遍語法的原則系統與參數，使其更加周全而明確，更能詮釋語言習得的眞相與個別語法的全貌。普遍語法的原則系統包括：「X 標槓理論」(X-bar theory)、「投射理論」(projection theory)、「論旨理論」(thematic theory)、「格位理論」(Case theory)、「限界理論」(bounding theory)、「管轄理論」(government theory)、「約束理論」(binding theory)、「控制理論」(control theory)、「主謂理論」(predication theory)、「有標理論」(markedness theory)等。此外，當代語法理論也不只以杭士基為首的「管轄約束」或「原則與參數」理論一種，其他還有「擴張的詞組結構語法」(generalized phrase structure grammar; GPSG)、「詞彙功能語法」(lexical functional grammar; LFG)與「關係語法」(relational grammar; RG)等多種。每一種語法理論都有其優缺點，都值得利用來探討漢語語法的奧秘。

依據當代語法理論專門研究漢語語法的博士論文，已正式出版的有：(1) Rand, Earl. (1969) The Syntax of Mandarin Interrogatives (University of California Press), (2) 李英哲／Li, Ying-che (1971) An Investigation of Case in Chinese Grammar (Seton Hall University Press), (3) 湯廷池／Tang Ting-chi (1972) A Case Grammar of Spoken Chinese (海國書局)，(4) 鄧守信/Teng Shou-hsin (1975) A Semantic Study of Transitivity Relations in Chinese (University California Press; 學生書局)，(5) Lin, Shuang-fu (1975) The Grammar of Disjunctive Questions in Taiwanese (學生書局)，(6) 張強仁／Chang, R. Chiang-jen (1977) Co-verbs in Spoken Chinese (正中書局)，(7) 曹逢甫／Tsao, Feng-fu (1979) A Functional Study of Topic in Chinese: The First Step Towards Discourse Analysis (學生書局)，(8) Paris, Marie-claude (1979) Nominalization in Mandarin Chinese (Université Paris VII), (9) 齊德立/Chi, Telee R. (1985) A Lexical Analysis of Verb-Noun Compounds in Mandarin Chinese (文鶴出版有限公司)，(10) 李梅都 Li, Meidou (1988) Anaphoric Structures of Chinese (學生書局)，(11) Paul, Waltraud (1988) The Syntax of Verb-Object Phrases in Chinese: Constraints and Analysis (Paris: Languges croisés); 未正式出版的博士論文有：(1)余藹芹(1966) Embedding Structures in Mandarin (Ohio State University), (2) Shaffer, Douglas (1966) Paired Connectives in Mandarin

Chinese (University of Texas), (3) 戴浩一/Tai, James (1969) Coordination Reduction (Indiana University), (4) 屈承熹/Chu, Chauncey C. (1970) The Structures of *shì* and *yoǔ* in Mandarin Chinese (University of Texas), (5) 王錦堂/Wang, P. C-T. (1970) A Transformational Approach to Chinese *ba* and *bei*, (6) 李訥/Li, C. N. (1970) Semantics and the Structure of Compounds (Berkeley), (7) Spencer, M. I. (1970) The Verbal System of Standard Colloquial Chinese (University of Michigan), (8) Li, Francis C. (1971) Case and Communicative Function in the Use of *ba* in Mandarin (Cornell University), (9) 梅廣/Mei, Kuang (1972) Studies in the Transformational Grammar of Modern Standard Chinese (Havard University), (10) Spanos, George (1977) A Textual, Conversational and Theoretical Analysis of the Mandarin *le* (University of Arizona), (11) Rohsenow, John (1978) Syntax and Semantics of the Perfect in Mandarin Chinese (University of Michigan), (12) Ross, Claudia (1978) Contrast Conjoining in English, Japanese, and Mandarin Chinese (University of Michigan), (13) Lin, William Chin-Juong (1979) A Descriptive Semantic Analysis of the Mandarin Aspect-Tense System (Cornell University), (14) 侯炎堯/Hou, J. (1979) Grammatical Relations in Chinese (University of Southern California), (15) Tsang, C. L. (1981) A Semantic Study of Modal Auxiliary Verbs in Chinese (Stanford University), (16) 黃正德/Huang,

C. T. (1982) Logical Relations in Chinese and the Theory of Grammar (MIT), (17) Mangione, L. S. (1982) The Syntax, Semantics and Pragmatics of Causative, Passive and 'ba' Construction in Mandarin (Cornell University), (18) 李豔惠/Li, Y. H. (1985) Abstract Case in Chinese, (19) 李櫻/Li, Ing Cherry (1985) Participant Anaphora in Mandarin Chinese (University of Florida), (20) 李行德/Lee, T. H. (1986) Studies on Quantifications in Chinese (UCLA), (21) 黃美金/Huang, L. Meei-jin (1987) Aspect: A General System and its Manifestation in Mandarin Chinese (Rice University), (22) 黃居仁/Huang, Chu-ren (1988) Mandarin Chinese NP *de*: A Comparative Study of Grammatical Theories㉙。至於國內外有關漢語語法的碩士論文則不計其數，無法在此一一列舉。

當前語法理論的探討越來愈深奧，語法結構的分析也越來越細緻。語法研究的對象，不僅從具有語音形態與詞彙意義的「實詞」跨進具有語音形態而不具詞彙意義的「虛詞」，如「稱代詞」(pronominal)、「照應詞」(anaphor) 與「接應代詞」(resumptive pronoun) 等；而且已經邁入了不具語音形態亦不具詞彙意義的「空號詞」(empty categories)，如「名詞組痕跡」(NP-trace)、「Wh 痕跡」(Wh-trace)、「大代號」(PRO)、「小代號」(pro)、「寄生缺口」(parasitic gap) 等。語法研究的領域不再侷限於

㉙ 這裏僅憑筆者記憶列舉，由於手頭並無詳細資料，遺漏之處在所難免。

「句子語法」（sentence grammar），一方面往下鑽入「詞法」（word-syntax），一方面往外擴張到「言談語法」（discourse grammar）與「篇章分析」（text analysis）。就是語法研究的貢獻，也除了漢語與其他語言的「對比分析」（contrastive analysis）以及「華語教學」（teaching Chinese to foreign students）以外，已經開始與科技相結合，而邁入「詞句轉換語音」㉚、「機器翻譯」（machine translation）㉛、「人工智慧」（artificial intelligence）的研究領域。希望今後能有更多國內學者與學生投入語法研究的陣營，共同努力來提高漢語語法的研究水準。

* 原發表於漢學研究資源國際研討會（1988）11月30日至12月3日，並刊載於漢學研究第7卷第二期(39-56頁)。

㉚ 例如臺大李琳山教授與中研院鄭秋豫教授的合作研究。

㉛ 例如清大蘇克毅教授、王旭教授與本人合作進行的英漢機器翻譯系統。

從現代語言教學的觀點談小學國語教學與外籍學生華語教學

一、前　言

筆者於年前曾應臺灣省國民學校教師研習會的邀請，前往該會參加爲加強國民小學新課程標準實施成效而召開的全省師專教授座談會，並發表演講。本文係整理該次演講的講稿並作相當的增補而成。由於筆者的專長在於語言理論的研究與語言結構的分析，平時對於小學國語教學的接觸並不多。但是小學的國語教學乃是我國語文教育最重要的一環，而且小學國語教學的許多內容與問題又與外籍學生的華語教學在基本上有相同的地方，因而撰寫此文就教於大家。如果對於當前小學國語教學或國內華語教育有隔閡甚或誤解的地方，尚請大家原諒。

二、發音教學

國民小學國語科的課程標準，把國語科的教學活動分爲讀書、說話、作文、寫字四項，這是根據語文的基本技能而分類的。但是我們也可以把這些教學活動再加以細分，而從語言的組成成分如音、字、詞、句、文的觀點來討論小學的國語教學。首先我們討論語音，也就是發音教學。提起發音教學，我們先得區別兩種發音上的錯誤；一是「發音不標準」，也就是說，學生發的音不是標準國語的音；二是「讀錯字音」，也就是說，發音雖然標準卻讀錯了字音。在發音教學裏，眞正重要的是前一種「發音不標準」的情形。

目前在臺灣，除了鄉下地區的兒童以外，或者因爲受過學前教育，或者因爲經過跟父母、同伴以及電視等大衆傳播的接觸，大都能講國語。但是這並不是說，他們都能講標準的國語，發標準的音。事實上，他們可能受了父母、幼稚園老師、托兒所保姆等人的不標準國語的影響，發不標準的音。就是未受學前教育、不會講國語的鄉下兒童，也在未學國語之前就已經存有一套根深蒂固的母語方言的語言習慣，因而在學習國語發音的時候勢必受到舊有語音習慣的干擾。因此，小學國語科的發音教學，實際上又是「正音教學」。特別是對鄉下兒童而言，學習國語的困難是雙重的；一方面要努力學習國語，培養新的語言習慣；另一方面又要控制方言的語言習慣，不受其干擾。這一種情形在外籍學生學習華語的時候，更加顯著，也更加重要。因爲外語的語言習慣與國語的語言習慣，差別更大，干擾的情形更加厲害。

學習「發音」必須先訓練「聽音」，因爲如果人的耳朵聽不出語音的差別，嘴巴也就發不出不同的語音來。「聽音訓練」，可以利用所謂「差別最小的對偶詞」，也就是說，一對除了某一個不同語音以外其他語音都相同的詞。例如'船'與'牀'，除了韵尾的〔n〕和〔ŋ〕以外，其他聲母、韵頭、韵腹、聲調都一樣，所以是一對「差別最小的對偶詞」。練習的方法是先由老師來發'船、船'、'船、牀'、'牀、牀'等音，讓學生來辨別這一對詞是同音（「一樣」）還是不同音（「不一樣」），這就叫做「辨音練習」。老師也可以發'船、牀、船'或者是'船、牀、牀'等音讓學生來判斷第三個音究竟是和第一個音同音還是第二個音同音，這種練習就叫做「識音練習」。在大班的聽音訓練裏，除了要學生以口頭喊答案以外，還可以要學生以點頭（「一樣」），搖頭（「不一樣」），舉手指（「一」、「二」）的方式表示答案，以方便老師的辨認。

一般說來，本省籍兒童的聽音和發音困難常發生在唇齒音'ㄈ'與舌根音'ㄏ'之間（特別是在韵母'ㄨ'的前頭）、舌尖鼻音'ㄣ'，與舌根鼻音'ㄥ'之間（特別是在韵母'ㄧ'的後頭），以及舌尖鼻音'ㄢ'與舌根鼻音'ㄤ'之間。許多本省人對於'ㄋㄥ'和'ㄋㄨㄥ'的區別也感到困難。其他如捲舌音'ㄓ、ㄔ、ㄕ'，與非捲舌音'ㄗ、ㄘ、ㄙ'、送氣與不送氣、鼻音聲母'ㄋ'與邊音聲母'ㄌ'之間的區別也常引起問題。在聲調方面，本省籍兒童常在陽平與上聲的辨別上感到困難。除了對偶詞以外，我們也可以利用「對偶句」（例如'夫人來救'和'呼人來救'、'他在船上'和'他在牀上'等句子）來練習。

聽得出音，不一定就能夠發出音來。等到學生確實掌握聽音之後，老師就要開始做發音練習，特別是針對著那些母語方言裏所沒有的國語發音，做反覆不斷的發音練習。這時候，老師本身的國語發音必須標準而清晰，否則不足以做學生發音練習的藍本。根據臨床實驗，學習語言是人類特有的天賦能力，但是學習語言的能力，特別是學習語音的能力，在十二歲以後就顯著地開始減退。因此，兒童一超過這個關鍵年齡之後就不容易學習正確的發音，而且國小低年級兒童的語音習慣一旦養成之後也很難改正過來。國小敎師本身的發音既然如此重要，全省各師範專科學校似乎應該定期舉辦「國小敎師正音班」，並且規定經由正音班訓練合格的敎師始能擔任低年級的國語。如果這個辦法在實施上有困難，那麼至少也應該採用低年級國語科或國語發音訓練的「輪流敎師制度」，由經過正音班訓練合格的專業敎師來負責訓練低年級的國語發音，以免兒童始終由一位老師訓練而養成一個固定的語音習慣，以至於發生偏差的現象而不自覺。

發音敎學的重點應該放在哪裏？一般的國語敎學都把重點放在聲母、韵母和聲調上面，而忽略了連調變化和語調的重要性。連調變化，除了「全上」〔214〕在上聲之前變成陽平（其實是「後半上」〔1234〕)、在其他聲調（包括輕聲）之前變成「前半上」〔2111〕以外，還包括去聲〔51〕在去聲之前變成「半去」〔53〕。而且除了雙音節的變調以外，還要牽涉到多音節的變調（如'我飲水'和'我，飲水'在連調變化上的差別）。語調的內容相當複雜，與音長、音高、輕重、停頓等各種因素有關，是國語語音學中迫切需要研究的部門，有許多問題都尚待解決。例如，國語的陰平本來是高平調〔55〕，但是許多人都以低平調〔11〕發音，是否因而在國語語調上令人覺得並不十分自然？又如在雙音節或多音節的語詞裏，哪一個音節應該唸得最重、最響亮？再如在多音節的變調裏，變調與講話的速度之間究竟有怎麼樣的關係？變調與詞彙或句法結構之間又有怎麼樣的關係？ 例如‘我有好幾把雨傘可以選取兩把給你倆擋點雨’，全句十九個字都是上聲字，究竟應該怎麼唸纔是標準的國語語調？一般的兒童事實上是怎麼樣的唸法？這些都是關心國語語調的人應該注意並研究的問題。

據所知現行國小國語課本於「絕對輕聲」或「自然輕聲」都注明輕聲。這些包括；㈠虛字（如‘大的’、‘想著’、‘來了’、‘孩子’、‘孩子們’、‘玩得很高興’等)，㈡名詞或動詞的重疊(如‘笑笑’、‘看一看’、‘研究研究’等)，㈢名詞或代詞後頭的方位詞（如‘裏、上、下、兒、等’）㈣趨向補語（如‘進來’、‘出去’、‘拿出一本書來’等’）。但是形容詞的重疊卻不唸輕聲，而趨向補語的是否唸輕聲也常有前後不一致的現象。就是北平人常唸輕聲字的賓位人稱代詞（如‘叫他來’、‘把他叫來’、‘請你告訴我’），也都一概注本音。至於「規定輕聲」，則似乎缺少一定的標準；例如‘東西、衣裳、蘿蔔、漂亮，等的第二個音節雖然注輕聲，但是一般北平人常唸輕聲的‘學生’、‘時候’、‘事情’、‘生活’、‘工夫’等第二個音節卻注本音。而且由於大多數的文言詞與新造詞都不讀輕聲，老師本身在日常口語中也很少使用輕聲。影響所及，目前臺灣所通用的國語裏，輕聲幾乎已消失無影。‘東西南北’與‘上街買東西’的‘東西’之間，以及‘開花結實’與‘身體很結實'的'結實'之間原有的讀音上的差別，現在似乎只保存於原籍北平而靠口頭傳下來的詞彙裏面。因此，規定輕聲是否應該加以保留抑或自任語言自然的發展，仍有斟酌的餘地。又據說國小二年級至六年級的國語課本都注有輕聲，獨有一年級國語課本不注輕聲，這似乎又有悖於保留輕聲的原旨。因爲唸輕聲的習慣必須於一開始學習國語之際就立卽加以培養，否則充其量只能做到「注音上的輕聲」，決無法做到「口頭上的輕聲」。也就是說，學生遇到課本上附有注音時讀輕聲，但在日常生活的談話裏卻不說輕聲。

兒化韵與輕聲的關係非常密切，因爲兒化韵本來就是有些詞彙中的第二個音節唸輕聲的結果。在以前所採用的首册暫用本中'花兒、鳥兒、事兒'都不用兒化，獨有'玩兒'卻注兒化。但是大多數老師都照注音把'玩兒'唸成兩個音節，完全保留著第一個音節的韵尾。結果畫虎不成反類狗，聽來反而令人覺得刺耳不自然。如果大家不做主觀意識形態上的評價，而做客觀語言事實的觀察，就不難發現目前臺灣所適用的國語裏，不但沒有輕聲與兒化韵，而且"一、七、八、不"的規定變調與捲舌音也都在逐漸消失之中。這是人類自然語言裏常見的"好逸惡勞"的惰性現象：凡是不規則的輕聲字或連調變化，以及特別費勁的兒化韵與捲舌音，都會加重學習者的心理上或生理上的負擔，因而無形中受到他們的忽略或抗拒。除非在幼年早期的自然環境中"習焉不察"地學習輕聲、兒化與規定變調，否則我們敢斷言這些語言習慣總有一天會在臺灣逐漸消失的。

又在發音教學中，全班練習與個別指導都應該兼顧。全班練習，時間經濟，適合於大班教學。但是人多聲雜，不容易發現學生的個別錯誤或困難。齊聲齊讀的結果，語調也很容易走樣。因此老師必須注意到「監聽」的重要性，時時走下教壇在學生中走動，聆聽學生的回答或反應，及時糾正他們的錯誤；並且還要鼓勵學生多注意自己的發音，把自己的發音與別人的發音比較，自己改正自己的錯誤。同時，除了全班練習以外，還應該兼採分組、分排練習與個別練習。在個別練習的時候，應該先提問題然後纔指定學生回答，好讓每一個學生都有所警惕隨時準備回答。老師也應該注意，不要讓成績較好的學生壟斷所有回答的機會，最好每個學生都有輪流回答的機會，纔能滿足他們的「成就感」。

現代語文教育強調個別指導的重要性。爲了達到這個目的，老師不妨設計如下的「發（聽）音困難分析表」。這一種分析表把容易混淆的聲母、韻母、聲調、上聲調的變調（也就是說，音質比較相近，因而在聽音或發音上容易引起困擾的語音或聲調）放在一起。如果發現兒童在聽音或發音上發生困難，就用圓圈畫在一起。如果這些困難還牽涉到前後音分布的問題，就可以利用備註欄登記下來，如六四〇頁表格。

這樣的分析或記錄，在發音教學上有下列幾種用處：

㈠如果把各個學生於不同日期所做的分析表加以比較，就可以估量學生在聽音或發音方面進步或退步的情形，可以做爲個別指導發音的重要資料。

㈡如果把幾種不同母語方言背景（如閩南語與客家語）或外語背景（如英語、日語、韓語、德語、法語、西語等）的學生的分析表分類加以統計，就有助於了解母語方言或外語對學習國語

發（聽）音困難分析表

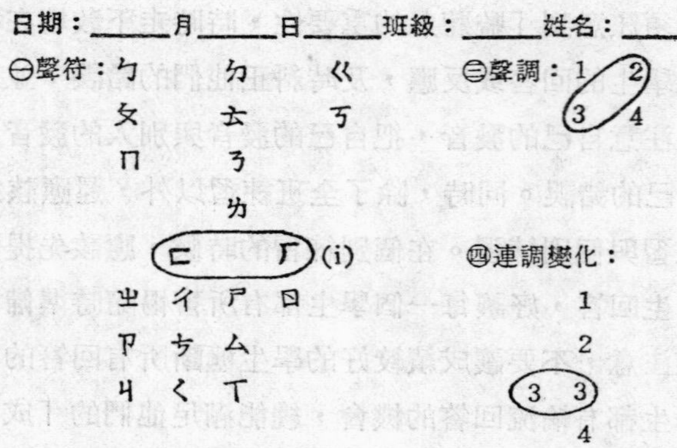

語音可能產生的干擾現象。

㈢如果把聽音困難分析表與發音困難分析表加以對照研究，就可以算出聽音困難與發音困難之間的相關係數。

以上所討論的發音教學，小學國語教學與外籍學生的華語教學，有關的基本教法相同。只是在華語教學的時候，老師必須對於學生的外語背景有相當深刻的了解，才能針對學生的聽音或發音困難「對症下藥」地設計最適當最有效的教材與練習。

三、識字與用詞教學

關於「生字」的教學，我們可以討論的問題很多。例如，國小國語課本裏生字的引進是否合乎「漸進性」、「累積性」與「反覆性」的三大原則。所謂「漸進性」，是指生字的引進由易到難、由簡到繁，使學生在學習的過程中能按部就班、循序漸進。所謂「累積性」，是指有計畫的支配生字的份量，使學生能積少成多，腳踏實地的進步。所謂「反覆性」，是指生字的出現有適度的重複，使學生在學習一次之後，仍有複習或再學習的機會。根據楊木清與游東城兩位先生在「國民小學國語生字之統計分析與研究」，現行國小國語課本的生字，各册與各册之間以及各課與各課之間的「艱難指數」相差太大，有高低相差到幾十倍的。而且，低年級的艱難指數偏低，而高年級的艱難指數卻又偏高。其他如應列生字而漏列的，同一個生字前後重複計列的，有社會上少見罕用的冷僻字而列為生字的，字體（正體、俗體、簡體）未能統一而混合使用等等，似乎問題很多。

識字與用詞教學最重要的兩個問題是生字新詞的學習與熟字舊詞的應用，而最重要的兩個原則是：㈠必須設法把學生從「被動的了解」引到「主動的運用」；㈡必須設法使學生從「單字片語的解釋」跨入「整個句子的運用與整段文意的了解」。下面我們就「字形教學」、「字音教學」、「字義與詞用教學」，分別加以討論。

甲、字形教學：

在字形教學裏，老師所面臨的最重要的課題是：瞭解造成學生錯別字的原因，並設法矯正學生的錯別字。根據黃澄元先生的「錯別字調查與研究」，在他所調查的兩千五百多個錯別字中，「錯字」約佔百分之四十五，而「別字」則約佔百分之五十五。低年級兒童，對於字形結構的認識不清，「錯字」所佔的比例較高；高年級兒童則因為使用同音異義字或字形相似字的機會增多，「別字」的比例較高。在別字中，因字音相同或相似（例如'氣'車、交'待'、按'步'就班）而引起的約佔百分之五十，因字形相似（例如：'互'相、'侯'選人）而引起的約佔百分之二十五，再加上因形音皆似而引起的約佔百分之十五，起因於「音同」或「形似」的別字總數達百分之九十。黃先生在語義相似的原因下另外列出百分之五十的別字，但事實上絕大多數的「義類」都可以歸入「音同」或「形似」。因此，這兩種錯誤實際上幾乎佔了別字百分之百的原因。在錯字中，由於任意增減筆畫而引起的錯誤（例如'湯'、'錫'、'猴'、'步'、'姫'、'染'）約佔百分之四十五，因部首的認識不淸而引起的錯誤（例如'廷'、'吉'）約佔百分之三十，其他百分之二十五是胡亂塗寫的錯字。

字形教學所牽涉到的問題本來只是「視覺上的辨認」、「筋肉的運動」與「記憶的保存」等最基本的學習活動。但是據說連應徵聯合報小說獎而入選的作品也很少是整篇文章裏沒有一個錯別字的，可見這個問題的嚴重性。又據了解小學國語課本中並未完全採用正體字，間有正體、俗體混合使用的，也有不用正體而採用俗體或簡體的，因此字體的不統一也在字形教學上增添了不少困擾。同時，大家對於許多詞該用那一個字，到目前還沒有共同一致的看法。例如，'部分'，還是'部份'、'效勞'還是'効勞'、'計畫'還是'計劃'，'以至於'還是'以致於'？因此，我們針對當前國民小學的字形教學提出下列三點建議：

㈠政府應該及早統一頒布「標準國字」，並且由學校教科書、政府公文、報章雜誌率先使用標準國字。教育部最近頒發「常用國字標準字體表」，但根據蘇尚耀先生的「讀『常用國字標準字體表』的一些感想」，仍有許多值得商榷的地方。

㈡國字應該化繁為簡，以減輕學生不必要的學習負擔及應付分秒必爭的工商社會需要。根據黃澄元先生的統計，國父寫「三民主義」一書總共用了十六萬三千三百字，卻只用了兩千一百三十四個單字，比小學國語課本的生字總數三千零三十二個字還少了八百九十四個字。而且國父寫'鬥、贊、台、畫、壳'等都用簡字，而不用'鬭、讚、臺、劃、殼'等繁字，所以人人看得懂、聽得懂。我們今後努力的目標，應該是合情合理的整理國字，而不是消滅國字。

㈢字形教學，不僅要注意「被動的了解」，更要注重「主動的運用」。換句話說，學生不但應學習認識及書寫「字」，更要練習應用造「詞」。因此，老師不但要注意有關生字的字形、字音、字義的講解，加強部首、筆順的指導，更要鼓勵學生把字造成詞而用在句子或文章裏面。在字形教學的過程中，老師還應該努力就國字的字形結構歸納出一些簡單有用的規則傳授給學生。例如，有偏旁的'猴、喉、篌、鍭、餱、堠'等字都比沒有偏旁的'侯'字少一豎，而且除了'堠'以外都讀陽平。又如，讀音含有韵母'ㄤ'的'湯、楊、場、傷、殤'等字都比不含這個韵母的'錫、賜、踢、剔'等字多一橫。另外，以「猜字謎」來溫習從前學過的國字，能夠寓學習於遊戲中，是一個很值得提倡的字形教學活動。

㈣老師應該就學生常犯的錯別字做調查與分析的工作，並製成「錯別字訂正表」印發給學生做參考。這個時候應該注意，別字應該以「詞」為單元來訂正，並且把意義與用法相近的詞並列在一起（如'交代、代辦'，'候選人、等候'）以供學生參考。

乙、字音教學：

中文是「表意文字」，不像英文、土耳其文等「表音文字」那樣在文字與語音之間有相當密切的對應關係。因此，除了「識字」之外，「讀音」乃成為小學國語教學中重要的一環。雖然我國的文字百分之九十以上都屬於「六書」中的「會意」與「形聲」，但是代表字義的「意符」與代表讀音的「聲符」的相關位置有上下（如'峯'與'巒'）、左右（如'帨'與'帥'）、內外（如'聞'與'閨'）的區別。而且有時候，聲符的位置很不容易辨認；例如，'穎'字從'禾'而'頃'聲、'賴'字從'貝'而'剌'聲、'賊'字從'戈'而'則'聲、'哀'字從'口'而'衣'聲、'衷'字從'衣'而'中'聲等（參蘇尚耀先生的「讀『常用國字標準字體表』的一些感想」）。同時，聲符所代表的音值並不很確定，因此常因形聲字錯誤的類推而發生讀錯字的現象；例如，把'鬩'字讀成'兒'音或'倪'音、把'嵩'字讀成'高'音等。這種錯誤的類推，特別容易發生於兒童在課外閱讀裏所吸收的詞彙。老師除了鼓勵學生勤查字典以外，還應該注意下列幾點：

㈠我們應該有人從事形聲字的分析、分類與整理的工作，以幫助國人了解國字的造字原則。老師最好能利用「對比」與「歸納」的方式，向學生介紹簡單而有用的「字音規則」。例如，前面所提到含有音符'侯'的字，除了'土'字旁的'堠'讀去聲以外，統統都讀陽平。又如含有聲符'昜'的字都以'ㄤ'為韻母，而含有聲符'易'的字則均以齒音（如'ㄊ、ㄙ、ㄒ'等）為聲母。

㈡我們應該鼓勵高年級兒童平時多注意字形與字音的對應關係。譬如老師不妨鼓勵學生自行尋找可以類推的形聲字（如'踼'與'剔'、'重'與'腫'），不能類推的形聲字（如'踼'與'賜'、'曾'與'僧'），或同音字（如'中、忠、終、鐘、鍾'等）。老師也可以輔導學生建立邊猜字音、邊查字典的習慣，藉此培養學生對國語字音的「語感」。

㈢我們也應該就學生容易讀錯的字做一番調查與分析的工作，並製成「錯音字訂正表」印發給學生做參考。當前的識字教育似乎比較偏重字形的辨認，因此研究「錯別字」的人較多，而研究「錯音字」的人則較少。

我們在這裏也附帶地提及「破音字」的問題。據調查，小學國語課本的破音字共有九十三個。又根據齊鐵恨先生所著「破音字講義」，國語的破音字（包括化學元素的中國譯名在內）共有一千一百七十三個。可是這麼多的破音字在社會上實際通用的究竟有多少？又所謂「語音」與「讀音」的區別，除開文言與舊詩不談，在日常生活裏究竟要怎麼樣決定使用的場合？例如'咬文嚼字'的'嚼'字，在甚麼場合讀做ㄐㄧㄠˊ，在甚麼場合讀做ㄐㄩㄝˊ？又如根據現行小學國語課本，單音詞的'學'唸語音ㄒㄧㄠˊ、雙音詞裏面的'學'（如'學習'）唸讀音ㄒㄩㄝˊ，單音詞的'鑿'唸語音ㄗㄠˊ、雙音詞裏面的'鑿'（如'穿鑿'）唸讀音ㄗㄨㄛˊ。但是這一個單音詞唸語音、雙音詞唸讀音的可靠性究竟如何？社會上究竟有多少人切實奉行？這就牽涉到「字音規範化」的問題。我們應該針對著這些破音字，以在中小學以及大專等各級學校擔任國語、國文的教師為對象，就他們在日常生活裏的實際讀音做一次客觀的調查與統計。因爲語音與其他一切人爲的設施一樣，都是會變遷的。如果有人在今天仍然堅持'滑稽'的'滑'字要讀做'骨'，難免被人譏笑爲迂腐。即使有人要主張保存「純粹」的古音（我在「純粹」上面加了括弧，因爲實際上是辦不到的，否則我們今天仍然與古人講同樣的話，我國也不可能分出這麼多的方言來），那麼這個工作似乎應該由在各級學校講授國語文的教師來擔當。如果說連這一些人在日常生活中都已不做讀音上的區別，那麼我們只好承認語音變遷的事實，不再苛求學生做無謂的區別。因爲字音教學只是國語教學中的一小部分，我們決不能捨本逐末、因小失大。

識字與用詞教學，對於外籍學生的華語教學具有同等的重要性。外籍學生，除了來自日本與韓國等地的留學生略識國字以外，都習慣於表音文字而不熟悉表意文字。因此，我們必須對於國字的結構成分與結構方式加以條理化的分析與解釋，以幫助他們能事半功倍的學習國字、使用國字。對於國語的合成詞、複合詞以及詞組的結構，也必須從詞句的內部結構、外部功能以及內部結構與外部功能之間的關係加以整理、分類與條理化，並設計適當有效的練習來訓練外籍學生的造詞能力，使他們不但能夠靈活運用已經學過的詞彙，而且也有能力去推測或意會尚未學過的詞彙的意義與用法。

丙、字義與詞用教學：

過去的語文教學，無論是本國語文或外國語文，都偏重詞句語義內涵的解釋，而忽略這些詞句在表情達意上的實際功用。換句話說，只注重「字義」或「詞義」的解釋，而忽視了「詞性」

、「詞類」或「詞用」的研究。其實，詞的意義與用法，可以說是一體的兩面，必須相輔爲用。要求學生認識個別的「字」還不夠，必須訓練他們把「字」當做「詞」在句子中活用，纔能算是成功的字義教學。

就以'向來、從來、素來'三個副詞爲例，國語日報辭典爲'向來'所註的解是'素來、從來'，並以'自以前到現在'註'從來'，以'原來、一向'註'素來'，似乎暗示'向來、從來、素來、原來、一向'是同義詞，可以互相代用。但是如果就詞性與詞用的觀點來加以分析，這些同義詞至少有下列幾點差別。

①只有'原來'可以出現於句首修飾整句，例如（句前的星號「*」表示該詞句不通）：

（原來／*向來／*從來／*素來／*一向）你也在這裏。

②'原來'與其他的詞不同義，並不含有'自以前到現在'的意思，這一點可以從下面的例句看出來（句前的問號「？」表示該詞句有問題）：

我（原來／？向來／？從來／？素來／？一向）不喜歡數學，現在卻很喜歡。

③'從來'與其他的詞不同，通常用於否定句，很少用於肯定句。試比較：

我（原來／向來／??從來／素來／一向）很喜歡數學。

再就以'時時、常常、往往、每每'四個副詞爲例，節本國語詞典以'時常、常常'註'時時'，以'時時、每每'註'常常'，以'每每、常常'註'往往'，而以'常常'註'每每'，似乎暗示這些詞也是同義詞，可以互相代用。但是這些詞在詞用上至少有下列幾點不同。

①'往往'不能涉及未來的時間，這一點從下面的例句看得出來：

想學好英語要（時時／常常／*往往／??每每）練習。

②'每每'很少單獨使用，而常與另外一個子句連用。試比較：

他（時時／常常／?每每）提到你。

他說話的時候（時時／常常／每每）提到你。

③'時時'在頻度上似乎比'常常'更爲頻繁。例如在下面的例句裏用'常常'似乎比用'時時'好，因爲'吃零食'的習慣大概不會頻繁到'時時'的地步。

他（?時時／常常）吃零食，對身體不好。

④以上的觀察還可以從下面的詞彙中獲得支持。重疊形式的'時時刻刻'在頻度上比'時時'更爲頻繁，而'時時'又似乎比'時常'更爲頻繁；因此我們不能說'??他時時刻刻吃零食'卻可以說'他時常吃零食'。又'往常'指的是'平時、平素'，也不能涉及未來時間。'每常'這個詞，節本國語詞典所舉的例句是'每常他來請，有我們你自然不便'，似乎也較少單獨使用。

詞的含義與用法不能僅從字義方面去解釋。這一點可以從一對字序相反的詞（如'動搖'與'搖動'、'喜歡'與'歡喜'）的解釋上看得出來。因爲這些詞都由相同的字組合而成，無法靠組合成分的字義來了解，必須從詞類或詞用來解釋。例如節本國語詞典對於'喜歡'的註解是'快樂、歡喜'，而對於'歡喜'的註解是'歡樂、心愛'；國語日報辭典對於'喜歡'的註解是'快樂、愛好'，而對於'喜'的註解是'歡樂、喜歡、心愛'。我想一個來華學國語的外籍學生大概沒有辦法從這些辭典的註解來學會這兩個詞的用法，但是根據一般年輕人的反應，'喜歡'是及物用法，而'歡喜'卻是不及物用法。試比較：

① 我們都很（喜歡／？歡喜）你／唱歌。

② 聽了他的話，我們都很（？喜歡／歡喜）。

又如'搖動'與'動搖'，節本國語詞典爲'搖動'所做的註解是'擺動、不穩'，而'動搖'的註解是'不穩'（國語日報辭典的註解也大致相同，不過爲'動搖'所做的註解是'不穩定、不堅固'），就是本國人也無法從辭典上的註解去了解這兩個詞在用法上的區別。'不穩、不穩定、不堅固'這種註解更容易叫人誤解'動搖'是表示事態的形容詞，而不是表示動作的動詞。其實，在構詞法上'動搖'是由兩個同義字'動'與'搖'聯合而成的「並列式複合詞」，而'搖動'卻是由動詞'搖'與表結果的補語'動'搭配而成的「述補式複合詞」。因此，我們可以說'搖得動、搖不動'，卻不能說'*動得搖、*動不搖'。試比較：

① 你（搖得動／搖不動）這一根樹枝？

② *他的話（動得搖／動不搖）你的心？

又在造句法上'搖動'常以具體名詞爲主語與賓語，而'動搖'卻以抽象名詞爲主語與賓語。試比較：

③ 他用力的（搖動／*動搖）樹枝。

④ 敵人的宣傳不能（*搖動／動搖）我們的意志。

⑤ 風一吹，樹枝就開始（搖動／*動搖）了。

⑥ 聽了這一句話，他的意志就開始（*搖動／動搖）了。

偏重字音、字形、字義而忽略字用，幾乎是我國所有國語辭典的通病。正在策劃中的遠流活用中文字典在收錄字詞的範圍與決定取捨的標準、註釋字詞與提供例句的原則，以及編輯的體例等各方面力求有所突破，但是在詞性與詞用的處理上仍然無法脫離舊有陋習。因此，單音節的詞註有詞類，而複音節的詞則無之；而且，常以同義詞的方式註解。例如在'掛念'之後，列舉'掛心'、'掛懷'、'掛慮'、'掛意'等四個詞，而且都以「同前」來註解。可是這五個詞是不是都可以用'很、非常、特別'等程度副詞來修飾，以及那些詞可以在動詞'掛'後面加上'了、着'等時態標誌，則並沒有交代。

另外，對於虛詞的意義與用法的註解，也是當前國語辭典最弱的一環。例如，在下面四對例句中，虛詞'就'與'纔'有甚麼基本的語意或語法成分可以用來辨別其含義與用法？

① 我三點鐘（就起來了／纔起來）。

② 六個人（就夠了／纔夠）。

③ 這樣做（就好了／纔好）。

④ 現在（就去／纔去）。

⑤ 說了（就走／纔走）。

在這些例句裏，說話者的心目中都有一個標準。這個標準可能與時間有關，也可能與數量或程度等有關。如果說話者對於某一件事未到這個標準就加以肯定，就用'就'字；反之，如果達到或超過這個標準纔加以肯定，就用'纔'字。因此，白話的'就'與文言的'卽'同義，且含有'立卽、卽刻'的意思；而白語的'纔'則與文言的'方'或'始'同義，且與白話同義詞'剛'形成'剛纔、纔剛'這兩個同義雙音詞。

有人問：國小國語教學活動中有「造詞」一項，是否合理？「字」不能隨意造（至少除了新發現的化學元素以外很少有人去造字），但是詞卻是可以造的。不但詩人、小說家與散文家在他們的創作裏造詞，而且一般社會大衆也不知不覺地在日常生活中造詞（例如'電影黃牛'、'瓶頸現象'、'高速公路'，以及'條子'、'凱子'、'亂蓋'等）。不過目前小學國語教學中的造詞，似乎是專爲應付考試而教的，不但流於機械呆板，因而不能啓發兒童去了解國語造詞的原動力與內部規律，而且很容易走上鑽牛角尖之路（據說有一位國校老師要兒童分別用'玫'與'瑰'造三個詞，結果難倒了在大學講授國文的家長）。例如，如果讓兒童用'手'造詞，而他們造出來'手腳'、'手足'、'拿手'等詞。但是光會造詞並不就證明他們了解這些詞的意義與用法，因爲'手腳'可以表示舉動（如'手腳伶俐'）或計策（如'他又做了手腳'），而'手足'則可以表示同胞兄弟（如'情同手足'、'手足之情'）。又'拿手'，不但要了解'拿手功夫'、'拿手好戲'等用法，而且更要了解'拿手'的形容詞用法（如'他對這方面很拿手'）。

國語是一種極爲富於造詞能力的語言，而且所造出來的詞又很容易轉類或轉用（例如連小孩子都會說：「我小便'小'好了」或「大便'大'完了」）。我們應該設法讓兒童明白國語的這些特性，並幫助他們去掌握有關造詞與轉用的規律。以'手'爲例，'手'可以引申而指'人'，如'助手、打手、生手、老手、水手、國手'等等。在這些詞語裏，'助手'與'打手'是指主事者（即'幫助別人的人'與'打人的人'），而'選手'卻是指受事者（即'被選的人'）。

有時候，同一個詞可以有主事者（例如在'選民的眼睛是雪亮的'裏，'選民'是指'選舉的人'）與受事者（例如在'上帝的選民'裏，'選民'是指'被上帝選出來的人'）兩義。又在'生手'與'老手'裏，'生'與'老'是指人的屬性（卽'經驗生疏或老練'）；而在'水手'裏，'水'是指人的處所（卽'在水上工作的人'）。再如'國手'，是由'國家選手'簡縮而來的新詞，但是因爲詞的結構與形成完全符合國語的造詞規律，所以大家都能自然而然的接受。連從'國手'經過類推而衍生的新詞'國腳'（卽'國家足球選手'）也都能見怪不怪的採納，而且不必去翻查辭典就能了悟其義。

字義教學與詞用教學，不但是我國小學國語教學最弱的一環，而且也是外籍學生華語教學中研究得最少的一門學問。關於這一個問題，筆者另有專文（「如何研究國語詞彙的意義與用法：兼評國語日報辭典處理同義詞與近義詞的方式」）討論，這裏不再贅述。

四、句型與語法教學

在未談正題之前，我們先討論一下方言句法對國語句法的影響，也就是所謂的「臺灣國語」或「直譯方言」的問題。

在方言對國語的影響中最顯著的現象是詞彙的借用，例如以閩南語的量詞「臺」來作計數的單位（如'一臺汽車'、'一臺飛機'、'一臺收音機'）。至於句法上的遷移，平時不留心可能不易覺察，但是如果細心觀察就不難發現方言句法干擾國語句法的現象比比皆是。例如，下面兩句裏多餘的'講'字都是由於方言句法的影響而來。

① 我不信（講）他有這種膽量。

② 我沒有想到（講）你也會來。

廖光榮先生在「如何指導鄉下兒童提早寫作」一文中也提到鄉下兒童在詞彙方面愛用‘就、用、弄’等詞，在句法方面常說出直譯方言的句子，例如‘他給我打’（意思是‘他打了我’或‘他把我打了’）、‘我做得沒有漂亮’（意思是‘我做得不漂亮’）。連名作家陳若曦女士也在回答電視記者的問題時不小心說了一句‘我這一次不能待得長’，顯然是受了英語用詞的影響。

方言詞彙與句法對於國語的學習，既然有如此重大的影響，那麼兒童在學習新的句型時必須考慮這些國語句型在母語方言裏是否有相同的句型？如果沒有，在學習上可能遭遇到什麼樣的困擾？有時候平淡無奇的國語句型，也因爲在母語方言中沒有類似的句型，而引起學習困難。例如國語的‘拿出書來’，在閩南語裏‘出’與‘來’不分開而說成‘拿書出來’；國語的‘開開門’，在閩南語裏動詞在賓語前面不能重疊而說成‘把門開一下’；國語的‘長了一歲’，在閩南語裏用‘大’而說成‘大一歲’；國語的‘到海邊去’，閩南語裏只能說‘去海邊’。這些句型通常都在國校一年級的課本中出現，老師們也覺得在教學上似乎沒有什麼困難，但是根據我個人的調查，許多兒童（尤其是鄉下地區的兒童）都只能在書本上「被動的了解」這些句型，卻無法在日常生活的談話中「主動的運用」這些句型。因此，在他們的口語與文章中很少出現這些句型。

有人曾擔心「直譯方言」或「臺灣國語」的現象會產生「汚

染國語」的結果，因而主張「消滅方言」。但是這種主張不僅無視於方言依然存在的事實，而且也可能因此破壞許多優良的文化傳統，絕非上策。北歐有許多國家的兒童能同時使用好幾種語言，卻沒有聽到什麼「汚染」的現象。「雙語教育」的問題在香港、星加坡等地也越來越受人重視。我們與其主張消滅方言，不如謀求國語與方言的「和平共存」。如果我們能更進一步去了解母語方言與國語之間語言習慣的差異，就可以積極利用這兩種語言的對比分析來有效推展國語教學，並且可以做到「並用」而不「混用」的雙語或多語社會的理想境界。

或許有人會說：使用雙語的結果，混用無可避免，因此國語必受「汚染」。但是國語是一定會變的，其變化不一定是受了方言的影響，而其結果也不一定是汚染。語言與其他一切人爲的措施（如法律、經濟、社會制度、髮型、西裝領帶與領子的寬窄、女人裙子的長短等）一樣，終究是會變的，而且語言之要變是有其要變的理由的。例如，國語的'他來了沒有？'在臺灣多半都說成'他有沒有來？'因而許多人認爲這就是受方言汚染的一個實例。但是我們應該注意閩南語並不說'他有沒有來？'而說'他有來沒有？'，而且句尾的'沒有'不但讀得很輕而且幾乎融合成爲單音節虛詞，其功能有如國語的疑問助詞'嗎'。因此，在表未來時間的疑問句也可以加上，如'你明天要去沒有？'。可見'他來了沒有？'之演變爲'他有沒有來？'必然還有別的理由。其實，國語的'了'與'有'雖然字形不同，但在字義與字用上卻都表示動作的完成：'了'與動詞的肯定式連用（如'他來了'），'有'與動詞的否定式運用（如'他沒有來'），而同一個動詞不能連用

'了'與'有'(如'*他沒有來了')。另一方面，閩南語則無論動詞的肯定式或否定式都只用'有'字來表示動作的完成(如'他有來'與'他沒有來')。結果，在正反問句裏，閩南語連用兩個'有'(如'他有來沒有？')；而國語卻一用'了'，一用'有'(如'他來了沒有？')，顯然不如閩南語的有規則。由於大多數的國語正反問句是有規則的連用動詞的肯定式與否定式(如'他來不來？'、'他是不是美國人？'、'你要不要去？')，說國語的人就不知不覺的希求語法的規則化與簡易化，因而逐漸採用'他有沒有來？'的句式。在初學國語的兒童看來，國語裏用兩個不同的詞來表達同一個意思是不規則的，也是不經濟的。因此，他們就利用天賦類推與條理化的能力，用'有'來代替'了'。影響所及，連肯定直述句都用'有'(如'他有來')。我們不否認這最後的變化是受閩南語的影響，但問題是爲什麼有些閩南語的句法現象會影響國語的句法，而另有些閩南語的句法現象(例如形容詞的三音節重疊，如'白白白'、'長長長'等)卻絲毫不發生影響？答案是只有合乎語言規律一般化、規則化、簡易化的現象纔能影響語言的變化，因此這個變化很可能是沒有閩南語的影響也會發生的。語言是約定俗成的東西，但是這種「約定」是不知不覺地發生的，「俗成」也是由不知名、不特定的人去完成的。心理語言學的實驗告訴我們：兒童學習語言並不完全模仿成人的語言習慣，悉照成人的語法來構詞或造句。實際上，兒童是根據從周圍成人所聽來的語言資料，運用自己天賦的語言能力來自行建立一套自己的語法。這一套語法雖然大體上與成人的語法一致，但並不完全相同。因爲兒童自行建立的語法，常有規則化、一般化、簡易化的趨向。這種語法上的創新，可能在兒童成長的過程中，遭遇到周圍的人反對或糾正而被迫放棄。但是也很可能一直保留到成人階段，成爲根深蒂固的語言習慣，新生一代的語言於焉誕生。從古代漢語到現代國語的變遷，就是如此世世代代演變下來的。當前主張「中文淨化運動」的人應該了解這一點，並且客觀地去研究'是'字或無定數量詞(如'一個')在現代國語句法、語意、語用上所發揮的功能以及這些功能在說話者心目中所佔有的「心理上的實在性」。否則，只憑主觀的好惡一味地反對或抨擊這些語言現象，是無補於事的。歷史上有許多以保存「純粹的語言」，不使之「轉訛」爲目的而成立的組織之先例，如英國的 The Society for Pure English、義大利的 Accademia della Crusa、法國的 l'Académie Française 等，但是這些組織都發生不了預期的效果就解散了。記得前幾年教育部曾規定女老師的先生應以'師丈'稱呼，但是到現在很少有人使用這個稱呼。主要是因爲大家總是覺得（可能只是「不知不覺」的覺得），拿'師母'與'師丈'來比較，前者以待父母之禮事之，而後者則遠不如前者的恭敬。又國中國文的國文常識曾經規定：信封上姓名的稱呼應該從送信的郵差的觀點來稱呼；因此不要稱呼'某某教授'或'某某總經理'，而一律要稱呼'某某先生'或'某某女士'。但是這一個「欽定式」的規定，並沒有獲得大家的支持。因爲大家總是覺得「禮多人不怪」，怕因稱呼'某某先生'而得罪'總經理'。可見，語言的變化是自然而然的，而且是合「情」而合「理」的。這也就是語言無法以立法強制來規範的例證。另一方面我們也應該注意到語言本身的「自淸作用」或「自然淘汰」的現象，有許多詞句（例如，以'妙、棒'等來代替'好'，以'怪、亂'等來代替'很'）流行得很快，但是消失得也很快。

其次，我們談到句型教學的問題。新頒國民小學課程標準對說話教學評鑑的標準中，包括「句型有變化」一項，在師專國文教授的座談會中也有人發問：句型教學是否應先教「核心句型」，然後再教「變換句型」？關於這一個問題，有幾點應該注意：

㈠「核心句型」與「變換句型」之間的區別，有時候在學理或分析上並不容易畫分清楚，一般老師對於國語句型的了解或研究也不夠深入。

㈡理想的句型教學是從結構簡單、語意容易了解的句型開始，逐步邁入結構較爲複雜、語意較難了解的句型。但是目前國小一年級國語課本的課文並未從句型的觀點來撰寫或編排，所以老師必須自行設法補充或調整。

㈢在句型教學的過程中，教師應該把國語句型與方言句型加以比較分析，以便了解方言句型的可能干擾與學生的學習困難。

㈣句型練習的方法很多，大凡反覆仿說練習、代換練習、完成練習、重組練習、改說練習、變換練習、聯句練習、擴充練習、聯想練習、推斷練習、引導回答練習、引導反應練習、引導問答練習、應答練習、自由回答練習、自由反應練習、自由評論練習、引導造句或作文練習等等，都可以單獨或混合使用。教師也可以自行設計其他句型練習，以求句型教學之生動活潑，不至於單調呆板而引不起學生的興趣。

㈤句型練習的最後目標是運用句型來表達情意。因此，學生光學會句型還不夠，還要懂得如何妥善地運用句型來表達自己的意思。換句話說，以句型為中心的語法教學，必須與語意和語用相結合。例如，‘他送一本書給小明’與‘他送給小明一本書’這兩個句型應該如何區別使用？在前一個句型裏傳達消息的重點是‘(給)小明’(如‘他送一本書給小明，不是(給)小華’)，而在後一個句型裏傳達消息的重點卻是‘一本書’(如‘他送給小明一本書，不是一枝筆’)。又如‘我看完了書了’與‘我把書看完了’這兩個句型在語意功用上有什麼差別？在前一個句型裏消息的重點落在事物名詞‘書’，而在後一個句型裏消息的重點則落在動作的結果‘看完了’。因此，國語的「把字句」必須在動詞後面有表示結果的補語或修飾語，如‘我把書放好’、‘我把書放下來’、‘我把書放在桌子上’、‘我把書放得整整齊齊的’。我們通常不說‘我把書放’，卻可以說‘我把書一放’，因為第二句後面必須帶有‘就跑出去玩了’等表示結果的詞句。再如，主動句‘老師昨天罵了我’與被動句‘我昨天被老師罵了’，為什麼第二句顯得比較順當自然？這兩個句子除了句子的話題(‘老師’與‘我’)與消息重點(‘罵了我’與‘被老師罵了’)的不同以外，還牽涉到說話者關心對象的不同。一般說來，說話者對於自己的關心總是大於對第三者的關心，而對於句首主語名詞所代表的人或事物的關心又大於出現於句中其他位置的名詞所代表的人或事物的關心。這就是為什麼以說話者‘我’為主語的被動句比以第三者‘老師’為主語的主動句順當的緣故。關於這一些問題，請參考筆者在 1985 年全美華文教師協會年會上發表的論文「華語語法與功用解釋」。

句型教學，與詞用教學一樣，是目前小學國語教學與外籍學生華語教學最弱的一環，希望今後有更多的老師對這個問題表示關心，共同參與國語語法的分析與語法教學的研究。尤其是以外籍學生爲對象的華語教學，迫切需要國語與其他外語之間的對比分析來做爲設計華語教材教法的參考與基礎。

五、說話、閱讀與作文教學

關於說話、閱讀與作文教學，我只能提供下列幾個重點：

㈠說話教學是閱讀與作文教學的基礎。成功的說話教學必能爲閱讀與作文教學開闢一條康莊大道。「說話」不是「背書」、「背話」或「讀話」，教師必須訓練兒童把自己的意思用自己的話說出來。成功的說話教學不僅要求發音標準、聲調自然、語調和諧，而且還要做到內容豐富、條理井然、措詞得當、句型有變化。

㈡說話與作文，其教學的目的都在於訓練兒童把他們新奇有趣的生活經驗與眞實豐富的情感，以流利生動的措詞與富有變化的句子，有組織、有系統地表達出來。用口頭報告就是說話，以文字記載就是作文，因此說話與作文可以說是一體的兩面。不過說話要聽衆聽得懂，而作文則要讀者讀得有趣，因此在用詞、造句、結構上可能有「口語」與「文語」的差別。讓兒童能了解這個差別，並訓練他們能善用這個差別，是作文教學最重要的目標之一。

㈢說話教學，除了訓練「說話」（表達情意）的技巧以外，還包括「聽話」（了解語意內涵與明辨眞假是非）的能力。過去的說話教學偏重了「說話」的一面，卻忽略了「聽話」的一面。

今後的國民小學應該利用班級開會的機會，以分組討論或辯論的方式，訓練兒童邊說邊聽的能力，並培養兒童「言之有物，言之有理」的習慣。這種說話教育，可以說是民主教育的第一步。

㈣正如「說話」教學與「作文」教學有密切的關係，「聽話」教學與「閱讀」教學也有相輔爲用的關係。因爲聽話是聽「有聲」的語言，而閱讀是讀「無聲」的文字。因此，閱讀教學最重要的一項工作是如何幫助兒童把語音與文字結合起來；也就是說，如何幫助兒童從文字裏尋找語音與語意。例如標點符號的說明，必須與語調的起伏、語氣的變化、語詞的組合等配合起來，纔能收到事半功倍的效果。

㈤說話教學的方法要鼓勵兒童「多說、會說」，閱讀教學的方法要訓練兒童「多讀、會讀」，而作文教學的方法則要指導兒童「多寫、會寫」。說話、閱讀與作文教學的教材或題材，必須與兒童的生活經驗、思想情感密切配合，如此方能引起兒童學習的興趣與意願，並進而培養他們自動自發的學習態度。

㈥「寓學習於遊戲中」的原則，可以使兒童的學習活動變得歡悅有趣，樂此不疲。因此，練習的方法必須有趣而富於變化。大凡「看圖說故事」、「故事改編自說」、「故事改編對話或戲劇自演」、「故事接力」、「接龍頭」等各種方法，都不妨試用。各種不同的文體，如記敍文、抒情文、論說文、應用文等，也都可以用說話的方式來練習。

㈦另外，兒童詩的創作在日本的小學國語教學中普遍受到重視，近幾年來在國內也逐漸引起大家的注意。基於下列幾點理由，我認爲兒童詩特別值得提倡：

①兒童詩不受題材、字數、時間、句法結構與詞彙的限制，讓兒童有自由發揮的機會。

②兒童詩的創作最能訓練兒童的觀察力與想像力。

③兒童詩能提供機會讓兒童欣賞自己與別人的生活體驗與情感反應。

④兒童詩能增廣兒童運用語詞的能力，更能幫助他們欣賞語文的聲調與節奏之美。

⑤兒童詩的創作可以幫助散文的創作，使散文的表現更形完美。

㈧對於高年級兒童還應該施以速讀訓練，使他們從迅速的閱讀中把握文章的大意與重點。

六、寫字教學

至於寫字教學，我沒有多少意見可以貢獻，因爲我自己從中學畢業以後就沒有拿過毛筆寫大字。不過我認爲寫字教學首先應該着重書寫的端正、整齊、清晰；至於雄勁、渾厚等高水準的要求則不容易達成。因爲書法之美，猶如繪畫之美，恐怕要有一點天分與許多苦練纔行。或許有人說寫字可以勤練苦練，但是在繁重的課業負擔與崇拜享受的現代生活下，究竟有多少人肯勤練苦練？我個人較爲實際的看法是退而求其次，要求兒童先把「硬筆字」寫好，而這種訓練一定要從低年級兒童開始。同時，我覺得以寫字教學爲目的而要兒童練的字，不一定要與以識字教學爲目的而要兒童學的字一樣。因爲以識字教學爲目的而學的字常筆畫繁多、結構複雜、運筆費力，並不一定符合寫字教學的目的。關於這一點鄰邦日本的作風似乎比較現實，不但有硬筆字的字帖與訓練硬筆字的函授學校，而且這兩門生意都非常興隆。我表示這些意見並非反對練毛筆字，而是有鑒於許多大學生的硬筆字都寫得不好，有時候甚至於不容易辨認。如果把書法與繪畫一樣列爲美術課程，我國優良的文化傳統仍然可以保持，否則當前的客觀環境與當年少數士大夫階級讀書的時代不同，要人人寫一手好字恐怕是可望而不可及的理想。

七、結　論

以上是一個外行人從現代語言教學的觀點對小學國語教學與外籍學生華語教學的看法。我在這裏所提出來的「問題」可能比「建議」多，但是我的意見主要可以歸納爲下列三點：

㈠語言不只是「音」、「字」、「詞」，而是結合所有這些要素而成爲「句」或「文」，以達成表情達意的目標，發揮語言的功效。因此，在實際教學的過程，發音、字彙、句法、文意等各種語言要素都須要密切配合與連繫，絕不能各自獨立。各種語言要素都應該在眞實而有意義的生活背景下學習。在教學的方法上，必須儘量使兒童能同時運用「心、耳、口、眼、手」，整體而綜合地去學習「聽、說、讀、寫」四種語言技能。

㈡語言教學是一個有組織、有系統的過程。每一個新的教學單元必須與以前學過的教學單元以及以後即將學習的教學單元融會貫通。每一節課的進度也必須與前幾課的內容相互呼應，不能隨意分化教學的單元，混亂教學的進度。同時，成功的語言教學必須設法激發學生學習國語與華語的興趣，讓他們有積極參與語言活動的機會，使國語或華語眞正成爲他們之間彼此溝通的工具，因而讓他們享受學習成功的樂趣。唯有如此，學習的效果方能提高，學習的目標方能達到。

㈢每一位國語與華語教師都應該清楚地了解各種「教學觀」與「教學法」，然後針對着學生的程度與需要選擇適當的教材與教法來幫助學生學習國語與華語。因此，只懂得抽象的「教學觀」與原則性的「教學法」還不夠，必須對於具體的「教學技巧」下一番工夫。從如何訓練個個聲母、韵母、聲調、語調的聽音或發音，如何介紹或解釋個個生字或新詞，如何練習或運用個個句型，到如何用口頭或文字來表達情意，都必須一一加以研究，不斷地實驗，不斷地改進，一直到能夠發現最適合於自己學生的程度與需要，也就是說能夠以「最少」的時間使「最多」的學生發揮「最大」效果的教學技巧爲止。爲了達到這個目標，我們不僅應該尊重自己所負的使命，以國語或華語教師的工作爲榮，而且更應該以愛心與耐心來照顧我們的學生，讓他們明白國語與華語教學也是「愛的教育」的一環。

參考文獻

國語日報社（何容主編）（1974）國語日報辭典，臺北：國語日報社。

湯廷池，（1973）國語格變語法試論，臺北：海國書局。

——（1977a）國語變形語法研究：第一集，移位變形，臺北：臺灣學生書局。

——（1977b）英語教學論集，臺北：臺灣學生書局。

——（1979）國語語法研究論集，臺北：臺灣學生書局。

——（1981）語言學與語文教學，臺北：臺灣學生書局。

——（1982a）"國語詞彙學導論：詞彙結構與詞彙規律"，教學與研究，第四期39—57頁。

——（1982b）"國語形容詞的重疊規律"，師大學報，第二十七期279—294頁。

——（1983a）"國語語法的主要論題：兼評李訥與湯遜著漢語語法"師大學報，第二十八期391—441頁。

——（1983b）"從國語詞法的觀點談科技名詞漢譯的原則"國語日報國語文教育專欄。

——（1984a）"國語「移動 α」的邏輯形式規律"教學與研究，第六期79—114頁。

——（1984b）"國語疑問句研究續論"師大學報，第二十九期：381—437頁。

——（1984c）英語語言分析入門：英語語法教學問答，臺北：

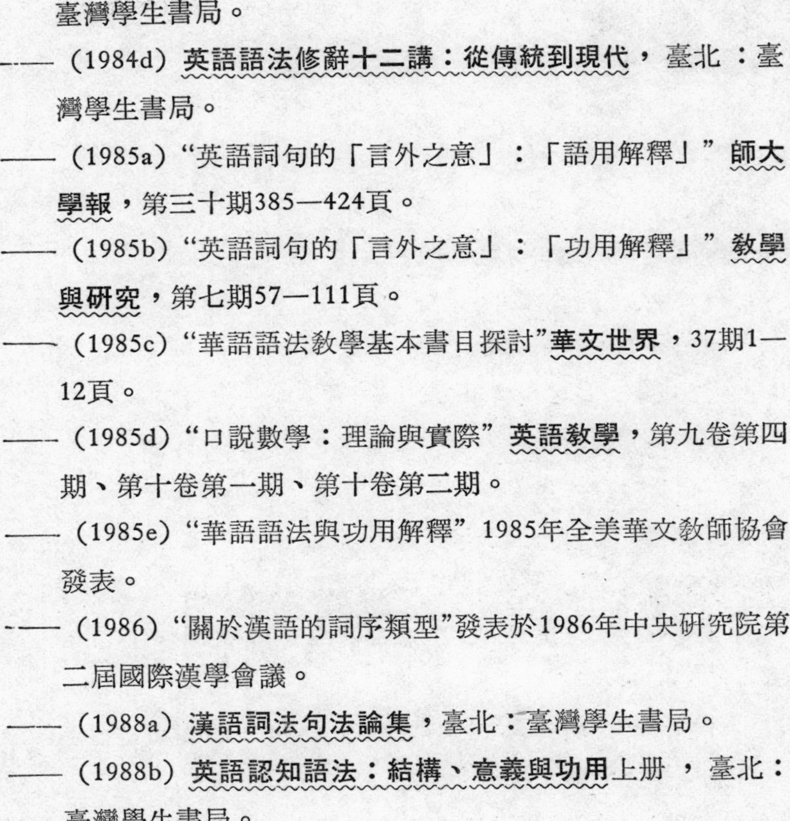

臺灣學生書局。

——(1984d)英語語法修辭十二講：從傳統到現代，臺北：臺灣學生書局。

——(1985a)"英語詞句的「言外之意」：「語用解釋」"師大學報，第三十期385—424頁。

——(1985b)"英語詞句的「言外之意」：「功用解釋」"教學與研究，第七期57—111頁。

——(1985c)"華語語法教學基本書目探討"華文世界，37期1—12頁。

——(1985d)"口說數學：理論與實際"英語教學，第九卷第四期、第十卷第一期、第十卷第二期。

——(1985e)"華語語法與功用解釋"1985年全美華文教師協會發表。

——(1986)"關於漢語的詞序類型"發表於1986年中央研究院第二屆國際漢學會議。

——(1988a)漢語詞法句法論集，臺北：臺灣學生書局。

——(1988b)英語認知語法：結構、意義與功用上册，臺北：臺灣學生書局。

＊原文刊載於華文世界(1988)50期(53-54頁)、51期(52—57頁)與52期(9—14頁)。

從語文分析談華語文的教學教材

在這次世界華語文教學研討會裏，語文分析組前後舉行十場討論，總共提出論文四十三篇。其中由國內學者提出的共十六篇，其餘二十七篇則由來自全球各地的國外學者提出。十六位國內學者中，有九位來自外語系，五位來自中語系，而其餘兩位則來自心理系與師資訓練機構。如果以參加學者的性別來分，男性學者共二十八人，女性學者共十九人（由於有三篇論文是由兩個或三個學者合寫的，所以學者人數超過了論文篇數）。如果以發表論文的內容來看，屬於語法分析的共二十五篇、屬於語音分析的共四篇、屬於語意與語用分析的有兩篇、屬於社會語言學的共六篇、而屬於心理與神經語言學的論文也有六篇。從以上簡單的統計，我們似乎可以獲得下列幾點討論。

一、在上屆世界華語文教學研討會裡，語法組只舉行了三場討論，論文總數也只有十八篇。今年的語文分析組，舉行十場討論，發表四十三篇論文，充分的表現了這次會議的論文在「量」方面的成長。與會學者更異口同聲的表示：這次會議所發表的論文在「質」方面也遠遠超出上一屆論文的水準。這個事實無異顯示了國內外華語文教學的提升與進步。

二、這次會議裡發表論文的國內學者與國外學者的人數比例幾乎是一比二；一方面顯示國外學者對於華語文教學的關心與努力，一方面也表示今後需要有更多的國內學者來投入華語文教學的研究。同時，發表論文的國內學者大都來自外語系、心理系與教育系，來自中語系的學者反而居於少數。因此，大家希望國內的中語系也能酌情加開華語分析與華語教學等課程，致力培養華語研究與華語教育的傑出人才。

三、這次會議的另一特色是女性與會者的大量增加。在語文分析組裡，女性學者所發表的論文佔了論文總數的百分之四十強，在討論問題的深度與氣勢上也與男性學者平分秋色，絲毫不讓鬚眉。大家認爲：華語文教育界裡的兩性和諧是十分可喜的現象。

四、在語文分析組裡，有關語法、語意、語用的論文佔了全部論文的百分之六十三，而有關語音的論文則不到百分之十。這似乎顯示：華語文教學的關心與重點逐漸由發音提升到用詞、造句、閱讀與寫作。同時，有關社會語言學的論文呼籲大家冷靜、客觀而務實的討論標準語言、語言規範、方言地位等問題；而有關心理與神經語言學的論文則提醒大家語文學科的研究必須與其他學科的研究密切連繫與配合，如此纔能進一步推廣到聾啞教育、特殊教育等的領域。

在這四天的會期中，與會學者不但在會場內積極參與討論，在會場外也熱心交換心得，充分發揮了學術交流的功能。綜合會場內的全體討論、會場外的個別交談、並參酌上一屆會議裡語法組的綜合報告，我們語文分析組的參加人員達成了下列五點結論與建議。

（一） 現有的華語語法教材越來越不能滿足當前的需要。希望華語語言學家在致力於理論研究與語言分析之餘，也能夠抽空從事語法教科書的編寫。華語老師也應該以其教學經驗與心得貢獻意見，甚至可以自行編寫華語語法的教科書。教科書的編寫應該以特定的學生爲對象。不同背景、程度與需要的學生，應該有不同內容與性質的教材。

（二） 在海外從事華語文教學的老師迫切需要華語語法與當地語言語法的對比分析，並且以此做爲藍本替海外各地的學生設計適當的華語教材。希望國內外的語言學家與語文教師都能攜手協力，共同編寫簡明扼要而有系統的對比語法。

（三） 現有的華語辭典偏重字形、字音與字義，卻忽略了詞的內部結構、外部功能、以及詞與詞的連用。這種辭典，對於非以華語爲母語的海外學生而言，顯然不夠。至於雙語辭典，則更加缺乏，幾無選擇的餘地。希望今後國內華語辭典的編纂能夠獲得華語語言學家的協助，除了注音與注解這兩項內容以外，還能扼要說明詞的內部結構、外部功能、風格體裁上的區別等。

（四）為了幫助海外幼齡兒童與外籍學生有效學習華語，應該有專人研究華裔幼童與外籍學生學習華語的過程，以及學習上可能遇到的困難或問題。另外，為了幫助海外華人從小有效學習華語，國內有關當局應該積極編寫海外兒童的華語教材，包括認字、用詞、造詞、造句、語法的練習本，以及各種課外讀物。

（五）成功的華語教學可以促進海外華人對祖國的認識，增進海外華人彼此的情感與華人社會的團結。為了普及華語教育、培植優秀華語師資、改進華語的教材教法，希望今後能夠繼續召開世界性或分區性的華語文教學研討會，並積極鼓勵國內外的華語老師與研究所學生參加。又華文世界的發行讓海內外的華語老師獲得吸取新知與交換心得的機會，希望今後能夠改為雙月刊或不定期出版專題論集。

最後，我們謹向這次研討會的主辦當局與全體工作人員致最高的敬意與謝意。主辦當局付出了這麼大的人力與財力，為大家舉辦了這次盛大而成功的研討會，各人回到自己的工作崗位以後，自當更加努力的從事華語語言學的研究與推行華語教育的工作，以期不負主辦當局舉辦這次研討會的美意與期望。

＊本文曾以口頭發表於第二屆世界華語文教學研討會(1988)綜合報告中，並刊載於國語文教育專欄（1988）一月十九日。

英漢術語對照與索引

A

D

dynamic verb	動態動詞	〔參 actional verb〕 26 (fn. 42) 33 62 81 82 84 447-8

E

ECM; exceptional Case-marking(verb)	例外格位指派(動詞)	〔參 exceptional Case-marking〕
embedded sentence	(包孕)子句	235
emotive	情意	136
emotive verb	情意動詞	447
emotive particle	感嘆詞	28
empathy	關心	658
emphatic reflexive	加強反身詞	370 477
empirical evidence; empirical facts	經驗證據；經驗事實	569 579 599
empirical science	經驗科學	618
empty category	空號詞類；空號詞；空號範疇	42 224 453 (fn. 224) 630
(the) Empty Category Principle; ECP	空號原則	311 (fn. 68) 312 (fn. 69) 374 (fn. 144) 453 (fn. 224) 490
empty node	空節	215 220 231 261 286 334 (fn. 97) 354 374 (fn. 144)

H

I

M

possessed 屬物 346 496

possessional location 佔有性處所 346-7

possessive (Case) 領屬詞；領位 253 (fn. 51)

possessive pronoun 領屬代詞 329 504

possessor 物主 346 495-6

possible language 可能的語言 265

postnomial adjunct 名後附加語 226 297ff 319ff

postnominal modifier 名後修飾語 226 297ff 319ff

postposed genitive 領屬詞的移後 330

postposition 後置詞 175 248 417 (fn. 188) 578-80

postverbal adjunct 動後附加語 379-80

poverty of stimulus 刺激的匱乏 262 (fn. 6)

pragmatic adverb 語用副詞 246 (fn. 44)

pragmatic (factor) 語用(因素) 346 582 598 612 613 622

pragmatic principle 語用原則 571 582

pragmatics 語用(學) 571 582 598 658

prearticle 前冠詞 341 (fn. 103)

precedence 前後(出現)次序 246 270 326

predicate (phrase) 述語；謂語；謂語詞組 44 220 237 269 (fn. 16) 412 (fn. 179) 430 (fn. 202) 615 (fn. 17)

Q

T

W

X

Y

Z

漢語詞法句法續集／湯廷池著，--台北市：台灣學生，民78

10,670 面：像；21 公分，--（現代語言學論叢，甲類；13）

含參考文獻及索引

ISBN 957-15-0031-3（精裝）：新台幣 570 元
ISBN 957-15-0032-1（平裝）：新台幣 520 元

1.中國語言一文法一論文，講詞等　I 湯廷池著

802.6/8594.2

漢語詞法句法續集（全一册）

著作者：湯廷池

出版者：臺灣學生書局

本書局登記證字號：行政院新聞局局版臺業字第一一〇〇號

發行人：丁文治

發行所：臺灣學生書局
臺北市和平東路一段一九八號
郵政劃撥帳號〇〇〇二四六六八號
電話：3634156

印刷所：淵明印刷有限公司
地址：永和市成功路一段43巷五號
電話：9287145

香港總經銷：藝文圖書公司
地址：九龍又一村達之路三十號地下後座　電話：3－805807

定價　精裝新台幣五七〇元
　　　平裝新台幣五二〇元

中華民國七十八年十二月初版

ISBN 957-15-0031-3（精裝）
ISBN 957-15-0032-1（平裝）

現代語言學論叢書目

甲類① 湯廷池著：國語變形語法研究第一集：移位變形
② 鄭良偉、鄭謝淑娟著：臺灣福建話的語音結構及標音法
③ 湯廷池著：英語教學論集
④ 孫志文著：語文教學改革芻議
⑤ 湯廷池著：國語語法研究論集
⑥ 鄭良偉著：臺灣與國語字音對應規律的研究
⑦ 董昭輝著：從「現在完成式」談起
⑧ 鄧守信著：漢語及物性關係的語意研究
⑨ 溫知新、楊福綿編：中國語言學名詞滙編
⑩ 薛鳳生著：國語音系解析
⑪ 鄭良偉著：從國語看臺語的發音
⑫ 湯廷池著：漢語詞法句法論集
⑬ 湯廷池著：漢語詞法句法續集

乙類① 鄧守信著：漢語主賓位的語意研究(英文本)
② 溫知新等十七人著：中國語言學會議論集(英文本)
③ 曹逢甫著：主題在國語中的功能研究(英文本)
④ 湯廷池等十八人著：1979年亞太地區語言教學研討會論集
⑤ 莫建清著：立陶宛語語法試論(英文本)
⑥ 鄭謝淑娟著：臺灣福建話形容詞的研究(英文本)
⑦ 曹逢甫等十四人著：第十四屆國際漢藏語言學會論文集(英文本)
⑧ 湯廷池等十人著：漢語句法、語意學論集(英文本)
⑨ 顧百里著：國語在臺灣之演變(英文本)
⑩ 顧百里著：白話文歐化語法之研究(英文本)

語文教學叢書書目

① 湯廷池著：語言學與語文教學

② 董昭輝著：漢英音節比較研究（英文本）

③ 方師鐸著：詳析「匆匆」的語法與修辭

④ 湯廷池著：英語語言分析入門：英語語法教學問答

⑤ 湯廷池著：英語語法修辭十二講

⑥ 董昭輝著：英語的「時間框框」

⑦ 湯廷池著：英語認知語法：結構、意義與功用（上集）

⑧ 湯廷池著：國中英語教學指引

語文教學叢書編輯委員會

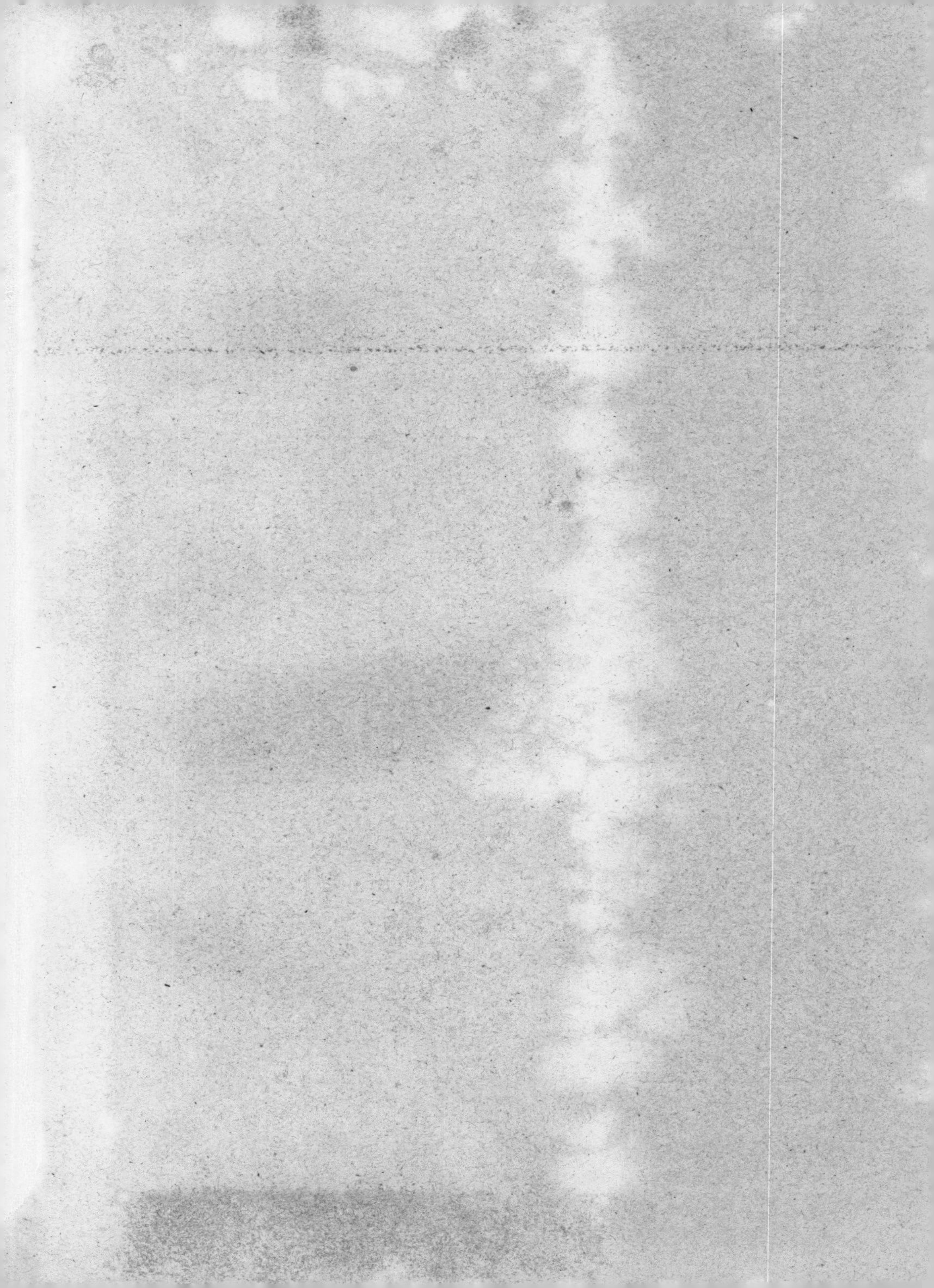